KB276251

조선 전기 시가예술론의 형성과 전개

Formation and development of Siga theory in the Chosun Dynasty

조선 전기 시가예술론의 형성과 전개

Formation and development of Siga theory in the Chosun Dynasty

길진숙(吉眞淑)

1965년 서울 출생
이화여대 국문과 및 동 대학원 졸업
현재 이화여대 한국문화연구원 연구원
주요 논문으로는 「16세기 초반 시가사의 흐름」, 「조선 전기 예악론의 추이와 국문시가론 정립
양상」 등이 있다.

조선 전기 시가예술론의 형성과 전개

1판 1쇄 인쇄 2002년 7월 20일
1판 1쇄 발행 2002년 7월 30일

지은이 / 길진숙
펴낸이 / 박성모
펴낸곳 / 소명출판
출판고문 / 김호영
등록 / 제13-522호
주소 / 137-878 서울시 서초구 서초동 1621-18 (란빌딩 1층)
대표전화 / (02) 585-7840
팩시밀리 / (02) 585-7848
somyong@korea.com

ⓒ 2002, 길진숙

값 17,000원

ISBN 89-5626-003-6 93810

조선 전기 시가예술론의 형성과 전개

Formation and development of Siga theory in the Chosun Dynasty

길진숙

소명출판

　고전문학에 관심을 가진 지 10여 년이 지났다. 처음 공부 길에 들어섰을 때는 조선 후기 문학에 더 매료되었다. 다양한 목소리와 다채로운 사유가 역동적으로 부딪쳐 만들어내는 변전(變轉)의 격랑이 그 속에 담겨 있다는 믿음 때문이었다. 1980년대 이후 연구자들이 조선 후기 문학에 부여한 과부하의 변혁 열망이 나를 그렇게 만들었다.

　공부를 하는 과정에서 차츰 조선 전기까지 거슬러 올라가게 되었다. 조선 후기 문학에 비해 조선 전기 문학은 상대적으로 견고한 틀로 고정되고, 정체되었다는 선입견 때문에 일면 흥미를 갖지 못했었다. 이것은 조선 전기 예술사나 문학사 연구에 대해 느끼는 일반적 인식이기도 하다.

　문학적 변화의 시점을 찾고자 17세기 시가문학사의 언저리를 더듬다 그만 16세기로부터 그 이전 시기까지 올라가 버렸다. 그야말로 견고한 틀 사이에 틈입한 균열의 원인자에 접근하려다, 견고한 틀이 무엇인가에 대한 미궁에 빠져 16세기 이전까지 거스르게 된 것이다. 시가문학보다는 시가론이나 시가에 대한 인식에 관심을 가졌던 터라, 조선 전기 시가론에서 '반동'을 초래한 견고한 틀을 들추는 작업을 해보겠다고 덤벼든 것이 사실이다. 이렇듯, 애초에는 조선 전기로부터 조선 후기 문학의 반동성을 해명하려는 의도로 접근했지만, 예상과는 달리 작업이 다른 방향으로 진척되어 갔다.

막상 시가론의 작업에 들어가 보니 16세기 퇴계 이황의 저 유명한 테제, '온유돈후'의 시학만이 존재할 뿐 다른 단서들은 찾아내기 힘들었다. 퇴계 이황과 그 주변의 영남 사림들만의 시가 인식이 도드라져 있고, 여타 다른 사대부들의 시가론은 매우 드물어 이 시가론의 테제가 노래를 바라보는 당대의 보편적 인식이었을까를 고민하게 되었다. 조선 후기 시가론의 반동적 원인자를 추적하는 작업이 아니라, 이황의 시가론 자체가 거대한 문젯거리로 다가오게 된 것이다. 그 문젯거리와 대응하면서 점차 사림의 시가론을 성리학적 지반에서 나올 수 있는 당연한 양상으로 보거나, 조선 전기 사대부 시가론 그 자체로 보는 시각은 재고될 필요가 있는 것으로 판단하게 되었다.

16세기 사림들의 시가론은 사대부들이 시가를 바라보는 통상적인 태도와는 매우 다른 특별한 인식을 내포하는 것이다. 우리가 가요에 특별한 의미 부여를 하지 않으면서 매우 밀접한 일상으로 받아들이듯이 조선조의 사대부들도 시가를 굳이 인식론적으로 풀어낼 필요를 느끼지 않았다. 이런 상황에서 그것을 특별나게 의미 부여한 사림들이 오히려 문제적이었다.

따라서 이 책은 어떻게 사림의 시가론이 형성되었는지 그 계보를 추적하고, 당대 사회에서 이런 시가론이 어떤 예술적 반향을 불러일으켰는지를 검증하는 내용으로 이루어졌다. 시가론 자체의 형성 과정에도 관심을 두면서, 시가론과 음악문화의 현실적 문맥 사이에서 빚어지는 역동적 양태도 실상 그대로 드러내려 하였다. 15세기의 예악론과 궁중악을 다룬 이유도 이 때문이다. 노래는 문학이면서도 음악예술에 걸쳐 있으므로 노래가사로서의 문학적 측면에서만 바라보면 실상의 다른 부분을 놓치게 된다. 그래서 음악 자료와 시가문학에 관한 자료를 아우르려고 노력했다.

이황의 시가론을 거점으로 조선 전기 시가론을 탐구하다보니, 조선 전기 문학 연구 자체가 비어 있다는 느낌을 갖게 되었다. 이황을 중심으로 하는 16세기 사림의 문학이 곧 조선 전기 문학 전체를 반영하는 것으로 확대 해석되는 경우가 많았던 것이 사실인데 조선 전기의 문학 전반이 제대로 연구되지 않았기 때문이다. 그래서 조선 전기 문인들의 문집을 뒤지며 당대의 문학사와 예술사의 모습에 근접하려고 노력하였다. 이 책의 내용이 조선 전기 문학사의 한 줄기나마 비추어주는 역할을 한다면 더할 나위 없는 기쁨이겠다. 문예 미학에 도움이 안된다면 조선 전기 생활사나 풍속사 연구의 한켠에라도 도움이 될 수 있기를 기대해 본다.

이 책은 나의 박사논문을 보완한 것이다. 논의나 글쓰기가 수준에 못 미침으로 열심히 발로 뛴 것처럼 보이려고 분량만 많아졌다. 다시 보니 논의가 엉성하고 소략하기만 하다. 전체적인 내용이나 구성을 고쳐보려고 마음먹었지만, 전체적인 체계가 안서 그냥 두었다. 앙상하게 쌓은 탑이 전부 무너질까 두려운 마음에 그대로 내보내기로 했다. 다만 연구사 정리가 한 장을 차지했는데, 군더더기처럼 보여 싣지 않는다. 결론도 전체를 요약하는 수준의 지리한 반복으로 느껴져 없애고, 문학사적 의미로 글의 마무리를 대신한다.

본문을 읽을 때 지리한 자료의 나열이 눈에 거슬릴 수 있겠다는 생각이 든다. 논지를 파악하는데 방해가 되기도 할 것이다. 실상을 증명해야 한다는 강박에 사로잡혀 너무 많은 자료를 인용했다. 추측에 의거하지 않고 객관적인 자료에 의해 당대의 시가사 정황을 입체적으로 드러내겠다는 욕심 때문이었다. 사료를 지나치게 맹신하는 실증파 근대인의 구태처럼 느껴진다. 사료 너머의 진실을 읽어내는 혜안이 없어서라는 변명으로 이 책의 결함을 가려보려 한다.

공부하는 길로 들어서면서 도움만 받아 왔다. 공부의 기본도 갖추지 못한 이 제자를 이끌어 주신 성기옥 선생님, 김대행 선생님께 감사드린다. 논문을 심사해주신 이혜순 선생님, 김학성 선생님, 권두환 선생님께도 깊은 감사드린다. 실생활에서도 늘 다른 사람들의 손을 빌어야 했다. 열정적으로 후원해주시는 부모님 그리고 나를 이끌어 주신 그 모든 분들께 작으나마 위안이 되었으면 한다.

 이 책을 출판해준 소명출판에 감사의 뜻을 표한다. 2년여 가깝게 원고를 끌어 지치게 만들었다. 나의 글쓰기를 되돌아보게 해준 박성모 사장님께 고마우면서도 미안한 마음 전한다. 산만한 글 편집하느라 애쓴 김영이 씨께도 감사드린다.

2002년 6월
길 진 숙

조선 전기 시가예술론의 형성과 전개

차례

책머리에 / 3

제 1 장

국문시가론(國文詩歌論), 그 기원과 형성에 관한 의문들

국문시가는 향가로부터 시작해서 고려속요 · 경기체가 · 시조 · 가사 그리고 구전민요에 이르기까지 다양한 형태와 내용으로 변전되면서 역사 이래 계속 이어져 왔다. 우리말 노래가 쉼 없이 창작 · 향유되어 온 것은 너무나 당연한 일이라 하겠다. 그런데 국문시가라는 양식 그 자체를 개념적으로 이해하거나 비평했던 자료는 그리 많지 않다. 그렇기에 국문시가의 예술적 의미와 의의를 논리화한 자료들을 접하면 새롭고 특별하게 느껴지기까지 한다. 우리에게 각인된 국문시가론은 기껏해야 신라 향가론과 조선시대 시가론 몇몇일 뿐이다. 시가에 대한 논의가 이처럼 드물기에 오히려 당대인들이 국문시가를 인식하는 방식이나 배경이 더 궁금해진다. 특히 갑작스럽게 출현한 듯한 조선 전기의 국문시가론은 그 기원과 형성에 있어 더 큰 의구심을 갖게 한다.

이 글은 바로 조선 전기 사대부(士大夫)들이 공유했던 국문시가론의 형성 과정에 대한 의문으로부터 시도되었다. 사대부들이 언제부터 국문시가를 특별하게 의식했는지, 왜 국문시가론이 나오게 되었는지를 살펴려는 것이 이 논의의 주된 목적이다. 그런데, 주지하듯이 국문시가는 음악문화와의 밀접한 연관 속에서 생성된 장르이다. 따라서 조선시대 사대부들의 국문시가에 대한 인식은 음악에 관한 인식과 포괄적 의미에서 동질적일 수 있다. 국문시가 장르의 이러한 특징에 유념할 때 국문시가론이 갖는 독자적 경로는, 음악문화 안에 담겨 있는 세세한 결을 짚어보는 작업에서 출발하는 연구 시각의 전환을 통해, 한층 선명하게 확인되지 않겠느냐는 필자 나름의 문제의식으로부터 이 논의는 출발한다.

국문시가론에 대한 지금까지의 연구는 한문학론(漢文學論), 혹은 한시론(漢詩論)의 한 축에서 바라보는 시각이 지배적이다.[1] 고전문학비평이라는 큰 주제 아래에서 한시론을 해명하면서 사대부들이 논의했던 시가론(詩歌論) 자료가 방증을 위한 주요 텍스트로 취급되어 왔다. 한시와 국문시가는 동일한 담당층에 의해서 생산된 장르이기 때문에 함께 논의될 수 있는 성질의 것이기도 하겠거니와, 거시적이며 통시적인 문학론의 흐름을 조망하기 위해서는 무엇보다 이와 같은 연구가 필요하기도 했을 것이다. 더구나 시경론을 전거로 하거나 성리학적 인식에 기반한 한시(漢詩) 혹은 음악(音樂)·시가(詩歌)에 관한 이론적 방향을 내세웠던 사대부들을 염두에 두었을 때 결과적으로 이러한 연구경향은 불가피하기도 했을 것이다.

그럼에도 불구하고 사대부들의 국문시가론이 어떻게 전개되었는가에 초점을 맞추어 그 독자적(獨自的)인 계보(系譜)를 새로이 탐색하려는 것은 국문시가의 존재방식(存在方式)이 한시와는 그 층위가 다른 독립적 뿌리로부터 발생·정립되었다는 전제 때문이다.

---

1) 전형대 외, 『韓國古典詩學史』, 홍성사, 1979.
　김흥규, 『조선 후기의 詩經論과 詩意識』, 고려대 민족문화연구소, 1982.
　장원철, 「조선 후기 문학사상의 전개와 天機論」, 한국정신문화연구원 석사논문, 1982.
　전형대, 『한국고전비평 연구』, 책세상, 1988.
　정대림, 『한국고전 비평의 이해』, 태학사, 1991.
　정요일, 『한문학 비평론』, 인하대 출판부, 1990.
　김풍기, 「조선전기 문학론 연구」, 고려대 박사논문, 1994.

조선조 사대부들은 국문시가의 창작을 문사의 여가취미(詩餘)에서 나오는 행위 정도로 규정해 왔다. 한시와 국문시가 창작행위를 이렇듯 병립적으로 취급해온 관행은 국문시가의 여가적 성격을 어떤 형식으로든 필수불가결하게 인정했기 때문일 것이다. 한시를 향유하면서도 한편으로 국문시가를 필요로 했던 사대부들의 병립적 장르 인식은 한시와 국문시가가 관습적으로 이어온 저마다의 존재 방식에 바탕하고 있음을 입증하는 것이다. 그렇다면, 오늘날 우리가 시(詩)와 노래를 분명 별개의 문화행위로 인식하듯, 조선조 사대부들 또한 한시와 국문시가에 대한 별개의 관념을 가지고 있었다는 데 동의할 수 있을 것이다. 따라서 국문시가는 한시와 변별되는 음악문화의 흐름 안에서 자기 자리를 확보해갔으며, 국문시가론도 같은 맥락의 문화적 자장 안에서 형성되었을 것이라는 추론이 가능하다. 그러므로 거시적·통합적 문학론의 구도 속에서 바라보는 시각과 분리하여 국문시가론의 미세 계보를 찾아 나서는 일은 적절하고도 당연한 입각점이라는 것이 필자의 판단이다. 나아가 국문시가론이 한시론과 접점(接點)을 이루는 단계에 대한 온당한 이해를 위해서도 국문시가론의 독자적 발생의 흐름을 파악하는 작업은 현 단계에서 반드시 필요한 것으로 보인다.

결국 이 문제를 해결하기 위해서는 국문시가론이 등장하는 시점으로 되돌아가 논점을 새로이 하여 자료를 재검토할 수밖에 없다. 우리 시가문학사에서 국문시가론으로 거론할 만한 수준의 이론적 쟁점은 기실 16세기 사림에 의해 제기되었으며, 그들의 시가 이해는 독출적이라는 평가를 덧붙여도 과언이 아닐 정도의 수준을 확보하고 있다. 사대부에 의해 기존의 국문시가가 비판, 개혁되면서 비로소 국문시가론이 천명되었고, 시가사상(詩歌史上) 그 역사적 전변을 확실히 보여즈는 분기점이 되었다는 측면만을 보더라도 그러하다. 현상적으로도 16세기는 이현보가 기존 노래에 불만을 품고 「어부가」를 개작했는가 하면, 주세붕·이황 등이 호방질탕(豪放跌蕩)한 노래를 경계하며 온유돈후(溫柔敦厚)한 시가관을 제안, 이이가 우유충후(優柔沖厚)를 시가의 전범으로 내세우는 등 사대부들이 시가문학을 규율하는 미적 범주를 속속 제시하고, 그와 같은 경지의 작품을 창작하는 데 몰두하고 있었다. 이러한 16세기적 현상은 기존 연구에서 사대부 시가의 틀을 선도(先導)하는 이론적 전거로서 거론되어 왔다.

  기존의 연구들은 사림파의 시가론이 16세기 사림들의 주자 성리학적 사상이나 당대 정치 현실과의 연관 아래 제출된 것임을 밝혀주었고, 그 연구 성과는 자못 풍성하다.[2] 이와 같은 연구들이 드러내는 공통 경향은 성리학적 문학론이나 시론 차원에서 16세기 시가론을 분석하고, 체계화한다는 점이다. 16세기 사림들이 성리학적 세계관을 철저히 체화하면서 문학도 그런 원칙에 입각해서 향유·창작하게 되고, 시가에도 그러한 문학론이 그대로 적용된다는 것이다. 이런 연구들은 조선 전기의 성리학적 자장을 진단하는 작업으로서 물론 그것대로 중요한 의의를 지닌다. 즉 시가작품이나 시가론에 성리학적 사유가 어떻게 반영, 수용되었는지를 밝히는 작업들은 거시적인 구도에서 우리 문학이 성리학에 침윤받는 과정을 확인할 수 있게 하기 때문이다. 그러나 사림파의 시가론과 시가작품의 문면에 드러난 성정론(性情論)이나 성리학적 세계상은 일면적(一面的) 진실이라는 데 문제가 있다. 이 같은 시각에서는 시가라는 특정 장르의 위상이 제대로 드러나지 못하고, 성리학적 시론이나 문학론이라는 보편성과

---

  2) 성호경,『조선 전기 시가론』, 새문사, 1988.
    이동영, 「고전시조의 음영성정론」,『고전시가의 이념과 표상』, 임하 최진원박사 기념논총위원회, 1991.
    이민홍,『사림파 문학의 연구』, 형설출판사, 1987.
    ______,『조선 중기 시가의 이념과 미의식』, 성균관대 출판부, 1993.
    이종호, 「안동선비의 국문시가 창작 양상」,『안동의 선비문화』, 아세아문화사, 1997.
    임형택, 「국문시의 전통과 도산십이곡」,『퇴계학보』19, 단국대 퇴계학연구소, 1978.
    조규익,『조선조 시문집 서·발의 연구』, 숭실대 출판부, 1988.
    ______, 「退溪의 詩歌觀 小攷」,『退溪學研究』2, 단국대 퇴계학연구소, 1988.
    최진원, 「은구와 온유돈후−독락팔곡과 한거십팔곡을 중심으로」,『人文科學』1, 성균관대, 1971.
    ______, 「국문학과 자연」, 성균관대 출판부, 1977.

일반론에 함몰되어 버리게 된다. 이렇게 되면, 음악 문화 내에서 시가의 생성이 이루어졌던 현실적 문맥을 도외시하는 결과를 가져와 시가론의 실체에 접근하는 데 한계를 지닐 수밖에 없다.

'16세기 사림파 시가론'은 조선 전기의 사대부 시가를 해명하는 잣대로서의 공고한 위상 때문에 그 이상의 진전된 연구사적 작업은 사실상 답보된 상태이다. 이에 따라 시가론의 형성과 관련된 많은 의문들이 해결되지 않은 채 방치되어 있다. 가령, 16세기 중반의 사림들에 의해 국문시가론이 비로소 자각 혹은 돌출된 것인지 그 원천을 따지는 문제만 해도 성리학적 사상의 일방적 대입으로 인해 그 이상의 진전을 가져오지 못했다. 여말(麗末)의 한문학에서 주도된 성리학적 문학관의 논리가 왜 16세기에 와서야 새삼 국문시가에 적용되었으며 사림들은 무슨 이유로 국문시가를 주목했는지 그 경위가 분명하게 드러나지 않고 있는 것이다. 또 16세기 국문시가론이 제시한 기존 시가나 음악에 대한 포폄(褒貶)과 호오(好惡)가, 왜 이 시기에 와서야 사적(私的)인 차원으로 처음 공표되는지도 전혀 탐지되지 않고 있는 것이다. 즉 국문시가에 대한 호오(好惡)와 미적(美的) 원칙에 관한 담론들이 16세기에 새삼 문제시된 배경이나, 그런 분위기를 산출한 문화사적 전사(前史)와 흐름에 대해서도 해결하지 못한 부분이 산재해 있다는 것이 필자의 판단이다. 그렇다면 이제부터라도 16세기 사대부 시가론이 조선 전기 국문시가사에서 어떤 위치와 위상을 지니는 것인지에 대한 검토가 필요한 것으로 보인다.

결국 16세기의 국문시가론의 형성에 대한 의문은 필연적으로 그 전사(前史)가 되는 15세기와 16세기 초반의 음악론과 시가론에 대한 검토를 요청하게 된다. 16세기 국문시가론이 등장할 수 있는 추동력은 15세기의 음악문화적 맥락에 연관해서야 제대로 이해될 수 있다. 그러므로 이를 위해서는 15세기의 시가론에 관한 단서들을 거슬러 재구해 내야만 한다. 16세기 국문시가론의 전사(前史)로서 떠올릴 수 있는 것은 무엇보다 15세기를 지배한 유교적 예악론이다. 물론 15세기의 예악론에 관해서는 많은 연구

가 이루어진 상태다.3) 그 결과 예(禮)와 악(樂)에 관한 원론적(原論的)인 차
원의 연구가 축적되었고, 그리하여 이러한 예악사상(禮樂思想)이 궁중악에
서 충실히 이행된 것은 물론, 사대부 음악에까지 영향을 주었다는 것은
이제 주지의 사실로 받아들여진다. 그러나 이들 연구는 궁중예악론을 중
심으로 논의하면서 그 결과를 사대부들의 음악사상이나 시가관에 대입하
여 마치 예악사상이 사회 전반에서 실현된 것으로 오해하게 만든다. 당시
의 사대부 음악사상이나 시가론의 재구를 통해 예악론의 실현 양상을 파
악해야 하는데, 그런 시도는 전혀 부재한다.

  시가론을 추적하는 입장에서의 중요한 작업은 예악론의 원론적 천착이
아니라, 예악론이 조선조 사회에서 어떤 식으로 논리화되어 음악정책이
나 실제 음악문화에 적용되었는가 하는 문제이다. 실상 예악론이 조선조
의 음악이나 음악론에 미친 영향을 따지는 문제는 예악의 원론적 측면에
서 접근할 성질의 것은 아니다. 중국의 예악론을 수용하되 어떤 면을 강
화하고, 실제 음악정책으로 어떻게 실현되었는지를 주시하는 것이 관건
이다. 물론 예악론과 음악정책의 관계를 포착한 연구들이 없지 않는데,
고려속요 비평4)이나 여악(女樂)5)과 관련된 논의들이 위와 같은 문제의식

---

3) 김영수, 『조선초기 시가론 연구』, 일지사, 1989.
  노동은, 「조선 후기 음·악 연구」, 『한국민족음악 현단계』, 세광음악 출판사, 1989.
  박천규, 「조선조 전기의 예악사상」, 『동양학학술회의강연초』, 단국대 동양학연구소,
      1982.
  송방송, 『한국음악통사』, 일조각, 1984.
  장사훈, 『한국음악사』, 정음사, 1976.
  최정여, 『조선 초기 예악의 연구』, 계명대 출판부, 1981.
  최종민, 「조선전기의 음악과 음악사상」, 『한국사상사대계』, 한국정신문화연구원, 1986.
4) 강명관, 「조선전기 고려가요의 전승과 시조사의 문제」, 『조선시대 문학 예술의 생성
      공간』, 소명출판, 1999.
  김수경, 「고려 처용가의 전승과정 연구」, 이화여대 박사논문, 1995.
  임주탁, 「수용과 전승 양상을 통해 본 고려가요의 전반적 성격」, 『진단학보』 83, 진
      단학회, 1997.
  정출헌, 「고려가요의 층위와 그 전승양상」, 『민족문학사연구』 13, 민족문학사연구소,
      1998.

에 근접하여 보다 진전된 성과를 보여준다. 이 연구들은 고려속요 비판론과 여악 폐지론의 의미와 실제를 문헌을 통해 꼼꼼히 따지면서 예악 이론과 실천상의 괴리가 있을 수 있음을 시사해 주었다. 그러나 이 연구들은 대체로 예악론이 사회 전체에 일방적으로 압박해 들어갔는데도 불구하고 현실적으로 수용되기 어려웠다는 식의 결론을 내려 해석상의 한계를 노정하였다. 왕실뿐만이 아니라 사대부들이 기술한 자료들까지 아울러 검토하면서, 예악 이론이 실제의 음악 연행이나 시가 연행에 어느 정도의 영향력을 행사하고 있는지 등이 복합적으로 분석되어야 당대의 실상을 보다 온당하게 해명할 수 있을 것이다.

결국 15세기에 유교적 예악론이 사대부들에게 어떻게 인식되었는지, 또한 그러한 인식이 실제 음악론과 시가론으로 어떻게 발전해 갔는지가 중요한 문제인 것이다. 예악론이 사대부들의 음악 인식의 전반에 투영되었는지, 그리고 이것이 국문시가를 자각하는 일에 어떤 역할을 했는지를 따져야 15세기 예악론의 실현 정도와 침윤 정도를 알 수 있고, 기존의 음악 인식과의 차별성을 짐작할 수 있다. 그래야만 예악론의 위상을 알 수 있고, 이 결과로써 성리학적인 사상에 침윤한 16세기 사림 시가론의 위치가 확인될 것으로 보인다. 16세기 시가론과 병치해서, 15세기에 예악론으로 공식화된 음악론의 영향관계, 사대부들이 여기에 대응해서 펼치는 음악론 등이 복원되어야만 국문시가론의 전반적 양상이 객관적으로 드러날 수 있고, 그런 가운데 시가론의 시대적 의미와 위상이 확연해질 수 있으리라 본다. 이런 진행과정을 거치면, 별도의 국문시가 논의의 계보가 서

조윤미, 「고려가요 수용의 양상」, 이화여대 석사논문. 1988.
최미정, 「고려속요의 수용사적 연구」, 서울대 박사논문, 1990.
5) 장사훈, 「이조 女樂 연구」, 『아세아여성연구』 9, 숙명여대 아세아여성연구소, 1970.
최미향, 「조선초기 세종조 여악 연구」, 영남대 석사논문, 1989.
김종수, 「조선전기 여악 연구」, 『국악원논문집』 5, 국립국악연구원, 1993.
______, 「조선조 17·18세기 여악과 남악」, 『한국음악사학보』 11, 한국음악사학회, 1993.

면서, 통시적인 시가론의 맥락이 잡힐 것으로 기대된다.

국문시가론은 당대 사대부들이 노래에 대해 가졌던 관념의 언표화이다. 이 관념은 당대의 지배이념에 충실한 공론일 수도 있고, 현실적인 측면을 고려한 언명일 수도 있다. 조선조의 사대부들은 성리학적 세계관의 긴박 속에 살아갔다고 할 수 있다. 따라서 예악론이든 16세기 사대부 시가론이든 성리학적 사고체계를 바탕으로 그 이론이 개진되었으며, 공식화된 담론 속에는 이념적 침윤의 강도가 크게 드러날 수 있었다. 그러나 이와 같은 의식이 어느 정도 역사적 실상과 부합한다 하더라도 우리가 조선 전기에 대해 선험적으로 가져온 선입견이 더 크게 작용한 것일 수 있기 때문에, 실제 이론이 당대에 어떻게 전개되어갔는지, 그리고 현실적 측면에서의 실제 적용이 어느 정도였는지, 당대 음악문화의 현상과는 일치하고 있는지 등에 대한 정밀한 점검을 반드시 거쳐야만 할 것이다. 어떤 이론이든 당대의 현실적 맥락이 사상된 채 갑작스럽게 돌출하는 경우는 없을 것이므로, 국문시가론도 당대적 정황이라는 현실적 맥락에 대해 충실한 응전의 양상을 보여주었을 것으로 판단된다. 그러므로 이 논문에서는 공론화되었던 국문시가 논의들과 사대부들의 음악·국문시가 향유의식, 그리고 창작과 향유의 실제에서 빚어지는 상호관계를 종합적으로 검토할 예정이다. 그래야만 15세기와 16세기에 전개된 국문시가론의 실상과 그것에 대한 문화사적 의의가 제대로 자리매김될 수 있을 것으로 생각된다.

이 글은 궁극적으로 15세기와 16세기를 통합적으로 살피는 일 자체에 관심을 둔 것은 아니다. 16세기 국문시가론 형성의 원천이 15세기로부터 비롯되었으리라는 판단에서 두 시기의 계기적 연속성에 의미를 둔 것이다. 15세기 예악의 향방이 바로 국문시가론을 등장시킨 추동력일 수 있음은 국문시가론 자체가 담고 있는 사상적 경향에서도 이미 짐작되는 바이다. 16세기 사림의 시가 인식이 15세기 예악론의 향방에서 추적되어야 하는 필연적 이유는 이런 논리 자체가 사대부의 음악적 자각에 공통적으로

닿아 있기 때문이다. 두 시기 공히 유교적 악론으로부터 음악이나 시가에 대한 새로운 자각을 시사 받았기에 공유된 기반을 재점검하기 위해서는 두 시기를 연속적으로 배열하여 검토하지 않을 수 없다. 이러한 기본 전제는 동시에 각 시기의 주제별 연구를 어떤 하나의 시각으로 재배치하는 방식이 요청됨을 의미하는데 이런 재배치를 통한 검증이 곧 본고의 서술 방향이 된다. 그런 재배치 속에서 시가론이 나올 수 있었던 실마리가 잡힐 것으로 기대한다.

제 **2** 장

15세기 – 유교적 악론(樂論)의 정립과 제도적 적용

1. 고려 말 유교적 악론의 발현

1) 시가 향유와 유교적 악론의 발현

조선왕조가 건립되면서 내세운 지배사상은 주자학이었다. 고려 말기에 수용된 주자학은 조선의 건국과 동시에 제반 정치·문화의 지배이념으로서 그 표면적 역할을 다하게 된다. 조선왕조가 주자학을 국가이념으로 수립하면서 여러 문물제도를 혁신하기까지의 추동력은 바로 고려 말기의 정치·문화적 상황에서 비롯되었다. 즉 조선조에 추진했던 강력한 개혁의 기치들이 고려 말기의 정치·문화적 움직임 속에서 이미 태동한 것임은 주지의 사실이다. 여기서는 고려 말기 주자학 수용과 파급을 통해서 예악이나 시가(詩歌)가 어떤 방식으로, 어느 정도의 수준에서 논의되는지에 대해 검토한다. 15세기 예악론과 시가론의 발단을 소급해서 그 전사를 살피는 것은, 당대의 지배적인 문화적 사고가 어느 만큼 발전·강화하는 지를 살필 수 있도록 하는 단서가 된다. 그렇기 때문에 전체적인 문화의 변혁과정 속에 드러난, 예악문화에 대한 변이적 사고를 탐색하는 작업은 반드시 필요한 일로 생각된다.

고려는 고종 46년(1259) 몽고와의 화의가 성립된 뒤 중국의 조정과 긴밀하고 빈번한 관계를 맺게 되자 여러 경로를 통해 자연스럽게 원대의 정통 사상으로 자리한 주자학을 접촉한다. 그렇지만 이제현·이곡과 같은 사대부들은 주자학에 심취하는 정도에까지 이르지는 못했으며,[1] 주자학을 고려 사회에 실질적으로 도입한 이색(李穡)에 이르기까지도 한당 유교와 성리학을 절충하는 입장에 있었다.[2] 이들 단계에서는 주자학적 사회 개혁을 철저하게 깨닫는 정도에까지 이르지는 못하지만, 적어도 유학적 세계의 정도(正道)를 권려하려는 의식은 지니고 있었다. 이후 정몽주(鄭夢周)·이숭인(李崇仁)·박의중(朴宜中)·김구용(金九容) 등은 공민왕(恭愍王)·우왕조(禑王朝)에 활동하면서 성균관을 중심으로 주자학에 관한 교육을 강화하였다. 동시에 정도전(鄭道傳)·조인옥(趙仁沃)·김자수(金子粹)·윤소종(尹紹宗)·김초(金貂)·박초(朴礎) 등의 급진적 개혁파들은 주자학을 본격적으로 실천하기 시작한다.

고려에서 유교적 예악이 본격적으로 논의된 것은 정몽주나 정도전과 같은 개혁적 인사들에 의해 가능했다고 한다. 이들이 구귀족(舊貴族)·사원세력(寺院勢力)을 타도하기 위한 대항이론으로서 주자학을 받아들였기 때문이다.[3] 이들은 고려 사회의 혁신을 위해 본격적으로 전제(田制)를 비롯한 여러 제도를 고쳐 나간다. 먼저 정치면에서 유교의 지치주의(至治主

---

1) 이성무, 「주자학이 14·15세기 한국교육·과거제도에 미친 영향」, 『한국사학』 4, 한국정신문화연구원, 1983, 364면.
2) 김충렬, 「고려 유교정신의 맥락」, 『한국사상사대계』 3, 한국정신문화연구원, 1991, 288면.
3) 박연호, 「조선 전기 사대부교양에 관한 연구」, 한국정신문화연구원 한국학대학원 박사논문, 1993, 55면.

義)를 주창하였고, 사상면에서 숭유배불(崇儒排佛)을 내세웠으며, 풍속면에서 미신을 타파하고 예제(禮制)를 개혁하여 전 부분에 걸쳐 유교화를 이룩하게 되었다. 이것이 고려 유학, 특히 성리학의 기능이며, 이렇게 됨으로써 이 땅의 역사문화를 추동시키는 이념으로 유교가 토착화되기 시작한다.[4] 이런 정책들이 어느 정도로 강력하게 제도적으로 추진되었는지에 대해서는 회의적이지만, 새로운 시도를 움트게 했다는 점에서 자못 그 의의가 크다. 곧 이 시기는 고려조 전래의 관습이 대세를 이루면서도 주자학 수용에 의한 변화의 조짐이 드러나던 전환기라고 할 수 있다. 이런 과정 속에서 기존의 음악문화에 대한 의식의 재편이 어떻게 진행되는지를 보도록 하자.

우선 고려 말 상층의 문사들이 즐겼던 고려가요 향유의 양상을 찾아서 일반적으로 향유되던 노래의 종류가 무엇이었는지, 그리고 그 속에서 특별히 의미 부여되던 노래가 무엇이었는지를 판명해야 할 것이다. 상층문인에 관심을 두는 이유는 여말에 수용된 유교적 예악론이 일반에서 즐기던 시가향유에도 영향을 미치는가를 확인하기 위해서이다. 예악적 음악관과 연행 음악 사이에 어떤 함수관계가 설정되느냐의 여부를 확인하기 위해서는 상층문인들의 향유관습을 탐색하는 작업이 필요하다. 또 다른 측면에서, 조선조 사대부에 의해서 고려가요가 향유된 현상을 설명하려면 상층의 가요 향유 방식과 양상을 고려조로 소급해서 살필 필요가 있기 때문이다. 조선조에까지 이어진 고려가요의 지속적 향유는 고려조 문인들의 문화적 관습이 단절된 것이 아니라 이어지는 현상을 방증하므로 그 관습의 저류를 파악해야 한다.

고려가요를 보면 상층문인의 창작작품도 있고, 민요적 적층성에 그 개연성을 두는 노래도 있다.[5] 그렇지만 고려가요 향유의 주된 계층은 상층의 문사들이었을 것임은 확실하다.[6] 고려시대 기층문화가 문헌으로 추정

---

4) 金忠烈, 「高麗 儒敎精神의 脈絡」, 『한국사상사대계』 3, 한국정신문화연구원, 1991.
5) 김학성, 「고려가요의 작자층과 수용자층」, 『한국학보』 31, 일지사, 1983.

되기 어렵기 때문에 고려가요가 어떤 식의 향유 기반을 다지고 있었는지 그 개연성을 따지기 어려운 한계는 엄존하지만, 남아 있는 자료들의 향유적 함량을 미리 재어본다면 이미 상층문화의 자장 안에서 그 존재방식을 드러내는 측면이 많다. 따라서 현존하는 고려가요가 기층의 민요를 변개한 것이라 하더라도 이미 상층문화의 취향 안에서 굴절·변개되어 갔던 모습의 것이라는 점을 염두에 두어야 한다.『고려사』속악조(俗樂條)에 수록되기 이전의 여말 상층 문인들의 속요 향유 양상을 확인한다면 그 성격의 대략이 파악될 것으로 기대한다. 그 동안은 고려조에 만들어지고, 향유되었을 개연성을 가지고『고려사』속악조의 노래와 조선시대 음악자료에 남아 있던 고려가요를 대상으로 그 성격을 파악해 왔는데, 실제 고려조에 어떤 노래들이 어떻게 향유되었는지 그 현상을 재구하려는 관심은 부족한 실정이었다. 그러므로 여기서는 여말(麗末)에 향수되던 가요의 실상을 탐색하여 시가 향유의 대체적 경향과 시가에 대한 향유의식을 짚어보도록 하겠다. 그리고 향유의식 속에 유교적 악론(樂論)의 영향이 어느 정도 개입되어 나타나는지 살펴보겠다.

고려조의 문사들은 가야금이나 거문고를 직접 연주하는 형태로, 혹은 기생의 연주와 노래가 동반되는 형태로 음악을 향유한 것으로 보인다. 이규보도 박인저(朴仁著)의 집에 초대되어 가야금 연주와 가기(家妓)의 노래를 들었던 정황을 시로 남겼다.[7] 이들 문사들은 가야금이나 거문고, 향비

---

6) 임주탁, 「수용과 전승양상을 통해 본 고려가요의 전반적 성격」, 『진단학보』 83, 진단학회, 1997. 이 논문에서는 고려가요가 상층문화의 산물이라는 사실에 입각해서 고려가요 수용의 성격을 밝히고 있다.

7) 이규보, 「次韻朴學士和蝸字韻詩」 제1수, 『국역동국이상국집』 V, 민족문화추진회, 1980, 244면. "더위 큰 비 무릅쓰고 일부러 찾아가서 / 미친 듯 읊조리며 처음엔 홀로 개구리 울음소리에 맞췄네 / 고맙게도 그대가 손수 가야금을 타고 / 또 집안의 기생을 불러 노랠 부르게 했네[冒熱衝霖得得過, 狂吟初獨和鳴蛙, 感君手自親琴弄, 更喚家倡爲唱歌]."

이규보, 「次韻李侍郎和伽倻琴詩來韻」, 『국역동국이상국집』 V, 민족문화추진회, 1980, 269면. "어떤 이가 가야금 하나를 선사하여서 / 나의 다년간 요망을 채워 주었네 / 전에 타던 노래 가사 잊어버려서 / 양부에서 찾아보기로 작정했다네 / 그대가 고맙게도 노래

파를 타면서 그에 맞추어 한시(漢詩)를 노래하거나, 여타의 노래를 불렀다고 한다.8) 그 노래의 종목은 구체적으로 알 수 없으나 개인적으로 성기(聲妓)를 두고, 연회에서 가기(家妓)들의 노래를 들었던 것으로 보인다. 이런 가기(家妓)의 존재는 여말에도 계속 확인되는데,9) 사대부들은 성기(聲妓)를 집에 두고 연석에 참여시켜 가무와 연주를 담당케 했던 것이다. 고려가요가 불리는 현장은 바로 이와 같은 연음(宴飮)의 자리였다. 여말 사대부들은 거문고·비파 연주를 스스로 즐기거나, 혹은 연회에서 악공이 타는 거문고와 비파 연주를 들으면서 이와 함께 노래를 향유했던 것이다.

여말 사대부들의 문집에는 당시 향유했던 고려가요의 자료를 찾아볼 수 있다. 그 자료가 많지는 않지만, 여말 사대부들이 향유하던 노래의 종류가 어느 정도는 재구된다. 고려의 문신들이 창작한 노래는 정서가 의종 연간의 귀양기간(1151~1170) 동안에 지었다는 「정과정곡」, 고종 연간(1213~1259)에 한림 제유들이 지은 「한림별곡」, 충렬왕대 오잠(吳潛)·김원상(金元祥, 1299)의 「삼장」·「사룡」, 김원상·박윤재의 「태평곡」, 채홍철(1262~1330)의 「자하동」,10) 이혼(李混, 1251~1312)의 「무고정재」(舞鼓呈才, 「井邑」),11) 안축(安軸, 1287~1348)의 「관동별곡」·「죽계별곡」이다. 이 노래들은 그 창작의 정황상 상층 귀족사회에서 불렸을 것으로 쉽게 짐작된다.

부를 시를 주어서 / 노래의 절주가 장단에 들어맞네[有以一琴貽, 償我多年覓, 忘却舊彈詞, 斯於兩部索, 子幸投聲詩, 音節協詘直]."

8) 송방송, 「고려 향악의 삼현 문제」, 『고려음악사연구』, 일지사, 1988, 108~136면.

9) 閔思平, 「碩城府院君出戰凱還, 慰兩親之思, 是可賀也, 公出家妓, 大開歡席, 予醉甚, 聊呈拙句」, 『及菴詩集』 권3, 『문집총간』 3, 74면. "七旬親老猶無恙, 百戰生還可不誇, 我與南君門下客, 喜聞仙妓一聲歌." 이 시에서는 석성부원군의 집 家妓가 노래하는 정황을 담고 있다.

10) 권근이 쓴 「蔡贊成諱洪哲」(『陽村集』 권35, 『문집총간』 7. 308면)에 의하면, 채홍철은 음률에도 밝았는데, 이 노래는 그가 中和堂을 짓고 國老를 초청하여 耆英會를 열면서 노래를 지었는데, 세상 사람들이 「紫霞洞別曲」이라고 불렀다고 한다.

11) 임주탁(1997)은 「井邑」의 창작배경에 관해 자세히 서술하고 있다. 권근이 쓴 「寧海府西門樓記」(『陽村集』 권11, 『문집총간』 7, 126~127면)에 의하면, 李混이 「정읍」을 지었는지는 확실하지 않지만, 무고정재의 향유 기반이 상층 사회의 연행문화에서 비롯된 것임은 분명하게 알 수 있다.

또한 이제현(李齊賢)과 민사평(閔思平)이 「소악부」로 올린 작품들도 당시에 널리 성행하던 것으로 사대부들이 즐겼다고 보아도 무방하지 않을까 한다.12) 이제현이 당대에 익히 듣던 가요 중 자신의 의지에 감흥되는 것을 찾아서 악부화하라고 민사평에게 남긴 글을 보면, 「소악부」가 윤리적 잣대로 노래를 선별 수용하려는 태도에서 창작되지는 않았다고 할 수 있다. 악부화한 작품들을 보아도 원노래의 윤리성이나 교화성을 우선으로 하지는 않았다. 물론 이제현은 「북풍선」을 악부화하며, 노래가 비(鄙)하지만 민풍을 통해 시속(時俗)의 변화를 볼 수 있다고 하여 관풍의식(觀風意識)에 관련된 생각을 드러낸다. 그러나 이 발언에 시류(時流)에 대한 경계의 의미가 함축되어 있다 하더라도 노래 자체의 비속성(鄙俗性)에 대한 포폄(褒貶)은 아니라는 점에서 노래의 선별에 도덕적 기준이 개입되지 않았음을 알 수 있다. 이제현(1274~1367)은 11수의 소악부를 남기고 있는데, 그 악부화한 노래는 「오관산」·「거사련」·「처용」·「사리화」·「장암」·「제위보」·「정과정」·「정석가」·「수정사」·「북풍선」·「소년행」(혹은 「양주」)13)이다. 민사평(閔思平, 1295~1359)도 익재(益齋)가 보내준 소악부에 대한 화답으로 6장을 지었는데, 「후전진작」·「정읍사」·「삼장」·「안동자청」·「월정화」14)가 그것이다. 이처럼 「소악부」로 전화된 작품은 「처용」·「삼장」과 같이 궁중에서 불린 노래도 있지만 이들을 모두 포함해서 당시에 널리 유행하던 노래일 가능성이 크다고 할 수 있다.

---

12) 임주탁(1997)은 「소악부」에 수록된 노래의 原詞가 기층문화 즉 민요를 轉化한 것이라기보다는 당대 연희공간에서 사용되는 가요의 생성적 의미 또는 핵심 정조를 회복하기 위한 방향에서 유행되는 가요를 악부화한 것이라고 보았다. 「소악부」 창작 동기를, 이제현이 당대의 연희공간이 음란하고 방탕하게 변질되어 가는 현상을 목도하고 자신들의 취향에 부합하는 바람직한 연희문화 창출하기 위한 것으로 보았다. 原詞를 가감 없이 악부화했으며, 윤리적 잣대로 노래를 선별한 것은 아니라는 점에서 이 논지를 수용하기는 어렵지만, 연희문화에서 사용된 가요의 악부적 전화라는 측면에는 기본적으로 동조하는 입장이다.

13) 이제현, 「小樂府」, 『益齋亂稿』 권4, 『문집총간』 2, 536면.

14) 민사평, 「小樂府」, 『及菴詩集』, 『문집총간』 3, 69면.

　위에서 언급한 자료들은 상층의 고려가요 향유 증거로서 이미 잘 알려진 것이다. 그런데 「소악부」 이외에도, 이제현과 민사평을 비롯한 여말의 사대부들은 고려가요의 곡목을 시로 남기는 일이 종종 있었다. 그 향유된 고려가요를 일별해 보면, 「관동별곡」·「한림별곡」·「자하동」·「처용가」·「예성강」·「양주」·「벽파정(碧波亭)」·「접연화(蝶戀花)」·사패「만정방(萬庭芳)」·「정과정」·「어부가」 등이다.

　「한림별곡」이 어떻게 향유되었는지 알 수는 없으나, 이색의 시에 「한림별곡」 8장(章)과 동일한 내용을 담고 있어,[15] 당시 이 노래가 상층 문인들에게 향수되었음을 짐작할 수 있다.[16] 이색은, 그네를 밀고 당기는 행위 속에 묻어나는 유혹의 기운을 철장(鐵腸)의 흐트러짐으로 묘사하고 있어, 「한림별곡」 노래가 촉발하는 정서의 한 측면을 알 수 있게 한다. 이색은 그 풍속의 문란함을 질타하려고 이 구절을 원용한 것이 아니라 단지 당대 추천 풍속을 형상화하는 것에 주목적을 두었다. 이색(李穡)은 또 춘일화(春日花)라는 단어를 설명하기 위해 부기(附記)한 소주(小註)에서 춘일화는 「남경별곡」 노래에서 나왔다고 그 전거를 밝혔다.[17] 남경은 양주를 지칭하는 다른 이름으로, 고려가요 「양주」일 가능성이 크다.[18]

---

15) 李穡, 「鞦韆」, 『牧隱稿』 詩稿 8, 『문집총간』 4, 55면.
　　"堂堂楸樹迥臨風, 紅線鞦韆欲蹴空, 挽去推來少年在, 鐵腸搖蕩眼波中."
　　"唐唐唐 唐楸子 皂莢남긔 / 紅실로 紅글위 미요이다 / 혀고시라 밀오시라 鄭少年하 / 위 내 가논디 눔 갈셰라 /(엽) 削玉纖纖 雙手ㅅ길혜 削玉纖纖 雙手길ㅅ혜 위 雙手同遊 ㅅ景 긔 엇더ᄒ니잇고"(「한림별곡」 8장)
16) 여운필, 「李穡의 詩文學 硏究」, 서울대 박사논문, 1993, 183~185면. 이 논문에서 이색이 한시에서 언급한 「남경별곡」과 「한림별곡」, 그리고 「구나행」 시에서의 처용무 묘사, 「告風伯一章」 시가 한역된 민요라는 점 등을 통해, 그가 속악 내지 민요에 매우 관심이 컸다고 보고, 이는 여말 사대부층이 일반적으로 공유하고 있던 민간의 동향과 백성의 삶에 대한 높은 관심의 소산이자 기속악부를 많이 지은 시인식의 연장에서 연유한 것이라고 하였다.
17) 이색, 「臣穡骨酸, 艱於騎馬, 伏想行幸將旋, 無由迎謁道左, 悵然吟成一首」, 『牧隱稿』 詩稿 20, 『문집총간』 4, 263면. "爛映笙簫春日花, 欲識太平眞氣像, 他年七德舞仍歌."(春日花, 用南京別曲)
18) 여운필, 「李穡의 詩文學 硏究」, 서울대 박사논문, 1993, 183~184면.

이혼(李混)의 「무고정재」와 안축의 「관동별곡」은 이곡(李穀, 1298~1351)이 읊은 한시에서 그 향유 양상을 파악할 수 있다. 이곡은 단양(丹陽)을 포괄하는 영해(寧海)지역을 다녀와서 시를 읊었는데, 변방으로 떠나는 사람과 이별하는 아픔을 그리면서 그와 같은 내용이 신사로 만들어져 악부에 올라 가무를 갖춘 음악이 되었다고 서술한다.[19] 이곡은 외가(外家)가 영해(寧海)에 근거지를 둔 세족이었던 까닭에 자주 이 곳을 찾았고, 영해에 관한 시를 많이 남겼다. 위 시에서 신사(新詞)가 청평악(清平樂)에 올려지게 되고 이로써 단양이 악부에 오르게 되었다고 한 것으로 보아 당대에 유명했던 가무희를 갖춘 노래를 지칭한 듯하다. 이혼(李混)이 영해 남루에서 「무고정재」를 만들어 연행했고, 여기에서 불린 「정읍사」가 길 떠난 남편을 향한 애절한 근심과 걱정을 담고 있다는 점에서 이곡 시의 묘사와 일치된다. 또 이곡 이전에 단양과 관련해 회자되는 한시가 없고, 영해를 지명하고 있다는 점에서 악부에 올린 무고정재를 가리킬 가능성이 크다고 생각된다. 「관동별곡」이 언급된 시에서는 안축을 회상하는 슬픔이 표현되어 있는 것으로 보아 안축의 사후(死後)에 영랑호를 찾아 「관동별곡」을 들었던 듯하다.[20]

채홍철(1262~1330)이 지은 「자하동」은 채홍철 이후의 문인 이강(李岡, 1333~1368)에 의해 그 노래의 전승을 볼 수 있다. 이강은 채홍철이 지은 중화

---

19) 이곡, 「寧海留贈」, 『稼亭集』 권19, 『문집총간』 3, 227면. "重來烏得獨無情, 當日佳人白髮生, 怨淚滴殘將繼血, 離歌凄斷不成聲, 關山鞍馬何曾歇, 花月樓臺摠有名, 從此丹陽添樂府, 新詞一曲倚清平."

20) 이곡, 「永郎湖·次安謹齋詩韻」, 『稼亭集』 권19, 『문집총간』 4, 221면. "안상의 정회는 황학의 달이요 / 이생의 행지는 백구의 물결이네 / 이 땅에 다시 옴이 진실로 기필하기 어려워 / 공연히 관동별곡 한 노래를 듣노라(근재 선생이 존무사로 있을 때에 이 호수에 노닐며 "저문 구름 반쯤 걷으니 산은 그림같고 / 가을비 새로 개이니 물결이 절로 이네 / 이 땅에 다시 올 일 기필하기 어려우니 / 배 위에서 노래 한 곡조를 듣노라"라는 절구 한 수를 지었다. 또 관동별곡을 지었는데, 이제 그 노래를 듣고 그 시를 읊조리니 처연하여 느낌이 있다)[安相情懷黃鶴月, 李生行止白鷗波, 重來此地誠難必, 空聽關東一曲歌(謹齋先生存撫之日有此湖, 作一絶云, 暮雲半卷山如畵, 秋雨初晴水自波, 此地重遊難可必, 更聞船上一聲歌, 又作關東別曲, 今聞其歌誦其詩 悽然有感故云)]."

당(中和堂)에서 그 당시의 풍류를 반추하며, 오늘의 자하동을 묘사하는 시를 썼다.[21] 채홍철이 기영회(耆英會)를 열고 「자하동별곡」을 지었던 때를 떠올리며, 기영회가 없는데도 그 노래 즉 「중화곡(中和曲)」[22]이 불리는 현재의 정황을 그려내고 있다. 개성에 위치한 자하동은 그 빼어난 경치로 인해 많은 사람들이 찾았던 장소로, 이 곳에서의 풍류는 유명해서 고려 시인들이 자하동을 소재로 시를 남기기도 하였다. 이 시에 의하면 채홍철이 중화당을 짓고 「자하동」을 노래하면서 이 곳의 풍류가 더해진 듯하다. 더불어 「자하동」의 노래가 계속해서 향유되어 이후『고려사』「악지」에 오르게 된 것으로 보인다.

「처용가」는 고려 왕조의 나례에서 가무희 형태로 공연되거나, 궁중의 곡연이나 일반 연회에서 처용희로 유희되거나 혹은 노래로 불리었다.[23] 「처용가」는 고려 말엽 이제현의 「소악부」에, 정포·이곡이 개운포를 방문하고 쓴 시에, 이숭인이 공익(功益)의 신라 처용가를 노래로 듣고 지은 시에서 각각 그 향유의 흔적을 볼 수 있다.[24]

---

21) 李岡,「予不樂樂故作長詩以代歌」,『국역동문선』권7, 283면.
　　 "중화당 앞에는 도리 꽃이요 / 중화당 아래는 신선 집이라 / 성 안의 젊은이 늙은이 저마다 흥에 겨워 / 신선 맞아 꽃보려고 자하동을 찾는다 / 옛날 가무하던 땅에 올라 / 홀로 바람 맞으며 한숨 짓네 / 옛사람의 기영회는 다시 없거늘 / 지금 사람 도리어 중화곡 듣네 / 질서가 차례차례 잠시도 멈추지 않아 / 백년이 문득 눈 앞에 지나가는 새였네 / 일찍 들었노라 적선은 낮 짧은 것 싫어서 / 밤마다 촛불 잡기를 원했다고 / 홍안이 길이 있으리하고 말 말아라 / 바다 또한 桑田으로 변했느니 / 운연도 향기롭고 꽃은 바다 같아 / 한 번 읊고 한 잔 들고는 마음에 부족하여 / 설렁설렁 봄바람 앞에 거꾸러지네[中和堂前桃李花, 中和堂下神仙家, 城中少長各饒興, 邀仙看花尋紫霞, 登臨疇昔歌舞地, 獨向淸風長吁嗟, 古人無復耆英會, 今人還聽中和曲, 代舒鱗次不暫留, 百歲忽忽鳥過日, 曾聞謫仙嫌晝短, 原言夜夜長秉燭, 莫道朱顔鎭長在, 滄溟亦變爲桑田, 雲煙芬馥花如海, 一詠一觴心未足, 婆娑醉倒春風前]."
22) 채홍철이 그의 집 남쪽에 堂을 짓고 中和堂이라 이름했으며, 여기에 國老를 초청하여 기영회를 만들고 이를 기리는 「자하동곡」을 지었기 때문에 「中和曲」이라고 한 듯하다.
23) 김수경,「고려 처용가의 전승과정 연구」, 이화여대 박사논문, 1995.
24) 李崇仁,「十一月十七日夜, 聽功益新羅處容歌, 聲調悲壯, 令人有感」,『陶隱集』2권,『문집총간』6, 543면.

「예성강」은 이제현과 정포의 한시에서 그 향유를 확인할 수 있다. 이제현은 서강에서 눈 날리는 강변의 풍광을 감상하며, 술을 마시면서 「예성강」 한 곡을 소리 높여 부르는 장면을 형상화하였다.25) 이 시에서는 「예성강」을 노래할 뿐만 아니라 이 노래가 나오게 된 배경적 인물인 중국 상인 하두강(賀頭綱)을 거론하고 있어서 『고려사』 「악지」 소재 「예성강」 곡과 똑같은 내용과 형식의 노래임을 알 수 있다. 이와 더불어 정포(鄭誧)도 서강(西江)의 풍취 속에서 뱃사람이 부르는 「예성강」 노래를 듣는 모습을 읊고 있다.26) 정포의 시를 보면 「예성강」 노래가 뱃사공들이 부르는 노래로 널리 알려진 민요였던 것으로 보인다. 민요가 널리 퍼져 상층에까지 수용되는 경우라 하겠다. 유명하게 전파되었던 노래라서 상층문인들에게도 향유되고, 궁중악으로까지 상승한 경우인 듯싶다.

이집(李集, 1327~1384)은 당시에 만들어졌던 「접연화(蝶戀花)」라는 신사(新詞)를 듣고 한시에 그 흔적을 남기고 있다.27) 「접연화」는 배찰방이란 사람의 집에서 들은 신사(新詞)로 상사(相思)의 노래라고 한다. 그 내용으로 보아 비파의 연주에 맞추어 부른 아주 애절한 가락의 노래인 듯한데, 고려 말에 새로이 만들어져 불리다 사라진 것으로 추측된다.

정포는 「벽파정(碧波亭)」28)과 사패인 「만정방(萬庭芳)」을 들었던 사실을 시에서 기록하였다. 고려조에 사(詞)나 한시(漢詩)가 가야금이나 거문고 반

---

25) 이제현, 「西江風雪」, 『益齋亂稿』 권10, 『문집총간』 2, 610면. "雪壓江邊屋, 風鳴浦口穡, 時登草閣掛南窓, 雲海杳茫茫, 斫膾銀絲細, 開樽綠蟻香, 高歌一曲禮成江, 腸斷賀頭綱."

26) 鄭誧, 「西江雜興」, 『雪谷集』, 『문집총간』 3, 255면. "靑山似畵滿蓬窓, 細雨如絲灑石矼, 已是夜闌淸不寐, 舟人更唱禮成江(樂府有禮成江曲)."

27) 이집, 「次韻贈裵察訪」, 『遁村雜詠』, 『문집총간』 3, 340면. "七點奇峰傍海斜, 箇中人戶似仙家, 遙知夜夜南飛夢, 每繞山茶滿樹花. // 縹渺朱樓柳外斜, 琵琶嗚咽是兒家, 重來聽此相思調, 一曲新詞蝶戀花. // 公道由來正不斜, 廟堂豈是誤邦家, 公今察訪兼廉使, 也似佳人更揷花."

28) 鄭誧, 「碧波亭」, 『雪谷集』, 『문집총간』 3, 256면. "疊石欹秋岸, 叢篁臥晚汀, 舟人云是碧波亭, 碑壞已無銘, 雨過沙痕白, 烟消水色靑, 當時歌調不堪聽, 倚棹涕空零(俚里有碧波亭曲)."

주에 맞추어 노래로 불렸음은 앞에서도 설명했다. 정포(鄭誧, 1309~1345)가 기생에게 준 시에서 읊은 바, 연석의 자리에 참여한 가기(歌妓)의 「만정방」이란 노래를 들었음을 알 수 있다.29)

위에서는 고려 가요들이 여말의 상층문인들에게 여러 양상으로 향유되었던 사실을 반추해 보았다. 대다수가 한시에 짤막하게 언급된 노래의 곡목이므로 그 향유의 분위기나 그 노래에 대한 청자의 의식을 정확하게 짚어내기는 어렵다. 다만 그 거론된 곡목이 대체로 당시 사대부들이 즐겨 향유하던 주요 레퍼토리였을 것이며, 유락(遊樂)의 자리에서 듣던 노래의 성격이 다양하다는 점은 확인할 수 있다. 그런데 이런 중에도 사대부들에게 많이 언급되고, 특별히 의미 부여되었던 노래가 있는데, 「정과정곡」과 「어부가」이다.

「정과정」은 1151년에서 1170년 사이에 창작되었으나, 문헌상 이제현(1247~1367)의 한시를 통해 처음 그 기록을 찾을 수 있다. 이제현은 소악부 11수 중 하나로 「정과정」을 역해하였고, 「동국사영(東國四詠)」이란 시를 지으면서 정서(鄭敍)가 달빛 아래서 거문고를 탔던 고사를 그 하나로 읊었다. 그런데 이제현이 지은 「동국사영(東國四詠)」이란 시는 문집에 남아 있지 않고, 그와 교류했던 문인들이 이를 본받아 시를 남기고 있다. 아마도 이제현이 「동국사영」을 짓고 나서 문인들에게 그 운에 화답하기를 권하여 동일한 소재의 시가 나왔던 것으로 보인다. 그 속에서 「정과정」의 향유를 확인할 수 있으니, 민사평(閔思平), 정추(鄭樞, 1333~1332), 한수(韓脩, 1333~1384)가 쓴 "四詠"의 시가 그것이다. 이 작품 내용에 의거해 보면, 「동국사영」은 "나귀를 타고 혜소상인을 방문했던 김부식의 고사", "개성 북쪽 추암 바위에서 눈속에 놀았던 최당의 고사", "달빛 아래 거문고를 탄주했던 정서의 고사", "비가 올 때마다 연꽃을 구경했던 곽예의 고사"30)를 소재로

---

29) 정포, 「辛水原席上贈妓」, 『雪谷集』 下, 『문집총간』 3, 259~260면. "明月當歌席, 香風泛畫堂, 佳人笑整越羅裳, 脉脉斷人腸, 夜靜絃聲急, 天寒燭影長, 酒闌携手起彷徨, 一曲滿庭芳(曲名)."

읊은 4편의 시이다. 민사평·정추·한수가 「동국사영」에 대해 차운한 시들은 시상에서는 약간씩의 차이를 보이나, 모두 퇴직관료나 현직관료를 막론하고 한적한 여가를 즐기는 모습을 공통적으로 그리고 있다.[31]

① 獨跨靑驢訪碧山　　푸른 나귀 홀로 타고 푸른 산 찾아가니
　山僧應是後豊干　　산승은 아마도 豊干의 후신이었으리.
　不因此老閑饒舌　　이 노승이 쓸데 없이 지껄이지 않았다면
　誰作黃扉上相看　　黃閣의 재상인 줄 그 누가 알았으리.
　　　　　　　　　　　　　　　　　— 金侍中乘驢訪江西惠素上人

　千尺雲根聳北山　　천척 구름 뿌리에 솟아 오른 북산
　古賢遺跡畫應難　　옛 선현 유적을 그리기 어려워라.
　自從相國題詩後　　相國이 이 시를 지은 뒤로부터는
　多少行人指點看　　수많은 행인들이 가리키며 본다네.
　　　　　　　　　　　　　　　　　— 右崔大尉冒雪遊城北皺巖

　蟾影圓流露桂枝　　달그림자 동그랗고 계수나무 아련할 제
　夜深斗觀爽襟期　　깊은 밤 북두성 보니 선명히 떠오르는 마음 속의 기약.
　世人誰是知音耳　　세상 그 누구가 知音이더냐
　一曲廣陵空自知　　한 곡조 廣陵散을 괜스레 혼자 아네.
　　　　　　　　　　　　　　　　　— 右鄭中丞月下撫琴

　萬柄亭亭上下池　　아래 위 연못에 정정한 일만 포기
　幽人乘興獨尋詩　　은자는 흥이 일어 홀로 시를 읊조린다.
　一番細雨蒸荷氣　　한 차례 가랑비에 연꽃 우쩍 기운 일어
　數里香風泛柳絲　　향기로운 바람 몇 리 버들가지에 둥실 뜨네.
　　　　　　　　　　　　　　　　　— 右郭翰林雨中賞蓮[32]

---

30) 정경주, 「〈정과정〉 한시의 서정적 적층성에 대하여」, 『瓜亭文學의 再照明』, 新知書院, 1997, 425~426면 참조
31) 정경주, 위의 책, 430면.
32) 閔思平, 「東國四咏, 益齋韻」, 『及菴詩集』 권2, 『문집총간』 3, 61면. 「동국사영」의 번역은 정경주(1997) 논문에서 재인용.

② 孤雲出岫大江流　　　산꼭대기 외딴구름 큰강은 흐르는데
　　相國騎驪境轉幽　　　상국이 나귀타고 경계 점점 깊숙하네.
　　何事往來多邂逅　　　오가는 데 어찌 그리 만나는 이 많던고
　　山僧沽酒共登樓　　　산승은 술을 사서 함께 누에 오르네.
　　　　　　　　　　　　　　　　　— 金侍中富軾騎驪訪江西惠素上人

　　西山松櫟雪培堆　　　서산의 참나무 솔에 눈이 수북 쌓이고
　　驀水穿雲路幾回　　　물 건너 구름 뚫고 길이 몇 번 꺾였더냐.
　　莫說袁安高枕興　　　袁安이 베개 높여 잠잔 흥을 말하지 말라.
　　何妨牛背覓詩來　　　소 등에 올라 시구를 찾아온들 어떠리.
　　　　　　　　　　　　　　　　— 雙明崔大尉譙雪後騎牛遊城北皺巖

　　雲盡長空月在天　　　구름 없는 허공 달은 하늘에 있고
　　橫琴相對夜如年　　　거문고 비껴놓고 밤은 하염없는데
　　啼鵑曲盡思無盡　　　啼鵑曲 그치고 사념은 끝없을 때
　　誰把鸞膠續斷絃　　　그 누가 鸞膠로 끊은 현을 이어가나?
　　(啼鵑中丞所製曲名)

　　　　　　　　　　　　　　　　— 鄭中丞叙謫居東萊每明月彈琴達曙

　　荷花漠漠雨絲絲　　　연꽃은 무성하고 비는 부슬부슬
　　十頃方塘景特奇　　　열 이랑 방당에 경치가 기특하다.
　　應爲吟安一箇字　　　아마도 시 읊다 글자 한 자 놓으려고
　　塵巾折角立多時　　　두건을 젖혀 쓰고 우두커니 섰는 게지.
　　　　　　　　　　　　　　　　— 郭翰林預冒雨賞蓮有詩[33]

③ 江上靑山疊百層　　　강가의 푸른 산은 첩첩 쌓여 일백층
　　一驪淸影倒波澄　　　나귀 그림자 하나 물에 거꾸러져 맑구나.
　　須知所樂將何事　　　알리라, 즐거워 할 바가 무엇일는지.
　　强道尋僧不在僧　　　중 찾으러 왔다 하나 중에게 있지 않음을.
　　　　　　　　　　　　　　　　— 金侍中騎驪訪江西惠素上人

---

33) 鄭樞, 「東國四詠 – 座主益齋侍中命賦」, 『圓齋集』 卷上 『문집총간』 5, 196면.

半輪江月上瑤琴　　강에 뜬 반달이 瑤琴에 올라
一曲新聲古意深　　한 곡조 新聲에 옛 뜻이 깊었노라.
豈謂如今有鍾子　　지금 세상에 어찌 鍾子期가 있다 하리오만
只應彈盡伯牙心　　백아의 마음만은 다 연주하리라.

—鄭中丞謫居東萊,對月撫琴

詩人嗜好與人殊　　시인의 기호는 여느 사람과 다른지라.
興發陰晴豈有拘　　흥이 나면 맑다 흐리다 구애될 게 있으랴.
賞遍三池煩往復　　三池를 구경하러 번거로이 오가는 건
要看綠葉瀉明珠　　푸른 잎에 쏟아지는 맑은 구슬 보려고

—郭翰林預冒雨賞三池蓮花

線路縈紆入石間　　한가닥 길 휘휘 돌아 바위 틈새로 들어
嬴牛踏雪倦躋攀　　여윈 소로 눈 밟으며 오르기 드딜시고
豈唯穩跨無傾覆　　타기도 좋은데다 엎어질 염려 없거니와
詩眼將窮萬玉山　　옥같은 온 산을 샅샅이 둘러 보겠네.

—金○○雪中騎牛·遊城皴巖[34]

　　①은 민사평이 익재의 운에 화답한 것이고, ②는 정추가 공민왕 2년 (1353) 급제한 이후에 지공거(知貢擧)였던 익재의 명(命)에 의해 지은 시이며, ③은 한수가 차운한 시이다. 익재 이제현의 「동국사영」이란 시의 의취(意趣)는 그의 시가 전하지 않아 알 수는 없으나, 이 세 사람이 지은 시의 의미나 운치에서 크게 벗어나지 않았을 것이다. 위의 시에서 선별된 대표적인 동국의 고사 네 편은 선비들의 특별한 풍류를 다루고 있다는 점에서 공통적이라고 할 수 있다. 시인들은 깊은 산으로 중을 찾아가는 김부식, 비오는 날 연꽃을 감상하는 곽예, 눈 쌓인 바위를 유람하는 최당, 달 아래서 거문고를 타는 정서가 벌이는 특기할 만한 풍취를 탈속한 경지로서 예찬하고 있다. 여기서 김부식·최당·곽예의 풍류는 여유 있게

---

34) 韓脩, 「奉和益齋相國東國故事四時」 2수, 『柳巷詩集』, 『문집총간』 5, 260면.

한가한 여가를 즐기는 탈속적 운치를 나타내었다는 적에서[35] 별다른 이견을 달 수 없다. 이들의 풍취를 동경하는 입장에서 시가 창작되었다는 점도 이해할 수 있다.

그런데 주목할 부분은 바로 정서의 「정과정」 노래에 얽힌 고사이다. 이 고사를 선비들의 여유로운 풍류로 간주하기에는 무리가 없지 않아 보인다. 자신의 억울함을 하소연하는 노래를 부르며 거문고를 타는 정경은 아무래도 처연하기 그지없기 때문이다. 위의 세 편의 "月下彈琴"에 담긴 시상도 「정과정」이 담고 있는 세계를 다른 각도에서 수용하지는 않고 있다. 그 정경이 주는 쓸쓸함이나 처연함이 그대로 전달되기 때문이다. 그렇지만 이 시들은 정서(鄭敍)가 품고 있는 억울함과 그에 대한 하소연, 그리고 임금에 대한 절절한 충정을 비장하게 전달하려고 하지 않는다. ①의 "月下撫琴" 시에서 민사평은 달빛 속에서 임금의 기약을 선연히 떠올리며, 지음(知音)을 기대할 수 없는 고적한 상황에서 광릉산이라는 거문고 곡조에 담긴 은거(隱居)의 의미를 홀로 깨닫는 정서(鄭敍)의 마음을 그리고 있다. ②의 시에서 정추는 지음(知音)이 없으니 거문고 연주는 계속될 수 없을 터, 그 누가 정서(鄭敍)의 지음(知音)이 되어 끊어진 현을 잇게 할 것인가 하고 반문한다. 이 시는 거문고 곡조의 악상(樂想)을 이해할 종자기(鍾子期)가 나타나길 기대하는 정서의 마음을 그려내고 있다. ③의 시에서 한수는 지음(知音)이 되는 종자기가 없다 하더라도 자신의 악상을 이해할 지음을 기대하며 거문고 가락에 마음을 실어 보내는 정서에 대해 읊고 있다.

이 세 수의 시는 모두 알아주는 이 없는 외로운 상황 속에서도 달빛 아래 담담하게 거문고를 타며 마음을 실어내는 선비의 운치에 시선을 주고 있다. 즉 처절한 슬픔이나 원망의 감정이 노출되지 않고, 오히려 호젓한 달밤에 이어지는 거문고 소리를 우선하여 고적한 느낌에 시선을 두는데, 이런 운치로 이해되어야 아웅다웅하는 정치현실의 수라장에서 벗어난 한

---

35) 정경주, 「〈정과정〉 한시의 서정적 적층성에 대하여」, 『瓜亭文學의 再照明』, 新知書院, 1997.

적함을 즐기는 나머지 세 수의 시와 걸맞는다는 것이다.36) 정서의 고사에
서 주시한 점은 충신의 억울함을 절절히 읊은 노래의 비장함이 아니라,
바로 "月下彈琴"을 하며 하염없이 외로운 마음을 달래는 선비의 풍취였
다고 생각된다. 「정과정」 노래의 이런 정황을 이제현은 남다르게 받아들
인 것으로 보인다. 그리고 문인들 사이에서도 「정과정」이 주는 노래의 정
서 때문에 계속 애호하지 않았을까 싶다.

　「동국사영」은 14세기 중엽 정도에 지어졌던 작품으로 추측되는데, 12
세기 중엽 이후에 창작된 「정과정」이 이제현이 활동하던 시기인 14세기
중엽에 이르기까지 계속 문인들 사이에 향유되었다면 적어도 위에서 지
적된 노래의 정취가 그 지속성을 유지시킨 것이라 할 수 있다. 물론 「동
국사영」의 시는 정서(鄭敍)가 달빛 아래 거문고를 연주했다는 정황에 더
초점을 두었기 때문에 이를 근거로 「정과정」 노래의 활발한 향수 상황을
유추하기는 무리이다. 그러나 이제현이 「정과정」 노래를 소악부에도 남
기고 있고, 동국의 대표적인 4가지 고사 속에도 포함시켰기 때문에 그가
이 작품에 대해 갖는 애호가 남달랐다고 볼 수 있으며, 상층문인들 사이
에서 널리 애호되었기 때문에 대표적인 노래의 하나로 선별했던 것으로
볼 수도 있다. 이런 애호가 이제현의 관심으로부터 비롯되어 문인들 사이
에서 특별하게 더해진 것인지는 모르겠지만, 「정과정」에 관한 향수 상황
을 전해주는 자료가 14세기 말엽의 문인들에게서 나타난다는 것은 특기
할 만하다. 앞서 「동국사영」을 읊었던 정추는 다른 시에서도 「정과정」을
반추하는 시를 썼다. 「동래회고(東萊懷古)」란 시에서 동래의 옛 자취를 찾
아와 그곳에 귀양왔었던 정서와 그의 노래 「정과정」 곡을 떠올리며 슬퍼

---

36) 정경주, 「〈정과정〉 한시의 서정적 적층성에 대하여」, 『瓜亭文學의 再照明』, 新知書
　　院, 1997, 431면. 이 글에서는 조선시대 김시습이 「詠東國故事」란 제목으로 이제현의
　　시에 차운한 작품의 시상을 위의 고려조 작품과 비교하고 있다. 김시습은 이들 고사에
　　변방을 떠도는 자신의 서글픈 심사를 반영하고 있다는 것이다. 특히 "對月撫琴"을 읊
　　은 시에서 "불우하게 변방에 떨어진 鄭敍의 억울하고 가련한 처지"를 부각시켰다고
　　보았다.

하는 시인의 정감을 그리고 있다.37)

이런 향수의 정황을 뒷받침하는 자료는 유숙(柳淑), 이숭인(李崇人, 1347~1392), 조준(趙浚, 1346~1405)에게서도 찾아볼 수 있다. 이숭인은 유숙(柳淑)이 임종을 즈음하여 남긴 시작품을 기록하고, 자신도 그 시를 회상하며 작품을 남기었다.38) 이 시에서 비파로 연주되는 「정과정」에 대해 언급하였다. 유숙은 그 시에서 백발이 희끗희끗한 나그네로 타향을 떠도는 신세를 한하며, 달빛 아래 비파로 연주되는 「정과정」 곡조에 자신의 시름을 실어보내는 모습을 담아내고 있다. 이숭인도 유숙의 슬픔을 「정과정」 노래에 함축된 의미로 고스란히 풀어내어, 「정과정」 노래의 처연함을 통해 마음을 달래는 상황을 보여주고 있다. 이숭인이 비오는 가을 어느 날 비파에 실린 「정과정」 곡에 촉발되어 유숙의 시를 상기했는지, 아니면 임종시의 비참했던 유숙의 처지39)를 회상해서 나온 것인지 그 상황은 알 수 없으나, 비파로 연주된 「정과정」이 그 정황을 환기하는 상투적인 고사로 쓰이지는 않았다고 본다. 「정과정」이 노래나 연주로 널리 연행되었기 때문에 그 상황을 빗대어 표현한 것이지, 널리 향유되지도 않으면서 관습적 고사로서 굳어져 시의 문맥에 들어오지 않았다는 말이다. 이는 동시대에 활약했던 조준이 거문고로 연주되는 「정과정」 노래를 즐겼던 사실을 통해서도 입증된다.

五柳陰中聽素琴　　오류나무 그늘에서 素琴을 듣노니

---

37) 정추, 「東萊懷古, 用韓昌黎集中桃園圖韻」, 『圓齋集』 권상, 『문집총간』 5, 196면. "바람 서늘한 시냇가에 기러기 울어대고 / 해 뜨는 바다 밑엔 교룡이 놀라는데 / 내 이 곳 찾아와 옛 고적을 찾노라니 / 정과정 한 곡조가 내 맘을 슬프게 하는구나[風淸江瀨 鴻雁鳴, 日出海底蛟龍驚, 我來此地訪前古, 瓜亭一曲傷我情]."

38) 유숙, 「秋日雨中有感」, 『陶隱集』 3권, 『문집총간』 6, 571면. "琵琶一曲鄭過庭, 俯仰 古今多少恨, 遺響凄然不忍聽, 滿廉疎雨讀騷經. 他鄕作客頭渾白, 到處逢人眼不靑, 淸夜 沉沉滿窓月, 琵琶一曲鄭過庭, 此思菴先生臨絶之詩也, 謹錄如左."

39) 『고려사』 115, 열전 柳淑. 柳淑은 공민왕대에 총애를 받던 신하로 충언을 서슴치 않았는데, 辛旽의 권세기에 모함을 받아 지방으로 쫓겨나 전전하다가 마침내는 靈光에서 신돈에 의해 죽임을 당했다고 한다.

峨洋千載少知音　　아양 천년에 知音이 드물도다.

勸君莫盡瓜亭曲　　권하노니 그대는 瓜亭曲을 그치지 마시게나

世上無人識此心　　세상에는 이 마음 알아줄 이 없구료.[40]

조준이 공관에 무료하게 있을 때, 하승경(下承景)이란 사람이 거문고를 탄주(彈奏)하고 나서, 시 하나를 음송(吟誦)하고는 11년 전 유원정(柳爰廷)이 조준을 위해 「정과정」을 거문고로 연주하고, 이에 대한 답으로 조준이 시를 남겼던 일을 상기시켰는데, 위 한시는 그 일을 기술한 작품이다. 조준은 이 시 외에도 다른 작품에서 「정과정」을 들었던 일을 읊고 있다.[41] 이 시들은 지음(知音)이 없음을 한탄하거나 그에 대한 마음의 상심을 달래면서 「정과정」이란 노래를 연주하고, 혹은 「정과정」 노래를 통해 임금에게 지음(知音)받지 못하는 불우함을 의탁하면서 문인들 사이에서 적극적으로 향유되었던 사실을 전해준다. 이 한시들이 창작된 14세기 중엽 이후에서 말엽까지로 추정되는 시기에 거문고나 비파 연주에 실려 전하는 「정과정」의 애호가 상당했었다고 할 수 있다.

왜 이 시기 문인들이 「정과정」을 특별히 거론하고 있는지는 정확하게 알 수는 없다. 다만 계속해서 전해져오던 노래가 이 시기 상층문인의 음악적 기호—거문고나 비파를 가깝게 접했던 문인들에게 친숙한 곡조로서—에 더욱 밀착되었을 수 있고, 불안한 정쟁(政爭)의 상황에서 이 노래의 정서가 더욱 각별해진 것으로 추론할 수 있을 뿐이다. 「정과정」과 그 창작 정황이 문인들에게 종자기(鍾子期)와 백아(伯牙) 사이의 지음(知音)에 대한 정서를 촉발시키고, 이로부터 거문고 연주와 그 노래의 지취(志趣)가 문인적 취향에 유로(流露)되었던 것으로 생각된다. "知音"에 대한 바램은

---

40) 조준, 「壬戌八月寸六日, 寓宿草溪, 霽月欲上, 公館寥間, 時有下承景者, 携琴入謁, 彈盡一曲, 誦詩而前日, 子能記此乎, 曩在京師, 余與子訪柳君爰廷, 爰廷爲子鼓琴, 子作此詩, 盖今十有一年, 聽訖, 余怳然而後省」, 『松堂集』 권1, 『문집총간』 6, 409면.

41) 조준, 「書農堂壁上」, 『松堂集』 권1, 『문집총간』 6, 412면. "十頃方塘五畝陰, 寒光踈影綠沉沉, 夢魂誤入金鼇殿, 時覺流鶯送好音. // 茅屋低低樹遍陰, 海棠花上雨沉沉, 京洛美人都不見, 瓜亭歌斷有餘音."

사대부들이 우군충국(憂君忠國)의 일념으로 임금의 지우(知遇)를 희구하는 정서와 다르지 않다고 할 수 있다. 이처럼 「정과정」에 기울어졌던 사대부들의 취향은 내용이 촉발하는 정서와 음악적 부분에 모두 걸쳐 있는 것이었다고 할 수 있다. 사대부들이 특별히 유교적 악론(樂論)에 입각해서 「정과정」 노래를 선호했던 것은 아니지만, 「정과정」을 향수했던 문인들의 태도에는 유가적인 사대부 정서를 대변하는 부분이 들어 있다고 할 수 있다. 「정과정」을 애호했던 문인들은 주자학적 이념을 받아들여 여말의 사회적 개혁에 앞장섰던 신흥사대부들이다.

유교적 악론(樂論)이 투사되어 평가된 노래는 고려 말엽에 성행한 「어부가」이다. 고려 말엽에 불린 「어부가」가 『악장가사』 소재의 『어부사』인지는 알 수가 없다. 다만 시(詩)나 사(詞)를 능숙하게 불렀던 고려조 문인들이 「어부가」 계열의 한시를 빈번히 지었고, 그 작품의 세계를 동경했던 점으로 미루어 집구(集句) 형태의 「어부가」 노래를 지었다고 생각할 수 있다. 현재 전해지고 있는 『악장가사』의 「어부가」는 언제 지어져서 궁중으로 수용되었는지 알 수는 없다. 다만 고려조로부터 전승된 어부가 유형의 노래를 유추한 이형대의 논의에 따르자면, 「악장어부가」는 ① 민요에서 출발하여 ② 궁중악으로 편입되었지만 ③ 사대부의 문예취향과 미의식에 견인되어 중국의 어부시와 일부 한국 한시를 원천으로 하는 집구시 형태로 변개되었고, 그 가사가 환골탈태된 형태로 궁중악에 재수용되었다는 것이다.42)

이를 뒷받침하는 논거는 다음과 같다. 의종 연간에 왕과 신하들이 배에서 수희(水戲)를 벌이면서, 그곳에 초청된 사공들의 뱃노래와 어부가를 들었다는 기록이 『고려사』에 전한다. 이 때까지는 적어도 민요의 형태로 어부가가 불렸을 것으로 짐작한다. 그 이후에도 왕실에서의 뱃놀이는 여악(女樂)이나 악공을 동반하여 노래와 잡희를 공연하는 등 사치스럽고 화

---

42) 이형대, 「漁父形象의 詩歌史的 展開와 世界認識」, 고려대 박사논문, 1998, 57면.

려하게 진행된다. 이를 근거로 할 때 어부가는 민요에서 여기(女妓)가 부르는 정제된 노래로 궁중에 상승했을 가능성을 배제할 수 없다는 것이다. 이렇게 형성된 노래가 『악장가사』「어부가」의 초기 형태이고, 그것이 신흥사대부의 새로운 문예취향에 견인되어 변개되고, 여말에 이르러 공부(孔俯) 그룹에 의해 최종적으로 현존하는 『악장가사』「어부가」로 정착되었다는 것이다.43) 여기서는 공부가 불렀던 「어부가」가 곧 『악장가사』「어부가」라고 본다. 그렇지만 공부의 노래가 『악장가사』「어부가」일지는 확실하게 단정지을 수 없고, 일단 대체적인 의견은 공부가 불렀던 「어부가」가 집구시 형태이고, 지금 전하는 「어부가」의 세계와 근사(近似)했을 가능성이 큰 쪽으로 모아진다.44) 조선시대 이현보가 어부가를 산개하면서 여러 종류의 어부가가 전승되었음을 언급하였기 때문에, 이런 어부가 노래들이 한 계열로 변천을 겪으며 형성되었을 지는 의문의 여지가 있지만, 그 향유의 양상만으로 따져 「어부가」의 형성 경로를 보더라도 고려 말엽의 문인들에게 상당히 애호되었던 노래로 짐작할 수 있다.

구체적으로 궁중에서 뱃사공이나 여기에 의해 불린 어부 노래 이외에 문인들이 전하는 「어부가」의 향수상황을 보면, 고려 말엽의 사대부들이 어부가 노래를 통해 얻으려 했던 심미의식의 일단을 유추할 수 있다. 우리는 이제현이 김영돈(金永肫, ?~1348)에 대해 쓴 추모시에서 사대부에 의해 향수된 「어부가」의 편린을 발견할 수 있다. 김영돈이 취후(醉後)에는 매번 기생 표피(豹皮)로 하여금 「어부사」를 부르게 했다는 기록을 보아,45) 주연의 자리에서 「어부가」의 창화가 빈번했다는 사실을 알 수 있다.

---

43) 이형대, 「漁父形象의 詩歌史的 展開와 世界認識」, 고려대 박사논문, 1998, 40~48면.

44) 여기현, 「〈原漁父歌〉의 集句性」, 성균관대 인문과학연구소 편, 『고려가요의 현황과 전망』, 집문당, 1996. 이 논문에서는 공부가 불렀던 노래를 〈원어부가〉라고 보고, 이 노래가 궁중으로 수용되면서 악장에 걸맞은 변개를 거쳤을 것으로 보았다.

45) 이제현, 「悼龜峯金政丞(永肫)」, 『益齋亂稿』 권4, 『문집총간』 2, 534면. "本官醉後, 每令妓豹皮歌漁父詞."

謝傅風流逐逝波   사부의 풍류는 물결 따라 흘러가니
蒼生有望奈今何   창생이 기대를 걸었으나 이제는 어디하리
龜峯峯下滿船月   달밝은 귀봉산 아래 거룻배에선
腸斷一聲漁父歌   어부가 한 곡조가 간장을 녹이네.46)

위 작품을 통해 「어부가」의 세계가 바로 재구될 수는 없지만, 현전 「어부가」에 집구된 이제현의 「소상팔경」 시구로 보아, 이때 이제현의 시구를 집구해서 불렀다고 보기는 어려울 듯하다. 시 속에 담긴 세계에 의하자면, 김영돈은 실제 강가에 배를 띄워 놓고, 선상(船上)의 주연(酒宴)에서 기생이 부르는 「어부가」의 풍류를 만끽했던 것으로 판단된다. 여기(女妓)의 손을 잡고 산수(山水)를 즐겼다는 사부(謝傅)에 김영돈을 비교한 것을 보면, 여기(女妓)의 「어부가」 노래를 들으며, 산수의 흥취에 빠져들었던 그의 취향을 짐작할 수 있다. 실제로 은거하며 산수의 지취(志趣)를 즐겼다기보다는, 성시 가까이의 자연 속에서 부귀공명의 번잡함을 벗어나 호활함을 만끽하는 일을 이상으로 여겼던 고려 말 신흥사대부들의 기호나 취향을 발견할 수 있다.

이후 공부(孔俯)와 교류했던 문인들이 그가 부른 「어부가」를 듣고 창화시를 여러 편 남기고 있고, 권근은 「어촌기(漁村記)」를 써주면서 공부가 노래한 「어부가」에 대해 평을 하고 있다. 기실 공부의 「어부가」는 여말선초에 걸친 사대부들의 심미의식을 보여주는 중요한 작품으로 다루어져 왔다. 조선 초기 개혁파 사대부의 의식 세계에 맞닿아 있는 것으로 보고, 『악장가사』 「어부가」를 통해 선초 관인의 낙관적 세계 인식을 추체험하는 자료로 활용되어 왔다. 이는 여말 선초를 연장선상에서 이해하려는 입장에서 볼 때 「어부가」를 통한 사대부 세계 인식의 연결고리르서 주시할 만한 논의이다. 그러나 공부의 「어부가」가 선초 관인들의 세계관에 연장되어 있다 하더라도, 일단 「어부가」를 활발히 연행했던 고려 갈이란 시기를 염두

---

46) 이제현, 「悼龜峯金政丞(永旽)」, 『국역익재집』, 민족문화추진회, 1979, 142면.

에 두어야 할 듯하다. 여말의 사대부들 사이에서 각별하게 애호되었던 「어
부가」의 세계를 조선 초의 관인적 낙관주의로 해석해 왔는데, 이것은 오히
려 이미 여말의 관인 사대부들이 지니고 있었던 강호 인식의 일단으로 소
급하는 것이 옳을 듯하다. 여말의 사대부들이 체험한 강호 인식과 그들의
풍류문화 속에서 생성된 「어부가」의 세계를 존중한다면, 『악장가사』의 「어
부가」에서 보여주는 관인적 낙관주의는 이미 그 이전에 생성된 것으로 판
단해야만 한다.

　　우선 공부가 가창했던 「어부가」의 세계상을 어떻게 보았는지부터 살펴
서 그 향유의 성격을 알아보도록 하자. 여말 신흥사대부인 정몽주(鄭夢周,
1337~1392),[47] 정도전(鄭道傳, ?~1398),[48] 권근(權近, 1352~1409),[49] 성석린(成石
璘, 1338~1423),[50] 이직(李稷, 1359~1431)[51] 등은 공부에게 부치는 한시작품을

---

47) 鄭夢周, 「宿義順館, 寄孔俯」, 『圃隱集』 2권, 『문집총간』 5, 590면. “驅馬悠悠到浿
江, 陪臣直欲且觀光, 去家漸覺遙千里, 擧酒須知陜八荒, 靺鞨水邊山疊疊, 遼陽城下
路茫茫, 夜深逆旅不成寐, 一曲漁歌聲短長.”

48) 鄭道傳, 「題孔伯共俯漁父詞卷中」, 『三峯集』 卷1, 『문집총간』 5, 296면. “有翁有翁身朝
衣, 半酣高歌漁父詞, 一曲起我江海思, 二曲坐我蒼苔磯, 三曲泛泛迷所之, 白沙灘上伴鸂鶒,
紅蓼洲邊同鷺鸞, 雲煙茫茫雪霏霏, 水面鏡淨風漣漪, 綠簑靑篛冒雨披, 短棹輕槳載月歸, 興
來閒捻一笛吹, 往往和以滄浪辭, 數聲激烈動江涯, 怳然四顧忽若遺, 高歌未終翁在玆.”

49) 權近, 「題漁村詩卷」, 『陽村集』 권4, 『문집총간』 7, 45면. “창산이라 양달쪽 큰 강물
가에 / 띠집과 대울타리 서로 연했네 / 태고 세상 이전인가 순박한 풍속 / 밭갈이 낚시질
로 해를 마치네 / 온갖 세 내고서도 돈이 남으니 / 부모 섬기고 자식 길러 언제고 기쁨
/ 벼슬을 마다하고 돌아온 선비 / 도롱 삿갓 어찌 그리 홀가분한지 / 새벽녘 낚시대를
쥐고 떼배를 타고 / 조수 따라 둥실 떠 오르내리네 / 물 안개 아득아득 달 싣고 돌아오
고 / 갈대비 우수우수 봉 밑에 조누나 / 두어라 세월은 물같이 가니 / 술싣고 즐기며 생
선도 삶네 / 탁영가를 불러라 뱃전을 두들기니 / 고기잡이 일러 무삼 통발조차 잊었다오
/ 아! 이 선비 참으로 훌륭한 인재 / 곰 사냥 아닌 딴 사냥에 들어가리[蒼山之陽大江
邊, 茅屋竹籬相接連, 民風朴略羲皇前, 耕田釣水終歲年, 上供征輪猶有錢, 仰事俯育
常懽然, 有士歸去辭班聯, 綠簑靑篛何翩翩, 晨起持竿乘小船, 泛泛隨潮行泝沿, 江烟
漠漠月中還, 蘆雨蕭蕭蓬底眠, 任看光陰如逝川, 載酒自樂時烹鮮, 高歌濯纓且扣舷,
得魚不得俱忘筌, 嗚呼此士眞才賢, 吾知終入非熊畋].”

50) 成石璘, 「題孔漁村詩卷」, 『獨谷集』 상권, 『문집총간』 6, 81면. “欲識能書孔白龔, 飄
然江海一蓑翁, 起爲朝士慚無補, 去作漁師見有功, 已使圖前知勇退, 更敎務得分安
窮, 蓬窓容膝有餘地, 坐我淸風明月中.”

51) 李稷, 홍순석 외 3인 역, 「孔氏漁村四時」, 『國譯亨齋李稷先生詩集』, 星州李氏文景

쓰면서, 「어부가」를 들은 소회와 강호생활의 의미를 잘 드러내고 있다. 공부가 「어부가」에 대해 기울이는 관심이 각별했고, 이들 교류 문인들 사이에서 공부의 노래가 상당히 인상적이었기 때문에 그들의 시편에 「어부가」의 편린이 끼어 들게 되었다고 생각된다. 정도전은 공부에게 부치는 시에서, 친구가 평소에 염모하며 부르던 「어부가」 소리를 떠올리고 있다. 정도전은 「어부사」를 듣고 시를 남기고 있어, 「어부가」의 세계를 잘 형상화하고 있다. 권근·성석린·이직의 작품은 어촌(漁村)을 제(題)하여 시를 쓴 것으로, 강호에 대한 지향과 그 궁극적 강호 애호의 의디를 보여주고 있다. 이들 시에서 보여주는 강호에 대한 태도는 고려 말 강호에 경도되었던 문인들의 의식과 직결되는 것이라 할 수 있다. 이들이 간접적으로 체험한 「어부가」의 세계는 권근이 「어촌기(漁村記)」에서 옮기고 있는 공부의 말에서 더 직접적으로 드러난다. 공부가 어부가를 통해서 느끼려 했던 강호

公派宗會, 47~48면. "봄강물 출렁출렁 맑고 맑은데 / 푸른 풀 물가 섬에 우거졌구나 / 백공은 한가로움 몹시 즐겨서 / 온종일 낚싯대를 잡고 있어라 / 때대로 계수나무 노를 저으며 / 달빛 속에 유람하며 목놓아 노래하니 / 노랫소리 저 하늘에 울려 퍼지자 / 흘러가던 구름도 멈추어 서는데 / 이러한 즐거움에 도취되고 보니 / 부귀 따윈 구할 바가 아니로다[春江水淸滑, 碧草滿汀洲, 伯恭愛閑曠, 盡日垂釣鉤, 有時搖桂楫, 放歌月中遊, 歌聲徹廖廓, 雲物爲遲留, 陶然此爲樂, 富貴非所求.] ∥ 버들가지 휘늘어져 휘장 이루고 / 꾀꼬리 꾀꼴꾀꼴 목청 뽑아라 / 두건 쓰고 물가를 서슴거리니 / 백사장 여울물은 맑고 깊어라 / 그대가 누구냐고 묻는 자 있어 / 세상을 외면한 사람이라 했노라 / 결백한 몸 부춘산 뜻을 지녔고 / 세상 건질 磻溪의 마음 갖고 있어라 / 천지간에 한 낚싯대로 살아가니 / 그 취미 예나 이제나 같아라[柳陰密成幄, 黃鳥送好音, 幅巾步回渚, 沙白水淸深, 問君何爲者, 不受世紛侵, 潔身富春志, 濟世磻溪心, 乾坤一竿竹, 氣味古猶今.] ∥ 선비는 일찍 도심을 들으면 / 뜻이 깨끗하고 마음도 비워지되 / 나라 백성 다스릴 계략 없으리오만 / 하늘에 달렸으니 어찌 하리오 / 천지 사이에 마음을 풀어 놓고 / 강해에 거처하며 소요하노라 / 가을 바람 만리에 불어오니 / 창포와 버들잎 그림자도 드무네 / 난꽃 꿰어 패물로 삼을지언정 / 농어와 순채 남기기를 바랄까[士有早聞道, 瑩潔此心慮, 經濟豈無策, 在天吾焉如, 放懷穹壤間, 逍遙江海居, 淸商動萬里, 蒲柳影凋踈, 紉蘭以爲佩, 蓴鱸不原餘.] ∥ 평생에 소란한 것을 싫어하여 / 어촌을 찾아서 살고 있노라 / 쑥대 창가에 누워 쉬노라니 / 세말 닥쳐 강가 하늘 높고 맑아라 / 흥이 나면 혼자서 낚시 던지니 / 가벼운 바람에 눈발 날린다 / 날씨가 추워 용도 숨어버리니 / 강물은 스스로 동을 향해 흐르네 / 감칠맛을 제대로 잘 알려면 / 끝까지 사물을 꿰뚫어 봐야 하리[生平厭喧鬧, 寄迹漁村中, 偃息蓬窓下, 歲暮淸江空, 興來時獨釣, 飛雪隨輕風, 天寒龍正蟄, 逝者自流東, 料應眞眞趣, 觀物觀始終]."

인식은 위의 문인들이 남긴 시 속의 강호 인식과 다르지 않다. 비록 환해(宦海)에 있지만, 강호에 노니는 어부의 세계를 그린 노래를 부르다보면 부귀공명이나 진퇴에 얽매이게 되는 인욕을 벗어나 편안한 상태가 된다는 것이다.

> 하루는 나에게 말하기를, "나의 뜻은 고기 낚기에 있는데, 그대는 고기 낚는 낙을 아는가? 대저 姜太公은 성인이니, 내가 감히 그와 같이 때 만나기를 기필할 수 없고, 嚴子陵은 어진 분이니, 내가 감히 그와 같이 개결하기를 바랄 수는 없으나, 童子와 冠者들을 이끌고 갈매기와 백로를 벗삼아, 이따금 낚싯대를 걸치고 쪽배를 노질하여 潮流 따라 오르내리며 배가는 대로 맡겨 두었다가, 깨끗한 沙場에 배를 매거나 산수 좋은 中流에서, 구운 고기와 신선한 회로 술잔을 들어 서로 수작하다가 해가 지고 달이 떠오르며 바람은 자고 물결이 고요할 때에는, 배에 기대어 길게 휘파람을 불고 노를 치며 높이 노래하고 흰 물결을 날리며 맑은 달빛을 헤치노라면, 浩浩히 마치 星査(은하수로 가는 배)를 타고 하늘로 올라가는 듯하다. 그러다가 강에 煙霞가 자욱하고 짙은 안개가 내리면 도롱이와 삿갓을 펄럭이고, 그물을 던지면 금빛 비늘과 옥빛 꼬리의 고기들이 멋대로 펄떡거려, 보기에도 상쾌하며 마음도 흐뭇해진다. 그러다가 밤이 깊어 구름이 검어지고 하늘이 캄캄하면 사방은 아득하고 고기잡이 등불만이 깜박이는데, 배 지붕에 뿌리는 빗소리는 느렸다 빨랐다 구슬프게 운다. 이때에 배안에 누어 아득히 먼 옛날의 蒼梧(순임금이 죽었다는 곳)를 생각하고 湘累(초나라 屈原이 죄명을 입고 湘水에 추방되었으므로 상루라 함)를 슬퍼하노라면, 진실로 시대를 감상하는 생각이 무한히 일어나게 된다. 그뿐이겠는가! 양쪽 언덕에 꽃이 붉을 적엔 몸이 그림 속에 있는 듯하고, 가을에 潦水가 다 빠지고 물이 냉철할 적엔 배가 거울 위를 다니는 듯하며, 여름 뜨거운 햇빛에 더위가 쏟아질 적엔 버들 밑 낚시터에 바람이 산들거리고, 겨울 북풍이 눈을 날릴 적엔 차가운 강 위에서 혼자 낚시질하여 사철 따라 낙이 없는 때가 없다.
>
> 저 현달하여 벼슬하는 사람들은 구차하게 영화에만 빠지나 나는 당하는 대로 편안하게 지내고, 곤궁하여 어부노릇 하는 사람은 구차하게 이득만 노리나 나는 自適하는 데 낙을 두어 현달하거나 침체됨을 운명에 맡기고, 舒卷[進退]을 오직 시절대로 하여, 부귀보기를 뜬구름같이 하고, 공명 버리기를 헌 신짝 버리듯 하여, 스스로 形骸 밖에서 방랑하니, 어찌 시속을 따라 이름을 낚으며, 宦海에 빠져 생명을 가볍게 여기며, 이득만 취하다가 스스로 깊은 수렁에 빠지는 자와 같겠는가! 이러므로 나는 벼슬을 하면서도 강호에 뜻을 두어, 매양 노래에 의탁하는 것이니, 그대

는 어떻게 여기는가?" 하기에, 내가 듣고서 좋게 여기고, 다라서 記를 지어 주고, 또한 나 자신도 두고 보려 한다. 洪武 을축년(우왕 11, 1385) 가을 7월 어느 날.52)

공부가 언급한 강호의 생활은 정도전이 「어부사」어 제(題)한 시의 경지와 동일하다. 형해(形骸)의 밖에서 자연의 낙을 즐기며, 번속한 세상사에 얽매이지 않는 자유로운 정신 상태를 지향했던 여말 신흥사대부의 풍류가 드러나 있다. 공부는 환해(宦海) 자체가 고역이라는 생각보다는 현달이든 침체든 자신을 편안하게 내맡길 수 있는 마음의 자세가 강호로부터 얻어진다고 기술하고 있다. 주연의 자리에서 매번 「어부가」를 부르거나 공부의 노래를 들었던 주변의 문사들은 실상 강호에 은거하고 있었다기보다는 성시(城市) 주변에서 환해에 몸담고 있었던 사람들이었다. 환해(宦海)에 매인 몸이지만, 이들은 공부의 노래를 들으면서 강호체험에 방불하는 정서적 흥취를 추체험하였던 것이다.53) 이들 신흥사대부들은 정도전의 시가 보여주는 바와 같이 노래에서 펼쳐지는 자연의 세계에 몰입되어 인욕지사(人欲之私)나 공리지사(功利之私) 등의 사사로움을 벗어나 고도의 탈속한 정신 상태를 경험하고, 그 감흥에 매료되었던 것이다. 이 노래는 풍류의 현장에서 불렸던 것이지만, 당시 불리던 속악(俗樂)의 유락적 감흥

<hr>

52) 권근, 김주희 역, 「漁村記」, 『국역양촌집』II, 민족문화추진회, 1978, 209~210면. "嘗
一日語余曰, 予之志在於漁, 子知漁之樂也. 夫太公, 聖也, 吾不敢必其遇, 子陵, 賢
也, 吾不敢冀其潔, 携童冠侶鷗鷺, 或持竹竿, 或棹孤舟, 隨潮上下, 任其所之, 沙晴繫
纜, 山好中流, 魚肥膾鮮, 擧酒相酬, 至若日落月出, 風微浪恬, 倚船長嘯, 擊楫高歌,
揚素波而凌清光, 浩浩乎如乘星查而上霄漢也. 若夫江烟漠漠, 陰霧霏霏, 揚蓑笠擧
網罟, 金鱗玉尾, 縱橫跳踢, 足以快目而娛心也. 及夜向深, 雲昏天晦, 四顧茫茫, 漁燈
耿耿, 兩鳴編篷, 疎密間作, 颼颼瑟瑟, 聲寒響哀. 息偃舟中, 神遊寥廓, 懷蒼梧而弔湘
纍, 固有感時而遐想者矣. 花明兩岸, 升在畫中, 潦盡寒潭, 舟行鏡裏, 畏日流炎, 柳磯
風細, 朔天飛雪, 寒江獨釣, 四時代射而樂無不在焉. 彼達而仕者, 苟冒於榮, 吾則安
於所遇, 窮而漁者, 苟營於利, 吾則樂於自適, 升沈信命, 舒卷惟時, 視富貴如浮雲, 棄
功名猶脫屣, 以自放浪於形骸之外, 豈若趨時釣名, 乾沒於宦每, 輕生取利, 自蹈於重
淵者乎. 此子所以身簪絞而志江湖, 每托之於歌也, 子以爲如可, 子聞而樂之, 因爲記
以歸, 且以自觀焉. 洪武乙丑秋七月有日."
53) 이형대, 「漁父形象의 詩歌史的 展開와 世界認識」, 고려대 박사논문, 1998, 52면.

과는 분명 다른 세계에 속한다고 할 수 있다. 따라서 권근은 이 노래를
다음과 같이 평하였다.

> 어촌은 나의 벗 孔伯共의 自號이다. 백공이 나와 동갑이나 생일이 뒤이기 때문
> 에 내가 아우라고 한다. 風神이 소탕하고 명랑하여 친애함직한데, 大科에 급제하
> 여, 좋은 벼슬에 올라 갓끈을 휘날리며 인끈을 두르고 붓을 귀에 꽂고 옥새를 맡았
> 으니, 진실로 원대한 앞날을 기대했으나, 蕭然히 강호에 뜻을 두어 이따금 흥이 나
> 서 어부사를 노래하면 그 소리가 맑고 깨끗하여 천지에 가득 차는데, 마치 曾參이
> 商頌을 노래하는 것을 듣는 듯하여, 사람들의 가슴속을 유연하게 하여 마치 강호
> 에 있는 듯한 느낌을 주니, 이는 그의 마음에 사용이 없어 사물에 초탈하였기 때문
> 에 그 소리의 나타남이 이러한 것이다.54)

권근은 「어부가」를 통해 보여주는 노래의 지향을 일점사루(一點私累)가
없이 마음을 유연(悠然)하게 만드는 데 있다고 인식하였다. 증삼(曾參)의 상
송(商頌)을 듣는 것과 같은 경지라고 표현한 것이다. 즉 「어부가」 노래의
경지를 증삼(曾參)이 기수(沂水)에서 목욕하고 돌아오며 가영(歌詠)하는 흥
취(興趣)에 비견한 것이라고 하겠다. 권근을 비롯해서 여말의 사대부들은
"浴沂風詠而歸"의 흥취를 이상적 지향으로 내세우고 있었다. 이는 천리
(天理)의 유행(流行)과 일체(一體)가 되어 마음속에 터럭 만한 누(累)도 없게
하여 만물의 밖에 벗어나면, 초연한 지취와 유연한 낙을 느끼게 되는 기
상과 통한다고 할 수 있다. 이것이 지향하는 세계는 정치나 현실적 욕망
을 초월하는 정신적 자유로움을 획득한 상태에서 그치는 것만이 아니라
천리(天理)의 공효가 위 아래로 이르는 정도까지를 포괄하는 경지이다. 따
라서 강호자연 속에서의 은거(隱居)나 작시(作詩)의 전범적 경향을 말할

---

54) 권근, 김주희 역, 「漁村記」, 『국역양촌집』 II, 민족문화추진회, 1978, 208~209면. "漁
村, 吾友孔伯共自號也. 伯共與余生年同月日後, 故余弟之. 風神疎朗, 可愛而親, 捷
大科躋腡仕, 飄纓紆組, 珥筆尙量, 人固以遠大期, 而蕭然有江湖之趣, 往往與酣歌漁
父詞, 其聲淸亮, 能滿天地, 髣髴聞曾參之謌商頌, 使人胸悠然如在江湖, 是其心無私
累, 超出物表, 故其發於聲者如此夫."

때,55) 여말의 사대부들은 이 증점의 기상을 즐겨 원용하고 있다.

이런 자료들에서 중요한 것은 실제 강호자연 속의 은거든 아니면 정신적 지향뿐이든 간에, 자연과 친화된 속에서 천리 유행의 본원을 깨닫고 그 속에서 인욕을 벗어나 그것이 정치적 공효로 나아가는 과정까지를 상정하고 있다는 점이다. 그렇기 때문에 현실과의 거리를 두고 멀리하기보다는, 이직의 시나 공부 자신의 말에서 보았듯이 흘러가는 대로 편안할 수 있는 마음의 상태를 중시한다는 것이다. 따라서 이 논리에 의하자면 제세(濟世)의 의지는 천리의 유행을 꿰뚫으면서 욕망을 초월한 정신 상태와 조화롭게 병행할 수 있게 되는 것이다. 현실의 자아와 강호 속의 자아가 둘이 아니라 결국은 하나가 되므로, 벼슬살이 속에서도 그 거리를 심각하게 느끼지 않고 강호에 대한 지향이 가능한 것이다. 그러므로 이런 태도가 이념뿐인 강호 지향이라고 말하기는 어려운 것으로 판단된다. 따라서 「어부가」의 세계는 환해에 대한 혐오나 패배감에 의한 강호에의 몰입 즉 환해와 강호를 이분하는 것이 아니라 모두에 자족한 상태에서의 정신적 탈속을 보여준다고 하겠다. 강호자연에서 느껴지는 심상이 정치현실과 대립하는 기호로 견인되어 있던 조선조와 비교해 볼 때,56) 여말의 강호 심상은 일체의 인욕(人欲)과 대비되는 것이라고 할 수 있다. 공부는 그 인욕을 벗는 탈속의 체험을 별서(別墅)인 어촌(漁村)에서의 생활에서 직접 얻기도 했지만, 매번 「어부가」 노래를 부름으로써 그 정서적 환기를 중시한 것이다.

그러므로 권근이 「어부가」에 증점의 기상을 견준 것은 그 내용에서 발산되는 물아일체에 이르는 정신적 고양 상태의 흥취 때문이며, 한편으로는 노래를 통해 얻는 마음의 소융(消融) 상태를 중시했기 때문이다. 고양된 감정의 무절제한 발산이 아니라, 일체의 사사로운 감정을 몰아내어 체

---

55) 李穡의 「風詠亭記」, 李崇召의 「四雨亭詩序」, 權近의 「贈送臨淸釣隱詩幷序」·「李氏兄弟名字說」 등에서 말하고 있다.
56) 김흥규, 「강호자연과 정치현실」, 『세계의 문학』 19, 1981.

득한 정신적 화평함과 호활(浩闊)함을 얻게 되는 것을 노래의 기능으로 본 것이다. 정신의 호활(浩闊)함이야말로 성정을 함양할 바탕이 되므로, 마음에서 일체의 찌꺼기를 씻어내는 노래의 기능이란 중요할 수밖에 없는 것이다.[57] 더불어 노래 소리가 맑고 깨끗하며[清亮], 대개 자연(自然)에서 나온 것[58]이라는 표현은 그 내용이 가지는 의취와 상승작용을 일으키기 충분했음을 보여주는 예이다. 소리와 내용이 빚어내는 정서적 효과가 바로 일점(一點) 사루(私累)도 씻어 내리는 소탕(掃蕩)한 상태인 것이다. 이로부터 우리는 노래가 주는 고도의 정서적 효과 즉 성정의 함양을 염두에 두었던 유가적 음악관을 미루어 볼 수 있었다. 그런데 이를 빌미로 하여 여말 신흥사대부 노래의 일반적 경향이나 시각이 무엇이었다고 단정짓기는 어렵다. 다만 신흥사대부들이 일반 속악(俗樂)에서 찾을 수 없었던 노래의 이상적 전범으로 「어부가」를 바라보았고, 그를 통해 이상적 음악의 지향이 무엇이었는지에 대한 갈피는 잡을 수 있었다고 판단된다.

이제까지 상층문화로서 향유되던 고려가요의 일단을 살펴보았다. 대체로 이 자료들은 여말의 신흥사대부들에게서 발견되는데, 이보다 앞선 시기 문인들의 문집은 얼마 안되기도 하지만 현전 고려가요에 대한 자료의 편린은 확인되지 않는다. 이에 따라 조심스런 추측이기는 하지만 조선조에 전해진 노래들이 대다수 여말에 활발하게 연행되던 노래들이었을 가

---

57) 권근은 1392년에 『禮記淺見錄』을 편찬하였다. 이 중 「樂記」의 註를 보면 "然因樂而蕩滌其邪穢, 消融其渣滓, 能反躬而循天理, 不化物而窮人欲, 則其用力之功, 亦庶幾"(한국정신문화연구원 철학·종교연구실 영인, 『五經淺見錄』, 1995, 382면)라는 설명이 나오는데, 여기서의 음악적 효용은 「어부가」가 도달한 음악적 경지와 같다. 권근이 그 인욕을 버려 일점 私累가 없는 마음이 노래에 나타나고, 그것이 듣는 자의 마음을 유연하게 한다고 말한 것은 바로 음악의 蕩滌邪穢, 消融渣滓한 기능의 다른 표현이라고 할 수 있다.

58) 정도전, 「題漁村(孔俯)記後(按漁村孔俯號)」, 『삼봉집』 권4, 『문집총간』 5, 357면. "伯共不惟樂之於心, 而又發之於聲, 每酒酣, 歌漁父詞, 非宮商非律呂, 而高下相應, 節奏諧協, 蓋出於自然者也. 夫樂漁村者伯共也, 樂伯共之樂者可遠也, 道傳聽伯共漁父詞, 讀可遠漁村記, 有悠然而會於心者, 謂予能樂二子之樂, 亦可也. 嗟乎, 俯仰此身, 滄海一粟, 當與二子浮雲乎斯世, 虛舟乎江湖, 竟不知樂之者誰也."

능성을 상정하게 한다. 또한 여말의 문인들은 내용상 다양한 층위에서 고려가요를 향수 했음을 알 수 있으며, 일반 노래를 두고 예악적 인식이라든가, 유가적 이념에 의한 포폄을 하지는 않았다고 판단할 수 있다.

　『고려사』「악지」속악조에 기록되기 이전의 고려 말 상층문인들에게서 향유되었던 노래를 총괄하면 다음과 같다. 위에서 밝힌 대로, 작자와 시기를 추정하여 고려시대 창작이 틀림없는 작품은 「정과정」·「한림별곡」·「정읍」·「삼장」·「사룡」·「태평곡」·「자하동」·「관동별곡」·「죽계별곡」이다. 문인의 향유가 확인되는 고려가요는 「오관산」·「거사련」·「처용」·「사리화」·「장암」·「제위보」·「정과정」·「정석가」·「수정사」·「북풍선」·「소년행」·「후전진작」·「삼장」·「안동자청」·「월정화」·「어부가」·「관동별곡」·「정읍」·「예성강」·「양주」·「한림별곡」이다. 그리고 『고려사』「악지」소재 고려 향악 32곡[59]으로 기록되어 궁중악으로 상승한 노래를 확인할 수 있다. 조선조에 전해져 가사가 남아 있지만 여말의 향유를 기록상 확인할 수 없는 고려가요는 「서경별곡」·「청산별곡」·「만전춘」·「이상곡」이다. 상층문인들이 이와 같이 고려가요를 연석의 자리에서 향수했기 때문에 조선조로 넘어가서도 사대부적 풍류 관습이 지속되었다고 할 수 있다. 궁중악으로 수용되면서 선별된 고려가요만이 그 생명력을 이어간 것이 아니라, 고려 말엽 상층문인들에게 활발히 연행되었던 가요들은 그 나름의 전승과정을 가지고 있었다고 보아야 한다.

　고려 말의 신흥사대부들이 여러 노래를 향유하면서도 자신들의 미감에 맞는 가요에 대해서는 특별한 호감을 지녔던 것으로 짐작된다. 「정과정」과 「어부가」의 애호는 그러한 사대부들의 세계관에 맞닿은 시가 향유의 관습을 만들어냈다고 할 수 있다. 그 중 이제현은 소악부를 남긴 면에

---

59) 무고·동동·무애·서경·대동강·오관산·양주·월정화·장단·정산·벌곡조·원흥·금강성·장생포·총석정·거사련·처용·사리화·장암·제위보·안동자청·송산·예성강·동백목·한송정·정과정·풍입송·야심사·한림별곡·삼장·사룡·자하동.

서도 남다르지만 노래에 대한 관심이 유별났다고 할 수 있다. 그런 그가 「정과정」에 대해 느꼈던 심미의식은 여타 신흥사대부들이 즐겼던 「정과정」의 향유 의식과 통하는 부분이 있었을 터이다. 백아와 같이 진정한 지음(知音)에 대한 열망을 담으면서 거문고나 가야금을 연주하며 노래했던 문인들의 음악 취향은 자신의 의지[丹心]를 알아주기를 바라는 사대부적 자세와 어우러져 사대부 시가의 내용적 특징을 보여준다. 그것은 일반 가요 즉 널리 유행하던 속악의 세계로는 해결되지 않는 사대부의 독특한 문예 취향 혹은 정서적 특징에 부응한 음악문화라고 하겠다. 이 노래와 더불어 「어부가」도 신흥사대부들의 강호 인식을 대변하면서 그들이 지향하는 음악적 세계를 보여주고 있다. 강호 인식을 통해 보여준 여말 사대부의 세계관과 가치관이 음악의 세계에서 공동적으로 추구되면서, 그에 상응하는 심미의식과 음악관을 만들어 내었다고 본다. 따라서 음악에서 욕구를 발산하여 얻는 쾌락의 효과보다는 개인적 정감을 순화시켜서 나오는 감정적 조절을 중시하게 되었다고 할 수 있다. 노래의 내용과 소리가 개인적 욕구를 노출하기를 금기시하고 성정을 함양하는 방향에서 통어되어야 한다고 강조되는 단계는 아니라 하더라도, 그러한 노래의 정서적 효과를 이상적으로 느끼는 사대부의 유가적 시가관의 일단이 발아되는 단계에 와 있었던 것이다.

2) 예악문화 관습의 재고

고려가요의 향유 양상을 살펴본 결과 여말의 사대부들은 시가(詩歌) 연행에 윤리·도덕적인 강제력을 발휘하지는 않았다. 그러나 여말 신흥사대부들은 아정한 내용의 노래를 애호하려는 조짐을 보여주었다. 더구나 권근과 같은 여말의 신흥사대부는 유교적 악론(樂論)을 시가작품의 품평에 반영하였다. 한 개인의 음악 인식론적 성취가 당대 지식인 전반의 취

향이라고 말하기는 곤란하지만, 성정의 감발을 시가의 효용으로 보는 것
은 이미 유교적 악론이 사대부들 사이에서 인식되었다는 증거이다. 신흥
사대부 개인에게 발현된 유교적 악론은 여말 주자학 수용에 의해 들어온
예악론의 영향이라고 할 수 있다. 그러나 여말의 예악론은 앞서 시가의
향유경향에서도 보았듯이, 개인의 생활 윤리나 실천으로서보다는 신흥사
대부들이 국가의 개혁을 위해 그리고 자신들의 세력확장을 위한 명분으
로 수용되었다. 따라서 이들이 펼친 예악론은 국가제도나 궁중의 정화로
서 거론되었다. 예악문화 관습을 문제삼는 경우는 대부분 사대부 개인의
윤리라기보다는 국가정책상의 문제였다.

이제현은 당시 문풍이 사장 위주로 치우친 데 대하 반기를 들고, 장구
(章句)에 힘쓸 것이 아니라 덕의 요체를 가르치는 경서를 통해 진유(眞儒)
가 되어야 한다고 역설한다. 원자(元子)의 교육을 제안하면서 경서(經書)를
위주로 짜여져야 하며, 습성(習性)이 유교적 도덕 윤리로 내면화되어 진유
(眞儒)가 되어야 한다고 강조한다.

> 이제 우리 國王殿下께서 옛적의 원자가 就學하는 나이로써 天子의 明命을 받들
> 어 祖宗의 重業을 계승하시었으나 前王의 실패한 뒤를 맡았으니 어찌 小心 翼翼
> 하여 경건하고 근신하지 않으리요 경신하는 실상은 덕을 닦는 것만 같지 못하고
> 덕을 닦는 요체는 嚮學하는 것만 같지 못한 것입니다. 이제 祭酒 田淑蒙이 이미
> 師傅로 되어있으나 다시 賢儒 2인을 택하여 淑蒙과 더불어 『孝經』『論語』『孟子』
> 『中庸』을 강하게 하여 格物致知·誠意正心의 도를 익히도록 하여 의관자제로서
> 正直謹厚하고 好學하며 愛禮하는 자 10명을 뽑아 侍學으로 삼아 좌우에서 補導
> 하게 하시고 四書가 이미 숙득되면 六經을 차례로 講明하여 驕侈·淫佚과 聲色·狗
> 馬는 耳目에 접하지 못하게 하여 습관이 성품을 이루게되면 德이 알지 못하는 사
> 이에 이루어질 것이니 이것이 當面의 막급한 일입니다.[60]

앞의 인용문은 이제현이 원자(元子)를 교육하는 방법을 통해서 진유(眞儒)

---

60) 동아대학교 고전연구실 편, 「열전」 213권, 『譯註高麗史』 9. 1971, 337면.

가 갖추어야 할 조건을 제안한 것이다. 이제현은 사서(四書)와 육경(六經)을 습득하여, 교치(驕侈)·음일(淫佚)·성색(聲色)·구마(狗馬)와 같은 바람직하지 않은 습관을 멀리함으로써 유자의 덕목이 길러진다고 본 것이다. 여기서 특기해야 할 것은 덕을 쌓는 방법으로서 경전을 공부하는 일 외에, 유자로서 금기해야 할 습관에 대해 언급하였다는 점이다. 성색(聲色)과 같은 습관을 문제시한다는 점은 음악과 같은 일상의 영역을 규제하는 것과 다르지 않다. 이는 유교적 생활 규범이 유자(儒者)의 행동범위 전반을 제약하게 될 단계에 이르고 있음을 예시하는 경우라 할 수 있다. 그러나 이제현이 활동하던 시기에는 기존 예악문화를 문제시할 정도의 의식 변화를 찾기는 어렵고, 나라를 다스릴 원자(元子)로서 유자(儒者)의 생활 의식과 그 규범을 먼저 갖추어야 함을 일깨운 것이다.

이색은 보다 분명하게 유가적 예악관을 드러내어 음악의 진정한 효과가 무엇인지를 보여주고 있다. 시·예·악을 유기적으로 관련지어 유교적 예악론을 핵심적으로 표현한 공자의 "興於詩, 立於禮, 成於樂" 구절을 시(詩)로 설명하여 왕에게 바친다. 왕에게 진강(進講)하기 위해 지은 이 시는 임금이 '시예악(詩禮樂)'의 효용을 명심해야만 한다는 입장에서 쓰여졌다.

君師建極化生民	성현들이 建極하여 생민을 교화하셨으니
照耀來今覺後人	그 빛이 오늘날까지 뒷사람들을 깨우치네.
大學初中終有得	大學의 초·중·종장에서 깨달음을 얻고
先王詩禮樂相循	선왕의 시·예·악을 아울러 좇아야 하네.
性情動盪無邪日	성정이 감발되어 사악함이 없는 날
查滓消融順道春	찌꺼기가 씻겨져 도를 좇는 때.
三百三千通上下	삼백삼천이 위 아래가 통하고
端居雜處對明神	평상의 거처에서도 神明을 마주할 수 있네.[61]

시예악(詩禮樂)을 따르면 성정이 동탕하고 사재소융(渣滓消融)하여 도가

---

61) 李穡, 「進講興於詩立於禮成於樂一章」, 『牧隱集』 권16, 『문집총간』 4, 193면.

바로 서게 된다는 것인데, 이 행위의 주체는 왕을 중심으로 한 성인이다. 그러므로 그 주축이 되는 왕의 행위에 초점을 둔다는 점에서 왕을 중심으로 한 위로부터의 예악 바로잡기가 급선무가 되는 것이다. 또한 이색은 "歌詩"의 의미에 대해 말하면서, 노래의 정치적 효용성에 대해서도 언급한 바 있다.

> 대저 歌詩는 政事의 아름다움을 형용하여, 사람의 마음을 바르게 하고 世道를 바로 잡아야 하는 것이니, 우리들이 마땅히 힘써야 한다.[62]

위의 인용문은 시의 제목으로 아주 짧게 악(樂)에 대해 말했지만 이색의 예악론이 겨냥하는 바는 잘 드러내었다. 정사(政事)의 아름다움을 노래로 형용하려고 하고, 이 노래가 "正人心·扶世道"의 효용성에 이른다고 본 것은 유교적 악론을 전제한 발언이다. 이 안에는 사대부로서 정치적 안정을 표창하는 노래를 지어 민심을 바로잡고 정치적 안정을 이루려는 치세적(治世的) 의식이 담겨져 있다. 이것은 조선왕조 건국 후 사대부들이 악장을 통해 이루려 했던 이상이었다. 치세(治世)를 이루고 그것이 영속화되어 민심을 안정시키는 상징적 방식이 악장에 담겨있는데 그 전단계적 사고가 이색에게서 이미 나타난 것이다.

고려조의 개혁파 사대부들은 위에서와 같이 유교적 예악관을 수용하는 초기적 모습을 보여주는데, 이런 음악관에 기대어 전래하던 음악 연행을 평가하지는 않았다. 이색이 언급했듯이 예악관을 새롭게 인식하면서, 그 정점으로 군주의 음악, 즉 정사(政事)와 관련된 음악의 측면에 그 시선이 모아졌던 것이다. 이색이 새삼 주시한 공자의 예악론은 성리학을 이념화하여 당대 사회를 개혁하려고 했던 개혁파 사대부들에게 더 긴급한 이념적 명분이었다.

---

62) 李穡, 『목은집』 권17, 『문집총간』 4. "夫歌詩, 所以形容政事之美, 正人心扶世道, 吾黨宜勉焉."

개혁적인 사대부들은 고려조의 예악문화를 개편하려는 시도를 하게 된다. 실제적인 효과가 그리 크지는 않았지만 사대부들은 유교적 예악을 제도화하기 위한 노력을 보여준다. 국가적 예제와 악제의 개혁은 동시적으로 진행되는데, 여말 사대부들은 우선 스스로 예제를 실천하는 일에 힘을 쏟았다. 고려시대의 상장례는 성종 4년(985)에 사망자와의 친소관계에 따라 삼년(三年)·주년(周年)·대공(大功)·소공(小功)·시마(總麻) 등 복상(服喪)의 기간과 형식을 달리하는 오복제(五服制)를 처음 도입하여 이후 수차례의 부분적인 수정을 겪었다. 그러나 법제적 규정과 실제의 예속은 아주 달랐다. 우선 공민왕 6년에 이색 등의 건의에 의해 삼년상이 다시 원칙으로 확인되고 그나마 전란으로 3년 뒤에 다시 취소되는 등 상기(喪期)가 제대로 지켜지지 않았다. 부모상을 백일복상(百日服喪)으로 지키는 것이 일반적인 풍습이었다고 한다. 장례도 사망자가 공후의 신분이 아니면 삼일장에다가 화장을 했던 것으로 추측된다. 그밖에 지역에 따라 무속 내지 토착적인 상장례 풍습이 다양하게 존재하고 있었다. 제사도 위호(衛護)라는 이름의 신사를 무가(巫家)에 세워 지내는 것이 사대부가의 일반적인 풍습이었다.

주자학에 경도된 신흥사대부들은 이것들을 유교식 예법 즉 삼년상과 가묘제사법으로 바꿀 것을 건의했고, 또 정몽주(鄭夢周)·박상충(朴尙衷)·정습인(鄭習仁)·윤구생(尹龜生) 등은 몸소 실천했다고 한다. 이때 유교식 상제례의 기준으로 제시된 것이 바로 주희(朱熹) 소작(所作)으로 믿어진 『가례(家禮)』였다.63) 사대부 내에서 일반화되지는 못하고 몇몇 사람에게서 유교식 상제례가 준수되기 시작했다. 그런데 김초(金貂)·이첨(李詹)·조준(趙浚) 등 급진적 개혁파들은 유교식 상제례를 정책적으로 추진하여 위법자는 처벌하자는 준칙을 상소문으로 올리기도 하였다.64) 이렇게 강경하

---

63) 박연호, 「조선 전기 사대부교양에 관한 연구」, 한국정신문화연구원 한국학대학원 박사논문, 1993, 71~72면.

64) 동아대학교 고전연구실 편, 「열전」 117권, 『역주고려사』 9, 747면. 성균박사 金貂는

게 예제의 실현을 건의했던 조준은 동시에 궁중의 음악관습을 문제시하여 이를 개혁하자고 건의한다. 예악을 모두 유교적 의식(儀式)으로 변화시키려는 원칙론적인 사고가 조준에게서 발화된 경우라고 할 수 있다.

고려 말 궁중에서 불리던 음악은 세 종류였다. 1116년에 들어왔던 대성아악과 송(宋)의 교방악을 수용한 당악, 통일신라로부터 이어받은 고려조의 향악이 그것이다. 고려 궁중의 의례에서 사용되는 음악은 그 절차와 예법을 갖추고 실행되었으며, 조선조 의례에 사용되는 음악의 대강이 여기서 비롯한다고 볼 수 있다. 그러나 『고려사』를 통해 왕실의 음악 향유를 살펴보면, 고려조의 향악은 그 내용과 상관없이 빈연이든 사사로운 향연에서든 아무런 규제 없이 불려졌던 것으로 보인다. 창기를 동반한 음악 연행 관습이 별다른 문제의식 없이 사용되었고, 따라서 고려조의 관습으로 굳어졌다고 볼 수 있다.

고려조의 향악은 『고려사』「악지」에 근거하여 살펴보면 다음과 같다. 『고려사』「악지」는 정재를 따로 구분하지 않고 향악의 항목 안에 모두 포함시켜 소개하고 있다. 향악은 무고·동동·무애·서경·대동강·오관산·양주·월정화·장단·정산·벌곡조·원흥·금강성·장생포·총석정·거사련·처용·사리화·장암·제위보·안동자청·송산·예성강·동백목·한송정·정과정·풍입송·야심사·한림별곡·삼장·사룡·자하동 이상 총 32곡이다. 이들 향악이 어떤 자리에서 어떻게 불리어졌는지 알

공양왕 즉위년에 올린 上書에서 家廟를 설치하고 淫祀를 근절해서 만약 이를 어기는 자는 죽이고 용서하지 않아야 한다는 闢異端의 강경한 입장을 내세운다. 한편 불교를 비판하면서 이단시하는 김초에게 죄를 주었던 李詹도 家廟 건립과 三年喪과 같은 법제가 행해지지 않는다고 하면서 왕이 몸소 이런 법령을 실천하여 교화의 모범이 되기를 상소하기도 한다(「열전」 311권, 『역주고려사』 10, 29~30면). 조준은 가묘를 지어 제사하고, 『주자가례』를 써서 大夫 이상은 三世를 제사하고 六品 이상은 二世를 제사하고 七品 이하 庶人에 이르기까지는 다만 그 부모만 제사하되, 淨室 한곳을 감실로 삼아 신주를 갈마 두고 삭망에 잔드리고 출입시 반드시 고하며, 忌日에는 반드시 제사할 것 등의 준칙을 내세우고 이를 어기는 자는 不孝로 다스려야 한다는 내용의 상소를 창왕에게 올렸다.

수 없지만, 궁중의 공사(公私) 연회에서 여기(女妓)에 의해 공연되었던 것으로 보인다. 이렇게 궁중의 연향에서 사용되는 여악과 향악 관습은, 성리학의 수용과 함께 체제 개혁을 실천하려 했던 조준에게 문제시된다. 조준은 예제(禮制)의 적용을 사대부·서인(庶人)에게로 확대시켰으나 악제(樂制)는 궁중연향에 한정해서 적용하고 있다.

유교적 사고에서 예악(禮樂)은 수신(修身)과 치국(治國)의 방법으로 중요시되었다. 예(禮)가 천지의 질서요, 악(樂)이 천지의 조화[65]라는 사상은 유교적 통치 논리로서 왕실의 기틀을 세우는데 중요한 토대가 되었을 것이다. 악을 살펴 그 정치를 알 수 있다는 예악론적 사고는 왕실음악에 대한 반성을 가져왔다고 할 수 있다. 따라서 고려 말의 악제(樂制)는 예악의 근본을 잃은 것으로 마땅히 개혁해야 할 대상으로 여겨졌다. 조준(趙浚)은 창왕에게 올린 시무책(時務策)에서 연향의 음악을 개혁할 것을 건의한다.

> 본조에 樂節은 무릇 빈객을 향연함에는 반드시 당악을 사용하고 계속하여 향악을 쓰는데 지금 娼妓의 歌舞, 聲音하는 절조는 마침내 中和에 불합하니, 특히 예악의 근본을 잃은 것입니다. 삼가 조정의 儀注를 상고하매, 그 조회하는 잔치에는 다만 伶人으로 하여금 音樂을 행하게 하고 娼妓는 참여하지 못하게 하였으니, 원컨대 이 법을 지켜 궁중의 향연에는 다만 당악만 연주하고, 창기는 가까이 나오지 말게 하소서.[66]

조준은 이 시무책에서 궁중 빈객향연에서의 향악 사용과 창기(娼妓)의 공연에 대해 중화(中和)에 불합하는 곧 예악에 어긋나는 것으로 보고 있다. 왕실이 바로 서야 백성이 교화된다고 보는 입장에서 무엇보다 시급한 과제는 왕실의 의례를 바로 세우는 일이다. 따라서 의례에 사용되는 음악

---

65) 權五惇 역, 「樂記」, 『禮記』, 홍신문화사, 1982, 384면.
66) 「陳時務第三疏」, 『松堂集』 4권, 『문집총간』 6, 431면. "本朝樂節, 凡宴饗賓客, 必作唐樂, 繼以鄕樂, 今娼妓歌舞聲音之節, 終不合中和, 殊失禮樂之本矣. 謹按朝廷儀, 其視朝宴饗, 只使伶人接樂, 而娼妓不與焉, 願遵此法, 宮中宴饗, 只奏唐樂, 毋令娼妓近前."

은 정성(正聲)이어야 하는데, 향악과 여악은 정성(正聲)을 벗어난 음성(淫聲)이므로 왕실의 의주(儀註)에 준하여 창기는 연향에서 척결해야만 하는 대상이 되었던 것이다. 조정 연향에서 영인(伶人)의 음악만 사용되고 여악은 쓰지 않는 것이 당시 조정의 의주라고 하였는데, 이에 의거해 본다면 준칙은 정해졌으나 실행되지는 않았다고 할 수 있다. 그러나 조준이 궁중연향에서 창기와 향악을 폐지하자고 건의한 의견도 고려 왕조에서 실현되지는 않았던 것으로 보인다. 그러나 이 시무책은 고려 말의 신흥사대부들이 이미 유교적 예악론에 입각해서 왕실음악을 개혁하려는 의지를 공표했음을 확인시켜 주는 자료라고 할 수 있다.

조준이 강력하게 주창한 여악 폐지가 고려 말 당시의 왕실문화를 재고(再考)하는 데까지 이르지는 못했던 것으로 보인다. 다만 유교를 정치개혁을 위한 실천이념으로 받아들인 조준과 신흥사대부들에 있어서는 광범하게 공유된 문제의식이었을 것이다. 왜냐하면 이미 공자와 주회의 시경해석에 입각한 문학론을 거론하고, 예악을 언급했던 여말 신흥사대부들의 입장에서 교화를 말하려고 할 때, 궁중에서 향유되는 음성(淫聲)은 마땅히 척결해야 할 대상이었다. 사무사(思無邪)와 "樂而不淫, 哀而不傷"한 상태를 시도(詩道)로 내세웠던 여말 학자들의 문학관은 음악에 대해 언급한 조준에게도 적용되는 것이었다. 여악(女樂)을 음성(淫聲)으로 비판하여 내쳐야 한다고 생각한 공자의 언명을 준수한다면 고려 왕실에서 행해지는 여악의 공연은 예악에 크게 어긋나는 것이고, 예속의 개혁을 위해 먼저 정리해야 할 사안이었다. 따라서 조준은 왕실 연향에서 여악을 규제하고 당악만을 사용할 것을 건의했던 것이다.

그렇지만 유교적 예악관에 의거하여 펼친 조준의 의견은 당시 궁중음악문화에 대한 사대부들의 인식에 비추어 상당히 급진적이었다고 할 수 있는데, 왜냐하면 조준과 뜻을 같이하여 조선의 건국에 참여했던 정도전도 유교적 예악관을 궁중음악 정비의 이념적 토대로 받아들였음에도 불구하고 궁중연향에서의 여악을 문제삼지는 않았기 때문이다. 여타의 급진적 사대부들은 예악관에 동의하여 조회에 음악을 설행하거나, 아악서를 설치하여 종묘의 악가를 익히게 하는 등[67] 의례에 관한 제반 여건을 정비하는 일에 참여했지만 특히 여악을 문제삼아서 거론한 경우는 조준 이외에는 발견되지 않는다. 음악의 관행이 이념에 맞추어 바로 정리, 수정되는 것은 아님을 이를 미루어서도 알 수 있다.

음성(淫聲)을 척결하려는 의지를 보인 사대부는 조준이 대표적이었으나, 조준이 거론한 규제 대상은 왕실의 공식 의례인 연향이지 여말 일반의 음악문화 관행을 비판한 것은 아니었다. 여말 사대부들이 시가에 대한 호오(好惡)를 표현하거나 평가하지 않은 점에서 짐작할 수 있듯이 사대부가 향유하는 음악에 대해 의식적으로 자각하는 단계는 아니었다고 할 수 있다. 그렇지만 이제현이나 이색을 통해서도 드러나듯이 여말(麗末)의 신흥사대부들이 유교적 예악관을 인식하고 있었음은 확실하다. 여말 사대부들이 시가에 대해 언급하지는 않았지만 일반적으로 행해지던 음악관행 속에서 특별히 이상적 음악관으로서 주목하는 바는 있었던 것이다.

여말 신흥사대부의 음악 인식의 일단이 예악관의 강화와 더불어 사대부적 시가(詩歌)의 방향을 모색할 때 하나의 전범으로 굳어진다는 점에서 이와 같은 발상은 그 관습의 저류를 찾는데 중시할 사안이라고 생각된다. 또한 이와 같은 인식이 사대부들의 노래 향유에 전혀 견인력을 지니지 않았다는 점도 이 시기의 의미를 점검하는 데 주지해야 할 사항이다. 예악관의 인식적 기저는 이때로부터 비롯되나, 그것이 제도적으로 진행되거나 실제로 의식되는 상태에까지 이르지 않은, 일종의 과도기적인 지점이라고 할 수 있다. 성리학에 투철한 특정 개인이 예제를 몸소 실천하듯이 실제의 음악향유에서도 예악론이 사대부적 반향을 불러일으키지 못했으며, 이를 의식하지도 못했던 듯하다. 예악론을 제도화하거나 그에 견인되어 문

---

67) 『고려사』 권70. 공양왕 1년(1389) 3월 乙酉에 예조에서 조회 때 음악을 쓰기로 청하므로 그대로 따름. 『고려사』 권77, 공양왕 3년(1391) 雅樂署를 설치하고 종묘의 樂歌를 익히게 함.

화적 충돌을 빚어내는 일은 조선의 건국 이후 새로운 가치를 추구하는 과
정에서 일어나게 된다고 할 수 있다.

2. 15세기 치세적(治世的) 악론(樂論) 추구와 궁중악 정비

1) 치세적 악론 수립

여말의 신흥사대부인 조준이 유교적 예악관에 의히 궁중연향의 음악을
개혁할 것을 건의한 부분은 앞 절에서 밝혔다. 이들 급진적인 신흥사대부
들은 조선왕조를 건국하면서 여말에 시도했던 예악에 관한 제도화를 본
격적으로 추진, 실현하려 한다. 전체적으로 15세기는 정치적 현실을 중시
하면서 유교적 제도와 질서 수립을 우선하였는데, 이를 주도한 계층이 바
로 여말 급진적 신흥사대부들과 잇닿아 있는 관학파였다. 이 과정에서 여
말에는 보이지 않던 이념적 예악관을 논리화하는 작업을 하게 된다. 그들
은 치세(治世)를 누구보다 강력하게 희망하고, 그것을 제도적으로 실현해
가는 일에 몰두하였다고 할 수 있다. 따라서 이 시기는 조선조 어느 시기
보다 예악의 이론화가 표면화되었다.
건국 직후의 급선무는 이념을 수립하는 일이며, 그 이념을 공고화하기
위한 정책적 사업의 추진일 것이다. 유교적 예악론은 이념의 대외적 천명
에 있어 주요한 공론이었다고 할 수 있다. 이런 이유로 15세기는 예악론
의 시대로 명명되기도 했다. 그런데 이와 같은 이해는 유교적 정책 추진
의 정점에 자리한 예악론을 가지고 15세기의 모든 일상을 단정지어 마치
예악론이 모든 생활 습속을 해석할 수 있는 무소불위(無所不爲)의 영역인
것처럼 보이게 한다. 그러나 이미 예론과 예제가 실제 생활에서 구체화되

는 데에는 많은 시간과 여건이 뒷받침되어야 한다는 점이 시사해 주듯이,[68] 악론(樂論)과 음악제도 그리고 그것이 실제 음악에 미치는 영향력 등이 동시적으로 관철되기는 어려웠을 것이다. 더구나 음악은 문화적 미감(美感)의 영역에 속하기 때문에 예제의 실천에 뒤따르는 난행(難行)보다 더 민감하고 복잡한 미학적 관습에의 충돌을 예상할 수 있다. 따라서 이 시기 예악론과 음악정책이 국가 전반의 음악문화적 습속까지 모두 아울렀으리라는 단정적 해석을 지양하고, 예악론의 성격을 분명히 드러내어 그 정책적 실현의 범위가 어디까지인가를 살펴보아야 한다.

여말 조준이 주창했던 음악적 개혁 작업은 당대에는 실현되지 않고, 조선왕조에 들어서면서 정도전에 의해 계속된다. 정도전은『주례』와 한당의 제도를 참고로 하여 1394년『조선경국전(朝鮮經國典)』이란 통치 법전을 찬진하면서, 조선왕조의 기본적인 통치 방향을 설정하였다. 이 법전의 한 항목인「예전(禮典)」의「총서(摠序)」와「악(樂)」부문에서 음악론의 기본 토대를 기술하고 있다. 왕실을 정점으로 한 음악론을 피력하여, 조선 초기 음악정책의 기본 방향을 감지할 수 있도록 했다. 그는 "禮는 序요, 樂은 和"라는『예기』의 예악관에 의거하면서, 나라에는 조정지서(朝廷之序)·제향지서(祭享之序)·연향지서(宴享之序)가 제대로 서야 하며 음악은 공덕(功德)을 찬미하는 것이라는[69] 기본 입장을 분명히 하였다. 따라서 예는 종묘, 조정, 연향과 관련된 의전으로 제도화되고, 음악은 그 의전에 필요한 시가무(詩歌舞)의 종합예술로서 표현된다고 하였다. 이와 같은 정도전의 음악사

---

68) 李範稷,『韓國中世禮思想硏究』, 一潮閣, 1991.
　　 池斗煥,『조선 전기 의례연구』, 서울대 출판부, 1994.
　　 高英津,『조선 중기 예학사상사』, 한길사, 1995.
69) 鄭道傳,「禮典摠序」,『삼봉집』권7,『문집총간』5, 425~426면. "恭惟主上殿下, 上以應乎天, 下以順乎人, 作其卽位, 稽古經邦, 庶事萬類, 以序以和, 禮樂之興, 惟其時矣. 臣以爲禮之爲說雖多, 其實不過曰序而已. 朝廷主嚴, 君尊而臣卑, 君令而臣行, 故朝覲會同, 正大位而統百官, 朝廷之序也. 祭享主誠. 人盡其誠. 神格於上, 故蒸嘗祼獻, 事祖考而通神明, 祭享之序也. 宴享主和, 賓獻而主酬, 主侑而賓食, 飮食宴樂, 以睦宗戚而親臣隣, 宴享之序也. 至於符寶所以通信, 輿服所以辨等, 樂者, 所以美功德"

상은 「악(樂)」을 총괄하는 글에서 보다 명료하게 설명되어 있다.

> 악이란 올바른 성정에서 근원하여 성문을 빌어서 표현되는 것이다. 종묘의 악은 조상의 거룩한 덕을 찬미하기 위한 것이고, 조정의 악은 군신간의 장엄하고 존경함을 지극하게 하기 위한 것이다. 향당과 규문에서까지도 각기 일에 따라서 악을 짓지 않음이 없었다. 그러므로 그윽하면 祖考가 이르고(감동하고), 밝으면 군신이 화합하며, 이를 향당과 방국에까지 미루면 교화가 실현되고 풍속이 아름다워지는 것이니 악의 효과는 이렇듯 깊은 것이다. 국가에는 아악서가 있어 봉상에 소속되니 종묘의 악이며, 당악과 향악이 있어 전악서에 두고 관장하니 조회와 연향에 사용한다. 또 새로 문덕곡과 무덕곡을 지어, 전하의 공덕과 신공을 조술하여 창업의 간난함을 형용하였으니, 옛날과 지금의 문체가 여기에서 완비되었다. 이른바 공업이 이루어져 악이 만들어졌으니, 음악을 관찰하여 덕을 아는 자가 어찌 믿지 아니하겠는가?[70]

정도전은 음악을 성정(性情)의 정(正)에서 근원한다고 보고, 그런 음악이 유계(幽界)에 미치면 조고(祖考)가 감동하고 군신에 이르면 화합하게 하고, 이를 향당방국에 미루면 교화가 실현된다고 그 효과를 설명하였다. 여기서 거론된 성정지정에 근원한 음악은 종묘와 조정에 관련된 영역에 그 중심을 두고 있다. 음악이 먼저 바로 서야 할 곳을 천자가 활동하는 공간으로 보기 때문에, 성정지정의 내용이 되는 공덕의 찬미는 왕실의 음악에 초점을 둔 발언이라고 볼 수 있다. 위에서부터 바른 음악을 세워야 그 교화가 아래로 내려가는 것이기 때문에, 음악의 효과를 종묘로부터 향당, 규문에까지 이르는 것으로 포괄하고는 있지만, 실상 정도전의 음악론에서 겨냥하는 음악 정비의 대상은 국가의 종묘, 조정, 연향에 국한될 수밖에 없

---

70) 정도전, 「朝鮮經國典, 禮典 樂」, 『三峰集』 권7, 『문집총간』 5, 428면. “樂者, 本於性情之正, 而發於聲文之備. 宗廟之樂, 所以美祖考之盛德, 朝廷之樂, 所以極君臣之莊敬. 以至鄕黨閨門, 莫不因其事而作焉. 故幽則祖考格, 明則君臣和, 推之鄕黨邦國, 而化行俗美, 樂之效深矣哉. 國家有雅樂署, 屬之奉常, 宗廟之樂也. 有唐樂有鄕樂, 置典樂署掌之, 用之於朝會, 用之於燕享. 又新製文德武功之曲, 述殿下盛德神功, 以形容創業之艱難, 古今之文, 備於此矣. 所謂功成而樂作, 觀樂而知德者, 不其信歟.”

는 것이다. 즉 정도전의 예악사상은 조선 전기 일반 사서인(士庶人)에게까지 내면화된 음악문화를 대상으로 했다기보다는 왕실에서 실현해야 할 이론으로서의 측면이 강하다. 따라서 국가의례에 적용될 음악론을 정립한 것이라고 볼 수 있다. 구체적으로 성정지정에 의거한 음악의 내용은 위에서 제시된 대로 조상의 거룩한 덕을 찬미한 노래[美祖考之盛德], 군신간의 장엄함과 존경을 지극하게 하는 노래[極君臣之莊敬]가 되는 것이다. 정도전은 조선 건국의 창업(創業)에 주도적 역할을 하였고, 그것의 대외적 천명을 중시하고 있으므로 종묘음악과 조정음악에 대한 강조와 그 제도화를 위한 이론에 치중한 것이다. 이런 점 때문에 왕의 공덕을 찬미하는 문덕곡과 무덕곡을 비롯한 송축용 악장의 제작에 치중하였던 것으로 보인다.

선초의 예악론은, 『예기』 악론의 핵심이 천자의 음악에 대한 것이듯이 치세(治世)에 중심을 둔 이념적 표지로서 정도전으로부터 일정한 방향타를 갖게 된다. 15세기 예악론은 큰 방향에서 치세를 우선했기 때문에 왕실의 의례 음악을 정비하는 데서 주로 논의된다. 정도전이 『조선경국전』에서 예악론의 방향을 모색한 이후, 태종 2년 6월 예조에서 조회, 연향의 음악을 제정하면서 그 이론적 틀을 제시하게 된다.

> 신 등이 삼가 고전을 상고하건대, '음을 살펴서 악을 알고, 악을 살펴서 정사를 안다'하고, 또 말하기를 '악을 합하여 신기를 이르게 하며 나라를 和하게 한다'하고, 또 말하기를 '正聲은 사람을 감동시키되 기운이 응함을 순하게 하고, 姦聲은 사람을 감동시키되 기운이 응함을 거슬리게 한다'고 하였습니다. 그러므로 주관 대사악이 음성·과성·흉성·만성을 금하였습니다. 신 등이 가만 보건대, 前朝에서 삼국 말년의 악을 이어받아 그대로 썼고, 또 송조의 악을 따라 교방의 악을 사용토록 청하였으니 그 말년에 이르러 또한 음란한 소리가 많았사온데, 조회와 연향에 일체 그대로 썼으니 볼 만한 것이 없습니다.71)

---

71) 태종 02 / 06 / 05(정사). "臣等謹按古典, 審音以知樂, 審樂以知政, 又曰, 合樂以致神祇, 以和邦國, 又曰, 正聲感人而順氣應, 姦聲感人而逆氣應. 是以周官大司樂, 禁其淫聲過聲凶聲曼聲. 臣等竊觀前朝承三國之季, 因用其樂, 又從宋朝請用敎坊之樂, 及其季世, 又多哇淫之聲, 朝會宴享一切用之, 無足可觀. 今當國初不可因襲"

『예기』와 『주례』에 의거하여 음악과 정사(政事)의 긴밀한 관계에 대해 말하고 있다. 음악을 살펴보면 정치를 알 수 있으므로, 정성(正聲)을 세우고 음성(淫聲)·과성(過聲)·흉성(兇聲)·만성(曼聲)을 금해야 한다는 것이다. 정치적 측면에 우선을 둔 음악관이 이 시기를 주도하는 논리였음을 보여 주는 것이라 할 수 있다. 『예기』「악기」 19편의 "간성이 사람의 마음을 감동시키면 기운의 응함을 거슬려 음악(淫樂)을 흥기시키고, 정성이 사람의 마음을 감동시키면 기운의 응함을 따라 화악(和樂)을 흥기시킨다"는 부분을 끌어들여, 음악의 정치적 공효성을 역설하고 있다. 『예기』는 정성과 간성이 사람의 마음에 미치는 영향력에 중심을 두어 말한 것이지만, 위의 상소에서는 음악에 반사되는 정치의 성쇠(盛衰)를 중시하는 입장에서 간성(姦聲)의 폐단을 말했다고 할 수 있다. 따라서 왕실의 조정과 연향음악에서 전조의 음성(淫聲)이 제거되어야 함을 건의한 것이다. 건국 초기, 정치의 조화(調和)를 꾀하기 위해서는 간성의 범주에 속하는 "淫聲·過聲·兇聲·曼聲"을 제거하여 성음을 바루는 것이 급선무임을 강조하고 있다.

세종대에 음악 제작과 정비에 주도적 역할을 했던 박연(朴堧, 1378~1453)은 「청정(請定) 묘조정악소(廟朝正樂疏)」에서 치세적(治世的) 악론(樂論)의 일단을 기술하였다.

삼가 생각건대 예악의 도는 사람의 마음이 中和에 근본하여 천지의 位育에 이르게 하는 것입니다. 그러므로 성인이 政事를 논할 때에는 반드시 예악을 신중히 여겼고, 제왕의 정치도 모두 예악으로써 이루었던 것입니다. …… 그러므로 예를 안다는 참 선비는 간혹 있으나, 악을 이룬 군자는 시대마다 있는 것이 아닙니다. 또한 악을 갖추지 못하면, 예 홀로 이루어지지 못하므로 삼대 이후에 정치가 옛날과 같지 못한 것은 예악을 갖추지 못한 연유입니다. 오늘날 오례는 대략 갖추어졌으나 육률이 모두 붕괴되어 버렸으니 어찌 성대의 결점이라 아니하겠습니까? …… 청컨대, 악관에 명하여 황종의 율법에 의거하여 기장을 쌓아 촌을 완성하여 율에 맞추어 편경을 제조하고, 모든 음제와 기법, 그리고 악장의 절차를 수비하여 성대에 종묘, 조정의 올바른 악을 제정하여야 될 것입니다.[72]

예와 악은 불가분의 관계를 지닌 것으로, 악은 중화(中和)에 근본하며, 예는 천지의 위육(位育)73)에 이르게 하는 길임을 예시한다. 더불어 예악과 정사(政事)의 관계를 무엇보다 중시하여, 정치적 성쇠를 판가름하는 주요 잣대가 예악 홍기의 여부에 달려 있다고 판단하고 있다. 박연의 상소에 의하면, 정치가 홍성한 세종대에 음악의 홍기도 반드시 뒤따라야 하니 성대(聖代)의 정치에 부응하는 종묘와 조정의 정악(正樂)을 제정하자는 것이다. 조선 초기 사대부들이 예악론을 표명하는 것은 이처럼 국가의 음악 정비에 대한 이념적 논리화의 일환임을 알 수 있다. 치세(治世)를 이끌어 가는 한 축으로 음악을 인식하고 있었기 때문에, 그 논리 전개의 끝에는 언제나 국가의례의 음악에 대한 시급한 개선이 요구되었던 것이다.

세종조의 김종서·박연으로부터 성종대의 최한정 등에 이르면 부정적 음악으로 인식되는 정성(鄭聲)의 문제가 거론된다.

> 예악은 나라를 다스리는 큰 근본입니다. 그런 까닭에 악을 살펴 정치를 알 수 있다는 것이며, 공자께서도 또한 고기 맛을 몰랐다고 하셨던 것입니다. …… 공자께서 나라를 다스리는 법을 말씀하실 때에 반드시 鄭聲을 추방하여야 한다고 하셨으니, 이는 곧 성인이 징험을 보인 것으로서, 여악을 아악과 섞을 수 없음은 너무나 명백한 일입니다.74)

김종서는 예악이 치국(治國)의 근본이고, 정치가 음악에 반사된다는 점

---

72) 朴堧 權五聖·金世鍾 공역, 「請定廟朝正樂疏」, 『譯註 蘭溪先生遺稿』, 국립국악원, 1993, 43~44면. "伏以禮樂之道, 本之於人心之中和, 而達之天地之位育. 是以聖人之論政, 必以禮樂爲重, 而帝王之晟治, 皆以禮樂致之也. …… 是以知禮之眞儒, 世或有之, 而成樂之君子, 代乏其人, 樂之不備, 而禮不得以獨行, 所以三代之後, 治不得以復古者, 以其禮樂之不備故也. 今五禮粗備, 而六律全壞, 豈非聖代之欠典哉. …… 請付樂官, 依其黃鐘之律法, 而累粒成寸, 諧律造磬, 而凡其音制器法, 樂章之節, 盡爲修備, 以定聖代廟朝之正樂"

73) 位育은 上下貴賤 각기 모두가 그들의 위치에 만족하고 만물이 모두 충분히 육성됨을 말한다.

74) 세종 12 / 07 / 28(병인). "金宗瑞啓曰, 禮樂爲政之大本也. 故審樂以知政, 孔子亦且三月不知肉味. …… 孔子於爲邦, 必放鄭聲, 則聖人見諸行事之驗也, 女樂之不可雜雅樂, 明甚矣."

을 들어, 나라를 다스리려면 음란한 음악인 정성(鄭聲)을 추방해야 함을
당위로서 강조한다. 여기서 정성(鄭聲)은 왕실에서 벌어지는 여악(女樂)을
지목한 발언이다. 김종서가 건의한 여악의 문제는 그 이후 사대부들이 예
악론에 의거한 음악의 올바른 방향을 타진할 때 늘상 거론되게 된다.

이후 성종대 최한정(崔漢貞)의 상소에도 이 논리가 그대로 이어지며, 그
바탕에는 유교적 악론이 기저하고 있음을 볼 수 있다.

> 예는 성인이 이행하는 것이고, 악은 성인이 즐기는 것인데, 그 요체는 인심을 선
> 량하게 하고 성정을 통달하게 하는 데에 있는 것이고, 이목을 기쁘게 하고 심지를
> 즐겁게 하기 위한 것이 아니라 합니다. 국가에 대대로 성군이 나시어 예악이 지극
> 히 갖추어져서 제작의 융성함이 천고의 으뜸인데, 다만 창기의 무리가 아음에 섞여
> 가무하는 모습이 사람의 눈과 마음을 방탕하게 하니, 어찌 성전에 꺼릴 일이 아니
> 겠습니까? …… 안연이 나라를 다스리는 도리를 물으니, 공자가 정성을 쫓아내야
> 한다 하였는데, 참으로 정성은 음사하여 다스리는 도리에 방해가 되기 때문이었습
> 니다. 성조가 바야흐로 당우의 정치처럼 융성한데, 어찌 음사한 것을 그대로 두어
> 아악을 어지럽히게 할 수 있겠습니까?[75]

음악은 성인의 즐기는 바로, 인심을 선량하게 하고 성정을 통달하게
하는 것이라고 하여 예악적 사고를 전제로 논의를 시작한다. 그러므로 성
군(聖君)의 음악은 이목(耳目)을 기쁘게 하고 심지(心志)를 즐겁게 하는 감
정적 발산에 그 목적을 두지 않는다고 하였다. 음악이 감정적 욕구를 만
족시키는 데 있지 않고 성정을 함양하는데 주목적이 있으므로, 음사(淫邪)
한 정성(鄭聲)은 물리쳐야 하는 것이다. 이 논리에 따르면 정성(鄭聲)은 이
목을 기쁘게 하고, 심지를 즐겁게 하는 종류의 음악이 된다. 그러나 이런
음악을 들으면 사람 마음이 방탕해지므로, 성군의 즐길 바가 아니라는 점

---

75) 성종 08 / 01 / 13(임자). "臣等聞禮者聖人之所履, 樂者聖人之所樂, 而其要在於淑人
心, 達性情, 非所以悅耳目, 而娛心志也. 國家聖聖相承, 禮樂極備, 制作之盛, 卓冠千
古, 但娼妓之流, 混於雅音, 歌舞之態, 蕩人心目, 豈不有嫌於盛典耶. …… 顏淵問爲
邦, 孔子曰, 放鄭聲, 誠以鄭聲淫而有妨於治道也. 聖朝方隆, 唐吳之治, 豈可使縱淫
邪, 而亂雅樂乎."

을 명백히 하고 있다. 공자가 『논어』에서 "鄭聲이 雅樂을 어지럽히는 것을 미워한다"[76]고 했던 구절을 인용하여, 어찌 음사한 음악이 아악을 어지럽히게 둘 수 있느냐고 하였는데, 여기서 그 정성(鄭聲)으로 지목된 것이 바로 여악(女樂)이다. 최한정이 올린 상소에서 드러낸, 음악에 대한 인식은 실상 조선 초기 사대부들에 의해 묵시적 합의가 이루어진 것이라 하겠다. 이들이 생각한 이상적인 음악은 곧 유학의 예악적 사유를 그대로 반영한 것이고, 그러한 음악적 사유를 치세의 한 방편으로서 받아들이는 데 주저하지 않았다고 할 수 있다.

성현은 『악학궤범』(1493)을 찬진하여 성종대까지의 궁중의례 음악을 집대성하는 역할을 하였다. 성현은 그 서문을 통해 『악학궤범』에서 추구한 음악사상의 면모를 드러낸다. 앞서 살펴본 사대부들처럼 이 시기를 지배하던 예악이념을 견고하게 유지하고 있다.

> 악이란 하늘에서 나와서 사람에게 붙인 것이요, 허에서 발하여 자연에서 이루어지는 것이니, 사람의 마음으로 하여금 느끼게 하여 혈맥을 뛰게 하고 정신을 유통케 하는 것이다. 느낀 바가 같지 않음에 따라 소리도 같지 않아서, 기쁜 마음을 느끼면 그 소리가 날려 흩어지고, 노한 마음을 느끼면 그 소리가 거세고, 슬픈 마음을 느끼면 그 소리가 애처롭고, 즐거운 마음을 느끼면 그 소리가 느긋하게 되는 것이니, 그 같지 않은 소리를 합해서 하나로 만드는 것은, 임금의 인도 여하에 달렸다. 인도함에는 正과 邪의 다름이 있으니, 풍속의 성쇠 또한 여기에 달렸다. 이것이 樂의 도가 백성을 다스리는데 크게 관계되는 이유이다.[77]

음악을 바른 소리로 인도하는 것은 임금의 인도에 달려 있는 것으로, 풍속의 성쇠도 이로부터 연유한다고 보았다. 음악은 감정에 따라 표출되

---

76) 『논어』 「양화」. "子曰, 惡紫之奪朱也, 惡鄭聲之亂雅樂也, 惡利口之覆邦家者."
77) 成俔, 「樂學軌範序」, 『虛白堂集』 7, 『문집총간』 14, 469면. "樂也者, 出於天而寓於人, 發於虛而成於自然, 所以使人心感而動盪, 血脈流通而精神怡悅也. 因所感之不同而聲亦不同, 其喜心感者, 發以散, 怒心感者, 粗而厲, 愛心感者, 噍而殺, 樂心感者, 嘽而緩, 能合其聲之不同而一之者, 在君上導之如何耳. 所導有正邪之殊, 而俗之隆替係焉, 此樂之道所以大關於治化者也."

므로, 그 감정의 정사(正邪)를 조절하는 일이 중요한데, 그 정사는 바로 임금의 정치에 직결된다는 것이다. 그러므로 음악 자체에 선악(善惡)이 있는 것이 아니라, 통치자의 선악에 따라 음악이 달라질 뿐이다.[78] 이런 인식에 의해서 성현은 고려 말에 전해진 음악이 모두 민간의 남녀상열지사(男女相悅之詞)로 상간·복상·정위의 음란한 음악과 다를 바 없고, 이는 고려 말의 군신이 황음(荒淫)했기 때문으로 그로 인해 나라가 망하게 된 것이라고 해석한다.[79] 이렇게 되면 자연스럽게 윗사람은 천지의 중화(中和)를 얻어 바르게 되는 일에 노력하면서, 간사한 데로 흐르지 않도록 조심해야만 하는 동시에 음악을 선택하는 데 있어서도 그 좋고 나쁜 것을 신중히 해야 한다는 결론에 이르게 된다. 임금이 좋은 음악을 즐기면, 신하도 그렇게 하게 되고, 윗사람이 행한다면 백성들도 그것을 좋게 되기 때문이다. 따라서 임금이 국가의 음악을 정비하는 일부터 착수하여 그 교화가 아래로 이어지기를 바랐던 것이 조선 초기 사대부들의 이상이었다. 일개인으로부터 국가에 이르기까지 음악은 그 역할이 매우 중대하므로, 왕이 먼저 바른 음악을 세우면, 그것이 조정, 교묘, 향당과 규문으로 퍼져 문명을 고무시키고 풍속을 전이시키게 되니,[80] 위에서부터의 음악 정화(淨化)가 우선될 수밖에 없는 것이다.

---

78) 成俔, 「樂學軌範序」, 『虛白堂集』 7, 『문집총간』 14, 470면. "皇帝의 咸池, 帝嚳의 六英, 舜의 韶, 湯의 濩의 음악이 모든 사람에게 칭찬받는 것은 당시의 세상이 太平했던 까닭이지 악의 功이 아니며, 玉樹後庭花·霓裳羽衣曲이 모든 사람에게 비난받는 것은 당시 임금이 방탕했던 까닭이지 악의 죄는 아니다[樂非自成, 因人而成, 樂非自敗, 因人而敗. 咸英韶濩之音, 人皆贊之者, 時世雍和也, 非樂之功, 玉樹後庭花, 霓裳羽衣曲, 人皆樂之者, 是君放蕩也, 非樂之罪也]."

79) 성현, 「掌樂院題名記」, 『虛白堂集』 3, 『문집총간』 14, 433면. "新羅高麗, 代各有樂, 然所傳者, 皆民間男女相悅之詞, 或流蕩而哇嗑, 或哀怨而悲咤, 與桑濮鄭衛無以異, 卒至叔季, 君臣荒淫, 而喪其國也. 我世宗大王, 憤前代之委靡, 思復古樂."

80) 성현, 위의 글, 위의 책, 433면. "人不可不知樂也, 不知樂則湮鬱閉塞而無以宣其氣, 國不可一日無樂也, 無樂則惢懘鄙俚而無以致其和. 是故, 先王立樂之方, 設樂之官, 因人心之所同, 而有所感發懲創焉. 於是謳謠歌詠以發之, 鐘鼓管籥以寓之, 聲曲音律以正之, 疾徐綴調以節之. 用之朝廷則上下懌, 用之郊廟則鬼神感, 用之閨門, 用之鄉黨, 悉皆欱歟奮揚, 鼓舞文明, 而轉移風俗矣."

위에서 선별한 자료들은, 모두 정치적 목적에 긴박된 예악관을 보여준다. 이 자료들의 태생(胎生)이 이미 국가의례의 경전이나 조정에서의 음악정책을 논하면서 나온 것이었으니, 예악의 한정된 시각을 이미 예고하고 있는지도 모른다. 그러나 위의 자료들은 조선 초기 예악론을 거론한 자료의 대부분을 차지하기 때문에, 이 시기의 예악론의 성격을 대표할 수 있다고 생각된다. 더구나 조선 초의 유교적 예악관을 언급할 때 위의 자료들이 항상 인용되어, 조선 초기 예악의 사회화가 얼마나 풍성하게 이루어졌는지를 입증하는 단서로 이용되고 있기 때문에 예악론의 적용영역이 어디까지인가를 다시 한번 검토할 필요가 있다.

위의 자료를 정리해 볼 때, 예악론이 사대부들에게 공론으로 인식되었고, 이상적인 가치로 수용되었음은 인정할 수 있다. 그렇지만 상당히 국한된 시각으로 예악론을 활용하였다는 사실도 확인할 수 있다. 이들은 음악이 그 정치적 효용성의 측면에서 지대한 영향력을 행사할 수 있다고 믿었고, 그 방향에서 예악론적 이상을 현실화시키려 하였다. 물론 유가적 예악론은 음악이 개인에게 미치는 성정감발의 작용으로부터 국가적 차원에서 민심을 통합시키는 작용까지를 포괄하는 광활한 효용성을 담고 있다. 성현도 앞에서 "음악이 없으면 개인은 인울폐색(堙鬱閉塞)하여 그 기를 펼칠 수 없고, 국가는 침체비리(沈滯鄙俚)해져서 그 조화를 이룰 수 없다"고 인식했듯이, 음악의 작용은 일개인으로부터, 국가에 이르기까지 지대한 역할을 한다고 믿었던 것이다. 인간의 심성과 사회적 통합에 미치는 영향력을 중시하는 유가적 예악론에 의거하면, 음악은 그 어느 것보다 중대한 위치에 놓이게 된다. 음악을 중시하고 재조명하려는 시도는 이러한 예악론적 사고가 있었기에 가능한 것이었다.

조선 초기 사대부들이 음악을 문제삼았을 때, 이런 유가적 예악론 중 어느 한 측면만을 선별적으로 수용한 것은 아니었지만, 예악론을 논리화하고 실현하려고 주도한 측면은 바로 정치적 효용성과 관련된 음악의 효과였다. 정치적 효용성이 함유한 이상은 국가의 음악이 바로 서면 백성에게 저절로 그 음악적 교화가 내려갈 것이라는 믿음이다. 수신(修身)으로부터 치국(治國)에 이르는 과정을 유기적으로 연관짓는 것이 유학적 사유이지만, 이 시기는 치국(治國)이라는 절대절명의 당위가 우선적으로 요청되었다고 할 수 있다. 따라서 왕실의 음악이 밑으로 파급되는 효과를 믿었다 하더라도, 아래로의 교화는 실상 차후의 문제이고, 우선 시급한 것이 국가적으로 예악을 흥기시키는 것이었기 때문에, 이들은 왕실의 음악에 관심을 쏟았다고 할 수 있다. 이 시기 예악론을 언급한 다수의 자료가 치세(治世)의 방편을 강조했던 것을 보면, 그들이 상정한 예악론의 실현 범주가 어디까지인지를 짐작할 수 있다.

위의 자료들은 15세기가 치세적(治世的) 악론(樂論)에 주도되었던 경향을 대변해 준다. 정치와 음악이 긴밀한 관계를 형성하므로 한 국가의 음악이 어떻게 형상화되어야 하는지를 다각도로 표명함으로써, 조선 초기 음악정책이 논단될 범위가 궁중을 중심으로 이루어졌으리라는 예측을 하게 한다. 따라서 무엇보다 먼저 왕을 정점으로 한 음악관과 음악정비가 논의의 핵심을 이루게 되었다고 할 수 있다. 그 음악관과 음악 정비의 방향을 정리하면 다음과 같다. 첫째, 음악의 요체는 성정지정(性情之正)에 근원해야 하며, 인심을 선량하게 하고 성정을 통달하게 하는 것이며, 공덕을 찬미하는 것이다. 둘째, 음악 중에 이목을 기쁘게 하고, 심지(心志)를 즐겁게 하는 감정적 욕구가 노출된 음악은 금해야 한다. 셋째, 예악은 국가에서 먼저 서야 하므로, 음악 중에 간성(姦聲), 정성(鄭聲)에 해당하는 여악과 전조(前朝)의 음란한 노래는 금해야 한다. 이와 같이 윤리 도덕적 기준에 의해 음악의 선악(善惡)을 구분하는 유가적 음악관은 15세기 사대부들을 지배한 공론(公論)으로 자리잡았다고 할 수 있다.

다음 절에서는 바로 이 치세적 예악론이 타진한 음악정책이 어떻게 논란을 겪으며 실현되는지를 탐색할 것이다. 이를 통해 음악관과 제도 실현이 어떤 식으로 진행되어 가는지를 볼 수 있을 것이다. 위의 음악관을 살피면서 우리는 조선조 음악정책의 큰 방향을 잡을 수 있었는데, 그것은 첫째 음악이 "美功德"이라는 점을 강조한 것과 관련된 아악과 악장 제작의 문제, 둘째 정치의 홍성을 살피는 데 장애가 되는 간성(姦聲)과 정성(鄭聲)을 산거해야 한다는 입장에서 제출된 여악(女樂)과 전조(前朝) 음악인 고려조 향악 중의 음사(淫詞) 정리 문제이다. 미리 말하자면 15세기 고려 향악 즉 고려가요에 대한 비판은 국가 음악 정비 사업의 일환으로 나온 것인데, 이제까지의 시각은 고려가요 비판과 산개(刪改)를 조선 초기 사회 전반의 특징으로 몰아가는 경향이 일반적이다. 따라서 치세적 예악론이 현실에 적용되는 양상을 면밀히 재검토하는 과정을 통해 지금까지 관례화되어 온 고려가요 비판이 재검토되어야 할 것으로 판단된다.

2) 궁중의례(儀禮) 중심의 음악정책과 그 한계

(1) 아악 정비와 실현 양상

조선왕조가 건국되면서, 역성혁명의 주체세력들은 전대의 폐해를 척결하고, 치국의 명분과 이념을 제도화하는 작업을 실행한다. 이런 작업을 위해서는 무엇보다 왕실의 의례를 새롭게 정비하여 대내외적으로 전대의 폐습을 일신한 왕실의 위엄을 천명해야만 했을 것이다. 왕실의 위용이 제도적으로 갖추어진 연후에야 사서인(士庶人)에게 그 교화가 내려간다는 생각 때문에 음악의 정비는 왕실의 의례로부터 시작된다. 세종조에 이루어진 「오례」까지는 그 적용 대상이 왕실을 중심으로 했던 점81)에 미루어 보더라도 예제(禮制)나 악제(樂制)의 적용범위가 일반 사서인(士庶人)에까지 내려가려면 좀더 시간이 경과해야만 했다.

조선조에 들어서 아악의 정비는 크게 세 가지 방향에서 이루어진다.

---

81) 李範稷, 『韓國中世禮思想研究』, 一潮閣, 1991.
　　高英津, 『조선 중기 예학사상사』, 한길사, 1995.

하나는 종묘제향에 쓰일 아악의 가사를 조선왕조의 성격에 맞추어 개편하는 문제, 둘째는 종묘제향에서의 아악과 향악 교주(交奏)[82]를 정리하는 문제, 셋째는 아악을 종묘제향에만 국한하여 연주하지 않고 조회와 하례의 행사에까지 확대 공연하는 문제이다. 아악은 중국 삼대(三代)의 음악으로, 태평세를 누리는 시기의 이상적 음악이라고 할 수 있다. 따라서 아악의 정비, 강화는 곧 조선의 치세적(治世的) 안정을 과시하는 데 꼭 필요한 과업이라 할 수 있다. 이 과업이 조선조 음악 사업의 큰 방향이기는 하지만, 전조(前朝)부터 이어져 온 음악적 관행을 무시할 수 없었기 때문에 아악 정비의 과정에도 그 대세에 맞서는 논란이 함께 일어났다. 다른 두 문제는 초기부터 논란을 겪으면서 세종조 15년의 회례 공연에서 완벽하게 해결된다. 이때의 아악 공연은 유교적 예악 정신의 이상을 실현한 일로, 조선조 음악의 완정이라는 평가를 받게 된다. 아악의 강화 과정은 관습과의 부침 속에 일어난 이념적 일대 혁명이라고 할 수 있다. 여기서는 위의 세 가지 방향에서 아악 정비의 논란이 어떻게 정리되는지 살펴보자.

세종조 이전까지는 아악이 고려조의 관습대로 종묘제향에만 국한되어 사용되었다. 정도전이 명시했듯이 종묘제향에는 아악을, 조회와 연향에는 당악과 향악을 연주한다는 기본 방침이 정해져 있었다. 정도전은 음악에 대한 인식과 그 실현 방향을 규정하는 일에 힘을 기울이면서도, 전조(前朝)의 의례 음악에서 상정한 대로 종묘제향에는 아악을, 조회와 연향에는 당악과 향악을 연주한다고 명시하여, 연향과 조회에서의 향악 사용을 그대로 수용하고 있다. 고려 말에 향악과 여악을 궁중의 빈객 연향에서 혁파해야 한다고 거론했던 조준(趙浚)의 원칙이 정도전에게서는 문제시되지 않는다. 이는 정도전과 조준이 내세운 예악사상의 관념은 동일한데 그 정

---

82) 송혜진은 「고려 아악의 변천과 지속」(한국정신문화연구원 석사논문, 1985)에서 雅樂·鄉樂 交奏는 아악기와 향악기가 혼합 편성되었다는 뜻으로, 樂曲과는 무관한 악기 편성의 문제라고 보았는데, 실제 고려 말이나 조선조의 종묘 제향을 보면 향악 곡조가 제사의 음악으로 쓰였다. 따라서 조선조에는 향악 곡조를 종묘에 쓸 것이냐, 아니냐로 고민한 듯하다.

책의 실질은 다른 점을 보여주는 예라 할 수 있다. 전조(前朝)의 음악을 버리자면 여러 가지 준비가 뒷받침되어야 하는데, 음악에 따르는 여러 가지 상황을 일거에 변혁하기는 힘들다는 측면에서, 아악은 봉상에서 장관하여 종묘악으로 사용하고, 당악과 향악은 전악서에서 담당하여 조정과 연향에 사용하도록 한 것이다. 조선 초기에 시급했던 것은 왕실의 위용과 정당성을 대내외에 과시하여 왕조의 기틀을 확립하는 일이었기 때문에 전조 음악 수용이 커다란 문젯거리가 되지 않았다고 볼 수 있다. 따라서 왕조 초기에는 종묘에 쓰이는 아악의 정비사업이 중심이 되었던 것이다.

또한 종묘 제향에 쓰이는 아악은 그 연주방식이나 곡조, 악기 편성에서 고려조의 것을 그대로 수용하여, 왕조의 건국과 함께 전면 개편을 이루지는 못했다. 태조 4년에 이르기까지, 종묘의 악장은 개편했으나 사직·원구단·문묘제향의 악장을 개작하지 못한 상태였다.[83] 적전과 선잠의 제사에 쓸 악장도 갖추지 못하고 있었는데, 태종 1년에 가서야 여기에 쓸 악장 제작을 윤허받는다.[84] 뒤에 명(明)나라에서 편종·편경 각 1, 금 4, 슬 2, 생 2, 소를 수입하면서 아악 정비의 진전을 가져온 것으로 보인다. 태종대에는 주대의 아악을 복구하려고 노력한 듯한데, 태종 2년 예조에서 올린 조회연향악에 『시경』의 시를 당악이나 향악 곡조에 맞추어 노래한 예[85]는 바로 그러한 시도의 소산이라고 할 수 있다. 태종은 가사의 내용 개편에서 더 나아가 아악을 종묘에서만 전용하지 말고 조회와 연향에서도 사용하자고 하여 예악론에 부응하는 명실상부한 정책을 펼치려 했으나, 맹사성이

---

83) 태조 04 / 11 / 16(병자).
84) 태종 01 / 12 / 21(을해).
85) 태종 02 / 06 / 05(정사). 이때 불린 『시경』 風雅詩와 그 곡조는 다음과 같다. 녹명(鹿鳴) 노래 — 중강조(中腔調). 황황자화(皇皇者華) 노래 — 전화지조(轉花枝調). 사모(四牡) 노래 — 금전악조(金殿樂調). 어리(魚麗) 노래 — 하운봉조(夏雲峯調). 남유가어(南有嘉魚) 노래 — 낙양춘조(洛陽春調). 남산유대(南山有臺) 노래 — 풍입송조(風入宋調)나 낙양춘조 행위(行葦) 노래 — 금강성조(金剛城調). 갈담(葛覃) 노래 — 자하동조(紫霞洞調). 녹명(鹿鳴) 노래 — 금강성조(金剛城調). 관저(關雎) 노래 — 자하동조(紫霞洞調). 칠월편(七月篇) 노래 — 낙양춘조(洛陽春調).

관례를 이유로 반대한다.86) 세종조에 회례에서 아악을 연주하기 전까지 맹사성이 주지시킨 바처럼 관습과 현실적 여건 때문에 아악은 종묘제향에만 사용되었다. 더구나 종묘제향의 아종헌(亞終獻)에는 고려대처럼 아악에 향악을 교주하였다. 예악을 실현하려면 적어도 종묘계향에서 아악을 강화하는 일이 필요하지만, 음악 연행의 관습이나 여러 가지 정황이 그러한 이상을 받쳐주기는 어려웠다고 할 수 있다.

세종 중기에 이르면 아악이 거의 완비된다. 조선조의 음악 정비가 일단 세종대왕 시기에 완성된다고 말하는 것은 아악고 연례의 음악 차제(次第)가 완비되어 그 성과를 『아악보』나 『오례의』로 남겼기 때문이다. 이때 중시된 것은 당송에서 받은 교방악의 흔적을 없애고 주대(周代)의 음악을 복구하는 일이었다. 세종대까지 추진되어 온 예악정비의 기본 태도는, 주로 당송의 법제에 의존하고 있었던 고려의 예악을 선진시대의 예악으로 되돌리고자 한 것이다.87) 세종대에 이르면 전대의 아악과 조회연향악의 정비를 이어받아 그것을 완정하는 일에 박차를 가하게 된다. 세종조에 시도된 여러 음악 사업은 치세적 이념의 예악론을 충실하게 반영한 것이며, 주대(周代) 예악의 이상적인 상태를 완전하게 복구하려는 시도였다고 평가할 수 있다.88) 따라서 세종대의 음악사업은 조선조에서는 전무후무한 역사적 사건으로 이후의 조선조 음악이 지향하려는 이상적 전범이 되었다. 그러나 세종 초기부터 아악 사업이 전면적으로 실행된 것은 아니며, 상당 기간의 논란을 거친다.

아악의 연주 방식은 고려대의 것을 계승하면서, 태조·태종 연간에는 그 내용을 건국의 유신(維新)에 맞추어 개선해갔음을 앞서 살펴보았다. 세종대에도 이런 아악정책은 그대로 이어진다. 세종 7년에 이르러 왕은 "종

---

86) 태종 09 / 04 / 07(기묘).
87) 성기옥, 「『용비어천가』의 문학적 성격」, 『진단학보』 68, 진단학회, 1989, 156면.
88) 장사훈, 『세종조 음악연구』, 서울대 출판부, 1982.
  최정여, 『조선 초기 예악의 연구』, 계명대 한국학연구소, 1975.

묘의 제사에 당악을 먼저 연주하고, 삼헌에 이르러야 향악을 연주하니, 조
상들이 평시에 듣던 음악을 쓰는 것이 어떨지 맹사성과 의논하라"[89]고 하
여 아(雅)·향악(鄕樂) 교주(交奏)에 대한 입장을 분명하게 표명한다. 세종은
종묘제향에서 향악 교주의 범위를 확대하려고 하면서, 우리나라 자체의
음악적 관습을 중시하는 입장에 서있던 맹사성의 지지를 바라고 있다. 이
런 자세 때문에 세종은 민족적 주체성에 입각한 음악 정신을 실현하려 했
다고 평가되어 왔다.[90] 종묘제사의 종헌에서 향악을 연주하던 관습은 이
미 고려대부터 있어온 제도였다.[91] 평소에 향악을 들었으니 죽은 뒤에도
향악을 들어야 하지 않겠느냐고 했던 세종의 의견은 아악 정비가 대세였
던 상황에서 주목받기에 충분하다고 할 수 있다. 이렇듯 종묘 제사에 향
악을 교주하는 문제로 고민하다가, 세종 7년에 이르러 음악적 관습을 중
시하는 방향에 손을 들었던 것이라고 볼 수 있다. 아악을 회복하는 것이
주대(周代)의 예악 원칙을 모범으로 삼았던 조선의 이상이었으나, 관습의
문제는 쉽게 해결하기 어려운 난제였다고 할 수 있다. 예악론의 원칙은
인정하지만 전래의 관습 또한 무시할 수 없는 타당성을 가지고 있었기 때
문에 세종대까지 종묘제사에 아악과 향악을 섞어 연주하는 방식을 고수
하고, 그것을 제향에서 확대 연주하려고까지 하였다. 그러나 세종의 이러
한 음악 정비의 고민은 아악의 완정을 추구하는 쪽으로 일단락되면서, 종
묘제향에서 향악 교주(交奏)를 중지하고 문소전과 광효전의 종헌에만 향악
을 쓰고, 그 뒤 원단(圓壇), 사직(社稷)의 풍운뢰우제(風雲雷雨祭)·우사(雩祀)·
선농(先農)·선잠(先蠶)·석전(釋奠) 등의 제사에 향악을 금하게 된다.[92] 더
불어 아악을 조회와 하례로 확대 연행하게 된다.

---

89) 세종 07 / 10 / 15(경진).
90) 장사훈, 『增補 韓國音樂史』, 世光音樂出版社, 1986, 225~226면.
　　　　, 『세종조의 음악연구』, 서울대 출판부, 1982.
91) 송혜진, 「고려시대 雅樂의 변천과 지속」, 한국정신문화연구원 석사논문, 1985, 53~54면.
92) 세종 09 / 12 / 21(갑술).
　　세종 10 / 01 / 04(정해).

이처럼 세종 초기에는 전대의 아악을 물려받으며, 정책상의 혼효를 겪다가 세종 12년에 이르면 박연(朴堧)이 상소에서 제시한바, 아악·당악·향악의 정비와 수집을 계기로 일대 혁신을 맞게 된다. 이에 따라 박연이 앞장서서 조회에 쓸 악기와 편종과 경을 새로 주조하는 등 악기 제작에도 힘을 쏟게 된다. 이와 같은 예악 정비의 강행은 종묘제향에 국한해서 아악이 사용되었던 전례를 조회(朝會)·하례(賀禮)로까지 확대하려했던 박연을 중심으로 한 유신(儒臣)들의 노력에 힘입은 바 크다. 이런 사업 추진을 전담하고 있었던 박연은 아악을 재정비하기 위한 여러 차례의 상소를 통해, 그 기본 방침을 보여주었다. 선진(先秦)시대 악제(樂制)를 법으로 삼아 악기 편성, 절차를 복원해야 한다는 것이다.[93] 세종은 아악을 조회와 하례의 의식에 전면 확산하는 정책을 정한 후 향악 사용에 대한 갈등을 일단락짓는다. 세종의 선택은 박연, 유사눌과 같은 유신들이 예악의 완정을 촉구한 것에 힘입은 것으로, 조회연향악에서의 아악 실현으로 방향이 돌아서게 된 것인 바 그 핵심은 주희(朱熹)와 그의 제자 채원정(蔡元定)이 회복하고자 했던 주대(周代)의 음악제도와 그 정신이다.

아악은 본시 우리나라의 성음이 아니고 실은 중국의 성음인데, 중국 사람들은 평소에 익숙하게 들었을 것이므로 제사에 연주하여도 마땅할 것이다. 우리나라 사람들은 살아서는 향악을 듣고, 죽은 뒤에는 아악을 연주한다는 것이 과연 어떨까 한다. 하물며 아악은 중국 역대의 제작이 서로 같지 않고, 황종의 소리도 또한 높고 낮은 것이 있으니, 이것으로 보아 아악의 법도는 중국도 확정을 보지 못한 것임을 알 수 있다. 그러므로 내가 朝會나 賀禮에 모두 아악을 연주하려고 하나, 그 제작의 적중을 얻지 못할 것 같고, 황종의 관으로는 절후의 풍기 역시 쉽게 낼 수 없을 것 같다. 우리나라가 동쪽 일각에 위치하고 있어 춥고 더운 기후 풍토가 중국과 현격하게 다른데, 어찌 우리나라의 대로 황종의 관을 만들어서야 되겠는가? 황종의 관은 반드시 중국의 관을 사용해야 될 것이다. 방금 『율려신서』를 강의하고 있고 또 역대의 應候를 상고한 것도 한둘로 헤아릴 수 없을 만큼 많이 보았으나, 악기의 제도는 모두 그 정당한 것을 얻지 못하였고, 송나라 朱文公에 이르러, 그의 문인

---

93) 성기옥, 「『용비어천가』의 문학적 성격」, 『진단학보』 68, 진단학회, 1989, 156~158면.

蔡元定이 옛 사람들의 遺制를 참고해 악기를 만들어 내니, 문공이 잘 되었다고 이를 칭찬한 바 있다. 그 뒤에 원정이 외방으로 쫓겨났는데, 문공이 서신을 통하여 말하기를, '제작한 악기의 음률이 아직 미흡하니, 그대의 귀환을 기다려서 다시 개정하자'고 한 것으로 보아, 송나라의 악기도 또한 정당한 것은 아니며, '악공 황식이 조정에 들어와 아악을 연주하는 소리를 들으니 長笛·琵琶·長鼓 등을 사이로 넣어가며 당상에서 연주했다' 하였으니, 중국에서도 또한 향악을 섞어 썼던 것이다.[94]

윗 글에서 세종은 앞서 겪었던 향악 사용에 대한 갈등을 여전히 드러내지만, 이제 그 방향은 향악 사용에 대한 미련보다는 중국 아악에 근접할 수 있느냐의 문제에 맞추어진다. 세종은 중국도 역사적으로 보면 아악 완비에 혼란을 겪었으니 우리가 아악을 완정할 수 있겠느냐는 걱정으로부터, 우리는 중국과 성음이 달라 평소 향악을 듣다가 죽어서는 아악을 듣는 것이 이치에 합당한가라는 문제에 이르기까지 아악정비 과정에서 일어날 수 있는 여러 가지 난점을 짚어내고 있다. 세종은 이 난점을 해결하기 위해 주문공과 채원정의 음악을 기준으로 하여 주나라시대의 아악을 복구하고, 그것을 회례(會禮)[95]에 사용하여 생사(生死)에 일치하는 음악을 제작하겠다는 원대한 포부를 실현하게 되는 것이다.『율려신서』·『의례경전통해』·『시악풍아(詩樂風雅)』·『지정조격(至正條格)』·『석전악보』는 아악을 세우는 기본 텍스트가 되었다. 이런 까닭에 세종은 중국에서도 완

---

94) 세종 12 / 09 / 11(기유). "雅樂本非我國之聲, 實中國之音也, 中國之人, 平日聞之熟矣, 奏之祭祀宜矣. 我國之人, 則生而聞鄉樂, 歿而奏雅樂何如. 況雅樂, 中國歷代所製不同而黃鐘之聲, 且有高下, 是知雅樂之制, 中國亦未定也. 故予欲於朝會及賀禮, 皆奏雅樂, 而恐未得製作之中也, 以黃鐘之管而候氣亦未易爲也. 我國在東表, 寒暑風氣, 與中國頓殊, 豈可用我朝之竹, 而爲黃鐘之管乎. 黃鐘須用中國之管可也. 今講律呂新書, 且稽歷代應侯, 不可一二計, 而樂器之制, 皆未得其正也. 至宋朱文公門人蔡元定, 故古人遺制而造樂器, 文公稱美之. 其後元定, 見放于外, 文公通書云, 所製音律未愜, 待還更定宋朝之樂, 亦未正也, 令伶人黃植入朝, 聞奏雅樂, 長笛琵琶長鼓, 相間而奏於堂上, 中國亦雜用鄉樂也."

95) 會禮 : 正朝와 冬至에 군신이 궁중에 모여 베푸는 잔치. 왕세자 이하 모든 문무관이 이에 참석하며 내전에서는 별도로 잔치 베풀어 왕비, 세자빈 이하 모든 내외 명부(內外命婦)가 참석한다.

전치 않은 아악을 우리가 완정하려고 시도했다는 점에서 중국에 대하여 부끄러울 것이 없다는 자긍심을 표현하기도 한다.96) 기로부터 아악의 완정을 위해서 그에 걸맞은 제반 사항을 구비하는 과정이 뒤따르게 된다. 즉 악기제작과 악기편성, 아악 절차, 『아악보』 찬정, 회례(會禮)에서 여악(女樂)을 금지하여 무동을 쓰는 일, 향악의 폐지여부 등 여러 논의가 진행된다. 여악의 문제는 뒤에서 상론할 것이다.

박연은 회례에서 향악을 폐지하고 아악을 회복하겠다는 강한 의지를 보였는데, 세종은 향악을 버리고 아악만 연주해야 할지에 대해 고민한다. 맹사성은 아악만 전부 연주하는 것이 아니라 아악을 연주한 이후에 향악을 겸해 쓰자는 의견을 내어, 이것이 회례 공연의 방침이 된다.97) 또한 아악 사용만을 주장했던 박연도 세종의 고민을 받아들여 향악 사용을 정당화할 논리를 세우는데, 그것은 중국 삼대에도 아송이 쓰이면서 동시에 국풍이 있었으니 향악을 절충해도 된다는, 시경을 전거로 한 합리화이다. 세종의 의견에 박연의 논리적 설명이 가세해 회례의는 아악과 함께 향악이 공연되는 형식을 갖춘다.98) 세종은 현실적으로 일단 아악의 실현에 목표를 두면서도 향악에 대한 애착을 늘상 강하게 제기하였다. 회례악은 박연을 위시한 유신들의 의지와 세종의 의지가 합해져서 아악을 5작까지 연주하고, 뒤에 당악과 향악이 연주되는 방침으로 현실화된다.

세종 13년 10월에 회례의주의 시안이 작성되고99) 뒤에 약간의 수정을 거쳐 회례에서 실현된 음악은 다음과 같이 결정된다. 구체적으로 열거하자

---

96) 세종 12 / 12 / 07(계유). "受常爾輪對經筵, 上論樂曰, 今朴堧欲正朝會樂, 然得正爲難, 亦文具而已. 我朝之樂, 雖未盡善, 必無愧於中原, 中原之樂, 亦豈得其正乎."

97) 세종 13 / 08 / 02(갑오). "上爲孟思誠曰, …… 欲用中朝之樂而盡棄鄕樂, 斷不可也. 思誠對曰, 上敎誠然, 何可盡棄鄕樂乎, 先奏雅樂, 而兼用鄕樂可矣."

98) 『국조보감』, 세조 4년.

99) 세종 13 / 10 / 03(갑오). 이때의 시안은 "隆安之樂 → 休安之樂 → 서안지악 → 보록지악 → 覿天庭之樂 → 海瑞之樂 → 荷皇恩之伎 → 水龍吟之樂 → 抛毬樂之伎 → 黃河淸之樂 → 牙拍之伎 → 萬年歡之樂 → 舞鼓之伎 → 太平年之樂 → 靖東方曲 → 융안지악"의 순으로 진행되는 것이었다.

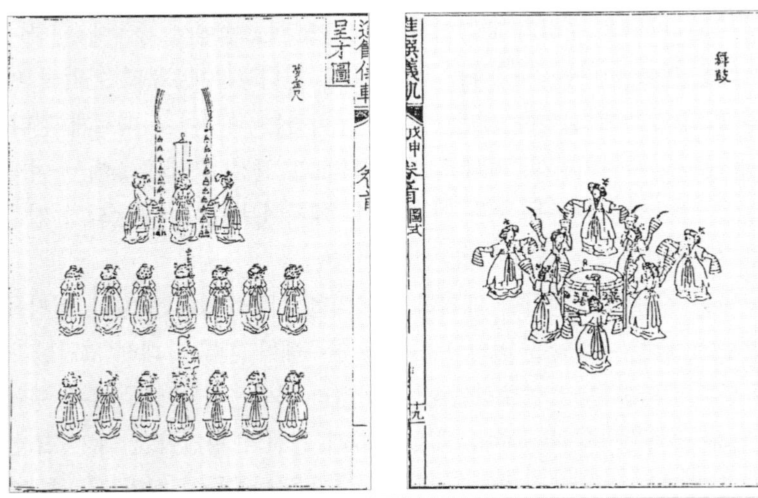

▲『무신진찬의궤(戊申進饌儀軌)』 권수(卷首) 정재도(呈才圖), 국립중앙박물관, 1848, 서울대 규장각. 이 2편의 도식은 후대의 자료이나 조선 전기 궁중공식의례에서 연행되었던 정재의 모습을 유추할 수 있게 한다. 왼쪽 그림이 〈몽금척(夢金尺)〉, 오른쪽이 〈무고(舞鼓)〉.

면 "隆安之樂 → 舒安之樂 → 休安之樂 → 서안지악 → 휴안지악 → 受寶籙之樂 → 文明之曲 → 謹天庭之樂 → 賀皇恩之曲 → 海瑞之樂 → 改受明命之樂 → 瑞鷗鵠之樂 → 賀皇恩之伎 → 改夢金尺之伎 → 水龍吟之樂 → 抛毬樂之伎 → 改五洋仙之伎 → 黃河淸之樂 → 牙拍之伎 → 萬年歡之樂 → 舞鼓之伎 → 太平年之樂 → 靖東方曲 → 서안지악 → 융안지악"의 순으로 음악이 설행된다.100) 여러 차례의 논의를 거치면서 결정된 회례의주는 세종 15년 회례에서 드디어 실행된다. 이런 아악은 회례뿐만 아니라 '양로연'에도

---

100) 세종 14 / 09(갑술). "詳定所啓, 會禮樂, 殿下將出, 軒架隆安之樂, 王世子拜, 軒架舒安之樂, 王世子獻壽, 軒架休安之樂, 群官拜, 軒架舒安之樂, 議政獻壽, 軒架休安之樂, 進案軒架休安之樂, 進食軒架受寶籙之樂, 第三爵登歌(名文明之曲), 文舞入作, 三成止出, 進食軒架覲天庭之樂, 第四爵登歌荷皇恩之曲, 進食軒架海瑞之樂, 改受明命之樂, 第五爵軒架名武烈之樂), 武舞入作, 二成止出, 進食瑞鷗鵠之樂, 第六爵荷皇恩之伎, 改夢金尺之伎, 進食水龍吟之樂, 第七爵抛毬樂之伎, 改五羊仙之伎, 進食黃河淸之樂, 第八爵牙拍之伎, 進食萬年歡之樂, 第九爵舞鼓之伎, 進大膳太平年之樂, 仍歌靖東方之曲, 王世子及群官拜, 軒架舒安之樂, 殿下將入, 軒架隆安之樂, 下禮曹."

주요한 연례 방침으로 채택된다. 세종 15년 예조에서 올린 양로연 의주의 음악이 "休安之樂 → 서안지악 → 휴안지악 → 受寶籙之樂 → 文明之曲 → 謹天庭之樂 → 武烈之曲 → 受明命之樂 → 五洋仙之伎 → 皇河淸之樂 → 牙拍之伎 → 萬年歡之樂 → 舞鼓之伎 → 太平年之樂 → 靖東方曲"[101]로 결정된다. 회례와 양로연의 음악에는 이제 아악·당악·향악이 모두 사용된 것이다. 세종 15년에 이룬 아악의 완정은 조선조 일대의 혁신이고, 예악이념의 완연한 실현으로 평가되지만, 뒤에 가서는 세종대에 정비한 회례와 양로연의 의주대로 아악이 설행되지는 않았다.

세조대에 이르면 문소전의 종헌 악장으로「정동방곡」을 썼으며, 아악서와 전악서를 합하여 악학도감이라 이르게 되는데, 이는 아악을 그만큼 중시하지 않았다는 의미도 된다. 종묘와 원구에 아악만을 연주해야 한다는 전대의 방침을 버리고, 향악인 정대업과 보태평의 음악을 연주하게 된다.[102] 이때 회례와 양로연에서 아악이 쓰였는지 알 수 없으나, 정대업과 보태평이 들어가 새로운 절차에 의거했음을 알 수 있다. 예종대에 양성지의 상소를 보면 이때 와서 아악이 많이 폐지된 것을 염려하였는데, 이를 볼 때 세종대에 이미 아악이 많이 허물어진 상태였다고 추측해 볼 수 있다.[103] 나아가 성종대에는 각처의 제향에 아악이 폐지되고, 보태평과 정대업을 사용하게 되는 사정에 이르게 된 것이다.

성종대는 세조, 예종 연간에 흐트러진 의례의 음악을 다시 정비하기 위해『악학궤범』찬정이라는 국가적 음악사업을 이루게 된다. 성종대에는 『경국대전』(성종 5년, 1474)·『국조오례의』(1474)·『악학궤범』(성종 24년, 1493)

---

101) 세종 15 / 08 / 08(무자). "禮曹啓, 養老宴進卓, 軒架作休安之樂, 進花樂止進食, 受寶籙之樂, 第一爵, 登歌文明之曲, 文武進食軒架覲天庭之樂, 二爵, 軒架武烈之曲, 武舞進食軒架受明命之樂, 三爵, 五羊仙之伎進食黃河淸之樂, 四爵, 牙拍之伎進食萬年懽之樂, 五爵, 舞鼓之伎大膳大平年之樂, 仍歌靖東方之曲, 右樂名曲名, 幷錄儀注, 從之."

102) 세조 10 / 01 / 14(정묘).
　　 세조 10 / 01 / 15(무진).

103) 예종 01 / 06 / 29(신사).

이 찬정되어 국가적인 전장, 의례 등이 다시 한번 정리, 집대성되었던 시기라고 할 수 있다. 국가적인 제도, 질서, 의식과 그곳에 소용되는 음악이 각 부문에 걸쳐 정리된다는 것은 유교 정치의 통치 방법인 형정(刑政)과 교화(敎化)의 지배틀이 완성되었음을 의미한다. 이것은 세종대에 완정되었던 제도의 틀을 다시금 조선조 현실에 맞추어 재정비한다는 의미이기도 하다.

세종대에는 중국 삼대(三代)의 아악 정신을 복원하려는 의도에서 회례, 양로연에까지 아악을 사용하려고 애썼다. 이것은 내용만이 아니라 그 곡조에 있어서도 아악의 전형을 지키려고 노력한 데서 나온 산물이라고 할 수 있다. 따라서 국가 의식의 음악에서 예악의 총화가 실현되었던 것이라 볼 수 있다. 그러나 이상적인 음악으로서의 아악적 내용과 곡조를 고수해 나가기란 쉽지 않았으리라는 것이 세조대부터 흐트러진 종묘제향과 연향의 의식을 통해 방증된다. 더구나 세종이나 맹사성도 이미 향악의 관습을 무시할 수 없다는 현실론에 입각한 견해를 펼친 바 있다. 이를 통해 볼 때 아정한 내용을 향악에 담아서 공연하는 것이 보다 현실에 맞게 예악적 지치(至治)를 이루는 용이한 방식이었으리라 생각된다. 그 시대의 음악이 아닌 중국 삼대의 아악 곡조를 지금에 이루려 한다면 현실과의 상치가 너무 크고, 향악적 관습에 기댄 음악 연행의 측면에서 볼 때 어려움이 많았을 것이므로, 점차 세종 15년의 이상적 아악 공연은 허물어지고 조선의 현실에 적응된 방식으로 바뀐 것으로 보인다.

성종대의 『악학궤범』은 바로 이런 의례 음악의 현실을 반영한, 궁중의례 음악의 재정비적인 성격이 강하다고 볼 수 있다. 이에 의거해 보면, 세종대에 넓게 공연된 아악은 종묘제향으로 다시 국한되어 사용된다. 세조, 예종 연간에 허물어진 제사의 아악을 다시금 그 절차와 내용면에서 정돈하고, 또 현실적 측면을 반영하여 문소전의 제사에만 향악을 사용하던 전례를 종묘제향까지 확대하여, 세종대에는 연향악으로 사용되었던 「납씨가」·「정대업」·「보태평」·「여민락」이 세조대부터의 관례를 좇아 종묘의 영신과 아종헌, 선잠, 적전 등에 공연된다. 또한 하례(賀禮) 등의 연향악을 살펴보면,

이제 아악은 완전히 쓰이지 않고 당악과 향악만이 사용된다.104) 이러한 의례 음악의 성격이 성종대에 이르러 폐지된 것인지, 아니면 그보다 앞서 세조대에 폐지된 것인지 확실치 않지만, 아악의 사용을 확대하려했던 박연이나 유사눌과 같은 유신들의 의지는 한 때의 실험에 그쳤다고 평가할 수 있겠다. 조선조에 들어와 아악의 악기 제작과 편성이나 종묘 제향의 절차 등이 새롭게 정비되면서 아악 정리가 어느 정도 체계화되었지만, 예악론의 이상적 실현체로서의 아악(雅樂) 공연이 조정의 의식으로 자리잡기가 쉽지는 않았음을 위에서 살핀 과정을 통해 볼 수 있었다.

그러나 아악의 곡조를 되살려 실현하려던 의지는 꺾이었지만, 아악의 정비 과정 속에서 일어난 아정한 악장의 창작과 음사(淫邪)로 취급되는 여악·향악의 정리는 현실적인 실천의 문제로서 지속적으로 거론된다. 음악의 곡조를 새롭게 변화시키는 일이 강제적으로 이루어질 수도 없고, 음률을 아는 몇몇의 유신들에 의해서 시도된다 하더라도, 기존에 익힌 향악의 선율을 대체하기란 힘들다는 점을 반증하는 것이라 할 수 있다. 악곡의 선택을 좌우하는 관습의 저항이 뿌리깊다는 사실을 역설적으로 보여주는 예라 할 수 있다.

아악 정비 과정을 통해서 우리가 내릴 수 있는 결론은 조선 초기 전반에 걸쳐 실현된 것은 종묘제향의 아악을 정비하고 그에 걸맞은 악장을 제작하는 일이었다는 사실이다. 그리고 그 과정을 통해 아악에 향악이 섞이면 안되는 원칙은 예악론의 이상일 뿐 한 나라의 음악 관습을 넘어서기는 힘들다는 사실을 확인할 수 있다. 예악사상어 의거한 음악론으로 음악 곡조나 아악의 절차를 개편하는 데에는 일정한 한계를 가질 수밖에 없으며, 그 방향은 악곡의 내용을 문제삼는 측면에서 진행된다고 할 수 있다. 당송의 유제(遺制)를 버리고 어느 정도 주대의 아악제도를 복원하려고 애썼지만, 결과적으로 그 실현 영역은 종묘제향의 음악으로 한정된 것

---

104) 성현 편, 『국역악학궤범』I, 민족문화추진회.

이다. 따라서 아악이든 향악이든 가사가 문제되는 것이어서, 왕조의 이념에 어울리는 새로운 노래의 창작과 향악의 가사 산개(刪改)에 치력(致力)하게 된다고 할 수 있다.

(2) 송축가요의 제작과 실현 양상

태조부터 성종 연간에 이르는 시기 동안 유신(儒臣)들에 의해 악장의 창작이 활발하게 이루어진다. 예(禮)가 군신민(君臣民)의 존비(尊卑)를 가르는 역할을 담당한다면, 악(樂)은 계층간의 조화를 담당한다고 본 것이 예악의 원리이다. 그런 원리에 충실한 형태가 바로 공덕을 찬미하는 음악이다. 종묘의 음악이 조고(祖考)의 성덕(盛德)을 찬미하는 것이고, 조정의 음악은 군신(君臣)의 장경(莊敬)을 극진히 하는 것이라고 정도전이 말했다. 나라에서 먼저 이런 음악이 제작되어야 밑으로 교화가 내려간다고 보았기 때문에 조선 초기는 이런 정신에 입각한 내용의 노래가 문신들에 의해 주도적으로 이루어진다. 궁중에서는 유교적 악론의 현시(現示)가 종묘제향악의 가사를 짓는 일과 군신 연향악의 가사를 짓는 일로 행해진다.

종묘제향의 악장은 왕조가 달라졌으니 제향할 대상에 맞추어 당연히 내용이 바뀌어야 했다. 따라서 종묘제향에 쓰이는 악장은 아악의 곡조에 맞추어 시경체 한시인 4언의 한문체로 지어진다. 태조 때부터 성종 연간까지의 제향 악장은 『세종실록』 권136에, 『세조실록』 악보 권48·49에, 그리고 성종대의 『악학궤범』 제사 아악조에 실려 있어, 조선 초기에 창작된 제향 악장의 면모를 확인할 수 있다. 제향의 악장 제작은 예조에 소속된 문신이나 권근·변계량·박연·최항·양성지 등을 위시한 조선 초기의 문신들에 의해 이루어졌다. 그러나 제향의 악장으로 조선 초기 예악의 특징적인 부면을 보기에는 그 작품 제작의 성격상 제한된 입지를 가지는 것이므로 자세히 다루지는 않겠다.

치세적(治世的) 악론에 의거하면 한 나라의 음악은 정악(正樂)이어야 한다. 국가의 음악이 정악(正樂)임을 단적으로 드러내는 경우는 종묘제향의 악일 터이고, 더 극명하게 드러나는 경우는 궁중연향에서 왕과 신하가 즐기는 음악이다. 왕에게 정성(鄭聲)과 같은 음성(淫聲)을 들으면 안된다고 간언(諫言)한 것은 바로 군신(君臣)이 즐기는 음악이 치세(治世)의 잣대가 되는 때문이었다. 그런데 선초 조정 연향의 악장은 주로 고려악에서 수용한 것이었으니, 왕조가 창건되어 예악을 기치로 한 시점의 이념에 어울리는 새로운 노래의 가사는 필수적인 일이었다. 즉 군신연향악에 쓰일 음악은 전대의 애사지음(哀思之音)을 씻어버리고, 유신(維新)의 지치(至治)를 선양한다105)는 의미에서 문신들이 심혈을 기울인 부분이다. 더구나 예악의 이념을 담아내며, 새 왕조의 공업을 찬양하는 내용의 노래가 전무(全無)한 상태에서, 그것을 형상화한 가사의 창작은 왕이든, 그 유신(儒臣)이든 모두에게 필요했다고 할 수 있다. 전조(前朝)에서 내려온 노래 가사를 음성(淫聲)으로 보고, 정성(正聲)을 창성해야 한다는 입장에서는 이런 방향에 부응하는 노래를 새롭게 제작해야만 했을 것이다. 연향의 노래가사 창작이 태조 대부터 세종 연간의 국가 정비 기간에 집중된 저간의 사정을 짐작할 수 있다.

그런데 악장은 국가의 공식 행사에 쓰기 위하여 제작된 노래를 지칭하기도 하고, 궁중악부에 오른 노래를 모두 지칭하기도 하는 등 개념상 혼란이 있으므로, 궁중연향악에 올리기 위해 지어진 노래를 다른 개념으로 포괄하고자 한다. 연향악의 노래들이 한결같이 송축(頌祝)의 성격을 지니고 있으므로 송축가요로 일괄하겠다. 『조선왕조실록』이나 『악장가사』 등 관찬 악서에서 연향악(宴享樂)에 올리기 위해 지어진 노래를 찾아 그 자료를 개관해 보면 다음과 같다.

---

105) 태조 02 / 08 / 10(계미).

송축가요 일람표

작품	작가	연대	형식	장수	수록문헌	비고
夢金尺	鄭道傳	1393 : 태조2	詞	단장	실록 · 三峯集	呈才
受寶籙	〃	〃	4언고시	〃	〃	呈才
文德曲	〃	〃	7언	4장	〃	
納氏曲	〃	〃	5언	단장	〃	靑山別曲調
窮獸奔曲	〃	〃	4언	〃	〃	
靖東方曲	〃	〃	고려속악	〃	〃	西京別曲調
新都歌	〃		고려속악	〃	樂章歌詞	
霜臺別曲	權近		고려속악	4장	〃	翰林別曲調
謹天庭	河崙	1402 : 태종2	4언고시	5장	실록 · 浩亭集	呈才
受明命	〃	〃	4언고시	6장		呈才
朝鮮盛德歌	〃	〃		12장	실록	歌辭不傳
保東方	〃	1412 : 태종12			〃	〃
受貞符	〃	〃			〃	〃
念農夫曲	〃	〃		4장	실록 · 浩亭集	〃
念蠶婦曲	〃	〃		〃	〃	〃
進嘉言曲	〃	〃		〃	〃	〃
都城形勝之曲	〃	1414 : 태종14		8장	〃	雜俚語(歌詞不傳)
都人頌禱之曲	〃	〃		〃	〃	〃
初筵獻壽之曲	卞季良	1418 : 세종즉위	詞		실록	
天眷東陲之曲	〃	〃	고려속악	5장	〃	
賀皇恩曲	〃	1419 : 세종원년	4언고시	단장		
賀聖明歌	〃	〃	4언고시	단장	〃	
紫展之曲	〃	1420 : 세종2	詞	3장	실록 · 春亭集	
應天曲	〃	1424 : 세종6	고려속악	10장	실록	
華山別曲	〃	1425 : 세종7	고려속악	8장	〃	한림별곡조
聖澤詞	예조	1428 : 세종10	4언고시	단장	〃	呈才
歌聖德	〃	1429 : 세종11	고려속악	6장	〃	한림별곡조
祝聖壽	〃	〃	고려속악	10장	〃	
龍興歌	柳思訥	1431 : 세종13	잡체	단장	〃	
獻南山曲	申檣	1432 : 세종14	詞	단장	〃	
文明之曲						
武烈之曲						
太祖文舞曲	鄭招 · 申檣 · 鄭麟趾	1432 : 세종14	4언고시	단장	〃	
太祖武舞曲	〃	〃	〃	〃	〃	
太宗文舞曲	〃	〃	〃	〃	〃	
太宗武舞曲	〃	〃	〃	〃	〃	
宴兄弟曲		1432 : 세종14 이전 추정	〃	6장	악장가사	翰林別曲調

작품	작가	연대	형식	장수	수록문헌	비고
嗔雀歌辭 7편	〃	1434 : 세종16	잡체	각편단장	〃	진작調
鳳凰吟	尹淮	세종대	고려속악	단장	실록	處容歌調
改撰滿殿春	〃	세종대	고려속악	단장	〃	滿殿春調
感君恩		1447 : 세종24 이전 추정	국문	4장	〃	
龍飛御天歌	權踶·鄭麟趾·安止	1447 : 세종29	4언·국문	125장	용비어천가	
〈與民樂〉 (龍歌1~7장 123~125장)			4언	10장		鳳來儀呈才
〈醉豊亨〉 (용가1~8장 125장)			국문	9장		〃
〈致和平〉 (용가1~16장 125장)			국문	18장		〃
月印千江之曲	세종	1447 : 세종29	국문	194장		
保太平	의정부	1447 : 세종29			실록	
〈熙文〉			5언			
〈啓宇〉			4언			
〈依仁〉			〃			
〈亨光〉			〃			
〈保乂〉			〃			
〈隆化〉			〃			
〈承康〉			〃			
〈昌徽〉			〃			
〈貞明〉			〃			
〈大同〉			〃			
〈繹成〉			〃			
定大業	의정부	1447 : 세종29				
〈昭武〉			5언			
〈篤慶〉			4언			
〈宣威〉			4언			
〈赫整〉			잡체			만전춘
〈至德〉			4언			
〈靖世〉			잡체			
〈震耀〉			잡체			
〈永觀〉			4언			서경별곡
發祥	의정부	1447 : 세종29			실록	
〈熙光〉			5언			
〈純佑〉			4언			
〈昌符〉			〃			

작품	작가	연대	형식	장수	수록문헌	비고
〈靈慶〉			4언			
〈神啓〉			〃			
〈顯休〉			〃			
〈禎禧〉			〃			
〈降寶〉			〃			
〈凝命〉			〃			
〈嘉瑞〉			〃			
〈和成〉			〃			
功臣宴曲	崔恒	1454 : 단종2		4장	실록	
完山別曲	李石亨·卞孝文	1456 : 세조2			〃	
君臣宴樂章	김수온	1457 : 세조3			〃	
敬勤之曲		세조			〃	
文敎曲		1492 : 성종23	4언고시		실록	與民樂調
宣化曲		〃	詞		〃	步虛子調
在半曲		〃	〃		〃	鳳凰吟調
河淸曲		〃	〃		〃	滿殿春調
闡文曲		〃	4언고시		〃	隆化調
景運曲		〃	詞		〃	翰林歌調
配天曲		〃	고려속악		〃	五倫歌調
臨雍曲		〃	5언고시		〃	納氏歌調
明后曲		〃	고려속악		〃	天眷曲調
儒林歌	1466 : 세조12 이전		〃		〃	〃
五倫歌	성종23 이전		〃		樂章歌詞	翰林別曲調

위에서 개관한 자료들은 태조대부터 성종 연간에 창작되었거나 기존의 노래를 개찬한 송축가요들이다. 이 노래들은 군신 연향악에 사용할 목적으로 제작되었기 때문에 애초부터 그 내용이나 성격이 제한적이었다고 할 수 있다. 조선 건국 직후 궁중악 정비 사업의 일환으로, 전대의 누습을 혁거하고 유신의 지치(至治)를 드러내려는 데 그 목적을 두었던 것이다. 국가의 음악이 전대 왕조의 폐습을 벗기 위해서는 새로운 내용의 가사 제작과 기존의 음악 관습을 산개(刪改)하는 일이 필요한데, 송축가요 제작은 음악에 새로운 내용을 담아내려는 작업이었다. 치세(治世)를 상징하는 노래였으므로, 군신연을 우선하여 지었다고 하더라도 이 노래의 제작에

참여했던 문신들은 이 노래를 통해 군신(君臣)의 화합(和合)만이 아니라 사서인(士庶人)에게 그 교화가 퍼지리라는 음악의 공효성을 그 바탕에 두었다. 실제 이런 악론의 공효성이 송축가요로 실현될 수 있었는지는 궁중 내에서의 실현 양상과 그 실행 영역을 검토하면서 밝혀질 것으로 보인다. 이 작업은 궁중연향악으로서의 송축가요의 성격과 그 영향력을 파악하게 해주는 일이 될 것이다.

먼저 송축가요가 제작된 정황과 그 연행상황을 살펴보면 다음과 같다. 정도전은 관습도감 판사로서, 태조가 천명을 받은 상서(祥瑞)와 정치를 보살핀 아름다운 점을 기려 「몽금척(夢金尺)」·「수보록(受寶籙)」·「문덕곡(文德曲)」을 짓고, 또 태조의 무공(武功)을 찬술한 「납씨가(納氏歌)」·「궁수분곡(窮獸奔曲)」·「정동방곡(靖東方曲)」을 짓는다. 또한 「신도가(新都歌)」를 지어 도읍 한양의 형승과 왕조의 만세를 기원하고 있다. 이 악장들은 태조가 창업한 공덕을 송축하는 것을 주된 내용으로 하였는데, 「문덕곡」에서 제시한 "開言路, 保功臣, 正經界, 定禮樂"의 내용은 태조의 업적을 송축하는 것인 동시에 임금의 임무를 지속적으로 규계하려는 또 다른 의도도 내포되어 있다. 이 노래들은 태조 연간에 왕을 위한 잔치나 훈신(勳臣)을 위한 잔치에서 불려진다.106) 「문덕곡」·「몽금척」·「수보록」은 제작과 동시에 전악서에서 무공방을 설치하여, 형식을 갖춘 공연용으로 정제(定制)되었던 듯하다. 「몽금척」·「수보록」은 이미 이때 정재(呈才)로서의 틀을 갖추었을 것으로 추측된다. 태종 2년에 「몽금척」과 「수보록」이 정재(呈才)의 형태로, 「문덕곡」은 노래로서 국왕이 벌이는 연종친형제악(宴宗親兄弟樂)·연군신악(宴群臣樂)·노본국사신악(勞本國使臣樂)·견장신악(遣將臣樂)·노장신악(勞將臣樂)에서 사용되며, 의정부에서 벌이는 연조정사신악(宴朝廷使臣樂)·연본국사신악(宴本國使臣樂)·전본국장신악(餞本國將臣樂)·노장신

---

106) 태조 02 / 10 / 27(기해).
　　태조 04 / 10 / 30(경신).
　　태조 04 / 11 / 16(병자).

악(勞將臣樂)에서는 「문덕곡」의 대육(大朾) 부분만 연주되도록 의주에 올라가 있다.[107] 그 연행의 공간은 국왕과 신하들의 공식 연회와 의정부에서 신하들을 위해 벌이는 연회로 한정되고, 사적인 사서인(士庶人)의 연회에서는 연주되지 않기 때문에, 악장이 지니는 한정된 기능을 확인할 수 있다. 세종 24년 「납씨가」는 사신 위로연에서 연주되었음을 볼 수 있다. 연향파연곡으로 연주되던 「문덕곡」이 세종 14년(1432) 이후 「정동방곡」으로 바뀌기는 했지만, 태조·태종 연간 이후의 군신연(君臣宴)에서 연례의 절차로서 계속 공연되며, 「납씨가」·「정동방곡」은 뒤에 종묘제향의 음악으로 쓰인다.

그런데 이 악장들은, 내용은 새롭지만 그 곡조는 기존에 있던 노래를 그대로 차용하였다. 「납씨가」는 「청산별곡」의 곡조에 맞추어 불리었고, 「정동방곡」이 「서경별곡」의 곡조에 맞추어 불렸으며, 그 나머지도 고려의 향악곡 중에서 곡조를 차용했으리라고 추측한다.[108] 이 악장의 주된 의도가 연향악으로 사용하는 데 있었기 때문에 향악을 곡조로서 쓴 것으로 보인다. 「몽금척」과 「수보록」은 국초에는 고취악(鼓吹樂)에 속하였는데, 뒤에 「수보록」은 세종 연간의 회례에 사용될 때는 『의례경전통해시악(儀禮經傳通解詩樂)』의 「녹명(鹿鳴)」 곡조에 맞추어 불린 아악에 속하게 된다.[109] 그런데 성종대의 『악학궤범』에는 「수보록」이 당악정재로 분류되어 있어, 아악이 연향에서 공연되지 않던 세조 이후부터 다시 당악으로 연주되었던 것으로 보인다.

하윤(河崙)은 「근천정(覲天庭)」·「수명명(受明命)」·「조선성덕가(朝鮮盛德歌)」·「보동방(保東方)」·「수정부(修貞符)」·「염농부곡(念農夫曲)」·「염잠부곡(念蠶婦曲)」·「진가언곡(進嘉言曲)」·「도성형승지곡(都城形勝之曲)」·「도인송도지곡(都人頌禱之曲)」 등의 악장을 지어 올린다. 뒤의 두 편은 이어(俚語)를 섞은 노래라고 하는데 그 가사가 전하지 않는다. 「근천정(覲天庭)」·「수명명(受明命)」은 태종이 중국

---

107) 태종 02 / 06 / 05(정사).
108) 장사훈, 『증보 한국음악사』, 세광음악 출판사, 1986, 211~213면.
109) 장사훈, 위의 책, 214면.

황제의 명을 받아 왕조의 창성에 기여한 공덕과 영광을 노래한 작품이고, 「보동방(保東方)」·「수정부(修貞符)」는 태조의 공덕을 노래한 작품으로 군신연에 사용되었다.110) 「조선성덕가(朝鮮盛德歌)」는 내용이 확실치 않으나, 세종대에 연향파연곡에 「성덕가」를 사용하였다는 기록으로 미루어 이것과 동일한 작품이 아닌가 추측한다.111) 그런데 「근천정(覲天庭)」·「수명명(受明命)」은 세종 연간의 회례에 사용될 때는 『의례경전통해시악』의 「남산유대(南山有臺)」 곡조에 얹힌 아악 형태로 불린다.112) 이는 세종 연간 연향악에 아악을 연주하겠다는 의지로 인해 기존의 악곡을 아악곡으로 변주하였던 현상을 말해준다. 이 두 곡은 『악학궤범』에 당악정재로 분류되어 있어 시경 아악보에 반주되지 않았던 사정을 짐작하게 한다.

변계량(卞季良)은 황천이 동방을 돌보아 성상(聖上)을 내었다고 찬양하며 태종의 장수를 송도하는 「천권동수지곡(天眷東陲之曲)」, 중국 황제의 은혜를 송도한 「하황은곡(賀皇恩曲)」·「하성명(賀聖明)」, 헌수와 치도(治道)를 위한 경계와 군신간의 의리를 노래한 「자전지곡(紫殿之曲)」, 조선의 태평기상이 하늘의 복록을 받았다고 송축한 「응천곡(應天曲)」, 신도(新都)의 경승과 왕업의 융성을 찬양한 「화산별곡(華山別曲)」 등을 지었다. 「천권동수지곡」을 제외한 나머지 노래는 모두 세종의 왕업 계승과 덕을 가영한 작품이다. 이 중 연향파연곡으로 「천권곡」·「응천곡」·「화산별곡」이 공연되었는데, 세종 8년에 현임금을 가영한 「응천곡」과 「화산별곡」은 연향파연곡으로 사용치 말라는 전지를 내린다.113) 이것은 악장이 기본적으로 조종의 공덕을 가영하는 것이므로 현왕을 송축하는 내용의 악장은 이치에 맞지 않기 때문에 나온 조처로 생각된다. 「하황은곡(賀皇恩曲)」은 애초에 사신연에 쓰기 위한 목적에서 지어졌는데, 뒤에 「하성명(賀聖明)」과 함

---

110) 태종 11 / 12 / 25(신사).
　　　태종 12 / 11 / 05(병술).
111) 세종 08 / 05 / 06(기해).
112) 장사훈, 『증보 한국음악사』, 세광음악 출판사, 1986, 215~216면.
113) 세종 08 / 05 / 06(기해).

께 세종 15년의 회례연에서 정재의 형태로 공연된다.

세종대에 예조에서 올린 「성택(聖澤)」은 조정 사신을 위한 잔치에서 쓰기 위해 제작된 악장으로 황제의 은덕과 황제를 잘 받드는 임금을 칭송하는 외교적 수사를 담고 있으며, 당악정재(唐樂呈才)로 제작되어 뒤에 회례연에서 「해서(海瑞)」라는 제목으로 공연된다. 황은(皇恩)으로 태평을 누리는 현재를 감사하며, 축수(祝壽)하는 내용의 「가성덕(歌聖德)」·「축성수(祝聖壽)」는 예조에서 연향악으로 사용할 것을 상소하면서[114] 악부에 오르게 된다.

이상의 노래들을 보면 당대 임금의 공덕을 송축하는 작품이 많은데, 세종조에 이르면 그 성격을 놓고 논란을 벌이게 된다. 가시(歌詩)는 성공(成功)을 상징하여 성대한 덕을 송찬하는 것이므로 공적을 세운 임금은 그 대상이 될 수 있지만, 현임금을 가영하는 것이 과연 합당한가에 대해 세종은 의문을 제기한다. 신하들은 조종(祖宗)의 공덕만을 찬가(讚歌)할 것인가, 아니면 현금(現今)의 공도 가영(歌詠)할 것인가로 논란을 벌이나 조종의 공덕을 송축하는 것으로 결론 내리고 태조와 태종을 위한 문무 악장을 짓도록 한다.[115] 세종이 이후 「용비어천가」·「보태평」·「정대업」·「발상」에서 선대의 치적을 찬양하는 내용으로 일관하는 것은 바로 이러한 인식을 전제한 때문이라고 할 수 있다. 국조의 고취악인 「수보록」·「몽금척」·「근천정」·「수명명」은 각각 한 가지 사적만을 담고 있는 것이어서 조종 공덕의 성대함과 창업의 어려움을 다 형용하지 못했다고 보고 새로운 송축가요를 제작한 것이다. 그래서 세종은 고취악과 향악을 바탕으로 세종 29년 「용비어천가」·「정대업」·「보태평」·「발상」을 창제한다. 세종 29년 5월 5일에는 「용비어천가」를 연주, 향당악을 관현악으로만 하고 노래를 부르지는 않았다. 「용비어천가」는 봉래의(鳳來儀) 정재(呈才)로 만들어졌으며 이 안에서 불리는 노래는 한문가사 「여민락」과 국문가사 「취풍형」·「치화평」으

---

114) 세종 11 / 06 / 08(계미).
115) 세종 14 / 05 / 07(갑자).

로 정리된다. 그리고 이 악장들은 공사간 연향에 모두 통용할 수 있게 된다.116) 세조대에는 「보태평」과 「정대업」이 연향악으로서 뿐만 아니라 종묘 아헌, 종헌의 제사악으로 쓰이게 된다. 이외에도 세종은 「월인천강지곡」을 제작했는데, 세조대에 종친이 모인 연향의 자리에서 노래로 불린 것을 확인할 수 있다.117)

기존의 향악 중 가사를 산개하여 연향악에 올리는 경우가 있는데, 속악(俗樂) 개찬의 성격 규명은 뒤에서 다시 다룰 것이므로 여기서는 연행 상황만을 보도록 하겠다. 윤회(尹淮)가 개찬했다는 「봉황음(鳳凰吟)」과 「만전춘」은 『세종실록악보』에 남아 있는데, 「봉황음」은 「처용가」를 개작한 것으로 『악학궤범』에 의거하면 나례의 학연화대정재에서 「처용가」를 부른 이후의 절차에 「봉황음」 노래가 들어가 있다. 성현(成俔)은 나례의 처용정재에서 불린 처용가가 「봉황음」으로 절주되어 "樂而不淫, 哀而不傷"하게 되었다고 한바, 「처용가」의 개작의도가 『시경』 시의 음악 정신을 실현하는 데 있음을 보여준다.118) 「만전춘」도 공적인 연향악의 자리에서 연주될 목적으로 기존의 예악에 어긋나는 가사의 내용을 산개하였다고 할 수 있다. 세종 24년의 사신위로연에 「만전춘」 연주가 들어간 것을 보면, 공연에 쓰일 노래로서 개찬된 것임을 알 수 있다.

위의 일람표에서 개관한 자료 중에 「신도가」·「상대별곡」·「연형제곡」·「감군은」·「유림가」·「오륜가」는 『악장가사』에 수록되어 있다. 「감군은」은 세종 24년 중국 사신 위로연에서 연주되었고, 「연형제곡」은 연향악의 가사로 사용되다가 세종 14년에 악부에 올랐으며, 「유림가」는 경국대전의

---

116) 세종 29 / 06 / 04(을축).

117) 세조 14 / 05 / 12(신미).

118) 成俔, 「處容」, 『虛白堂集』 권7, 『문집총간』 14, 303면. "또한 남긴 자취 크게 칭양하려고 / 노래에 붙이고 악보를 만들었지 / 음악을 조절하여 봉황음이 되어서는 / 애달파도 상하지 않고 즐거워도 지나치지 않네 / 다섯 사람 마주하여 너울너울 소매를 펼치고 / 모든 악공의 곡조 소리 피리 생황 고루어 낸다[又將遺跡大稱揚, 寫入絃歌作爲譜, 節奏流爲鳳凰吟, 哀而不傷樂不淫, 五人對拂婆娑袖, 萬指和調笙笛音]."

향악곡 취재 곡목으로, 「오륜가」는 성종대에 제작된 등가악장에서 그 곡조명으로 나온다. 「상대별곡」은 성종대의 손순효가 개인 연회에서 기생들에게 부르게 하여 임금에 대한 충성을 다짐했다는 사실로 미루어 보아 궁중연향악으로 올린 노래가 일반 사대부 주연에서 불린 경우를 방증해준다. 「신도가」는 중종대에 「동동」이 음사(淫辭)로서 문제가 되면서 이를 대치하는 노래가사로 사용된다. 「감군은」은 16세기에 이르면 사대부들이 거문고나 비파 연주에 얹어 불렀던 경우를 찾아볼 수 있다.

이들 노래는 모두 국문악장으로 기존 고려속악의 형태를 이어받았던 것인데, 궁중 내 연향의 음악으로 의례에서 그 절차가 확정되었던 노래라기보다는 연회의 상황에 따라 비교적 자유롭게 취사(取捨)되던 레퍼토리로 존재하다가, 사대부 개인 연회로까지 이어졌던 것으로 그 연행 경로를 상정할 수 있다. 대곡의 형태로 정재나 의식 공연으로 고정되지는 못했지만, 성종 연간까지의 전대 음악의 산개와 새로운 악장 창작의 분위기 속에서 제작되어 공사 연향에서 폭넓게 불리던 노래가 아닌가 한다. 정재나 형식적 틀을 갖춘 연회 즉 절차를 엄격히 밟아 가는 연회가 아닌, 음악만 연주하는 국가 공사(公私) 연회에서 선택되었던 노래였던 것으로 추측된다. 세종 24년의 관습도감 전지에, 정재가 없고 술만 마실 때 「낙양춘」·「환궁악」·「감군은」·「만전춘」·「납씨가」 등 여러 곡조를 바꿔가며 연주하라는 지시가 있는데, 이에 의거해 볼 때, 위의 노래들은 이런 절차로 불린 것이 아닐까 추측해 본다. 이들은 공히 왕에 대한 송축과 왕조의 공적을 찬미하고 있기 때문에 애초부터 궁중연향을 겨냥하여 제작되었다고 할 수 있다.

이처럼 궁중연향악으로 제작된 송축가요들은 대체로 공적(公的)인 행사에서 연행되었다. 송축가요가 공연에서만 연행되었다고 단정지을 수는 없지만, 위의 연행상황을 보면 거의 공식연에 집중되어 있다. 더구나 송축가요의 제작 배경 자체가 사연(私宴)을 염두에 두기보다는 군신의 예와 장경(莊敬)을 다하는 공연용(公宴用)을 의도한 것이기 때문에 어찌 보면 당연한 상황이라고 할 수 있다. 송축가요가 공연용으로 지어질 수밖에 없었던 이유는 군신연향이 차지하는 위상 때문이다. 군(君)과 신(臣)은 국가를 운영하는 중심 축이므로, 이 둘 사이의 질서와 화합은 유교를 국시로 하여 새 왕조를 세운 지배층에게 가장 예민한 부분이었다고 할 수 있다. 따라서 군신 연향은 의례의 중요한 부분으로서 그 절차와 규례를 엄격히 하였듯이, 그에 수반되는 음악도 당연히 정책적으로 중시되었다. 군신(君臣)의 관계가 국가의례라는 제도로 설정되고, 의례의 음악은 치세(治世)를 반사해 주는 거울로 인식되었으니 정치적 입장에서 문신들이 그 노래의 내용에 심혈을 기울일 수밖에 없었다.

조선은 중국 삼대(三代)의 정치를 모범 삼고 그 음악적 이상에 도달하려고 노력했는데, 아악 정비와 송축가요 제작 역시 그러한 노력의 일환이었다. 그런데 아악을 연향악에 쓰는 문제는 그리 성공적이지 못하여, 곡조와 가사의 아정함을 모두 아우르기는 어려웠다. 따라서 조회연향악은 향악이나 당악으로 연주하되, 가사는 상성공(象成功), 미성덕(美盛德)의 내용을 담는 아송(雅頌)에 가까우려고 노력했다. 조선 초기 음악 정비의 이념적 근거를 주나라의 옛 제도에 두었기 때문에, 노래에 구현할 정신적 경지는 주악(周樂) 계통의 『시경』이었다.119) 『시경』의 시(詩)에서 표출된 정신적 경지를 악장 속에 재현하려는 노력은 일단 정도전이 음악을 정의한 부분에서도 잘 드러난다. 또한 태종대의 조회연향악에서 『시경』의 시를 향악이나 당악의 곡조에 노래했던 사실로도 이 시기의 『시경』 중시 경향의 일단을 짐작할 수 있다. 태종 2년 조회연향악의 노래로는 『시경』의 녹명(鹿鳴) · 황황자화(皇皇者華) · 사모(四牡) · 어려(魚麗) · 남유가어(南有嘉魚) · 남산유대(南山有臺) · 행위(行葦) · 갈담(葛覃), 관저(關雎) · 칠월편(七月篇) 등이 있다. 조회연향악의 노래로 고려 말의 교방악을 혁거하려는 의지를 보였지

---

119) 서수생, 「용비어천가에 미친 시경의 영향」, 『경북대논문집』 14, 1965, 1~20면.
　　조규익, 『조선 초기의 아송문학』, 태학사, 1986, 32~42면.
　　성기옥, 「『용비어천가』의 문학적 성격」, 『진단학보』 68, 진단학회, 1989, 158~199면.

만, 조선시대 악장은 부족한 상태여서 『시경』의 가사를 향악과 당악에 맞추는 방법을 택한 것으로 추측된다. 여기에 취택된 시경 노래는 제후들을 소집하고 향연을 베풀거나 종묘에 제사 지낼 때 쓰는 아송(雅頌)이며, 국풍 중에서도 정풍(正風)에 드는 주남(周南)·소남(召南)이다. 이 노래들은 공경과 장엄함, 조화를 지향하므로 사람의 자연스런 감정을 통일된 이성의 궤도로 인도한다고 보았던 유형이다. 이처럼 『시경』이 연향악의 음악으로 직접 쓰였다는 사실은 조정에서 쓰이는 악장의 창작 기준이 어디에 있는지를 보여주는 전례라 할 수 있다. 아송(雅頌)과 국풍의 주남·소남을 본받으려 했던 초기 음악의 지향점은 아송적(雅頌的) 노래의 창작으로 그 이상을 현현하게 된 것이다. 아송(雅頌)이 성덕을 이룬 임금에 대한 찬송에 그 목적을 두었듯이, 조선조 조정의 악장은 건국의 공적을 이룬 태조·태종에 대한 송축과 왕조의 무궁만세(無窮萬歲)를 기원하는 내용이 주가 되었다고 할 수 있다.

고려 말부터 개진된 한시론에서 모범적 시의 원천으로 내세웠던 경전이 『시경』이었음을 상기해 보면, 이 시대 문학·예술을 아우르던 정신적 지향을 능히 짐작할 수 있다. 15세기 유교적인 음악의 이상으로 추구한 『시경』의 정신이 음악으로서 견인력을 미친 곳은 궁중의 연향악이요, 사대부 개인에게서 그 견인력을 발휘한 영역은 한시문학에서였다고 할 수 있다. 그러나 문학론에서 내세우던 『시경』적 의식 지향을 보다 완벽하게 재현한 것은 송축가요에서였다고 하겠다. 『시경』은 음악에 원천을 둔 것으로, 이러한 『시경』 본연의 가시적(歌詩的) 속성에 근접하려고 했던 것이 바로 송축가요이다. 송축가요는 이런 주대의 제도를 복원하여, 새로운 이상 사회를 건설해 보겠다는 사대부들의 치세적(治世的) 의지가 상징적으로 형상화된 형태라고 할 수 있다. 그러므로 내용과 형식 모두에서 시경의 체제를 구현한 작품도 있고, 기존의 향악 선율에 내용만 새롭게 개작한 형태도 있다. 이런 음악 형태는 문자표기에도 영향을 주어 아악이나 당악 선율에 오른 작품은 주로 한문악장이고, 향악에 오른 작품은 한문악장,

현토체악장, 국문악장으로 구사된다.

형식적 측면에서 4언의 『시경』 시체를 완벽하게 이어받은 작품은 종묘 제사에 쓰는 아악(雅樂)과 연향의 당악(唐樂)에 올린 4언(言) 고시(古詩) 형태의 가요들이다. 「수보록」·「궁수분곡」·「근천정」·「수명명」·「하황은」·「하성명」·「성택」·「문명지곡」·「무열지곡」·「태조문무곡」·「태조무무곡」·「태종문무곡」·「태종무무곡」·「용비어천가」·「문교곡」·「천문곡」은 4언 고시로 이루어져 있다. 한시 형태이지만 고려속악의 선율에 맞추어 창작된 작품은 「천권동수지곡」·「응천곡」·「가성덕」·「축성수」·「재반곡」·「하청곡」·「경운곡」·「배천곡」·「임옹곡」·「명후곡」이다. 한문현토체 악장은 「문덕곡」·「납씨가」·「정동방곡」·「봉황음」·「북전(신사)」·「경근곡」이며, 국문 악장은 「신도가」·「상대별곡」·「신도형승곡」·「도인송도곡」·「화산별곡」·「용비어천가」·「월인천강지곡」·「감군은」·「연형제곡」·「유림가」이다.

한문 악장이 압도적으로 많은 것은 한문에 익숙한 문사들에 의해 창작된 까닭도 있지만, 일반 속악과 다른 차원으로 송축가요를 분별하려는 작가적인 의식에서 비롯되었다고 할 수 있다. 연향악은 일반 문학이나 시가를 향유하는 의식보다 좀더 높은 공적 효용성과 전아(典雅)한 미의식에 바탕을 두었기 때문에 한시 형태의 선진적 문화취향을 향해 나아갔다고 할 수 있다. 이 중에서도 4언의 시경체 가사들은 '정재(呈才)'에서 불리는 경우가 대부분인데, 이렇게 새롭게 만들어진 정재는 국가의 공적 의례에서 조선왕조의 정당성을 천명하는 지표가 되므로, 고려에서 계승된 정재로는 충족되지 않는, 유교적인 음악의 완정함을 기한다는 측면에서 4언체 한시로 구현되었을 것이다. 공연(公宴)의 음악을 4언 한시로 표현함으로써 우리의 음악을 『시경』이 담고 있는 정신적 차원으로 끌어올렸던 것이다. 이런 의식은 「용비어천가」에서 극명하게 드러나는데, 그것은 국문가사에 시경체 4언 한시를 병행하고, 동시에 국문가사와 한문가사를 4언으로 나누는 권점의 방식을 통일하여 표기하는 점에서도 확인된다. 이것은 한문

가사에서든 국문가사에서든 시경체의 형식적 측면을 도모하겠다는 발상
으로 보인다. 국문가사가 향악의 악곡에 맞추어 부르는 노래임에도 4언의
권점에 따라 표기하는 방식은 향악곡의 국문악장조차 『시경』과 동렬에
놓으려는 의식의 소산이다.[120]

그런데 문제는 연향악에서 고려 향악곡의 영역을 무시할 수 없었다는
점이다. 새로운 악장을 아악이나 당악에 올려서 연행하는 일에 힘을 기울
이면서도 향악에 수반되는 악장이 창작되었던 것은 고려 때부터 계승된
향악의 곡조가 왕조의 교체와 동시에 일시에 바뀔 수 있는 성질의 것이
아니기 때문이다. 맹사성과 세종이 향악 관습을 인정하고, 향악 연행의
불가피성을 역설했던 것도 한 나라 음악이 지니는 고유한 영역을 인식한
결과라고 할 수 있다. 또한 박연도 회례의 음악 문제에서 향악이 토속(土
俗)이고, 아송을 쓰던 때에 국풍도 있었다는 시경의 전례에 비추어 아악
과 함께 향악을 사용하도록 정리했었다.[121] 음악적 미감의 문제가 이념의
변화로 쉽게 바뀌기 어려우므로, 그 가사를 창작하되 이전부터 익히 듣던
향악의 선율을 채택했던 것이다. 성음(聲音)이 다르면 음악의 선율도 다른
것이라서 '일자일음(一字一音)'으로 가는 중국식 아악・당악과, 향악의 선
율이나 가사 배분방식은 달랐기 때문에 현토나 국문악장으로 제작되었으
며, 한시 형태로 제작되어도 독특한 방식의 가사 배치로 가게 된다. 여기
서 사용된 향악은 주로 전대부터 이어져온 고려의 향악곡이다. 고려의 향
악곡은 우리의 노래이고, 궁중에서 뿐만 아니라 일반 사대부들도 향유하
던 음악이므로, 향악 곡조에 실린 악장은 매우 중대한 의미를 지닌다. 궁
중악이기는 하지만 유교적 음악관의 구속력을 받는 우리 노래의 내용적
층위가 어느 정도인지 판별할 수 있고, 어떤 향악들이 주로 선택되는지를
통해 우리의 음악 향유 경향을 반추할 수 있기 때문이다. 따라서 향악에

---

120) 성기옥(1989)은 「용비어천가」의 한문가사와 국문가사에 나타난 권점과 『시경』 사이
    의 관련성을 상세히 분석하고, 이를 세종이 실천한 문화의 선진화로 평가하였다.
121) 『국조보감』, 세조 4년.

 실린 악장은 예악론적 사유를 반사하는 척도일 뿐만 아니라 사대부 국문 시가의 방향을 가늠하는 잣대가 되기도 하므로 자세히 검토되어야 한다.
 4언의 한문 악장들이 주로 정재의 곡이라는 사실에 비교해 보면, 향악 곡의 송축가요는 상대적으로 가무악(歌舞樂)의 형식적 절차를 수반하지 않는 노래 중심의 곡목이 대부분이었다. 사신의 위로연이나 연향의 파연곡으로 연주되기도 하고 생략되기도 하는 등의 예에 비추어 볼 때 상황에 따라 비교적 자유롭게 취사(取捨)되는 레퍼토리였다고 할 수 있다. 향악의 곡조로 불린 악장들은 형태상의 공통점을 가지고 유형화하기 힘든 면이 있다. 다만 악장의 선율로 사용된 고려 향악곡은 「풍입송」·「서경별곡」·「청산별곡」·「한림별곡」·「자하동」·「만전춘」·「처용가」 등이다.
 「청산별곡」의 곡조를 차용한 노래는 「납씨가」·「경근곡」·「임옹곡」이 있다.122) 「납씨가」는 정도전 문집에 현토를 달지 않은 한문가사로 실려 있고, 뒤에 나온 악보에는 현토로 기록되어 있다. 「서경별곡」조에 오른 악장은 「정동방곡」·「천권곡」·「응천곡」·「축성수」·「영관」·「명후곡」인데, 6구 2 행에 후렴을 넣은 형태이다.123) 이렇게 후렴을 넣는 방식은 향악의 「가시리」에서도 나타나는데, 그 가사 배치와 후렴의 전개방식이 매우 흡사하다. 이 중 「축성수」는 경기체가의 변이형으로 보는데, 「한림별곡」의 엽(葉) 부분과

---

122) 納氏恃雄强ㅎ야　　　　出戎이 稽顙至ㅎ며　　　展也吾夫子
　　　入寇東北方ㅎ더니　　　社方岌岌이어늘　　　　巍乎百世師
　　　縱傲誇以力ㅎ니　　　　我后ㅣ 出神策ㅎ샤　　　尊崇嚴廟貌
　　　鋒銳라 不敢當이로다　　戡定不終夕이샷다　　　肅肅大牢祠(임옹곡)
　　　(납씨가)　　　　　　　　萬有千歲를 享天福ㅎ쇼셔
　　　　　　　　　　　　　　　(경근곡)

123) 繫東方 阻海陲　　　　　於皇天 眷東陲　　　　我應天 國于東
　　　彼狡童 竊天機ㅎ니이다　生上聖 濟時危　　　　聖繼神 治益隆
　　　偉 東王德盛(정동방곡)　偉 萬壽無彊(천권곡)　荷天福祿(응천곡)
　　　……
　　　我朝鮮 在海東　　　　　亶明后 撫大東
　　　殷父師 受周封　　　　　敷文敎 聖化隆
　　　偉 永荷皇恩景何如(축성수) 于胥樂兮 太平治化軼虞唐(명후곡)

흡사하다. 「한림별곡」조를 차용한 노래는 「상대별곡」·「화산별곡」·「가성덕」·「경운곡」·「오륜가」·「연형제곡」·「배천곡」이다. 「처용가」조의 노래에는 「봉황음」·「재반곡」이 있고, 「만전춘」조는 「만전춘신사」·「혁정」·「하청곡」이 있다. 세종대에 제작되었을 것으로 추정되는 「유림가」와 「감군은」은 만대엽을 파생한 진작의 "대엽·이부"의 가사배치와 상당히 흡사하다.124) 만대엽이 세조 연간을 즈음하여 생겨났다고 하는데, 「유림가」와 「감군은」은 만대엽이 만들어지기 이전에 진작의 곡조를 차용한 초기 형태가 아닐까 한다.125)

이처럼 송축가요 중 많은 작품이 기존 향악곡의 선율에 얹혀 불렸다. 세종이나 일부 유신들이 현실적 측면을 배려하여 토풍(土風)을 인정해야 한다고 주장했던 것처럼, 연향악에서 아악이나 당악을 수용하더라도 우리에게 친숙한 향악을 함께 연주할 수밖에 없었을 터이다. 향악을 수용하

---

124) 넉시 / 라도 　　　　사해바닷 / 기피는 　　　　오백년이 / 도라
　　　님을 / 흔디 　　　　　달줄로쟈히리 / 어니와 　　황하므리 / 몰가
　　　녀겨라 / 아 　　　　　니믜덕택 / 기피는 　　　　성주증흥 / 흐시니
　　　으 / 벼기더 　　　　　어나줄로자히링 / 잇고 　　만민의함락이 / 샷다
　　　　　　　　　　　　　　　　　　　　　　　　　　(앞 4행 선율 반복)
　　　…… / 시니 　　　　　향복무강흐샤 / 만셰를누리쇼셔 　아궁차락아 / 궁차궁차락아
　　　뉘어시니 / 잇가 　　　향복무강흐 / 샤만세를 　　욕호기 / 풍호무우
　　　〈여음〉 / 〈여음〉 　　누리쇼셔 / 일간명월이 　　영이귀흐리라 / 아궁차락아
　　　〈여음〉 / 〈여음〉 　　역군은이샷다 / 〈여음〉 　궁차락궁차락아 / 〈여음〉
　　　…… 　　　　　　　　…… 　　　　　　　　　……
　　　(진작 대엽·이부) 　　(감군은) 　　　　　　　(유림가)
　　* 유림가의 중간 4행인 "오백년이 / 도라 // 기수물이 / 몰가 // 성주중흥 / 흐시니 // 백곡이풍등 / 흐샷다"의 부분은 앞의 4행을 그대로 반복하는 악곡 형태를 취한다.
125) 황준연, 「양금신보 만대엽의 해독」, 『한국음악연구』 12집, 한국음악학회, 1982.
　　　______, 「대엽에 관한 연구」, 『예술논문집』 24집, 예술원, 1985.
　　　양태순, 「鄭瓜亭의 연구」, 서울대 박사논문, 1990.
　　　권두환, 「시조의 발생과 기원」, 『고시조연구』(국어국문학회 편), 태학사, 1997.
　　　이형대, 「漁父形象의 詩歌史的 展開와 世界認識」, 고려대 박사논문, 1998.
　　　위의 논문들은 진작의 대엽·이부에서 만대엽이 파생되었음을 입증하고 있다. 더나아가 이형대의 논문에서는 만대엽과 감군은이 평조에 배치되어 있으면서, 악곡상의 공통성도 지니고 있다는 사실을 밝혀주었다.

여 연향악의 노래를 짓는 태도는 지극히 현실적이며 자연스러운 일이었다. 그렇지만 연향악 가요가 필요할 때마다 향악곡을 새로이 창조하기는 어려운 일이므로, 익숙한 향악곡을 가져온 결과 전반적으로 고려속요의 악곡을 차용하게 된 것으로 해석할 수 있다. 성종 연간까지도 계속해서 고려 향악곡을 그 선율로서 차용한 점은 고려 향악곡에 대한 뿌리깊은 애호를 뜻하는 것이다. 악곡(樂曲)의 관성상 고려 향악의 생명력이 뿌리깊지 않았다면 차용하기 어려웠을 것이다. 더구나 그 고려 향악곡의 원가사가 계속해서 생명력을 이어갔다는 사실은 향악곡을 차용한 송축가요의 영향력이 크지 않았다는 방증이 될 수 있다.126)

뒤에서 자세히 밝히겠지만 고려속요에 대한 논란이 성종대에 일어났던 것은 유학적 이념의 강화로 해석할 수 있는 문제라기보다는 송축가요가 군신 연향악의 노래로 성행되지 못한 결과라고 할 수 있다. 동전의 앞뒷면처럼 송축가요의 실현 강도는 고려속요 논란을 잠재우는 것일 터인데 그렇지 못했다는 것은 향악곡의 송축가요가 연향에 모인 군신에게 반향을 받지 않았다는 증거이다. 적어도 『악학궤범』의 성종대 하례와 연향악을 보면 정재(呈才)가 끝나고 잔치가 끝날 즈음에 향악을 연주하고 이에 맞추어 노래를 부르는 절차가 이어지는데,127) 세종대의 하례에서는 볼 수 없었던 모습이다. 그런데 여기서 어떤 노래가 불리었을지는 확실치 않지만 향악곡의 송축가요보다는 원 고려속요가 더 애창되었을 가능성이 크다. 궁중에서 계속 논란이 되는 속요과 여악 논란은 이런 경향을 방증해

---

126) 강명관, 「조선전기 고려가요의 전승과 시조사의 문제」, 『조선시대 문학 예술의 생성 공간』, 소명출판, 1999.

127) 이혜구·정원태 역, 성현 편, 「時用賀禮及宴享樂」, 『국역악학궤범』 I, 민족문화추진회, 1493. 이에 의거하면 望闕禮·望宮禮·拜表箋·賀大妃殿·朝賀·朝參·宴享의 음악 절차는 다음과 같다. "奏與民樂慢(或 聖壽無疆慢) → 奏洛陽春 → 奏與民樂令(或 步虛子令·還宮樂) → 奏啓宇 → 주여민락만 → 奏折花三臺 → 奏水龍吟引殺(혹 夏雲峰引殺·憶吹嘯引殺) → 보허자령 → 여민락령(혹 金殿樂令) → 奏諸呈才(鄕·唐樂정재) → 宴終에 奏鄕樂·諸妓의 隨樂唱歌 → 奏靖東方曲"으로 연향이 끝날 즈음 향악이 연주·가창된다.

주는 예이다. 성종대 이후에 사대부 개인이 향유했음을 확인할 수 있는 「상대별곡」·「감군은」과 같은 국문악장을 제외하면 그 연행상의 영향력은 미약했다고 할 수 있다.

한편 취사선택이 자유로운 향악곡의 송축가요보다 어느 정도 공식화된 절차로 확정된 정재 형태의 노래나 한문악장들은 제도적인 정착에는 성공한 듯이 보인다. 왜냐하면 세종대 하례나 성종대 하례의 음악절차를 미루어볼 때, 이 송축가요는 엄숙한 의례의 진행과정을 돕는 노래의 곡목으로 자리잡고 있기 때문이다. 그러나 그 노래의 수용을 내면화하는 차원에 있어서는 그리 성공적이지 않았다.

단적인 예가 세종 15년 정조회례가 끝난 후 유신들의 태도를 문제삼았던 유사눌의 반응이다. 앞서도 보았듯이 세종 15년의 정조회례에서는 아악 악장이 공연되고, 「수보록」·「근천정」·「수명명」이 아악무(雅樂舞)를 좇아 노래되는, 명실상부한 예악이념의 현실화가 이루어지게 된다. 이때 비로소 여악(女樂)과 정성(鄭聲)을 버리고 아악(雅樂)을 이루었지만, 회례에 참여한 신하들은 주악(奏樂)의 가사를 알지 못하는 이가 열에 여덟, 아홉이었다고 한다. 유사눌은 이를 문제삼아 태조의 공덕을 찬미한 「수보록」·「몽금척」·「정동방곡」과 태종을 칭송한 「근천정」·「수명명」, 세종이 큰 명(命)을 받은 「하황은」, 그밖에 「융안」·「휴안」·「문명」·「무열」 등의 노래를 외우고 음미하자고 제의한다.128) 이는 한문 가사로 전달하는 악장의 내용을 쉽게 해득하기 어려웠던 사정을 말해준다. 회례에 올려진 새로운 악장이 한문이거나 현토체로 이루어져, 듣는 즉시 이해하기는 어려운 성음상(聲音上)의 문제에서 야기된 일화라 할 수 있다. 그렇지만 정도전, 하륜의 악장은 꽤 지속적으로 연향악으로 사용된 점에 비추어 볼 때, 이때까지도 가사를 외워서야 음미하는 상황이었다면, 이들 노래가 공식 연회의 가시(歌詩)로서 주악(奏樂)될 때를 제외하고 일반 연향에서는 즐기기 어려웠던

---

128) 세종 15 / 11 / 27(병오).

사정을 반증하는 것이다. 더구나 문신들이 짓고 표창한 노래의 내용이 일반의 선비도 아니고 관료들에게까지 익숙하지 않았다면, 연향의 송축가요가 갖는 연행상의 한계는 자명한 것이라 할 수 있다. 새롭게 창작된 송축가요는 공식적인 연향악으로 그 역할은 다하였지만, 당대 사대부들에게 향유할 음악으로서의 가치는 인정받지 못했다고 할 수 있다. 물론 유사눌이 거론한 회례연의 악장들이 대부분 정재(로才)의 형태로 공연되는 대곡이었기 때문에 개인적으로 향유하기 어려운 점을 감안하더라도, 이들 노래의 연행 영역은 궁중 공식연 너머로까지 확산되기는 힘들었다고 할 수 있다. 관료들조차 그 내용을 음미하지 않았다면, 송축가요는 전례악(典禮樂)을 담당하는 악공(樂工)의 몫일 수밖에 없다. 의전용 가요로서 대외적 명분을 살리기 위해 공연되었으니 궁중 내의 행사음악으로서 그 생명력을 이어갔다고 할 수 있다.

송축가요는 일단 제도상의 정착에는 성공했다고 할 수 있다. 의식(儀式)의 음악으로서 그 기능을 발휘하면서, 송축가요를 제작한 문신은 왕조사업에 적극 동참하여 치세(治世)를 이루었다는 자부심, 그리고 그 치세(治世)가 영속화되기를 바라는 경계(警戒)를 노래에 담아 창업(創業)과 수성(守成)의 의지를 다질 수는 있었다. 국가의 의식을 제정한다는 측면에서 볼 때, 연향 음악의 창작은 문신들의 자부심을 한층 현시할 수 있는 표현 방식이었다. 또한 예악론에 의거할 때, 성정의 정(正)에 근본하여 인심을 선량하게 하는 음악 정신의 주요한 반사체로서, 조선 초기 사대부가 이룬 예악론의 음악적 실천이었다고 할 수 있다. 이 시대 유교적 음악 정신의 형상화와 실천은 왕과 신하들이 궁정에서 벌이는 연회 안에서 주도되었다고 할 수 있다. 사대부 자신에게는 그 영향력이 적었다 하더라도, 국가의 례의 음악을 지어 궁정 안에서 최대한 실현하려고 했던 관학파 사대부들의 의식은 그들이 지닌 치세관(治世觀)의 발로였다. 『시경』적 정신을 악장을 통해 현달함으로써, 치세(治世)의 음악을 정립하였으니 악장은 곧 사대부들의 유교적 음악 정신의 총화요, 실천이라 할 수 있다.

그러나 그 결과는 궁중 내부에서 의도적으로 집행하며 주도하고 의전용으로 한정되었기 때문에, 임금이나 사대부의 음악적(音樂的) 취향은 여전히 다른 곳을 향해 있었다. 치세적(治世的) 악론(樂論)에 의해 국가의 음악이 제정되더라도 이것이 왕이나 사대부의 기호를 좌우하는 원칙이 될 수는 없었던 것이다. 애초에 궁중연향악의 가사가 지어진 의도는 치세(治世)의 음악으로서의 표본을 궁중공연에서 실현하고, 공연에 불리웠던 고려조 음악의 음사(淫辭)를 제거하기 위한 것이었다. 그런데 실제의 양상을 보면, 의식연의 자리에서 부르려고 지어진 송축가요는 그 실현의 목적에 어느 정도 부합하는 연행이 이루어졌지만, 그야말로 의전용으로 한정되어 내면화의 강도가 크지 않았으므로 현실적 측면에서 오히려 친근한 일반 속악을 불러오는 계기가 되었다고 할 수 있다. 따라서 여악이나 속요 음사(淫辭)의 문제는 송축가요의 제작과 표리를 이루며 진행되었던 정책적 양상을 띤 것이라 할 수 있다. 즉 궁중에서 펼쳐진 치세적 악론의 실천적 일환으로서 그 논란이 일어났던 것이다. 송축가요의 실현 양상과 함께 여악과 고려속요 음사 문제를 정리하면 치세적 악론의 성격이 보다 분명히 드러나고, 이 시기의 음악에 대한 인식이 보다 선명해질 것으로 기대한다.

(3) 여악(女樂)·고려가요(高麗歌謠) 음사(淫詞) 논란과 비판 범위

성종 연간까지는 새로운 송축가요를 창작하여 조선조의 일신된 분위기를 고취하였다. 이러한 작업은 전대로부터 전해진 기존의 음악관습을 혁거하는 일과 병행하여 나아가게 된다. 전대의 음악을 취급하는 조선조의 국가적 방침은 크게 두 가지였다. 기존의 음악을 모두 내치는 것이 아니라 악곡은 수용하되 가사를 바꾸는 방식, 그리고 기존의 음악을 취사선택하는 방식을 취하게 된다고 할 수 있다. 그런데 여기서 우리가 주목해야 할 점은 그 취사선택을 한 노래 연행의 영역이 어디까지인가이다.

　기존 연구에서는 고려가요 비판을 모든 사대부들이 공유한 인식으로 보거나, 이를 고려가요에 대한 가치평가로 범박하게 보는 경우가 많았다. 그러나 고려가요의 비판을 건전한 풍속을 유도하는 차원에서의 범사회적(凡社會的) 교화(教化)로 보는 시각은 일단 유보해야 한다. 왜냐하면 15세기 여악과 고려가요에 대한 비판 자료는 조정 내에서 일어난 정책상의 논란이 주를 이루기 때문이다. 기존 연구에서는 15세기 고려가요 비판이 관찬 자료에서만 발견되며 조정의 논란에서 야기된 것임을 지적하면서도 이런 비판의 시선이 사회 전반에 적용되는 것으로 확대 해석해왔다. 즉 이런 논란이 왜 조정 내에 국한되어 일어났으며, 실제 논란의 성격이 어떤 것이었는가에 대한 의구심을 갖지는 않았다.

　여악과 고려가요의 비판은 아악정비나 송축가요의 창작과 같은 궁중의 음악정책 선상에서 나온 것이라는 시각에서 다루어져야 보다 온당한 결론이 도출될 것으로 판단된다. 고려가요만을 따로 떼어놓고 볼 것이 아니라 새로운 왕조의 음악정책이 수립되면서 기존 음악을 정비하는 과정 속에 일어난 일대의 논란이나 평가라는 측면에서 바라보아야 고려가요의 조선적 수용을 바르게 이해할 수 있다. 그러므로 조정을 중심으로 일어났던 여악과 고려가요의 논의 과정을 분석하여 그 적용의 실상을 탐색하고, 15세기 유교적 음악관과 그 성격의 일단을 살펴보도록 하겠다.

　고려 창왕 때 조준은 이미 여악(女樂)과 향악(鄕樂)을 궁중연향에서 사용해서는 안된다고 상소한 바 있다. 여악은 국가의 공사연향에서 가무악(歌舞樂)을 담당하는 기생을 말하는데, 여악을 비판할 때는 여기(女妓)제도 그 자체만이 아니라 여악에 함축된 가무악(歌舞樂) 모두를 문제삼는다고 할 수 있다. 따라서 이들이 부르는 교방악인 속악(俗樂)도 함께 거론하게 되는 것이다. 그러나 이 건의는 조선의 건국과 동시에 실행되지 못했다. 국가의 의례와 음악을 정돈했던 정도전 역시 여악을 문제삼지는 않았다. 음악을 담당하는 여기(女妓)가 일시적으로 혁거되면 악공만으로 국가의 연향이 이루지기 어려웠던 사정을 반영한 현실적 정책안으로 보인다. 그러나 여악에 대한 입장을 확정하지 못했다고 해서 그 시선이 긍정적이었던 것은 아니었다. 태조대에 여악의 규제가 강경하게 논란의 대상에 오르지 않았을 뿐 여악을 부정적으로 보는 시각은 존재하였다. 태조 4년에 박경(朴經)은 이제(二帝) 삼왕(三王)의 성시(盛時)를 법받고 한나라·위나라 이후의 잘못된 일을 거울삼아, 풍악을 듣되 절제하고, 여악을 금하고 가까이 하지 말라고 건의하면서 가전(駕前)에 여악을 사용하지 않아야 한다는 상소를 올린다.[129] 왕이 이를 따르겠다고 했지만, 전례대로 여악은 모든 국가 공사연(公私宴)의 가무악을 담당한다. 태종대에도 여전히 가전(駕前)에 여악을 베풀었으며,[130] 다른 모든 연향도 담당하였다.

태종대에는 왕이 경외(京外)의 창기(娼妓)를 없애라는 명령을 내리나 하륜의 반대에 의해 여악 폐지에 대한 진척된 논의는 일어나지 않는다.[131] 이 뒤 중국의 사신들이 여악을 물리치고 당악(唐樂)을 듣는 등 조선의 여악 사용을 비판적으로 보는 경우가 생겨난다.[132] 그러나 이로 인해 외교상으로 큰 문제가 일어나지는 않았으며, 태종대의 유신들도 여악을 크게 문제삼지 않았다.

여악을 고려조의 관습 그대로 이어받았듯이, 고려조에서 연행하던 연향의 속악도 그대로 전승된다. 악장이 새로이 창제되지만, 기존의 속악이 이로 인해 견제를 받았던 흔적은 보이지 않는다. 여말 연향음악의 레퍼토리들은 그대로 전수되었고 그 연행의 절차도 비슷했던 것 같다. 그런데 태종대에 이르면 비로소 고려대 속악에 대해 부정적인 시각을 표출하기 시작한다. 예조에서는 전조(前朝)의 음악을 정돈·혁신하는 입장을 조회연향악에 수용하여 의례의 악조(樂調)로 정리하게 된다. 여기서 우리는 고려가요 수용의 원칙을 볼 수 있는데, 그것은 고려조 음악을 모두 혁거하는

---

129) 태조 04 / 04 / 25(무자).
130) 태종 14 / 03 / 06(기묘).
131) 태종 10 / 10 / 13(병오).
132) 태종 14 / 03 / 06(기묘).

것이 아니라 형식적 틀을 갖춘 정재와 곡조는 그대로 수용하며, 음사(淫辭)를 제외하고 유교적 이념에 부합하는 내용을 양성하는 방식에 입각해 있다.

> 예조(禮曹)에서 의례 상정소 제조(儀禮詳定所提調)와 더불어 함께 의논하여 악조(樂調)를 올렸다.
>
> "……신 등이 가만히 보건대, 전조(前朝)에서 삼국(三國) 말년의 악을 이어받아 그대로 썼고, 또 송조(宋朝)의 악을 따라 교방(敎坊)의 악(樂)을 사용토록 청하였으니 그 말년에 이르러 또한 음란한 소리[哇淫之聲]가 많았사온데 조회(朝會)와 연향(宴享)에 일체 그대로 썼으니 볼 만한 것이 없습니다. 지금 국초(國初)를 당하여 그대로 인습(因襲)하는 것은 불가하옵니다. 신 등이 삼가 양부(兩府)의 악(樂)에서 그 성음(聲音)이 약간 바른[稍正] 것을 취(取)하고 풍아(風雅)의 시(詩)를 참고로 하여 조회와 연향의 악을 정하고 신민(臣民)이 통용하는 악에 이르기까지도 미쳤습니다. 아래에 갖추 열거하였사오니, 성상께서 밝히 보시고 시행하시어 성음(聲音)을 바루고 화기(和氣)를 부르소서."133)

예조에서 올린 이 상소는 전조(前朝)의 음악 중 일부 음란한 소리를 산삭하고, 정성(正聲)에 어울리는 악조를 선정한다는 점에서, 고려조의 음성(淫聲)에 대한 조선 전기의 시각이 부정적이었음을 보여준다. 더구나 세종조 「오례의」에 일반 사서인(士庶人)까지 포함하지 않았던 사실로 볼 때, 국왕이 종친, 사신, 신하들에게 베푸는 연례뿐만 아니라 사서인(士庶人)의 공사연(公私宴) 음악에까지 정성(正聲)의 향유를 유도하고 있다는 점은 의미 있는 일이다. 연례에 사용할 음악으로 상정한 것은 시경시와 정도전의 악장, 그리고 당(唐)·향악(鄕樂) 정재(呈才)와 고려속악이다. 연례에서 선택된 고려속악은 「방등산」·「오관산」·「동동」·「정읍」이며, 「자하동」·「금강성」·「풍입송」은 곡조만 사용되었다.134) 이를 통해 볼 때 고려속악 중

---

133) 태종 02 / 06 / 05(정사). "禮曹與儀禮詳定提調, 同議進樂調. ……臣等竊觀前朝, 承三國之季, 因用其樂, 又從宋朝請用敎坊之樂, 及其季世, 又多哇淫之聲, 朝會宴享, 一切用之, 無足可觀. 今當國初, 不可因襲. 臣等謹於兩部樂, 取其聲音之稍正者, 參以風雅之詩, 定爲朝會宴享之樂, 以及臣庶通行之樂. 具列于左, 上鑑施行, 以正聲音, 以召和氣."

지나친 음성(淫聲)은 경계하여 충효열(忠孝烈)에 관련된 노래가 선택되고, 정재(呈才)의 노래는 그대로 수용하였음을 알 수 있다. 연구자들은 고려속 악이 조선왕조에 수용될 수밖에 없었던 이유를 갑작스럽게 연희에 사용할 음악을 창작하기 힘들다는 점, 송도적인 목적, 교화적인 차원[135]에서 살피고 있는데, 이런 시각은 고려가요가 궁중 공식연(公式宴)에 수용될 수 있었던 측면을 밝히는 데 있어 매우 타당한 견해라고 할 수 있다. 예조에서 올린 조회연향의 의주는 명실상부한 예악교화(禮樂敎化)의 실현으로 평가할 수 있다. 게다가 사서인(士庶人)의 공사연(公私宴)까지 아우르고 있기

134) 태종 02 / 06 / 05(정사). "國王宴使臣樂, 王與使臣坐定, 進茶, 唐樂奏賀聖調, 令進初盞, 及進俎, 歌鹿鳴, 用中腔調, 獻花, 歌皇皇者華, 用轉花枝調, 進二盞, 及進初度湯, 歌四牡, 用金殿樂調, 進三盞, 五羊仙呈才, 進二度湯, 歌魚麗, 用夏雲峯調, 進四盞, 蓮花臺呈才, 進三度湯, 水龍吟, 進五盞, 抛毬樂呈才, 進四度湯, 金盞子, 進六盞, 牙拍呈才, 進五度湯, 憶吹簫, 進七盞, 舞鼓呈才, 進六度湯, 歌臣工, 用水龍吟調, 進八盞, 歌鹿鳴, 進七度湯及九盞, 歌皇皇者華, 進八度湯及十盞, 歌南有嘉魚, 用洛陽春調, 進九度湯及十一盞, 歌南山有臺, 用風入宋調, 或洛陽春調. 國王宴宗親兄弟樂, 王坐殿, 奏賀聖令調, 進俎, 奏太平年, 獻花, 歌行葦, 用金剛城調, 進初度湯, 歌關雎, 進初盞, 受寶籙呈才, 進二度湯, 歌麟趾, 進二盞, 夢金尺呈才, 進三度湯, 歌葛覃, 用紫霞洞調, 進三盞, 五羊仙呈才, 進四度湯及進四盞, 抛毬樂呈才, 進五度湯, 歌臣工, 進五盞, 舞鼓呈才, 進六度湯及進六盞, 文德曲, 進七度湯及進七盞, 歌南山有臺. 國王宴群臣樂, 初儀上同, 獻花, 歌鹿鳴, 用金剛城調, 進七度湯及進四盞, 歌抑篇, 餘皆上同. 國王遣本國使臣樂, 初儀上同, 進初盞, 歌皇皇者華, 進八盞, 歌四牡, 餘皆上同. 國王勞本國使臣樂, 初儀上同, 進初盞, 歌四牡, 進三度湯, 歌皇皇者華, 餘皆上同. 國王遣將臣樂, 初儀上同, 獻花, 歌采薇, 餘皆上同. 國王勞將臣樂, 初儀上同, 獻花, 歌杕杜, 進三度湯, 歌采薇, 餘皆上同. 視朝, 唐樂, 駕前唐樂胡部樂. 講武, 擊鍾鼓, 以爲節. 大射, 歌鹿鳴. 議政府宴朝廷使臣樂, 初盞及進俎, 歌鹿鳴, 獻花及進二盞, 歌皇皇者華, 初度湯, 歌四牡, 進三盞, 蓮花臺呈才, 二度湯, 歌南有嘉魚, 進四盞, 牙拍呈才, 三度湯, 歌魚麗, 進五盞, 舞鼓呈才, 四度湯, 歌南山有臺, 進六盞, 三玄, 五度湯及進七盞, 文德曲大肉, 進八盞, 松山操, 用洛陽春調. 議政府宴本國使臣樂, 上同議政府宴朝廷使臣樂. 議政府餞本國將臣樂, 初盞及進俎, 歌采薇, 餘皆上同. 議政府勞將臣樂, 初盞及進俎, 歌杕杜, 餘皆上同. 一品以下大夫士公私宴樂, 初盞及進俎, 歌鹿鳴, 用金剛城調, 初味及二盞, 五冠山, 二味及三盞, 歌關雎, 用紫霞洞調, 三味及四盞, 三玄, 四味及五盞, 方等山, 五味及六盞, 七月篇, 用洛陽春調. 庶人宴父母兄弟樂, 初味及盞, 五冠山, 二味及盞, 方等山, 終味及盞, 勸農歌."
135) 조윤미, 「고려가요의 수용양상」, 이화여대 석사논문, 1988.
    최미정, 「고려속요의 수용사적 연구」, 서울대 박사논문, 1990.
    김수경, 「고려처용가의 전승과정 연구」, 이화여대 박사논문, 1995, 53~54면.

때문에, 이 의주만 본다면 태종대는 유교적 음악관을 상당히 실천적으로 진척시켰던 것으로 생각된다.

그러나 문제는 이런 고려속악에 대한 시각이 과연 궁중연향 전반에 파급되었던 것인지, 그리고 실제 일반 사서인에게 어느 정도의 영향력을 가졌을지 판단해야 한다는 점이다. 조선이 건국된 직후 유교적 예제조차 기존 관습의 저항이 만만치 않아 사서인(士庶人)에게 쉽게 받아들여지기 힘들었던 국면이었다.136) 하물며 겨우 국가의 음악이 산정(刪定)되는 마당에 유교적 잣대에 의해 추려진 레퍼토리가 쉽게 저변화되어 갔을 것으로 보기는 어렵다. 만약 국왕과 의정부에서 베푸는 공식연과 사대부, 서인(庶人)의 공사연을 상정한 위의 의주가 법적 강제력을 가진 것이라면, 지정된 고려속악 외의 다른 속악은 도태되고 말았을 것이다. 그러나 이 규정이 실제로 실천되었는지, 그리고 사서인의 연례에 실제로 적용되었는지는 알 수 없다. 다만 이 의주는 강제적 효력을 지닌 준칙은 아니었다고 짐작된다. 왕이 벌이는 궁중잔치에서 여전히 여악을 베풀었고, 그 여악은 여러 형태의 속악(俗樂)을 동반했을 것이기 때문이다. 궁중에서 벌이는 연회는 내연·외연, 그리고 공적 사적인 연회, 대소연 등 종류가 많은데, 여기에까지 고려속악의 취사에 대한 예교적 효력이 미치지는 않았다고 할 수 있다. 고려속악의 비판적 수용을 조회연향악 의주를 통해 공표하긴 했지만, 그것을 의식하는 영역은 대내외적인 공신력을 지닌 연회에서였을 터이고, 궁중 일반의 연회에서 향유되는 음악은 그러한 인식으로부터 자유로웠다고 할 수 있다. 그리고 그러한 소통이 문제시되지 않는 분위기였고, 이를 음악의 일상적 향유 그 자체로 인정했다고 하겠다.

그러므로 일반 사서인의 잔치에 상정된 악조가 연행에서 발휘되는 강제력의 정도는 미약할 수밖에 없었을 것이다. 비록 조선조의 치자(治者)들이 시경시나 유교적 예악에 어울리는 고려속악곡을 연례의 음악으로 지

---

136) 高英津, 『조선 중기 예학사상사』, 한길사, 1995.

정하면서 원칙에 충실한 규례를 만들었지만, 음악에 대한 관습이 일거에 혁신되기는 어려웠을 것이다. 또한 왕실 안에서조차 고려조부터 이어온 음악적 미감을 새롭게 바꾸지 못하고 있었기 때문에, 왕실이든 민간에서든 전대의 음악적 관습이 그대로 전해졌을 것으로 보인다. 그렇기 때문에 실제 일반 사서인이 이런 규정에 얼마나 구속되었을지를 판단할 수는 없지만, 적어도 유교적 예악론이 왕실에서조차 체화(體化)된 상태가 아니며, 일반인에게 미치는 영향의 정도도 그렇게 강력하지 않았다는 점에서 그 실행 범위는 왕실의 공연(公宴)에 한정되었을 것으로 보인다. 따라서 송도적이고 교화적인 차원에서 고려속악을 수용했다는 연구자들의 시각은 궁중의 공적인 의례로 제한되어야 하고, 실제 고려속악은 관습적 미감에 의해 그대로 수용되었다고 본다.

여악(女樂)의 혁파가 본격적으로 거론된 것은 음악을 재창조하고 정비하기 위해 여러 가지 시도를 했던 세종대에 이르러서이다. 또한 고려속요의 음란한 가사를 개정하는 일도 세종대에 일어나게 된다. 그 동안은 여악이 외연, 내연을 구분하지 않고 두루 쓰였는데,[137] 세종대에 오면 공식연의 여악(女樂) 사용을 문제삼게 되면서 여악의 사용 범위를 논의하게 된다. 이 문제는 세종대에 펼친 아악 정비의 논의 과정 속에서 등장한다. 종

---

137) 김종수(1993)는 조선시대 궁중연에서의 女樂 사용을 다음과 같이 설명하고 있다. "조선시대 여악은 국가연향과 중궁이 주관하는 궁중의식에 쓰기 위하여 설치되었고, 제향악은 연주하지 않았다. 즉 여악은 중궁이 주관하는 회례연, 양로연, 중궁 또는 대비를 위한 進宴 등의 내연은 물론 왕이 주관하는 회례연, 양로연, 사객위로연의 外宴 및 임금이 신하에게 하사하는 賜宴, 종친들과의 사사로운 연향 등에 다양하게 쓰였다. 여기는 서울뿐만 아니라 외방에도 있었다. 서울 여기, 즉 京妓의 정원은 세종대에는 108명, 125명, 100명 등 100여 명 남짓했는데, 세조 원년(1455)에 착수하여 여러 번 개정되어 최종적으로 성종 16년(1485)에 완성된 『경국대전』에는 150명으로 규정되어 있다. 여기는 내연에서는 管絃盲의 반주에 맞춰 춤과 노래를 하고, 외연에서는 악공의 반주에 맞춰 춤과 노래를 하는 것이 주요 임무이다. 여악은 대개 여기들이 하는 춤과 노래를 가리키고, 남악은 이에 대응하여 좁은 의미로 歌舞童을 가리킬 때가 많다. 여악은 국가연향을 위해 설치했지만, 나라에서 신하를 영화롭게 해줄 때, 악공과 함께 여기를 내려 주었고, 신하들이 부모를 위하여 獻壽할 때 장악원에 여기를 청하여 부모를 즐겁게 해드리는 것이 법적으로 허용되었다."

묘제사의 아악을 완정하고, 이후 아악을 회례의(會禮義)·양로연(養老宴)에까지 확대 연행하면서 유교적 음악의 정도(正道)를 실현하는 데 박차를 가했다. 이런 과정에서 여악의 사용이 과연 아악의 도(道)에 부합하느냐하는 문제가 불거져 나오게 된다. 태조나 태종대에 부분적으로 제기된 여악에 대한 부정적인 시각보다 더 진전된 여악 폐지 논란이 강하게 일어난다.

처음 여악 폐지를 강력하게 주장했던 인물은 박연(朴堧)과 김종서(金宗瑞)이다. 박연은 조회의 음악을 수정(修正)할 것을 건의하는 동시에 공연(公宴)에서의 여악이 예가 아니니 폐지해야 한다는 소를 올린다.138) 이 글은 박연이 조회의 음악 정비에 대해 처음 의견을 내비친 상소문인 듯하다. 이 글은 회례의의 아악 정비 문제가 처음 거론된 세종 12년 정도에 나왔을 것으로 추측된다. 이후 김종서가 박연의 견해에 동조하여 군신연(君臣宴)과 사신위로연의 여악 사용 금지를 건의하면서 공자가 나라를 다스리는 법을 말할 때 음란한 소리[鄭聲]를 추방해야 한다고 했으니 마땅히 여악은 폐지되어야 한다고 주장하였다. 아악의 완정을 기하는 시점에서 여악이 아악의 정도(正道)를 해칠 수 있다는 인식에서 나온 발언이다. 이에 대해 세종은 유래가 오래된 것이므로 갑자기 혁파하면 음률이 맞지 않을 수 있다는 현실론에 입각해서 유보적 태도를 보여준다. 남지(南智)는 김종서의 의견에 더해 기녀제도 자체를 문제삼는다. 남지는 외방(外方) 여기(女妓)가 수령과 사람들을 문란하게 하고 치화(治化)에 도움이 안되니 여악을 폐지하자고 건의하여 도덕적 원칙론에 충실한 입장에 섰는데, 이에 대해 허조나 윤수(尹粹)는 변방의 수자리 사는 장수와 군사들에게는 필요한 것이라는 여악 본래의 취지를 들어 반박하면서 외방 여악의 폐지를 반대한다.

이와 같이 여악에 대한 대신들의 입장도 각기 현실론과 원칙론에 의거해서 팽팽하게 맞서고 있었다. 이보다 앞서 맹사성이나 변계량은 여악과 향악의 사용을 토풍이라는 이유로 존속시키려는 입장에 선 바 있다. 세종

---

138) 박연, 권오성·김세종 공역, 「請修朝賀禮及禁用女樂疏」, 『譯註蘭溪先生遺稿』, 국립국악원, 1993, 34~35면.

은 여악이 토풍(土風)이라는 관습론에 입각해서 박연·김종서의 의견을 절충하여, 조정에서는 남악을 쓰되, 그밖에 항용(恒用)되는 여악제도와 그 음악은 폐지하지 않기로 결정한다.[139] 박연·김종서·남지 등은 각기 폐지범위에 대한 차이는 있지만 원칙에 충실한 여악 폐지정책을 펼치려고 했고, 윤수와 허조는 여악의 불가피성을 옹호했다고 할 수 있다. 최종적으로 조정에서의 여악 사용은 금지하되 다른 곳에서의 여악은 허용하는 것으로 결정된다.

위의 여악 폐지 논란을 계기로 조정에서는 계속 의견 절충의 과정을 겪으면서 회례연에서는 여악을 쓰지 않고 남악을 사용하는 것으로 잠정적인 결론을 내린 듯하다. 그러면서 회례연에서의 여악 폐지와 동시에 향악 폐지도 거론된 듯한데, 이에 대해서는 향악을 절충하는 것으로 의견의 합치를 보고 회례의에서의 악공(樂工)과 무동(舞童)의 연행이 확정된다.[140] 그 이후 세종 15년 정월 초하루의 회례연에서 드디어 아악을 사용하고, 여기(女妓)가 아닌 무동(舞童)이 춤과 노래를 담당한다. 회례연의 여악을 폐지하는 동시에 이웃나라 사객의 연회에도 여악을 쓰지 않게 된다. 잇따라 양로연에서도 아악을 연주하면서, 여악은 폐지한다.[141] 세종 15년에는 회례의(會禮儀)·인국사객연(隣國使客宴)·양로연(養老宴)에서만은 여악을 사용하지 않고, 남악(男樂)만으로 이루어진 연회가 실행된다. 또한 세종 25년 이후에는 정조(正朝) 나례에 여악(女樂)을 폐지하고 남악을 쓰라는 왕의 전지가 내려진다.[142]

그런데 유신들 중에는 빈객사연의 여악이 모두 폐지되어야 한다는 원칙론에 입각해서 중국 사신연의 여악도 폐지하자고 왕에게 건의한다. 관습도감에서 명나라 사신연에서만 유독 여악을 쓴다면 불가하다는 의견을

---

139) 세종 12 / 07 / 28(을사).
140) 세종 13 / 08 / 02(갑오).
141) 세종 15 / 08 / 08(무자).
142) 세종 25 / 01 / 25(신사).

내었으나 왕이 윤허하지 않자, 계속해서 김종서 · 박연 · 허후 등이 중국 사신연에서 여악을 없애자는 논의를 하고, 세종 30년 김종서가 이 문제를 다시 한번 논의하나, 결국 실행되지 못한다.143) 세종은 남악이 현실적인 여건상 어렵고, 방중(房中)의 풍악에 여악이 존재해야 한다는 입장을 고수하면서, 중국 사신연과 그 밖의 연향에서는 여악이 계속해서 이어지게 된다. 세종대에 여악이 폐지된 영역은 회례의 · 양로연 · 인국사객연 · 정조 나례일 뿐 그 밖의 다른 연회의 여악은 이전과 같이 연행된다.

음악적 이상은 여악을 폐지하고 남악을 사용하여 정악(正樂)을 실현하는 데 있었지만, 실제 공연(公宴)에 쓸 무동(舞童)을 조달하고 교육하는 일이 어려워 남악의 연행은 여러 문제를 야기시켰다. 남악을 사용하기 위해 조정에서는 8세 이상 10세 이하의 사내아이 60명을 뽑아 훈련시키게 되는데, 무동은 익숙해질 만하면 장성하여 잇대기가 어렵고 경비지출이 많으며, 음률에 안맞는 경우도 있었기 때문에 현실적으로 어려움이 많아, 무동이 장성하면 악공에 소속시키고, 이후에는 악공이 남악을 대신하게 된다.144)

이렇듯이 회례연, 인국사객연, 양로연에서 쓰는 무동을 조달하는 일에도 현실적으로 무리가 뒤따랐기 때문에 여악을 전면 폐지한다는 것은 사실상 불가능했다. 또한 남악을 사용하는 연회를 제외한 나머지의 외연, 내연이나 사사로운 궁중연회에서 여악은 존속되었고, 더불어 궁중 밖의 일반 사대부들이 여악을 연행하는 것 자체가 문제시될 필요가 전혀 없었던 분위기였다. 여악은 숙달된 음악 연행기술을 지닌 집단이고 누대에 걸쳐 내려온 우리의 관습이었기 때문에 늘상 존폐의 문제에 시달리면서도 존속될 수 있었다. 궁중공연을 중심으로 여악 폐지가 실행되기는 하지만

---

143) 세종 17 / 03 / 07(기묘).
　　　세종 30 / 01 / 18(을사).
144) 세종 25 / 04 / 17(임인).
　　　세종 29 / 04 / 22(계미).

여러 가지 연행상의 문제로 인해 세종대에 폐지되었던 여악은 이후 궁중 공연에서 다시 되살아나게 된다.

세종대는 본격적으로 궁중 공식의례에서 여악 폐지를 실행했듯이, 조정에서도 음란한 속악 가사에 대해 부정적 시각을 보여준다. 특히 아악(雅樂)이라는 음악적 이상을 실천하려고 준비했던 시기였기 때문에 이에 걸맞은 고려속악의 선별에 대한 원칙이 정해져 있었다. 아악을 설행했던 연향은 궁중의 공식적 연례(宴禮)에 속한 것이었다. 그런데 아악은 전적으로 중국의 음악이니 연향에서 아악만을 공연한다는 것은 우리의 토속에 어긋난다는 견해가 왕을 비롯한 유신들에 의해서 제기된다. 그에 따라 향악이 연향에 존속해야 한다고 결정되어, 아악의 취지에 맞는 악장을 향악곡조에 맞추어 창작하게 되고, 기존의 고려속악이 그에 준해 선별된다. 이러한 원칙에 의거해서 세종 15년 정조 회례연과 양로연에는 아악·당악·향악이 사용되어 아정한 음악 공연의 최상을 보여주었는데, 여기서 선별된 고려속악은 가무희의 형식적 절차를 갖춘 무고정재와 아박정재에서 불리는 「동동」과 「정읍」이었다. 회례연과 양로연의 국가행사에서 사실상 고려의 향악 정재만이 선택된다. 여기서는 고려속악이 연행되던 자리가 다른 창작 악장으로 대치되고, 새롭게 구성하기 힘든 향악 정재의 노래인 「동동」과 「정읍」이 살아남게 된 것이다.

이런 식으로 궁중공연(公宴)에서는 고려속악을 선별하여 주악(奏樂)하게 되는데, 이런 원칙하에 공연(公宴)에서 연행되었을 고려속악은 다음의 기사(記事)에 의거해 짐작해 볼 수 있다. 세종 29년 속악의 악보를 간행하면서 「환환곡(桓桓曲)」·「미미곡(亹亹曲)」·「유황곡(維皇曲)」·「유천곡(維天曲)」·「정동방곡(靖東方曲)」·「소포구락(小抛毬樂)」·「보허자파자(步虛子破子)」·「청평악(淸平樂)」·「헌천수(獻天壽)」·「절화(折花)」·「만엽치요도최자(萬葉熾瑤圖催子)」·「오운개서조(五雲開瑞朝)」·「중선회(衆仙會)」·「백학자(白學子)」·「반하무(班賀舞)」·「수룡음(水龍吟)」·「무애(無㝵)」·「동동(動動)」·「정읍(井邑)」·「진작(眞勺)」·「이상곡(履霜曲)」·「봉황음(鳳凰吟)」·「만전춘(滿殿春)」 등 평시에 쓰는 속악을 수록

했다고[145] 하였다. 이 속악보에 선택된 고려속악은 「무애」·「동동」·「정읍」·「진작」·「이상곡」이고, 「봉황음」·「만전춘」은 『세종실록』 악보에 개작된 「처용가」·「만전춘」의 신사(新詞)를 말한다.

위의 속악보에 수록된 고려속악은 선별적 수용에 의해 추려진 노래들일 가능성이 크다. 특기할 만한 사안은 「무애」·「이상곡」은 고려속악의 선별 수용에서 제외되지 않았으며, 부정적 판정도 받지 않았다는 것이다. 세종 16년에 무애정재의 폐지가 논의된 적은 있으나 속악보로 남은 것을 보면 폐지되지 않았다는 증거이다.[146] 그에 비해 「처용가」와 「만전춘」은 공연(公宴)에 쓰기 위한 조치로 가사가 개작되어 속악보에 수록된 경우라 할 수 있다. 처용무가 정재의 형태를 갖춘 것은 세종대로 추정된다고 하는데,[147] 처용정재가 공연된 자리는 정조 나례와 같이 왕이 직접 참관하는 공식 행사에서였다. 세종 25년 정조 나례에 여악을 폐지할 것과 처용무에 기생 대신 남자 재인을 쓰라는 왕의 전지가 내려지는데, 이 사실로 미루어 처용무의 공연도 예악관에 의해 정돈되어 갔음을 확인할 수 있다. 처용정재의 「처용가」가 「봉황음」으로 개찬되고, 여악 폐지가 거론된 것은 이 공연의 성격이 궁중 공식행사라는 데에 입각해 있다고 할 수 있다. 구역(驅疫) 의식인 정조 나례를 폐기하지는 못하고, 대신 그 공연을 예악 정신에 배치되지 않는 방

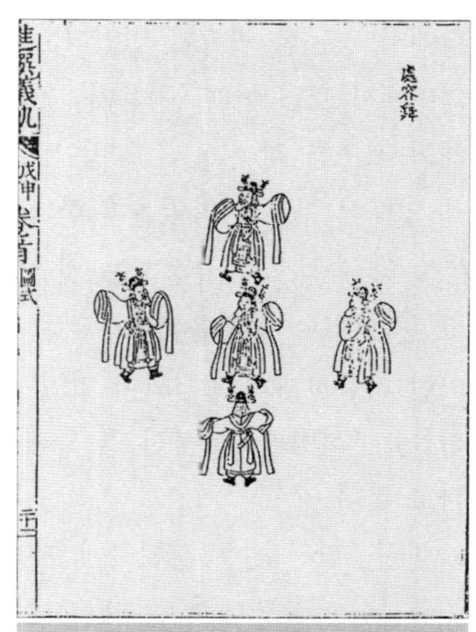

▲ 『무신진찬의궤(戊申進饌儀軌)』 권수(卷首) 정재도(呈才圖), 〈처용무(處容舞)〉, 국립중앙박물관, 1848, 서울대 규장각.

---

145) 세종 29 / 06 / 04(을축).
146) 세종 16 / 08 / 18(임술).
147) 김수경, 「고려 처용가의 전승과정 연구」, 이화여대 박사논문, 1995, 66~71면.

향에서 정돈할 필요가 있었다고 할 수 있다. 구나와 예악의 절충이라는 의미에서 보면 이때 「처용가」를 폐기하지는 않고, 예악 정신에 입각한 노래의 절조를 갖추기 위한 방안으로 「처용가」의 창사(唱詞) 이후 「봉황음」을 잇대어 부르지 않았을까 한다. 세종 31년에 이미 처용정재 3성을 공연(公宴)의 속악으로 규정하는 것을 볼 때, 처용 만기에는 「처용가」를 그리고 중기에는 「봉황음」을 부르는 절차가 확립되지 않았을까 한다. 따라서 이런 처용정재가 확립되어 있었기 때문에 세조대에 「처용가」 다음에 「봉황음」·「신방곡」·「북전」을 노래하는 형태로 처용정재를 증설할 수 있었다고 본다.

한편 「만전춘」은 정확하게 어떤 연향에서 불리웠는지는 알 수 없지만, 중국사신 위로연에서 연주된 사실로 보아 공연(公宴)의 자리에서 연주하기 위해 개찬되었을 것으로 추측된다.148) 사신위로연에서 함께 주악(奏樂)된

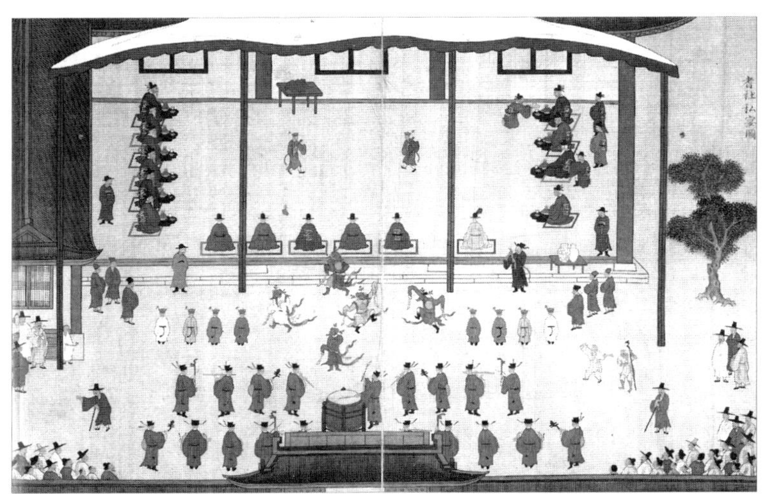

▲ 〈처용무(處容舞)〉. 조선 전기의 처용무 연행을 배경으로 한 그림은 아니지만, 처용무의 복식·동작·악기 등을 짐작해 볼 수 있다. 김진여(金振汝)·장태흥(張泰興)·박동보(朴東普)·장득만(張得萬)·허숙(許淑) 합작, 『경현당사연도(景賢堂賜宴圖)』(耆社契帖 중 제9면), 1720, 호암미술관.

---

148) 세종 24 / 08 / 11(을해).

노래들이 「낙양춘」·「환궁악」·「감군은」·「납씨가」로, 그 노래의 성격상 선별의 기준을 대략 짐작할 수 있다. 따라서 개찬된 「만전춘」의 신사(新詞)는 위와 같은 성격의 연회에서 노래하기 위해 개찬되었을 것으로 짐작된다. 성종대에 궁중연향에 공연되는 음사(淫辭)로서 「만전춘」이 대표적으로 지목된 것을 보면 개작된 「만전춘」의 연행은 세종대의 공연에서 실행되었고, 그 외의 연회에서는 고려속악 「만전춘」이 널리 연행되었던 듯하다.

이후 세종 31년에는 더 확실하게 공연에서 사용될 속악을 명시한다. 예조에서 "종묘·조회·공연의 음악에 전조의 잡성을 넣음은 심히 타당치 못하니, 지금 새로 정한 제악과 구악 안에서 쓸 관한 소리를 다시 산정하여, 발상 정재 11성·정대업 정재 15성·보태평 정재 11성·봉래의 정재 5성·오양선정재 6성·포구락 정재 4성·연화대 정재 4성·처용정재 3성·동동정재 1성·무애정재 1성·무고정재 3성·향발정재 1성, 祭樂으로 초헌 1성·아헌 1성·종헌 1성·여민락만 1성·치화평중 2성·진작 4성 등 75성"으로 정리한 계를 올린다.149) 이때 선별된 고려속악은 「처용」 3기, 「동동」, 「무애」, 「정읍」 3기, 「진작」(정과정) 4기이다. 이렇게 정리된 고려속악은 대략 궁중의 공연(公宴)에서 연행하기 위해 선별된 노래들로, 세종대의 강력한 예악적 이념의 추진 속에서 그 의미를 인정받은 영역에 속한다. 그러나 여기서 공연용(公宴用)으로 취택된 고려속악들은 세종대의 공식 기록으로서 최종적으로 남은 것이지, 이 노래만이 연행되었던 것은 아니었다. 다른 고려속악도 그런 예악관의 기준 속에서 공연(公宴)에 올려지기도 하고, 또 사용되지 않기도 했던 것이다. 다만 분명한 것은 고려속악의 선별과 개작은 공연(公宴)이라는 특별한 연행환경을 염두에 둔 공식적 시행이었다는 점이다.

위의 공연(公宴)에 명시된 노래 이외의 고려속악에 대한 세종대의 시각은 어떤 식으로 정리되는지 살펴보자. 세종대에 비판적으로 언급된 고려

---

149) 세종 31 / 10 / 03(경술).

속악은 「후전진작」이다. 세종 1년 정조 하례식을 이어 왕과 상왕(태종)·종친·대신들이 잔치를 벌이는 자리에서 상왕은 고려속악 중 「후전진작」을 비판한다. 상왕은 「후전진작」에 대해 곡조는 좋지만 가사만은 듣고 싶지 않다고 하여 노래가사에 문제가 있음을 지적한다. 맹사성·변계량·허조 등이 이에 대해 "지금 악부에서 곡조만 쓰고 그 가사는 쓰지 않지만, 진작은 고려 충혜왕이 자못 음탕한 노래를 즐겨, 총애하는 측근들과 더불어 후전에 앉아서 새로운 가락으로 노래를 지어 즐긴 것이니, 가사만이 아니라 곡조도 쓸 수 없다"고 한다. 이를 통해 확인할 수 있는 바는 당시에 궁중연향의 자리에서 「후전진작」은 만(慢)·평(平)·삭조(數調)의 곡조만 쓰이고, 그 가사는 부르지 않았으며, 곡조에 대해서도 부정적인 평가를 받았다는 사실이다. 이는 태종 연간 고려조 속악의 음성(淫聲)에 대해 가졌던 부정적 인식의 연장선에서 이해될 수 있다. 실제 궁중잔치에서 「후전진작」과 같은 노래의 가사는 부르지 않고, 곡조만을 연행했던 사실은 하나의 실천적 사례로서 그 의의가 크다.

「후전진작」 가사를 문제삼은 위의 연향은 정조하례식이 끝난 후 대신들이 상왕을 모시고 헌수하며 군신의 의를 돈독히 했던 자리였고, 상왕은 이 자리에서 연향은 공경하며 삼가함을 그 경계로 삼아야 한다고 신하들을 깨우치기도 한다. 「후전진작」의 가사와 곡조에 대한 비판은 이러한 군신연의 엄숙한 분위기에서 비롯되었다고 판단된다. 따라서 이를 기화로 모든 궁중연회에서 이러한 음사(淫辭)에 비견(比肩)되는 속악을 비판적으로 보고 곡조만을 연주했을 것으로 판단하기는 성급한 듯하다. 왜냐하면 세종 20년의 함길도 사신 배전시 나례(儺禮), 「후전진작」·「정과정」이 주악(奏樂)의 곡목으로 올려졌기 때문이다. 이때의 「후전진작」이 곡조만 연주되었는지 아니면 노래도 불렸는지 확실치 않으나 나례가 공연되기도 한다는 점으로 미루어 노래했을 것으로 추측된다. 더구나 세조대에 처용정재를 더 늘려서 공연하게 될 때 「북전」이 그 마지막을 장식하는데, 이때의 노래는 성종대에 개작된 「북전」이 아니라 고려대부터 전승된 가사였을 가능성이 크다.150) 그러므로 이러한 노래의 가사에 대한 비판적 시각은 궁중연향의 성격에 의해서 부가된 것이지, 일반적인 관점으로 몰아가기는 어렵다고 할 수 있다. 즉 궁중의 공식적인 연향에서는 고려속악의 음사(淫辭)를 문제삼지만 그렇지 않은 자리에서는 고려속악의 연행이 자유롭게 이루어졌다고 추측된다.

궁중에서 권장되는 속악의 가사는 당연히 유교적 도덕관에 부합하는 내용의 노래들이었다. 임금이 "연향 베풀 때 향악을 쓰는데, 그 가사가 매우 비열하니 변계량, 조용, 정이오 등이 장수하기를 비는 뜻과 경계될 만한 말로 각기 가사 세 편씩 지어라"151)고 말하거나, "그 가곡의 가사를 추려 골라서 그 중에 군신의 도가 합하는 것과, 부자의 은혜가 깊은 것과, 부부의 절의와, 형제의 우애와 붕우의 신의를 읊은 것과, 빈주(賓主)간에 함께 즐기는 것이 다 성정의 바른 길로 나와서 인륜과 세교에 관계되는 것들을 정풍으로 삼고, 그 남녀들이 서로 좋아하여 음란하게 놀고 간악하며 사욕을 채우기에 부끄러움이 없어 강상에 빗나감이 있는 것은 변풍으로 삼을 것입니다"152)는 박연의 상소를 통해 볼 때, 바람직한 노래의 기준을 예교적 이념에 두었음이 명백해진다.

노래를 채집하는 일에는 정풍과 변풍을 가리지는 않지만, 궁중에서 불리는 노래는 정풍에 둔다는 점에서, 이런 각도에서의 고려속악 산개를 짐작할 수 있다. 관습도감에서 "「안동자청조」는 부인이 정숙하여 스스로 지조를 지켜 남에게 더럽힘을 당하지 않았으며, 「원흥곡」은 남편이 돌아온 것을 보고 기뻐 노래하였으니 꼭 「거사련」과 서로 표리가 될 만하여, 모두 풍교에 도움이 있을 것이니 버려두지 말고 관현에 올려 쓰자"153)고 계

---

150) 이 논문에서 「북전」을 「후전진작」과 동일한 작품으로 처리하였는데, 두 노래를 다르게 보고 「북전」을 「후전진작」에서 파생된 곡조로 보는 견해도 있다. 양태순(『고려가요의 음악적 연구』, 이화문화사, 1997)은 그 파생 관계를 자세히 논하였다.
151) 세종 02 / 01 / 19(무자).
152) 세종 12 / 02 / 19(경인).
153) 세종 13 / 10 / 06(정유).

를 올린 것은 바로 세종대 조정의 속악 평가 기준을 보여주는 예이다.

이렇듯 악부에서 권장하고 산개한 노래들은 풍교라는 효용성에 부합하는 내용들이었다. 바람직한 노래가 무엇인지 제시하고, 그 목적을 풍교에 두었지만, 실제적으로 풍속의 개선을 강제하는 방향에서 이런 노래가 실연되지 않았다는 점을 주목해야 한다. 악장이 공연(公宴)이나 엄숙한 분위기의 군신연을 겨냥해서 창작되고 연행되었듯이, 고려속악을 산개하고 선별한 의도적 영역은 바로 공연(公宴)이나 그에 준하는 연향의 자리였다. 조정에서 일어난 고려속악의 비판, 평가는 궁중공연(公宴)을 중심으로 이루어졌던 논란이고, 사사로운 연회에서 불리던 고려속악에 대한 비판은 아니라는 것이다. 이는 궁중공연 이외의 자리에서는 고려속악에 대한 기호가 자유로웠다는 것을 말한다. 게다가 조정의 신하들도 회례 악장에서 불리는 노래의 가사를 모르는 경우가 많았고, 그에 따라 일부러 외우고 음미하자고 상소를 올리기도 하니154) 이런 의식에서 불리는 노래의 수용과 영향력이 어느 정도인지 짐작할 수 있다. 관료들조차 이런 회례악장의 가사를 이해하지 못했다는 것은, 이런 노래가 확산될 여지가 그리 크지 않았다는 방증일 수 있다. 그러므로 의전용으로 불리는 이런 악장이 풍속을 교화하는 방향으로 내려갈 가능성은 더구나 적었다고 하겠다. 이런 정황을 보면 개작된 고려속악이 일반의 연향에서 불릴 가능성은 더욱 희박하다고 할 수 있다. 따라서 사적으로 열리는 신하들의 연회나 그 밖의 사대부 연회에서 주로 연행될 노래는 상층에서 유행되던 속악이었을 것이 분명하며 그 속악은 주로 고려에서 전승된 노래였다.

세종대 여악 폐지가 회례연, 양로연, 인국사객연에만 한정적으로 이루어졌고, 그 이외의 여악은 토속으로 인정하는 왕과 대신들의 태도에서 미루어 볼 때 향악에 대해 취하는 태도도 유사했을 것이다. 여악에 대한 조정의 방침은 실상은 향악에 적용된 방침과도 같은 것이라고 할 수 있다.

---

154) 세종 15 / 11 / 27(병오).

조정의 향악은 문제삼되, 그 밖의 영역에서 불리는 향악에 대해서는 토속을 인정하는 태도를 취했을 것이라는 점이다. 결국 세종대의 여악(女樂)이나 음사(淫辭)에 대한 시각은 궁중의 공식연에서만 문제가 되었지, 궁중 내의 일반 연향에서 향유하는 일을 문제삼지는 않았다고 할 수 있다.

문종대에도 세종대와 마찬가지로 중국 사신연을 제외한 회례연, 양로연, 이웃나라 빈객연에서만 여악 대신 남악을 사용하는 전통을 이어나간다. 김종서는 문종대에 와서도 중국 사신연에서의 여악 폐지를 주장하나155) 실현되지 못했다. 궁중공연에서의 여악 폐지는 세조 재임 초까지 실행되었던 듯하다.

그런데 세조는 정전(正殿)인 근정전(勤政殿)에서 연회를 열고 여악을 공연하게 된다. 근정전은 조회를 받는 곳으로 세종은 이곳에서 여악을 설행하지 않았던 전례(典禮)를 지켜 나갔는데 이런 규제가 세조에 의해서 무너지게 된다.156) 세조는 이 과정에서 한계미(韓繼美)·김질·정식(鄭軾)과 같은 대신들의 반대에도 불구하고 근전정에서의 여악 연행을 감행하였다. 이것은 곧 회례연, 양로연, 빈객 사신연과 같은 예연(禮宴)에 여악이 부활한다는 것을 의미한다. 세조 7년 11월에 왜인연에 남악의 수가 적으니 여악을 쓰자고 하여 빈객 사신연에 여악이 부활된 예와 세조 10년 근전정에서 베푼 양로연에 여기(女妓)의 음악공연이 들어갔던 사실은 이를 방증한다.157) 세조대에는 세종대에 이룩한 예악정비의 정책들이 실천되지 못하고, 다시 그 이전의 상태로 되돌아간 듯한 인상을 준다. 사정전(思政殿)에서 훈구대신들과 연회를 열거나 그 밖의 곡연을 베풀고 기생들의 가무(歌舞)가 동반되는 일이 빈번했던 듯한데, 이런 분위기 속에서 대신들과의 연회를 근정전에서 열고 여악을 폐지했던 공연(公宴)의 방침을 무너뜨리게 된다.

---

155) 문종 02 / 03 / 12(을사).
156) 세조 04 / 08 / 13(무진).
157) 세조 10 / 09 / 03(계축).

세조대에는 고려속악에 대한 논란은 일어나지 않는다. 세종대에 대대적인 음악정비가 이루어진 직후라서 소강 상태일 수는 있지만, 오히려 세조대는 세종이 이루어 놓은 예악적 정비를 역행하는 측면이 많았다. 공연(公宴)의 여악(女樂) 부활, 아악을 다시 대제사에만 국한시킨 점, 향악을 종묘에까지 사용한 점 등이 그러한 예이다. 그리고 전반적인 분위기상 연회의 빈번한 설행과정 속에 연락적 분위기가 무르익었다고 할 수 있다.

이런 상황에서 처용정재를 증설하여 그 정재 속에 「신방곡」·「북전」의 노래가 첨가되기도 한다. 세조 12년(1466)에 완성된 『경국대전』 「예전」에서는 악공 취재(取才)의 곡목을 제시했는데, 그 중에 고려속요 「이상곡」·「오관산」·「자하동」·「동동」·「한림별곡」·「북전」·「만전춘」·「정읍」·「정과정」이 포함되어 있다. 궁중의 연향에서 주요하게 연행되던 레퍼터리였기 때문에 악공 취재의 시험곡목으로 선택되었을 터인데, 「이상곡」이나 「북전」과 같은 노래가 남아 있는 사실을 보면 속악 음사에 대한 부정이 별반 효력을 발휘하지 않은 듯하다. 세종 때에 만든 「정대업」과 「보태평」을 종묘에 사용하기 위해 다시 축약하는 작업을 벌이면서 향악 활용에 노력하였지만, 대체적인 경향은 세종대의 음악정비를 실천하지 못했다.

성종대에는 세조대에 부활한 여악 사용이 문제가 되어 여악 혁파 논의가 일어나게 된다. 김영견(金永堅)이 회례연에서의 여악 사용은 옳지 않으니, 정전(正殿)에서 벌이는 예연(禮宴)에는 여악을 폐지하되 편전에서의 여악 사용은 가능하다는 건의를 올린다. 이에 대해 신숙주는 김영견의 말은 옳지만 음악의 절주로 인해 부득이 여악을 쓴 것이라고 하여 세조대의 여악 사용을 옹호하는 발언을 하고, 왕도 구례(舊例)라고 문제삼지 않는다.158) 여악이 부정한 음악이라는 원칙은 부인할 수 없는 공론이었기 때문에 여전히 구습이나 연행의 문제에 기대어 여악을 옹호하게 된다. 신하들의 여악 사용 반대 때문인지 성종은 연향 외에 평소의 행행(幸行)에는

---

158) 성종 04 / 01 / 09(경자).

여악을 쓰지 말라고 전지한다.159) 홍귀달(洪貴達)은 개성부 양로연에 기악 (妓樂)을 쓰지 말자는160) 상소를 올려 왕의 윤허를 받는다. 또한 대사간 최한정(崔漢貞)은 정전(正殿)과 외국 사신연에서의 여악 폐지를 상소하였고 재차 여악 폐지를 주알하였는데, 왕은 토착의 풍속이라는 이유를 들어 반 대한다.161) 손비장(孫比長)은 최한정의 의견을 옹호하면서 정전(正殿)의 여 악 폐지를 건의하게 되고, 마침내 왕은 곡연(曲宴)에는 여악을 쓰되, 정전 의 예연에서는 쓰지 말고 가동, 무동을 미리 가르쳐 익히게 하라162)는 결 정을 내리게 된다. 이에 더하여 이세광(李世匡)은 종친 관사(觀射)에 여악을 배립하는 일을 금지해야 한다고 건의하나, 채수(蔡壽)는 관사의 여악을 옹 호하는 발언을 하고 왕은 채수의 의견을 따라 관사의 여악 폐지를 불허 하게 된다.163) 뒤에도 이계동(李季仝)이 관사에서 여기를 희롱한 사건이 일어나서 관사의 여악 폐지는 더욱 강경하게 문제시된다. 김미(金楣)·성 현(成俔)·최경지(崔敬止)·구치곤·이덕숭(李德崇) 등이 잇따라 관사의 여 악 폐지를 상론하나, 실행되지 못한다.164)

결국 정전(正殿)에서의 여악 폐지가 성종 8년에 결정되지만, 성종 12년 에 정괄이 다시 정전의 여악 폐지를 건의한 것으로 미루어 보면 성종 8년 의 결정은 실행되지 않았다고 할 수 있다. 또한 성종 24년(1493)에 완성된 『악학궤범』에 이르면 정전 예연을 베풀 때 여기와 악공이 배립한다고 명 문화되어 끝내 시행되지 못했음을 알 수 있다. 이를 통해 보면, 여악 혁파

---

159) 성종 04 / 11 / 01(무자).
160) 성종 05 / 09 / 21(계유).
161) 성종 08 / 01 / 13(임자).
162) 성종 08 / 01 / 21(경신).
     성종 08 / 01 / 22(신유).
163) 성종 10 / 04 / 26(임자).
164) 성종 10 / 08 / 02(을유).
     성종 10 / 08 / 03(병술).
     성종 11 / 06 / 23(임신).
     성종 11 / 06 / 29(무인).

가 현실적으로 상당히 어려운 일임을 알 수 있다. 그것은 남악을 쓰려면 경제적으로 비용이 많이 들고, 절조에 잘 맞지 않기도 하는 등 현실적으로 문제가 많다는 이유로, 그리고 더 크게는 왕과 신하들의 여악 옹호에 힘입어서 음풍(淫風)임에도 불구하고 전례상 여악은 계속해서 시행될 수 있었다. 세종대부터 성종 연간까지를 보면, 유교적 예악론에 기대어 강력한 실천을 요구하는 신하들에 의해서 여악은 여러 차례 논란이 되는 가운데 왕의 기호와 의지에 의해서 혁파되기도 하고, 그 반대로 더욱 성행하기도 했다. 여악 폐지가 실행된 시기는 결국 세종대와 문종대뿐이고, 여악은 계속 유지되었다고 할 수 있다.

한편 성종대에 와서 고려속악의 "男女相悅之詞"는 본격적으로 논란의 대상이 된다. 성종 19년에 왕은 종묘악에서 연주되는 「서경별곡」을 "남녀상열지사"라 하여 가사를 개찬할 것을 명하는데, 실은 「정대업」의 혁정(赫整)에 곡조만 「서경별곡」을 붙인 것이기 때문에 속창에 가까운 것이지 종묘악에서 「서경별곡」의 가사가 불린 것은 아니었다.[165] 이 기사는 왕이 종묘에서 '남녀상열지사'로 볼 수 있는 「서경별곡」의 곡조가 가사와 함께 쓰인다고 착각한데서 문제삼았던 것인데, 종묘악에 음사(淫辭)를 사용하지 않는 원칙은 고려조에도 당연한 것이었다. 또한 왕이 남녀상열지사로서 「서경별곡」을 문제삼았던 이유도 종묘라는 연행의 성격에서 비롯된 것이지 '남녀상열지사' 그 자체를 비판한 것은 아니었다.

이후 이세좌(李世佐)는 분명하게 '남녀상열지사'인 고려속악이 정전(正殿)의 연향에서 연행되는 상황에 대한 문제점을 지적한다.

경연(經筵)에 나아갔다. 講하기를 마치자, 特進官 李世佐가 아뢰기를 "요사이의 음악은 거의 男女相悅之詞를 쓰고 있는데, 이는 曲宴이나 觀射, 幸行하실 때는 써도 무방합니다만, 正殿에 임어하시어 군신을 대할 때 이 속된 말을 쓰는 것이 사체에 어떻겠습니까? 신이 장악제조가 되었으나 본래 음률을 해득하지 못합니다. 그러

---

165) 성종 19 / 04 / 04(정유).

하오나 들은 바대로 말씀드린다면 「진작」은 비록 속된 말이나 忠臣戀主之詞이므로 쓴다해도 무방하나, 다만 간간이 노래에 鄙俚하고 저속한 가사로 「후정화」, 「만전춘」 같은 종류도 많습니다. 「치화평」, 「보태평」, 「정대업」 같은 것은 조종의 공덕을 칭송하는 가사로서 마땅히 이를 부르도록 해서 聖德과 神功을 襃揚하여야 할 것입니다. 지금의 기공(妓工)들은 누적된 관습에 젖어 있어 正樂을 버리고 음탕한 음악[淫樂]을 좋아하니, 심히 적당하지 못합니다. 일체의 속된 말들은, 청컨대 모두 연습치 말게 하소서" 하니, 임금이 좌우를 돌아보며 물었다.

領事 李克培가 대답하기를, "이 말이 옳습니다. 다만 누적된 관습이 이미 오래되어 갑자기 개혁하지는 못할 것입니다. 해당 조로 하여금 상의하여 아뢰게 하소서." 하니 임금이 말하기를 "가하다" 하였다.[166]

이세좌의 말을 통해 '남녀상열지사'가 당대의 음악[方今之樂]으로 널리 유행되는 현상을 확인할 수 있다. 그는 일반에서 유행되는 '남녀상열지사'를 문제삼지는 않는다. 궁중내의 곡연(曲宴)이나 관사(觀射)·행행(幸行)에는 남녀상열의 노래를 불러도 무방하나, 정전(正殿)에 임하여 이어(俚語)를 써서는 안된다는 언급을 통해서 '남녀상열지사'에 대해 지니는 시각을 탐지할 수 있다. 남녀상열지사가 비록 음악(淫樂)이지만 일반 연향에서 통용되는 것은 시류(時流)로 인정하되, 궁중정전에서 설행되는 공연(公宴)은 군신간의 공경이 지켜져야 하는 영역이니 음악(淫樂)을 써서는 안된다고 보는 속악 사용에 대한 조정의 원칙을 다시금 되새길 수 있다.

성종대에 오면 태종이나 세종대에는 공연(公宴)어 쓰이지 않던 「후정화」나 「만전춘」이 정전의 연향에서 불린 사실이 위의 자료에서 발견된다. 이 사실은 세조대에 정전에서의 여악이 부활되고, 훈구대신들과의 연향이 빈번해지면서 전대에 애써 금했던 노래들이 다시금 연행되던 상황을 말

---

166) 성종 19 / 08 / 13(갑진). "御經筵, 講訖, 特進官李世佐啓曰, 方今音樂, 率用男女相悅之詞, 如曲宴觀射行幸時, 則用之不妨, 御正殿臨群臣時, 用此俚語, 於事體何如. 臣爲掌樂提調, 本不解音律. 然以所聞言之, 眞勺雖俚語, 乃忠臣戀主之詞, 用之不妨, 但間歌鄙俚之詞, 如後庭花滿殿春之類亦多. 若致和平, 保太平, 定大業, 乃祖宗頌功德之詞, 固當歌之, 以襃揚聖德神功也. 今妓工狃於積習, 舍正樂而好淫樂, 甚爲未便. 一應俚語, 請皆勿習, 上顧問左右. 領事李克培對曰, 此言是也, 但積習已久, 不可遽革. 令該曹商議以啓. 上曰可."

해준다. 여악을 규제하지 않는다는 것은 곧 여악이 담당하던 속악에 대해서도 똑같은 태도를 취한다는 말이 된다. 여악에 대한 부정적 시각을 거두고 토속으로 인정하려 했던 성종의 태도는 속악(俗樂)에 대한 자유로운 기호(嗜好)를 부추기는 계기가 되었을 터이다. 이런 궁중 내의 세태를 문제삼아 장악원 제조였던 이세좌는 정전에서 불린 「후정화」·「만전춘」 같은 속악을 비리지사(鄙俚之詞)로 규정하고 금할 것을 상소한 것이다. 또한 문제를 원천적으로 봉쇄하기 위해 궁중 내 기공(妓工)들의 음악 연습 자체를 규제하려고 시도한다. 당시 기공(妓工)들은 시류에 영합하여 당연히 정악(正樂)은 싫어하고, 음악(淫樂)만을 좋아하여 이어(俚語)만 익혔을 터이니, 이세좌는 바로 이런 기공(妓工)들의 누습을 쇄신하기 위해 이어(俚語) 노래 자체를 익히지 못하게 한 것이다. 이런 과격한 방식에 대해 이극배는 갑작스럽게 개혁하기 어려우니 상의토록 하자는 유보적인 의견을 내게 된다. 이는 기공(妓工)들이 이어(俚語) 노래를 전부 연습하지 않게 되면 사실상 궁중 내외의 연행에 문제가 발생할 것이라는 현실적인 측면을 고려한 결과라 할 수 있다.

우리가 주목할 점은 이세좌의 상소에서 남녀상열지사를 문제삼는 자리는 바로 정전에서의 연향이라는 사실이다. 정전 이외의 곡연이나 관사·행행 등의 잔치에서는 ‘남녀상열지사’의 향유와 그로 인한 열락(悅樂)이 허용되었다는 점, 그리고 기공들이 음악(淫樂) 연주에만 치중했던 사실들은 이 시기에 궁중이나 사대부들 사이에서 성행하고 즐기던 노래의 경향을 방증해주는 것이라고 하겠다. 위의 자료는 예악적 음악관에 강력하게 견인된 궁중공연(公宴)에서조차 그 실천이 얼마나 어려운지를 보여준다. 예악적 음악을 표상하는 노래들이 모두 궁중공연을 겨냥한 실현에 목표를 두고 있으며, 속악의 산개(刪改)나 비판적 시각도 궁중공연을 중심으로 행사된다는 점을 기억해야 한다. 이를 통해 ‘남녀상열지사’나 ‘음사’를 부정적으로 판정하는 시각은 연향의 성격에 좌우되는 것으로, 시속(時俗)에서 향유되는 그러한 성향의 노래에 대한 호오(好惡)나 포폄(褒貶)에까지 도달한 것은 아님을 분명히 알 수 있다.

이세좌의 상소는 궁중내 세태를 문제시했던 대신들의 동의를 얻으면서[167] 이어(俚語) 노래 자체를 궁중악부에서 폐기하는 것이 아니라 음설한 노래를 산개하는 방향으로 가게 된다. 결국 왕은 전지를 내려 신용개를 거수로 삼아 악부가사 중 "淫藝"한 것을 산개토록 명하게 된다.[168] 이 명을 받들어 임원준(任元濬)·유자광(柳子光)·어세겸(魚世謙)·성현(成俔) 등이 「쌍화곡」·「이상곡」·「북전가」 중의 음설지사(淫藝之辭)를 산개하여 올리고, 이를 장악원에서 익히게 된다.[169] 「이상곡」은 세종대에는 조회 연향에는 부르면 안되는 노래로 제외시킨 바 있었는데, 성종대에는 부정적 판정을 받고 개찬된다. 아마도 이런 성격의 속악이 정전(正殿)에서까지 불렸기 때문에 그를 위해서 가사를 개찬한 것으로 생각된다. 「북전」은 처용정재에 포함되어 연행되던 노래인데, 아마도 이를 문제삼아 개찬한 것이 아닌가 한다. 성종대에 이르면, 전대(前代)에 음사(淫辭)를 부정하던 분위기가 다소 해이해지는 경향을 보이게 되어, 그러한 문제를 개선하기 위한 방법으로, 훨씬 더 구체적으로 남녀상열지사나 음설지사를 부정하고, 이에 해당되는 향악곡을 개찬하게 된다고 할 수 있다.

속악에 대한 비판과 개찬을 조금 더 구체화하게 되는 이유는 궁중 공사연에 널리 쓰이는 속악의 위력 때문이라고 달리 볼 수 있다. 아악이나 당악 혹은 송축가요보다는 기존에 있던 고려속악의 쓰임이 더 보편적이었기에 이런 현실을 받아들이면서 도덕적 효용론을 실행하는 방식으로 속악의 가사를 개찬하는 쪽으로 가게 된 것이다. 연회에서 즐겨 향유되는

---

167) 성종 21 / 01 / 17(경오). 權柱가 또 아뢰기를, "장악원에서 익히는 속악은 대개 辛禑 때의 가사로 亡國의 음악이므로, 연향에 쓸 수 없습니다. 더욱이 그 가운데 남녀가 서로 좋아하는 가사도 많으니 모두 버리소서" 하자. 임금이 말하기를 "곡보는 갑자기 고칠 수 없으나, 그 사이에 가사가 마땅히 버려야 할 것은 버려야 된다. 음률을 아는 재상으로 하여금 지어서 보태어 넣게 하는 것이 가하다" 하였다.

168) 성종 21 / 01 / 25(무인).

169) 성종 21 / 05 / 21(임신).

속악은 예악론적 음악사상의 정책화에도 불구하고 자연스럽게 연향악으로 선호되어 그 자리를 다시 회복해간 것이고, 성종대 속악 비판의 구체화는 그런 현실적 측면 때문에 나온 절충안이었다고 하겠다. 세종대는 회례연과 사객연, 양로연에서 제한적으로 여악을 금지하면서, 이런 제한에 어울리게 향악곡을 선별해서 썼을 가능성이 크다. 그런데 세조대 이후는 그런 규제가 무너지면서, 정전에서조차 여악과 음설한 속악이 연행되어 성리학적 예악 실천에 배치되는 상황을 맞게 된다. 따라서 성종대는 해이해진 예악정책을 다시 정비하는 차원에서 여악 폐지 논란과 속악 논란이 재고되었다고 할 수 있다. 그와 동시에 세조대에 흐트러진 아(雅)·속악(俗樂)을 구분하고, 현실적 측면을 반영하기 위한 음악 정리 사업이 일어난 것이라고 할 수 있다. 세조대에 무너진 음악제도를 다시 정비하고, 세종 이후 성종대까지 변모된 궁중음악을 현실적으로 정리하는 입장에서 『악학궤범』 찬정이 이루어졌던 것이다.

여기서 우리가 주목해야 할 것은 남녀상열지사의 한정 범위가 어디까지인가 하는 점이다. 남녀상열지사가 문제되는 자리는 궁중정전의 연향이라는 점에서, 조정에서 벌인 음사 금지는 궁중공연에 한정되어 있다는 사실이다.170) 음설한 노래를 규정하고, 가사를 산개하는 조정의 의지와 실천이 사대부들에게 미칠 파장은 분명 적지 않은 것이겠지만, 일반 사연(私宴)에서 불리는 음설한 노래 향유에 대해서까지 부정적 시각을 던지지는 않았기 때문에 음악의 본질이나 효용성에 대한 사대부들의 대응은 보다 탄력적이고 자유로울 수 있었을 것이다. 음설함은 도덕적으로 부정적 요소이기는 하지만, 그 음설함을 사회 전체가 금기시하고 부정적으로 인

---

170) 성기옥, 「『樂學軌範』의 詩文學 史料的 價値」, 『震檀學報』 77, 진단학회, 1992, 225면. 위 논문에 의거하면, 향악곡이 주로 연향에 사용되는 노래라고 하더라도, 非呈才用 단편곡 형식의 노래들은 일정한 규모의 절차와 격식을 요하는 공식적 會禮宴이나 使臣宴의 정규적 과정으로서 연행되기는 어려웠을 것으로 보인다. 그보다 오히려 상대적으로 자유롭다고 할 소규모의 君臣宴이나 內宴, 형식적 절차에 크게 구애받지 않는 비공식적 연향 등에서 더 즐겨 향유되었을 것으로 추측한다.

식한 것은 아니다. 노래에 대한 도덕적이고 윤리적인 절제와 규범을 요구한 영역은 궁중의 공연이요 정전(正殿)이라는 점을 각별히 주목해야 할 듯하다.

이상과 같이 태조부터 성종 연간까지의 아악정비, 송축가요 창작, 여악(女樂)과 음사(淫辭)에 대해 일어났던 조정 내의 논란들을 정리하였다. 음악은 정치를 투사한다는 치세적(治世的) 악론(樂論)을 중시했기 때문에 국가의례의 음악을 정비하려고 노력했다. 왕이나 조정대신들은 국가의 공연에서 예악적 이상을 실현하는 일에 몰두하고 있었던 것이다. 따라서 이들은 일반적 음악향유에 대해서까지 유교적 악론의 원칙을 적용해야 한다고 생각하지는 않은 듯하다. 치세적 악론의 한정된 논리와 정책 실행 때문에 아악은 종묘제향악에서만 실현되었고, 송축가요도 의전용으로 확립되었다. 두드러지게 세종대와 성종대는 예악의 이상을 완정하는 일에 노력을 기울였지만, 그 실행의 의도는 애초부터 공식적인 의례를 정화하는 것으로 한정되어 있었다. 세종대『오례』와『아악보』의 편찬과 성종대의『국조오례의』·『경국대전』·『악학궤범』의 편찬이 궁중의례와 궁중연향 음악을 정리하는 데 그 주요한 목적이 있었던 것처럼, 여악과 음사 시비도 궁중 공식연이 갖는 엄격한 준칙 때문에 일어났다고 할 수 있다. 성종대까지는 성리학적 질서가 사회 전체에 뿌리내리는 것보다 제도로서 정립되는 일이 급했기 때문에 왕실의 예제와 악제로서 정비되는 선에서 그쳤던 것이다.

더구나 치세적 악론을 개인의 음악적 실천으로 내면화하거나 원칙화한 것이 아니라 제도로써 혹은 명분으로써 수용했기 때문에 궁중공연에서의 음악적 정화도 관습의 벽에 부딪혀 완전히 실행되지는 못했다. 즉 종묘제향의 아악이나 송축가요를 제도적으로 정립한 것 이외에는, 그런 음악적 이상이 내면화되지 못했다. 이런 결과로 유교적 악론의 내면화된 실천일 수 있는 여악이나 고려속악의 폐지는 계속되는 과제로 남게된 것이다. 여악과 음사를 공연에서 규제해야 하는 것도 관습의 문제에 부딪혀 현실적으로 실현되기 어려웠다고 할 수 있다. 이것은 명분으로 수용한 치세적 악론이 이미 노정하고 있는 한계라고 할 수 있다. 사대부 자신이 명분을 위해 치세적 악론을 받아들였기 때문에 국가의례의 음악에만 관여하고 그 이외의 음악은 개인의 자유로운 선택 영역으로 취급했다고 할 수 있다. 그렇다면 이 시기는 사대부들이 유교적 악론의 부하에서 상대적으로 자유로웠던 단계였다고 할 수 있다. 물론 동전의 양면처럼 궁중악을 바라보는 시각은 사대부들의 음악 인식과 직결되어 있는 문제인 것은 사실이지만 말이다.

3. 15세기 사대부의 음악관

유교적 악론이 사회적 합의를 얻어 실천된 공간이 궁중의례였다는 말은 이외의 영역에서 펼쳐질 음악 인식은 상대적으로 자유로울 수 있었다는 방증이 될 수 있다. 조정의 유신들도 일반적인 연향에서 음사라고 지적받은 고려속악의 연행을 허용하였듯이, 일반 사회에서 유행하는 속악의 경향은 개인의 자유로운 기호(嗜好)의 문제였다고 할 수 있다. 따라서 유교적 악론이 발현되는 것은 성리학적 세계를 받아들이는 사대부들의 개별적인 가치 지향의 문제였지, 유교적 악론이 노래의 향유를 전면적으로 주도할 정도의 사회적 견제력을 갖지는 못했다고 할 수 있다. 따라서 여타의 음악 연행 층위의 당대적 실상은 기존의 음악 습속을 인정하면서 예악적인 담론을 인식, 수용해 가는 과정이었다.

사대부들이 개인적으로 유교적 악론을 어떤 식으로 수용하였는지, 그리고 시가에 대해서는 어떻게 인식했는지를 살펴보도록 하겠다. 동시에 시가 향유의식이 유교적 음악관에 어느 정도 긴박되어 있는지 그 침윤의 강도도 함께 진단될 것이다. 사대부 음악 인식을 드러내는 자료를 포괄하여 그 음악론의 중심 논리와 향유의식을 살펴보겠다. 특기할 만한 것은 15세기 전반(全般)에 걸쳐 사대부 음악이나 시가에 대한 이론적 측면을 보여주는 자료가 많지는 않으나, 성종대에 활동하던 사대부들의 음악애호와 밀접하게 관련된 음악론이 주로 표명된다는 사실이다.

1) 유교적 악론의 공효성 인식

15세기 치세적 악론을 수립했던 사대부들이 음악의 이상적 목표를 국가의 교화로부터 일개인의 성정감화에 두었던 것처럼, 사대부들은 유교적 이념에 의한 예악론의 공적 담론을 물론 개인적인 차원에서도 의식하고 있었다. 사대부들은 음악의 이상적 전범으로서 유교적 음악 사상을 인식한 것이다.

세종대부터 관료로 활동했던 김수온(金守溫, 1409~1481)은 거문고 연주와 음악 애호로 유명했던 자고(子固) 김유(金紐)의 금헌(琴軒)에 기문(記文)을 써주면서, 예악론적 음악사상을 피력한다. 김자고는 거문고를 애호하여 자신의 호를 금헌이라고 하고, 당대의 유명한 악사들을 초청한 음악 연주를 빈번히 설행하여 음악문화의 번성을 주도한 장본인이었다. 김수온의 「금헌기」는 김자고 개인의 거문고 탄주와 그 애호에 대한 찬사의 성격이 짙은 글이기는 하지만 여기서 예악의 문제를 거론하고, 음악이 지켜야 할 정도(正道)가 무엇인가를 언급하고 있어, 15세기 사대부의 음악적 인식의 부면을 잘 보여준다.

> 무릇 선왕이 세상에 남기어 세운 교화는 찬란하고 구비되지 않은 것이 없지만 그 대강령은 예와 악에 지나지 않는다. 그러나 예에 대한 기록은 이대 외에 무려 수천여 가를 헤아릴 수 있으니, 그 연혁도수의 변천에 있어서 거의 논란의 여지가 없을 만큼 되었는데, 악에 이르러는 전하는 기록이 아주 적다. 본시 예악이란 두 가지가 서로 본말이 되고, 體用이 되어 어느 한쪽도 폐할 수 없는 것인데, 어찌하여

후세에 예악을 말하는 이가 유독 예만 자상하게 하고 악은 빠뜨린 것이 이와 같단 말인가. 대개 악이란 성음일 따름인데, 淸濁高下를 두고 이름이니 이는 바로 성정을 體받아 만들어진 것이다. 청탁·고하의 빠르고 느림을 어찌 언어나 문자로 형용할 수 있으며, 성정의 발하는 묘리는 또한 바람을 잡고 우뢰를 따라가는 것 같아서 비록 자유·자하나 반고·사마천더러 글월을 지으라 해도 역시 그대로 똑같이 형용하지는 못할 것이다. 대개 그 사람이 없어지면 성정의 도도 따라서 없어지는 것이니, 옛 악이 오늘에 전하지 않는 것을 괴이히 여길 것이 없다.

무릇 악의 소리는 絲보다 더한 것이 없고, 絲치고는 거문고보다 더한 것이 없으니, 거문고는 진실로 즐길 만한 것이다. 내가 다른 예술은 하나도 배울 겨를이 없었지만 유독 거문고에 있어서는 즐긴 적이 여러 해였다. 그러자 서울에 와서 金子固 군과 더불어 벗이 되었는데, 김군은 거문고에 능란하였다. 하루는 그 집을 찾아가니 김군이 술을 권하고 조금 있다가 빙긋이 웃으며 말하기를, "소생이 지금 선생의 듣고자 하시는 것을 들려 드리기 위하여 한 번 타보겠습니다" 하고, 드디어 은갑을 손가락에 끼고 珠徽를 죄어서 宮聲 두어 가락을 타니, 봄 하늘의 구름이 뭉게뭉게 공중에 피어나는 듯하고 넘실넘실 훈훈한 바람이 들판을 스쳐 가는 듯하다가, 갑자기 변하여 솟구쳐 올라서 빠른 뇌성과 소나기가 산악을 뒤흔드는 듯하고, 놀랜 파도와 큰 물결이 천지에 출렁거리는 듯하여, 대개 사람으로 하여금 뒤로 물러나서 머리칼을 꼿꼿이 서게 한다. 차차 음절이 분명한 채 여운을 남기어 한 곡조를 마치고 나면 또 바람이 잠잠하고 물결이 가라앉으며 하늘이 개이고 햇볕이 빛나는 것 같으니, 그 근심이 깊고 생각이 먼 것은 舜·文王·孔子의 遺音인 동시에 淳古하고 淡泊한 맛이 대개 당우시대나 삼대시대의 천지에 있는 듯하다. 아 거문고의 도가 이에까지 이르렀단 말인가. 자고가 옛법에만 구애되지 않고 마음에 얻은 것이 손에 나타난 것이다. 이를테면 슬퍼해도 상하지 아니하고 즐거워도 음탕하지 않은 것은[哀而不傷 樂而不淫] 또 내 마음의 성정의 바른 것[性情之正]에 근본하였기 때문에 그 성음의 譜에 나타난 것이 이와 같다. 어찌 처음부터 그 법이 어느 뉘게서 전해 받은 것이겠는가. 모두가 스스로 터득하는 데에 있을 따름이다.

아, 예와 악은 한 곳이다. 예는 공경을 위주하고 악은 화평을 위주하는데, 그 화평과 공경은 바로 이 마음을 두고 이른 것이니, 예가 공경을 위주하지 않을 수 없는 것이 악이 화평을 위주하지 않을 수 없는 것과 같다. 요순 이래로 크게는 조정에서 군신의 사이에, 작게는 부부 사이에 어찌 하루인들 예악을 떠날 수 있었겠는가.171)

---

171) 김수온, 「琴軒記」, 『拭疣集』 권2, 『문집총간』 9, 81~82면. "夫先王所以垂世立教者,

　김수온은 예는 경(敬)에 근본하고, 악은 화(和)에 근본한다는 악기의 예악론을 그대로 수용하고 있다. 음악도 예만큼 중한 것으로 예악은 서로 불가분의 관계를 맺어 조정으로부터 부부 사이에 이르기까지 없어서는 안된다고 강조한다. 이는 음악이 성정을 법받아서 만들어진 것이라고 보는 유교적 음악사상에서 비롯된 발상이라고 할 수 있다. 법받아 나온 성정은 위에서 일컫은 바, 성정의 도를 말한다. 그러하니 음악은 조정으로부터 한 가정에 이르기까지 반드시 있어야 할 것이고, 또 수기(修己)를 위해 몸에서 떠날 수 없는 것이 된다. 유교적 예악론은 치국으로부터 수기(修己)에 이르는 광대한 교화를 상정하고 있는데 김수온도 그것을 중시하고 있다. 그러나 여기서는 치국(治國)을 위한 교화의 방편이기보다는 바로 개인의 음악이 지향해야 할 예악적 음악관에 주시하고 있다.

　김수온은 거문고가 음악의 소리 중 최고라고 상정하였는데, 이는 거문고 연주를 군자의 음악이라고 했던 유자들의 보편적 사고를 반영하는 것이다. 이 말 속에는 거문고가 예악적 음악사상을 가장 잘 구현할 수 있는

燦然備具, 而其宏綱大節, 則不過曰禮樂而已矣. 然禮之爲之, 自二戴之外, 無慮數千餘家, 而於沿革度數之變, 殆無餘論矣, 至於樂, 其傳盖寡. 禮樂二者, 相爲本末而體用, 不可偏廢也, 何後世之言禮樂者, 獨於禮之詳而樂之缺如此乎. 盖樂者, 聲音而已矣, 而淸濁高下之謂也, 是其體乎性情而爲之者也. 淸濁高下之疾徐, 豈言語文字之可載, 而性情之發之妙, 則又有如風之捕, 如雷之追, 雖使游·夏命文, 班·馬操觚, 亦不若之矣. 盖其人亡, 則性情之道, 亦隋而亡, 而無怪乎古樂之不傳於今也. 夫樂之聲, 莫尙乎絲, 而絲之聲, 又莫尙乎琴, 琴誠樂之者也. 余於他藝, 一不假矣, 而竊於琴, 樂之有年矣. 揭來京師, 得與金君子固爲友, 金君則能琴者也. 一日過其家, 君命酒有間, 乃囅然笑曰, 小子今爲先生之瘇, 一枝之矣, 於是, 御銀甲促珠徽, 爲鼓宮聲之數引, 油油乎若春雲之敷空, 浩浩乎若薰風之拂野, 忽然變之, 揚而激之, 則如迅霆驟雨, 震蕩乎山岳, 驚濤巨浪, 蹴湧乎天地, 盖使人膽易而毛竪也. 然後曒如繹如, 以至於一成, 則又如風恬而波定, 天開而日曜, 其憂深思遠, 則舜與文王孔子之遺音, 而淳古淡泊之旨, 盖在於唐虞三代之天矣. 噫, 琴之道一至此乎. 盖子固之不數數於故法之拘, 得之心, 應之手者也. 若夫哀而不傷, 樂而不淫, 則又本之吾心性情之正, 故其形於聲音之譜者如此. 初豈有其法之傳於誰某哉. 其亦在乎自得而已矣. 嗚呼, 禮樂, 一致也. 禮本於敬, 樂本於和, 惟和與敬, 卽此心之謂也, 禮之不可不本於敬, 猶樂之不可不本於和也. 自堯舜而來, 大而朝廷君臣之際, 小而夫婦居室之間, 何嘗一日而去禮樂哉."

악기라는 인식이 전제되어 있다고 할 수 있다. 김자고의 거문고 연주가
도(道)에 달했다고 평가하면서, 그 평가의 기준을 유교적 음악관으로 표현
한다. 김자고의 거문고 음악은 당우삼대(唐虞三代)시대의 순고담박(淳古淡
泊)한 맛을 가지고 있고, 『시경』의 주남·소남에서 보이는 "樂而不淫, 哀
而不傷"의 경지에 이르렀는데 성정지정(性情之正)에 근본했기 때문이라고
극찬하였다. 이를 통해 김수온이 상정한 음악의 도(道)가 유교적 음악관에
서 지향하는 규범임을 볼 수 있다. 거문고 연주가 도달해야 할 경지는 바
로 어디로도 치우치지 않은 중정(中正)의 세계이며 꾸미지 않은 자연스러움
인 바, 여타의 음악에서 지향하는 이상적 기준도 짐작할 수 있을 것이다.

이런 음악이 국가와 가정에서 떠날 수 없는 것이라고 강조는 했지만,
여타의 음악에 대한 호오(好惡)를 평가하지는 않는다. 사대부가 추구해야
할 음악의 도달점은 유교적 음악론에 두었으나, 이것으로 여타의 음악적
풍조를 재단하지는 않았기 때문에 김수온의 음악관이 규범으로서의 내면
화인지 판정할 수는 없다. 그러나 이 시대의 음악적 평가가 이미 유교적
음악사상에 고정되었음은 확인할 수 있었다. 실제로 음악의 최고 상태로
기교를 내세우지 않고, 감정이 치우치지 않는 데에 두는 시각은 사대부들
의 음악적 미감에 미친 유교적 악론의 반사 정도를 헤아릴 수 있게 한다.

거문고에 대해서는 사대부들 공히 바른 악기로 선호했던 듯하다. 김일
손도 「서육현배(書六絃背)」라는 글에서 거문고 음악에 대한 관념을 드러내
고 있다. 이 글에서는 김일손과 함께 독서당에서 공부하던 사대부들이 거
문고를 즐겨 익혔던 사실도 보여주는데, 이는 사대부들에게 하나의 풍류
문화로서 일반적이었음을 말해준다. 그런데 김자고도 거문고에 능숙하면
서 당대의 유명한 악공과 교류했으며, 김일손과 교류한 사대부들도 음악
에 능했고, 풍성한 음악문화의 연행을 보여준다.172) 고려대부터 문인들이
거문고나 비파, 가야금 연주를 취미로 선호했었지만, 세조에서 성종 연간

---

172) 김일손과 교류한 유추 임홍·正中 李貞恩·百源 李摠·國聞 鄭子芝 등은 거문고
와 비파 연주의 달인들이다.

의 사대부들 사이에서 특히 거문고 연주를 비롯한 음악 연행이 상당히 번성했던 사실을 반영하는 것이기도 하다. 이런 음악 애호에 대한 취향 때문인지 조선 전기 사대부 음악에 대한 관련 자료는 이들을 중심으로 전개되어 간다. 김일손도 그러한 정황의 연장선에서 거문고를 애호하면서 육현(六絃) 뒤에 붙이는 글을 남기게 된 듯하다.

> 옛사람들은 대개 거문고를 가까이했으니, 그 능히 성정을 다스리기 때문이다. 순임금 때는 오현이, 문왕 때는 칠현이 있었으니, 육현은 옛 것이 아니다. 일찍이 듣건대 진나라에서 칠현금을 고구려에 보내니 국상 왕산악이 그 제도를 增減하여 육현금을 만들어 지금까지 사용한 것이다. 육현금을 신라에 전하자 극종이 스스로 곡을 지었으니, 평조 우조가 있어 육현금에 올려져 지금도 또한 사용한다. 육현은 우리 동방에 있어서는 옛 것이다. 계축년(1493) 겨울에 나는 신개지·강사호·김자헌·이과지·이사성과 함께 독서당에 있으면서 공부하다 남은 시간에 거문고를 배웠고, 권향지 또한 옥당에서 때때로 왕래하며 배웠다.[173]

육현(六絃)의 유래를 말하면서, 거문고를 가까이 하는 이유가 바로 성정을 다스리기 때문이라는 유교적 음악관에 의거하여 기술한다. 이 글에서 사대부들이 거문고를 익히려고 애쓰는 상황의 근원도 바로 성정을 다스린다는 군자의 음악으로 추앙받았기에 가능한 일이었을 것이다. 거문고 음악의 어떤 점이 성정을 다스리는 데 도움을 주는 것인지 기술하지는 않았지만, 앞서의 김수온의 자료에서 보여준 거문고 음악의 경지가 바로 그것을 대변한 바로 보인다.

다음은 음악론이라기보다는 정치·철학적인 측면에서 예악에 대한 원론적 차원을 기술한 김시습(金時習, 1435~1493)의 글이다. 이 글은 치세(治世)

---

173) 金馹孫,「書六絃背」,『濯纓集』,『문집총간』17, 219면. "古人多置琴, 以其能理其性情也. 舜五絃, 文七絃, 六絃, 非古也, 嘗聞晉以七絃送高句麗, 國相王山岳增損其制, 作六絃, 今用之. 傳之新羅, 有克宗自制曲, 有平調羽調, 被六絃, 今亦用之. 六絃於吾東, 亦古矣. 癸丑冬, 余與申溉之·姜士浩·金子獻·李顆之·李師聖, 迭在讀書堂, 餘力學琴, 權嚮之亦自玉堂時往來而學焉."

로서보다는 수기(修己)로서의 예악을 설명하는데, 이를 통해 사대부들이
바라본 음악관의 일면을 엿볼 수 있다.

악기에 이르기를, 예악은 잠시라도 몸에서 떠나게 할 수 없다고 하였으니, 대개
혐의를 구별하고 존비를 정함에 예가 아니면 공경하지 못하고, 성정을 바르게 하고
聲氣를 기쁘게 함에 악이 아니면 和하지 못한다. 그러므로 예로써 공경하고, 악으
로써 和한 연후에야 施爲·動作과 抑揚·酬酌하는 사이에 빛나면서 질서가 있고
雍容하면서 박절하지 않게 되는 것이다. 그런데 옥백은 예가 아니라 하지만 옥백
이 아니면 그 정을 극진히 할 수 없고, 종고는 악이 아니라 하지만 종고가 아니면
그 기운을 화하게 할 수 없으므로 반드시 광주리에 담아 가지고 가서 그것으로 속
마음을 극진하게 하고, 종고를 연주함으로써 그 神氣를 和하게 한다. 그런 연후에
야 揖讓하는 때와 보고 듣는 사이에 소리는 律이 되고 몸은 度가 되어 萬事가 모
두 中節하게 된다. 그것이 묘한 경지에 이르게 되면 예는 그 문채만이 아니며, 악
은 그 소리만이 아닌 것이다. 나에게 아름다운 손님이 있어 마음에서 좋아하여 종
고를 이미 설치하고 하루 아침에 울리게 되면 樂은 종고만이 아니라 마음에서 좋
아하는 것이 드러나는 바가 된다. 또 피리를 불고 광주리를 받들어 폐백을 행하니,
사람이 나를 좋아하여 나에게 周行를 보여주면 예는 다만 광주리를 받드는 것만이
아니라 주행의 사랑을 보여주는 것이 된다. 그러므로 군자가 패옥을 차매 趨步에
는 채제를 부르고 行步에는 사하를 부른 즉 樂이 추보에서 떠나지 않게 된다. 周
旋이 법도에 맞고 折旋이 규식에 맞은 즉 예는 旋動에서 떠나지 않게 된다. 수레
에 있어 방울을 조화롭게 울림도 모두 악이요, 한가하게 있을 때에도 옥을 잡고 盈
을 받들 듯이 하는 것도 모두 예이다. 이로 말미암아 보건대, 言語·動止·燕默·
聲氣는 일용 措置하는 때에 中節하지 않는 적이 없으며 모두가 예악에 말미암았
기 때문에 밖으로는 위의가 되고 안으로는 덕행이 된다. 조화로이 궁궐에 있으며
엄숙하게 廟堂에 있으니 관현이 없어도 모두 악이 되며, 삼가고 성하며 圭와 같고
璋과 같으니 광주리가 없어도 모두 예가 된다. 그러므로 군자에 있어서 예는 造次
에서 벗어나지 않으며, 군자에 있어서 악은 항상 動容에서 연주되는 것이다.174)

---

174) 金時習, 「禮樂義」, 『梅月堂集』, 『문집총간』 13, 391면. “樂記曰, 禮樂不可斯須去身,
盖別嫌疑, 定尊卑, 非禮不敬, 正性情, 怡聲氣. 非樂不和. 故禮以敬之, 樂以和之, 然後施爲
動作, 抑揚酬酌之間, 璀粲而有序, 雍容而不迫. 然玉帛非禮也, 而非玉帛則不能盡其情, 鐘
鼓非樂也, 而非鐘鼓則不能和其氣. 必也, 將筐篚以盡其中情, 奏鐘鼓以和其神氣. 然後揖
讓之際, 觀聽之間, 聲爲之律, 身爲之度, 而萬事皆中節矣. 至於臻其妙也, 禮非其文, 樂非

예악이 몸에서 떠나게 해서는 안된다는 유교적 이념의 심화는 성정도
야를 상당히 중요한 음악의 본질로서 보게 한다. 군자에게 있어 예악은
조차(造次)와 동용(動容)에서 이루어져야 하는 것으로 보고, 예악으로 자신
의 아주 일상적인 부분부터 다스려야 한다는 입장을 전개하고 있다. 이로
말미암아서 비로소 겉으로는 위의(威儀)가 나타나고 안으로는 덕행(德行)이
쌓이게 된다고 기술하여, 예악이 생활의 기본이면서 궁극적인 것임을 보
여주고 있다.

그렇지만 예악의 이러한 궁극적 효능은 사실 음악 이상의 것이기 때문
에 성리학적 도덕론은 예술이나 문학보다 도(道)를 우위에 두는 경향이 강
하다. 물론 이런 도 우선의 사고 때문에 음악의 효능을 더더욱 강조하게
되는 것이므로, 사대부들은 예술에 탐닉함으로써 야기되는 부정적 측면에
기우를 가지고 있었다. 뒤에서 다시 거론하겠지만 안평대군 이용·임영대
군 이구·세조·김유·성현·채수·임홍·이정은·이총·정자지 등 종실
이거나 사대부 문사들이 당대의 악사들에게 음악을 열성적으로 배우고, 자
주 연주하면서 상당한 기량을 자랑했다. 그러나 악공이 아닌 일반 유자가
음악에 심취하는 일은 문(文)－도(道)의 관계에서 도(道)를 우위에 두는 성리
학적 사고로 볼 때 분명 본말을 전도한다는 비난의 표적일 수 있는 일이다.
일반의 음악 연행을 부정하지는 않더라도, 유자가 본분을 망각하고 예술에
탐닉한다면 성리학적 재도론의 입장에서 완물상지(玩物喪志)할 우려가 있는
것이다. 도가 쌓이면 그것이 성정으로 나타나니 저절로 예술을 하는 데에
도 흘러 넘치게 된다고 보는 것이 성리학적 문학관 혹은 예술관이다. 일부

其聲也. 我有嘉賓, 中心好之, 鐘鼓旣設, 一朝饗之, 則爲樂不特鐘鼓也, 而所以表中心之好.
吹笙鼓簧, 承筐是將, 人之好我. 示我周行, 則爲禮不特承筐而已, 所以示周行之愛. 是故,
君子之佩也, 趨以采齊, 行以肆夏, 則爲樂不離乎趨步. 周旋中規, 折旋中矩, 則爲禮不外乎
旋動. 在車而和鸞, 皆樂也, 宴居而如執玉奉盈, 皆禮也. 由是而觀之, 語言動止, 燕默聲氣,
日用措置之際, 莫不中節, 而皆由於禮樂, 故外而爲威儀, 內而爲德行. 雝雝在宮, 肅肅在廟,
無管絃而皆樂, 顯顯卬卬, 如圭如璋, 無筐篚而皆禮. 故君子之於禮也, 不離於造次, 君子之
於樂也, 常奏於動容."

사대부들은 이런 연유로 음악 자체를 거부하지는 않았다 하더라도 힘써 익히거나 연행하지는 않았을 터이다.

그러나 도를 우위에 두더라도 음악이 절실하다고 생각하는 사대부들은 자신들의 음악 향유에 대한 변호가 필요했다. 따라서 이런 당대의 중요한 흐름을 비껴가거나 정면 대항하지 않으면서 조심스럽게 예술의 예술로서의 가치를 옹호하려는 담론이 나타나는데 그것은 바로 강희맹·성현 등의 관학파에게서 보이는 모습이다. 이들도 예술 자체의 가치를 옹호하면서도 그 옹호의 논리에 입힌 외피는 바로 성정을 기르는 일이요, 사특하고 더러운 기운을 없애는 것이었다. 그것은 바로 유교적 성정 논의나 『시경』의 정신에서 온 담론으로 음악에 대한 애호가 단순한 음악의 탐닉이 아니라 정서적 순화임을 설파한다. 아마도 유교적 음악사상에 의해 펼쳐진 음악 옹호 논리는 음악을 향유하는 당대 사대부들의 생각을 대변하는 견해일 것이다. 예악론적 음악론을 펼친 사대부들 모두 이와 같은 의식을 전제로 한 상태에서의 음악의 공효를 말했다고 할 수 있다. 다음 예문이 바로 성리학적 도(道) 우선의 논리 속에서 산생한 음악 옹호론이다.

> ① 무릇 사람이 기예에 있어서는 비록 마찬가지일망정 마음 쓰는 것은 판이하니, 군자는 예술에다 뜻을 붙이기만 할 따름이요, 소인은 예술에다 전심하는 것입니다. 예술에 전심하는 것은 공사나 예장이 기술을 팔아서 밥을 먹는 자의 짓이요, 예술에다 뜻을 붙이기만 하는 것은 고인이 아사의 마음으로 묘리를 찾는 것입니다. …… 군자가 도덕을 강명한 나머지 정신이 피로하고 몸이 지쳐서 활쏘기와 말달리기를 할 수도 없고, 거문고와 비파를 탈수도 없게 되면 장차 무엇으로 정신을 화평하게 하여 성정을 기르겠습니까.175)

> ② 거사가 시짓기를 좋아하니, 어떤 사람이 그 졸함을 기롱하면 거사는 말하기를

---

175) 강희맹, 양주동 역, 「答李仲平序」, 『국역동문선』 XI, 1982, 97면. "凡人之技藝, 雖同而用心則異, 君子之於藝, 寓意而已, 小人之於藝, 留意而已. 留意於藝者, 如工師隷匠賣技食力者之所爲也, 寓意於藝者, 如高人雅士心探妙理者之所爲也. …… 君子講明道德之餘, 神疲體倦, 射御無所執, 琴瑟無所御, 將何以怡神而暢性乎."

"그렇지 않다. 시란 것은 성정을 사실대로 묘사하고 물리를 갖추고 풍속을 증험하고 선악을 알 수 있어서, 들앉으면 흥에 감촉됨에 따라 생각을 짜내며 세월을 보내고, 출세하여서는 아송을 만들어 정사를 빛나게 하는 것이니, 어찌 한갓 조소만을 일삼을 따름이겠는가. 세상에서 이만 노리고 학문에 깜깜한 자가 바로 우활한 것이요, 나는 우활하지 않다" 하였다. 거사가 거문고 타기를 좋아하니, 어떤 사람이 그 방탄한 것을 기롱하면 거사는 말하기를, "나는 그 음성을 교묘하게 하자는 것이 아니라 율려를 고르자는 것이요, 음탕하고 안일한데 방종한 것이 아니라 중화의 덕을 이루자는 것이요, 한갓 읊고 노래하자는 것이 아니라 가슴속의 사특하고 더러운 기운을 씻어내자는 것이다. 이것이 바로 옛날 군자가 연고가 없는 한 거문고를 곁에서 떠나 보내지 않은 뜻이다. 내가 방탄한 것일까" 하였다.176)

인용문 ①은 강희맹이 이중평에게 답신으로 보낸 글이다. 이중평이 강희맹의 글씨를 얻기 위한 목적에서 그의 기예를 기롱했다고 하는데, 이런 의도를 간파하고 보낸 서간인지는 모르지만 여기서 그는 기롱을 방어하는 논지를 전개한다. 이 글에서는 서예로 대표되는 자신의 기예에 대한 옹호를 그 목표로 하면서 여러 가지 기예에 대한 생각을 포괄적으로 기술하고 있다. 위에서 제시한 부분은 사대부가 거문고와 비파 연행을 어떻게 보는지를 드러내준다. 그는 사대부 예술 행위는 예인(藝人)들처럼 전심하는 것이 아니라 다만 뜻을 붙일 뿐이라고 변명하면서, 예술에 뜻을 붙여야 하는 이유를 강변한다. 그는 도덕을 강명하여 심신이 지친 군자에게 그 피로를 풀어주는 방법이 바로 말달리기·활쏘기·거문고나 비파 연주와 같은 취미생활에 있다고 본다. 거문고와 비파를 연주함으로써 정신이 화평해지고, 성정이 길러지기 때문이라는 것이다. 여기서 거론한 정신의 화평과 성정을 기르는 음악의 상태가 어떤 것인지 분명치는 않지만 그가 지명한 악기는 일반 사대부들이 군자의 음악이라고 생각했던 거문고와 비파이다. 따라서 성정을 기른다 함의 성정은 본래의 선험적인 상태의 성

---

176) 成俔, 「浮休子傳」, 『虛白堂集』 권13, 『문집총간』 14, 526면. "居士喜鼓琴, 或譏其放誕, 居士曰, 我非巧其音聲也, 所以諧律呂也, 非縱淫逸也, 所以成中和之德也, 非徒詠歌也, 所以蕩滌胸中邪穢之氣也, 此古君子所以無故不離於側之意也, 我其放誕乎哉"

정을 말함일 터, 유교적 음악사상에서 보는 성정지정(性情之正)의 함양일 것이다. 애매하게 처리되어 있어 단정할 수는 없지만 여기서 거론한 예술의 기능은 예악론적 음악관에서 바라본 음악의 기능에 가깝다고 할 수 있다.

인용문 ②는 보다 직접적으로 가야금 연주와 노래의 필요성을 설파한다. 부휴자라는 인물을 내세워 음악을 변호하는데, 부휴자는 성현의 호이다. 거문고에 심취하여 노래 부르는 부휴자의 행동을 사람들은 방탄하다 기롱하는데, 그가 음악을 하는 이유는 율려를 고르고 중화의 덕을 이루며, 가슴속의 사특하고 더러운 기운을 씻어 내리려는 것이기 때문에 절대로 방탄하지 않다는 것이다. 음악의 목표가 바로 도덕적 본성을 길러내는 데 두었는데 어찌 방탄하다고 기롱하느냐는 항변이다. 음악의 공효를 상당히 중시하면서, 자신의 음악관에 의거하여 옹호하는 것이다. 그가 부정적으로 보는 음악은 음성을 교묘하게 하는 기교적인 측면에 목표를 두고 음탕·안일하게 흘러 방종하는 것이다. 또한 다만 읊는 데에만 목적을 두는 노래를 거부한다. 읊는 가운데 더러운 기운을 씻어 내리는 노래를 지향한다는 말이다. 여기서 음악의 기능을 소융사재(消融渣滓)·동탕혈맥(動盪血脈)으로 본 시각은 이미 조정에서 여악과 정성을 배격했던 대신들의 논리에서도 거듭 반복되었던 것이다. 바른 음악은 늘상 마음의 찌꺼기를 씻어 내려서 일점의 삿된 기운도 남기지 않는 정서적 순화를 이루게 하는 것으로, 이는 유자들이 음악에 기대했던 효과였다. 이는 『한서』 악지나 『사기』의 악지 그리고 송대 유학자들이 천명한, 음악은 탕척사예(蕩滌邪穢)하며 정성정(正性情)·이풍속(移風俗)한다는 담론의 거듭된 수용이라고 할 수 있다.177)

---

177) 「樂書」, 『史記』. "만민이 모두 더러운 기운을 깨끗이 씻어 내려 포만을 짐작하고 그 성을 가꾸었다[萬民咸蕩滌邪穢, 斟酌飽滿, 以飾厥性]."
　　「律歷志」, 『漢書』. "악을 만드는 자는 8음을 조화하여 사람의 삿된 음을 깨끗이 씻어내려 그 성정을 온전히 하고 풍속을 옮기고 변화시킨다[所以作樂者, 諧八音, 蕩滌人之邪音, 全其性情, 移風易俗也]."

   남효온이 다음 글에서 음악의 지도(至道)를 말하면서 '학시(學詩)'를 해
야 성정도야를 위한 표현을 제대로 할 수 있다고 강변한 것도 문화에 미
친 성리학의 도덕적 강론을 현실에 맞게 완충하려는 의도에서 비롯되었
다고 할 수 있다. 도(道)−문(文)에서 도를 우위에 두려는 사고는 시나 문
장은 공부할 필요가 없이 덕을 갖추면 저절로 이루어지게 된다는 생각을
낳게 한다. 이런 시관을 비판하는 입장에서 기술된 남효온의 글은 시공부
가 중요하다는 입장을 설명하기 위한 방편으로 음률 즉 음악관을 끌어들
인다. 꼭히 음악관을 보여준 것은 아니라 하더라도, 음률에서 달성해야
할 지점에 빗대어 시 공부로 이끌어가기 때문에 당시 사대부들의 음악
인식의 단면은 반영하고 있을 것으로 생각된다.

   朱熹・呂祖謙, 정영호 편역, 「制度篇」, 『近思錄』 제9권 1991, 자유문고, 276~277면.
"염계선생은 옛날의 聖王이 예법을 제정하고, 교화를 닦고 삼강이 바르고 구주를 펴
니 백성들은 크게 화합하고 만물이 함께 순응했다. 이에 음악을 만들어 八風의 氣를
베풀어 천하의 인정을 화평하게 하였다. 그러므로 음악소리는 맑아 마음이 상하지 않
고, 화평하고 유순하여 음탕하지 않았다. 귀에 들어와 마음을 감동시켜 맑고 또한 화
평하지 않음이 없다. 맑으면 마음이 화평하고 화평하면 조급하고 포악스런 마음이 풀
린다. 넉넉하고 부드러우며 평탄한 가운데를 얻음이 덕의 성대한 것이다. 천하가 덕화
하여 그 중을 얻음이 다스림의 지극함이다. 이것을 일러 도가 천지에 짝한다고 하는
것이니 옛 성인이 만든 음악의 지극함이다[濂溪先生曰, 古聖王制禮法, 修敎化, 三綱
正, 九疇敍百姓大和, 萬物咸若. 乃作樂以宣八風之氣, 以平天下之情. 故樂聲淡而不
傷, 和而不流. 入其耳感其心, 莫不淡且和焉. 淡則欲心平, 和則躁心釋, 優柔平中, 德
之盛也. 天下化中, 治之生也. 是謂道配天地, 古之極也]."
   朱熹・呂祖謙, 정영호 편역, 「敎學類」, 『近思錄』 제11권, 1991, 자유문고, 348~349
면. "(이천 선생은) 옛날 사람들은 노래를 불러 그의 성정을 길렀으며 음악은 이목을
기르고 무용으로써 그 혈맥을 기를 수 있었다. 이제는 그것들이 없어졌으니 음악으로
성품을 기름을 얻을 수 없다[古人有歌詠以養其性情, 聲音以養其耳目, 舞蹈而養其
血脈. 今皆無之, 是不得成於樂也]."
   이이, 成樂薰・曺圭喆 역, 「聖學輯要」 II, 『栗谷全書』 권21, 『國譯栗谷全書』 V, 한
국정신문화연구원, 55면. "풍악에는 5성과 12율이 있는데, 서로 노래부르면서 서로 화
답하여 가무를 하면 8음절이 사람의 성정을 길러서 간사하고 더러운 것을 씻고 찌꺼
기는 말끔히 사라질 것이다. 배우는 이는 의리가 정밀하고, 仁이 익어서 스스로 도덕
에 화하고 순하는 것을 반드시 여기서 얻게 될 것이다[朱子曰, 樂有五聲十二律, 更唱
迭和, 以爲歌舞八音之節, 可以養人之性情, 而蕩滌其邪穢, 消融其渣滓. 學者所以至
於義精仁熟, 而自和順於道德者, 必於此而得之]."

정백욱(정여창)은 周程張朱의 견해가 있고, 五經에 정통하면서도 홀로 시를 전공하는 선비를 뽑지 않으면서, "시란 情性에서 피어나는 것이니, 힘써 공부할 필요가 무엇이냐?" 하였다. 그 뜻은 비록 시는 못 짓더라도 덕을 갖추고 경서에 능통하면 그만이지, 허물 될 것이 무엇이냐는 것이지마는, 도대체 이런 생각은 썩은 선비의 소견과 다를 바 없다. 옛 12율, 8음, 5성 같은 것은 마음의 찌꺼기를 말끔히 씻고 혈맥을 화창하게 하므로 성현들은 모르는 이가 없었다. 그러나 태어나자 알지는 못하는 것이므로 공자가 長弘에게 배웠으니, 시가 사람에게 절실함이 또 음률과 같다. 사람으로 하여금 마음을 맑게 하고 사람을 허심탄회하게 하며 사람이 나쁜 마음을 지지 않게 하고 사람에게 호연의 기상을 길러, 천지에 넘치는 삼라만상을 모두 파악하여 표현하면서도 옛 사람의 자연과 일체가 된 경지를 얻기가 힘든 그런 시는, 반드시 힘써 생각하고 공을 쌓은 뒤에라야 그 만 분의 일에라도 가까워질 것이다.178)

시는 성정을 드러내는 것으로, 이를 제대로 표현하려면 공부해야 얻어진다는 입장이 남효온의 생각이다. 이에 대한 전거로서 옛사람들의 음악 공부를 거론한다. 주자(朱子)가 말했던 바, 12율·8음·5성과 같은 음악은 '마음의 찌꺼기를 씻고 혈맥을 화창'하게 하는데, 이런 상태를 제대로 얻기 위해서는 공자와 같은 성인도 장홍(長弘)에게서 음률을 배웠다는 것이다. 시는 사람에게 음률과 같이 절실한 것이므로 시도 또한 배워 익혀야 한다고 주장한다. 이를 보건대, 남효온은 옛 음률이 사람에게 절실한 것은 시가 지금 사람들에게 절실한 것과 같다고 생각한 듯하다. 시가 추구하는 경지를 옛 사람들이 음악에서 추구했던 경지와 동격으로 놓음으로써 시 공부의 필수불가결함을 드러내었다. 옛사람들에게 있어 음률이 성정을 다스리는 데 필요한 것이었듯이, 지금 사람에게는 시로써 성정을 다

---

178) 남효온, 「冷話」, 『秋江集』 권6, 『문집총간』 16, 136~137면. "鄭自勖有周程張朱之見, 窮通五經, 獨不取攻詩之士曰, 詩性情之發, 何屑屑强下工夫爲. 其意雖不爲詩, 德備而經通, 則亦何爲病, 摠如此, 如腐儒之見無異. 如古之十二律八音五聲, 消融渣滓, 動盪血脈, 故聖賢人無不知之習之, 然不可生知, 故孔子從萇弘學之, 詩功於人亦然. 使人淸其心, 使人虛其懷, 使人無邪心, 使人養浩然, 牢籠百態, 瀰漫乎天地之間, 不得如古人自然, 而詩則必若勉思積功, 然後庶幾乎萬一."

스러야 한다고 인식한 것이다.

남효온의 논리를 역으로 추적하자면 시가 성정도야에 필요하듯이 음률도 성정도야에 필수적이고, 그리고 배워서 익혀야 하는 것이 된다. 그러나 남효온은 시공부를 옹호하기 위한 변호론으로 음악론을 가져온 것이었기 때문에 그의 음악론이 무엇이었는지는 확실치 않으나 음악의 궁극적 효용만은 인지하고 있었다고 하겠다. 그가 성정함양이라는 유교적 악론의 공효성을 시로 가져간 것은 음악이 달라졌다고 생각했기 때문일 것이다. 많은 학자들이 시경 이후로 이미 시(詩)와 가(歌)가 나뉘어졌다고 보기 때문에 시가무(詩歌舞)를 총괄하는 악(樂)은 이미 변질되어 그 정신이 시(詩)로 이어졌다고 생각하였으니 당대의 음악을 말하지 않고 시를 말한 것은 어찌 보면 그런 통설에 기댄 것이라 할 수 있다. 남효온의 논리는 위에서 강희맹과 성현이 강변했던 예술 옹호론의 연장선에 있음을 보여주는 것이다. 왜 음악에 심취하고 익히는가라는 반문에 대해 성정의 논리로서 반박하는 예술 옹호론과 동일한 입장에 있다고 할 수 있다.

위에서와 같이 15세기 사대부들은 음악을 설명하려 할 때 분명 유교적 음악관을 인식한 발언을 한다. 그러나 위의 언급들이 시가(詩歌)나 음악(音樂) 전반을 규정하려는 의도에서 나온 음악관은 아니어서, 실제 어느 정도 이러한 음악관이 실천되는지 알 길이 없다. 그리고 이렇게 이상적 지향으로 상정된 유가적 음악사상을 보편적인 음악의 향유로서 인정했는지도 위의 단서만 가지고는 해결하지 못한다. 사대부들이 유교적 음악사상을 인지하고 그것에 도달하려는 지향을 보여준 것은 분명하다. 거문고 연주에서 그것이 실현되어야 하고, 자신들의 거문고 애호가 이런 기대감을 충족시키기 위한 것임을 밝히고 있지만, 사대부들의 번성했던 음악 취향이 이런 의식적 지향을 현현하는 것이었는지는 단언할 수 없으므로 아래에서 사대부 향유의식에 의거하여 점검해 보도록 한다.

2) 향유의식에 반영된 이원적 음악관

(1) 유교적 음악관과 현실적 음악관의 공존

이미 여말부터 왕이 음악(淫樂)에 빠지는 일에 대해 경계했고, 조선에 들어와서는 왕이 여색과 정성(鄭聲)에 빠지는 일에 대해 극력 경계하였다. 그러나 궁중공연(公宴)을 제외한 영역에서 여악을 동반하고 속악을 부르는 일은 자연스럽게 받아들이고 있었다. 조정에서 국가의 음악과 사적인 음악에 대해 이원적으로 인식하고 있었듯이, 사대부들의 향유의식에도 현실적인 향유의 태도와 유교적 악론을 인식하는 태도가 이원적으로 공존하고 있었다.

다음 자료는 연음(宴飮)의 일탈 정도에 대한 견해차를 보여준 조준과 정도전의 시각을 다루고 있다. 정도전이 쓴 글인데, 조준의 원칙론적 태도와 정도전의 현실적 입장을 보여준다. 이미 두 사람은 궁중예악정책을 다루는 부분에서도 상당히 다른 시각을 보여주었다. 조준은 궁중향연에서 당악만을 쓰고 여악과 향악을 폐지하자고 고려 말 창왕대에 상소를 올렸고, 정도전은 조선건국 후 연향의 음악으로 향악을 사용한다는 방침을 세웠으며 동시에 여악에 대해서도 전래의 습속을 이어받았다. 궁중예악의 방침을 정하는 문제에서 조준의 원칙론적 의견은 실행되지 않았는데, 여기서도 이런 의식 차이를 그대로 노정한다.

> 6월 갑신일에 명나라 사신 황공[黃永奇] 등이 京師로 돌아가는데, 시중 平壤伯[趙浚]과 시중 上洛伯[金士衡]이 제공들과 함께 그를 전송하기 위해 금교역까지 왔다가 정오에 되돌아갔다. 이때는 한더위여서 불기운같이 맹렬했는데 아전들이 청석동 시냇가에 막을 쳤으니, 이는 피서를 하기 위한 것이었다. 제공이 胡床에 걸터 앉자, 물은 그 아래로 흐르고 바람은 사방에서 불어와서 몸이 편하고 정신이 상쾌하여 마치 오랜 병이 몸에서 떠날 것 같았다. 높은 음악이 울리고 흐르는 술잔이 겹에 이르니 제공들이 흐뭇하게 즐겼다. 얼마 안되어 평양백이 문득 말하기를 "즐겁기는 즐거우나 너무 지나치지 않은가?" 했다.

도전이 "재상의 직책은 수고로운 것이며, 온갖 책임이 한몸에 모이고 여러 가지 생각이 마음을 어지럽혀 기운이 답답하고 뜻이 정체되니, 아무리 총명하고 지혜로운 이라도 혹 잘못 실수가 있게 되는 것이다. …… 그렇다면 이 자리도 막혀 답답한 기운을 풀고, 그 정지되고 멈춘 뜻을 인도하는 데에 반드시 도움이 있을 것이다"고 말하니, 제공이 말하기를, "그대의 말이 옳다"고 하였다.[179]

이 기문(記文)은 정도전과 평양백이었던 조준과 상락백이었던 김사형(金士衡) 등 여러 명의 대신들이 중국 사신을 전교하는 임무를 수행한 이후 바로 청석동 시냇가에 장막을 치고 고가(高歌)가 울리는 가운데 주연(酒宴)을 흐드러지게 즐겼던 정황을 기록한 글이다. 고가(高歌)가 울리고 술잔이 오고가는 연락(宴樂)의 상황은 아마 질탕한 음악과 여기를 동반했을 것임이 틀림없다.

그런데 조준은 국가의 중책을 맡은 관료로서 이런 질탕한 분위기를 누려야 하는 것에 대해 문제를 제기한다. "즐겁긴 하되 너무 지나치지 않은가" 하고 그 분위기에 제동을 건다. 이 말은 '낙이불음(樂而不淫)'을 음악(音樂)의 정도(正道)로 생각하는 유자적 관념에서 나온 것일 터인데, 이를 보면 조준은 유자로서의 원칙론을 상당히 의식하고 절제하려 애썼던 인물인 듯하다. 더구나 임무 수행을 마치고 바로 이런 연음이 벌어지는 분위기에 대한 경계심도 강하게 작용한 듯하다.

이에 반해 정도전은 조준이 거론한 '낙이불음(樂而不淫)'도 명심해야 할 사항이지만, 임무에 지쳐 마음이 어지럽고 기운이 답답하고 뜻이 정체되면 혹 실수할 수 있는데 이런 연락의 자리가 막혀 답답한 기운을 풀고 그 정지된 뜻을 인도하는 일에 도움이 된다는 논리로 방어한다. 그는 조정의

---

179) 鄭道傳, 「靑石洞宴飮記」, 『三峯集』 권4, 『문집총간』 5, 351면. "六月 甲申, 天使黃公等 還京師, 侍中平壤伯侍中上洛伯與諸公, 送至于金郊驛, 日中而返. 時當炎暑, 火雲甚熾. 堂 吏張幕于靑石洞溪邊, 爲避暑也. 諸公據胡床坐, 水流其下, 虱自四至, 身夷神曠, 脫然若沉 痾去體. 高管嗷噪, 流觴在匜, 諸公相與熙然而樂, 未幾平壤伯遽曰, 樂則樂矣, 無已過乎. 道傳曰, 宰相之職勞矣, 衆責萃其身, 百慮縈其心, 以致氣鬱志滯, 雖明且智, 未免或有所遺 失也. …… 然則宣其堙鬱之氣. 道其滯塞之志, 其必有助之者乎. 諸公曰, 子之言是也"

음악이 성정지정에서 나와야 한다고 강조하고 악장을 지었던 인물이다. 그러나 그가 실현한 유교적 음악관의 영역은 국가의 공식행사이고 임금에 대한 공경을 높이는 자리에 대한 것이었지, 일반 연회의 자리에서는 정서의 자유로운 방출을 허용했다고 할 수 있다. 이는 연음의 성격뿐만 아니라 이 자리에서 불리어지는 고가(高歌)에도 해당되는 사안일 것으로, 낙이불음한 성격의 노래로 그 절제된 감정을 추슬러야 하지만 막히고 답답한 기운과 뜻을 펼치기 위해 질탕한 정서도 함께 인정하고 있다고 해석할 수 있다. 근엄한 유자나 국가의 재상으로 그 정도를 지켜 나가야 하지만 피로하고 지친 심신을 달래기 위한 열락도 또한 필요하다고 옹호하고 있다. 아마도 이것이 15세기의 대다수 사대부들이 지니고 있던 생각이 아니었나 한다. 음악의 공효와 지향은 반드시 유교적 음악사상에 두되, 절제된 정감의 조절로서가 아닌 정서 방출로서의 음악의 역할도 허용하여 속박하지 않았던 태도를 유지하고 있었다고 할 수 있다. 그러니 유가 이념에 충실한 유자일수록 원칙에 충실한 음악사상을 실천하려는 방향에서 노력했을 터이고, 그보다 유연하게 현실적 측면을 인정하는 유자들은 일반 속악의 연행에 대해 그리 부정적인 태도를 보이지 않은 듯하다.

박연은 가훈을 통해 음악을 보는 유자적 태도를 전형적으로 드러내준다. 박연은 음률에 밝아 세종 연간의 아악 정비를 주도했던 인물이다. 조정에서 아악 사용과 여악 금지를 강력하게 추진하여 그 음악사상의 원칙을 고수하였다. 그 자신이 아악·당악·속악의 악보를 채집하여 정리하는 등 음악에 상당히 조예(造詣)가 있었음에도 불구하고, 후손들이 음악에 빠지는 것에 경고를 보내고 있다. 그가 정도(正道)로 삼았던 음악은 아악이 표방하는 취지였고, 또한 스스로의 음악적 실연(實演)에서도 이러한 엄격한 음악적 의취를 지니려 했던 것으로 보인다. 「가훈」을 1455년에 작성하여 후손들에게 남기면서, 음악향유 태도에 대한 가르침도 언급하고 있으니, 다음 인용문이 그것이다.

가정 안에서 삼현과 가무를 가르치는 것은 곧 집을 망치는 근본이 되는 것이니, 결코 마음도 갖지 마라. 거문고와 비파 같은 바른 음악의 악기는 옛날부터 군자가 곁에서 떨어지지 않게 하여 성정을 길렀으니 고요한 가운데에 손수 어루만져 보는 것은 좋은 것이다. 또 바른 사람과 단정한 선비로 짝을 짓고, 경험이 많은 노인이나, 수준급에 달한 사람을 손님으로 초대하여 맑은 바람과 밝은 달 아래서 술을 나누면서 음영하는 것도 좋은 일이지만 늘어지게 취하여 노래 하고 춤추며 용렬한 무리와 매일 접촉하는 것은 내가 원하는 바가 아닌 것이다.[180]

삼현과 가무를 배우는 것은 곧 패가(敗家)의 근본이라고 보고, 절대로 가르치지 말라고 경고한다. 이는 아마도 음악에의 심취가 정서를 방탕하게 만들고 절제되지 않는 생활 태도를 불러온다고 생각한 데서 나온 기우를 표현한 것으로 보인다. 그가 허용한 음악은 거문고와 비파 연주 정도인데, 거문고와 비파는 군자가 성정을 기르는데 도움받았던 악기이기에 가능한 것이었다. 조용한 가운데 탄주하면서 성정을 기를 수 있는 음악의 효능만을 인정하는 태도로, 이것을 넘어서는 감정적 방탄은 허용하지 않았다고 할 수 있다. 더구나 주연의 자리에서도 절제된 태도로 술을 마시며 음영을 하는 것을 바람직한 풍류로 보아 그 이상의 열락은 반대한다.

따라서 술에 취해 노래하고 춤추는 감정적 발산고 그 행위 자체를 용납하지 않는다. 가무에 대해서 상당히 부정적으로 취급하는 태도는 바로 그 안에서 연행되는 속악의 성격도 부정적으로 보았다는 말이 될 것이다. 일반적으로 사대부 주연에서 벌어지는 노래의 성격이 질탕한 분위기를 이끌기 십상이므로, 음영은 허용하되 노래는 금지한 것이라고 할 수 있다. 아악과 같은 아정한 음악이 아닌 이상 그 외 연락(宴樂)의 향악 노래에 대해서는 폄하하고 있다고 할 수 있다. 박연은 직접적으로 노래에 대해

---

180) 朴堧, 권오성·김세종 역, 「家訓」, 『國譯蘭溪先生遺稿』, 국악연구원, 1993, 179~181면. "家庭之內, 三絃歌舞之敎, 實乃敗家之源, 愼勿作意, 若其琴瑟, 正樂之器, 自古君子不離於側, 以養性情者, 靜中手自撫弄, 可也. 又與正人端士爲件者舊老成爲賓, 淸風明月, 一觴一詠可也, 酣歌恒舞, 日接庸流, 非我願也."

부정적인 시선을 보냈는데, 일반적인 사대부들의 생각은 정도전처럼 연락을 인정하면서 그 안에서 펼쳐지는 음악의 다양한 성격을 수용했다고 할 수 있다.

다음은 음악의 다양한 성향을 인정한 세조의 발언을 중심으로 전개된 자료이다. 이 자료는 세종과 그 종친들의 음악문화의 단면을 보여주면서, 당대 문사들이 공유한 음악의 공효성과 일반 음악에 대해 갖는 시각을 드러내주고 있다.

> 9월에 세종이 세조에게 명하여 安平大君 李瑢·臨瀛大君 李璆와 더불어 음악을 배우도록 하였다. 용은 그 성품이 화려한 것을 좋아하였고, 구는 본래 음률에 밝았기 때문에 모두 즐겨 배웠다. 그러나 세조는 바야흐로 弓馬에 뜻을 두고 날로 무인의 무리와 더불어 힘을 겨루니 능히 따를 만한 자가 없으므로 문종이 그의 영건됨을 칭찬하였다. 세종이 거문고를 탄다는 말을 듣고 크게 기뻐하며 곧 배우기 시작하였다. 어느 날 안평대군 이용·임영대군 이구와 더불어 향금을 타라고 명하였는데, 세조는 배우지 아니했는 데도 용이 그에 미치지 못하니 세종과 문종이 크게 웃었다. 세조가 일찍이 가야금을 타니 세종이 감탄하여 이르기를, "진평대군의 기상으로 무슨 일인들 이루지 못하겠는가?" 하고 또 말하기를 "진평대군이 만약 비파를 탄다면, 능히 쇠약한 기운도 다시 일게 할 것이다" 하였다. 세조가 또 일찍이 피리를 부니 자리에 있던 모든 종친이 감탄하지 않는 자가 없었고, 학이 날아와 뜰 가운데에서 춤을 추니 金城大君 李瑜의 나이가 바야흐로 어렸는데도 이를 보고 홀연히 일어나 학과 마주서서 춤을 추었다. 일찍이 달밤에 세조가 영인 許吢에게 지시하여 피리로 계면조[우조를 세속에서는 계면조라 이른다]를 불게 하였더니, 이를 듣고 슬퍼하지 않는 자가 없었다. 용이 세조에게 이르기를 "대개 악이란 애련하면서도 마음을 상하게 하지 않는 것을 귀히 여기는데, 형은 어찌 계면조를 씁니까?" 하니 세조가 말하기를, "옛날 진나라 後主가 玉樹後庭花 때문에 망하였지만, 당나라 태종도 또한 이 곡을 들었다. 또 그대는 능히 두견의 소리를 그치게 할 수 있겠는가?" 하였다. 세종이 또 문종에게 이르기를, "악을 아는 자는 우리나라에서 오직 진평대군일 뿐이니, 이는 전후에도 있지 아니할 것이다." 하였다. 혹자가 세조에게 악의 궁극적인 공효를 물으니, 세조가 말하기를 "고요하면서도 능히 당겨서 끌고, 약하면서도 능히 강한 것을 이기고, 낮아도 범하지 못하며, 태극을 보유하고 至道를 함축하며 조화를 운용하는 것이 곧 악의 공효이다" 하였다.[181]

이 자료는 세종을 비롯한 그 종친들의 음악 연주 실력이 상당한 정도에 이르고 있음을 방증해준다. 이들이 기본적으로 다루고 있는 악기가 거문고·가야금·피리 등으로, 평소 연회에서 서로 탄주했음을 확인할 수 있다. 세종을 위시해서 안평대군·세조는 음률에 상당한 조예가 있었던 것으로 보인다. 세조 연간과 성종 연간 동안 사대부들의 연락적 분위기 속에서 음악문화가 꽃피웠던 것도 왕실과 상층에서 주도하던 음악적 애호와 연관되었던 듯하다. 게다가 직접 익혀서 어느 정도 일가를 이루는 차원으로 나아갔고, 그런 까닭에 음악에 대한 고도의 식견도 겸비하고 있었다.

세조는 자신이 직접 피리도 연주할 수 있었으며, 또 당대에 취적(吹笛)으로 유명했던 악공 허오(許吾)를 초청하여 계면조 연주를 듣기도 한다. 여기서 계면조는 우조와 같은 선율로 이미 박연이 근신의 질서를 어그러뜨리는 곡조라 하여 연향에서의 연주를 꺼린 바 있었다. 계면조는 안평대군이 제시했던 바, "哀而不傷"이라 일컬을 정도로 지나치게 처창(悽愴)한 가락이었다. 그것을 듣고 슬퍼하지 않은 사람들이 없다고 묘사했으니, 그 가락의 애절한 정도를 짐작할 수 있다. 남효온도 계면조를 '원망(怨望)'의 소리로 칭하면서, 나라를 떠났다가 귀국한 영위가 총총히 늘어선 무덤을 대면하고 사물과 사람이 옛모습과 달라진 현재를 목격하며 느끼는 감정에 빗대어 설명한 바 있다.182) 망국(亡國)한 나라의 신하가 지녔을 애절함

---

181) 『세조실록』 권1, 총서, 55면. "九月, 世宗命, 世祖與安平六君瑢臨瀛大君璆學樂. 瑢性好華麗, 璆素曉音律, 故皆樂學焉. 世祖方志弓馬, 日與武人輩角力, 無能及者, 文宗稱爲英健, 及聞世宗彈琴, 大悅, 乃始學. 一日世宗命, 與瑢璆鼓鄕琴, 世祖不學, 而瑢不能及, 世宗與文宗大笑. 又世祖嘗鼓伽倻琴, 世宗歎曰 晉平之氣象也, 何事不能成哉, 又曰, 晉平若鼓琵琶, 則能令哀氣更興. 世祖又嘗吹笛, 在座諸宗親, 莫不感焉, 有鶴來舞庭中, 錦城大君瑜年方幼, 見之, 忽起對舞. 嘗於月夜, 世祖敎伶人許吾笛界面調, 聞者莫不哀傷. 瑢謂世祖曰, 夫樂者, 貴愛而不傷, 兀何用界面調也, 世祖曰 昔陳後主以玉樹後庭花亡然, 唐太宗亦聽之, 且子其能止杜鵑聲乎. 世宗又謂文宗曰, 知樂者, 我國中獨晉平耳, 前後所未有者也. 或問, 世祖樂之極功. 世祖曰, 靜能引, 弱勝强, 卑莫犯, 保太極, 蘊至道, 運造化, 樂之功也."

182) 南孝溫, 「玄琴賦」, 『秋江集』 1, 『문집총간』 16, 21면. "界面調怨, 令威去國, 千載始

과 한이 계면조의 분위기 묘사로 취택되었던 것이다. 이로 미루어 볼 때 계면조는 망국의 음악이요, 음성(淫聲)임이 분명하다. 그러므로 안평은 궁중에서는 그런 음악을 경계하고 있었는데 하필 그런 곡조를 탄주하게 했느냐고 궁금해 한 것이다. 이 배경에는 계면조를 자주 듣고 즐기던 세조의 음악적 기호에 대한 우려가 자리한 때문이 아닐까 한다. 계면조가 '애이불상(哀而不傷)'에 어긋나는 곡조임은 세조도 동의하는 사실이었으며, 동시에 모든 사대부들이 감정의 지나친 노출 때문에 음악의 정도(正道)로 취급하지는 않았다.

그러나 세조는 음악 향유가 지도(至道)로서의 음악관에만 매어 있지 않다는 점을 간파하고 있었으며, 그런 의미에서 「옥수후정화」 같은 음악이 망국의 음악이었으나 당태종도 향수했고, 이를 막을 수는 없다고 보았다. 세조가 본 음악의 공효는 "태극을 보유하고 至道를 함축하며 조화를 운용하는 것"이다. 이는 예악론에 입각한 음악의 공효성에 기대어 있는 발언이라고 할 수 있다. 이런 그의 견해를 종합해 볼 때 음악이 추구해야 할 지도(至道)는 유념하되, 음악의 성향 전반을 이것으로 제어할 수는 없으니 계면조나 옥수후정화와 같은 음악의 향유를 그치지는 못한다는 것이다. 즉 다양한 성향의 음악 창출과 향유를 구속할 수 없고, 구속해서 제어될 문제가 아님을 명백히 드러내고 있는 것이다. 사람들의 자연스런 음악적 취향의 문제를 음악의 공효성으로 누를 수는 없다고 보아, 일반적 음악의 여러 속성들을 인정하는 태도를 견지하고 있다. 이는 정서의 순화라는 교육적 측면에만 음악의 기능을 두지 않고, 음악의 다른 측면들도 적극 인정하는 개방적인 사고의 영역을 보여주는 예라 할 수 있다. 남효온도 앞서 만조·평조·우조와 함께 계면조를 거론하여 음악 곡조의 성격을 객관적으로 기술하였다.[183] 당시에 현행되는 4가지 곡조를 기술한 점은 여러 곡조의 다양한 연행을 인정한다는 말이 될 것이다. 즉 음악이

歸, 累累塚前, 物是人非."
183) 南孝溫, 「玄琴賦」, 『秋江集』1, 『문집총간』16, 21면.

지니는 다양한 측면에 대해서 세조처럼 적극 인정하는 자세라고 할 수 있다.

이와 같은 논리는 이미 세종대의 여악 논란을 벌였던 윤수나 허조와 같은 대신들이 펼친 견해와 유사하다. 세종도 여악에 대해 사해(四海)에서 다 금할 필요는 없다고 보았으며, 윤수나 허조도 일반의 여악은 불가결한 현실로 인정했다. 이들이 여악에 대해 관행적이고 현실적 측면을 들어 허용하였듯이 단적인 예로 남녀상열의 내용이 담긴 속악에도 마찬가지의 논리를 적용했을 터이다. 궁중연향을 제외한 일반의 음악에서까지 향악의 연행 자체를 부정하지 않았으며, 향풍(鄕風)으로 인정하였을 듯하다. 사대부들이 이런 향악의 현실적 연행을 인정하는 태도를 도드라지게 표출하지는 못했다 하더라도 암묵적으로 동의했던 분위기였을 것이다. 왜냐하면 성종대에 남녀상열의 속악을 부정적으로 판정한 이세좌와 같은 대신도 정전 연행에서만 불가하다고 보고, 궁중 내의 행행, 곡연에서 허용하였다. 더구나 김극배와 같은 사람은 이세좌가 악공들에게 속악의 연습조차 못하게 하자고 거론할 때 현실적 이유를 들어 유보적인 태도를 보여주기도 하였다. 따라서 남녀상열의 내용이 예교적 시각에서 볼 때 긍정할 수는 없지만, 남녀상열의 속악이 일반에서 연행되는 현상에 대해서까지 부정적으로 보지는 않았다. 현실적 측면에서는 음악의 다양한 속성을 인정하였기 때문으로 판단된다. 오락적인 분위기에서 감정을 발산하기 위해 불리는 음악의 연행은 관습적으로 존재해왔고, 그런 현실적 측면의 음악적 관행은 또 그것 나름의 분위기 안에서 수용했다고 할 수 있다.

위의 사실들을 요약컨대, 사대부들은 유교적 음악관을 평소의 음악실천으로 이어가려고 노력한 사람들도 있었으나, 대체적으로는 음악적 지도(至道)로서 유교적 음악관을 상정하여 그곳에 도달하려고 노력하고 최상의 미감으로 흠모하면서도 이것으로 일반적인 음악문화를 구속하려고 하지는 않았다. 이런 음악 취향의 유연함 속에서 세조 연간과 성종 연간에 사대부들 사이에서는 음악에 대한 심취가 상당한 정도로 성행하고, 일

반적인 사대부문화의 하나로 자리잡게 된 것 같다. 따라서 음악을 비롯한
예술에 경도되어 사대부들의 문화적 취향이 강하게 일어난 듯한데, 여기
서 그 음악 연행과 애호의 정도를 보도록 하자.

　성현은『용재총화』를 편술하여 세종 연간 이후의 악공이나 사대부들의
음악적 성취와 그 분위기를 잘 전달해준다. 당대에 유명한 음악인들을 통
해 당대 상층문화의 경향을 볼 수 있는데, 그 대략을 살펴보자. 향비파와
당비파의 명수인 전악(典樂) 송태평(宋太平)·송전수(宋田守)·도선길(都善吉)·
김신번(金臣番), 거문고에 이반(李班)·김자려(金自麗)·김대정(金大丁)·이마지
(李亇知)·권미(權美)·장춘(張春), 북에는 김복(金福)·정옥경(鄭玉京)·상림춘(上
林春), 가야금에 허오계(許吾繼)·이승련(李勝連)·서익성(徐益成)·황귀존(黃貴
存)·김복산(金卜山)·소사(召史)·이개지·정범, 아쟁에 김소재(金小材)·김도
치(金都致), 취적에 허오 등이 세종조부터 성현이 활동하던 시기에 거명되
던 악인(樂人)들이다. 성종 당대에 성현(成俔)·희량(希亮)·백인(伯仁)·자안(子
安)·침진(琛珍)·이의(而毅)·기채(耆蔡)·주지(籌之)와 같은 사대부들이 이마
지에게 가서 거문고를 배웠을 정도로 음악에 대한 심취가 대단했으며,[184]
김일손도 독서당에 있으면서 신개지·강사호·김자헌·이과지·이사성·
권향지 등과 함께 거문고를 배우는 일에 열심이었다.[185] 김유(金紐)도 또한
거문고로 일대를 풍미하면서 위에서 거론한 유명한 명수들과의 연주를 대
단히 희구했는데, 그가 거론한 인물이 허오·도선길·이마지·송전수·경
천금·가흥란·황효성이다. 성종은 신하들에게 잔치를 베풀 때마다 여악
을 벌였는데, 이때 유명한 가기(歌妓)가 소춘풍이었다.[186] 유추(有秋) 임홍·
정중(正中) 이정은(李貞恩)·백원(百源) 이총(李摠)·국문(國聞) 정자지(鄭子芝) 등
이 거문고나 비파와 같은 음률로 이름을 날렸던 성종 연간의 사대부들이

---

184) 성현,『용재총화』,『국역대동야승』I, 14~15면.
185) 김일손,「書六絃背」,『탁영집』,『문집총간』17, 219면.
186) 차천로, 양대연 역,『五山說林草藁』,『국역대동야승』II, 민족문화추진회, 1971, 56~
　　57면.

고,187) 악공으로 취적(吹笛)의 송회녕(宋會寧)·가기(歌妓) 석을산(石乙山) 등이
있었다.188) 이들은 모두 그 방면에 일가를 이루어 사람들에게 감동을 안겨
주었다고 한다. 이들은 남효온·김일손·김유·중균(仲鈞) 이종준(李宗準) 등
의 문사들과 음악적 교감을 나누며, 빈번한 음악 연행의 현장을 보여주었
다. 한 시대를 풍미하던 악공과 음악에 조예가 깊었던 사대부들이 출현하
는 일이야 어느 때이든 가능한 일이겠지만, 세조 연간 이후에는 특히 위와
같은 사대부와 유명한 악사들의 음악 연행은 왕실어서부터 일반 사대부
사회에 이르기까지 폭넓은 교류를 통해 이루어지고 있었다.

　이렇듯이 음악에서 상당한 수준을 이루고 있었던 종실과 사대부들은
앞서 살펴보았듯이 물론 음악의 공효를 유념하고 있었다. 그러나 이런 음
악이 설행되던 연석의 자리에서 과연 그와 같은 음악의 공효성만을 지켜
나아가지는 않았을 것이다. 그것은 이미 세조도 인정했던 음악 연행의 현
실적 측면이라고 할 수 있다. 여러 명의 사대부들이 합석한 주연(酒宴)의
공간에서 당대에 유행하던 음악의 연행은 너무 당연한 즐거움이었을 것
이고, 그것에 대한 적극적 향수는 대다수 사대부들이 가지고 있던 문화적
취향이었다고 볼 수 있을 것이다.

　다음의 자료는 앞서 김수온에 의해 거문고 연주 실력을 인정받았던 김
유가 음악 연행에 대해서 보여주는 의식의 일단을 반영해준다. 그가 일가
를 이룬 거문고 음악의 수준은 유교적 음악관에서 말하는 바, 성정의 바
름을 드러내는 경지였다. 관행적인 태도에 의해서 나온 찬사만은 아닌 실
제 그 음악 추구의 긍극을 표현한 말로 보인다. 그러나 그가 누리고 싶었
던 생활은 아래 글에서 확연해진다.

　　金紐 子固가 말하기를, "나는 친구를 歷訪하려고 하지 않으니 내 집이 족히 손
　　님을 모실만하고, 나의 재산이 잔치를 차림에 족하여 항상 꽃피는 아침 달뜨는 저

---

187) 남효온, 「냉화」, 『추강집』, 『문집총간』 16, 132~133면.
188) 남효온, 「松京錄」, 『추강집』, 『문집총간』 16, 116~122면.

▲ 사대부들의 연음(宴飮) 풍속도. 가기(歌妓) 등을 동반하고 거문고를 타며 유연(遊宴)을 벌이던 사대부들의 놀이 풍속을 보여준다. 조선조 사대부들은 여기(女妓)나 악공(樂工)을 동반한 크고 작은 연회를 일상적으로 즐겼다. 작자미상, 〈후원유연(後園遊宴)〉, 국립중앙박물관(왼쪽) / 김득신(金得臣), 〈風俗8曲屛〉 제1면, 호암미술관(오른쪽).

녁에 아름다운 손님과 좋은 친구를 맞아 술통을 열고 술자리를 베풀어 李亇知가 타는 거문고와 都善吉의 당비파와 宋田守의 향비파와 許吾가 부는 피리와 駕鴻鸞과 輕千金의 唱歌로 黃孝誠이 옆에서 지휘하고, 혹은 독주하고 혹은 합주하며 이때에 손님과 더불어 술을 부어 서로 주고받으며 마음껏 이야기하고 시 짓는 것이 나의 즐거워하는 바이다" 하였다. 달성이 옆에서 듣고 말하기를, "최군은 방탕하고, 정군은 호걸이고, 이군은 음특하고, 김군은 跌宕하다"고 하였다.189)

---

189) 성현, 권오돈 외역, 『용재총화』, 『국역대동야승』I, 민족문화추진위원회, 1971, 443면.
　　"金紐子固曰, 予則不欲歷訪友人, 予家足以容客, 予財足以辦宴, 每於花朝月夕, 邀佳賓良朋, 開樽置酒, 李亇知彈琴, 都善吉唐琵琶, 宋田守鄕琵琶, 許吾吹笛, 駕鴻鸞輕千金唱歌, 黃孝誠從旁指揮, 或獨奏或合奏, 於是與客酌酒相酬, 縱談占聯, 此予所樂也. 達成在傍聞之曰, 崔君放蕩也, 鄭君豪傑也, 李君淫慝也, 金君跌宕也."

위 예문은 당대를 풍미하던 풍류객들이 모인 자리에서 자신이 가장 즐거워하는 바를 차례로 말하는 과정 속에서 나온 김유의 발언이다. 여기서 거론된 최군·정군·이군 등의 사대부들은 기생을 끼고 향락을 누리는 즐거움을 조금씩 각도를 달리해서 말하였다. 상당히 분방한 사대부 정서를 거리낌없이 분출하고 있는데, 이들에 대한 평가는 방탕하고, 호걸하고, 음특하다고 내려진다. 물론 희학적 분위기에서 나온 특징들을 꼬집어서 품평한 것이기 때문에 그에 대한 시선이 부정적이지는 않다. 이런 상황에서 김유는 주연(酒宴)에서 펼치는 음악적 풍류에 대한 동경을 이야기한다. 당대의 내노라 하는 악공인 이마지·도선길·송전수·허오·가홍란·경천금에, 음률이 해박하다고 인정받았던 사대부 황효성이 함께 연주하고 노래하는 분위기 속에서 술 마시며 음영하는 것이 즐거워하는 바라고 말한다. 이런 취향의 생활은 통상적인 경우라면 질탕하다고 평가받는다. 그런데 질탕하게 펼쳐지는 연석의 분위기와 그 음악 연행을 여기서는 부정적인 시선으로 보는 것이 아니라 오히려 그 동경을 거칠 것 없이 드러내 보여주고 있다.

이는 당대 사대부들이 이런 문화적 분위기 자체를 거부하지 않았으며, 오히려 일상화된 생활 태도로서 적극 향수했다고 볼 수 있는 것이다. 그 지향하는 음악 정신에 상당히 위배되는 취향을 보여주고 있다는 점에서 이중적인 문화의식을 가지고 있는 것이 아닌가 생각되는데, 이것을 사대부의 이중성으로 몰아가기는 어려울 듯하다. 왜냐하면 음악의 공효를 상정하고 그것으로의 도달을 하나의 음악적 경지로서 취급하지만, 그것이 일반적인 음악 연행을 제약하지 않고 그것대로의 자리를 인정하는 것으로 나아간다면, 이는 문화수용의 포용적 태도로 볼 수 있고 또 문화를 향수하는 사람들의 일반적인 태도일 수 있기 때문이다. 15세기 대다수 사대부가 인정하는 현실적 측면의 음악관일 것이다.

성현이 「한림별곡」에 대해 취했던 자세도 그런 연장선에 있다고 할 수 있다. 성현은 앞서 음악은 중화의 덕을 기르며, 마음속의 더러운 찌꺼기

를 씻어 내리는 것이라고 하였다. 「한림별곡」이 이런 음악관에 들어맞는
지의 여부를 말하지 않았으니 그에 대해 단안을 내릴 수는 없더라도 성
현이 「한림별곡」에서 중시한 바는 음악의 공효성은 아니었다. 다만 우리
는 성현이 「한림별곡」에 대해 긍정적일 뿐 아니라 그 의미 부여에도 적
극적이라는 점에 주목한다.

> 대저 맑고 한가한 사람은 지나치게 간략하고, 호부한 사람은 사치스러움에 빠진
> 다. 그 둘을 겸비할 수 있는 사람은 대체로 드문데, 호부한 중에서도 능히 문자를
> 이해하는 사람은 더욱 드물다. 고려 고종조에 한림제유의 모임은 모두 한 시대의
> 영준으로 가곡이 악부에 전하니, 지금까지도 사람들이 그것을 흠앙한다. 당시 나라
> 의 운명이 어려운 지경이어서 비록 그러한 모임이 있었어도 그 음악을 즐길 여가
> 가 없었다. 어찌 우리 조정의 승평한 수백 년 동안에 문물이 번성함과 같겠는
> 가?190)

이 글은 여회(如晦) 성세명(成世明)이 성현·연안(延安) 이선생(李先生)·죽계
(竹溪) 안선생(安先生)·최광필(崔光弼)·유언용(柳彦容)·이백어(李伯魚)를 초청하
여 베풀어준 가연(家宴)을 기리기 위한 시(詩)를 쓰고 그 뒤에 붙인 서문이다.
모임[會]의 의미는 연락(宴樂)에 있는 것인데, 가장 흠모할 만한 모임이 바
로 고려 고종 때의 한림제유(翰林諸儒)의 모임이었다고 의미 부여한다. 한림
제유의 모임이 호부하면서도 능히 문자를 이해하는 영준(英俊)의 모임으로
서 「한림별곡」의 노래까지 남기었기 때문에 그 점을 높이 평가한 것이다.
성현이 「한림별곡」에서 높이 산 부분은 문물의 번성에 걸맞은 호걸스런 기
상과 관료로서의 당당함을 표현한 데 있었던 듯하다. 「한림별곡」의 의취가
이러한 까닭에 승평하여 문물이 번성한 시기에 걸맞는다고 평가한다. 성현
은 현달한 자의 호방한 기상을 중시하는데,191) 그런 이유로 그는 「한림별

---

190) 성현, 「如晦家宴集詩序」, 『허백당집』 권6, 『문집총간』 14, 465면. "大抵淸閒者過乎
　　約, 豪富者失於縟, 其能兩兼之者盖鮮, 而於豪富之中, 能解文字飮者尤爲鮮也, 高麗
　　高宗朝翰林諸儒之會, 亦皆一代英俊, 歌曲傳於樂府, 至今士林歆艶之, 然當時天步
　　艱難, 雖有其會而未暇樂其樂, 豈若我朝昇平數百年文物之盛乎."

곡」을 애호한 듯하다. 성현이 거문고와 음악을 배우고 스스로 연주했던 음악이 바로 「한림별곡」이라는 사실에서도 이를 알 수 있다. 또한 성현만이 아니라 위 인용문에서도 거론되었듯이 당시 사대부들이 흠염한 음악으로 신참례나 관료들의 모임에서 빈번히 애창, 연주되기도 하였다. 성현은 이 호방한 기상을 관료들 모임의 진정한 연락으로 보고, 여회(如晦)의 가연(家宴)이 진신(縉紳)들의 모임으로서 한림제유의 모임에 비견할 만하다는 점을 표현했다고 할 수 있다. 성현은 여회가 베푸는 "蓄書畵極其精, 貯絲竹極其妙, 邀朋友, 亦必豊水陸之品, 宴飮而娛樂之"를 연락으로서 본 듯하다. 이 연회에 참석한 진신들은 취자(吹者) 용음(龍吟), 격자(擊者) 타후(鼉吼), 탄자(彈者) 옥쇄(玉碎), 창자(唱者) 주관(珠貫)이 연행하는 음악 풍류의 연락적 분위기 속에서 통음대취(痛飮大醉)하여 즐거움을 만끽한다.

　성현은 이런 연회의 분위기를 연락의 의미로 상정하고 있는 듯한데, 이로 볼 때 「한림별곡」에 대한 애호는 음악의 공효성에 있지 않다고 판단된다. 연음이 주도하는 태평기상의 분위기를 대변하는 음악으로서 「한림별곡」의 풍류를 끌어왔다고 할 수 있다. 따라서 이것은 음악의 공효성으로서의 중화의 덕을 기르고 탕척사예하는 기능과는 다른 차원의 음악 향유로 볼 수 있다. 공효한 음악은 바로 온유돈후한 상태일 터인데, 성현이 시에서 정의한 온유돈후는 "和易平澹, 典實醞藉, 無浮誇淫艶之態"192)를 함축하는 의미이다. 이에 비견한다면 「한림별곡」의 의취는 이런 의미와 거리를 두고 있다.

　성현이 호방질탕한 음악과 분위기에 대해 긍정적 찬사를 보내면서도, 연회의 풍속이 변한 것에 대해 부정적 시선을 보내기도 한다. 그러나 그 부정적 시선이 여항에서 일어나는 음악 연행에 대한 비난으로서 서술되지는 않는다.

---

191) 김풍기, 「조선 전기문학론」, 고려대 박사논문, 1995.
192) 성현, 「富林君詩集序」, 『虛白堂集』 권8, 『문집총간』 14, 476면.

풍속이 옛날과 같지 않은 것이 많다. 옛적에는 잔치를 베푼 뒤에 악을 하였으며, 먼저 전두를 갖춘 뒤에 기생을 청하였다. 찬품에도 규제가 있으며, 음악은 「眞勺」慢機·「紫霞洞」·「橫殺門」 등의 곡을 연주하게 하고, 조그마한 잔을 돌려 수작을 하나 술은 조금씩 따르고, 낮은 소리로 노래를 불렀으되 떠들고 주정하는 데까지 이르지 않았다.

근래에는 연품이 모두 사치스럽다. 밀과는 모두 짐승의 모양으로 만들어 사용하고, 이미 찬상을 마련하고도 또 차난을 마련하니 좋은 안주와 맛있는 음식이 없는 것이 없고, 湯이나 구운 고기는 모두 쌓여서 한 가지가 아니다. 술이 끝나기도 전에 번거롭고 조급한 관현을 뒤섞어 날랜 장고와 빠른 춤을 추되 쉴 줄 모른다. 더러는 射會를 빙자하고, 더러는 迎送을 빙자하여 장막이 都門 밖에까지 나오게 되며, 종일토록 職事를 안보고, 또 저택에서 세 사람만 보여도 반드시 妓樂을 쓴다. 여러 관청의 僮僕을 남에게서 빌려와 음식을 장만하게 하는데, 조금이라도 맞지 않으면 반드시 매질을 하니 동복이 날로 빈곤해진다. 娼妓에게도 宴幣를 주지 아니하고 아침저녁으로 뛰어 다니게 하여 의복이 해지며, 글을 갖고 청하는 것이 많아서 사람들이 모여들어 伶官이 調樂을 할 수 없게까지 되었다.[193]

성현 당대에 사치스러운 연회의 풍속도와 기악(妓樂)의 번성이 사회적으로 확산되었던 현상을 말해주었는데, 이것은 성종 연간의 사대부들에게 일반화된 풍조였다고 생각된다. 이에 대해서는 신진사림들도 예외는 아니었던 듯하다. 남효온을 중심으로 한 사림들의 음악에 대한 애호와 송도를 유람하며 벌인 음악 연행은 이런 세태를 반영하는 것이라 할 수 있다. 「후전곡」이 치세(治世)의 음(音)은 아니라고 인식하면서도 이총(李摠)이 즐겼던 일이나, 일반 여항에서 상당히 좋아하는 노래임을 밝혔던 김일손의 태도는 일반적 음악의 향유를 유교적 악론으로 제약하지 않았던 정황

---

193) 성현, 권오돈 외역, 『용재총화』 권1, 『국역대동야승』I, 민족문화추진회, 1971, 20면. "風俗之不如古者多矣, 古者設華筵然後用樂, 先備纏頭然後請妓, 饌品有制, 樂奏眞勺慢機紫霞洞橫殺門等曲, 傳小杯酬酢, 淺斟低唱, 不至呼呶伐德, 今也宴品皆豪侈, 密果皆用鳥獸之形, 旣設饌盤, 又設饌盤, 佳肴珍味, 無所不陳, 湯炙皆疊而不單, 酒未畢, 繁絃促管雜用, 賁鼓屢舞不休, 或憑射帳, 或憑迎送, 帳幕相連於都門外, 終日遨遊, 廢棄職事, 又聚邸舍, 三人相遇, 必用妓樂, 各司僮僕, 稱貸於人, 以備酒食, 稱有不協, 必加鞭笞, 日就貧困, 娼妓亦無宴幣, 晨夕奔走, 衣服彫獘, 馳書請之者坌集, 至使伶官, 不得調樂也."

을 말해주는 것이다.[194] 노래의 부정적 측면을 인정하면서도 이를 즐겼던 것은 개인적 노래 향유가 일상의 영역에 놓인 것이라고 보고, 그런 현실적 측면을 자연스러운 것으로 받아들였기 때문이다.

그러나 일반적 대세가 그렇다 하더라도 명실상부한 음악 기호를 지닌 사람들은 다른 태도로 음악을 향유하기도 했다.

> 贊成 鄭矩와 留後 鄭符는 모두 대부 정양생의 아들이다. 형제가 모두 음악에 조예가 있어 찬성은 거문고를 잘 타고 유후는 알지 못한 바가 없었으며 용모도 웅위하였다. 부인이 혹 시골에 내려가면 유후는 홀로 집에서 운산을 바라보고 거문고를 타며 때때로 스스로 노래를 불러 이로써 낙을 삼았을 뿐이요, 일찍이 분바르고 눈썹 그린 계집들 사이에서 취한 일이 없었다.[195]

정구와 정부가 음악에 조예가 있고, 거문고 연즈에 능한 사대부였음이 위의 자료에서 드러난다. 여기서 중요하게 다룬 요점은 정구가 홀로 거문고 타며 노래 부르는 일을 낙으로 삼았지 기생들 사이에서 취해 즐긴 일이 없다는 사실이다. 이는 김자고나 성현이 즐기던 향연의 분위기와는 사뭇 다른 사대부 음악 연행을 보여주는 것이다. 홀로 거문고 타며 부른 노래가 어떤 성격일지 알 수 없지만 질탕하게 흐르는 연석의 자리에서 불리는 음악과는 분명 달랐을 것으로 추측된다.

거듭 말하지만 그 음악관이 어떠하든 이 시기 주연의 자리에 동반되는 음악적 풍류문화는 대단히 성행했다는 사실이다. 왕실과 사대부들이 주연에서 악공과 기악(妓樂)을 동반하는 것은 너무나 자연스러운 분위기였다. 실록을 들쳐보면 연산조 이전에도 너무나 빈번히 궁중의 악공과 기생

---

194) 趙寅永,「金馹孫諡狀」,『濯纓集』권7,『문집총간』17, 281면. "有曰, 後殿曲事, 昔在西湖也, 茂豊副正摠, 携琴相訪, 彈後殿曲, 其曲哀, 非治世之音."
    연산 04 / 07 / 12(병오). "김일손이 아뢰기를, 후전곡은 슬프고 촉박한 소리온데 나라 사람들이 좋아하여 가동 항부라도 또한 모두 노래하였습니다."

195) 성현,『용재총화』권3,『국역대동야승』I, 민족문화추진회, 1971, 78~79면. "鄭贊成矩 留後符, 皆鄭大夫良生之子也, 而兄弟皆知樂, 贊成能鼓琴, 留後則無所不曉, 容貌雄偉. 夫人或下鄕曲, 而留後獨在家, 面對雲山, 手撫鳴絃, 時時自歌以爲樂, 不曾醉於粉黛間."

들이 사대부 연석에 불려 다녔으며, 사적으로 궁중 밖에 유출되어 궁중연향에 문제를 초래하는 일도 일어난다. 물론 이런 일이 문제가 되어 탄핵받기도 하지만, 여기(女妓)와 악공(樂工)이 설행되는 사대부 연회는 아주 일반적인 것으로 그에 대한 사회의 시선은 관대했다고 할 수 있다. 궁중 내의 공연(公宴)에서는 여악(女樂)의 도덕성 여부를 논쟁하지만, 그 밖의 장소에서 베풀어지는 여악을 허용하는 조정대신들의 태도는 이를 증거해 주는 것이라고 하겠다. 이런 사회적 분위기는 서울을 중심한 음악 풍류의 번성으로만 그치지 않고, 일반 향촌의 선비들도 이런 풍속에 익숙했던 듯하다.

(2) 김종직의 음가(淫歌) 향유 비판과 규제 논의

앞서의 사대부들은 대체로 현실에 놓인 음악의 다양한 성향을 인정하는 방향에서 이를 수용하였고, 특정한 몇몇의 개인은 엄격한 음악적 정도를 지키려는 태도를 보여주었다. 이들은 당대의 기악(妓樂)이나 음란한 속악이 일반화된 현상을 문제시하거나 비판하며 규제하려는 시각을 내비치지는 않는다. 즉 궁중공연에서 여악(女樂)과 음사(淫辭)가 부정되었지만 사대부 개인이 일반 사서인(士庶人)들 사이에서 연행되는 음악을 비판하고 문제삼는 일은 없었다. 그런데 유일하게 김종직(金宗直, 1431~1492)은 당대의 음악 연행 풍조를 비판한다. 유자의 교육시설인 향교에서조차 떠들썩하고 방탕하게 벌어지는 주연(酒宴)의 풍류는 일반적인 일이었던 듯, 김종직은 이를 문제삼는다.

> 요사이 학규가 퇴폐해져 長幼가 절도를 가벼이 여기고 新進이나 오래 공부한 사람들도 윤리를 잃어버려, 絃誦의 소리가 거의 끊기고 교만하고 음란한 풍속을 서로 숭상하여 비방하는 소리가 매번 관부에까지 미쳤다. 단점을 폭로하는 것이 붕우 사이에까지 미치게 되었으니 그 하는 짓이 초동목수들조차 발설하기 부끄러워하는 바에 이르렀다. 진실로 이와 같다면 향교가 저절로 그 속습에 무너졌으니 어찌 한

고을의 관감됨과 흥기함을 바랄 수 있겠는가? 또 듣자하니 교방의 창녀들을 사람들이 저마다 차지하여 재사에 불러들여 자고, 혹 서로 훔치는 경우도 있다고 한다. 또 釋奠日에 술마시며 복을 빌고 스승과 존장이 장수를 기원하며, 무릇 宴好하는 날에 명륜당 위에서 妓樂을 앞에 벌이고 학생이 뒤섞이어 음란하게 노래하고 방만하게 춤추며 희학하고 친압하며 껄껄거려서 온갖 추태를 다 보이며 밤낮 없이 놀았다. 스승 자리에 앉은 자는 또한 옛 도를 지킨다고 하면서도 태평스러이 괴이적게 여기지 않고 마침내는 입을 꽉 다물고 제지하지 않는다. 제지하지 아니할 뿐만 아니라 또 좇아서 주정하고 방만하는 자도 이따금씩 있으니 아, 이는 곧 풍교의 한 요체를 손상시키는 것이다. 무릇 齋라고 일컬어지는 것은 몸가짐을 검속하는 곳이요, 명륜이라 일컬어지는 것은 인륜을 천명하는 것을 강론하는 곳이다. 이렇게 이름지어진 것이 어찌 단순한 일이었겠는가? 요즈음은 음란을 조장하는 노래나 부르는 곳이 되었으니 또한 설만하지 아니한가? 선왕이 사람들 가르치매 태어나 13살이 되면 음악을 배우고 시를 읊게 하였으며 작을 들고 춤추게 하며, 열 다섯이 되어서는 象을 춤추게 하고 이십이 되어서는 대하와 춘하를 추게 하고, 예악을 가르쳤으니 이는 모두 삼가고 밝히는 방법인 것이다. 어찌 일찍이 세속의 남녀가 금수의 짓거리와 같이 서로 좋아하는 것으로 즐거움을 삼았겠느냐. 하물며 鄭聲을 내친 것은 공자가 안연이 나라를 다스리는 법을 물은 것에 대한 답변이었다. 요즈음은 釋奠의 날에도 鄭衛·桑濮의 妖邪하고 미혹시키는 音이 聖廟의 주변에서 일어나니 옳은 일이겠느냐? 강학이 不明해짐을 이에서 유추할 수 있다. 내가 이전에 주변의 식자들과 더불어 이런 점에 대하여 이야기하며 일찍이 마음속으로 개탄해하지 않은 적이 없었다. 여항의 풍속은 비록 갑작스럽게 혁파되기 어렵지만 상서의 습속은 어찌 구습을 因循하게 할 수 있겠는가?196)

---

196) 김종직, 「與密陽鄕校諸子書」, 『佔畢齋集』, 『문집총간』 12, 402면. “比來, 學規頹廢, 長幼凌節, 新舊失倫, 絃誦之聲殆絶, 驕淫之風相尙, 誹謗每及於官府. 告訐形於友朋, 其所爲, 至有樵童牧豎所羞道者. 信如是, 則鄕校自壞其俗也, 尙何望於一鄕之觀感而興起乎. 抑又聞, 敎坊倡女, 人各自占, 招宿齋舍, 或有相竊者. 且於釋奠飮胙及師長稱壽, 凡宴好之日, 明倫堂上, 妓樂前陳, 靑衿雜糅, 淫歌慢舞, 詼嘲媟笑, 脩諸醜態, 夜以繼晝, 居師席者, 亦狃於故常, 恬不之怪, 遂含糊不之禁. 非惟不之禁, 又從而沉酗袒裼者, 往往有之, 噫, 斯乃傷風敎之一大端也. 夫齋云者, 所以收斂也, 明倫云者, 所以講明人倫也. 以是爲名, 夫豈徒哉. 今乃以爲宣淫歌呼之地, 不亦褻乎. 先王之敎人, 生十有三年, 學樂誦詩, 舞勺, 成童舞象, 二十而舞大夏春夏, 敎以禮樂, 是皆所以爲齊明之具也. 曷嘗以世俗男女相說如禽獸之行之爲者, 爲樂哉. 而況放鄭聲, 夫子所爲答顔淵爲邦之問也, 今以釋奠之日, 而鄭衛桑濮妖邪蠱惑之音, 作之於聖廟之傍, 可乎. 講學之不明, 玆可類推, 某頃與吾黨識者, 語及于此, 未嘗不憤切于懷. 以爲閭巷

　인용된 자료는 김종직이 고향인 금산에 돌아와 한거하는 중에 밀양 향교의 제자(諸子)들에게 향교(鄕校)의 규약을 바로잡도록 권면하는 의도로 1482년 4월에 보낸 서간(書簡)이다. 김종직은 학교가 퇴폐해진 현실을 개탄하면서, 그 폐단을 척결하여 흥기하기를 바라는 마음을 표현하였다. 학교의 퇴폐로 인한 풍속의 괴란을 염려하면서, 향교에서 벌어지는 연회의 풍속도를 기술하였다. 교방의 창녀들을 끼고 향교의 재사(齋舍)에서 자거나, 석전일(釋尊日)에 명륜당에서 연음을 벌이면서 기악(妓樂)을 배설하고 '음가만무(淫歌慢舞)'하는 추태가 주야(晝夜)로 이어지니, 이를 개탄한 것이다. 풍교(風敎)를 해치는 연음(宴飮)의 작태가 당시에 비일비재했으며, 게다가 명륜당에서까지 벌어지니 김종직은 이를 심각하게 받아들인 것이다. 학생들에게 예악을 가르쳐야 할 명륜당이 풍속을 어지럽히는 장으로 변질되었음에 분노하면서, 정성(鄭聲)을 내치는 것이 나라를 다스리는 길이라고 한 공자의 말을 거론하여 이런 풍속을 바로 잡아야 한다고 보았다. 세속의 남녀상열한 행동 즉 기악(妓樂)을 끼고 음란한 노래를 부르는 행태가 과연 옳은 것인지를 반문한다. 예악의 악(樂)은 바로 삼대 선왕이 제작한 음악이라는 것을 강조하면서 연음(宴飮)의 음악을 '음가(淫歌)'로 그리고 "鄭衛桑濮妖邪蠱惑之音"으로 규정하고, 향교에서의 문란한 연향 풍습을 척결해야 한다고 본 것이다.

　특기할 만한 것은 김종직이 여항의 풍속은 갑자기 혁거하기 어렵더라도 학교의 습속은 시급히 개선해야 하지 않겠느냐고 한 시각이다. 그가 세속의 음악을 부정적으로 보면서도 쉽게 손댈 수 없기 때문에 어쩔 수 없이 인정한 점은 세속의 음악에 대해 관대한 태도를 보였던 앞서의 조정대신들과 차이가 있다. 조정대신과 김종직이 음가(淫歌)를 부정적으로 보는 태도는 유사하지만, 세속의 음악 흐름을 허용하는 입장과 쉽게 혁거할 수 없으니 그대로 둔다고 보는 입장 사이에는 음악에 대한 인식 차이

之風, 雖難猝革, 庠序之習, 何忍因循."

가 분명히 존재하는 것이다. 당대의 조정대신들은 유교적 악론의 실천을 국가적인 차원에 국한해서 적용하였는데, 김종직은 유교적 악론의 실천을 대사회적인 시야로 확산시키려 했던 것이다. 신진사림으로서의 김종직이 일반에서 연향되는 음악(淫樂)조차 부정하는 태드는 중종조의 사림들이 범사회적으로 음악풍속을 교화하려는 시도의 원천이 된다. 그런데 김종직은 일반 여항 음악의 성향에 대해서 비난의 날을 세우면서도 현실적 측면에서 볼 때 여항의 음악이 쉽게 개혁될 성질의 것이 아님을 인정하고 사습(士習)을 개선하는 방향에서 향교 선비들의 음악 향유를 문제시했던 것이다.

남녀상열의 음가(淫歌)를 금수와 같은 행동을 하는 것으로 규정하는 김종직의 태도는 다른 신진사림에게서 볼 수 없었던 태도이다. 시(詩)의 학습도 거부했던 정여창과 같은 강경한 신진사림이라면 음악에 대해서도 같은 입장을 보였겠지만, 이들과 같은 신진사림으로 대변되는 남효온·김일손 등의 무오사림들은 음악 향유의 번성을 주도했던 인물로 다양한 음악의 측면을 인정하고 있었다. 따라서 성종대의 신진사림들에 내재한 문화취향을 단일한 성격으로 일별하기는 어렵다.

김종직이 여타 사림들과 다르게 유교적 악론의 실천을 대사회적인 음악 교화에 두게 된 계기는 향교의 풍속에서 촉발된 즉흥적이고 단순한 발상에서 비롯된 것은 아니다. 그가 지닌 폭넓은 음악에 대한 관심이 선비들의 음악에 대해 주목하게 된 기저가 된 것이고, 이 때문에 위에서도 언급했듯이 당대의 음악 연행에 대해 지속적으로 고심했던 것이다. 김종직의 폭넓은 음악에 대한 관심은 「동도악부(東都樂府)」나 「세조혜장대왕악장(世祖惠莊大王樂章)」의 창작에서 확인할 수 있는데, 「동도악부」와 같은 작품은 문화에 대한 주체적 계승 의식이 현저하게 드러난다.[197] 우리의 전통 속에서 음악문화의 계승적 측면을 찾아내려는 시도를 하였기에 당

---

197) 정경주, 『성종조 신진사류의 문학세계』, 법인문화사, 1993.
　　 김영숙, 『한국영사악부연구』, 경산대 출판부, 1998.

시에 연행되던 음악에 대해 비판적 문제의식을 지닐 수 있었다고 판단된다. 이처럼 음악에 대한 관심이 있었기에 김종직은 국가적인 음악의 영역에 국한되었던 15세기 유교적 악론의 실천을 대사회적인 영역으로 확장 적용하여 일반의 음악 연행 풍속을 비판할 수 있었던 것으로 보인다. 그 결과 일반적으로 향유되는 음악에 대해서도 문제시하면서, 실제적 개혁이 용이한 선비들의 음악 향유에 초점을 두었던 것이다.

　향유의식을 통해 드러난 결과를 요약해 본다면, 15세기 사림들은 유교적 음악관을 분명 유념하고, 이를 추구하려는 모색의 과정을 보여주고 있지만, 현실적 측면에서의 음악 향유에 대해서는 보다 유연하게 대응했다. 음악이 주는 정서 순화의 측면을 충분히 인지하고 이를 유교적 음악관으로 설명하면서도, 세속의 음악이 가질 수 있는 열락적 성향에 대해서는 또 다른 측면에서 가능할 수 있는 음악적 성격으로 규정하고 이런 자연스런 흐름을 제약하지 않았다는 것이다. 세속의 음악적 흐름을 거부하고 바른 음악의 경지를 모색했던 소수의 사대부를 제외한다면 전체적으로 세속의 음악에 대한 개혁적 논단을 표명하지도 않았고, 또 그러한 부정도 미약했다고 할 수 있다.

제 3 장

16세기 — 악론(樂論)의 수기적(修己的) 실천과 국문시가론 모색

1. 연산조 예악의 문란과 예악정책의 한계 인식

1) 연산조 예악의 문란과 중종대의 예악회복 의지

성종대에 이르기까지는 궁중음악에 관한 논의가 예악을 실현하려는 의지에서 일어났다. 그 과정에서 예악 정신의 실현을 이루기도 하고, 전래의 관습을 벗어나지 못하는 경우도 있었지만, 그 지향점은 예악적 사고에 의한 궁중문화의 정화에 두었다. 세종대와 성종대에 궁중음악의 정비가 체계적으로 이루어졌고, 그 결과 아악이나 정재음악에 대한 논의가 연산대 이후로는 나타나지 않는다. 다만 계속해서 문제가 되는 것은 여악의 문제였다. 여악을 정전(正殿)의 공연(公宴)에서 제외할 것을 번번이 논의하였는 데도 불구하고 그 개혁에는 실패했다. 따라서 연산 초에도 여악을 문제삼은 조정대신들의 상소가 잇따르게 된다.

　　장악원 제조 한치형(韓致亨)은 경저(京邸)와 관사(觀射)에서 관리들이 궁중여악과 악공을 부르는 일이 성행하여 음악 익힐 틈이 없게 되자 이를 규찰할 것을 건의한다.[1] 여악의 문제라기보다는 악공들의 처신 때문에 나오게 된 상소이지만, 이를 통해 성종대에 이르기까지의 안정된 정치문화 속에서 사대부들의 여악과 관현 연행의 풍습이 얼마나 유행했는지를 알 수 있다. 이와 같은 세태를 염려하여 율려습독관 어무적(魚無跡)은 여악의 폐단을 상소하게 된다.[2] 여악이 폐지되지 않는 것은 대간·재상·시종들이 모두 이를 좋아하기 때문이라고 지적한다. 즉 여악이 궁중연향의 연행과 군사들을 위해 불가피하게 설치되었다는 것은 말도 안되는 허울뿐인 변명이며, 다만 사대부 잔치에서 노래하고 춤추는 도구에 지나지 않는다고 지적한다. 결국 어무적은 주(州)·군(郡)의 창기가 이미 수천 명이니 풍속을 개선해야 할 것이라고 건의하나 시행되지 않는다. 그러나 일반의 사대부 풍속에까지 예악의 회복에 대한 의지를 표출했다는 점에서 중종대 기묘사림이 이룬 외방(外方) 여악 혁파의 전단계로서 그 의미를 찾을 수 있다.

　　연산조의 예악문화에 대한 사고는 왕과 대신들이 궁중문화를 열락적(悅樂的) 분위기로 몰아가는 속에서 그 자취를 감추게 된다. 궁중잔치가 오락적 연음에 의해 주도되면서, 연산대는 전대의 왕과 유신들이 축적시켰던 음악의 공효성을 전혀 염두에 두지 않게 된다. 드디어 연산 10년에 궁중연회의 규제가 흐트러지기 시작한다. 국상이 있거나 천지재변이 일어난 경우 조정에서는 풍악을 울리지 않았던 것이 당연한 관례로 지켜져 왔는데, 연산은 국상중에 풍악을 써야 한다고 고집하게 된다.[3] 유순(柳洵) 등의 대신들이 이에 동의하면서, 풍악과 조회를 국상 중에 시행하여 예악적 사고에 의한 제어 장치는 완전히 풀리게 된다.

---

1) 연산 03 / 05 / 29(경오).
2) 연산 07 / 07 / 28(을해).
3) 연산 10 / 04 / 22(임오).

게다가 이를 옹호하기 위해 거론된 연산의 음악론은 유교적 음악사상과는 완전히 배치되는 성격을 띄게 된다. 연산은 몇 차례 음악론을 말했는데, 요약하면 음악은 탕척사예(蕩滌邪穢)이고 해수(解愁)에 목적이 있으므로 시름을 풀려면 화창해야 한다고 유교적 예악론과 전혀 반대되는 논리를 전개한다.4) 유교적 음악사상에 의하면 탕척사예(蕩滌邪穢)는 본래의 성정에 어긋나는 나쁜 기운을 씻어내려 마음속을 정화하는 상태를 말한다. 그러므로 음악을 듣게 되면 일점의 사욕도 없는 성정의 바른 상태를 함양하게 되는 것이다. 유교적 음악사상에서는 개인적인 욕구나 정감의 분출에 의해서 얻는 단순한 즐거움과는 거리가 먼 경지를 탕척사예로 본다. 그런데 연산은 이와 정반대되는 방향에서의 즐거움을 추구한다. 마음속의 시름과 같은 감정을 풀어주어 화창하게 만드는 일을 음악의 본질로서 해석한다. 더구나 잠시라도 몸에서 떠나면 안된다는 『예기』의 예악론을 아전인수로 해석하여 음악과 여악을 동반한 질탕한 풍류의 빈번한 연행을 주도한다. 탕척사예라는 말을 거론하는 태도도 그렇거니와 예악을 거론할 때도 유교적 음악론의 본래적 의미와 전혀 반대되는 방향에서 끌어들이고 있는 것이다. 연산의 음악 인식은 시인식에서도 동일하게 나타난다. 음악은 기운을 화하게 하는 것이요, 시는 정이 통하는 것이라고 생각하는 것이다. 연산은 유교적 예술관을 쓸데없는 명분에 끌려 그 성품을 상하게 하는 것이라고 판정하는데,5) 이는 정감의 본성적 측면을 강조하는 예술관이라고 할 수 있다.

연산은 유교적 명분을 부정하면서, 성정을 순화하는 것이 아니라 즐겁게 하는 데에 음악의 본질이 놓인 것임을 강조한다. 시름을 씻으려면 음악이 화창해야 한다고 보는 것이 연산이 보는 아주 중요한 음악의 역할이다.

---

4) 연산 10 / 04 / 22(임오).

　연산 10 / 12 / 08(갑자).

　연산 11 / 06 / 09(임술). "傳于承政院曰, 夫樂者, 所以蕩滌邪穢, 亦所以解愁也, 技雖第一, 而貌醜則非徒不得解愁, 祇以起愁而已."

5) 연산 10 / 12 / 23(기묘).

이런 기능에 부합하기 위해서는 미색을 갖춘 여기와 즐겁고 호탕한 색채의 음악이 요구된다. 따라서 연산은 수많은 기생을 뽑아 올리게 되고, 연향의 가기(歌妓)들에게 다양한 노래의 레퍼터리를 연향할 것을 다그치게된다. 사대부가(士大夫家)에서 개인적으로 기르던 성기(聲妓)들이 차출되고,6) 이행하지 않으면 처벌을 받는 등 연음에 골몰한 연산조의 폐단은 극에 달하게 된다. 이런 까닭에 기예와 미색을 갖춘 여기를 자꾸 뽑아 올려, 경국대전에 명시된 경기(京妓)는 150명이었으나 연산대에는 홍청·운청·계평·속홍으로 불리며 서울에 머문 여기가 수천 명에서 만여 명에 이를 정도였다고 한다.7) 주·군의 여기가 수천 명에 이른다고 걱정했던 연산초의 어무적의 상소를 상기한다면 전국의 여기(女妓)가 서울로 집중되었다고 해도 과언이 아니다. 여기(女妓)가 엄청난 수로 팽창하고, 궁중의 향락문화가 극에 달하면서 일반 민간에까지 그 영향을 미치게 되면서 사습(士習)도 함께 퇴폐해졌다고 한다. 적어도 성종대까지 궁중음악에서 유념했던 유교적 예악의 사고는 연산대에 와서 완전히 자취를 감추게 된다.

연산의 폐정(弊政)은 1506년 9월 1일 중종을 추대한 일련의 반정(反正)세력에 의하여 막을 내리게 된다. 반정 세력들은 유교적 명분 회복을 앞세우며 연산조에 그 폐단이 극에 달한 인습(因習)과 구제(舊制)의 혁거를 시도하게 된다. 중종반정은 박원정(朴元定)·성희안(成希顔)·유순정(柳順汀)·신윤무(辛允武)·박영문(朴永文) 등 117인에 달하는 공신을 배출하게 되는데, 중종 8년(1513)까지는 이들이 지배체제를 주도하게 된다.8) 반정의 명분에 입각하여 이들 공신세력은 내수사(內需司) 장리(長利)나 기신재(忌晨齋) 등의 궁중인습을 혁거하는 문제와 교육진흥책 등을 거론한다. 이러한 개혁정책은 중종 9년 이후 조광조를 위시한 기묘사림들이 등용되어 강력한 지치(至治)를 추진하게 되면서 가속도를 밟게 된다. 개혁의 정책안과 그 실

---

6) 연산 11 / 10 / 09(경신).
7) 김종수, 「조선전기 여악 연구」, 『국악원논문집』 5, 국립국악연구원, 1993.
8) 이병휴, 『朝鮮前期 畿湖士林派 硏究』, 일조각, 1984, 52~53면.

행이 반정의 명분에 실려 추진되었으나 명실상부한 개혁을 사회 전반으로 확산하는 것은 기묘사림의 등장에 의해서야 가능한 일이었다.9) 왜냐하면 반정세력을 구성하는 공신들 중 연산조에 활동하던 훈구세력들이 다수 포함되어 있었고, 이들은 의식의 보수성이라는 태생적 한계를 이미 안고 있었기 때문에 당면한 인습(因習) 혁거에 대해 다소 유보적인 태도를 보였다.10)

연산조에 극성을 부리던 여악(女樂)과 음란한 음악의 연행은 개혁의 주요한 대상이 되는데, 이 개혁을 추진하는 과정은 반정세력들의 저와 같은 성향에 의해서 좌우되었다고 할 수 있다. 즉 개혁적 성향의 인사들과 훈구세력 간의 의견 차이에 의해서 다소간의 유보와 제한적 정책 시행을 겪다가 기묘사림의 등장으로 근본적인 혁거에 박차를 가하게 되는 것이다. 여기서는 중종 초기 반정세력이 전개했던 여악과 음사 논란이 어떤 식으로 매듭지어 가는지를 기술하겠다.

여악 혁파는 연산조에 흐트러진 풍속(風俗)을 정비하기 위해 중종 1년(1506)부터 거론되기 시작한다. 연산조를 거치고 난 직후라 대신들은 군주가 음란한 음악과 여악에 탐닉해서는 안된다고 강조하여, 국왕에게 경계심을 다잡게 한다. 그리하여 시강관 최숙생·시독관 김안국·시독관 김세필·특진관 박안성·집의 성윤조·영사 유순 등의 공신들은 여악을 혁파해야 한다는 데 중론을 모으게 된다. 이들은 "궁궐로부터 아래로 사대부의 집에 이르기까지 여악만을 숭상하므로 여악이 극성하여 무례하고 바르지 못하니 여악을 폐지하고 아악을 정비해야한다"11)는 의견을 통해 당시의 음악을 진단하고 그 해결 방안을 내놓게 된다. 반정을 통해 등극한 중종대에는 연산대에 자행된 폐단을 척결해 나아가야 할 입장에 있었

---

9) 이병휴, 『朝鮮前期 畿湖士林派 研究』, 일조각, 1984 117~159면.

10) 이병휴, 위의 책, 52~53면.

11) 중종 01 / 11 / 18(계사).

중종 01 / 12 / 17(신유). "近來上自宮闕, 下至士大夫之家, 專尙女樂, 故女樂極盛, 藝慢而不正, 臣願廢女樂, 以正雅樂."

기 때문에 조정의 대신들은 여악의 혁파를 더욱 중요시하게 되었다고 할 수 있다. 더구나 그 여악 혁파의 범위가 궁중에 한정되는 것이 아니라 사회 전반의 영역을 포괄하였다는 점에서 일대 진전을 이루었다고 볼 수 있다. 전대에도 이미 사회전반의 여악 사용을 문제삼았던 적은 있었지만, 중종대에는 이 문제가 좀더 강도 높게 진행되었다는 점에 주목해야 한다.

그러나 여악 폐지 문제는 발의된 직후 바로 개혁의 조짐을 보이지는 못했고, 그 뒤 간헐적으로 논의되어 오던 끝에, 중종 4년 11월 그 혁파의 당부(當否)가 의정부 대신들의 협의에 맡겨졌는데, 혁파에 찬성한 인물은 김수동(金壽童)·노공필(盧公弼)·신용개(申用漑)뿐이었다. 대부분의 대신들은 예조판서 정광필(鄭光弼)의 의견을 좇아 반대를 하게 되고, 여악 혁파는 유보된다. 정광필이 여악 혁파를 반대하는 이유는 바로 군사들을 위무하는 일과 복장을 마련하기 어렵다는 현실적 측면을 고려해서이다. 정광필과 같은 공신 세력의 대다수가 개혁에 대응하여 보수적 자세를 유지했기 때문에 광범위한 여악 혁파를 발의했지만 결국 실현되지 못한다.

여악의 존속은 유교적 명분 회복이라는 개혁 추진에 걸림돌이 되는 사안이었다. 따라서 다시 여악 혁파의 현실성 여부를 의논케 된다. 최숙생은 정전(正殿)의 사연(賜宴)에서 연행되는 여악을 폐지하자고 건의하고, 집의 김관(金寬), 시독관 홍언필, 사경 황여헌은 여악 자체를 다 폐지해야 한다고 하여 근본적인 개혁을 요청한다. 그러나 여악을 근본적으로 혁파하자는 강경한 논리는 내연에 사용할 여악을 대치하지 못한다는 현실적 난관에 의해 보류된다.[12] 이처럼 대신들이 내세운 여러 여악 혁파 안을 수렴한 끝에, 중종 5년(1510) 10월 21일 성희안·정광필(鄭光弼)·강혼(姜渾)·신용개(申用漑)·성세정(成世貞)·권균(權鈞)·정미수(鄭眉壽)·박열(朴說)·한세환(韓世桓)·김봉(金榜)·성몽정(成夢井)·홍숙(洪淑) 등이 주장한, 정전에서의 여악은 폐지하고 내연에서만 사용하는 안건이 채택되는 것으로 일단락된다.

---

12) 중종 05 / 10 / 21(갑진).

그에 따라 과도하게 비대해진 서울의 여악을 필요한 숫자만 남겨 줄이고, 작은 고을은 폐지하는 방향으로 나아가게 된다. 그 결과는 정전을 제외한 나머지 연향에서는 여악을 그대로 허용하는 것이어서 근본적인 혁거는 이루어지지 않는다. 이것은 기실 성종조에 이르기까지 여악 폐지에 대해 가졌던 유신들의 의견을 넘어서는 수준은 아니다. 그렇지만 정전(正殿)에서의 여악 폐지를 제도로서 실천한 일은 세종대 이후로는 사실상 없었기 때문에 보수적인 공신세력에게 있어 반정의 명분이 얼마나 강력한 견인력인지를 보여주는 사안이라 하겠다.

대신들은 정전의 여악 폐지에 대해서는 이론이 없었으나 내연·곡연(曲宴)·수자리하는 군사들을 위해 여악이 존속되어야 한다는 점에는 다소간의 이견을 보인다. 대체적으로 대신들은 인습 변화를 긍정하지 않는 경향을 띠어, 내연·곡연 등의 여악 사용과 각 지방의 여악 존속을 적극 옹호하는 편이었다. 대신들의 의견이 실행되어 정전의 여악을 폐지하면서, 경기의 정원을 150명에서 80명으로 감하고, 가두동은 80명을 두되, 11세에서 15세 사이의 공천과 양인을 뽑고, 충청도의 임천·단양, 경상도의 선산·함안·풍기·합천·예천·거제, 함경도의 안변, 강원도의 삼척·춘천, 전라도의 순천·장흥, 평안도의 자산 등지의 여기를 혁파하게 된다.[13] 뒤에 대간이 내정의 여악 혁파를 다시 청하자 여기의 정원 감량으로 논의가 모아져, 결국 내연을 위한 정대업의 풍악에는 70명을 써야 하므로 경기(京妓)는 그대로 두고 고부와 울산 등 두 고을에서 여기를 감하게 된다.[14] 궁중정전에서 남악을 쓰는 것으로 최종 결의되면서 전국의 여기 감량(減量)으로 이어졌으니, 중종 초기의 여악 혁거는 전대보다는 진전된 성과를 이루었다고 할 수 있다.

그 뒤 궁중정전의 공연 때 무동을 쓰게 되자 현실적인 논의가 뒤따르게 되어 무동의 인원은 30인으로 하고, 나머지는 악공으로 대치하는 문제

---

13) 중종 05 / 10 / 27(경술).
14) 중종 05 / 11 / 20(임신).

가 제시되기도 한다.15) 여악 혁파를 위한 여러 논의를 거쳐, 중종 6년 3월 16일 모화관에서 무과시험을 보일 적에 남악을 쓴 이래, 중종 15년에 이르기까지 10여 년간 정전에서 베푸는 연회에서는 여악을 쓰지 않게 된다. 그렇지만 여악에 대한 보다 근본적인 혁거는 대신들 다수가 반대하였기 때문에 시도되지 못하다가 중종 9년 이후 기묘사림들이 주도하는 체제로 진입하면서 그 대책을 마련하게 된다.

여악에 대한 부정은 동시에 속악에 대한 부정과 늘상 표리를 이루며 진행된다. 중종대의 반정공신들도 여악이 부르는 음란한 가사를 문제삼는다. 연산은 가기(歌妓)들에게 노래 레파토리의 다양성을 강요하였고, 또한 화창한 기운이 도는 음악을 연행하도록 그 분위기를 조장하였다. 가기(歌妓)는 미모도 갖추어야 했지만, 그가 부르는 음악의 성향도 이런 분위기를 따라야만 했다. 따라서 그 노래도 질탕한 연향의 분위기를 고조시키는 성격의 노래가 다수 불리었을 것이다. 그러므로 중중 초기의 대신들은 정전(正殿)에서도 가리지 않고 공연되던 여악의 음가(淫歌)를 혁거할 것을 제안하게 된다.

참찬관 송천희(宋千喜)는 "여악(女樂)이 거개 부정(不正)하고 또 모두 '남녀상열지사'를 노래하여 너무나 설만(褻慢)하니 마땅히 연향(燕饗)에 쓰지 않아야 하며, 그 대신 장악원으로 하여금 『시경』의 글을 교습시켜 연례(燕禮)에 쓰도록 하자"고 주알한다. 왕은 이를 받아들여 "정전(正殿)의 연향(宴享) 때에는, 남녀가 서로 좋아하는 음악을 부르지 못하도록 하고, 예관(禮官)으로 하여금 단속하고 검찰하도록 하라"는 전지를 내리게 된다.16) 이때 '남녀상열지사'는 전대에 만들어 대치한 별곡(別曲)을 연행하는 것으로 조치가 취해지면서 정전 연례에서는 도덕적으로 순화된 노래를 불러야 한다는 원칙이 다시 확인된다. 성종대에도 이미 정전 연향의 노래 가사를

---

15) 중종 05 / 12 / 21(계묘).

16) 중종 04 / 09 / 29(무오). "傳曰 正殿宴享時, 毋得唱男女相悅之樂, 曾已教之, 其令禮官, 申明糾檢."

변개하였는데, 중종의 의지는 매우 강경하여 이의 실행 여부를 검찰하도록 명령까지 내린다. 그러나 중종조 대신들이 속악 음사를 부정하는 영역은 정전 연향에 국한되어 있었기에 전대의 논란 범위를 크게 벗어나지 않는 수준에서 해결되었던 것이다. 따라서 중종의 속악 음사에 대한 근본적 비판과 그 대책은 신진사림의 강력하고 폭넓은 문제의식 속에서 진척된 성과를 가져오게 된다.

2) 중종조 기묘사림(己卯士林)의 예악정책 확대와 악교(樂敎) 인식

(1) 여항의 여악(女樂)·속악 음사(淫辭) 비판과 정책 방향

중종 8년이 지나면서 서서히 신진사림들이 조정에 등용되다가 조광조 진출 후 중종 12년(1517)부터 신진사림들은 조정의 주요 관직에 포진되면서 급속히 성장한다.[17] 이 시기에 사림들이 앞세운 유교적 지치(至治)의 이상이 여러 방면에서 강력하게 추진된다. 이제까지의 개혁정책은 인습이나 제도와 같은 현실적인 벽을 넘어서지 못하여 아주 근본적인 변화에 이르지 못하고 부분적이며 일시적인 개선을 이루거나 혹은 유보되는 경우가 많았다. 이제 조광조를 비롯한 사림들은 몇몇 훈구대신들과 왕의 강력한 지원 아래서 유교적 지치(至治)에 의거한 근본적인 개혁을 서두르게 된다.

여악(女樂)과 속악(俗樂) 음사(淫辭)에 대한 보다 근본적인 혁거를 제시했던 소수 대신들의 의견은 이제 왕과 신진사류의 강력한 문제의식 속에서 본격적으로 수렴되는 절차를 밟는다. 즉 왕과 기묘사림들은 여악과 속악

---

17) 이병휴, 『朝鮮前期 畿湖士林派 硏究』, 일조각, 1984, 94면. 조광조를 위시하여 유교적 至治를 실현하려고 노력했던 일련의 신진사림들을 여기서는 기묘사림으로 지칭한다. 이들이 중종 15년 기묘사화에 연루되어 조정에서의 지배력을 상실하고, 현실 정치에서 자취를 감추었기에 이를 근거로 기묘사림이라고 부른다.

음사를 궁중정전에서만 제한해야 한다는 국면에서 더 나아가 일반 사대부를 비롯한 여항의 풍습에서도 이를 제어해야 한다고 보는 명실상부한 상하(上下) 교화(敎化)의 틀을 요구하였다는 점이다. 조광조를 비롯한 신진사림은 국가제도에서 지치(至治)를 실현하는 작업과 함께 사풍(士風)을 쇄신하는 데에도 힘을 기울였다. 지치(至治)는 제도적이고 정책적인 개혁과 동시에 이를 이끌어갈 왕과 사대부들의 덕업수양이 선결되어야 제대로 이루어질 수 있는 것이기 때문에, 사습(士習)의 근본적 개선에 대한 자각이 뒤따르게 된다. 즉 치세(治世)의 외양에 역점을 두면서 예악론의 현실화에 기울여온 역대(歷代) 조종(祖宗)의 노력에도 불구하고, 근원적인 교화의 작용이 이루어지지 않자 그 한계를 극복하고 근본적인 지치(至治)를 달성하기 위해 보다 폭넓은 치세적(治世的) 정책 실현과 군자의 덕업을 쌓는 수기적(修己的) 작업을 동시적으로 진행시키게 된 것이다. 이 과정에서 인습에 대해 보수적인 훈구대신들과 개혁적 신진사림들 사이에 이견(異見) 대립이 있었으나, 중종 15년 기묘사림이 철퇴를 맞기 전까지는 적어도 사림들의 주장이 왕의 적극적인 비호에 힘입어 공론(公論)으로서 중시된다고 할 수 있다.

　궁중의 외연(外宴)에서 여악을 확실하게 혁파하고 남악(男樂)을 설행하여 여악의 수를 감량하는 등, 중종 초기의 강력한 개혁 추진은 사대부의 여악 사용의 풍속을 재고하는 데에 이르기까지 그 파급 효과가 확산된다. 그 결과 중종 12년에는 북방을 제외한 내지(內地)의 여악을 혁파하자는[18] 의논이 이어지게 된다. 왕과 김정(金淨)은 여악을 근본적으로 통제할 것을 제안한다. 여악을 쓰기 때문에 사습(士習)이 문란해지니 이를 바르게 하자는 취지에서 궁중 밖에 존속된 여악의 폐지가 중요한 사항으로 떠오르게 된 것이다. 그만큼 전대와 다르게 여악의 폐해가 컸다는 반증이면서도, 일반 고을의 여기까지 문제삼을 만큼 예악론의 실현 범위가 확대되었으

---

18) 중종 12 / 01 / 11(정해).

며, 강경해졌다고 볼 수 있다. 여악 혁거의 중요한 논점이 궁중공연 중심에서 사습(士習)의 풍속에 대한 것으로 옮겨갔다고 하겠다.

내지(內地)의 여악을 혁파하자는 안건은 왕이 제안한 대책이지만, 전국적인 규모로 여악을 혁거하는 일은 대신들의 이견(異見)에 의해 다시 제자리로 돌아간다. 정광필·신용개·김전·권균·이계맹·허굉 등은 여악을 혁파하는 것이 정론(正論)이나 외방(外方) 여기(女妓)를 갑자기 혁파하면 내연의 공연에 차질이 생기니 그대로 두자고 현실적 측면을 고려하여 내지 여악의 존속을 주장한다. 이들은 여악으로 생길 수 있는 폐단을 법으로 엄히 다스리되, 그 제도는 존속시켜야 한다고 보는 입장이었다. 이런 대체적인 흐름 때문에 내지(內地) 여악의 존폐는 완전히 해결되지 않은 상태로 여악(女樂)에 탐닉하는 관리를 탄핵하는 등의 실제적인 규제의 움직임이 일어나게 된다. 신진사림들이 중심이 되어 음악과 여색을 좋아하고, 황음한 군수들을 다스려 체직시킬 것을 왕에게 건의했던 예가 그것인데,19) 비록 왕이 윤허하지는 않았지만 이를 통해 신진사림들이 여색과 방탕한 음악을 얼마나 강경하게 부정했는지 알 수 있다. 그렇지만 근본적인 혁파를 이루지 않는 한 이런 일은 계속 일어날 것이므로 사림들은 여악의 완전한 폐지를 원하게 된다.

외방의 여악 존폐(存廢)도 사림의 빈번한 논의에 의해 그 해결의 실마리를 찾게 되었다. 경중(京中)의 여악은 혁파될 수 없으나, 외방(外方)의 경우는 혁파한다는 결정이 그것이다. 적어도 중종 14년 2월 6일 경오(庚午)

---

19) 중종 13 / 07 / 25(임술). "조참(朝參)을 받고 조강(朝講)에 나아갔다. 지평 김식(金湜)·정언 김광복(金匡復)이 전의 일을 논하였다. 김광복이 또 아뢰기를, "울산 군수(蔚山郡守) 이순(李珣)은 음악과 여색(女色)과 사냥을 좋아하고 술을 좋아하며, 요즘에는 더욱 늙고 황음(荒淫)하여 백성을 다스릴 수 없으니 체직하소서" 하였으나 다 윤허하지 않았다."
　　중종 13 / 12 / 03(무진). "대간이 전의 일을 아뢰고, 헌부(憲府)가 아뢰기를, "예빈봉사(禮賓奉事) 이능(李菱)은 몸가짐을 삼가지 않아, 심지어 남의 처를 빼앗아 첩을 삼기까지 하였으니 속히 사판에서 삭출(削黜)하소서. 또 수원 부사(水原府使) 신연(申淵)은 성질이 본래 탐비하여 백성의 고통을 불쌍히 여기지 않고 음악을 잡히고 술마시기를 즐겨 백성들이 매우 원망하고 고통스러워하니 파직하소서" 하였으나 모두 윤허하지 않았다."

에는 서울의 여기는 두고, 외방의 여기는 혁파되는 역사적 사업을 진행하게 된다.

그러나 서울의 여기는 내연 때문에 폐지하지 않았기 때문에 사림들은 이것이 이치에 맞지 않는다고 생각하여 서울의 여기와 더불어 내연의 여악을 없애자고 건의하게 된다. 집의 박수문은 경사(京師)가 본원이므로 사특하고 더러운 음류(淫流)를 두는 것이 불가하다고 하여 경중의 여악 폐지를 상의한다.[20] 이러한 추진에 힘입어 조광조를 비롯한 신진사림은 내연의 여악도 차제에 뿌리뽑을 것을 주장한다. 훈구대신들은 외방의 여악 폐지에도 반대했었기 때문에 이 문제에 대해서는 신진사림들과 더욱 강경하게 맞서게 된다. 조광조·김정·구수복 등의 신진사림들은 내연에 춤을 없애고 다만 가시(歌詩)만 하던 중국의 전례를 들어 늙은 기녀 혹은 가비(家婢)를 써서 방중악으로 대치하자고 그 대안을 제시한다. 이에 대해 신용개·이유청 등의 훈구대신들은 내연은 어버이를 즐겁게 하기 위한 잔치이니 어찌 가무가 빠질 수 있느냐며 내연의 여악만은 있어야 한다고 강조한다.[21] 훈구대신들의 의견을 받아들여 내연의 여악 혁파는 실행되지는 않지만 사림에 의해 추진된 여악 혁파의 근본적인 대책은 상당한 성과를 이루게 된다. 즉 경중(京中)의 여악은 내연 때문에 존속한다 하더라도 외방의 여기는 혁파하게 된 것이다. 실상 조선 전기 역사상으로 여악 혁파에서 이만큼의 근본주의적인 개혁을 이룬 적은 없었다. 연산조의 폐단을 겪고 난 자각이 이러한 진전을 가능케 한 것이고, 유교적 지치(至治)가 궁중을 정화해야 할 뿐 아니라 사족의 풍속에서도 실현되어야 한다는 원칙적인 실천 논리에 의해서 가능했다고 할 수 있다.

한편 궁중외연(外宴)의 여악 금지만이 아니라 나라 전체에 여악금지 대책을 확대하여, 서울을 제외한 외방의 여악 혁파까지 단행했던 중종 15년까지는 음란한 가사와 방탕한 음악에 대해서도 보다 진전된 논의들이 등

---

20) 중종 14 / 02 / 08(임신).
21) 중종 14 / 02 / 12(병자).

장하게 된다.

이때에 전개된 민간의 '남녀상열지사'와 같은 음사 논의는 중종의 급진적인 시각이 도드라진다는 점에서 특이한 양상을 보인다. 궁중에서 불리는 민간의 남녀상열지사를 부정한 음악으로 보고 척결하려는 의지를 내보인 인물이 바로 중종 자신이었다. 중종은 궁중에서 불리는 남녀상열지사가 연향의 성격에 어긋난다고 보았을 뿐만 아니라, 민간에서 연행되는 일 자체도 부정적으로 인식하고 있었다. 신용개·김희수 등도 이에 찬동하여 여항과 악공들이 부정한 노래를 부르기 때문에 조정에 설만(褻慢)한 일이 생긴다고 하여, 교화(敎化)가 위에서 아래로 내려간다는 전대의 믿음을 역전시키고 있다. 그 발생을 차단해야만 나라 전체에서 교화가 이루어질 수 있다는 시각의 전환을 통해서 궁중의 부정한 음악 산개도 중시하지만 여항에서 발생하는 음사한 속악을 더 문제적으로 취급한 듯하다. 김희수는 무엇보다 불도를 칭찬하는 노래의 산거가 먼저 이루어져야 한다고 제안하면서 보다 본격적인 논의의 발판을 마련하게 된다.[22]

이에 따라 중종은 근본적인 대책을 제시하여 속악 음사에 대한 명실상부한 비판과 그 실행을 주도한다.

> 정원에 전교하였다.
> "…… 또 歌詞 가운데에 佛道에 관계되는 말, 남자가 여자를 기쁘게 하거나 여자가 남자를 유혹하는 말 같은 것은 鄭衛의 음란한 음악과 같으니, 역시 혁파하여 쓰지 않아야 한다. 朝廷에서 쓰지 않을 뿐 아니라 서울과 촌간에서도 다 쓰지 않으면, 이것도 정나라의 음성을 내치는 뜻이요, 풍속이 절로 바로 잡힐 것이다. 한때의 음란한 음악과 사악한 예도를 가지고 후세에서도 그 풍속이 어떠했는지를 상상할

---

22) 중종 11 / 05 / 19(기해). "受常參, 聽朝講, 講禮記, 侍讀官申光漢, 因鄭衛之音之說. 啓曰, 以其爲亂世之音, 故孔子曰, 放鄭聲, 遠佞人, 人君治國, 固當如是. 上曰, 不正之樂, 不宜用也, 閭巷男女相悅之樂, 禁之何如. 領事申用漑曰, 閭巷間, 有如是之樂, 故風俗偸薄, 朝廷褻慢之事, 亦必由此而生矣. 前朝褻慢之曲, 甚多, 世俗因循已久, 樂工, 亦循此不改. 掌令金希壽曰, 我國樂章多矣, 至以左道之事, 上於樂章, 以聲音之道, 見之, 不祥莫甚, 若欲正其樂, 則此亦可改也. 在成宗朝樂章, 多有淫詞, 令成俔等改之, 掌樂之官, 因循不用, 今於樂章, 有稱贊佛道者, 所宜先改."

수 있으니, 어찌 중시할 일이 아니겠는가? 함께 의논하여 아뢰라.”[23)]

 남녀상열지사나 불도에 관계된 가사 등을 나라 전체에서 금하자는 전교를 내림으로써, 일반 연향에서 설 만한 노래를 허용하고 당연하게 여기던 전대와는 판이한 양상을 띠게 된다. 이제는 궁중의 공연만이 문제가 아니라, 서울, 촌간의 방탕한 음악이 전부 문제가 된다. 이는 연산조를 지나며 방탕한 음악이 여항에서 극성스럽게 향유되었기 때문이며, 동시에 반정의 명분인 성리학적 예악의 실천 의지가 그만큼 대단했기 때문에 상하(上下)에 다 적용되는 교화정책이 수반된 것이라 하겠다. 16세기를 전후한 시기의 음악문화가 방탕한 경향으로 치달았기 때문에 더더욱 문제시되고, 촌간에서의 척결에까지 이르게 된 듯하다. 중종이 범국가적으로 음란한 속악을 금지하겠다고 그 의지를 다진 데에는 설만한 풍속의 근원이 여기에서 비롯된다고 보았기 때문으로 추측된다. 아마도 중종 4년에 설만한 노래 가사를 정전(正殿) 연향에서 금지하고 실행여부를 규찰하라는 전지를 내렸음에도 이런 규제가 제대로 지켜지지 않았기에 중종은 이에 대해 보다 근본적인 대안을 생각하게 된 것으로 보인다. 여악에 대한 추진에도 다소 유보적인 태도를 보였던 중종이 이 문제에서만은 주도적인 자세로 앞장섰다는 것은 노래 가사가 주는 파급 효과를 그만큼 뚜렷하게 인식한 결과라고 할 수 있다.

 그러나 왕의 전교가 광범위한 변화를 요구하는 것이었음에도 불구하고 정광필(鄭光弼)·신용개(申用漑) 등의 훈구대신들은 속악의 음란한 가사 개편을 조정으로 축소시킨다. “가사 가운데 말이 음란한 데에 관계되는 것과 불교의 바르지 않은 음악은 빨리 혁파해야 하며, 조정에서 금하여 쓰지 않으면 중외(中外)의 항간(巷間)에서도 자연히 보고 느껴서 구습을 고칠

---

23) 중종 12 / 08 / 25(임신). “且歌詞之中, 或干於佛道之語, 如男悅女女惑男之詞, 有同鄭衛淫哇之樂, 亦可革而不用也. 非特不用於朝廷之上, 以至國都委巷, 皆不用焉, 則是亦放鄭聲之意, 而風俗自正矣. 以一時淫樂蔑禮, 後世亦可想其風俗之如何, 豈不重乎. 同議以啓.”

수 있다"[24]고 의견을 올린 것이다. 앞서 신용개는 부정한 노래가 여항에서 불리기 때문에 조정도 설만해지는 것이라고 하였음에도 불구하고, 실제 이 일을 처리하는 과정에서는 조정부터 금지하면 중외(中外)가 자연히 고쳐질 것이라는 논리로 왕의 급진적인 개혁에 제등을 걸고 있다. 신용개·정광필 등은 왕의 의견에 동조하기는 하지만 여항의 풍속이 쉽게 변화되기 어렵다는 점에서 현실적인 타협점을 마련한 것이라고 할 수 있다.

결국 이런 논란 끝에, 앞서 아악의 완정을 이루었던 세종대에도 음란한 가사로서 문제시하지 않고 공연(公宴)에 올랐던 「동동」·「정읍사」는 남녀 상열의 노래라는 이유로 산거되고 그 자리를 「신도가」·「오관산」이 각각 대신하게 된다. 더불어 세조대의 처용희에 증설된 「영산회상」·「미타찬」과 「본사찬」 등의 불교적 노래가 「수만년사」·「중흥악사」의 가사로 대치된다. 속악정재로서 유교적 예악관의 틀 안에서도 음사 판정을 받지 않았던 「동동」과 「정읍사」가 이 시기에 이르러 대치된 것은 중종대의 유교적 명분 실현이 앞선 시기보다 얼마나 엄격해졌는지를 보여주는 예이다.

위와 같이 궁정 연향에서 불리던 향악곡의 가사들이 개작되면서 풍교를 위한 쇄신에 일대 진전을 이루었음에도 불구하고, 왕은 여전히 여항에서 성행하는 음탕한 노래를 심각하게 받아들이고 있었다. 즉 궁중연향에서 음란한 가사를 산개하더라도, 그 영향력이 아래로 내려가기 어렵다는 점에서 민간의 음악 자체를 개혁해야 한다는 생각을 버리지 않았다는 것이다. 이런 왕의 시각은 신진사림들의 음악 인식을 통해 더욱 강화된다. 이희민(李希閔)은, "성음의 도는 정치와 통하는 것이므로 악을 들으면 바름을 안다고 말하는 것입니다. 그런데 우리나라 악곡(樂曲)은 아주 윤리(倫理)가 없어 여항(閭巷)에는 모두 음탕하고 지저분한 사(詞)뿐이니, 옛 도(道)에 뜻을 둔 자가 비록 배우려 해도 배울 수 없다"고 진단한다.[25] 또한 이청(李淸)

---

24) 중종 12 / 08 / 30(계유). "歌詞中語涉淫辭, 釋敎不正之樂, 宜亟痛革, 若朝廷禁而不用, 則中外閭巷, 自然觀感, 可變舊習矣."

25) 중종 14 / 01 / 14(기유) "御夕侍講官李希閔曰, 聲音之道與政通, 故曰聞樂而知正. 我

도 "우리나라 예악을 보면 본디 근본이 없는데 이제는 점점 경박스럽고 더 럽게 되어가며, 가항(街巷)의 악은 모두 정성(正聲)이 아니고 정위(鄭衛)의 악 과 같으니 비록 갑자기 모두 고쳐 복원하지는 못할지라도 예관은 모름지 기 유의해야 한다"[26]는 문제의식을 통해 여항 음악의 세태를 비판적으로 보는 시각을 제시한다. 신진사림들이 외방의 여악을 부정적으로 인식하면 서 사습(士習)의 교화를 위한 여악의 폐지를 강력하게 추진하였듯이, 마찬 가지의 관점에서 여항 노래의 음사(淫辭)도 비판의 대상으로 떠올라 그 처 리문제에 고심하게 된 것이다.

　앞서 대신들은, 왕이 여항에서 불리는 음악을 부정적으로 인식함에 따 라 이에 동감하는 차원에서 비판적 안목을 보여주는 정도였으나, 사림들 은 성리학적 세계 인식을 통해 여항의 음악을 심각하게 부정하는 단계에 이르게 된다. 연산조에 이르기까지 대체적으로 사대부들은 일반의 음악 향유로서의 음사한 속악에 대해서는 관대한 시선을 가지고 있었고, 이를 적극 옹호하기도 하여 유교적 예악의 지향 속에서도 그것에 대한 문제의 식를 지니지는 않았다고 할 수 있다. 김종직만이 음가(淫歌)를 부정적으로 인식하되 일반의 연행이야 막기 어려우니 향교에서 불리는 것만은 막아 야 한다는 발생기적 시각을 보여주고 있다. 사풍(士風)이 퇴폐해져 향교에 서까지 음가(淫歌)를 부르는 세태를 개탄하면서 사습을 쇄신하기 위해 음 악교육이 제대로 이루어져야 함을 강조했던 김종직과 같은 사림의 의견 이 기묘사림에 와서야 그 공명(共鳴)을 받게되었다고 할 수 있다. 이제 사 림들은 현실에서 연행되는 음란한 노래 자체를 전면적으로 부정하면서, 도를 배우는 자들이 접하면 안되는 음악으로서 규정을 내린다. 일반 속악 이 선비가 부르기에 적합하지 않다는 생각을 보여준 것이며, 이로써 사습 (士習) 개선의 강력한 의지를 내보인 것이라 할 수 있다. 이에 따라 부정한

國樂曲尤無倫理, 閭巷之間, 皆淫穢之詞, 有志於古者, 雖欲學焉不可得也."
26) 중종 14 / 02 / 02(병인). "我國之禮樂, 素無根本, 今漸偸惡, 街巷之樂, 皆非正樂, 有 似鄭衛之樂, 雖不能遽, 皆修復, 禮官須留意焉."

음악을 제어하는 범위가 일반 연행으로 확대되고, 그러한 노래를 개선할 방향에 대해 부심하게 되는 일대 전환을 이루게 된다.

중종은 여악(女樂)이 있어 항간의 비루한 풍속이 없어지지 않는다고 개탄하였는데,27) 중종 14년 2월 6일 경오(庚午)에 외방의 여악이 혁파되자, 음사한 성음은 더욱 중요한 혁파 대상으로 논란이 된다. 여악과 함께 음란한 가사의 음악은 늘상 비판 대상으로 거론되고 그에 대한 논란이 이어져 왔지만, 기악(妓樂)이 폐지되었다고 음사한 음악이 따라서 없어지는 것은 아니었기 때문에 재삼 여항의 음가(淫歌)를 검토하게 된 것이다.

> 張玉이 아뢰기를, "우리나라는 단지 예에만 힘쓰고 악에는 미치지 않으며 성상께서도 또한 여기에는 유의하지 않으시어, 서로가 만홀히 여기고 방치합니다. 예악은 한 가지도 폐할 수 없는 것인데 악이 이렇게 방치되었으니 매우 염려스러운 일입니다."
> 하고, 李長坤이 아뢰기를, "악의 요점은 신과 사람을 화합시키고 상하의 인정을 통하게 하는 것인데, 지금의 악은 그렇게 되지 않았으니 이는 특히 淫邪한 악입니다. 정부가 妓樂을 이미 개혁했기 때문에 남악마저 아울러 폐할 수 없으니, 관복 등의 의식을 가까운 시일에 마땅히 자상하게 아뢰겠습니다."
> 하고, 장옥이 아뢰기를, "이는 지극히 합당한 말입니다. 지금 여악을 없앴는데 남악마저 없앤다면 다스리는 도리에 있어서 어떻게 할 것입니까?"
> 하고, 참찬관 박세희는 아뢰기를, "악을 어찌 성음에서 찾는 것이겠습니까마는, 그러나 성음도 또한 폐할 수 없는 것입니다."
> 하니, 상이 이르기를, "악을 폐할 수 없는 것인데, 항간에서 사용하는 것은 모두 방탕한 소리와 사특한 악이니, 어찌하면 방탕을 개혁하여 典雅해지게 할 수 있겠는가? 법을 세워 금단하면 될 수 있을까?"
> 하매, 장옥이 아뢰기를. "어찌 법을 세워 금하겠습니까? 교화가 밝아지고 인심이 바로잡아지면 악이 저절로 바로잡힐 것입니다."28)

---

27) 중종 14 / 02 / 02(병인).
28) 중종 14 / 07 / 07(무술). "張玉曰, 我國只務於禮, 而不及於樂, 上亦不留意於此, 相與漫忽而棄之. 禮樂不可偏廢也, 而樂之廢至此, 甚可慮也. 長坤曰, 樂要在於和神人通上下, 今之樂不由於此, 是特淫邪之樂耳. 政府以妓樂已革, 男樂不可並廢, 其冠服等儀, 近當詳定以啓. 張玉曰, 此言至當, 今廢女樂, 而盡廢男樂, 其於治道何. 參贊官朴

장곤은 기악(妓樂)을 폐지하였으나 음사한 음악은 여전히 연행되고 있으니, 음악 자체를 폐지할 수는 없으나 음사한 노래를 방치할 수는 없다는 방향에서 그 해결책을 찾는다. 위에서 음사하다고 지적한 부분은 남악의 관복 등이 여전히 여악의 복색을 벗어나지 못하고 있다는 지엽적인 데서부터 성음(聲音)의 내용까지를 포괄한 영역이다. 이에 대해 중종은 항간의 방탕한 소리와 사특한 음악을 법을 세워 금단하려는 제안을 하기에 이른다. 중종이 여항 음설지사의 혁파를 법으로 금지하려고 한 것은 상당히 강제적인 조치라고 할 수 있지만, 실상 법적 금제에 의한 여항 음설지사의 혁파가 얼마나 순조롭게 이루어질지는 단정하기 어려운 측면이 있다. 그리고 왕의 이러한 제안은 법적으로 어떤 조처를 감행하는 데까지 이르지는 못했던 것으로 보인다. 장옥이 법으로 금할 수는 없고 교화가 밝아지면 음악도 저절로 바로 잡힐 것이라고 반대한 점에서도 이것이 법적 효력을 지녔을 가능성은 거의 없다고 할 수 있다. 그러나 이들이 지닌 사고는 도덕적으로 정화된 음악만을 인정하는 경색된 국면을 가져오게 하였다고 할 수 있다. 노래가 지닌 현실적 오락의 측면은 전혀 고려하지 않고, 음가(淫歌)에 대해 일방적으로 부정하는 시선이 돌출하게 되는 것이다.

실제의 효과는 전혀 미지수이기 때문에 신진사림들은 이 과정에서 보다 근원적인 측면에서 음악교육의 중요성을 일깨우게 된다. 방탕한 음악을 개혁하여 전아(典雅)하게 만드는 일은 하루아침에 이루어질 수 없는 사항이므로 음악의 교육적 효용성에서 점진적인 풍속 개선의 가능성을 찾은 것이라 할 수 있다. 게다가 국문시가의 내용이 개선되어야 그 교육적 효용성에 도달할 수 있다는 인식의 대전환을 보여줌으로 해서, 고려속악을 중심으로 궁중에서 논의되었던 시가(詩歌) 음사(淫辭)에 대한 논란이 보다 근원적인 문제 해결로 나아가게 된다. 강제적으로 풍속을 변화시킬 수

世熹曰, 樂豈可求於聲音哉, 然其聲音, 亦不可廢也. 上曰, 樂不可廢, 而閭巷所用, 皆淫聲邪樂, 何以則革淫, 而歸雅耶. 可得立法章而禁之乎. 張玉曰, 豈可以立法禁之, 敎化明而人心正, 則樂有正矣."

없다면, 나아갈 방향은 자명하게도 음악교육의 필요성을 역설하는 쪽이었을 것이다. 수기적(修己的) 실행이 뒤따르지 않는다면, 근본적인 치유가 이루어질 수 없다는 문제의식을 바탕으로 하여 정화된 음악교육의 실현을 거론하게 되는 것이다.

(2) 악교(樂敎) 인식과 국문시가에 대한 각성

기묘사림의 동향에서 우리가 주목해야 할 사안은 예악론에 의해 음설한 가사들을 척결하려는 의지가 나라 전체로 확대되었다는 것이다. 일반 사서인(士庶人)들이 부르는 노래의 대다수가 음설하다고 판정 내리고, 법으로 금지하자는 대책 마련에 이른 것은 음설지사를 전면적으로 부정하는 차원에 돌입했다는 징표이다. 적어도 중종과 신진사림들은 인간 정감의 과도한 표출을 음악의 한 측면으로서 인정하지 않고, 인간의 정서를 도덕·윤리적으로 순화하는 노래의 기능만을 음악의 절대적 가치로서 보았다고 할 수 있다. 그러나 여항에서 불리는 노래의 레퍼터리를 강제로 조정하는 일은 너무나 개별적인 사안이므로 실현되기 어려웠고, 또 실제로 현실화되지도 못했다. 그러므로 이런 문제의식을 지닌 다수의 신진사림들은 음악교육으로서의 노래의 본질과 효용에 주목하게 된다. 음악교육에 대한 인식은 동시에 우리말 노래의 중요성을 새롭게 일깨우는 계기를 만들어 준다.

조정에서 김식·한충과 같은 신진사림은 풍속이 방탕해지는 이유를 거론하면서, 시교육과 음악교육의 중요성을 역설한다.

경연관을 召對하였다. 참찬관 金湜이 글에 임하여 아뢰기를,
　"옛적에는 詩교육을 設施하여 어린이들로 하여금 배우지 않는 사람이 없도록 했으므로, 吟詠하는 동안에 자연히 고무 진작되어 氣質이 변화했었는데, 지금은 시교육과 음악교육을 폐하여 감동될, 기미가 없기 때문에 사람들의 기질을 변화시키기가 더욱 어렵습니다"

하고, 참찬관 한충은 아뢰기를

"중국은 글[文]이 곧 말[言]이기 때문에 비록 글을 알지 못하는 사람이라 하더라도 부르는 노래가 모두 옛글[古文]과 비슷하고, 그 중에 글자를 아는 사람은 그 의미를 알아 자연히 고무되고 감동될 기미가 있지만, 우리나라 사람들은 어음(語音)과 글자가 전연 다르고 또한 여항(閭巷)의 노래하는 것이 모두 난잡하고 외설한 것이어서, 이 때문에 쉽사리 경박 방탕하고 나태한 속에 빠져들게 됩니다."[29]

김식은 시나 음악의 효용성이 기질을 변화시키는 데 있다고 보고, 시교육과 음악교육을 중시한다. 지금의 사람들이 기질을 변화시키지 못하고 방탕한 유속(流俗)에 빠지는 근원은 바로 음악교육이 폐지되었기 때문이라는 것이다. 음영하는 사이에 자연스럽게 고무·진작되어 기질을 변화시키도록 도와주는 일이 바로 음악교육인데, 그것이 없기 때문에 일반에서 방탕한 습속이 계속된다고 생각하는 것이다. 민간의 음란하고 방탕한 노래가 인심에 심각한 해를 미친다고 판단한 신진사림들은 이를 근원적으로 차단하는 방법을 음악의 교육적 측면에서 찾아낸 것이다. 어려서부터 고무·진작될 만한 내용의 음악을 교육시키면 자연히 성정이 그에 유도되어 교화가 저절로 이루어질 것이라는 믿음이 전제된 생각이라 할 수 있다. 김식이 시교(詩敎)와 악교(樂敎)를 거론한 것은 시경은 시이면서 음악으로 이를 가르침으로써 시교(詩敎)의 효과가 생겨났음을 염두에 두고 한 말로 보인다. 또한 유자들은 어린 시절 가무악을 통해 예악의 절도를 가르치는 일을 중시했고, 『소학』에서는 교육의 한 부분으로 악교(樂敎)에 대해 언명하고 있다.

김식이 시교와 악교를 강론한 것은 사습의 개선이 이로부터 시작될 수 있다는 믿음 때문이었을 것이다. 이는 치세의 정점을 왕에 두고 왕실의

---

29) 중종 14 / 08 / 08(기사). "召對經筵官, 參贊官金湜臨文曰, 古者設詩敎, 使童稚無不學而吟詠之間, 自然鼓舞振作變化氣質, 今則, 廢詩敎與樂敎, 無感動之幾, 古人之變化氣質, 又難焉. 參贊官韓忠曰, 中原則以文爲言, 故雖不知文字, 其可詠歌, 皆擬古文, 而其中有知文字者, 則之其意, 而自有鼓舞感動之幾, 我國之人, 語音與文字頓異, 又村巷所歌者, 皆厖雜汪藝, 由是易入於輕蕩怠惰之中."

문화를 개혁했지만 이것만으로는 한계가 있다고 느끼고, 그 개혁의지를 왕실을 넘어 일반으로까지 확산시키면서 생겨난 의식의 진전이라고 할 수 있다. 신진사림들이 위만 정화할 것이 아니라 아래도 동시에 정화되어야 완전한 유교적 지치(至治)를 이룰 수 있다는 명실상부한 상하교화의 원칙을 절감했기 때문에 나올 수 있는 정책 방향이었다고 할 수 있다. 그런데 음악적 교화는 현재 성행하는 음란지사를 폐지하거나 금지하는 방향에서 이루어질 수도 있지만, 이런 강제적인 통어로서 차단하는 방식에는 일정한 한계가 있기에 더 근원적인 대책으로서 좋은 음악을 어려서부터 교육하는 방법에 착안하게 된 것이다. 음악이 수기에 도움이 되니 수기적 교육으로서 음악을 변화시켜야만 사습의 근원적인 개선이 뒤따를 수 있다는 의식에 귀착한 결과라고 할 수 있다. 그것은 바로 음악이 성정함양을 담당한다는 유교적 음악관에 의거한 효용성에서 비롯했다고 할 수 있다.

음악교육에 주목하게 되면서 그것을 담당하는 대상에 대한 문제의식으로 치닫게 되는 일은 당연한 수순일 터이다. 사람의 마음을 고무 진작시켜서 기질을 변화시키려면 그 음악의 성격은 바른 음악이어야 할 것이다. 따라서 성정을 순화하는 데 도움이 되는 성격의 음악을 다음 순서로 논의하게 된다. 성리학적 문학론에 의하자면 진정한 문학은 도를 담아야 하고, 그 도는 바로 중국 고문(古文)에서 찾을 수 있다. 그러므로 중국의 옛글에 담긴 도체(道體)를 근사하게 표현하는 매체는 바로 한문학이었다. 노래에 있어서도 마찬가지이니 이들 사람들이 상정하는 바른 노래는 유교적 도체를 담은 내용으로 주로 아정한 아악 가사이거나, 『시경』의 시를 가리켰을 것이다.

한충은 바로 이런 점 때문에 언어의 중요성을 말한다. 중국 사람은 언(言)과 문(文)이 일치하므로 그 글자를 모르는 사람이라도 부르는 노래가 고문(古文)에 가깝고, 또 글자를 아는 사람은 그 내용을 이해하여 자연히 고무·감동될 기미가 있다는 것이다. 일례로 『시경』의 시를 노래하면, 한문을 익힌 사람은 자연히 그 시에서 인도하는 세계에 감화받아 고무될 수 있다는 것이다. 그런데 우리나라 사람은 언(言)·문(文)이 일치가 안되므로 중국 고문에 가까운 한문 노래로서 그 효용성을 획득하기는 어렵다고 간파하였다. 그러므로 노래의 교육적 효과를 얻기 위해서는 자연스럽게 우리말 노래를 중시하게 되는데, 한충이 인식하기로는 우리말 노래가 모두 난잡·외설하기 때문에 인심을 경박·방탕·나태한 데로 이끌어가서 그 교육적 효과를 기대하기 어렵다는 것이다.

이런 인식에는 한시나 한문노래가 아무리 훌륭해도 성정을 함양하는 점에 있어서는 언어적인 장애 때문에 자연스러운 감동을 주기 어려우므로 기대하는 효과를 얻기 어렵다는 전제가 깔려 있다. 사람의 마음을 고무·진작시키는 것이 음악이라면 그러한 감동의 발단은 자연스런 감정 동화에서 오는데, 우리말로 노래해야 그 내용을 이해하면서 자연스럽게 동화될 수 있기 때문에 국문시가가 중요한 위치로 부상하게 된 것이다. 음악교육에서 가장 중시해야 할 부분을 우리말 노래의 내용에 두었다는 점에서 유교적 음악관에 입각한 국문시가론의 발단을 보여주었다고 하겠다. 음악의 영향력이 상당히 광범위하고 일반적이라는 점에서 그 효력의 절대성을 강조한 발언이라고 할 수 있다. 이미 유교적 음악관에서는 성정을 고무시키고 함양하는 일에는 음악보다 더 효과적인 것이 없다고 진단한 바 있으며, 우리는 여기서 이러한 유교적 음악사상의 언명이 당대의 음악문화에 강한 추동력으로 작동하고 있음을 확인할 수 있다. 한충은 음률과 거문고 연주에 능하다는 평가를 받았던 인물인데,[30] 그런 점에서 당대 음악의 문제를 구체적으로 자각하고 그 해결점을 근원적인 측면에서 모색했다고 추측된다. 즉 언어적 측면으로 들어가 우리말 노래의 성향을 비판하고, 그에 대한 대안으로 음악교육적 측면에서 우리말 노래가 중시되어야 한다는 구체적 사실로 나아간 것이다.

---

30) 許筠, 『海東野言』 3, 『국역대동야승』 II, 458면.

이상에서 본 것과 같이 중종대에는 당대 음악문화에 대한 진단이 진지하게 이루어지면서, 여항에서 불리는 국문노래의 중요성이 크게 부각된다. 음설지사에 대한 부정적 인식이 표면화되면서, 여항에서 불리는 음설지사를 척결하겠다는 의지가 고조되던 시기였다고 할 수 있다. 중종대 여악을 혁파하는 문제나 여항의 음악 개혁에 대한 논란이 거의 기묘사림이 등장하던 전반기에 집중되었다는 점을 앞에서 살필 수 있었다. 방탕하고 사특한 여항의 음악을 심각하게 바라본 이청·이희민·김식·한충 등은 모두 조광조와 함께 사화에 연루되었던 인물들이다. 조광조와 함께 부상한 이들 기묘사림들은 성리학적 지치(至治)를 앞세워 여러 가지 폐단을 일거에 쇄신시키고, 개혁을 이루어내었다. 여악과 음설지사의 폐지를 나라 전체로 그 범위를 확대한 것도 이들의 개혁적 의지에 힘입어서 가능했다. 이들 사림들은 당대 여항에서 즐기는 음악을 음설지사로 단정하여 부정적으로 인식하였다. 전대에는 미적 취향으로서 당연하게 즐기던 음악들이 비판의 대상이 되었던 것은 미학적 실천의 원칙이 강화된 때문이라고 할 수 있다. 도학적 이데올로기를 구축했던 신진사림들이 음악론의 전범인 예교적 효용론에 긴박되어 있었기 때문에 당대의 음악에 더 엄격한 비평을 하게 된 것이라고 할 수 있다. 또한 예교적 측면이 국가정책으로서만이 아니라 사습(士習) 자체의 변화에서 성립되어야 한다는 입장이었기 때문에 일반 사서인(士庶人)의 음악 향유에 대해서도 비판적인 전환을 요구하게 된 것이다.

신진사림들은 음악의 교화가 치세적(治世的)인 차원에서 뿐만 아니라 대사회적인 차원에서 실현될 수 있게 그 정책을 시도하였으며, 동시에 풍속 교화가 이루어지려면 음악의 수기적(修己的) 측면이 먼저 실행되어야 한다고 보아 바른 음악교육에 의한 개인의 수양을 강조했던 것이다. 신진사림이 외방의 여악혁파를 주장하고 일반에서 불리는 음란한 음악을 문제시한 것은 바로 15세기의 김종직이 보여준 음악교화의 대사회적인 실천이 그 원천이 되었던 것이라고 할 수 있다. 김종직의 음악 인식이 그

기저로 작용하였기에 신진사림들은 유교적 악론의 실천적 측면에서 풍속
교화와 개인의 수양을 동시에 제시할 수 있었던 것이다.

또한 풍속 교화와 수기(修己)를 위해 음악적 정화를 강조하면서 국문시
가에 주목하게 된 데에는 신진사림들의 지치주의(至治主意)에 대한 신념과
그 실천 방안이 주요한 배경으로 작용하였다. 조광조를 위시한 사림들은
실천적 도학 정신에 의해 경세적 의지를 철저히 실행하였다. 덕치와 예치
로 표현되는 왕도정치를 실현하기 위하여 당시 정치의 주체가 되는 군주
로부터 신하와 일반 백성에 이르기까지 수양과 의식 개혁을 주장하고, 나
아가 학문의 풍토를 조성하고 제도를 보완하는 등 국가 전반에 걸쳐 급
진적 개혁을 시도하였다.31) 즉 치인(治人)과 수기(修己)의 작업을 국가 주
도로서 진행하여, 그야말로 지치의 완성을 급진적으로 실현시키려 하였다.
이에 따라 전통적인 인습·구제의 혁거와 전통적 명분의 회복 운동이 추
진되었고, 현량과의 실시, 『주문공가례』·『삼강행실』·『이륜행실』의 보급,
『소학』교육의 장려, 향약의 보급과 향교교육의 강화 등 대사회적 교화와
수기적(修己的) 측면에서 의식 변화를 도모하는 사업을 강행하였다. 유교
적 악론에 비추어 신진사림이 음악에 대해 진전된 실천의식을 갖게 된
것은 바로 이러한 지치주의에 대한 실천적 모색이 전제되었기 때문이라
고 할 수 있다.

그러나 여항의 방탕한 음악을 심각하게 생각하며, 그에 대한 근본대책
을 제시하던 신진사림들은 중종 14년 11월 기묘사화로 인해 그 개혁의
예봉이 꺾이게 된다. 따라서 왕과 신진사림들의 음설지사 척결에의 의지
나 담론을 중종 15년 이후 기사에서는 볼 수 없다. 그렇지만 이런 중종
전반기의 강력한 예악론의 실천은 실제 음악문화가 변화될 수 있게 하는
토양이 되었을 것으로 판단된다.

위에서 거론한 이희민·이청·김식·한충 등의 신진사림들은 당대 음

---

31) 이종태, 「전기사림파·도학적 실천 정신의 착근」, 『조선 유학의 학파들』, 예문서원,
1996. 80면.

악, 특히 노래 가사의 방탕하고 사특함을 경계하면서, 이에 대한 호오(好惡)를 분명하게 드러내고 있다. 이 과정에서 국문 노래의 교화적이고 교육적인 효과에 대해 주목하였는데, 이런 면들은 퇴계가 「도산십이곡발」에서 밝혔던 국문시가론과 흡사하다고 할 수 있다. 노래를 통해 인간의 기질이 자연스럽게 변화해간다는 언급을 통해 음악교육의 중요성을 역설한 점, 또한 어음(語音)이 다르면 내용을 쉽게 깨우치기 어려워 감동되기 어렵다는 측면에서 국문노래의 필요성을 강조한 점 등 많은 부분에서 일치된 의견을 찾을 수 있다. 그러나 중종대 신진사림들은 여건이 성숙하지 않은 단계에서 일거에 혁신을 꾀하다가 음악교육의 효용성만 공표한 채 사라지고 말았다. 그러나 국문시가를 주목하며, 기존 국문 노래를 개선하려는 이들의 움직임은 여항의 음악문화를 주도하지는 못했더라도, 16세기 국문시가론의 형성을 예고하는 전서로서는 충분히 가치로운 것이었다고 할 수 있다.

2. 16세기 사림파의 국문시가론 정립과 실천적 모색

1) 기묘사림의 음악정책 좌절과 사림파의 수기적 실천

중종 14년(1514) 11월 기묘사화를 기화로 조광조를 위시한 사림들은 현실 정치에서 사라지게 된다. 사림들이 도태되는 것과 동시에 그들에 의해 단행되었던 개혁적 조치들은 15년을 기점으로 다시 예전대로 부설되거나 혹은 더 이상의 진척된 논의를 보여주지 않는다. 사림이 향촌에 대한 확고한 기반을 형성하지 못했고, 사족들 자신이 아직까지 성리학적 이해를 심화하지 못한 단계였기 때문에, 국가권력을 빌어 재지 사족과 일반민의 교화를 도모했던 소학 학습·주자가례 시행·향약의 실행 등이 실패로 돌아갈 수밖에 없었던 것이다. 중종 13년 폐지되었던 소격서가 중종 17년 다시 부활하거나, 향약의 실시를 조정 주도로 시행했지만 15년 이후 향약의 폐단이 자주 지적되면서 조정(朝廷) 주도(主導)의 교화사업으로 갈 것이 아니라 각 지역별 실천운동으로 가야 한다는 등으로 그 정책을 전면 재조정하게 된다.32)

이런 정책상의 실패는 치세적(治世的) 예악 정비와 사습(士習) 변화로서 주목했던 음악 개혁의 실천에도 그대로 적용되는 것이었다.

신진사림들이 기묘사화로 철퇴를 맞는 중종 15년 이후, 여악 혁파의 거센 흐름은 일단 정지된다. 이때에 오면 전반적으로 대신들은 여악의 전면적인 혁파로 인해 발생하는 여러 가지 폐단을 시정할 생각은 하지 않고, 혁파되었던 외방 여기를 부설하기로 결정하면서 그에 대한 논변이 야기된다.33) 여악과 음설한 노래를 척결하는 데 앞장섰던 중종은 외방 여기 부설을 긍정하며 초기에 지녔던 개혁적 사고를 후퇴시키는 모습을 보여준다. 중종은 무엇보다 천사(天使)들이 여악 연행을 즐긴다는 점과 경기(京妓)를 두면서 외방기(外方妓)를 없애는 것은 형평에 맞지 않는다는 논리에 의지하여 여악 부설 쪽에 찬동하는 편이었다. 게다가 대부분의 대신들도 외방 여악 부설의 타당성을 상주(上奏)한다. 외방 여기를 부설하는 문제는 무동(舞童)이 빨리 장성하기 때문에 가무를 익히기에 바빠 그에 익숙하지 못하고, 또한 그에 따라 관복을 대기도 어려우며, 한편 천사(天使)들이 여악을 보기 원한다는 점 등이 여악 부설의 이유이다. 서서히 궁중 사신연과 정전에서 여악의 가무가 행해지고, 중종 19년에 이르면 각 도의 관찰사들이 임의로 잔폐한 고을의 여악을 다시 설치하는 일이 일어난다.

---

32) 김돈, 「중종대 言官의 성격변화와 士林」, 『한국사론』 10, 서울대 국사학과, 1985, 127~176면.

33) 중종 15 / 03 / 08(정유).
　　중종 15 / 04 / 12(기사).
　　중종 15 / 08 / 11(병인).

　음란한 노래의 경우에도 역시 마찬가지로 궁중의 정전(正殿)뿐만이 아니라 사습(士習)을 혁거한다는 입장에서 여항에서 향수되는 것을 비판적으로 바라보고, 법으로써 금제하자는 제안까지 하며 결국 더 근원적인 교화를 위해 음악교육이 실시되어야 함을 주장하기에 이르렀던, 국문시가의 음설지사에 대한 비판도 중종 15년이 지나면 전혀 논의되지 않는다. 이것은 더 이상의 논의가 필요치 않을 정도로 사습이 개선되었다거나 아니면 음악교육이 실행되었기 때문은 아니다. 학교교육에서 음악교육이 중시된다든가, 사습 개혁을 위해 음란한 노래가 금지되는 등의 정책으로 실현되지 않고 입안 단계에서 흐지부지되며 후속적인 논의로 지속되지 못한 것이다.

　궁중음악만이 아니라 일반의 국문노래도 정화되어야 풍속과 인심의 퇴폐를 막을 수 있다고 본 유교적 음악관은 공론화되었지만 이에 대한 문제의식은 기묘사림의 쇠퇴와 함께 조정에서 표표히 사라지고 말았다. 궁중 이외의 공간에서의 교화를 실현하는 일에 유보적이었던 훈구대신들은 일반 여항에서 연행되는 음란한 노래에 대해서 그다지 관심을 보여주지 않는다. 세종조 궁중공연(公宴)에서 아악(雅樂)의 연행과 함께 폐지된 여악이 뒤에 다시 살아남아 성행하고, 이런 한계를 되풀이하지 않기 위해 중종조에 전국의 여악을 폐지했지만 결국 실패로 돌아간 일은 보수세력이 고수한 전통적 인습의 뿌리가 그만큼 완강함을 실감하게 하는 것이다. 대신들의 여악 복설 주장은 갑작스럽게 대치된 남악 공연상에서 빚어지는 문제와 외교상 불가결한 점 때문이었는데, 이러한 현실지향적 성격은 정치적 이념이나 이상보다는 현실에 더 높은 가치를 부여하고자 한 훈구파에게서 흔히 나타나는 경향이었다. 이상을 현실화하려던 기묘사림의 짧은 집권기간을 제외한다면 조선 초기부터 중종조 내내 훈구대신들이 지배하던 체제 내에서는 음악정책이든 제반의 정치적 사안이든 늘상 현실적인 상황에 의해서 주도되었기 때문에 예악적 이념의 원칙을 실현하기 어려웠다는 진단을 내릴 수 있다.

조정 내에서 음악의 교화적 작용을 중시하며 일반 사서인의 음악 개혁을 긴요하게 여긴 기묘사림의 문제의식은 정책적 실행에서는 좌절되었지만, 이를 공감하는 사람들에게 개별적 실천의 사례로 각인된다. 궁중을 통한 개혁이나 제도적 정책으로 유교적 악론을 지켜 나가는 일이 불가능하다고 보고, 그 교화가 사습의 변화를 꾀하는 수기(修己)로부터 실현될 수 있다고 생각하게 된 것이다. 즉 음악이 성정함양을 위한 내용으로 구성되어야 한다는 당위는 이제 사람들에게 하나의 실천 행위로서 수용된다. 정책적 실행의 차원이 아니라 사림 개인의 음악적 미감을 변화시키는 방향에서 자발적인 국문시가 창작을 도모하게 되는 것이다.

이와 같이 정책적 강제를 동반한 사서인(士庶人)의 의식 변화운동은 현실 정치에서 일단 사라지게 되지만 사림의 개인적 실천에 의지해서 점진적인 개혁의 단계로 들어서게 된다. 즉 기묘사림들이 추구했던 내성외왕(內聖外王)의 수기치인(修己治人) 작업은 일단 좌절하였지만 사림들은 학문적으로 정진하며 윤리적 수양을 닦는 수기(修己)의 실천에 전념하여 기묘사림이 공고히 하지 못한 재지적 기반의 확대를 꾀하게 된다. 일례로 이황은 기묘사림의 정치적 몰락을 분석하기를 "기묘시(己卯時)의 영수들이 도학공부가 미숙한 상태에서 갑자기 큰 명성을 얻고 경국제세(經國濟世)하는 일을 자임(自任)하였으니, 이것이 이미 패착에 가까운 것이었다"고 하였으며, 개혁을 추진하면서 임금의 신임을 과신한 나머지 기득권 세력의 반발과 저항을 과소평가 하는 정치적 우를 범했음을 안타까워하고 있다.34) 이는 이황이 사회개혁의 경세론(經世論)보다는 성리의 온오(蘊奧)를 탐구하고 인격을 수양하는 일에 힘쓰리라는 것을 예고하는 발언이다.

경세적 의지를 피력하는 이이를 비롯한 기호 사림들도 수기적(修己的) 인격 수양을 위한 전제 작업과 이론적 정지 작업을 착실히 도모하여, 기묘사림의 정치적 패퇴를 극복하려는 노력을 보여주고 있다. 이들은 기묘

---

34) 박연호, 「16세기 사대부 교양의 이념 : 爲己之學」 下, 『국사관논총』 57, 국사편찬위원회, 1994, 5~6면.

사림으로부터 사습(士習)의 개혁과 향촌 교화에 대한 의지를 물려받았으되, 국가 권력을 통한 전면적이고 급진적인 시행에 매달리기보다 사족(士族) 자신의 성리학적 윤리의 내면화와 학문 성취를 도모하는 과정에서 점진적인 변화를 이루려 하였다. 이제 사림들은 인격 수양을 통한 성리학적 윤리의 내면화에 힘쓰면서, 그것을 사림 개인의 실천으로 드러내는 단계에 이르게 된다. 학문의 여러 부면에서 성리학적 이론화를 다지고, 생활 습속을 유교적 윤리 질서로 체화시켜 나아가는 과정에 접어들게 된다.

사림들이 개별적으로 표명한 국문시가론이나 시가의 실천적 창작도 바로 이런 유교적 윤리의 수기적 실천에 입각한 음악 개혁 운동의 측면이 강하다고 할 수 있다. 16세기 사림들은 기묘사림이 포착한 음악교육의 중요성 및 국문시가의 개선을 절감하며, 국문시가론을 표방하고 자신들의 음악적 호오(好惡)를 표현하는 단계에 들어서게 된다. 특별히 주세붕·이황·이율곡과 같은 사림들은 음악의 교육적 측면을 염두에 두고, 국문시가론과 이를 전범적으로 보여주는 시가작품을 창작하게 된다.

이 세 사람이 당대 속악을 부정적으로 인식하고 있는 점이나, 서원 설립과의 긴밀한 관련 속에서 시가를 창작하고 있는 점 등은 기묘사림이 제안한 음악교육을 염두에 둔 결과라고 할 수 있다. 이것은 김종직이 향교에서의 음가(淫歌)를 문제삼고 사습(士習)을 개탄했던 저 15세기적 음악 담론과 일련의 계기적 연속선상에 있다고 할 수 있다. 16세기 사림의 시가론 모색과 실천은 김종직·기묘사림이 제안한 논의와 일직선상의 실천적 맥을 이으면서, 그 정점으로서 구체적인 실천의 모형을 드러낸 것이라고 할 수 있다. 주세붕·이황·이이의 국문시가론과 그 작품은 유교적 음악사상을 실현시키려 했던 일련의 과정 속에서 획득된 의식적 실천의 결과로서 독특한 위상을 지니고 있다는 점을 염두에 두어야 한다. 더불어 16세기의 여타 사림들이 표명한 국문시가론도 이런 영향 아래서 유교적 음악 사상을 지배 담론으로 삼으면서, 이에 준하는 시가작품에 대한 감수성을 형상화하게 된다고 할 수 있다. 유교적 도덕 윤리에 의한 시가의 평가와 국문시가에 대한 인식은 기묘사림에 의해 촉발되어 16세기 사림에 와서 견고한 틀을 갖추게 되었다고 할 수 있다.

16세기 중반 사림들이 기묘사림의 사습(士習) 개선과 풍속 변화의 일환으로서 음란한 가사를 차단하고 음악교육을 통한 수기적(修己的) 실천의 행위를 개인적으로 더욱 강화해가게 된 것은 예악론의 정치적 실행 논리에 따른 변화된 의식과 함께 이를 받쳐주는 문화적 부면의 성숙이 뒤따랐기 때문이다. 그것은 이를 뒷받침할 만한 사대부 음악문화의 여건이 충분히 성숙했던 분위기에서 가능하지 않았을까 한다. 국가적 차원에서가 아니라 사대부 개인이 이런 노래를 실현할 수 있도록 성리학적인 세계를 충분히 체득한 결과이며, 이를 뒷받침할 수 있는 음악적 요소를 뒤받침해 줄 국문노래들의 새로운 경향이 무르익었던 분위기가 저변에서 성숙하고 있었기에 가능했을 것으로 추측된다. 다음은 기묘사림을 잇는 사림파의 국문시가론 정립과 그 양상을 살피면서, 이들 시가론에 입각하여 작품을 창작할 수 있었던 배경으로서의 16세기 전반 사대부 음악의 경향성을 함께 고찰해 보도록 하겠다.

2) 사림파의 국문시가론 정립과 그 실천

(1) 수기적 실천으로서의 국문시가론과 국문시가 창작

기묘사림들이 사습과 풍속 변화의 대안으로 제시했던 음악교육은, 실상 이들이 중시했던 바 『소학』에서의 가무악(歌舞樂)을 교육하는 방법과 일맥상통한다. 그러나 그런 일이 이미 중국에서도 폐지된 지 오래고, 우리나라에서는 실시되지 않았다. 가무악의 총체적 이상 실현은 사실 불가능하고, 그것에 대한 대안적 방식이 국문시가의 내용 개선 의지였다. 기묘사림이 이를 거론했을 때 음악을 교육시킬 수 있는 제도적 기관은 향교와 같은 학교제도였을 것이다. 어려서 가무악(歌舞樂)을 교육하지 않는 일에 대해서는 이미 김종직도 개탄하면서 향교 안에서 일어나는 폐습을 염려한 바 있다. 이들 기묘사림도 사습(士習)의 폐단을 걱정하면서 『소학』의 교육을 강조하였고, 더불어 음악교육에 대한 중요성을 인지했던 것이라고 할 수 있다. 중종대 기묘사림인 이희민은 여항의 음악이 너무 음란해서 옛 도에 뜻을 둔 자가 배우려 해도 배울 수 없다고 진단한 바 있다. 음악의 효과는 지대한 데 도학에 뜻을 두는 선비들은 당시 음악에서 배울 것이 없다고 말하였으니, 사족을 위해 정화된 음악이 있어야 한다는 기대를 담은 발언이라 하겠다. 따라서 이런 기대를 충족하는 가장 효과적인 음악교육은 공부하는 선비들에게 이루어지는 방식이었겠지만, 기묘사림은 향교교육의 강화에 부심하면서도 이를 실현시키는 단계에 들어서지는 못했던 듯하다.

이 일은 향촌에서의 서원교육을 개별적으로 실천했던 주세붕(周世鵬)·이황(李滉)·이이(李珥)와 같은 사림파에 의해 계승되면서 문도(門徒)나 자제를 교육시키기 위한 일환으로 국문시가에 대한 모색이 뒤따르게 된다.[35] 이 세 사람은 공히 속악(俗樂)을 부정적으로 인식하고, 이를 향유하는 일 자체를 혐오하면서 음악의 수기적(修己的) 측면을 실천하는 작업을 하게 된다. 자신의 성정 함양을 포함하여 도를 공부하는 선비들의 성정함양을 위해 노래가 중요한 수단이 된다는 점을 절감하고, 시가를 창작한다. 이들의 작업은 수기적(修己的) 악론의 실천을 위해 악교(樂敎)를 직접 실현하는 방향에서 이루어진다.

---

35) 임형택, 「17세기 전후 六歌形式의 발전과 시조문학」, 『민족문학사연구』 6호, 민족문학사연구소, 1994. 이 논문은 이황의 「도산십이곡」이 가창 주체의 인격 함양과 직결된다고 보고, 육가 형식이 수양과 교육에 관련된 기능을 하고 있었던 점을 실증하였다. 16세기 이황과 그를 계승한 문인들이 시가를 修己의 일환으로 생각했음을 밝혀주어 본 장의 논의에 기반을 마련해 주었다.

① 임형수―치세지음(治世之音)과 성정함양으로서의 「관산별곡」 평가

임형수(林亨秀, 1504~1547)는 반석평(潘碩枰, ?~1540)이 창작한 「관산별곡」
이란 국문시가를 평가하면서 노래의 본질과 그 작용에 대해 언급하였다.
「관산별곡」은 변방의 군사들을 위무하기 위해 반석평이 창작하고 이기(李
芑, 1476~1552)가 윤색한 8장(章)의 국문시가이다. 이수광(李晬光)의 『지봉유
설(芝峯類說)』에서는 사대부가 지은 장가의 하나로 「관산별곡」을 거론하
여36) 문인들 사이에 잘 알려진 작품임을 보여준다. 그러나 현재 「관산별
곡」이 전하지 않아 그 장르 형태도 단정지을 수 없고, 그 내용이 무엇인지
도 알 수 없는 상태이다. 다만 8장으로 이루어지고 제목을 '별곡'이라 했
기 때문에 경기체가로 추정하기도 한다.37) 그 내용도 확실히 알 수는 없지
만 임형수의 발문으로 그 대강을 판단할 뿐이다.

중종 16년(1516)에 오랑캐의 극성으로 변방의 백성들이 환난을 겪자 조
정에서 중망(重望)이 있던 사람을 뽑아 변방에 보내게 되었을 때 조광조의
문인이었던 반석평이 함경도 경흥 부사로, 이기(李芑, 1476~1552)는 종성의
부사로 가게 되면서, 그곳에 배치된 장졸들과 백성을 교화하기 위해 국문
시가를 지은 것이라고 한다.38) 이런 창작 동기는 임형수의 발문에 자세히
나와 있다. 임형수는 이에서 더 나아가 노래의 본질과 그 효용성이 무엇
인지를 말하여, 국문시가 인식의 일단을 보여준다. 그런데 이 발문은
1524년에 쓰여진 것이고, 다른 사람의 작품을 품평한 글이기에 사림과 문
인들이 성정함양을 위해 국문시가를 개선해야 한다고 주장하면서 내세운
시가론의 양상과 시가의 실천적 탐색 작업과는 조금 변별된다. 그러나 16
세기 사림 중 가장 이른 시기에 성정함양을 위한 시가의 필요성을 개별
적으로 언급하였으므로 사림 시가론의 전개과정을 보여주는 한 단계로서
그 양상을 기술하도록 하겠다.

---

36) 이수광, 『지봉유설』 권14, 경인문화사 영인, 1970, 259면.
37) 전일환, 「관산별곡에 관한 연구」, 『조선가사문학론』, 계명문화사, 1990.
38) 전일환, 위의 책, 295면.

안에 쌓여서 밖으로 펼치고 말로 발해져서 소리를 이루니, 인심의 삿됨과 바름을 숨기기 어렵고 치세의 汙隆을 살필 수 있다. 대저 物에 접하여 느낌이 일어나고 事에 이르러야 情이 움직이는 것은 비록 독려함을 기다리지 않더라도 군자는 또한 그 저절로 발해지는 바를 삼가하지 않으면 안된다. 옛날 성인이 삼백편의 시에서 그 정이 저절로 발해져 그만둘 수 없는 것을 들고 삿됨이 없다고 단언하였으니 그 뜻이 심원하다.

병자 연간(1516년)에 조정에서 重望이 있는 자를 선발하여 모두 북방의 列帥로 삼았다. 지금 원융으로 있는 이문중은 종성부사가 되었고 전에 남도절도사였던 반공문39)은 경흥부사가 되었으니 둘 다 명망 있는 가문의 출신이다. …… 다행히도 지금 主上의 은택이 멀리까지 미쳐 烽火가 오랫동안 잠잠하고 백성들이 부지런히 생업에 종사하고, 군졸들은 힘써 휴식할 수 있었다. 인가의 연기와 개·닭소리가 변방에 어울려 있고 사람들의 마음이 이어져있으니 모두 하사 받은 바를 망극하게 여기니 가히 昇平을 노래하고 병졸들을 위무할 수 있는 遊燕의 도구와 飮射의 수단이 없을 수 있겠는가? 드디어 노래 8章을 엮어 관산별곡이라 하였으니 실로 공문이 창작하고 원융이 윤색한 것이다.

(노래는) 威儀를 펼쳐 보이고 和睦을 드러내며 어진 이를 형상하고 功을 기억하는 것이지만 구역에 경계가 있음을 서술하였으니 곧 공을 탐내어 피를 부르는 일이 없게 하고, 승평의 즐거운 일을 지극히 하였으니 곧 마음을 방종하게 가져 준비하지 않는 일을 경계토록 한 것이다. 경계가 酬酢하는 사이에 있게 하고, 예의가 飮射하는 즈음에 행해지게 한 것이니 요컨대 모두 변방을 지킴에 절제가 있도록 한 것이다. 편안하지 않음이 없으니 和하여 음란함을 절제하고 바르게 되어 번지르함에서는 벗어났으니 진실로 이른바 치세의 음이라고 할 수 있다. 날마다 막료들과 더불어 즐기니 노래하여 또한 반성하게 했다. 군자가 들으면 감격하여 본받을 마음이 유연히 생겨나고 소인이 들으면 강토를 지킬 생각이 조금도 흐트러지지 않게 한다. 풍영하는 사이에 은근히 변화되어 사람의 마음을 바꾸는 것이 어찌 적다 하리오 뒷날 윗사람을 공경하는 병사들은 모두 歌曲에서 나온 바에 의해서 그렇게 된 것이다. 두 사람의 식견이 과연 바르다. 또한 변방이 험준하고 聲習이 특별한데, 용맹한 무사들이 여기에 모여 異域의 나그네로 떨어져 나와 임금과 가족을 그리워하며 슬픈 마음이 홀연히 사납고 용맹한 끕과 합쳐져서 쉽게 傷亂에 이르게 됨을 보았으니, 두 사람이 여기에서 또한 깊이 관찰한 바가 있는 것이다. 옛날의 관풍하여 민요를 채집한 자는 비록 여항의 비리한 말이라도 모두 얻어 기록하였으니 이것이 삼백편의 시작이다. 지금 이 노래라고 어찌 그만둘 수 있겠는가?40)

---

39) 전일환(1990)에 의하면 반석평의 자는 公文으로 '父'는 誤記라고 하였다.

　임형수는 노래는 안에서 쌓인 바가 저절로 발해져 언어로 형상되고 소리를 이루어 나온 것이라고 보았다. 그렇기 때문에 인심의 사(邪)와 정(正)은 가려지는 것이 아니고 자연스럽게 발현되므로 여기서 치세의 오융(汚隆)이 드러난다고 하였다. 인심의 사정(邪正)을 좌우하는 것은 정치가 잘 다스려졌느냐 아니냐의 문제이기 때문에 치세의 도에 의해서 노래의 사정(邪正)이 가름된다고 판단한 것이다. 노래는 자연스런 감정의 발산이므로 노래의 잘못이 아니라 나라를 다스리는 자의 문제가 될 수 있다. 결국 이 논리에 의하면 노래가 바로 치세를 판가름하는 잣대가 되므로 역으로 치세지음(治世之音)의 직접적 발현처인 인심의 조절을 중시하게 되는 것이다. 따라서 군자는 정(情)이 발해지는 바를 조심해서 그 바른 것만을 노래로 드러내, 치세지음을 만들어내는데 힘써야 한다는 것이다. 그래서 시가(詩歌)는 『시경』 삼백 편의 발(發)해진 본지(本旨)처럼 삿됨이 없어야 한다. 이는 치세적 악론을 중시했던 15세기 사대부들의 궁중악 정비 논리와 다르지 않다. 그러나 이들은 치세지음이 궁중의례에서 현현되는 단계까지만을 상정하여 군신(君臣) 간(間)에 펼쳐지는 음악의 작용을 중

---

40) 임형수, 「書關山別曲後」, 『錦湖遺稿』, 『문집총간』 32, 238면. "鬱於中而暢於外, 發於言而成於聲, 人心之邪正難掩, 世治之汚隆可觀. 夫物接而感生, 事至而情動, 雖無待乎督勉, 而君子亦不可不愼其所自發也. 古聖人於三百篇之詩, 俱聽其情之自發, 而不容已者, 斷之以無邪, 其旨深矣. 歲丙子間, 朝家選重望, 雜之以北邊列帥. 今元戎李公文仲爲鍾城, 前節度使南道潘公公父爲慶興, 俱以宿儒出也. …… 幸今聖澤遝濡, 狼烟久熄, 民勤而業, 卒勵而休. 人烟鷄犬, 堡塞相錯, 紅婦農夫, 閭落相連. 皆罔知所賜, 可無歌詠昇平, 慰安將士, 爲遊衍之具, 飮射之物乎. 遂撰歌八章曰關山別曲, 實公父創之, 元戎潤色之, 不過宣威暢和, 象賢念功, 敍區域之有截, 則毋貪功啓釁也, 極昇平之樂事, 則懼縱心弛備也, 戒存於杯酌之間, 禮行於飮射之際. 要皆節制爲防堤, 不泰不康, 和節於淫, 正離於若, 誠所謂治世之音也. 日與賓校僚佐而樂之, 歌且反之. 使君子得聞之, 而感激思效之心, 油然而生, 小人得聞之, 而保守疆土之念, 無容少衰. 諷詠之間, 其潛移默運, 換易人心者豈淺鮮. 而異日親上事長之兵, 俱自歌曲中做出, 二公之見於是乎韙矣. 且觀北土任强, 聲習自別, 加之以武夫敢士來萃于此, 羇離異域, 眷戀君親, 感懷愁慘之懷, 忽與粗厲猛奮之音合, 則易至於傷亂, 二公於是, 抑有所深覯矣, 古之觀風採謠者, 雖閭巷鄙里之辭, 俱得以錄之, 此三百篇之權輿也. 今於是歌, 烏得已乎."

요시하고, 그 실제적 교화의 효용에 의해 인심을 감발하여 변화시키는 것은 부차적으로 생각하였다. 그리고 일상에서 불리는 노래를 별개의 것으로 여겼기 때문에 노래가 지닌 성정함양의 효용에 대한 관심이 미약했다. 그러나 임형수는 치세지음이 작용하는 성정감발의 수기적(修己的) 효과를 인식하였다. 군자가 그 정(情)의 발해지는 바를 조절한다는 말은 성정의 본지를 잃지 않으려는 자세를 말한다. 노래하는 자가 그 마음의 상태를 조절한다면 이는 노래로부터 이루어지는 성정의 함양이라고 할 수 있다. 그런데 임형수는 이로부터 출발하여 노래가 일상에 던지는 영향력을 말하고 있으므로 폭넓은 교화의 작용을 위한 인심의 감발을 이야기하고 있는 것이다.

임형수는 「관산별곡」이 국토의 경계를 분명히 하고, 태평시절의 즐거움을 지극하게 밝혀, 화하되 음란에 빠지지 않고 바르되 번지르하지 않은 치세지음을 담았다고 평가한다. 따라서 이 노래는 한가히 노닐고, 음사(飮射)하는 자리에서 향유하면서 그 경계와 예를 잃지 않도록 하여 인심을 감발하여 기질을 바꾸는데 크게 작용한다고 기술한다. 이 노래를 여항비리지사(閭巷鄙俚之辭)라고 표현하여 국문시가임을 밝히면서 그런 비리한 노래도 성정을 고무감발하는 데 기여함을 강조하고 있다. 그리고 진정 이 노래의 창작 동기가 변방으로 벗어나 생활하면서 수심과 울회로 상란(傷亂)에 빠지기 쉬운 군사들의 기질을 회복하는 일에 두었음을 서술하여 노래가 지닌 감발의 효용성을 가장 중요한 기능으로 삼고 있다. 더구나 주변의 빈교요좌(賓校僚佐)들에게 날마다 노래하여 반성케 했다는 서술은 음악의 교육적 효용성을 인지한 발언이라고 할 수 있다.

이는 임형수가 「관산별곡」의 창작 동기를 간접적으로 평가한 말이기는 하지만, 이 작품을 지었던 반석평의 원래 창작 동기였을 것으로 짐작된다. 반석평이 조광조의 문인으로 지치(至治)의 실현을 염두에 두고 있었다면, 인심의 방탕을 개선하는 폭넓은 교화의 실현을 인식했을 터이다. 따라서 변방을 지키는 수졸들에 대한 위무를 목적으로 창작되었다면 노래 부르게 하여 반성케 하는 감발의 작용을 언급하지는 않았을 것이다. 또한 임형수가 이 시가의 발문을 썼던 배경에도 이와 같은 노래의 제작 목적이 특별했기 때문이었을 것이다. 그 노래의 감화력이 군자에게는 감동하여 사효지심(思效之心)을 불러일으키고, 소인에게는 보수강토(保守疆土)의 충국(忠國)을 되새기게 한다고 하여, 국문시가의 교화적 작용이 폭넓게 진행됨을 투사하고 있다.

이처럼 임형수는 시가의 본질을 고민하면서 왜 국문시가여야 하는가를 표명하지도 않았고, 사대부 국문시가의 기본 방향이 무엇인가를 보여주려는 의도는 없었지만, 군자가 노래에서 추구할 정도(正道)가 무엇이고, 노래의 향유 목적이 무엇인가에 대해서만은 분명히 인식하고 있었다. 노래는 바른 내용을 담아서 마음을 다스리고 절제하도록 해야 한다는 관점에 서서 16세기 기묘사림의 시가론이 나온 직후의 사대부 시가 인식에 대한 편린을 보여주었다.

▲ 주세붕, 이황, 이이 등의 사림파들은 주희를 흠모하며, 무이구곡의 정신경을 희방하려 노력했다. 작자미상, 〈주문공진상(朱文公眞像)〉(아래)과 〈주문공무이구곡도(朱文公武夷九曲圖)〉(위), 16세기 후반, 영남대 박물관.

② 주세붕(周世鵬) — 백운동서원(白雲洞書院)과 국믄시가에 대한 인식

신재(愼齋) 주세붕(周世鵬, 1495~1554)은 기묘사림들이 현실정치에서 패퇴한 이후, 사림들을 재기용했던 중종 후반기의 정국 분위기 속에 등장하여 명종조에 활동했던 인물이다. 주세붕은 기묘사림들의 활동을 재평가하는 분위기 속에서 조정의 일방적인 주도에 의해 다소 강제적으로 실현시켰던 향약보급의 사례를 반성하면서 향촌의 형편에 맞추어 개별적으로 진행시키기를 제안했던 인물이기도 하다.[41] 이와 더불어 개인적으로 서원을 최초로 건립하여 사족(士族)교육을 통한 사림의 향촌 질서 개선을 공고히 하려고 노력한다.[42]

주세붕이 풍기에 서원을 세운 것은 풍기군수로 재직했던 48세(1543) 때이다. 당시 그 지역이 흉년으로 기근(饑饉)에 시달렸기 때문에 서원 세우기를 반대하는 주위의 여론에도 불구하고 안향(安珦)을 봉사(奉祀)하는 사묘(祠廟)와 서원을 세웠다.[43] 서원건립은 "學校興"이라는 지방관의 임무를 수행[44]하려는 목적도 있었지만 더 긴급하고 현실적인 일과 관계되었기 때문이다. 즉 풍기의 사림들은 유향소(留鄕所), 사마소(司馬所)를 중심으로 독자적인 활동을 하여 지방관의 통치를 저해하고 있었으며, 또한 양반층들은 향교에서의 교육을 기피하고 있었다.[45] 풍기 이외에도 전국적인 상황에서 볼 때 당시 중앙에서는 향교를 흥기시키려고 애썼지만, 지방에서는 실질적인 교육이 이루어지지 않았다고 한다.[46] 또한 향교라는 교육

---

41) 명종 00 / 08 / 04(갑오).

42) 조광조를 중심으로 한 사림파들은 이미 지방의 교육제도 개선과 진흥을 위한 시도를 하다 철퇴를 맞고, 백운동서원이 창설되던 시기는 조정에서 다시 교학진흥을 위한 분위기가 조성되면서 무난하게 서원 건립을 할 수 있었다고 한다. 한편 이황도서원에 지대한 관심을 가지면서, 이후 명종때 백운동서원의 사액을 청원하게 되고, 서원 보급에 나서게 된다(鄭萬祚, 「조선서원의 성립과정」, 『한국사론』 8, 국사편찬위원회, 1980).

43) 주세붕, 「竹溪志序」, 『무릉잡고』 권7.

44) 지방관에 부여된 수령칠사(守令七事)는 "農桑盛, 戶口增, 學校興, 軍政修, 賦役均, 詞訟簡, 姦猾息"이었는데, 사림들은 '學校興'을 중요한 지방관의 임무로 인식하고 있었다.

45) 尹熙勉, 「白雲洞書院의 設立과 豊基士林」, 『震檀學報』 49, 진단학회, 1980.

46) 당시의 『조선왕조실록』을 보면, 궁중에서는 지방 량교의 실정과 그것을 흥기시키기

제도가 지방의 실정에 전혀 맞지 않아 향교와는 별도의 교육기관을 내세
울 필요가 있었던 것으로 보인다. 그러므로 우선 급하게 사림들을 교육시
키기 위한 목적으로 서원을 설립하고, 풍기 출신의 선현인 안향(安珦)을
배향하는 사묘를 세웠다.

서원을 창설했던 것은 어느 정도 사족층의 자치기반을 약화시키면서
유교적 윤리 덕목에 의한 교화를 통해 향촌 질서를 재편하려는 의도가
숨어 있었다. 실제로 서원의 설립, 운영에 협조한 사람들은 풍기의 안향
후손들과 풍기의 사족인 황빈(黃彬)뿐이었고, 이를 제외한 대부분의 풍기
사족들은 서원에 대해 협조하지 않았다고 한다.47) 주세붕은 향촌을 이끌
어 가는 주도세력으로 사족을 설정하고, 이들을 회유하여 효율적인 지방
통치의 발판을 점진적으로 마련하고자 한 듯하다. 즉 유교 윤리를 정착시
키기고 사림의 향촌 지배를 공고히 하기 위한 발판으로 향촌 개혁이라는
시급한 과제를 풍기 지방의 사족을 교화하는 일로부터 시작하였다고 할
수 있다.

여기서 중요한 사실은 주세붕이 풍기에 백운동서원을 건립하면서 서원
의 사족(士族)들을 교육시키기 위해 안축의 「죽계별곡(竹溪別曲)」을 산개하
여 「도동곡(道東曲)」을 비롯한 여러 편의 국문시가를 창작했다는 점이
다.48) 주세붕이 서원에서 강학하는 사족들을 위해 국문시가를 창작한 것

위한 방안이 빈번하게 논의된다.

47) 윤희면, 「白雲洞書院의 設立과 豊基士林」, 『震檀學報』 49, 진단학회, 1980.

48) 주세붕의 시가관은 16세기 사대부의 고려속악에 대한 비판적 안목을 거론하는 자리
에서 주로 논의되고, 그의 시가작품들 즉 「도동곡」과 「오륜가」를 필두로 한 작품들은
이념적이고 교화적인 언어로 표현되어 있기 때문에 재미없고 문학적 성취도가 낮은
것으로 취급되어 왔으며 그러한 만큼 지금까지의 연구는 소략하다. 그런데 근자에 주
세붕 국문시가 창작의 원인이 실천적인 향촌교화의 일환에서 나온 것으로 해석하고,
시가의 교육적 기능에 주목한 몇 편의 논문이 나와 서원과 음악교육의 관계를 조명하
는 본 논의에 시사해주는 바가 많다. 이들 연구는 16세기 전반 國文詩歌에 새로운 방
향을 모색하려고 노력했던 선발주자로서 주세붕을 평가한다.

우응순, 「주세붕의 백운동서원 창설과 국문시가에 대한 방향 모색」, 『어문논집』 35,
고려대 국어국문학과, 1996; 최재남, 「주세붕의 목민관 생활과 〈오륜가〉」, 『사림의 향

은 기묘사림이 입안했던 음악교육을 본격적으로 추진한 첫 시도라는 점에서 그 의의를 갖는다. 당시 불리던 국문시가가 도(道)를 공부하는 선비들에게 마땅치 않다는 기묘사림의 문제의식 단계를 넘어서서 실질적으로 음악교육에 적합한 바른 내용의 국문시가 모형을 제시하려고 시도한 것이다. 음악이 성정을 수양하는데 요긴한 통로이고, 이를 통해 수기(修己)를 이루어야 사족의 체질 변화와 풍속의 변화를 꾀하기에 용이하므로 서원의 주요한 체례로서 시가(詩歌)의 연행 즉 음악의 운용을 도모한 것이다.

이러한 창작의 근인이 되는 국문시가에 대한 인식은 『죽계지』에 실린 「행록후(行錄後)」에서 찾을 수 있고, 또한 영남 사림인 금계(錦溪) 황준량(黃俊良, 1517~1563)과 오간 「상주신재죽계지서(上周愼齋竹溪志書)」와 「답황학정중거(答黃學正仲擧)」라는 서신 속에서 보여준 시가 논쟁을 통해 명백하게 드러난다. 주세붕의 시가작품과 시가 인식의 일단을 보여주는 입론들은 모두 『죽계지』에 수록되어 있어, 그의 국문시가의 향방을 모색한 일이 서원의 제언(諸彦)들을 위한 교육의 일환이었음을 방증해준다.

1542년 백운동에 사묘를 세워 안향, 안축(安軸), 안보(安輔)를 배향하고, 1543년에 백운동서원을 건립하면서 학전(學田)과 장서(藏書)를 마련한 뒤, 1544년에 백운동서원의 설립 취지를 알리기 위해 『죽계지』가 간행된다. 안씨(安氏) 일가의 행록(行錄), 주자(朱子)가 쓴 선현들의 묘원기(廟院記), 당실기(堂室記) 등이 수록되었고 별록(別錄)으로 성현의 격언을 발췌하여 싣고 있다. 주목할 것은 경기체가인 안축의 「죽계별곡」을 수록하고, 여기에 주세붕 자신이 안향을 기리기 위해서 지은 한시 「죽계사(竹溪辭)」 3장, 경기체가인 「도동곡(道東曲)」 9장, 유교적 이념을 보여주는 경기체가 즉 장가(長歌)인 「육현가(六賢歌)」·「엄연곡(儼然曲)」 7장·「태평곡(太平曲)」 5장과 단가(短歌)인 「군자가(君子歌)」·「학이가(學而歌)」·「문진가(問津歌)」·「욕기가(浴沂歌)」·「춘풍가(春風歌)」·「지선가(至善歌)」·「효제가(孝悌歌)」·「정양

촌 생활과 시가 문학』, 국학자료원, 1997; 길진숙, 「주세붕의 『죽계지』 편찬과 시가관」, 『민족문학사연구』 11, 민족문학사연구소, 1997.

음(靜養吟)」·「동찰음(動察吟)」, 그리고 한시 「당우가(唐虞歌)」를 수록한다 했다는 사실이다. 또한 『죽계지』를 편찬할 당시에 수록한 것인지 확인할 수 없지만[49] 황준량과 주고받은 서신(書信)이 함께 편집되어 있다.

주세붕이 구성한 『죽계지』의 편목과 내용은 당시의 영남 사림들에게 많은 논란을 불러일으킨 듯하다. 서원을 창건할 때도 많은 비방과 조롱에 시달렸는데, 『죽계지』를 편찬하면서도 그 편제(編制)와 시가(詩歌) 수록 문제 때문에 비난을 받게 된다. 이러한 사실은 황준량이 보낸 서신에 잘 나타나며, 이것은 황준량 개인만의 의견이라기보다는 그 주변의 영남사림들의 여론을 대변한 것으로 보인다.[50] 황준량은 이현보의 손서(孫壻)이며, 이황과 각별한 관계를 맺고 성리학의 실천과 이론화에 몰두하던 풍기 출신의 사림이다. 이현보·주세붕·이황·황준량은 서로 친밀한 교류 관계에 있었다. 황준량이 주세붕과 22년의 나이 차이에도 불구하고, 이런 논박서를 보냈던 것은 풍기의 재지 사족으로서 자기 지방에 세워지는 서원에 대한 관심 때문이었을 것이다.[51] 사림교육을 진흥시킬 대안을 모색하던, 이황을 중심으로 한 영남사림파들에게 백운동서원은 시범적 모형으로 지대한 주목을 요하는 것이었다.[52] 황준량과 주세붕은 『죽계지(竹溪志)』 편목(篇目)을 논의하는 자리에서 기존의 경기체가작품인 「죽계별곡」과 주세붕의 시가작품의 취사(取捨)에 대한 논란을 벌이는데, 이를 통해

---

49) 서원 창간 당시 간행된 『죽계지』는 그후 증보와 산삭을 거쳤다고 한다.

50) 퇴계 이황도 영남 사림들에게 띄운 서신에서 『죽계지』에 대한 불만을 토로한 바 있다(「答朴澤之(雲)」, 『退溪全書』 권12, 『文集叢刊』 29, 338면; 「答盧仁甫慶麟」, 『退溪集』 권12, 『文集叢刊』 29, 327면).

51) 퇴계가 쓴 금계의 「행장」에는 "始商山周侯世鵬爲豊守, 公以後進, 多與之往復論辨, 其異同從違之間, 人已知其見識之明"이라고 하여 금계와 신재 사이에 여러 번의 논변이 오고 갔음을 보여준다. 여기서도 후진으로서 논변을 하는 금계에 주목하였는데, 아마도 서신에서 보여주는 입장차이는 이런 논변의 하나일 것으로 추측된다. 어떤 논변을 했는지 구체적으로 알 수는 없지만, 두 사람이 서로 다른 입장에 놓여 있었음은 짐작할 수 있다.

52) 길진숙(1997)의 논문에서는 『죽계지』 편찬을 둘러싼 영남사림들의 의견 대립과 그 추이를 서술하였으며, 그와 함께 주세붕과 황준량이 벌인 시가 편입 논쟁도 다루고 있다.

주세붕의 시가관뿐만 아니라 16세기 전반 사림들의 시가 인식을 통찰할 수 있게 해준다.

주세붕은 서원의 선비들을 위해 노래를 지으면서, 그들이 불러야 할 노래의 성격과 그 기준을 제시하였다. 그가 모본으로 삼은 노래는 안축의 「죽계별곡」이다. 「죽계별곡」을 유교적 음악 사상에 적용되는 노래의 형태로서 받아들이면서도, 완전한 것으로 인식하지는 않는다. 다음 자료는 노래를 지으면서 그 취지를 적은 발문으로 시가(詩歌)가 어떠해야 할지를 적시하고 있다.

> 삼가 문정공의 「죽계별곡」 9장을 살펴보면 기수에서 독욕하고 돌아오며 노래를 읊는 나머지에서 족히 그 풍류와 아량과 깨끗이 씻어 내리고(蕩滌) 끊어 없어지는 (消融) 것을 상상할 수 있으니 거의 사특하고 오염된 것이 없다. 이에 행록에 함께 싣는다. 다만 "太子의 설(說)"로써 본다면 흠이 있음을 면하지 못할 것이요, 酒徒·珠履 등의 말은 호협질탕한 가사가 많이 섞이어 있어 능히 순수하여 한결같이 바른 데서 나왔다고 할 수 없어서 그 황잡한 데 빠질까 두렵도다. 마침내 「도동곡」 9장을 노래하여 유학에 자래처가 있음을 두루 진술하고 사향(祠享)에 사용하였다. 문장은 성현의 격언을 번출한 것으로 단가와 장가를 만들어 그 뒤에 첨부하여 서원의 여러 동료들이 바람을 타고 읊조리는 데 도움이 되어 다시 바른 데로 돌아가기를 바란다.[53]

주세붕에게 노래의 바람직한 지향은 '욕기영귀(浴沂詠歸)'에서 오는 경지라고 할 수 있다. 증점(曾點)이 관동(冠童)들과 바람을 타고 풍영(諷詠)하며 기수에서 돌아오는 일을 낙으로 삼겠다는 고사는 조선조 선비들에게는 하나의 이상이었다. 자기의 사욕(私慾)을 이겨 없애고 천리를 회복하여 마음이 활연해지고 만물과 더불어 화합을 이룬 기상이 바로 공자(孔子)가

---

53) 주세붕, 「行錄後」, 『竹溪志』, 『愼齋全書』, 愼齋周先生遺蹟宣揚會, 344면. "謹按文貞公竹溪曲九章, 浴溪詠歸之餘, 足以想像其風流雅量蕩滌消融, 庶乎無邪滓矣. 於是, 并載行錄. 獨以太子之說, 未免有疵, 而酒徒珠履等語, 多雜於豪俠跌宕之辭, 不得粹然一出於正, 恐其流於荒也. 遂歌道東曲九章, 歷陳斯文之有自來, 用之祠享. 文翻出聖賢格言, 爲短長歌, 附于其後, 以爲書院諸彦風詠之助, 冀復歸之於正也."

허여(許與)했던 바 '욕기풍영(浴沂諷詠)'의 경지이다. 실제 생활로서 실현하지는 못하더라도 그런 경지에서 터득한, 사유의 형상에 대한 경도(傾倒)는 조선조 사대부들에게 사뭇 보편화된 것이었다. 증점의 기상을 주세붕은 노래를 통해 얻을 수 있는 최고의 상태를 일컬을 때의 찬사로 표현하고 있다. 풍영(諷詠)에서 얻는 기대지평은 바로 사욕(私慾)을 버린 상태에서 천리의 유행(流行)을 체득하여 만물(萬物)과의 정신적 공명(共鳴)을 이루어 하늘에서 부여받은 바 성정의 바름을 이루는 것이다.

위에서 주세붕이 「죽계별곡」을 노래하면 욕계영귀의 나머지에서 풍류(風流)·아량(雅量)과 탕척소융(蕩滌消融)해져 거의 사재(渣滓)가 없다고 한 평가는 노래에서 추구하는 기대지평의 충족 상태를 말한 것이다. 황준량도 주세붕의 노래를 평할 때, 욕기풍영의 뜻과 호연히 천리유행의 묘가 있다고 하였다.[54] 노래에 의탁하여 일점 사재(渣滓)도 없는 정신 세계를 체득한다는 것은, 모든 사욕의 찌꺼기들이 씻겨 내려가 천리의 유행을 보여주는 만물과 제대로 조응하면서 물아일체에 이르는 정신적 고양 상태로부터 출발하여 성정의 바름(正)을 회복하는 차원에까지 도달하는 단계를 상정한다. 따라서 주세붕은 바른 노래가 서원의 제언들에게 성정의 정을 회복하는데 도움을 줄 수 있으리라고 표현한 것이다.

또한 자신의 노래가 "성현의 지극히 선(善)하고 지극히 축약된 요지에서 나왔으니만치, 修己化俗하는 방책으로서 도움이 없지는 않을 것"[55]이라고 하여 수기(修己)와 화속(化俗)을 노래의 주요한 효용으로서 추구하고 있다. 이는 곧 악(樂)이 성정을 함양하는데 무엇보다 효과적이라고 보았던

---

54) 黃俊良, 「上周愼齋論竹溪志書」, 『錦溪集』 內集 卷4, 『韓國文集叢刊』 37, 44면. "또 성현의 격언을 번출하여 시가를 지어 바른 데로 돌리고자 했으니 유연히 기수(沂水)에서 목욕하고 시가를 읊으며 돌아오는 뜻이 있으며, 호연(浩然)히 천리가 유행하는 묘가 있어서 또한 조예가 깊다고 아니 할 수 없습니다[又翻出聖賢格言, 作爲詠歌, 欲歸于正, 悠然有浴沂詠歸之志, 而浩然有天理流行之妙, 亦可謂所造之深矣]."

55) 주세붕, 「答黃學正仲擧」, 『武陵雜稿』 原集 卷5, 『韓國文集叢刊』 27, 13면. "實出乎聖賢至善至約之要旨, 則其於修己化俗之方, 未爲無補, 有何所嫌而遽爲之刪去哉."

공자 이래 유학자들의 음악사상을 시가의 효용성으로 보고 서원에서 교육적 차원으로 실천한 것이라고 할 수 있다. 또한 그 자신의 수기(修己)를 위해서도 노래를 아침저녁으로 들었다고 한다.56) 즉 주세붕은 노래를 통해 성정을 함양하는 수기적(修己的) 실천이 바로 사습(士習)을 개선하면서 동시에 풍속을 교화하는 원천이 되리라는 저 기묘사림의 믿음을 실천했다고 할 수 있다.

주세붕은 노래가 성정을 수양하는 가장 효과적인 수단으로 보고, 바람직한 노래의 원칙을 상정하면서 유교적 윤리 도덕에 어긋나는 성향들을 부정하여 노래 향유를 통제하려는 사고를 보여준다. 위 자료에서 「죽계별곡」의 긍정적인 부분은 수용하면서도 부정적인 요소는 산개하고자 한 것도 그런 의식의 일단이라고 할 수 있다. 「죽계별곡」에는 탕척소용을 불러일으키는 노래의 의취도 구현되어 있었지만, 이에 어긋나는 부분도 있음을 주세붕은 인정하고 있다. 그가 시가작품을 창작하면서 「죽계별곡」의 형태를 이어받되 고치려고 한 것은 부정적인 요소였다. 부정적인 부분은 위의 인용문에서 거론한바, 「죽계별곡」에 담긴 "태자지설(太子之說)" 내용의 결점과 "주도주리(酒徒珠履)"의 내용이 주는 '호협질탕(豪俠跌宕)'함이다. 신재는 주도주리(酒徒珠履) 등의 말에 도학파들이 경계했던 호협질탕함이 많이 섞여 있어 순수하게 성정의 바름에서 나오지 못했음을 비판한다. '주조주리'의 부잡함을 비판하고 황탄에 빠질까 두렵다고까지 말한 것이다.

다음의 주세붕과 황준량 사이의 왕복 서신 자료는 부정적으로 인식하는 노래의 성격을 보다 명징하게 보여준다.

① 문정(文貞-안축)의 「주리고양곡(珠履高陽曲)」은 반드시 한때 선학(善謔)의 나머지에서 나온 것으로, 후세에 가히 영송(詠誦)할 만한 것이 아닙니다. 선생은 이미 평을 하셨고 또 성현의 격언을 번출하여 시가를 지어 바른 데로 돌리고자 했으니 유연히 기수(沂水)에서 목욕하고 시가를 읊으며 돌아오는 뜻이 있으며, 호연(浩

---

56) 「行狀」, 『무릉잡고』 권8, 256면. "晚節摘聖賢警語, 作訓戒歌詞, 使小婢曉夕諷誦"

然)히 천리가 유행하는 묘가 있어서 또한 조예가 깊다고 아니 할 수 없습니다. 다만 말은 비록 옛 것을 번안했다 하나 자위(自爲)에 관련된 것 같음을 꺼리하니 이 『죽계지』에 함께 편입시키지 말아야 합니다. 저의 생각으로는 「죽계별곡」을 삭제해서 별록 및 「엄연가」 등의 시가와 함께 일단 두었다가 다른 사람의 취함을 기다렸으면 합니다.[57]

② 그리고 나의 여러 편 시가는 내가 스스로 창작한 것이 아니라 모두 옛 성현들의 격언을 번득(翻得)한 것이며 문정의 이른바 별곡이라 불리는 것을 바로 잡기 위한 것으로서, 서원 안의 여러 선비들에게 주어 만에 하나라도 바람을 타며 읊조리는 데에 도움이 되게 하기 위한 것입니다. 진실로 한마디라도 나의 사사로운 생각으로 억지로 끌어다 맞춘 것이 있다면 비록 험론을 받아도 좋지만, 성현의 격언을 번안했는데야 다시 무슨 허물이 있겠습니까? 정말 허물하는 사람이 있다면 이는 곧 성현을 허물하는 것이요, 진실로 나에게서 나온 것이 아닙니다. 지금의 가악이라는 것은 흔히 음란한 상복에서 나와, 「쌍화점」·청가의 종류들와 더불어 모두 사람을 악하게 되도록 유도합니다. 이것들이 어떤 말들입니까? 풍속으로 하여금 미미하게 하고 날로 저급한 데로 나아가게 하니 음란하여 도리를 무너뜨림은 차마 듣지 못할 것이 있기까지 합니다. 설령 주자가 다시 살아나셔도 이런 가악들을 추방하지 않았겠는지 나는 알지 못하겠습니다. 주(周)나라시대에는 이남(二南)과 정아(正雅)를 나라 행사에 사용하고, 삼송(三頌)을 종묘(宗廟)에 사용하여, 비록 변아(變雅)라 할지라도 역시 빈객을 대접하는 잔치에서 노래하지 않았는데 하물며 정(鄭), 위(衛)의 음란한 음악을 연주했겠습니까? 이것은 진실로 회옹이 강력히 주장하고 극진하게 논한 것으로, 내가 딱하고도 급하게 여겨 그 사특함을 바로잡고 바른 데로 돌리고자 함입니다. 공자는 큰 성인입니다. 그러므로 춘추를 조술(祖述)과 아울러 창작(創作)했습니다. 나의 시가와 같은 것은 모두 조술한 것이고 창작한 것이 아닙니다. 비록 내 자신이 지은 것처럼 보이나, 실은 성현의 지극히 선(善)하고 지극히 축약된 요지에서 나왔으니 만치, 몸을 닦고 풍속을 변화시키는 데에 도움이 없지는 않을 것인데, 무슨 혐오스러운 점이 있어서 산거하겠습니까?[58]

---

57) 황준량, 「上周愼齋論竹溪志書」, 『錦溪集』 內集 卷4, 『文集叢刊』 37, 44면. "且文貞珠履高陽之曲, 必出於一時善謔之餘, 而非可誦於後世者也. 先生旣爲之評, 又翻出聖賢格言, 作爲詠歌, 欲歸于正, 悠然有浴沂詠歸之志, 而浩然有天理流行之妙, 亦可謂所造之深矣. 第恐語雖翻古, 而如未免涉於自爲, 則亦不須幷入於此志. 妄意刪去竹溪之曲, 而並與別錄及儼然等歌姑舍之, 以竢人之見取爾."

58) 주세붕, 「答黃學正仲擧」, 『武陵雜稿』 原集 卷5, 『文集叢刊』 27, 12~13면. "且僕之諸歌, 非僕所自作, 皆翻得古聖賢格言, 所以櫽括文貞之所謂竹溪別曲者, 而遺之院

위 자료 ①에서 황준량도 주세붕과 마찬가지 시각에서 「죽계별곡」을 「주리고양곡」이라고 단정적으로 지칭하여 이 노래를 선학(善謔)의 나머지에서 나온 것으로 후세에 읊을 만한 것이 못된다고 폄하하는 태도를 보이고 있다. 황준량도 주세붕이 부정적으로 인식한 「죽계별곡」의 "태자장태(太子藏胎)"와 "주도주리(酒徒珠履)"59) 부분에 대해서 비판적 시각을 견지하고 그런 까닭에 후세에 전할 수 없다고 강경한 태도를 보인 것이다. 「죽계별곡」은 안축이 자신의 고향인 순흥이 순흥부로 승격된 영광에 감격하여 부른 경기체가이다. 순흥부로 승격된 이유는 충목왕의 태가 안치되었기 때문인데,60) 신재가 이 부분에 흠이 있다고 지적한 정확한 사인을 알 수는 없다. 추측하건대, 고려의 왕을 거론하여 그 영광을 노래한 내용이기에 조선왕조의 신하로서 문제시한 것이거나, 혹은 세조 때 금성대군(錦城大君)과 순흥부사 이보흠(李甫欽)의 단종 복위계획이 발각되어 순흥부가 혁파된 사실 때문에 순흥부의 격상을 노래한 원인이 되는 "태자장태" 부분을 문제삼았던 것은 아

中諸彦, 爲萬一風詠之助也. 苟有一言以私意牽合, 則雖被疵論, 可也, 如其翻聖賢格言, 復有何等疵耶. 果有疵之者, 乃所以疵聖賢, 固無與於我也. 今之爲歌者, 多出於桑濮, 與雙花店淸歌之屬, 皆誘人爲惡. 此何等語也. 使風俗靡靡, 日就於下, 其淫藝敗理, 至有不忍聞者. 設使夫子復生, 其不在所放乎, 吾不可知也. 周之時, 以二南正雅, 用之於邦國, 以三頌用之於宗廟, 雖變雅, 亦未嘗歌於賓筵也, 況奏以鄭衛之淫聲乎. 此固晦翁之所極言竭論, 而僕之悶悶遑遑, 欲矯邪而歸正也. 夫子, 大聖也. 故春秋兼述作. 如僕之歌, 皆述而不作. 雖若涉於自爲, 而實出乎聖賢至善至約之要旨, 則其於修己化俗之方, 未爲無補, 有何所嫌而遽爲之刪去哉."

59) "죽령의 남쪽, 영가의 북쪽, 소백산 앞에, 천년의 흥망 동안 한결같은 풍류를 누린 순정성 안에, 다른 데 없는 취화봉 천자의 태를 모셨으니, 아! 이 고을을 중흥하게 만들어준 광경 어떠하니잇고 / 청백리의 풍도와 선정을 드날리는 가문, 고려와 원에서 벼슬을 하매, 아! 산높고 물맑은 광경 어떠하니잇고[竹嶺南 永嘉北 小白山前 千載興亡 一樣風流 順政城裏 他代無隱 翠華峰 天子藏胎 爲 釀作中興景 幾何如 / 淸風杜閣 兩國頭銜 爲 山水淸高景 幾何如]."(「죽계별곡」 1장, 『죽계지』)
   "숙수루, 복전대, 승림정자, 초암동, 욱면계, 취원루 위에 반쯤 취하고 반쯤 깬 홍백화 산 비내리는 속에 피고 절에서 노니는 광경 어떠하니잇고 / 고양의 주도와 주리가 삼천, 손에 손잡고 서로 쫓는 그 광경 어떠하니잇고[宿水樓 福田臺 僧林亭子 草菴洞 郁錦溪 聚遠樓上 半醉半醒 紅白花開 山雨裏良 爲 遊寺景 幾何如 / 高陽酒徒 珠履三千 爲 携手相從景 幾何如]."(「죽계별곡」 2장, 『죽계지』)
60) 김창규, 「죽계별곡 평석고」, 『국어교육연구』 12, 경북대 사대 국어교육연구원, 1980.

닌가 한다. 이런 영광스러움은 죽계에 대한 긍지와 자신의 삶에 대한 긍정적 호기로 이어진다. 그 호기스러움은 금계와 신재가 비판적으로 지목한 대로 주리고양(珠履高陽) 부분의 호사스럽고 방탕한 정도로까지 나타난다. 주리삼천(珠履三千)과 고양주도(高陽酒徒)[61]는 당시 누릴 수 있는 사치스러움의 극치를 보여주는 고사인데 "즐기되 그 정도를 넘지 않는다(樂而不淫)"는 기준에서 볼 때 호협질탕으로 비판받을 수 있는 것이다.

노래의 호협질탕을 부정적으로 본다면 음락(淫樂)으로 치닫는 노래를 어떻게 인식할지는 자명한 일이다. 위의 인용문 ②에서 주세붕은 지금의 노래가 대부분 상간복상에서 나온 음란한 음악과 같다고 진단하면서, 그 대표적인 예로 「쌍화점」과 청가(淸歌)를 거론한다. 청가(淸歌)는 특별한 노래를 지칭한 것이라기보다는 당시 불리던 무반주의 노래들을 일컫는다. 당시에 유행하던 일반의 노래에 대해 대부분이 음란하다는 단호한 판정을 내린다. 주세붕은 이런 노래가 사람을 악하게 만들며, 풍속을 무너뜨려 날로 아래로 떨어뜨릴 정도의 나쁜 영향을 끼치는 음악이라고 판단한다. 가장 혐오스러운 음악을 "음설패리(淫藝敗理)"로서 단정하고, 차마 듣지 못할 정도라는 표현까지 동원하여 배척하는 태도를 보여준다. 즉 주세붕은 노래의 부정적 측면을 "음설패리"와 "호협질탕"으로 보고 그것을 연주해서는 안된다는 입장을 취한다. 공자나 주자는 빈연(賓筵)에서 변아(變雅)조차 연주하지 않았는데 하물며 정위의 음란한 소리를 연주할 수 있겠느냐고 반문하여, 일반에서 불리우는 음란한 노래의 향유에 대한 통제의 필요성을 강력히 제기하고 있다. 그런 까닭에 주세붕은 일반에서 불리

---

61) 사마천, 「春申君傳」, 『史記』 列傳. "趙平原君使人於春申君, 春申君舍之於上舍, 趙使欲夸楚, 爲瑇瑁簪, 乃劍室以珠玉飾之, 請命春申君客, 春申君客三千餘人, 其上客皆躡珠履, 以見趙使, 趙使大慙."
　「山簡傳」, 『晋書』. "簡鎭襄陽, 諸習氏荊土豪族, 有佳園池, 簡每出遊嬉, 多之池上置酒輒醉, 名之曰, 高陽池."
　사마천, 「酈生陸賈傳」, 『史記』. "列傳初沛公引, 兵過陳留, 酈生踵軍門上謁云云, 使者出謝曰, 沛公敬謝先生, 方以天下爲事. 未暇見儒人也, 酈生案劍叱使者曰, 朱復入言沛公, 吾高陽酒徒非儒人也."

는 대다수의 삿된 음악을 바로잡아 바른 데로 돌리기 위한 사명감에서 새로운 노래를 창작해야 한다고 본 것이다. 그리고 사(邪)를 제거하고 정(正)에 의거한 노래를 사원의 제언(諸彦)들에게 부르게 하여 성정의 정을 회복시켜 풍속의 교화를 도모하였다.

주세붕이나 황준량은 공히 노래 중의 '호협질탕'과 '음설패리(淫藝敗理)'한 부분에 대해서 부정적으로 보고, 향유해서는 안된다는 입장을 보여준다. 그렇지만 「죽계별곡」을 수용하는 태도에서는 차이를 드러낸다. 황준량은 「죽계별곡」 자체를 희학(戲謔)으로 보고 후손들이 영송(詠誦)해서는 안된다고 하여 『죽계지』에서 산거할 것을 요구한다. 후세들이 영송할 것이 못된다고 그 가치를 폄하하는 태도는 「죽계별곡」에서 긍정적으로 수용할 부분이 없다는 것의 다른 표현이라고 할 수 있다. 즉 유교적 음악관에서 볼 때 성정을 함양할 만한 요소가 아예 없다고 판정하고 서원의 제언(諸彦)들이 노래해서는 안되는 음악으로 본 것이다. 이는 이현보나 이황과 가까이 하면서 어부가 노래의 전승에 주요한 역할을 했던 황준량의 시가 장르 수용의 태도에서 비롯된 것이 아닌가 한다. 이황도 「한림별곡」을 가차없이 비판하고 군자가 숭상할 바가 아니라고 한 바 있다.62) 황준량의 의식은 이황과 같은 사람들의 경기체가 장르에 대한 비판과 동궤에 놓인 것으로 보인다. 이들 사림은 적어도 경기체가의 내용이나 연행상황 그리고 음조 자체를 사대부 음악의 전형으로서 받아들이지 못했던 듯하다.

반면 주세붕은 「죽계별곡」의 긍정적 요소를 인정하고 이것이 성정을 함양하는 데 어느 정도의 도움을 준다고 보는 입장에 서 있었다고 할 수 있다. 이런 태도는 주세붕이 풍기의 재지사족인 안씨(安氏) 일문(一門)의 선현(先賢)을 배향하는 사묘(祠廟)를 세우고, 서원을 창설하면서 그들 일족의 참여를 유도하는 등 상당히 현실적으로 지방색을 이용하여 학교의 진흥에 노력했던 데서 그 원인을 찾을 수 있다. 그런 현실적인 안배를 고려해

---

62) 이황, 「陶山十二曲跋」, 『退溪集』 권43. "吾東方歌曲, 大抵多淫哇不足言, 如翰林別曲之類, 出於文人之口, 而矜豪放蕩, 兼以藝慢戲狎, 尤非君子所宜尙."

서인지는 모르지만 안축이 창작한 「죽계별곡」을 서원의 사족들이 부를
만한 노래의 형태적 모본으로 내세우고 있다.

그러나 이 정도로 경기체가 장르에 대해 갖는 주세붕의 친연성이 모두
해명되지는 않는다. 풍기의 선현이 부른 노래이고 죽계에 대한 예찬이기
에 그 후손들의 자긍심 유도를 위해 상당한 정도의 의미 부여를 했다고
감안하더라도, 『죽계지』에 수록하여 그 전수를 지향하고 있는 점으로 볼
때 「죽계별곡」에 대해 보여준 긍정적 호의는 현실적인 고려를 넘어서는
가치부여라고 할 수 있다. 곧 경기체가 장르를 당시 사대부 사이에 일반
화된 노래로서 수용하고, 유교적 음악관에 비추어 긍정적으로 판단한 때
문으로 추측된다. 주세붕은 다른 자리에서 「한림별곡」을 가창하기도 하
는데,63) 이것은 경기체가 장르에 대해 느끼는 조선조 사대부의 친연성이
그만큼 강했다는 반증이기도 하다. 주세붕도 또한 그에 대한 거부감은 없
었던 듯하며, 그것 자체를 배척해야 한다고 느끼지는 못했던 듯하다.64)
따라서 경기체가의 노래들이 일반적으로 지닌 호협질탕은 부정적으로 보
면서도 그 장르를 수용할 수 있었던 것으로 판단된다. 이런 측면은 「죽계
별곡」에서 서원의 제언(諸彦)을 고무하는 데 효과적인 부분을 적극적으로
발견한 태도에서 나타난다. 주세붕은 그 호협질탕함을 바로잡아 고치고
나머지 「죽계별곡」이 지향하는 긍정적인 세계65)는 받아들였다. 즉 죽계

---

63) 주세붕이 「한림별곡」을 부르며 즐긴 모습이 「奉送鄭公仁甫出按嶺南」(『武陵集』 권
    1, 『愼齋全書』, 신재주선생유적선양회 영인, 12면)이란 시의 "試院叩善謔, 高唱元淳
    文" 구절에서 확인된다. 조선 전기에 「한림별곡」이 신참례나 연회에서 긍정적 호기와
    자신감을 발산하는 희학적 노래로서 향유했던 여러 예가 있는데, 신재도 「한림별곡」
    을 이와 다를 바 없이 수용했던 듯하다. 최재남(1997)도 이 예를 통해 신재가 경기체가
    갈래를 확고하게 수용했음을 말하였다.
64) 물론 「한림별곡」에서 「죽계별곡」이 주는 의취를 동등하게 느꼈을 것이라고 단정지
    을 수는 없지만, 부정적 측면에도 불구하고 긍정적인 수용의 부분을 인정하고 있었다
    고 생각된다.
65) "彩鳳飛 玉龍盤 碧山松麓 紙筆峰 硯墨池 齊隱鄕校 心趣六經 志窮千古 夫子門徒
    爲 春誦夏絃景 幾何如 年年三月 長程路良 爲 呵喝迎新景 幾何如(3장) // 楚山曉 小
    雲英 山苑佳節 花爛熳 爲 君開柳陰谷 忙待重來 獨倚欄干 新鶯隣裡 爲 一朵綠雲

의 주변 풍경이 주는 기상과 특별히는 3장의 향교를 묘사하면서 유자들의 기상을 읊은 부분을 수용했을 것으로 보인다.

주세붕은 황준량과 달리 「죽계별곡」의 "탕척소융"의 경지를 적극적으로 해석하고 수용한다. 『죽계지』에 안축의 노래를 수록한 것은 나름대로 후세에 전할 만한 요소가 있다고 판단한 때문이라고 할 수 있다. 안축에 대한 존숭의 의미도 있지만, 노래에서 읊고 있는 죽계에 대한 애향심과 향교를 둘러싼 분위기는 풍기의 사족을 계도하는 데 있어 일정한 효과를 담지하는 부분이었다고 할 수 있다. 그렇지만 주세붕은 서원에서 부를 노래로서 완벽한 내용과 형태를 구현해야만 했다. 경기체가 형태를 이어받되 형태적 변용을 한 장가와 시조 형태인 단가를 지어, 성정의 정(正)을 발양하는 데 필요한 노래의 세계를 형상화하게 된다. 경기체가와 시조라는 두 장르 체계를 동시에 수용하여 작품을 창작하는 행위는 사대부들에게 일반적인 일이었기에 주세붕도 그에서 다르지 않았다고 할 수 있다. 서원 선비들의 수기(修己)와 화속(化俗)을 겨냥하여 지은 가악의 연행은 저 궁중악장이 종묘와 연향에 쓰이던 향유의 방식과 상당히 닮은꼴을 취하고 있다.

홀로 문성공 묘사의 일을 이미 마치었으니 월 11일이었습니다. 영정을 봉안하니 모든 향촌의 부로들이 한 사람도 오지 않은 이가 없었습니다. 사족의 자제와 서민의 준수한 자 중에서 무릇 열 살 이상된 사람은 모두 먼저 가서 버선을 매고 정중히 맞이하게 하였으니 구경하는 자가 담처럼 에워싸는 것 같았습니다. 정결히 희생으로써 제사지내고 먼저 어린아이들로 하여금 「죽계사」 3장을 誦詠하게 하였습니다. 비단을 깔고 적을 올리고서 다음에 「도동곡」 9장을 노래하니 나누어 三獻에 각각 三章씩을 노래하게 하였습니다. 籩豆에는 차례가 있고 대부분의 일에 결함이 없었던 듯하며 구구히 천간하니 거의 내려와 흠향하신 듯합니다. 마침 대보의 인원 이외에도 또한 아헌에 참례케 하니 어찌 천행이 아니겠습니까?[66]

垂未絶 天生絶艶 小紅時 爲 千里相思 又奈何(4장) // 紅杏紛紛 芳草萋萋 樽前永日 綠樹陰陰 盡閣沈沈 琴上薰風 黃菊丹楓 錦繡靑山 鴻飛後良 爲 雪月交光景 幾何如 中興聖代 長樂大平爲 四節 遊是沙伊多(5장)."
66) 주세붕, 「與安挺然」, 『武陵雜稿』, 71~72면. 獨文成公廟事已畢, 月十一日. "奉安影

위 인용문은 한문 「죽계사」 3장과 경기체가 「도동곡」 9장을 부르던 방식을 제시해주는 글이다. 두 작품은 처음부터 안향의 사향(祀享)을 염두에 두고 지은 노래이다. 제사를 시작하면서 「죽계사」를 송영하고, 제사의 초헌·아헌·종헌에 각기 「도동곡」 9장을 3장씩 나누어 노래하도록 하였다. 마치 궁중의 종묘제사에서 음악을 사용하여 조종을 기리고 송축하듯이 주세붕은 사묘에 배향한 선현을 송축하는 데 음악을 활용하고 있다. 「죽계사」[67]는 고시체 한시로 죽계에 안향이 태어나 유학의 도가 우리나라에서 존숭될 수 있었음을 송축하면서 안공의 사묘와 영정으로 죽계가 맑아지고 숭상됨을 기리는 내용이다. 「도동곡」[68]은 복희·신농·요순·황제부터 공맹·주자에 이르기까지의 유학의 도가 동방의 안향에 이르러 그 도통을 이어받은 유래를 노래하여 안향의 업적을 송축하는 내용이다. 동방 유학의 조종으로 안향을 받들면서, 그 업적을 현양하는 일에 송사(頌辭)와 경기체가를 사용하였다. 이것은 주세붕이 개척한 상당히 독특한 영역이라고 할 수 있는데, 유교적인 예악관을 개인적 차원에서 철저히 실행

帳, 擧鄕父老, 無一人不隨到者. 士族子弟庶民俊秀凡十歲以上, 皆令先往, 結襪虔迎, 觀者如堵. 祀以潔牲, 先令小童, 誦竹溪辭三章. 陳幣薦俎, 次歌道東曲九章, 分歌三獻各三章. 籩豆有秩, 庶事無缺, 區區賤懇, 庶幾降歆. 適大寶員外, 亦參亞獻, 豈非天幸歟."

67) 주세붕, 「竹溪辭」 3장, 『武陵雜稿』 권1, 『문집총간』. "竹溪在東 小白在西 公之廟兮在其間 白雲滿洞兮前路迷 溪有魚兮山有栢 是公舊遊兮胡不歸 歸兮歸兮毋使我悲 // 小白在西 竹溪在東 山有雲兮水有月 古今兮是同公之來兮 駕玉虯或驂以紫鸞 酌我醴兮侑我誠 庶我歆兮盡爾歡 // 公昔未生兮斯文晦 大倫墮地兮雲煙昏 自公一出兮洗三韓 白日靑天兮吾道尊 有廟枚枚兮公像在中 竹溪彌淸兮小白彌崇."

68) "伏羲神農 黃帝堯舜 (再唱) 偉 繼天立極 景幾何如 // 人心惟危 道心惟微 惟精惟一 允執厥中 偉 주거니 받거니 聖人의 心法이 다믄 잇분니이다 // 禹湯文武 皐伊周召 (再唱) 偉 君臣이 相得 景幾何如 // 下土茫茫커놀 上帝是憂ᄒ샤 圩頂大人을 洙泗우히 ᄂ리오시니 偉 萬古淵源이 그츨뉘 업ᄉ샷다 // 顔生四勿 曾氏三省 仰高鑽堅 瞻前忽後 偉 學聖忘勞 景幾何如 // 率ᄒ리 天命之性 養ᄒ리 浩然之氣 (再唱) 偉 至誠無息이아 本니이다 // 光風霽月 瑞日祥雲 (再唱) 偉 그처딘 긴 눌 엇뎨ᄒ아 니ᄋ신고 // 人欲이 橫流ᄒ야 浩浩滔天일시 一千五百年에 晦翁이 나샷다 敬으로 本늘세어 大防을 밍ᄀ르시니 偉 繼往開來아 仲尼나 다ᄅ시리잇거 // 三韓千萬古애 眞儒를 ᄂ리오시니 小白이 盧山이오 竹溪이 濂水로다 興學衛道는 小分네이리어니와 尊禮晦菴이 그功이 크샷다 偉 吾道東來 景幾何如."(「道東曲」 9章)

한 결과로 이해된다. 이것은 그만큼 음악의 역할을 깊이 생각했다는 증거가 될 것이다.

주세붕은 사묘에서 부를 노래를 짓고 그 다음에 서원의 선비들에게 성정지정(性情之正)을 함양시킬 목적으로 시가작품을 창작한다. 주세붕은 음란하거나 호협질탕한 성격의 속악을 바르게 돌리기 위해 성현의 도를 함양하고 고취하는 아정한 내용의 노래를 상정한다. 그런 까닭에 창작하지 않고 성현의 격언을 번출해서 조술하는데 역점을 두었다. 노래의 내용은 자신의 말이 아니고 '지선지약(至善至約)'한 성현들의 요지(要旨)로 구성한다. 성현의 경전이 갖는 공신력에 기대어 노래의 순정성을 회복하고 노래를 듣고 부르는 서원의 선비들이 그런 정신적 감화 속에서 본연의 성정에 귀결되기를 바랐던 것이다.

그 결과로 창작된 작품이 바로 경기체가 즉 장가(長歌)인 「육현가(六賢歌)」·「엄연곡(儼然曲)」7장·「태평곡(太平曲)」5장과 시조 형태의 단가(短歌)인 「군자가(君子歌)」·「학이가(學而歌)」·「문진가(問津歌)」·「욕기가(浴沂歌)」·「춘풍가(春風歌)」·「지선가(至善歌)」·「효제가(孝悌歌)」·「정양음(靜養吟)」·「동찰음(動察吟)」이다. 「육현가」[69]는 정이천(程伊川)·장횡거(張橫渠)·소요부(邵堯夫)·사마공(司馬公)·한위공(韓魏公)·범문정(范文正) 여섯 현인(賢人)의 행적을 나열하였고, 「엄연곡」[70]은 유자로서 지향해야 할 바람직한 또는 당위적

---

69) "規圓矩方 繩直準平 (再唱) 偉 程伊川의 展也大成 貴혼주룰 뉘알리잇고 // 早悅孫吳 晩逃佛老 (再唱) 偉 張橫渠의 一變至道力踐 景幾何如 // 手探月窟 足躡天根 (再唱) 偉 召堯夫의 駕風鞭霆 歷覽 景幾何如 // 篤學力行 淸修苦節 (再唱) 偉 司馬公의 事神不欺獨樂 景幾何如 // 安靜詳密 雍容和豫 (再唱) 偉 韓魏公의 端巖謹重이 어느제 밧브시잇고(朱文公曰韓魏公無頃刻忙時亦無纖介忙意) // 居廟堂則憂其民 處江湖則憂其君 (再唱) 偉范文正의 進退有憂 어느제 즐거우시링잇고."(「六賢歌」6章)

70) "儼然端坐 如對聖賢 (再唱) 偉 一鮎邪念이 어드러셔 나링잇고 // 仲尼顔子 所樂何事 (再唱) 偉 츳고아 마로링이다 // 溫溫安妄 어려우니 亹亹翼翼 닛찌마오 (再唱) 偉 敬으로 丘隅를 사마 년디 안찌마옵새 // 노프나노프신 하놀해 두터우나두터우신 짜해 볼고나볼ㄱ신 日月에 春夏秋冬은 눌로ᄒ야 흘러가ᄂ고 偉 一元循環悠久 景幾何如 // 動호더 天을보오 靜호더 地를보오 (再唱) 偉 俯仰애 붓쓰럽디아닌 景幾何如 // 謙遜自牧 和敬待人 (再唱) 偉 萬福無彊 景幾何如 // 北窓淸風 南軒霽月 (再唱) 偉 羲皇젯

인 실천 덕목들을 제시하고 있다. 여타의 작품들, 제목에서 확인되지만 '학이
(學而)·군자(君子)·문진(問津)·욕기(浴沂)·지선(至善)·효제(孝悌)·정양(靜
養)·동찰(動察)'71)를 주제로 한 작품들도 성현의 격언을 증심으로 한 유교
적 세계상을 노래한다. 서원의 제언(諸彦)들의 수기(修己)를 위해 창작하였기
에 노래 전부가 유교적 정신 세계의 요체들로 기술되어, 유학을 공부하는
문도로서 그 자세를 가다듬을 수 있는 내용을 위주로 하였다. 즉 군자(君子)
의 삶을 좇아야 하고, 부귀보다는 배움을 소중히 하며, 인심(人心)과 천명(天
命)의 본연(本然)인 지선(至善)을 되새겨야 하고, 현달(顯達)하는 일에 치중하
기보다는 누항(陋巷)의 생활을 즐기면서 그 속에서 욕기삼성(浴沂三省)하여
천리의 유행을 체득하는 삶을 권려하는 내용의 노래이다. 도학을 공부하는
군자로서 갖추어야 할 정신 자세와 생활 태도를 『논어』와 같은 경전 속의
말들로 엮어 놓은 것이다. 이 노래들은 유학자들의 한시나 시가작품에서

사름과 어니아더닝잇고.”(「儼然曲」 7章)
71) “사름 사름마당 君子롤 願ᄒᄂ니 / 밋디 몯ᄒ요ᄆ 몯보는 짜히이다 / 진실로 願커시
든 이롤몬져 삼가쇼셔.”(「君子歌」)
  “비ᄒ고 닛디마애 먼뒷벋 즐거오니 / 내게 옷이시면 ᄂ미아 아나마나 / 富貴롤 浮雲ᄀ
티보고 曲肱而枕ᄒ오.”(「學而歌」)
  “밭가는 뎌하라바 問津늘 웃디마라 / 사ᄅ미 ᄃ외여셔 鳥獸롤 벋홀것까 / ᄆᄋ매 닛디
몯ᄒ여 오락가락 ᄒ노라.”(「問津歌」)
  “汝上애 아니가다 陋巷이 업스리야 / 藜藿의 됴ᄒ마슬 駟馬톤더 술올가 / 春風에 浴
沂ᄒ고 날로 三省ᄒ리.”(「浴沂歌」)
  “ᄇ라는 흙사ᄅ미러니 나아는 一團和氣이 / 三十年 뫼ᄋ와셔 忿厲롤 보신가 / 春風이
불어시든 이부닌가 너기뇌.”(「春風歌」)
  “至善니게 신짜할 진실로 아ᄅ쇼셔 / 人心과 天命의 本然놀 술펴샤 / 나는것 드는거
시 妄을 입시ᄒ쇼셔.”(「至善歌」)
  “至德要道롤 先王이 둣쪄시니 / 民用和睦ᄒ야 上下이 無怨ᄒ닝이다 / 진실로 술오려
니 孝悌뿐닝이다.”(「孝悌歌」)
  “養之復養之 靜時須養哉 齊山濯可哀 宋苗揠堪咍 惺惺保固有 暫離便冠來 寂感致
中和 聖孫爲繼開 양ᄒ고 양ᄒ쇼셔 정시예 양ᄒ쇼셔 / 졔사니 탁타홈과 알묘도 우ᄋ오
니 / 뒨ᄂ것 안보ᄒ샤 려희디롤 마ᄅ쇼셔.”(「靜養吟」)
  “察之復察之 動處須加察 屋漏事所爲 衆中情所發 纔差汝獨知 愼勿更萌作 作歌聊
自警 服膺要無斁 술피오 술피쇼셔 동쳐롤 술피쇼셔 / 옥누에 ᄒᄂ일와 중듕에 ᄂᄂᄠ
들 / 왼즈롤 아ᄅ시어든 다시 밍작마ᄅ쇼셔.”(「動察吟」)

지향하던 정신 세계이나 주세붕은 이념적 언술로 직서하였기에 상당히 교조적인 색채를 보여주는데, 이것은 유교적 음악 사상을 실천하는 일에 앞장섰던 주세붕이 전혀 미학적 외피를 입히지 않은 채 작품의 조술에 의미 부여를 했기 때문에 나온 결과라고 평가할 수 있다.

이는 15세기 궁중악장이 보여준 이념적 언술의 노출과 상당히 유사한 맥락에 놓인 것이라고 할 수 있다. 또한 악론 실천의 표본으로서 그 작품을 현시하여 경전만큼이나 중요하게 취급하는 태도에서도 아주 유사한 점을 발견할 수 있다. 다만 궁중악장이 왕에 대한 송축과 나라를 다스릴 때 필요한 유교적 정치이념을 중심으로 그리고 있다면, 주세붕의 국문시가들은 유가(儒家)의 조종(祖宗)을 송축하고, 유학자가 갖추어야 할 생활이념과 자세를 중심으로 그려내고 있다는 차이를 보여준다. 왕과의 밀접한 관계 속에서 경세적 의지를 표명하며 국가를 정립해 나가는 건국 초기에는 사대부들이 궁중악장을 통해 이념적 현시를 할 필요가 있었으나, 그 이후 국가 정치를 좌우하는 경세적 정책 결정이 명실상부하게 이루어지지 못하는 현실에 대한 회의와 좌절은 수기적 실천에 의한 유교적 세계상을 내면화하는 대안적 방식으로 변화되었기 때문에 이런 차이를 노정하게 된 것이라고 할 수 있다.[72] 따라서 악장을 짓거나 국가의 음악정책을 개선하기보다는 사대부 자신을 함양하는 예교적 내용의 노래를 고취하고 창작하여 사족(士族) 주변을 정화하는 여악론의 수기적 실현으로 치닫게 된 것이다. 따라서 왕에 대한 혹은 국가에 대한 송축과 정치적 명분화에 대한 작업을 유교적 자래처(自來處)와 사림의 생활이념으로 전환시켜 표현하게 되었다고 할 수 있다. 기묘사림들이 염려했던 바, 일반 속악이

---

72) 성종 이후 국왕을 중심으로 한 국가의 틀이 거의 정비되고, 道體의 내면화를 중시한 사림이 등장하여 악장을 포함한 아송문학의 阿諛的 성향을 비난하기에 이르기 때문에 악장의 현실정치적 기능은 상당히 쇠퇴한다(정경주, 『성종조 신진사림 문학 연구』, 법인문화사, 1997). 더구나 사림은 문채로 수식된 詞章의 정치·외교적 기능에 대해 회의하고, 외향적 이념 현양이 갖는 한계를 절감했기에 악장적 과시보다는 내면적 수양에 필요한 사대부적 문화를 개혁해야 한다는 사고로 귀결하게 된다.

도를 공부하는 사람들에게 적당치 않고, 기질을 변화시키기 어렵다는 예교적 문제의식을 주세붕은 생활 속에서 실천하여 음악을 통한 수기적(修己的) 단련에 노력했던 것이다.

위와 같은 점에서 볼 때 주세붕은 음악에 지대한 가치를 부여했던 사대부라고 할 수 있다. 음악의 효용성을 그만큼 절감했다는 징표가 될 터인데, 이런 태도는 이후 황해도 관찰사가 되었을 때 도민(道民)의 풍속을 교화하기 위한 방법으로 「오륜가(五倫歌)」를 창작했던 일에서도 입증된다. 그런데 음악의 가치를 그만큼 중시하더라도 자신의 작품을 『죽계지』에 실어 널리 전수하려는 태도는 조선조 사대부들의 음악 향유 관행상 아주 특이한 경우라고 할 수 있다. 황준량이 주세붕에게 그가 창작한 작품을 "自爲"의 혐의가 있으니 후세자가 거취(去取)하도록 『죽계지』에서 뺄 것을 종용했음에도, 주세붕은 결국 국문시가작품을 넣어서 간행한다. 자신의 작품이 조술(祖述)이지 창작이 아니라고 강조하면서 산거(刪去)하라는 입장에 반발한 것은 분명 이황이나 황준량과 같은 영남 사림들의 입지와는 조금 다른 위치에 있었기 때문이 아닌가 한다. 경전의 조술이라고 항의하면서 국문시가를 중시하는 점은, 앞서도 언급했지만, 조선 초기 사대부들이 악장문학에 대해 취한 태도와 유사하다. 이런 태도는 사장(詞章)을 통한 현시가 자연스러웠던, 그래서 공식적 행위로서 사장(詞章)을 표창하던 관학적 사대부들의 의식에 그 맥을 잇고 있었던 데 기인한 것으로 추측된다.73) 이 때문에 주세붕은 도학이 위주가 되어야 하고 문학이나 예술이 성정을 함양하는 일로서 중시되어야 한다는 당대 사림의 입장을 충

---

73) 주세붕은 철두철미하게 유학을 생활화했던 사림이라는 평가를 받지만, 처음 벼슬에 나설 때 남곤(南袞), 허자(許磁)와 같은 공신계열의 추천을 받아 옥당정자(玉堂正字)가 되었고, 따라서 남곤 사후 한때 파직되기도 한다. 또 사림의 배척을 받던 이행(李荇)의 행장을 지어 찬양하여 사림의 비난을 받기도 한다. 퇴계는 백운동서원에 주세붕을 추배하려는 움직임이 있자 그에 대한 시비(是非)가 미정이라고 반대했으며, 을사년간의 이언적 퇴출에 그가 관계했다고 평가하였다(정만조, 「조선서원의 성립과정」, 『한국사론』 8, 국사편찬위원회, 1980, 37~38면). 이런 점에서 볼 때 주세붕은 훈구계열의 관학적 사대부로서 그 친연성을 지니고 있었다고 볼 수 있다.

실히 이행하면서도, 문학이나 예술의 공개적 전수에 대해서는 보다 자유롭고 개방적인 자세를 취하고 있었다고 할 수 있다.

그런데 성리학에 충실한 사람은 도학 즉 경학 공부가 근본(根本)이며 문학·예술은 말기라고 생각했기에 이를 갈고 다듬는 행위 자체를 부차적인 것으로 여겼다. 또한 문학·예술의 역할을 중요하게 생각하여 성정의 바름을 지향한 혹은 성정 수양에 도움이 되는 내용을 창작하기 위해 학습해야 한다고 생각하더라도 그것 자체를 목표로 삼는 것은 바람직하게 여기지 않았다. 더구나 문학이나 예술 행위가 한사(閑事)이고 도학 공부의 여기(餘技)로 나온 것이라고 취급했기 때문에 그것을 공개적으로 전파하는 행동은 사림들에게는 당연히 조심스러운 문제였다고 할 수 있다. 이황이나 황준량은 문학이나 예술이 성정을 수양하는 데 중요하다고 보았지만, 한사(閑事)의 일을 공식적으로 간행하는 일에 대해서만은 도학적 본말(本末)의 입장에 위배된다고 생각한 것이라 할 수 있다. 성정함양에 음악보다 더 효과적인 것이 없다는 입장에 서서 시가(詩歌)를 중시하더라도, 시경의 아송도 아니고 성현의 조술도 아닌, 한시를 짓고 난 여가(餘暇)에서 나오는 노래의 공적 전파는 문제라고 생각했을 것이다. 더구나 자신이 지은 속(俗)한 국문의 노래를 간행해서 전수한다는 것은 아무리 성현의 말씀을 조술했을지라도 용납하기 어려운 일이었을 것이다.74)

주세붕이나 황준량·이황 등의 사림은 사적으로 즐기는 한사의 자리에서 「쌍화점」과 같은 음란할 정도의 질탕한 노래를 부르지는 않지만, 한시나 국문시가를 읊고 부르며 즐거워한다는 점을 놓쳐서는 안된다.75) 따라

---

74) 국문시가의 간행을 염려하는 것은 노래가 한사라는 점과 사실상 국문시가가 "아(雅)"하지 않고 "속(俗)"하다는 시각이 개입된다고 하겠다. 이황의 문도라 할 수 있는 申益愰은 주자의 시들과 이황의 국문시가인 「도산십이곡」을 엮어 편집할 때 "「도산십이곡」을 방언이 섞이어 있어 俗하고 雅하지 않으니 여기에 함께 편집하지 말라[或謂 陶山十二曲, 佳則佳矣, 然而雜以方言, 俗而不雅, 不必幷取於此]"(신익황, 「次來卿讀鄭陶山徽音有感詩韻幷序」, 『克齋集』 卷之一)고 반대한 사람이 있었음을 밝힌 바 있다. 사람들이 호의적으로 존숭하던 퇴계의 노래도 俗한 국문시가라는 관점에서 간행을 조심스러워 하는데, 자신이 지은 국문 노래의 간행은 더더욱 꺼리는 일이었을 것이다.

서 주세붕이 한사(閑事)라고 겸사해서 사적으로 향유하면 문제시하지 않았
을 터인데, 이것을 『죽계지』에 싣고 공개적으로 널리 펴겠다고 고집했으
므로 황준량에게 부정적인 것으로 비춰졌을 것이다. 퇴계는 「도산십이곡
발」에서 한사(閑事)가 말썽을 일으킬까 저어하며 후세자가 거취하기를 바
란다고 자신의 작품 전승에 조심스런 태도를 보이고 있다. 퇴계의 말은
단순한 겸사라기보다는 노래에 담긴 뜻에 어떤 혐의의 사실이 있을까 삼
가고 조심하는 도학자의 일반적인 태도로 보인다. 농암이 「어부가」를 산
개하면서 퇴계와 주고받은 서신에는 시구 하나에도 신경 쓰는 조심스러
움과 그 조심스러움에 대해 퇴계가 노래의 전수를 인정해주는 상황이 보
인다. 이렇듯 한사의 나머지에서 쓰이고 한사로 불리어지며 사적으로 향
유할 노래도 그들이 세운 원칙에서 벗어날까 염려하는 실천적 수행이 따
른다는 점은 특기할 만한 일이다. 그런데 주세붕은 '술이부작'으로 무장
하면서 자신의 노래를 자신 있게 공개적으로 전수하려고 한다. 더구나 서
원의 선비들에게 도움을 주기 위해 성현의 말을 '번출'해서 노래했다고
자부하며 수록한다는 점에서 다른 사람들과는 다른 태도를 보여준다.

　이러한 공박을 종합해 볼 때 황준량을 위시한 사림들은 노래의 교육적
가치를 인정하고 중시하면서도 노래가 한사(閑事)라는 도본문말(道本文末)의
도학적 문학관에 기대어 사적인 향유·전수를 고수한다. 그러나 주세붕은
노래의 풍교적인 감화력이 갖는 공적 전파력에 상당한 의미 부여를 하고
이러한 점을 강력하게 실천한 것으로 보인다. 이는 국문시가와 같은 문학
예술의 위상을 보는 관점의 차이 때문이 아닐까 한다. 주세붕이 여기(餘技)
로 음악을 보지 않고 중요한 행위라고 인식했기 때문에 그의 시가작품은
문학적 미감을 결여하고 이념적인 언술에 의해 경직된 면모를 보여주는
역설적인 상황을 낳은 듯하다. 문학이나 예술의 위상을 보는 태도는 상당
히 탄력적이되 그 창작적 현상은 상당히 교조적이어서 유교적 이념의 미

---

75) 주세붕, 「遊淸涼山錄」, 『무릉잡고』 권7. 청량산을 유람하며 풍류를 즐기는 장면이 나
　오는데, 여기서 한시, 보허자, 이현보의 시조 등이 불리고 연주되던 상황이 묘사된다.

학적 승화에는 실패한 딜레마를 보여주었다. 이런 점을 발판으로 이황은 음악교육으로서의 성정수양의 시가관을 실천하되 그 시가문학적 미감을 성취하려고 노력하게 된다.

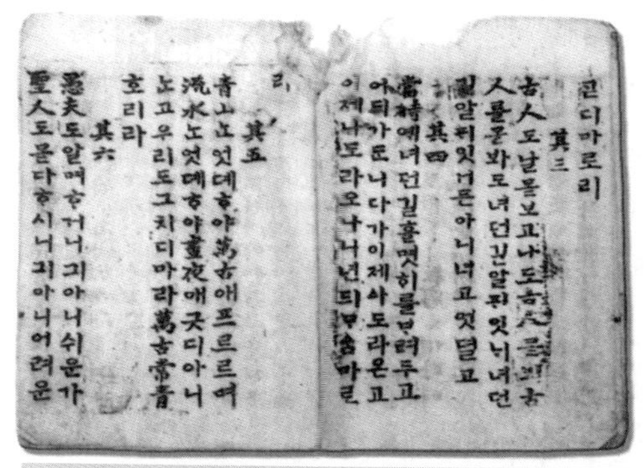

▲ 「도산십이곡」 자료집.

③ 이황(李滉) - 도산정사(陶山精舍)와 국문시가에 대한 인식

이황(1501~1571)이 국문시가인 「도산십이곡(陶山十二曲)」을 지어 온유돈후의 내실을 드러내고, 제자와 자제들을 교육하려했음은 시가(詩歌) 발문(跋文)의 독보성을 인정하는 만큼이나 일반화된 연구사적 자취[76]이다. 그러나 이런 국문시가 인식은 이황에게서 돌출한 문제적 대발견이 아니라, 기묘사림으로부터 시작되어 주세붕을 이어서, 발현되고 심화된 국문시가론의 한 전적이라는 점에 주목해야 할 것이다. 더구나 그 뿌리는 조선왕조의 건국 이후 예악론의 현실적 적용으로부터 시작된 시가 인식에 맞닿아 있다는 점을 아울러 상기해야 할 것이다. 속악을 부정하고 음악의 교육적 효용성을 의식하여 그에 걸맞은 국문시가작품을 창작하려고 시도한 점은 기묘사림의 입론을 거쳐 이를 실천하려 했던 16세기 사림파의 음악

---

76) 임형택, 「국문시의 전통과 도산십이곡」, 『퇴계학보』 19, 단대퇴계학연구소, 1978.
　　　　, 「17세기 전후 육가형식의 발전과 시조문학」, 『민족문학사연구』 6, 민족문학사연구소, 1994.
　　이민홍, 『사림파 문학의 연구』, 형설출판사, 1987.
　　　　, 『조선 중기 시가의 이념과 미의식』, 성균관대 출판부, 1993.
　　조규익, 「退溪의 詩歌觀 小攷」, 『退溪學研究』 2, 단국대 퇴계학연구소, 1988.
　　최재남, 「이황의 도산생활과 육가의 수용 및 전승」, 『士林의 鄕村生活과 詩歌文學』, 국학자료원, 1997.
　　이종호, 「안동선비의 국문시가 창작 양상」, 『안동의 선비문화』, 아세아문화사, 1997.

에 대한 문제의식의 공명(共鳴) 과정에 발맞춘 족적임을 인정하고, 이황이 지닌 국문시가사적 위상에 대한 탐색을 시작해야 한다.

이황은 중종 때의 기묘사화를 목도하고, 명종 때 을사사화에 연루된 형의 죽음을 지켜보아야 했으며, 그 자신도 삭탈관직을 당하기도 하였다. 이와 같은 정치현실의 체험은 그에게 조정의 부름을 받아 나아가면서도 끊임없는 귀거래의 의지를 되새기게 하였다. 이러한 그의 현실관은 치세의 이념보다는 수기적 실천에의 의지를 다지며, 도학적 학문 탐구와 강학(講學)에 전념하게 만든다. 그는 무엇보다 국학과 향교의 학문풍토에 반발하고 서원 건립을 주도한다. 주세붕이 창설한 소수서원에 사액을 받도록 요청하는 것과 더불어 서원의 설립에 심혈을 기울였다.

그가 서원을 교육환경으로 숭상한 이유는 "은거하여 뜻을 구하는 선비와 강도예업(講道肄業)하는 무리들은 대개 세속의 어리석은 경쟁을 싫어하여 책을 싸들고 널찍한 들판이나 적막한 물가 중에 선왕(先王)의 도를 노래하며 조용한 가운데 천하의 의리를 살피면서 덕을 쌓고 인을 익히면서 이를 즐거워해야 한다"고 생각했기 때문이다. 그런데 "국학이나 향교는 번화한 조시(朝市)나 성곽(城郭) 한가운데에 있어서 앞으로는 학령(學令)에 구애받고 뒤로는 이물(異物)에 마음이 현혹되기 쉬운 조건"을 갖추고 있으니 그 대안으로 서원교육을 강조한 것이다.77) 교육받는 선비에게 과거(科擧)를 위한 공부보다는 수기(修己) 공부에 전념하는 강도자(講道者)로서의 자세를 요구하면서, 그 역할이 서원의 환경 속에서 이루어질 수 있다고 믿었다.

노년에 벼슬에서 물러나 은거하면서 강학(講學)을 할 수 있는 도산(陶山)에 자리를 잡고, 이곳에 도산서당을 세워 제자들을 길러내며 자적(自適)한 생활을 하게 된 데에는 이와 같은 그의 의지가 반영된 것이라고 할 수 있다. 그는 이 시기에 국문시가 「도산십이곡」을 창작하는데, 자연에서의 은

---

77) 박연호, 「16세기 사대부교양의 이념—爲己之學」 下, 『국사관논총』 57, 국사편찬위원회, 1994, 9면.

거와 강학의 생활을 염두에 두고 나온 작품이라는 점에서 단순히 자연의 흥취를 자족적으로 읊는 차원에서 창작되지는 않았을 것으로 보인다. 미리 언급하자면, 그의 시가작품은 도산서당의 강학자들에게 미칠 음악적 효용성을 염두에 둔 의식적 소산물이라는 점에 의미 부여를 하고 작품의 의미와 그 시가관을 탐구해야 할 것이다.

도산정사는 여러 제자들이 서재를 세워 글을 가르쳐 달라는 요청을 받고, 이들과 함께 1557년 도산의 남쪽에 서당 터를 마련하여 1561년 그 서당과 정사를 완성하였다고 한다. 이황은 한가로이 병을 치료하며 우거(寓居)하려는 뜻에서 도산에 소옥(小屋)을 마련하는 것이라고 강조하였지만, 결국 제자들의 후원에 힘입어 강학(講學)하기 위한 서당으로서의 규모를 갖추게 되면서[78] 제자를 육성하는 일에 힘을 기울인 듯하다. 정사를 완공하고 한시 「도산잡영(陶山雜詠)」과 「도산잡영(陶山雜詠) 병기(幷記)」를 쓴 이후에 「도산십이곡」을 창작한 것으로 추정된다.

이 노래의 창작 동인을 보여주는 「도산십이곡발(陶山十二曲跋)」은 명종 20년(1565)에 이황이 친필로 새긴 『도산육곡(陶山六曲)』 목판본을 만들면서 작성한 것이다. 이 목판이 유묵(遺墨)과 함께 도산서원에 보관되어 있는데, 이 목판본은 간행되면서 유포된 것이 아니고, 제자들을 통해 전수되다가 이 노래가 널리 알려지게 된 것으로 보인다. 그 전후 사정이 확실치는 않지만, 노래가 먼저 만들어지고 뒤에 목판본으로 새기면서 발문이 들어간 듯한데, 이황 본인에게는 상당히 중요한 저작으로 간주되어 친필의 목판본을 간행했던 것으로 추측된다. 이는 「도산십이곡」이 단순히 자족적인 향촌생활의 흥취에서 창작된 것이 아님을 반증하는 예라 할 수 있다. 그 자신의 자족적 생활상과 도의적 흥취를 표현했다 하더라도, 자신의 저작을 목판본에 새겨 넣는 행위는 그 작품을 중시하고 각별하게 취급하려는 의식의 표현이라고 생각할 수 있다. 그가 구현한 국문시가는 강학을 하는

---

78) 이황, 「與趙士敬」, 『퇴계집』 권23, 『문집총간』 30, 49~50면.

도산서당의 문도들을 겨냥한 특별한 향유를 전제로 하였기 때문에 발문을 첨부하여 목판본을 남겼다고 볼 수 있다. 그 발문에서 당대 국문시가를 진단하는 양상이나 노래의 효용성을 피력한 점 등은 바로 위와 같은 판단을 입증하는 단서가 된다.

이 「도산십이곡」은 도산 노인이 지은 것이다. 노인이 이를 지은 것은 무엇 때문인가? 우리 동방의 가곡은 대부분 淫哇하여 족히 말할 것이 못된다. 「한림별곡」같은 유는 문인의 입에서 나왔으나, 矜豪放蕩하고 겸하여 褻慢戲狎하니 더욱 군자가 숭상할 바가 아니다. 오직 근세에 이별의 육가라는 것이 세상에서 盛하게 전하고 있으나 오히려 그것이 이것보다 낫기는 하나, 역시 그 玩世不恭한 뜻이 있고 溫柔敦厚의 실상이 적은 것이 애석하다.

노인은 본래 음률을 알지 못하나 오히려 세속의 음악 듣기를 싫어할 줄은 안다. 한가로이 살며 병을 요양하는 여가에 무릇 정성에 감동이 있는 것은 매양 시로 나타내었다. 그러나 지금의 시는 옛날의 시와는 달라서 가히 읊을 수는 있어도 노래할 수는 없다. 만일 노래하려고 하면 반드시 俚俗의 말로 엮어야 되니, 대개 國俗의 음절은 그렇게 하지 않을 수가 없는 것이다.

그러므로 내가 일찍이 이씨의 노래를 의방하여 「도산육곡」을 지은 것이 둘이니 그 하나는 뜻을 말하고, 다른 하나는 학문을 말하였다. 아이들로 하여금 조석으로 익히어 노래하게 하고 궤석에 기대어 듣기도 하며, 또한 아이들이 스스로 노래하고 스스로 춤추게 하니, 거의 비루한 마음을 씻어버리고 감발하며 融通할 수 있어서 노래하는 자와 듣는 자가 서로 유익됨이 없지 않다. 그러나 나의 처신이 자못 까다로우니 이와 같은 한가한 일이 혹시나 시끄러운 꼬투리를 야기할지 알 수가 없다. 또 이 노래가 가히 腔調에 들어 음절을 고르게 할 수 있을지의 여부를 믿지 못하겠다. 우선 하나를 적어서 상자 속에 간직해 놓고 수시로 꺼내서 음미하며 스스로 반성하고, 또 뒷날 열람하는 자의 취사선택을 기다린다. 가정 44년 을축(1565년) 저문 봄 16일에 도산노인이 쓴다.[79]

---

79) 이황, 「陶山十二曲跋」, 『退溪集』 권43, 『문집총간』 30, 468면. "右陶山十二曲者, 陶山老人之所作也. 老人之作此, 何爲也哉. 吾東方歌曲, 大抵多淫哇不足言. 如翰林別曲之類, 出於文人之口, 而矜豪放蕩, 兼以褻慢戲狎, 尤非君子所宜尙. 惟近世有李鼈六歌者, 世所盛傳, 猶爲彼善於此, 亦惜乎其有玩世不恭之意, 而少溫柔敦厚之實也. 老人素不解音律, 而猶知厭聞世俗之樂. 閒居養疾之餘, 凡有感於情性者, 每發於詩, 然今之詩異於古之詩, 可詠而不可歌也. 如欲歌之, 必綴以俚俗之語, 盖國俗音節, 所

위 발문에서 이황은 세속의 음악에 대한 입장 표명을 분명하게 보여준다. 주세붕과 마찬가지로 그는 동방의 가곡이 대부분 음왜(淫哇)하므로 아예 거론할 가치조차 없다고 하였다. 그는 「도산십이곡」의 창작에 앞서 이미 이현보가 어부가를 개작할 때, 이 일에 깊숙이 개입하여 가사(歌詞)의 개편에 조언을 아끼지 않았으며 발문도 지어준 바 있다.[80] 그 「서어부가후(書漁父歌後)」를 통해 추측하건대, 그는 음악에 상당한 관심과 조예를 갖추고 있었던 듯하며, 당대에 유행하는 음악에 대해 부정적 시선을 견지하고 있다.[81] 일반 사람들은 「쌍화점」과 같은 음악을 상당히 좋아한다고 보고, 이런 음악을 「어부가」와 상당히 다른 세계에 놓인 노래로 취급한다. 그는 「쌍화점」을 단적으로 비판하지는 않았지만 이 노래는 위 발문에서 말한 세속의 음악으로 음왜(淫哇)한 영역에 속하는 것이다. 음왜한 음악은 정위(鄭衛)의 음악이나 옥수가와 같은 것으로 세속의 사람들은 이런 음악을 좋아하는데, 이황은 이런 음악이 사람을 더욱 음란하게 만들고 뜻을 어지럽게 한다고 진단한다.[82] 따라서 이런 음악은 아예 선비로서 거론할 바가 아니라고 본 것이다. 발문에서 세속의 음악을 듣기 싫어한다고 강조한 것은 세속음악의 바로 이런 성격 때문이다.

이황이 음왜한 음악의 다음 단계로서 비판한 것은 바로 문인의 손에서

不得不然也. 故嘗略倣李歌, 而作爲陶山六曲者二焉, 其一言志, 其二言學. 欲使兒輩朝夕習而歌之, 憑几而聽之, 亦令兒輩自歌而自舞蹈之, 庶幾可以蕩滌鄙吝, 感發融通, 而歌者與聽者, 不能無交有益焉. 顧自以蹤跡頗乖, 若此等閒事, 或因以惹起鬧端, 未可知也. 又未信其可以入腔調偕音節與未也. 姑寫一件, 藏之篋笥, 時取玩以自省, 又以待他日覽者之去取云爾. 嘉靖四十四年, 歲乙丑暮春旣望, 山老書."

80) 이황, 「答聾巖李相國賢輔○己酉」, 『退溪集』, 『문집총간』 29, 111면.
　　＿＿, 「書漁父歌後」, 『退溪集』 권43, 『문집총간』 30, 458면.
81) 이황, 「書漁父歌後」, 『退溪集』 권43, 『문집총간』 30, 458면. "頃歲, 有密陽朴浚者, 名知衆音, 凡係東方之樂, 或雅或俗, 靡不裒集爲一部書, 刊行于世, 而此詞與霜花店諸曲, 混載其中, 然人之聽之, 於彼則手舞足蹈, 於此則倦而思睡者, 何哉. 非其人, 固不知其音, 又焉知其樂乎."
82) 이황, 「書漁父歌後」, 『退溪集』 권43, 『문집총간』 30, 458면. "豈若世俗之人, 悅鄭衛而增淫, 聞玉樹而蕩志者比耶."

나온「한림별곡」과 같은 유형의 노래이다. 세속에서 유행하는 음왜한 음악보다는 조금 낮다고 층위를 두는 듯하면서도, 그 긍호방탕(矜豪放蕩)하고 설만희압(褻慢戲狎)한 점 때문에 노래할 만한 것이 아니라고 평가한다. 경기체가인「한림별곡」이 군자(君子)가 숭상할 바가 아니라고 하여도, 도(道)에 뜻을 둔 선비가 향유할 만한 노래가 아님을 분명히 밝히고 있다. 주세붕이「죽계별곡」에 대해 호협질탕하지만, 그 탕척소융(蕩滌消融)하여 사재(渣滓)가 없음을 좋게 여겨 이를 모방하는 것과는 사뭇 다른 태도라고 할 수 있다. 주세붕과 이황은 경기체가에 대해 각각 호협질탕과 긍호방탕이라는 유사한 범주의 품평을 내린다. 두 사람 모두 이런 영역은 노래에서 퇴치해야 할 사항으로 공감하고 있었다고 할 수 있다.

그렇지만 이황은 경기체「한림별곡」이 담고 있는 내용을 부정적으로 인식하면서 동시에 그 음악과 연행적 환경이 주는 설만희압의 경지도 받아들이지 못한 것으로 보인다. 물론「죽계별곡」과「한림별곡」이 담고 있는 세계는 어느 정도 차이가 있기에 이황이「죽계별곡」을 어떻게 평가했을지는 미지수다. 그러나 경기체가로서 두 노래는 어느 정도 유사한 문인의 세계상을 바탕으로 하였으며, 질탕한 연락의 분위기에 있어서도 비슷한 층위로 말할 수 있을 듯하다. 따라서 이황은 대표적으로「한림별곡」을 내세웠지만, 실상은 경기체가 장르 자체를 문제삼았다고 할 수 있다. 위 발문에서 정확하게 짚어내지는 않았지만 음악장르로서의 경기체가가 이황이 담지한 유교적 음악관에 비추어볼 때 어긋난다고 보았기 때문에「한림별곡」을 사대부의 음악으로 취급할 수 없다고 부정했던 것이라 할 수 있다. 15세기 사대부나 적어도 16세기 주세붕과 같은 사람들은 사대부의 장르로서 경기체가를 수용하고, 이를 통해 이념적 내용을 담아내어 음악적 전범을 구현할 수 있을 것으로 믿었다. 그러나 이런 장르 인식은 이황에서 변전을 이루어 경기체가 장르에 대한 기호가 16세기에 이르러 변화되고 있음을 감지하게 해준다. 적어도 경기체가는 이때 이르러 사대부 장르로서의 공신력을 상실해 가는 단계에 도달했음을 보여주는 예라 할 것이다.

주세붕이 자신의 음악적 모델로서 내세운 「죽계별곡」의 장단점(長短點)을 통해 새로운 노래의 지평을 열었듯이, 이황도 경기체가가 아닌 다른 시가 장르를 모델로 내세운다. 그가 의방하고자 한 노래는 바로 이별의 「육가」이다. 육가 형식의 노래를 이황은 사대부, 혹은 도를 탐구하는 군자의 음악으로서 적합하다고 판단하고, 이 노래의 장단점을 지적한다. 당시에 「육가」가 세상에 성행(盛行)하였는데, 이 노래가 「한림별곡」보다는 낫다고 말한다. 구체적으로 말한다면 아마도 긍호방탕하고 설만희압의 태가 「육가」에서는 발견되지 않았기 때문일 것이다. 즉 「육가」가 구성하는 내용과 그 음악 형태를 긍정적으로 수용했다고 하겠다. 이는 유교적 음악관에 의거한 사대부 음악 기호의 변화를 말해주는 것이기도 하지만, 사대부의 보편적 음악장르 취향이 점차 바뀌고 있었기 때문에 이런 음악관을 받쳐주는 음악적 형태를 모색할 때, 부상하고 있는 장르를 반영한 사례로서 해석할 수 있을 듯하다. 한편 이황은 「육가」가 담은 세계 인식에는 문제가 있다고 보고, 이를 단점으로 거론한다. 「육가」에 내포된 완세불공(玩世不恭)한 내용이 온유돈후의 실상에 비추어보면 흠이 있다고 지적하고, 노래에서 추구할 바가 "온유돈후(溫柔敦厚)"의 실상임을 알려준다.

이황은 「육가」에 부족한 온유돈후의 실상을 보여주기 위해 이를 모방한 새로운 시가작품인 「도산십이곡」을 창작하게 되는 것이다. 시교(詩敎)로서의 온유돈후(溫柔敦厚)[83]를 시가(詩歌)의 전범으로 보는 데는 음악의 교육적 효용성을 중요하게 생각했기 때문이다. 노래에 표출된 내용이 순선해야 그것을 부르는 자의 심성도 순선한 기질로 순화된다고 생각했기 때문에 부정적이며 비판적인 언사의 표출을 좋지 않게 여겼다고 할 수 있다. 그는 온유돈후한 실상이 표현된 노래를 부르면 탕척비린(蕩滌鄙吝)하고 감발융통(感發融通)해져 노래하는 자나 듣는 자나 모두 유익함이 있다고 보

---

83) 「經解」, 『禮記』. "孔子曰, 入其國, 其敎可知也, 溫柔敦厚, 詩敎也."

았다. 마음속의 더러운 찌꺼기가 씻겨 내려가 감발되고 깨끗해진다는 것은 사욕(私欲)이 사라져 정화된 마음 상태를 표현한 말이다. 이는 본래의 순선(純善)한 성정이 회복되는 과정을 표현한 것으로, 노래가 순선한 성정을 닦는데 지대한 효력을 발휘한다는 사실을 보여준다. 탕척비린이나 감발융통은 유교적 음악관을 말하는 유학자들이 개인에게 미치는 음악의 효용성을 거론할 때마다 드는 중요한 개념이다. 그것은 순선한 성정을 고무, 함양시키는 음악의 작용을 빗댄 말로서 유자들이 노래에서 추구하는 지향점이라 할 수 있다.

이황은 음악이 중화(中和)를 기르는 것이고, 여기에 선왕이 음악을 제작한 심오한 뜻이 있다고 읊기도 하였다.[84] 이황은 음악이나 노래가 중화의 덕을 기르고 성정을 함양시킨다는 유자들의 인식에 동의하면서, 그것의 실천에 앞장섰다고 할 수 있다. 따라서 그는 아배(兒輩)로 표현되는 제자와 후손들이 스스로 가무악(歌舞樂)을 향유함으로써 성정을 고무하고 함양하는데 도움이 되는 경지를 상정하고, 「도산십이곡」을 창작·연행하게 된 것이다. 또 그 자신이 「도산십이곡」을 꺼내 보면서 자성(自省)을 삼았다고 한 점에서 성정을 회복하는 수기(修己)의 일환으로 노래를 향유했음을 알 수 있다. 이와 같이 성정을 함양하여 기질의 변화를 유도하는 음악은 명실이 부합해야 하므로, 노래의 내용적 의취로서 온유돈후를 축대 삼았다고 할 수 있다.

위와 같이 이황이 음악의 역할을 중시한 데는 사대부의 일상에서 차지하는 노래의 비중을 염두에 두었기 때문이라고 할 수 있다. 그는 한시와 노래가 별개의 영역에 속한다는 사실을 분명히 인식하고 있었다. 고시(古詩)는 노래할 수 있었으나 오늘날의 시는 노래할 수 없다고 하여 시와 노

---

84) 이황, 「和子中閒居二十詠－제9수 彈琴」, 『退溪集』, 『문집총간』 29, 111면. "선왕이 樂을 만드신 뜻은 더욱 심오하니 / 천지의 中和가 절로 마음에서 발해지는구나 / 봉황이 남훈전에 내려오니 원래의 아름다움을 다하였는데 / 학이 동국에 와서 따로 소리를 이루었도다[先王作樂意尤深 / 天地中和發自心 / 鳳下南薰元盡美 / 鶴來東國別成音]."

래가 다른 길을 걷고 있음을 말하였다. 주목해야 할 것은 이황이 시를 읊는 것으로는 그 감동이 부족하다고 생각한 점이다. 정성(情性)에 느끼어 시를 읊을 수 있지만 노래할 수는 없다고 한 이면에는 "시로 부족하면 영탄하고 영탄으로 부족하면 노래하고 노래로 부족하면 자기도 모르게 손을 너울거리고 발을 구르게 되는"[85] 감동의 폭과 깊이의 심화 과정에 대한 기대가 도사리고 있었다고 할 수 있다.

그런데 시로 표현되는 한문 음절은 우리의 음악에 맞지 않으니, 노래하기 위해서는 국문시가를 지을 수밖에 없는 것이다. 따라서 이황은 우리의 노래여야만 감동을 주는데, 그러기 위해서는 향악에 맞는 음절인 국문의 가사를 지어야만 한다고 문제의 귀결처를 제시한 것이다. 그렇지만 세속의 음악을 따져보았을 때 이런 그의 기대치를 관족시킬 만한 노래의 내용이 없고, 모두 마음을 어지럽히고 음탕하게 하는 노래들이므로 이를 극복한 새로운 노래를 모색하는 길로 나아간 것이다. 결국 이황은 노래가 던지는 감동이 시에서 던지는 감동과 차이가 있고, 따라서 시로 메울 수 없는 간극을 노래로 채워야 하는데, 우리는 우리의 노래를 불러야만 감동이 절실하다고 간파하여 국문시가가 사대부들에게 차지하는 무게를 극명하게 보여주었다. 결국 국문시가의 가사가 고시(古詩)의 수준에 도달해야 한다는 방향에서 국문시가 가사의 질적인 변화를 꾀했다고 하겠다.

이황이 국문시가에 대한 본질적인 이해에 접근할 수 있었던 것은, 기묘사림들의 언문일치에 대해 자각했던 중간 단계가 있었기에 가능했다고 할 수 있다. 다만, 기묘사림은 일반인에게 향유도는 국문노래의 보편성과 일상성에 기대어 감동의 효과를 기대하면서도 국문노래의 본질에 대한 고민으로까지 발전하지 못했다면, 이황은 이에서 한 단계 더 나아가 사대부들에게 시와 다른 차원에서의 노래의 향유가 필요함을 간파하고 국문시가의 노래로서의 본질을 고심했다고 할 수 있다. 노래가 이렇듯 쉽게

---

85) 「毛詩大序」, 『毛詩』. "詩者志之所之也, 在心爲志, 發言爲詩, 情動於中, 而形於言, 言之不足, 故嗟歎之, 嗟歎之不足, 故永歌之, 永歌之不足, 不知手之舞之, 足之蹈之也."

접근할 수 있고, 또 필요한 것이라면 그 성정을 함양하는 일에 훨씬 더 효과적이라는 사실은 자명한 듯하다. 노래가 일상적인 생활의 일부분이고 또 노래의 교육적 효과에 대한 기대가 충만했을 때 노래에 대한 통어는 그만큼 강도 높게 진행될 수밖에 없었다고 하겠다.

이황은 1568년 경연의 자리에서 왜 일상을 다스리는 일이 중요한가를 주알하면서 정성(鄭聲)과 영인(佞人)을 금지하는 일이 왜 시급한가를 설명해준다. 이것은 그가 음란한 노래를 경계하면서 국문시가의 전범을 제시하려고 심혈을 기울인 근본적인 이유를 파악하는 단서로서 중요하다고 할 수 있다.

私는 일심의 좀이고 모든 악의 근원입니다. 옛날부터 나라가 잘 다스려진 때는 항상 적고, 어지러운 날이 항상 많아서 몸을 파멸시키고 나라를 망치는 데에 이르는 것은 다 임금이 하나의 '私'라는 글자를 버리지 못했기 때문입니다. 그러나 마음의 적을 버리고 악의 뿌리를 뽑아 천리의 순수함을 회복하고자 한다면 학문의 공로에 깊이 의지하지 않으면 안되나 그 공부를 하는 것은 또한 어렵습니다. 대개 한 때 한 가지의 일의 私를 힘써서 행하지 않는 것은 어렵지 않으나 평일의 모든 私를 능히 제거해서 말끔히 다 없애 버리는 것이 어렵습니다. 비록 어떤 때는 이미 다 제거해 버려도 알지 못하고 깨닫지 못하는 사이에 홀연히 다시 맹동하기를 처음과 같이 하니 이것이 하기 어려운 이유입니다. 이 때문에 옛 성현들은 조심하고 삼가하기를 깊은 못에 이른 듯이 하고 엷은 얼음을 밟는 것 같이 하며, 날마다 끊임없이 노력하고 밤마다 조심해서 오직 잠깐이라도 태만하고 소홀히 하여 구덩이에 빠지고 벼랑에 떨어지는 근심이 있을까 두려워하였으므로 그 마음이, 일찍이 나의 학문이 이미 지극하여 사사롭고 사악한 데 빠질 걱정은 없다고 두려워하지 않았습니다. 그러므로 『대학』에는 格物・致知・誠意・正心의 공부를 말하였기 때문에 마땅히 私가 없을 것 같으나 修身・齊家에 있어서도 오히려 치우침이 있을까 경계했고, 治國과 平天下에 있어서도 역시 한 사람이 욕심을 부리는 것과 利欲으로써 이익을 삼는 것을 경계했습니다. 안연이 私를 이기고 예로 돌아가며, 갑에게서 성낸 것을 을에게로 옮기지 아니하며, 같은 과오를 다시 반복하지 아니하고 석 달 동안 仁을 어기지 아니하는 경지에 이른 연후에 나라를 다스리는 도리를 물었으니 어찌 털 끝만한 私가 있겠습니까마는 공자께서는 그래도 鄭聲을 내쫓고 간사

▲ 왕이 신하들에게 베풀어 준 연회의 정황을 짐작해 볼 수 있다. 악공과 여기들이 연주하고 춤추는 장면이 담겨 있다. 공식 의례가 아닌 일반 사연(賜宴)에서 여기의 가무(歌舞)는 관례적으로 동반되었으며 전혀 문제시 되지 않았다. 작자미상, 〈중묘조서연관사연도(中廟朝書筵官賜宴圖)〉, 1533, 홍대 박물관(위) / 작자미상, 〈선조조기영회도(宣祖朝耆英會圖)〉, 1585, 서울대 박물관(아래).

한 사람을 멀리하라고 경계하였습니다.[86]

이황은 만악(萬惡)의 근본(根本)이고 일심(一心)의 적이 사사로움인데 이를 간과하면 멸신망국(滅身亡國)을 가져온다고 하여 한 몸이든 국가든 아주 작은 일상을 다스리는 일로부터 시작할 것을 강조하였다. 공자가 나라를 다스리는 데 정성(鄭聲)을 내치고 영인(佞人)을 멀리하라고 했던 것은 이로 말미암은 때문이라고 하여, 군주든 일반 사람이든 자신의 일상을 다스리는 일로부터 천리의 순연함을 회복할 수 있다고 하여 수기적(修己的) 방책을 제시하고 있다. 이황이 중시한 일상의 다스림은 그가 평소에 강조했던 일로, 여악(女樂)이나 음탕한 내용의 노래에 대한 경계가 이를 반영한다. 사사로운 작은 일이지만 이를 소홀히 하면 결국 도를 공부하는 이의 마음을 해이하게 하여 몸을 망치게 하는 근본이라고 생각한 것이다.

그런 때문에 그는 제자들에게 연음(宴飮)으로 인해 해이하고 방탕해져 그간 고수했던 인(仁)의 마음이 끊어졌던 경험을 말하면서 이것이 가장 두려운 바라고 하거나, 성기(聲妓)로 인해 열락(悅樂)의 기미가 일어난 경험을 말하면서 이것이 곧 삶과 죽음이 갈리는 지점으로 지극히 두려운 일이라고 경계하거나, 기악(妓樂)을 동반하여 일락하는 군수를 기롱하거나 하면서 스스로를 매우 엄하게 다스리어 음악(淫樂)과 특례(慝禮)를 심술에 접하지 않았다고 한다.[87] 강학하는 제자들에게 도를 닦는 선비로서 일상

---

86) 이황, 「戊辰 經筵啓箚二」, 『국역퇴계전서』 3(퇴계학역주간행위원회), 퇴계학연구원, 1994, 93~93면(『退溪集』 권7, 『문집총간』 29, 197면). "私者, 一心之蟊賊, 而萬惡之根本也. 自古國家, 治日常少, 亂日常多, 馴致於滅身亡國者, 盡是人君不能去一私字故也. 然欲去心賊拔惡根, 以復乎天理之純, 不沈藉學問之功不可, 而其爲功亦難. 蓋一時一事之私, 勉强不行非難, 平日萬事之私, 克去淨盡爲難. 雖或旣已克盡, 不知不覺之間, 忽復萌動如初, 此所以爲難. 是以古之聖賢, 兢兢業業, 如臨深淵, 如履薄氷, 日乾夕惕, 惟恐頃刻怠忽, 而有墮坑落塹之患, 其心未嘗自謂吾學已至, 不患有陷於私邪也. 故大學旣說格物致知誠意正心之功, 則宜若無私矣, 然而於修身齊家, 猶以偏僻爲戒. 治國平天下, 亦以一人貪戾, 以利爲利戒之. 顏淵克己復禮, 不遷怒, 不貳過, 至於三月不違仁, 而後乃問爲邦之道, 寧復有一毫之私乎, 孔子猶以放鄭聲, 遠佞人戒之."
87) 「存省」, 『퇴계선생언행록』 권1, 『국역퇴계전서』, 퇴계학연구원, 30~31면.

을 엄격하게 지킬 것을 권유하면서, 일상에서 향유하는 노래에 대한 경계도 중요하게 거론하였다. 작은 일상으로서의 가무악이 얼마나 큰 도의 마음을 상실하게 하는지를 강조하여, 이를 다스리는 일을 중시하였다. 음악(淫樂)이나 기악(妓樂)을 다스리는 일이 존성(存省)의 항목에서 다루어진 것은 수기가 이 작은 일로부터 시작되어야 한다는 생각에서였다. 노래에 대한 관심도 바로 이 점 때문이었다고 할 수 있다.

따라서 평소에 일상을 엄격히 지켜야 한다는 소신으로부터 성기(聲妓)와 음악(淫樂)을 엄중히 경계하여 당대 유행하던 세속의 음악을 비판하고 동시에 감동을 주기 쉽다는 점에서 노래가 주는 성정함양의 효과에 상당한 의미 부여를 하게 되었다고 할 수 있다. 이런 점으로부터 강학을 하는 선비들에게 수기(修己)로서의 음악교육을 중요한 일환으로 생각하고, 국문

"'어찌 (인을 추구하는 마음이) 끊어지는 일이 없다고 감히 말할 수 있겠는가? 내가 고요한 가운데서 씩씩하고 공경하는 마음을 가질 때는 비록 더러 방도함을 면하는 일도 있지만, 만약 宴飮하고 酬酌할 때에는 그만 해이해져서 방탕하여지기도 하는 것이다. 이 점이 내가 평소에 늠연히 경계하면서 두려워하는 바이다' 하였다[何敢道無間斷. 吾於靜中莊敬之際, 雖或免放倒, 若宴飮酬酌之時, 或不免弛放走作. 此平日所以凜然戒懼者也]."(李德弘)

"선생이 말씀하기를, '화려하고 요란한 가운데서는 사람의 마음이 가장 흔들리기 쉽다. 그래서 내가 일찍부터 이 점에 힘을 써서 흔들리는 일이 없도록 하려고 한다. 그런데 언젠가 議政府 舍人이 되었을 때, 노래를 부르는 기생들이 앞에 가득한 것을 보고는, 문득 한 편으로 기쁜 마음이 일어나는 것을 느낀 일이 있다. 이와 같은 마음의 미묘한 기미는 바로 삶과 죽음으로 길이 갈리는 곳이다. 두려운 일이 아니겠는가?'하였다[先生曰, 紛華波蕩之中, 最易移人. 余嘗用力於此, 庶不爲所動. 而嘗爲議政府舍人, 聲妓滿前, 便覺有一端喜悅之心. 其機則生死路頭也. 可不懼哉]."(金誠一)

"'내가 出身한 초년에 서울에 있으면서 매양 사람들에게 이끌리어 連日 宴飮하였다. 〈下位를 責罰하여 酒食을 마련해서 함께 먹고 마시는 것이 승문원의 오랜 규례이다〉 그러다가 한가한 날이면 문득 무료한 마음이 생겼다. 돌이켜 생각하면 부끄럽지 않은 적이 없었다' 하였다[嘗言, 吾出身初年, 在京師, 每爲人所牽挽, 逐日宴飮〈責罰下位, 辦酒食, 群飮, 槐院古規也〉暇日, 輒生無聊之心. 反而思之, 未嘗不愧恥焉]."(李德弘)

「論持敬」, 『퇴계선생언행록』 권2, 『국역퇴계전서』 79~80면. "동지 권응정이 안동부사로 왔을 때, 妓樂을 싣고 선생의 서당을 지나간 일이 있었는데 선생이 시를 지어 이를 풍자하였더니, 그 뒤에는 권응정이 감히 그렇게 하지 못하였다."(金誠一)

金誠一, 「實記」, 『퇴계선생언행록』 권6, 『국역퇴계전서』, 246면. "其可見之行, 則律己甚嚴, 淫樂慝禮不接於心術."

시가의 전형을 보여주기 위한 고심 끝에 「도산십이곡」이란 노래를 그 결과로서 내보였다고 판단된다. 시와는 다른 차원에서 감동의 효과를 주는 노래가 없을 수는 없고, 당대의 국문으로 된 속악은 너무 음왜해서 사람의 마음을 방탕하고 해이하게 하므로 그 대안으로서의 국문시가를 모색하게 되는데, 그 의범으로 「육가」를 가져오긴 하였지만 노래에서 표현된 세계는 그가 평소에 한시 창작에서 준수했던 의취와 동등한 것이었다고 할 수 있다. 노래에 담길 세계는 바로 온유돈후의 실상으로, 이것은 그가 문학 전반에서 성취하려 했던 영역이라고 할 수 있다. 국문시가가 단순한 희학이 아니라 그 교육적 효용성에 견인되면서 사림파의 문학이 제기하는 바의 성정미학을 동일하게 획득하게 된 것이라고 하겠다.

문학이 어떻게 심성(心性)을 나타내며, 어떻게 심성을 올바르게 길러 줄 수 있는가 하는 문제를 이황은 도학에서 얻은 논리로 해명했듯이,[88] 노래가 어떻게 심성을 나타내며 어떻게 심성을 올바르게 길러 줄 수 있는가 하는 문제를 「도산십이곡」의 창작을 통해 해결하였다. 노래가 성정의 수양에 더 효과적이라는 점은 유자들이 음악을 중시한 기본 축이었다. 그렇기 때문에 노래에서 올바른 성정을 길러주는 의취의 형상화는 시에서의 형상화 그 이상으로 중대한 사안이었다고 하겠다. 더구나 도산서당의 문도들을 염두에 둔 노래라는 점에서 그 성정미학의 전형성은 더욱 고려해야 할 사항이었을 것이다.

이황은 도를 탐구하는 학문의 세계와 문학의 세계가 별개의 것이 아니라고 여기고 있었다. 성리학자들 대부분이 문이재도(文以載道)로서의 문학 영역을 상정하고 있었기에 그 표현되는 세계는 그들이 탐구하는 도학의 세계를 드러내는 것이었다고 할 수 있다. 따라서 문학에서 성정미학을 충실히 전형화하기 위해서는 도학을 탐구해 가는 구도자의 세계상을 형상화하는데 역점을 두어야 한다. 그런데 이황은 학문이 자연과의 화합을 체

---

88) 조동일, 『한국문학사상사시론』, 지식산업사, 1978, 142면.

험하면서 심성(心性)을 탐구하고 기르는 것이라고 보았다. 이는 학문하는 자의 기본 자세이며 동시에 도를 구하는 기본 태도이기도 하다. 그리고 이런 태도가 일생에서 가장 중요하다고 보고 이를 흠모하여 실현하였다. 서원은 바로 이런 공간이며, 서원의 강학자들은 이런 자세를 견지하고 있어야 한다고 생각했다. 그가 도산서당을 세우고 우거하면서 지향했던 의식 세계도 바로 이것이었다. 그러므로 이러한 도를 탐구하는 세계상이 문학으로 형상화되는 것은 당연한 일이다. 그가 도산에서 지은 한시에서, 혹은 여타의 한시에서 면면히 그런 세계에 대한 의식 지향이 드러나 있다. 그에게 도의의 세계와 도의를 탐구하는 구도자의 자세는 문학에서 담아야 할 기본 주제였다고 할 수 있다. 그런데 「도산십이곡」은 자신을 수양할 노래이고, 동시에 문도들을 수양시킬 노래이다. 그러므로 더욱 선명하게 도산에서의 학문하는 자세, 즉 도를 탐구하며 그런 세계를 흠모하는 구도자로서의 상을 고무할 만한 내용을 갖추어야 했다.

「도산십이곡」에는 위와 같은 세계가 그대로 형상화되어 있다. 이 노래의 내용은 도산주변의 자연 풍광에서 도의를 찾고 심성을 기르며 학문을 하는 유자에 초점을 두고 전개된다. 작품의 내용은 이황 자신이 희구하는 세계에 대한 형상화이자 학문하는 자들이 새겨야 할 좌표와 같은 것이다. 그는 학문을 탐구하는 일에 우선적 가치를 두고, 은거하여 뜻을 구하는 선비와 강도이업(講道肄業)하는 무리는 대개 세속의 어리석은 경쟁을 싫어하여 책을 싸들고 널찍한 들판이나 적막한 둘가 중에 선왕(先王)의 도를 노래하며 조용한 가운데 천하의 의리를 살피던서 덕을 쌓고 인을 익히면서 이를 즐거워해야 한다고 보았다. 서원에서 강학하는 선비가 갖추어야 할 기본 태도가 바로 이와 같아야 한다고 생각했다. 또한 이것은 그가 일생을 학문을 탐구하면서 고수하려 했던 인생의 좌표이기도 했다는 점에서 서원의 선비만이 아니라 도에 뜻을 둔 유자의 인생 구도로 최고의 가치를 부여한 것이기도 하다. 「도산십이곡」89)에는 바로 이와 같은 이황의 의식 지향이 가감없이 형상화되어 있다.

작품은 '언지(言志)'와 '언학(言學)'으로 나누어져 유자가 희구하고 가야 할 세계의 전범을 표현하였다. '언지(言志)'는 선비가 뜻을 어디에 두어야 하는가를 말하고, '언학(言學)'은 학문하는 태도를 말하였다. 도에 뜻을 둔 선비가 갈 바는 명리를 다투어 마음을 어지럽히는 것이 아니라 자연 속에서 도의를 익히는 일이다. 따라서 '언지'는 강호자연의 품에 자리잡고 있는 모든 경물의 변화와 움직임과 웅얼거림에서 천리의 유행과 도의 구현을 보는 일[90]에 뜻을 둔 초야우생(草野愚生)의 기쁨을 노래하였다. 유자의 은거는 피세적 도피로서가 아니라 자연의 경물에서 순성(淳性)이 살아

---

89) 「도산십이곡」

　〈言志〉其一 : 이런둘 엇더ᄒ며 뎌런둘 엇다ᄒ료 / 草野愚生이 이러타 엇더ᄒ료 / ᄒ
　　　　　　　물며 泉石膏肓을 고텨 므슴ᄒ료

　　其二 : 煙霞로 지블삼고 風月로 버들사마 / 太平聖代예 病으로 늘거가뇌 / 이듕에 ᄇ
　　　　　　라는 이른 허므리나 업고쟈

　　其三 : 淳風이 죽다ᄒ니 眞實로 거즈마리 / 人性이 어디다ᄒ니 眞實로 올ᄒ마리 / 天
　　　　　　下애 許多英材를 소겨 말솜ᄒᆞᆯ가

　　其四 : 幽蘭이 在谷ᄒ니 自然이 듣디됴해 / 白雲이 在山ᄒ니 自然이 보디됴해 / 이듕
　　　　　　에 彼美一人을 더옥 닛디 몯ᄒ애

　　其五 : 山前에 有臺ᄒ고 臺下에 有水ㅣ로다 / 쎄만ᄒᆫ 골며기는 오명가명 ᄒ거든 / 엇
　　　　　　디다 皎皎白鷗는 머리ᄆᆞᆷ ᄒ는고

　　其六 : 春風에 花滿山ᄒ고 秋夜에 月滿臺라 / 四時佳興ㅣ 사롬과 ᄒ가지라 / ᄒ믈며
　　　　　　魚躍鳶飛 雲影天光이ᅀᅡ 어늬 그지 이슬고

　〈言學〉其一 : 天雲臺 도라드러 玩樂齋 蕭洒ᄒᆞ듸 / 萬卷生涯로 樂事ㅣ 無窮ᄒ애라 /
　　　　　　이듕에 往來風流를 닐어 므슴ᄒᆞᆯ고

　　其二 : 雷霆이 破山ᄒ야도 聾者는 몯듣ᄂ니 / 白日이 中天ᄒ야도 瞽者는 몯보ᄂ니 /
　　　　　　우리는 耳目聰明 男子로 聾瞽ᄀᆞ디 마로리

　　其三 : 古人도 날 몯보고 나도 古人 몯뵈 / 古人을 몯봐도 녀던 길 알ᄑᆡ 잇ᄂ니 / 녀던
　　　　　　길 알ᄑᆡ 잇거든 아니 녀고 엇덜고

　　其四 : 當時예 녀던 길흘 몃히를 ᄇᆞ려두고 / 어듸 가 ᄃᆞ니다가 이제ᅀᅡ 도라온고 / 이제
　　　　　　나 도라오나니 년듸 ᄆᆞᆷ 마로리

　　其五 : 靑山는 엇뎨ᄒ야 萬古애 프르르며 / 流水는 엇뎨ᄒ야 晝夜애 긋디 아니는고 /
　　　　　　우리도 그치디 마라 萬古常靑 호리라

　　其六 : 愚夫도 알며ᄒ거니 긔아니 쉬운가 / 聖人도 몯다ᄒ시니 긔아니 어려운가 / 쉽
　　　　　　거나 어렵거낫 듕에 늙는 주를 몰래라

90) 최신호, 「〈陶山十二曲〉에 있어서의 '言志'의 性格」, 『한국고전시가작품론』 2, 집문
　당, 1992, 515면.

있음과 이로부터 인성(人性)의 어짊을 자각하는 도체(道體)의 장을 대면하기 위한 삶의 선택이라는 점을 '언지'에서 강조한다. 「도산십이곡」의 후편 '언학'은 도산서당의 방 한 칸을 완락재(玩樂齋)라 이름하고 그곳에서 학문 탐구로 생애를 보내게 된 기쁨으로 시작하여 총명한 남아로 태어나 고인(古人)이 걸었던 도학탐구에의 길을 좇아 영원히 변치 않고 가겠다는 의지를 다지고 있다. 이와 같은 노래의 성격은 분명 자신의 내면에 대한 고백적 성격의 서정성을 바탕으로 하면서도, 학문에 대한 권려와 의지의 다짐이 확고하다는 점에서 교육적 측면을 고려한 의도를 강하게 보여주고 있다.

실상 이황이 「도산십이곡」에서 보여주는 '언지'와 '언학'의 세계는 주세붕의 시가가 담고 있는 유자의 생활 자세와 의식지향과 별반 다르지 않다. 그러나 주세붕은 교설적인 성인의 가르침을 직서하였다는 점에서 이황이 보여준 미학적 승화와는 차이가 있다. 이것은 이황이 문학에서 도학적 심성을 드러내야 한다는 점을 강조하더라도 「육가」와 같은 노래에서 선취된 심미성을 중요하게 받아들였기 때문이라 할 수 있다. 문학이 도학의 세계를 담는 그릇이지만, 문학은 그 나름의 미학적 구조라는 점을 외면하지는 않았기에 교설적 언술을 문면에 직서하지 않으면서도 도덕적 자아와 심미적 자아의 고도의 통합을 이루어내고 있다. 즉 사람들이나 만물과의 순수한 대면과 교감, 아우름 그리고 존재의 공명 속에서 생명 정신이 감도는 화해로운 사회와 세계[91]를 그려냄으로써 도학적 실상을 잘 드러내고 있다고 할 수 있다. 이 점이 그가 말한 온유돈후의 실상이고, 그래야만 성정의 순선함을 회복하는 매재로서의 역할을 담당하는 작품이 되는 것이다. 작품에서 성취된 미학과 그 윤리적인 결합은 바로 자신을 수양시키고 문도들을 수양하는 일환으로 노래를 인식했기에 나온 고심의 결과였다고 할 수 있다.

---

91) 김기현, 『조선 유학의 학파들』, 예문서원, 1996.

「도산십이곡」은 기존 속악의 음왜하고 방탕한 내용에 대한 불만, 따라서 군자로서 부를 만한 노래가 없다는 문제의식이 추동력이 되어 만들어진 작품이다. 즉 노래가 지닌 감동 전달의 깊이는 시가 지닌 깊이와 다른 측면을 가지고 있기 때문에 국문시가의 내용을 정화함으로써 예전의 시 교육이 도달한 성정 감화의 파급력을 노린 것이라고 할 수 있다. 이런 의도적이고 심화된 문제의식에 의해서 국문시가를 창작하고 그것을 목판본으로 새겨 의미 부여를 하고 있음에도 불구하고 이황은 한사(閑事)의 일이 비방을 받을까 염려하여 널리 유포하지 않는다. 그러나 이황이 염려했던 바는 제자들에게 전수되는 것이 아니라 자기에게 동조하지 않는 사람들에게 알려져 문제의 소지가 되는 일이었다.

이황의 문도 경선(景善) 우성전(禹性傳, 1542~1593)이 「도산곡」을 가져간 후 이를 돌려주어야 하지 않나 걱정하는 서간을 먼저 보낸 일이 있었던 듯한데, 이에 대해 이황은 다른 사람들의 손에 들어가 문제가 될까 걱정이지 제자인 그가 가지고 있는 것은 괜찮다고 답신한 바 있다.92) 이 서간의 작성은 1566년인데 「도산십이곡」이 목판으로 제작된 것은 1565년이다. 이는 제자들에게 그 목판을 찍어 돌렸다는 말이 되는데, 이런 식으로 노래가 제자들 사이에 전파되고, 또 도산서당의 문도와 후손들이 익혀 노래함으로써 전파된 듯하다. 이를 통해서도 자족적 창작이 아니라 제자들을 염두에 둔 작술임을 알 수 있다. 따라서 이미 발문에서 아배들로 하여금 조석으로 익히게 하였다고 하여 노래 창작의 기본 의도를 보여주었지만, 그가 목판본을 찍은 이유는 제자들이나 지우(知友)에게 알리려는 의도에서인 듯하다.

이처럼 「도산십이곡」은 사대부 국문시가가 가야 할 방향을 선도하기 위해 창작되었기에 그 전범으로서 노래의 내용에 심혈을 기울인 노작이

---

92) 이황, 「答禹景善別紙問目」, 『퇴계집』 권32, 『문집총간』 30. "그 시문(도산곡)은 다른 사람의 이목 때문에 염려한 것이지 공은 그럴 리가 없을 것이니 돌려보낼 필요가 없습니다[其詞「陶山曲」, 只爲他人慮耳, 公必無是, 不復見還]."

었다고 평가할 수 있다. 뒤에 이황의 제자들이나 그를 사숙한 사대부들이 이에 감화받고 이를 의방했던 것은 「도산십이곡」이 성취한 도학의 전범적 미의식과 그 성정감화의 교육적 효용성 때문이었는데, 이를 통해서도 「도산십이곡」에 담긴 교육적 측면의 파급력을 확인할 수 있다. 국문시가의 수준을 문제시하며 도학적 심미성을 그 내용으로 구현한 것은 악교(樂敎)를 개인적 차원에서 실천했던 이황의 의지의 소산이었다고 결론 내릴 수 있다.

④ 이이(李珥)－은병정사(隱屛精舍)와 국문시가에 대한 인식

이이(李珥, 1536~1584)는 주희의 「무이도가(武夷棹歌)」 10수를 의방하여 시조 「고산구곡가(高山九曲歌)」를 지었다. 「고산구곡가」는 1578년 해주에서 생활하며 은병정사(隱屛精舍)를 세우고 바로 뒤이어 창작된 작품이라는 점에서 정사(精舍)에서의 강학생활과 긴밀한 관계를 갖는다. 그런데 이이는 「고산구곡가」의 창작 정황을 말해주는 언급을 하지 않았기 때문에, 이이

▲ 이이가 은병정사를 짓고 강학하며 제자를 기르던 고산구곡(高山九曲)의 모습이다. 그림 맨 상단 부분에는 〈고산구곡가(高山九曲歌)〉가 적혀 있다. 작자미상, 〈곡운서(谷雲書) 고산구곡도(高山九曲圖)〉, 『조선사료집진(朝鮮史料集眞)』, 1688~1791.

가 왜 노래를 지었는지 정확하게 판단하기 어렵다. 그런 점 때문에 연구
자들은 이이의 시조가 성리학의 철학적 이념을 구현하여 시조의 시학을
높이기 위해 창작된 것으로 보기도 하고, 「무이도가」를 의방하여 인물기
흥의 경지를 개척한 시로 해석하기도 하며, 해주 석담에서의 생활시요 산
수시로 해석하기도 한다.93) 이런 다양한 해석이 나왔지만, 이이가 국문시
가에 대해 어떤 의식을 갖고 「고산구곡가」라는 작품을 남겼는지를 탐색
한 적은 없다.

　이이가 주회의 무이정사 생활을 흠모하여 정사의 이름도 은병이라 짓
고, 주회를 배향하여 봄가을로 제사지내고, 「무이도가」를 의방한 「고산구
곡가」를 지었는데, 그렇다면 그는 왜 한시가 아닌 노래로 은병정사의 생
활을 형상화한 것일까? 「무이도가」를 의방하여 「고산구곡가」라는 노래를
창작한 것은 이이가 국문시가에 부여한 의미가 남달랐기 때문이라고 할
수 있다. 국문시가에 고도의 시학적 성취를 지향한 이이의 의도에는 「고
산구곡가」를 향촌생활의 흥취에서 비롯된 한거적(閑居的) 취미의 일환으
로서 단순하게 취급하기 어려운, 의미심장한 면모가 함축되어 있다고 판
단된다. 이 점은 그가 노래를 혹은 음악을 어떻게 인식하고 있었는가를
통해 밝혀질 것이다. 이이의 시가(詩歌) 인식은 은병정사를 세운 직후 왜
「고산구곡가」를 제작했는지를 해명하는 단서가 될 수 있을 것이다.

　먼저 「고산구곡가」를 지은 직접적인 동기가 되는 은병정사의 건립과 관
련해서 노래의 창작 동인을 살펴보도록 하자. 이이는 1577년(42세) 해주 석
담으로 돌아와 생활하면서 집안의 예범(禮範)을 세우기 위해 국문으로 「동
거계사(同居戒辭)」를 마련하고, 고을 사람들에게는 향약을 실행하는 등 단

---

93) 이민홍, 「사림파 문학 연구」, 성균관대 박사논문, 1984.
　　최진원, 「고산구곡가와 담박」, 『한국고전시가의 형상성』, 성균관대 출판부, 1988.
　　김병국, 「고산구곡가연구」, 성균관대 박사논문, 1990.
　　김혜숙, 「〈고산구곡가〉의 정신의 높이」, 『한국고전시가작품론』 2, 집문당, 1992.
　　최재남, 「이이의 석담생활과 '고산구곡가'의 서정」, 『사림의 향촌생활과 시가문학』,
　　국학자료원, 1997.

순히 향촌에서의 은거를 목적으로 삼지 않고 향촌의 교화에 힘을 쏟았다. 더구나 이이에게 학문을 배우러 오는 제자들이 생겨나자 그해 12월『격몽요결』을 지어 강학자들이 나아가야 할 향방을 제시하고, 강학하러 모여든 문도들이 많아 장소가 협소해지자 은병정사를 세워 사학교육을 실천하게 된다.

무인년(1578년) 선조대왕 6년이라. 선생 43세라. 은병정사를 짓다. 수양산의 한 지맥이 서쪽으로 달려 선적봉이 되고 봉의 서녘 수십리에 진암산이 있다. 물이 양 산의 사이에서 나와 사십 리를 흘러 아홉번 꺾여 바다로 든다. 매번 꺾이는 곳마다 못이 있는데 깊어서 배를 저을 만하다. 우연히 주자의 무이구곡과 서로 부합된다. 그리하여 옛 이름이 구곡이고 또 고산의 석담이다. 또 마침 다섯 번째 구비에 돌봉우리가 있는데 그 앞에 팔짱을 끼고 읍을 하고 있는 것 같다. 선생이 그 사이에 정사를 세우고 무이구곡의 대은병의 뜻을 따와 은병이라 이름하여 주희가 살던 고정을 우러르는 뜻을 두었다. 정사는 청계당의 동녘에 있다. 선생이 「高山九曲歌」를 지었는데 무이도가에 비긴 것이다. 이로부터 원근의 학자들이 더욱 나아갔다.[94]

▲ 작자미상, 〈고산구곡도(高山九谷圖)〉, 19세기, 홍익대 박물관. 五曲(왼쪽) / 一曲(오른쪽).

---

94) 「연보」,『율곡집』권34. "戊寅宣祖六年, 先生四十三歲. 作隱屛精舍. 首陽山一支西走爲仙迹峯, 峯之西數十里有眞巖山. 有水出兩山間流四十里, 九折而入海, 每折有潭, 深可運舟. 偶與武夷九曲相符. 故舊名九曲而高山石潭. 又適在第五曲且有石峯, 拱揖於其前. 先生蓄精舍於其間, 取武夷大隱屛之意, 扁之曰隱屛, 以寓宗仰考亭之意. 精舍在聽溪堂之東. 先生作高山九曲歌, 以擬武夷棹歌. 自是遠近學者益進."

이처럼 이이는 은병정사를 짓고 또 사당을 지어 주자의 신주를 주벽으로 모시고 조정암과 이퇴계를 배향하여 봄가을에 제사지내기를 예의대로 하였다고 한다. 이이는 은병정사에 대해 자신이 기거하며 공부하기 위한 한거의 장소로서보다는 강학과 학문 권려의 장소로서 의미를 두었다. 위의 연보에서 은병정사의 건립과 함께 국문시가 「고산구곡가」의 창작을 중요한 사실로 거론하고 있는데, 이로 보아 「고산구곡가」는 개인적 흥취의 발현을 목적으로 했다기보다는 은병정사에서 모범적 노래의 전형을 제시하여 시가 향유의 방향을 선도하고자 한 의도에서 비롯되었다고 추정된다. 은병정사 건립과 「고산구곡가」의 제작 사실로부터 학자들의 익진(益進)을 말한 것은 국문시가의 창작이 은병정사의 강학자들을 고무하는 일에 중요한 역할을 했음을 상기하는 내용이라고 생각한다. 은병정사와 석담의 의경을 형상화하는데 국문시가 장르를 선택했다는 것은 그가 지닌 노래에 대한 남다른 애착이나 노래의 본질에 대한 자각에서 비롯되었던 것으로 보인다.

은병정사를 세우기 전에 만든 『격몽요결』은 이런 추측을 증거하는 하나의 자료이다. 『격몽요결』은 학도들에게는 마음을 씻고 뜻을 세워 즉시 공부에 착수하게 되는 계기가 되고, 그 자신은 오랫동안 구습에 얽매였던 태도를 경계하고 반성하게 되기를 바라는 뜻에서 쓰여진 글이다.95) 따라서 일상을 다스리는 일로부터 학문이 시작된다는 사실을 주지시키는데 주력하여, 입지(立志)·혁구습(革舊習)·지신(持身)·독서(讀書)·사친(事親)·상제(喪制)·제례(祭禮)·거가(居家)·접인(接人)·처세(處世)의 항목으로 구성되어 있다. 이 중에 "혁구습(革舊習)"과 "지신(持身)"의 장(章)에서는 학문에 뜻을 둔 자의 생활 지침을 제시하면서 여악(女樂)과 음란한 속악을 듣지 말 것과 혹 어쩔 수 없이 듣게되더라도 그것이 마음에 범접하지 않게 해야 한다고 강조하고 있다.

---

95) 이이, 「擊蒙要訣序」, 『栗谷全書』 권27, 『문집총간』 45, 83면.

사람이 비록 학문에 뜻을 두고서도 능히 용맹스럽게 앞으로 나아가 성취함이 있
도록 하지 못하는 것은 舊習이 막아서서 방해하는 까닭이다. …… 넷째, 문장이나
보기 좋게 꾸며 세상의 명예나 취하려 하고, 옛글을 따다가 화려한 문채나 꾸미는
것이다. 다섯째, 편지나 글씨에 공을 들이고 거문고나 술마시기를 일삼아 노니는
것으로 세월을 보내면서 스스로 맑은 운치인 양 하는 것이다.(革舊習章 第三)
　　학문을 하는 사람은 한결같이 道에다 마음을 쏟아 외물에 빼앗긴 바가 되어서는
안되며, 외물의 바르지 못한 것은 일체 마음에 유념하지 않아야 한다. 향인이 모인
곳에서 만약 박혁이나 저포 따위의 놀음이 벌렸거든 마땅히 눈여겨보지 말고 못
본 체 물러 나와야 하며, 만약 창기의 노래하고 춤추는 것을 만났거든 반드시 피해
야 한다. 만일 향중의 큰 모임을 당하여 혹 존장이 굳이 만류하여 피할 수 없거든
비록 자리에 있더라도 몸을 바르게 하고 마음을 맑게 하여 간악한 소리나 음란한
여색이 나에게 범접하지 않도록 해야 하고, 잔치를 당하여 술을 마시더라도 만취가
되도록 마시면 아니 되며 적당할 때 그만 마시는 것이 좋다.(持身章 第四)96)

　위 글에서는 도에 뜻을 둔 사람이 거문고 연주나 글을 꾸미는 일을 업
으로 삼으면서 "청치(淸致 : 맑은 운치)"인 양하거나, 창기의 가무(歌舞)를 즐
기는 따위를 해서는 안된다고 그 방침을 제시하고 있다. 이런 것은 바로
외물(外物)에 정신을 빼앗기는 행위로, 학문에 방해가 되기 때문에 마음을
다스리는 유자로서 기본적으로 금해야 할 사항이다. 여기서 여기의 가무
를 부정적으로 보는 시각은 여색(女色)에 대한 경계와 더불어 창기가 부르
는 노래의 내용까지를 포괄하는 것이다. 공부하는 학도들에게 음사(淫辭)
나 여악(女樂)을 금지한 것은 해주에서의 강학생활에서만 특별히 강조한
사항은 아니고, 공부하는 자들이 기본적으로 갖추어야 할 덕목이라고 생
각한 듯하다. 이 뒤에 선조의 명을 받아 지은 「학교모범」에서 이 항목은

---

96) 이이, 成樂薰·曹圭喆 역, 「擊蒙要訣」, 『國譯栗谷全書』Ⅵ, 한국정신문화연구원, 1~6
　　면. "人雖有志於學, 而不能勇往直前, 以有所成就者, 舊習有以沮敗之也. …… 其四,
　　好以文辭, 取譽於時, 剽竊經傳, 以飾浮藻. 其五, 工於筆札, 業於琴酒, 優游卒歲, 自
　　爲淸致(革舊習章第三). 爲學者一味向道, 不可爲外物所勝, 外物之不正者, 當一切不
　　留於心. 鄕人會處, 若設博奕樗蒲等戱, 則當不寓目, 逡巡引退, 若遇倡妓作歌舞, 則
　　必須避去. 如値鄕中大會, 或尊長强留, 不能避退, 則雖在坐, 而整容淸心, 不可使奸
　　聲亂色有干於我, 當宴飮酒, 不可沈醉, 浹洽而止可也(持身章第四)."

수기(修己)를 하는 학도들에게 필수적으로 유념해야 할 수칙으로 들어가
게 된다.

이이는 「학교모범(學校模範)」을 제정함으로써 관학교육에 위기지학(爲己
之學)의 정신을 불어넣는 데 기여하였다. 「학교모범」은 선조 15년(1582) 4월
에 경연석상에서 사습(士習)을 교정할 수 있는 방안을 작성해 올리라는 임
금의 지시를 받고 석달 동안 작업한 결과로 나온 것인데, 이것은 위기지
학의 입장에서 작성된 일종의 '교육헌장'이었다.97) 『격몽요결』의 제작 동
기와 마찬가지로 여기서도 이이는 선비들이 구습(舊習)을 개혁하고 성현의
도를 배워 유자의 기풍을 진작시킬 수 있는 방안을 제시한다.

> 하늘이 뭇백성을 내시매 事物이 있으면 법칙도 있다. 천부의 거룩한 덕을 그 누
> 가 타고나지 않았을까 마는 사도가 끊어지며 교화가 밝지 못한 까닭에 진작시킬
> 수가 없었다. 그래서 선비의 습속이 야박해지고 양심이 마비되어, 다만 명예만을
> 숭상하고 실행에는 힘쓰지 않아서, 위로는 조정에 인재가 모자라 벼슬에 빈자리가
> 많으며, 아래로는 풍속이 날로 퇴폐하고 윤리가 날로 무너져 없어지고 있다. 생각
> 이 여기에 이르매 참으로 한심한 노릇이다. 이제 지난날의 물든 습속을 일소하고
> 선비의 기풍을 크게 변화시켜 보려고, 선비를 가려 뽑고 가르치는 방법을 다하여서
> 성현의 모훈을 대략 본받아 「학교모범」을 만들어서, 여러 선비들로 하여금 몸을 가
> 다듬고 일을 처리해나가는 규범을 삼게 하는 바이다. 모두 16조이니, 제자된 자는
> 진실로 마땅히 지켜 행하여야 되고, 스승된 자는 더욱 이것으로써 먼저 제 몸을 바
> 로 잡아, 이끄는 도리를 다하여야 할 것이다.
> …… 두 번째는 몸을 단속함이니, 배우는 자가 한 번 성인이 되겠다는 뜻을 세우
> 고나서는, 반드시 舊習을 씻어버리고, 오로지 배움을 향하여 몸가짐과 행동을 다잡
> 아야 한다. …… 그리고 예가 아니면 보지 말고, 예가 아니면 듣지 말고, 예가 아니
> 면 말하지 말고, 예가 아니면 행동하지 말아야 한다. 이른 바 예가 아니라는 것은
> 조금이라도 天理에 어긋나면 이는 곧 예가 아니다. 그 대략의 것을 말할 것 같으
> 면, 倡優의 부정한 色과 음란한 俗樂의 소리와 비루하고 오만한 놀이와 유련황
> 란98)의 잔치는 더욱 금하여야 한다. 세 번째는 독서이니 …… 글 읽는 여가에 때때

---

97) 박연호, 「朝鮮前期 士大夫 敎養에 관한 硏究」, 한국정신문화연구원 박사논문, 1993,
304~305면.

로 기예도 즐기되 이를테면 거문고 타기, 활쏘기, 투호 등의 놀이는 모두 각자의 규범을 두어 적당한 시기가 아니면 노닐지 말 것이며, 장기 바둑 등의 잡희에 눈을 돌려 실제의 공부에 방해가 되게 하여서는 안된다.[99]

학문에 뜻을 세운 자로서 지켜야 할 '검신(撿身)'의 항목에서 예가 아닌 행위는 천리(天理)에 어긋나는 것인데, 그 실례로 든 행동이 바로 창우(倡優)의 부정지색(不正之色)과 속악(俗樂)의 음미지성(淫靡之聲)이다. 여기(女妓)와 음란한 속악(俗樂)에 대한 금지는 이황(李滉)도 유자로서 지켜야 할 사항으로 제자들에게 강조하였던 바다. 이이는 바로 관학(官學)이든 사학(私學)이든 학도들이 필수적으로 수기(修己)를 위해 엄수해야 할 수칙으로 음란한 속악과 성기(聲妓)의 금지를 든다. 그러나 일방적으로 음악 그 자체를 금한 것이 아니라 윤리에 어긋나 천성(天性)을 해치는 부정(不正)한 내용을 비판하고 제어했다. 위에서 독서의 여가에 허용한 기예는 탄금(彈琴)·습사(習射)·투호(投壺)인데, 이들은 『소학』에서 공부에 입문하는 학도들이 배워야 할 과목에 들어가 선비의 인성(人性)을 두는 중요한 수단이었다. 이황도 이미 선비가 한거하면서 자신을 수양하는 중요한 기예의 하나로 탄금과 투호를 들었으니, 이들은 16세기 사림들이 성리학적 도체를 기

---

98) 『맹자』「양혜왕」 하편에 '流連荒亡'이란 말이 있다. 뱃놀이에 정신이 팔려 물 흐름을 따라 흘러 내려가서 돌아올 줄을 모르는 것을 '流', 물 흐름을 거슬러 올라가서 돌아올 줄 모르는 것을 '連', 짐승 사냥에 넋을 잃어 세월 가는 줄 모르는 것을 '荒', 술을 즐기며 싫증낼 줄 모르는 것을 '亡'이라 한다.

99) 李珥, 成樂薰·曺圭喆 역,「學校模範」,『國譯栗谷全書』IV, 한국정신문화연구원, 1988, 122~124면. "天生蒸民, 有物有則. 秉彝懿德, 人孰不稟, 只緣師道廢絶, 敎化不明, 無以振起作成. 故士習偸薄, 良心梏亡, 只尙浮名, 不務實行, 以致上之朝廷乏士, 天職多曠, 下之風俗日敗, 倫紀斁喪. 念及于此, 誠可寒心. 今將一洗舊染, 丕變士風, 旣盡擇士敎誨之道, 而略倣聖賢謨訓, 撰成學校模範, 使多士, 以爲飭躬制事之規. 凡十六條, 爲弟子者, 固當遵行, 而爲師者, 尤宜先以此, 正厥身, 以盡表率之道. …… 二曰撿身, 爲學者旣立作聖之志, 則必須洗滌舊習, 一意向學, 撿束身行. …… 非禮勿視, 非禮勿聽, 非禮勿言, 非禮勿動, 所謂非禮者, 稍違天理, 則便是非禮. 如以粗處言之, 則倡優不正之色, 俗樂淫靡之聲, 鄙藝傲慢之戱, 流連荒亂之宴, 尤宜禁絶. 三曰讀書, …… 讀書之暇, 時或游藝, 如彈琴習射投壺等事, 各有儀矩, 非時勿弄, 若博奕等雜戱, 前不可寓目, 以妨實功."

르기 위한 방법으로 허용한 선비의 기본적인 문화생활이라고 하겠다. 이
이도 이를 주업(主業)으로 삼는 것은 허용하지 않았지만, 여가생활의 수기
(修己)하는 방법으로 중시하였다.

위와 같이 학교에서 도를 공부하는 선비들은 창우나 음란한 내용의 노
래를 들으면 안된다고 하나의 수칙으로 내세웠지만, 이런 수칙이 기본적
으로 현실의 음악 향유를 제어할 수는 없었던 듯하다. 이황이나 이이와
같이 도학을 충실히 준행하는 사람들에게는 엄격히 지켜 나아가야 할 생
활 윤리로서, 그 준행의 범위는 자신을 포함한 그 제자나 후손들을 넘어
서지 않았던 듯하다. 따라서 현실을 제어하는 규범으로 어느 정도의 영향
력은 지녔으나, 이로써 16세기 사대부문화 전반을 통제하기는 힘든, 점진
적이며 개별적인 개혁의 방법이었다고 할 수 있다.

이이는 우계(牛溪) 성혼(成渾, 1535~1598)이 송강(松江) 정철(鄭澈)의 생일잔
치에 기생이 참열한 것을 보고 비판하며 그 자리를 뜨려 하자, 좌열하되
마음이 그에 물들지 않으면 된다고 만류한 적도 있다. 성혼은 이희참(李希
參)의 집 주연에서 송인(宋寅, 1516~1584)의 가기(家妓) 석개(石介)가 연석(宴
席)에 참석해 노래하려할 때 화를 내며 자리를 뜬 적도 있는데,[100] 이렇듯
실천궁행에 힘쓴 성리학자로 정평이 나 있었다. 사대부 연석에서 여기(女
妓)가 가무를 담당하는 일은 아주 일반적인 관습으로, 이이는 위의 「격몽
요결」에서도 창기 가무(歌舞)가 향중 사족의 연향에 관행되던 인습의 하나
로써 인식하고 있었다. 이이는 학자로서 이를 접하면 안된다고 말하면서
도, 강권으로 인해 참열했을 때는 심신(心身)에 범접하지 못하도록 조심해
야 한다고 보았다. 성혼에게 만류했던 바도 이이가 지녔던 평소의 수칙과
다를 바 없는데, 실제의 사대부 연음(宴飮)에서 이를 금기로서 제어했다기
보다는 자신을 다스리는 하나의 생활 규범으로서 인지하고 있었다고 할

---

100) 鄭弘溟, 「漫述」, 『畸庵集』, 『문집총간』 87, 191면. "栗谷牛溪及吾先子, 同會李進士
　　希參家, 主家設酌. 石介一時名娼與席. 將行酒發歌, 牛溪遽起座上, 無敢挽止. 盖平
　　生以不聽淫聲爲法云."

수 있다. 아마도 기묘사림이 의식했던 것처럼 현실의 관행상 이를 준칙으로서 금제할 수 없다는 것을 알고, 학도들에게 구습의 혁파를 권장하는 것으로 사습의 변화를 점진적으로 꾀했다고 할 수 있다. 그러한 문제의식으로 인해 서원이나 향교의 학도와 선생들에게 악교(樂敎)의 실천적 사례로서 여기의 가무와 음란한 노래를 금할 것을 권려했다고 할 수 있다.

이이(李珥) 자신이 위와 같은 생활 방침을 적극 실천하면서 유자로서 음악을 향유하는 정도(正道)를 지니고 있었다. 음악의 효용성이 무엇인지를 인지하고, 이에 준거한 음악의 향유를 적극 실천하는 모습을 보여준다. 이이의 언행록에는 노래를 적극 향유하면서 자신의 여가생활 중에 성정을 다스리거나, 강학하는 중에 훈도(訓導)의 일환으로 제자들과 노래로 화답하며 상호간의 화합을 도모했던 흔적이 투사되어 있다.

다음 자료는 이이가 가족과 함께, 혹은 제자들과 함께, 혹은 강학하는 중에 제자들과 화답으로 노래했던 정황을 보여주는 예들이다.

① 명절 때나 좋은 날에 술과 음식이 생기면 아우로 하여금 거문고를 타게하고, 젊은이·늙은이 할 것 없이 모두 노래를 불러 화답하게 하여, 몹시 즐기곤 하였다.101)

② 평소에 산수를 좋아하였다. 석담정사를 개축하였는데, 온 방안에 도서가 가득하고 마음을 高明하게 완색하였다. 그래서 충염한 취미를 기르고 그 정일한 공부를 쌓았다. 이로부터 학문은 더욱 정밀하고 행실은 더욱 닦여지며 도는 날로 높아지고 이름은 날로 높아지니, 종유하는 선비가 날로 많아졌다. 강마하는 여가에 때때로 학도들과 함께 수석을 따라 노닐고 시가를 읊으며 스스로 즐기니, 소연히 진세를 벗어난 생각이 있고 일체 세상에 대한 재미에는 담박하였다.102)

선생은 평소 산수를 좋아하여 모든 이름난 명승지에는 가보지 않은 데가 없었는데, 해주의 潛陽洞·藏仙洞·乘仙巖·寒巖洞·浩然亭 같은 곳은 바로 선생이 노닐고 읊조리던 곳으로, 항상 학자 5~6명과 더불어 즐겁게 가서 물을

---

101) 김장생, 「行狀」, 『국역율곡전서』 VII, 한국정신문화연구원, 211면.
102) 李廷龜, 「謚狀」, 『국역율곡전서』 VII, 한국정신문화연구원, 257면.

따라 오르락 내리락하면서 해가 지도록 돌아올 줄 몰랐다. 어떤 때는 술을 가지고 갔으나 아주 취하지는 아니하였고, 거나하게 취하면 노래도 하고 시도 읊으며 스스로 즐겼다.

③ 이 날 좌석에 있던 사람 20명이 다 같이 노래를 부르고 선생도 이에 화답하였다. 이어서 제생에게 경계하여 말하기를, "초학자의 공부는 善을 행하고 악을 버릴 뿐이다. 오늘 좌석에 있는 제군들이 앞으로 선을 행하여 악함이 없는 것이 바로 내가 바라는 바이니, 제군들은 힘쓰라" 하였다.[103]

위의 자료들에서 제시하는 노래의 연행 상황은 여기를 동반한 질탕한 풍류의 분위기와는 전혀 질적으로 다르다. 모두 스스로 노래하고 즐기며 상당히 절제된 상태의 연락을 기반으로 하고 있다. 이이는 당시의 사족들이 일반적으로 향유하던 연음의 분위기나 그곳에서 불리는 노래에 불만을 갖고 이를 차단하기 위해 애썼는데, 그 대안으로 직접 노래 연행과 그 연행의 분위기를 주도·조절하여 사습(士習)의 변화를 유도하였다고 할 수 있다.

①은 집안의 사사로운 연회에서 거문고를 연주하며 이에 맞추어 서로 노래로 화답하게 하고, 그 속에서 서로 간의 화합을 이루되 엄숙한 절도를 잃지 않게 했던 이이의 음악 연행 의도를 말하고 있다. ②는 강학의 여가에 문도들과 더불어 산수의 승경을 즐기며, 함께 노래하고 즐기면서 담박한 기운을 기르는 모습을 반추한 것이다. 이이가 학자들을 데리고 산수의 승경에 심취하여 시가를 노래하고 시를 읊은 장면은 마치 증점이 관동(冠童)을 데리고 기수에서 목욕하고 돌아오며 시가를 음영했다는 고사의 장면을 그대로 묘사한 듯한 경지이다. 이런 분위기에서도 감지되듯이 노래를 통해 얻으려 한 정신적 열락은 단순한 오락적 즐거움이 아니라 저 인욕이 제거된 '탕척소융'에 흡사하다고 할 수 있다. ③은 강학을 하면서 제자들과 노래로서 화답을 했던 사례를 말해준 것으로, 어떤 노래를 불렀는지는 알 수 없지만 그 바로 뒤이어 나온 이이의 발언이 노래를 부른 동기를 말

---

103) 이이, 「語錄」 上, 『國譯栗谷全書』 VI, 한국정신문화연구원, 366면.

해주는 듯하다. 그것은 이이가 강학의 일환으로 노래를 불러 공부하는 이들의 선한 기질을 고무시키려는 의도가 있었음을 보여준다.

이처럼 이이는 개인적인 향유로서이든 교육의 하나로서이든 노래를 중시하면서 음악이 주는 효용성을 기대한 것으로 인지된다. 즉 이이 자신이 남다르게 노래를 좋아하여 즐긴 것은 확실하지만, 그 노래를 애호하는 이면에는 음악의 감화력에 대한 믿음을 바탕으로 하여 의식적으로 활용했을 것으로 생각된다. 위 자료의 성격상 그 자리에서 불렸던 노래들은 일락을 바탕으로 한 단순한 오락거리로서 취급되지 않았던 것이 분명하다. 이이는 유교적 음악관에 의거하여 그 효용성을 인지하고 있었으며, 스스로 노래하거나 문도들과의 화답을 통해 이를 실천했다고 하겠다. 이이가 상정한 음악의 본령이 구체적으로 무엇이었는지, 그가 전개한 음악론이나 음악 인식을 통해 살펴보도록 하자.

다음 자료는 제자들과 함께 아우 이우(李玙)의 거문고 소리를 듣고 음악에 대해 논한 부분이다. 여기서는 음악의 효용성을 깊이 인지하고, 이런 음악의 경지를 체험하고 깨닫게 하려고 했던 이이의 교육방식을 볼 수 있다. 앞서도 이이는 독서의 여가생활로 허용했던 것이 거문고 탄주였다. 이이가 바람직한 음악으로 거문고 탄주를 거론했듯이 이를 통해 음악의 진정한 역할을 상기시키고 있다.

> 季獻(이이의 아우 李玙)이 거문고 타는 것으로 인하여 古樂을 논하여 말하기를, "옛날 사람은 음악으로써 마음을 다스렸으므로 악을 배우는 것과 학문을 하는 것이 다름이 없었다" 하였다. 또 묻기를, "송나라 때 여러 선생들도 역시 악을 좋아한 분이 있었습니까" 하니 선생이 말하기를, "송나라 때에는 古樂이 이미 없어졌었다. 程子는 그가 스스로 악을 하였다는 것을 볼 수 없고, 晦菴은 시를 지어 이르기를, '홀로 요금을 안고 옥계를 지나간다[獨抱瑤琴過玉溪]' 하였으니, 어찌 악을 하지 않고 이렇게 말하였겠느냐" 하고, 이어서 좌석에 있는 사람들에게 말하기를, "비록 함께 거문고 소리를 듣더라도 天理와 人欲의 분별이 있다. 제군들은 이 거문고 소리를 듣고 마음이 깨끗이 맑아지는가. 아니면 조금 사특하고 더러운 생각이 있음을

면하지 못하는가" 하자, 모두가 대답하기를, "마음이 거문고 소리에 專一하여 별로 사악한 생각이 없습니다" 하니 "그러면 좋다"고 말하고 이어서 古詩를 읊어 말하기를, "사람 마음이 다 이와 같으면 저절로 화평하리라[人心盡如此, 天下自和平]고 하였으니, 어찌 아름답지 아니하냐" 하였다.104)

거문고 소리를 들으면 천리와 인욕(人欲)을 분별하여 마음이 깨끗이 맑아지고 사특하고 더러운 생각이 없어져 사람의 마음이 화평해진다고 단언한다. 거문고 연주를 통해 음악의 실제적 효과를 논하면서, 이이는 음악으로서 마음속의 인욕을 제거하여 천리(天理)를 회복하면 천하가 화평해질 것이라는 음악의 효용성을 교육시키고 있다. 이이는 제자들에게 악교(樂敎)를 가르침으로써 진정 음악 향유에서 추구해야 할 바가 무엇인지 그 방향을 제시해주고 있다. 여기서 이이가 주시했던 음악관은 「성학집요(聖學輯要)」에서 임금을 가르치기 위해 언급했던 주희의 악론(樂論)이 그대로 투사된 양상이다.

이이는 『예기』에서 시가무(詩歌舞)의 긴밀한 관계를 말하면서 시가무가 총체화된 악(樂)의 본질을 전제로서 언급하고 이에 대한 주자의 주(註)를 덧붙였는데 주자는 악(樂)이 던지는 감응의 효과에 주목하고 있다. 이이가 직접적으로 수용한 음악관의 발원처는 주희의 이 발언이며, 이것은 조선 전기 내내 유교적 음악의 효용성을 거론했던 사대부 음악이나 시가관에 반영되었던 기본 논리였다.

"덕이라는 것은 性의 실마리요, 악이라는 것은 덕의 영화이다. 금·석·사·죽은 풍악의 기구이다. 시는 그 뜻을 말한 것이고 노래는 그 소리를 읊은 것이며, 춤은 그 몸을 움직이는 것이니, 이 세 가지는 마음에 근본 하여야만 樂器가 뒤따를 것이다. 그러므로 情이 깊어서 文이 밝고, 기운이 성하여 변화가 신통하다. 화하고, 순한 것이 中에 쌓이면 영화가 밖으로 드러나게 되는 것이니 오직 음악은 거짓으로 하지 못한다." 하였습니다.(『예기』)
……○ 주자는 말하기를, "풍악에는 5성과 12율이 있는데, 서로 노래부르면서 서

---

104) 이이, 成樂薰·曺圭喆 역, 「語錄」上, 『國譯栗谷全書』 VI, 한국정신문화연구원, 365면.

로 화답하여 가무를 하면 8음절이 사람의 성정을 길러서 간사하고 더러운 것을 씻고 찌꺼기는 말끔히 사라질 것이다. 배우는 이는 의리가 정밀하고, 仁이 익어서 스스로 도덕에 화하고 순하는 것을 반드시 여기서 얻게 될 것이다" 하였습니다. ○ 또 말하기를 "옛날 풍악은 이미 망하여 다시 배울 수 없게 되었고, 다만 학문을 강론하고 실천하는 사이에서 그 남긴 뜻을 볼 수 있을 뿐이다" 하였습니다.[105]

주자는 성정을 기르고 탕척사예(蕩滌邪穢)·소융사재(消融渣滓)한 경지를 열어 도덕에 화순하게 만드는 노래의 감응력을 주시하였는데, 이이는 이러한 음악관을 그대로 준수하여 노래의 방향을 고민했다고 할 수 있다. 도에 뜻을 둔 사람들이 예에 어긋나는 행동을 해서는 안되며, 학문에 전념하기 위해서는 구습에서 벗어나야 하는데, 일반 사족들은 연음을 일삼으며 성기(聲妓)의 속악에 빠져 있으니 이를 혁거하여 사습의 개혁을 희망했던 것이다. 그렇지만 노래는 성정 순화의 감응력에 아주 효과적이고, 『예기』에서 언명했듯이 시가무(詩歌舞)는 자연스럽게 발현·향유되는 것으로 일상에서 꼭 필요한 것임을 이이는 간파하고 있었다. 우리의 음악은 속악으로 불리는 것인데, 사족들이 향유하는 속악은 음미(淫靡)하므로 그 결과로서 이를 개선할 노래의 성격을 고민하게 되었다고 할 수 있다. 선비가 스스로 부르고 화답하며 성정을 함양하여 선단(善端)의 기질을 유도할 노래이기에 국문시가의 전범을 제시하는 작품을 모색한 것이다.

은병정사를 건립하고 난 후 국문시가 「고산구곡가」를 지은 연원에는 저와 같은 이이의 음악적인 고민이 담겨 있다. 「고산구곡가」가 노래로 현현된 연유에는 국문시가를 개선하여 사족들의 습속을 변화시키려는 수기

---

105) 이이, 成樂薰·曺圭喆 역, 「聖學輯要」 II, 『國譯栗谷全書』 V, 한국정신문화연구원, 54~55면.
　　"德者, 性之端也, 樂者, 德之華也. 金石絲竹, 樂之器也. 詩言其志也, 歌詠其聲也, 舞動其容也, 三者本於心, 然後樂器從之. 是故, 情深而文明, 氣盛而化神. 和順積中, 而英華發外, 惟樂, 不可以爲僞."(『禮記』)
　　"…… ○ 朱子曰, 樂有五聲十二律, 更唱迭和, 以爲歌舞八音之節, 可以養人之性情, 而蕩滌其邪穢, 消融其渣滓. 學者所以至於義精仁熟, 而自和順於道德者, 必於此而得之. ○ 又曰, 古樂旣亡, 不可復學, 但講學踐履間, 可見其遺意耳."

적(修己的) 실천의 의지가 자리하고 있었으며, 동시에 한시가 사람을 고무시키는 것보다 그 감동의 진폭에 있어서 노래가 더 크고 깊다고 인식한 그 본질에 대한 고민이 놓여 있었다고 할 수 있다. 자신의 성정을 흥기하고 강학자들을 흥기하는 데에는 한시의 음영보다는 국문시가의 가창(歌唱)이 훨씬 더 용이하고, 효과적이기 때문에 주자의 정신 세계와 강학을 경원하며 「무이도가」를 의방했을 때 한시로 차운하지 않고 노래로 표현했다고 할 수 있다. 더구나 그가 상정한 국문시가의 의취는 성정감발을 이끄는 것이었으므로 당대에 유행하던 속악의 세계가 아니라 그가 한시에서 추구하는 문학적 성취와 동일한 차원이어야 했다. 도에 뜻을 둔 선비들이 자신의 마음을 흩뜨리지 않고 가다듬으면서 자창(自唱), 화답(和答)할 노래였기에 이이가 추구하는 성리학적 문학관에 준하는 내용을 담아야 했을 것이다. 그런데 속악(俗樂)에서는 이이가 준신할 만한 노래가 없다고 판단하고, 그가 배우고자 했던 주자의 정신 세계를 함축한, 또한 강학생활에 부합하는 「무이도가」를 의방하였다고 생각된다.

이이는 성리학적 문학관에 입각하여 시의 호오(好惡)를 판단하고 바람직한 시의 전형을 제시해준 바 있다. 「정언묘선서」와 「정언묘선총서」에서 언급한 시의 본질과 효용은 실상 위에서 언급한 음악의 지향과 다를 바 없다. 「모시대서」로부터 가(歌)의 내용이 시라고 보았고, 사람들이 음악에서 문제삼았던 핵심은 바로 그 내용이니, 노래가 지향할 내용이 시에서 추구하는 세계와 다를 수 없는 것이다. 시는 성정에 근본한 것으로 자연스럽게 이루어지며, 학자가 능사로 삼을 일은 아니지만 성정을 읊어서 청화한 기운을 선창하여 흉중의 더러운 찌꺼기를 씻어 내어 존양성찰하는 공부에 한 도움이 된다고 하였다. 시의 효용이나 노래의 효용이나 다르지 않음을 보여준다. 시에서 가장 경계할 사항은 자구(字句)나 수식하여 이정탕심(移情蕩心)으로 유도하는 것인데, 이는 마음을 방탕하게 하는 음악을 경계했던 바와 동일하다. 따라서 시의 본원은 시경의 삼백 편으로, 시경은 인정을 위곡하게 하고 물리를 방통하며, '우유충후(優柔冲厚)'하여 성정의 바름에 귀착된다고 보았다. 이에 의거해 보면 시나 노래의 본원은 우유충후함이라고 할 수 있다.

「정언묘선」은 한시를 8가지 품격으로 구분하면서 그 사이에 층위를 두었는데, 시경의 유의에 가장 근접하는 높은 품격으로 상정한 것은 '충담소산(沖淡蕭散)'이고 그 다음이 '한미청적(閒美淸適)'·'청신쇄락(淸新灑落)'이다.106) 적어도 이 세 가지 품격은 수양의 결과로 드러난 도학적 심미의식을 그대로 반영하며,107) 작품에서 지향해야 할 전범이라고 할 수 있다. 이이가 「고산구곡가」108)에서 드러낸 세계도 이에서 벗어나지 않는다. 이

---

106) 「정언묘선총서」에 의거하면, "沖澹蕭散"은 전혀 가식이 없고 자연스러운 가운데 매우 묘한 맛이 있어서, 담박한 맛을 느끼고 古雅한 음조를 즐길 수 있으며, 삼백 편의 유의가 느껴진다고 하였다. "閒美淸適"은 자유자적한 삶 속에서 저절로 흥이 나서 지은 시들로서 사색으로써 도달할 수 있는 경지가 아니며, 이를 보면 심기가 평화로와 마치 조그만 수레를 타고 마음 내키는 대로 화초 길을 이리저티 다니는 것 같아 세상의 호화로운 권세 명리 따위는 저만치 멀어져가 안중에 없다고 하였다. "淸新灑落"은 속류를 말끔히 씻고 신선하여 인간의 입에서 나온 글 같지가 않으며, 이를 보면 위장 안에 흐르는 더러운 피들을 깨끗이 세척해내 心身이 상쾌하여 인간사회의 오염된 악취가 내 마음을 더럽히지 못할 것이라고 하였다.

107) 김풍기, 「율곡 이이의 문학론 연구」, 고려대 석사논문, 1988, 55~68면.

108) 「고산구곡가」 10장
　　"高山九曲潭을 사룸이 모르더니 / 誅茅卜居ᄒ니 벗님닉 다오신다 / 武夷를 想像ᄒ고 學朱子 ᄒ오리라
　　一曲은 어딕미오 冠岩에 히비친다 / 平蕪에 너거드니 遠山이 그림이로다 / 松間에 綠樽을 노코 벗오는양 보노라
　　二曲은 어딕미오 花岩에 春滿커다 / 碧波에 곳을 씌워 野外르 보닉노라 / 사람의 勝地를 모르니 알게 ᄒ들 엇더ᄒ리
　　三曲은 어딕미오 翠屛에 닙퍼젓다 / 綠水에 山鳥는 下上其音 ᄒ는 적의 / 盤松이 바름을 바드니 녀름 景이 업시라
　　四曲은 어딕미오 松崖에 히넘거다 / 潭心岩影은 온갓 빗치 줌겨셰라 / 林泉이 깁도록 됴ᄒ니 興을 계워 ᄒ노라
　　五曲은 어딕미오 隱屛이 보기 조희 / 水邊精舍는 瀟灑홈도 ᄀ이 업다 / 이 中에 講學도 ᄒ려니와 詠月吟風ᄒ리라
　　六曲은 어딕미오 釣峽에 물이 넙다 / 나와 고기와 뉘야 더욱 즐기는고 / 黃昏에 낙딕를 메고 帶月歸를 ᄒ노라
　　七曲은 어딕미오 楓岩에 秋色됴타 / 淸霜 엷게 치니 絶壁이 錦繡로다 / 寒岩에 혼ᄌ 안자셔 집을 잊고 잇노라
　　八曲은 어딕미오 琴灘에 둘이 붉다 / 玉軫金徽로 數三曲을 노는 말이 / 古調를 알

이 자신이 「무이도가」를 "한미청적"의 항목에 분류했던바, 이를 의방한 「고산구곡가」의 정신경도 그 지점에 놓이는 것이라 볼 수 있다.

조선조 성리학자들은 「무이도가」의 세계를 인물기흥(因物起興)으로 해석하기도 하고 입도차제(入道次第)로 보기도 하는데,109) 이를 의방한 「고산구곡가」의 세계 해석도 이렇듯 달라질 수 있다. 구곡(九曲)의 형상화를 어떤 식으로 이해하든 간에, 이이가 「고산구곡가」에서 역점을 둔 것은 학주자(學朱子)를 하며 강학하는 서정자아와 은병정사를 중심 축으로 펼쳐지는 고산(高山) 구곡(九曲)과의 조화로운 일치감이다. 더구나 시의 본원을 시경의 우유충후(優柔沖厚)한 세계에 두기 때문에 사욕이나 갈등이 배제되고 일체의 만물에 대한 조화와 이에 전념하는 서정자아의 자적(自適)한 내면을 은근하게 드러내고 있다. 서두에서 흥기하는 세계는 고산 구곡 승경을 전개하는 서정 자아의 의지를 대변하는 지점이라고 할 수 있다. 서두에서는 고산구곡에 지어진 은병정사와 여기에 모여든 벗님네가 수렴하는 '학주자(學朱子)의 세계'가 중시된다. 이것이 바로 구곡 승경에 대한 흥취의 발원이라고 할 수 있다. 따라서 구곡 승경에 심취한 것은 단순히 자연에서 은거하며 느끼는 여유로움이나 흥취 때문이 아니다. 자연 승경 속에서 심미적 이상을 발견하는 즐거움은 학문을 연마하여 도의를 체득하려는 강학자의 혜안(慧眼)이 전제되어야 하는 것이다. 즉 고산 구곡의 빼어난 경치와 심미한 풍광을 서술하는 속에 그 자연의 도체에 침잠하여 즐기는 서정자아의 내면이 담박하게 드러나 있다.

앞서의 주세붕이나 이황의 시가에서보다 이이의 작품이 훨씬 더 응축된 서정 자아의 미적 감흥을 드러내고 있기는 하지만, 그것이 지향하는 세계는 강학을 통한 학문 연마와 이런 생활을 고조시켜 주는 구곡담 승

이 업스니 혼ᄌ 즐겨 ᄒ노라
　　九曲은 어디미오 文山에 歲暮커다 / 奇巖怪石이 눈 속에 무쳐셰라 / 遊人은 오지 아니ᄒ고 볼 것 업다 ᄒ더라"
109) 이민홍, 「사림파 문학 연구」, 성균관대 박사논문, 1984.

경과의 일체감에서 오는 흥취와 열락으로 구축되어 있다.[110] 은병정사의
학도들이 노래를 통해 이런 승경의 흥취와 열락을 함께 향유하면서 자연
스럽게 자신을 다스려 강학에 몰두할 성정의 흥기를 노렸다고 볼 수 있
다. 성리학자들은 강호자연 속에 위치하는 모든 미적 경관의 흐름에서 천
리(天理)의 움직임을 상정하였고, 이이도 그 심미적 경관 하나 하나에서
도체의 발현을 감지하고 있었다.[111] 천지 만물의 움직임에 조응해서 얻는
서정자아의 열락의 심도를 묘사하는 일에 주력하였다. 그러므로 자연에
서 발견한 도체(道體)를 노골적으로 서술하기보다 서정 자아가 묘사하는
고도의 심미적 풍광 속에 도학적 심미의 세계를 응축해 내었다고 할 수
있다. 이처럼 강학에 대한 열도와 그 생활의 공간에서 뿜어내는 승경의
조응은 서로 비례하는 흥취를 자아내는 것이었다.

　이이는 「고산구곡가」에서 고도의 도학적 심미성을 부여하여 석담 구곡
에서 학문을 연마하는 열락을 묘사하였고, 이런 노래의 경지를 학도들에
게 전하려 했던 듯하다. 석담에서 공부하는 강학자들은 이 작품을 자창(自
唱)하거나 화답하는 와중에 심지(心志)를 흥기했다고 할 수 있다. 이이가
시가를 지었던 의도는 19세기 「고산구곡가」를 모방하여 시조를 지었던
유중교(柳重敎)에게서 거듭 확인된다. 유중교는 도를 배우는 선비가 현가
(絃歌)에 종사하고자 하여도 고악(古樂)은 없어지고 속악(俗樂)은 법이 없어
학궁강습의 장소가 적막해졌다고 하면서 이제 고인의 뜻은 노래 가사에
서만 얻을 수 있다고 하여 시가만이 고악의 유취를 회복할 보루로 보았
다. 그런 시가의 체격으로 든 것이 바로 「고산구곡가」였다. 유중교는 이
이가 정사(精舍)의 제생(諸生)들과 더불어 고산천석을 유상하면서 구곡을
명명하고 고산구곡가를 지어 즐겼다고 하면서, 이 노래를 도를 배우는 선

---

110) 김혜숙, 「〈고산구곡가〉의 정신의 높이」, 『한국고전시가작품론』 2, 집문당, 1992, 521
　　~531면.
111) 이민홍, 「사림파 문학 연구」, 성균관대 박사논문, 1984, 143면. 이 논문에서는 만물의
　　움직임을 응시하면서, 그 속에 깃든 천리의 이치를 호흡해야 한다고 본 이이의 정신
　　세계를 잘 지적하고 있다.

비들에게 적합한 대표적인 현가로서 거론한다.[112] 이런 후대적 수용에서
도 알 수 있듯이 이이가 의도했던 것도 선비들이 가영할 노래의 창작이
었으며, 그 전범의 제시였다고 할 수 있다.

(2) 정서 정화로서의 국문시가론과 국문시가 창작

앞 절에서는 속악의 변화를 유도하는 뚜렷한 목적의식을 가지고 사족
들에게 시가의 전범을 제시하여 유교적 악교(樂敎)를 실천해 나간 사림의
국문시가론과 그 작품 창작 양상을 살펴보았다. 여기서는 악교(樂敎)의 명
실상부한 실천에 다가가지는 않았지만, 유교적 음악론의 영향권 아래서
시가론에 대한 고민을 하며 작품을 창작했던 16세기 사림들의 동향을 탐
색하고자 한다. 이들은 주세붕이나 이황·이이처럼 철저하게 악론의 현
실적 실현에 앞장서지는 않았지만, 노래가 성정함양에 중요하다는 인식
을 통해 사대부가 향유할 시가(詩歌)의 형태를 추구하였다.

① 이현보 - 진락(眞樂)의 추구와 사대부 시가의 방향 모색

이현보(1468~1555)는 국문시가에 대해 특별한 시각을 표출한 바는 없다.
그러나 그가 보여준 노래에 대한 관심은 16세기 사림의 시가 모색을 위

---

112) 柳重教, 「絃歌軌範序」, 『省齋集』 권40, 692면. "觀此則聖門敎人學道, 其具則絃歌
是也. 後世古樂旣亡, 俗樂無法, 學道之士, 雖欲從事於絃歌, 亦無所據以治之用. 是
大小學宮講習之場, 寂寥乎, 其無以聲感人之道, 余甚悲之. 以爲凡事有本有末, 樂之
本則志而已, 詩所以言志, 歌所以永言, 聲所以衣永, 律所以和聲, 八音所以助人聲而
成章也. 今世聲律之法, 八音之器, 雖不能傳先王之舊, 而所謂詩歌者, 尙有存焉. 學
者卽其詞而求之, 自可以得古人之志, 旣得其志, 則樂之大本立矣. 以此而發之歌詠
則其聲音節度, 雖因時制宜略存大綱, 亦足以感人而化俗, 所謂今之樂, 猶古之樂也."
　유중교, 「絃歌軌範」 '東謠律格', 『省齋集』. "然忠臣孝子偉人莊士之詞, 亦往往出於
其間, 具眼者擇焉而歌之, 其於感人化俗, 亦不無所稱. 今特擧栗谷先生高山九曲歌
一篇, 略倣詩律格配律, 以見歌詠之體."
　유중교, 「絃歌軌範」 '高山歌', 『省齋集』. "栗谷先生定居海州之石潭, 立朱子書院定
隱屛精舍, 以爲藏修之所. 仍與諸生游賞高山泉石, 命名九曲, 作此歌以樂之."

한 고민과 흡사한 부분을 지니고 있다. 이현보가 보여준 연회문화는 철두철미한 예악(禮樂)의 절제와 조화에 의해 주도되지는 않았더라도, 사대부 풍류문화의 정도(正道)를 조절해가려는 노력의 흔적이 배어 있다. 그가 「주례(酒禮)」를 써서 주도(酒道)의 차제(次第)를 논하고, 빈객을 맞이하는 범절을 논한 것은 연음(宴飮)의 절도를 추구했기 때문이라고 할 수 있다. 이현보는 사환(仕宦)의 와중에서도 끊임없이 귀거래(歸去來)를 꿈꾸었듯이 그가 추구한 것은 담박한 모임의 분위기 속에서 얻을 수 있는 천진하여 꾸밈없는 지락(至樂)의 상태였다. 사죽(絲竹)의 어지러움이나 여자의 미색, 사치스러움을 끊어버린 간소한 모임의 질박함을 희구하며, 그 속에서 성정의 넓고 넓음을 깨달아 천진(天眞)을 찾아가는 일에 마음을 두었다.113) 이현보가 국문시가 「어부가」를 산개하고 향유하기까지는 이와 같은 형태의 모임을 희구하면서 이런 자리에서 부를 만한 사대부의 노래를 모색했던 진지한 탐색기가 있었다.114)

이현보는 1542년 치사(致仕)하여 예안 농암의 분천(汾川)으로 돌아와 자신이 평소에 염원하던 귀거래의 생활을 누리게 된다. 향촌생활의 여유 속에서 자주 연회를 베풀며 사대부가 즐길 수 있는 가악(歌樂)에 대한 고심을 하게 된다. 사대부 연회에서의 시가무(詩歌舞)는 필수적으로 따르는 취미문화였는데, 위에서도 언급했지만 이현보는 질탕하게 벌이는 여악(女樂)과 시가(詩歌)의 향유를 바람직하지 않다고 보고 담박한 풍류를 희구했다. 다음의 자료들은 이현보가 귀거래하여 베푼 연회의 정황을 잘 보여준다.

① 興酣巵酒各不辭　　홍겨워 모두 술잔을 마다 아니하고
　　酒盡廚奴招呼急　　술이 다하면 빨리 가져오라 야단이다
　　樽前爛熳或自歌　　술자리 난만하니 혹 저절로 노래가 나온다

---

113) 이현보, 「洛中眞率會賦」, 『聾巖集』, 『문집총간』 17, 402면.
114) 이현보, 「漁父歌幷序」, 『聾巖集』 권3, 『문집총간』 21, 417면. "余自退老田間, 心閒無事, 裒集古人觸詠間, 可歌詩文若干首, 敎閱婢僕, 時時聽而逍遣."

偘偘屢舞誰勸促	다투어 춤을 추니 누가 권해서가 아니다
誰是地主誰是民	누가 지주이며 누가 백성인가
區區禮數都抛却	구구한 예의와 형식은 모두 버렸다
或壻扶翁相對舞	사위가 장인을 붙들고 춤을 추고
或婢擧觴同酬酌	家婢는 술잔 들어 함께 주고 받는다
乘歡更上水中船	즐겁게 편승하여 다시 물 위의 배에 오르니
船上歌聲猶激烈	배 위의 노래 소리 더욱 격렬하구나
呼兒低響唱詩歌	아이를 불러 낮은 소리로 시가를 부르라 하니
詩是爲歌愈淸節	시가 곧 노래가 되어 더욱 맑은 절조이다
滿坐齊唱男女聲	만좌가 모두 노래하는 남녀의 소리
綠樹蟬吟群蜂咽	푸른 나무에 매미가 울고 벌떼가 잉잉거린다
情懷無盡日已盡	정회는 다하지 않았는데 해는 이미 다하니
抵岸下船相拜別	강가에 배를 대고 내려 서로 헤어지네115)

② 분강 서편 언덕에 장막을 펴니 가을 물결은 맑게 푸르고 붉은 잎은 산에 가득
하였다. 주인이 권하고 손님이 수작하여 종일을 오락하였고 날이 저물어 다시
배에 오르니 달뜨는 동산에 강물이 푸르니 거울 같다. 돛대를 느즉하게 하여
중류에 가니 풍악 소리 들려오고 배가 협착하여 자제 5~6인은 오르지 못하니
工妓 10여인을 거느리고 농암에 올라 노래하며 춤을 추고 배 가운데 손님도
점석에 옮겨 올라 서로 바라보며 번갈아 춤추고 혹 각자 노래하니 위 아래 음
악 소리 운천에 요란하여 밤이 깊어서야 파하였다.116)

①은 1544년 예안의 원님과 이현보의 자손과 친지, 손서(孫壻) 황준량,
지주(地主) 임조원(任調元) 등이 분강에서 벌인 연회를 묘사한 시이다. ②는
1547년 아들 중량이 영천 군수가 되어 향로와 인근 수령을 초청하여 벌
인 구로회(九老會)의 당일 정황을 기술한 글이다. 이런 연회 외에도 이현
보는 분천으로 치사하면서 예안 주변에서 생활하던 이우(李堣)·주세붕(周

---

115) 이현보, 「醉時歌,書示座上諸公」, 『聾巖集』, 『문집총간』 21, 392~393면.
116) 「次汾川續九老會」, 『聾巖集』 권3, 『문집총간』 21, 394~395면. "設幕於汾江西岸, 秋
波澄綠, 赤葉漫山. 主勸賓酬, 終日娛樂, 日暮, 捨陸登船, 月出東山, 江淸如鏡. 緩棹
中流, 絲管嘲啾, 船窄未上子弟五六人, 率工妓十餘, 登上聾巖, 歌舞蹁躚, 舟中之客,
亦移上簟石, 相望秩舞, 或各自歌, 上下樂聲, 喧鬧雲天, 夜深而罷."

世鵬)·이해(李瀣)·이황(李滉) 등의 사림과 이문량(李文樑)·이중량(李仲樑)·황준량(黃俊良) 등의 후손들과 함께 자주 주연(酒宴)을 열면서 이 자리에 참석한 모두가 '자창자무(自唱自舞)'하거나 '시창(詩唱)'을 화답하며 풍류를 즐겼는데, 이런 점은 모임의 자연스럽고도 일상적인 장면이었다. 그런데 이런 풍류의 자리는 놀이였기에 엄숙한 의례처럼 연행의 절차와 절도를 요구하지 않았을 터이고, 앞 절에서 유가적 음악관을 철저히 실천했던 사림들처럼 성기(聲妓)를 배제하고 자창자무(自唱自舞)하겨 심회를 넓혔던 분위기와는 분명 다르다. 가비(家婢)나 공기(工妓)가 참석하여 연주하거나 노래하면서 연회의 흥취를 돋우었고, 연석에 자리한 사람들은 모두 함께 노래를 부르면서 그 열락에 빠져들었다고 할 수 있다.

그러나 교육적 효용을 염두에 두고 노래를 조절했던 사람들처럼 철저하지는 않았더라도 가창의 효용성을 인지하였으며, 연회의 즐거움이 질탕한 데로 빠지지 않도록 절제를 바탕으로 하였다. 이현보는 여가를 채우는 문화생활로서 노래를 중시하여 자손들과 함께 혹은 여럿이 향유하는 음악의 형태를 조절하고 있었던 듯하다. 연회에 모인 사람들이 가무의 즐거움 속에서 노소(老少), 지위(地位)를 떠나 화락하는 모습은 음악이 의도하는 화합의 경지에 이른 것이라고 할 수 있다. 더구나 여기서 불리는 노래들은 상당히 엄선된 유형의 한시나 시가였으며, 그래서 ①에서는 아이들이 부르는 시(詩)의 가창(歌唱) 소리가 청절(淸節)하다고 표현한 것이다. 연회의 자리에는 늘상 자손과 친지, 혹은 지우들을 동반하였고, 그런 자리에서의 가무와 수작은 절도를 갖춘 것이었다고 할 수 있다. 따라서 그 노래의 성격도 상당히 엄선되었고, 이현보가 말한 바 천진의 지락을 느끼며 성정의 소활(疎闊)함을 깨닫게 하는 것이었다고 할 수 있다. 따라서 연회의 성격상 여기서 불리는 노래는 사대부가 부를 만한 것으로 선별되었고, 일반 사족들이 부르는 음란(淫亂)한 속악은 아니었을 것이다. 이런 성격의 노래가 어떤 것인지는 주세붕이 청량산 유람의 여정 중에 이현보가 베풀어준 연회를 기술한 부분에서 드러난다.

주세붕은 1544년 4월 청량산으로 떠나기 전에 이현보 집에서 베풀어준 송별연에 관해 기술하면서 이 자리에서 불렀던 시가의 레퍼토리를 구체적으로 지목하였다. 이현보는 대비(大婢)에게는 거문고를, 소비(小婢)에게는 쟁(箏)을 연주하게 하고 도연명의 「귀거래사」·「귀전부」·이하(李賀)의 「장진주(將進酒)」·소식(蘇軾)의 「행화비렴산여춘(杏花飛簾散餘春)」을 노래하게 한다. 또 이현보의 아들 대성이 수곡(壽曲)를 노래하자 주세붕과 이현보가 더불어 춤을 추는 장면이 기술된다.[117] ‘수곡’이 무엇인지 정확치는 않지만 시조 형태의 국문시가였을 것이다. 이 뒤 유람을 하면서 문량과 국량이 농암이 지은 국문시가를 노래하는 경우도 기술하고 있는데,[118] 「어부가」를 찾아서 산개하기 전에 지은 시조 형태의 「효빈가」나 「농암가」 등을 지칭한 것으로 보인다. 주세붕은 청량산에 오르면서 그 중도에 다시 이현보를 만나 연음(宴飮)을 마련하면서 유람을 수행했던 유자 6~7명과 노래와 시창을 하고 거문고와 비파 연주를 하면서 즐긴다.[119]

이를 보면 이현보가 선호하는 노래들은 기존의 속악이 아니라 한시를 가창하거나 혹은 시조 형태의 새로운 노래였다고 할 수 있다. 즉 이현보는 일반에서 유행되는 속악에는 불만을 갖고 향유하기를 꺼리면서 그 대안으로 한시를 가창한 듯하다. 위에서 노래르 불린 한시들은 「장진주」를 제외하고는 모두 자연 속의 은일과 조화를 담박하고 풍취 있게 그려낸 작품들이다. 술자리의 흥겨움을 섬세하게 묘사한 「장진주」[120]는 성정함

---

117) 주세붕, 「遊淸凉山錄」, 『武陵雜稿』 7. “戊寅, 蓐食, 別安榮醴 奉禮諸官, 倩安東笛者貴欣, 爲鄕尊省騎從, 使博背先驅, 渡沙川, 暫飯于召憩亭, 亭在榮禮之交, 聾巖李相公宰榮時所植. 其後公爲方伯, 亦來憩于此, 枝葉蔽芾, 綠陰滿地, 行喝而畏炎者, 就之如父母, 可名曰召憩. 踰龍壽峴, 歷溫溪, 見吳進士彦毅, 遂謁聾巖于汾水之宅. 公出迎門外, 引坐圍碁, 命之食, 繼之以酒. 使大婢按琴, 小婢撫箏, 或歌歸來辭, 或歌歸田賦, 或歌李賀將進酒, 或歌蘇雪堂“杏花飛簾散餘春”. 其子文樑, 字大成 侍坐亦歌壽曲, 余與大成起舞, 公亦起舞.”

118) 주세붕, 「遊淸凉山錄」, 『武陵雜稿』 7. “壬午, 西入普賢庵, 堂前有巖石, 可坐二人, 余與仁遠坐巖上, 諸生散坐庵內, 有白衣持酒來, 卽任宣城調元所送也. 方開酌, 有二生來, 一李國樑, 聾巖之姪, 一吳守盈, 仁遠之子. 李生袖出聾巖書, 乃公戲作歌, 使李生歌而聽之者. 於是酌宣城之酒, 奏福州之管, 使李生歌聾巖之歌, 亦山中之一奇興也.”

119) 이현보, 「書周景遊淸凉山錄後兼醉時歌」, 『聾巖集』, 『문집총간』 17.

양이나 질박(質朴)한 미의 관점에서 보면 위배되는 방탕함이 느껴지지만 봄날 도화꽃 떨어지는 저녁에 벌어지는 술자리는 최상의 풍류 묘사라고 할 수 있겠다. 성정의 호활함에는 괴리되는 내용이지만 흥취를 고조하는 자리에서 불리는 정신적 이완의 양상이 어디까지인가를 보여주는 예이다. 그러나 이현보가 주도한 전체적인 노래의 분위기는 지나친 정감의 일탈로 흐르지 않는다. 오히려 이 한시들이 담고 있는 세계는 상당히 절제되고 소활하여 도학적 성정함양에 부합한다고 할 수 있다. 이현보는 귀거래도를 그려놓고 진세의 번잡함을 씻어 내리려 했으니, 도연명의 시를 가창함은 필연적인 귀결이라고 하겠다.

또한 소식의 "杏花飛簾散餘春"을 노래했다고 하는데, 이 구절은 「월야여객음주행화하(月夜與客飮酒杏花下)」 시의 첫 구절이다. 소동파의 이 작품은 봄날 살구꽃 흩날리고 달이 술잔에 비춰오는 저녁의 풍광을 통합적으로 빚어내어 계산(溪山)의 풍류를 즐기는 사대부들에게 그 담박한 흥취를 고조시키기에 충분한 내용이다.[121] 이 시는 성종조 남효온·이총 등의

---

120) 李賀, 「將進酒」. "유리잔에 / 호박빛 진한 술 / 통에는 진주빛 붉은 술이 방울져 내리네 / 용 삶고 봉황 구우니 옥 같은 기름 지글거리고 / 비단 병풍 수놓은 장막에 향기로운 바람 감도네 / 용 피리를 불고 / 악어 북을 치며 / 하얀 이의 미녀가 노래하고 / 가는 허리 미녀가 춤을 추네 / 하물며 봄날 해가 저물고 / 복사꽃 어지러이 붉은 비처럼 날리는 터 / 그대 종일토록 취해나 보시게 / 유영도 무덤까지 술을 가져가지 못하였더라네[琉璃鍾 / 琥珀濃 / 小槽酒滴眞珠紅 / 烹龍炮鳳玉指泣 / 羅幃繡幕圍香風 / 吹龍笛 / 擊鼉鼓 / 皓齒歌 / 細腰舞 / 況是靑春日將暮 / 桃花亂落如紅雨 / 勸君終日酩酊醉 / 酒不到劉伶墳上土]."

121) 蘇軾, 『소동파전집』 상권, 중국서점, 1986, 155면. "살구꽃 주렴에 날리다 흩어지니 봄의 끝 무렵 / 명월이 집에 들어 幽人을 찾네 / 옷 걷고 달을 좇아 꽃그림자 밟으니 / 달빛은 부평초를 머금고 흐르는 물처럼 밝다 / 꽃 사이에 술병을 놓으니 맑은 향기 피어나는데 / 긴 가지 다투어 당기니 향기로운 눈송이가 흩어지네 / 산골이라 술이 적어 감당할 수 없으니 / 권하노니 그대는 술잔의 달을 마시게나 / 퉁소소리 잦아들고 달은 휘황한데 / 오직 걱정은 달이 기울어 저 술잔 비는 것 / 내일 아침 모진 봄바람이 땅을 휩쓸면 / 푸른 잎새에 깃든 시든 꽃잎만 보이겠지[杏花飛簾散餘春 / 明月入戶尋幽人 / 褰衣步月踏花影 / 炯如流水涵靑蘋 / 花間置酒淸香發 / 爭挽長條落香雪 / 山城薄酒不堪飮 / 勸君且吸盂中月 / 洞簫聲斷月明中 / 惟憂月落酒杯空 / 明朝卷地春風惡 / 但見綠葉棲殘紅]."

사림들이 화운했던 적도 있는데, 이현보는 이 시를 상당히 애호하여 노래로 만들어 부른 것으로 보인다. 이 시 구절을 다 부른 것은 아니고 부분을 가창(歌唱)한 듯하다.122) 또한 이현보는 「어부가」를 발견하기 이전에 이미 「효빈가」와 「농암가」를 지어 국문시가를 이미 창작, 향유하였다. 사대부가 가창할 만한 한시를 모아 비복들에게 가르쳐 소일하면서도 가창에 대한 욕구가 이 몇 편의 한시와 시조로는 충족되지 않았던 듯하다.

이현보는 연회의 자리에 늘상 후손을 동행하여 노래하게 하고 함께 즐겼다. 이를 보면 이현보가 가창할 시가를 도색할 때 그 후손들이 동참했을 것은 분명하다. 한시를 창하고 노래를 부르면서도 이에서 충족되지 않는 부분이 있었기 때문에 여러 국문시가를 탐색하던 중에 「어부가」를 주목하게 된 것으로 판단된다. 다음의 서문은 「어부가」 산정에 이르는 시가 향유의 도정을 확인시켜 준다.

어부가 양편은 어떠한 사람의 작품인지 알지 못한다. 내가 늙어 스스로 田園에 물러옴으로부터 마음이 한가하고 일이 없어 古人이 술마시며 읊은 것 중에 노래할 수 있는 시문 약간 수를 모아 비복에게 가르쳐 시로 듣고 소일하였다. 나의 후손들이 뒤늦게 이 노래를 얻어 보이니 내가 보기에 詞語가 한적하고 의미가 심원하여 음영을 하던 나머지에 사람으로 하여금 공명에 벗어나고 표연히 세속의 티끌밖에 나가듯 하였다. 이를 얻은 후로는 그 전에 즐겨 보던 가사는 모두 버리고 오로

---

122) 이현보, 「庚戌暮春望後二日, 邀景浩飮聾巖杏樹下, 是時, 春寒花未發, 而歌兒唱蘇仙爭挽長條落香雪之句, 次其詩, 拜呈求和」, 『농암집』, 『문집총간』 16.

이황, 「拜聾巖先生, 先生令侍兒歌東坡月夜飮杏花下詩, 次其韻示之, 滉亦奉和呈上」, 『退溪集』, 『문집총간』 29, 72면. "농암에 자리한 살구꽃이 아직도 안피는데 / 설아에게 동파의 시구를 창하라 재촉하네[倚巖紅杏尙未發 / 催令雪兒唱香雪]."

이황, 「十一夜, 陪聾巖先生, 月下飮酒杏花下, 用東坡韻」, 『退溪集』, 『문집총간』 29, 79면. "달은 휘영하고 살구꽃은 만발하고 바람은 물결을 일렁이네 / 냇가에서 술마시니 고아한 홍취가 발해지고 / 술 잔이 수심을 풀어주니 沃雪과 같구나 / 소동파 한 번 가고 세월이 얼마나 흘렀는가 / 술잔의 한 조각 달은 의구하구나 / 唱하는 노랫말 정자에 울려 퍼지니 / 농암의 호한한 풍류는 동파와 진배없네[月滿花樹風生蘋 / 臨流對酒高興發 / 萬斛閒愁如沃雪 / 蘇仙一去幾今古 / 依舊杯中一片月 / 唱徹瓊詞幔亭中 / 仙風浩氣如憑空]."

지 이것에 뜻을 두었다. 손수 책으로 등사하여 꽃피는 아침 달뜨는 저녁에 술을 잡고 벗을 불러 분강의 배위에서 읊게 하니 흥미가 더욱 진진하고 거듭하니 권태를 잊게 하였다. 다만 글자가 많고 차례가 없으며 혹 중첩되었으니 반드시 그 전사가 잘못된 것이다. 이것은 성현의 경전의 글이 아니므로 더하고 고쳐서 일 편 12장 중에 3장을 버려 9장으로 하여 장가를 만들어 읊조릴 수 있게 하였으며, 일 편 10장은 줄여 단가 5장으로 만들어 노래할 수 있도록 하였다. 합하여 일부 신곡을 만들었으니 빼고 고치기만 한 것이 아니라 덧부침도 또한 많았다. 그러나 또한 각각 舊文 본의에 의하여 더하고 덜하여 이름을 농암야록이라 하였으니 보는 자는 행여 참람하다고 나를 허물하지 말라. 때는 가정 기유년(1549) 여름 6월 유두 후 3일에 설빈옹 농암주인이 분강어정에서 쓴다.[123]

  이현보는 악장가사 「어부가」의 사어가 한적하고 의미가 심원하여, 이를 보면 공명(功名)에서 벗어나고 표표히 세속의 티끌 밖으로 벗어난 듯하다고 평하였다. 이 말은 여말의 왕조 교체기에 권근이 공부(孔俯)가 부르는 「어부가」를 듣고서 "유연히 마음속에 일점 私累도 남지 않는다"고 평했던 것과 동일한 의미를 지닌다. 이 말은 노래를 통해 탕척사예(蕩滌邪穢)하고 소융사재(消融渣滓)하게 되는 경지를 다르게 표현한 것이기도 하다. 결국 이현보는 그 동안 부르던 한시는 모두 버리고 악장가사 「어부가」에 몰두하면서, 이 노래를 산개하는 작업에 들어가게 된 것이다. 그가 노래를 통해 얻고자 한 것은 바로 성정의 호활(浩闊)함일 터인데, 그 동안 부른 한시는 속악(俗樂)보다는 훨씬 좋지만 한시의 가창이 감흥을 발산하기에는 자연스럽지 못한 부분이 있었으므로 악장가사 「어부가」로 그 욕구를

---

123) 이현보, 「漁父歌幷序」, 『聾巖集』 권3, 『문집총간』 21, 417면. "漁父歌兩篇, 不知爲何人所作. 余自退老田間, 心閒無事, 裒集古人觴詠間, 可歌詩文若干首, 敎閱婢僕, 時時聽而逍遣. 我孫輩, 晚得此歌而來示, 余觀其詞語閑適, 意味深遠, 吟詠之餘, 使人有脫略功名, 飄飄遐擧塵外之意, 得此之後, 盡棄其前所玩悅歌詞, 而專意于此 手自謄冊, 花朝月夕, 把酒呼朋, 使詠於汾江小艇之上, 興味尤眞, 亹亹忘倦. 第以語多不倫或重疊, 必其傳寫之訛. 此非聖賢經據之文, 妄加撰改, 一篇十二章, 去三爲九, 作長歌而詠焉, 一篇十章, 約作短歌, 五闋爲葉而唱之 合成一部新曲, 非徒刪改, 添補處亦多. 然亦各因舊文本意而增損之, 名曰聾巖野錄, 覽者幸勿以僭越咎我也. 時嘉靖己酉夏六月, 流頭後三日, 雪鬢翁聾巖主人, 書于汾江漁艇之舷"

충족했다고 할 수 있다.

결국 이현보가 계속해서 고심했던 부분은 가창할 수 있는 사대부적 시가였다고 정리할 수 있다. 사대부 시가를 탐색하는 중에 만나게 된 악장가사 「어부가」는 황준량·이황의 도움을 받으면서 새로운 이현보의 「어부가」로 탄생한 것이다. 이황은 이현보와 몇 차례의 수보(修補) 논의를 하는 등 「어부가」의 산개·증보에 적극 관여하였다.124) 위 서간을 보면 이현보와 이황 외에도 「어부가」 찬정에 황준량과 임조원(任調元)이 적극 참여한다. 여기에 쏟은 영남사림의 심혈은 사대부 시가가 가야 할 방향을 고심했던 흔적이 아닐까 한다. 시가의 전범을 세우기 위한 노력이 이현보와 영남사림들 사이에서 있었고, 이를 더욱 심화하고 철저하게 승화한 결과가 이황의 시가 창작이었다고 할 수 있다. 그가 보여준 「어부가」에 대한 인식은 곧 이현보가 「어부가」를 새롭게 제작한 이유가 된다.

악장가사 「어부가」는 조선 초기 태종 때 김자순이 선창(善唱)하여 궁중 잔치에서 불렀던 예로부터 이현보가 재발견하기까지의 사이에 남아 있는 기록은 없다. 아마도 여말에서 건국초 공부 그룹이 애호하던 시기를 지나면 사대부들 사이에서 크게 성행하지 않고 명맥만 이어간 것으로 추측된다. 이황은 숙부 이우와 들었던 「어부가」를 좋아하여 기록해 두었으나 그 뒤 없어져 안타까워했음을 그 발문에서 밝히고 있다. 이황은 「어부가」가 일반 속악과는 다르다고 인식하였고, 따라서 사대부의 시가로서 그 의의

---

124) 이현보, 「與退溪」, 『聾巖集』 권3, 『문집총간』 21, 442~443면. "漁歌如此多, 故不須相喋, 只以婢僕等邯鄲之失已久, 花人亦來, 莫適所從. 因前草臆意書送, 增損上下書送. 老翁詩句, 聞見未博, 所改處多而未果, 幸覽取捨抹改添補, 送還如何. 短歌濟世賢之語, 似無出處, 尤未穩, 而未棄本文存文, 并照銓槖, 所槖之文更考之. 夜靜水寒之句重複, 改補企望."

이황, 「答聾巖李相國賢輔○己酉」, 『退溪集』, 『문집총간』 29, 264면. "漁父辭, 去春與任城主所議者, 誠不穩愜, 誠爲叩僣, 其後自龍壽寺寄柬一本, 謹以承見, 但以前日妄改爲悔, 故不敢輒有回槖. 今來所定章次及短歌新作一関, 皆勝於前日之所示, 可歌而可傳者也. 因此又知江湖之景, 風月之淸, 漁釣之樂, 天所以餉高退之境, 自世俗規規者觀之, 不啻黃鵠之與壤蟲, 固不得窺其涯際也. 跋語, 何敢輕易爲之, 惟當楷寫以上, 尙有欲槖之條, 俟後日面承提警而後爲之也."

를 인정하고 있다.

　세상에 전하는 어부사는 옛 사람이 漁父을 읊은 것을 集句하여 俗語를 섞어 長言을 만든 것이 무릇 12장인데 작자의 성명을 듣지 못하였다. 지난번에 안동부에 늙은 기생이 능히 이 노래를 불렀으니 숙부 송재 선생이 이 기생을 불러 노래를 시켜 壽席의 즐거움을 돕게 하였다. 내가 그때 아직 젊어서 마음으로 은근히 즐거워 그 대개를 기록해 보았으나 오히려 완전한 곡조가 못되어 한이 되었다. 그 후 존몰 추천이 되어 옛 소리는 묘연하여 가히 좇을 수 없게 되고 내 몸은 紅塵 길에 빠져 강호의 낙이 더욱 멀어져 생각하기를 다시 이 노래를 듣고서 흥을 부쳐 근심을 잊고 싶었다. 京師에서 蓮亭에 노닐 적에 일찍이 고루 물어 탐방하였으나 비록 늙은 악사와 운을 아는 기생일지라도 능히 이 노래를 이해하지 못하니 이를 알고 좋아하는 자는 드물다는 것을 알았다. 지나간 해에 밀양 박준이탄 자가 여러 음악을 아는 것으로 이름이 났는데 무릇 동방의 음악에서 혹 아하고 혹 속한 것을 모아 엮어 한 부 책을 만들어 세상에 간행하였는데 이 노래가 쌍화점 제곡과 그 안에 섞이어 수록되었다. 그러나 사람들이 듣기를 쌍화점인 즉 손을 흔들고 발을 구르고 어부사인즉 싫어서 잠잘 생각을 하니 무엇 때문인가? 그 사람이 아니면 본디 그 음을 알지 못하는 것이니 또 어찌 그 즐거움을 알겠는가? 오직 우리 농암 이선생만은 나이 70이 넘어서 벼슬을 그만 두고 멀리 떠나 분수의 굽이로 물러나 한가히 지내면서 여러 번 왕명으로 부르셔도 나가지 않고 부귀를 부운같이 여기고 아정한 회포를 세상 물정 밖에 붙이고서 항상 작은 배와 짧은 삿대로 연파 속에서 자유로이 노닐고 釣石 위에서 이리저리 다니며, 갈매기를 친압하여 마음을 담담하게 갖고 물고기를 구경하며 물고기의 낙을 알게 되었으니, 그 강호의 낙에 있어서 그 참다움을 얻었다고 할 만하다. 좌랑 황중거가 선생과 친후하매 그는 일찍이 박준의 책 속에서 이 어부사를 뽑아내고 또 단가로 어부를 위해 지은 것 10곡을 적어서 아울러 선생에게 드렸더니, 선생은 그것을 음미해 보고 그 평소 원하던 바에 맞은 것을 기뻐하였으나 오히려 그 가사가 쓸데없이 긴 것을 못마땅하게 여겼다. 이에 산개하고 보찬하여 12장을 9장으로 줄이고 10장을 5장으로 요약하여 시중드는 아이에게 주어서 익혀 노래하게 하였다.

　매양 아름다운 손님이나 좋은 경치를 만날 때마다 뱃전에 기대어 연정을 희롱하고 반드시 몇 명의 아이들로 하여금 입을 모아 노래를 부르고 소매를 연하여 너울너울 춤을 추게 하였으니, 곁에 있는 사람이 그 광경을 바라보면 어렴풋이 신선과 같이 보였다. 아 선생은 여기서 이미 참된 낙을 얻었으니, 그 참된 소리를 좋아할 것은 당연한 일이었다. 어찌 세속 사람이 정위를 좋아하여 음란함을 증가시키고 옥수를 들어 뜻을 호탕케하는 것에 비기겠는가?[125]

이황 당대의 사람들은 「어부가」를 들으면 졸고, 「쌍화점」과 같은 노래를 들으면 기뻐 춤춘다고 하면서, 일반이 좋아하는 속악이 사람의 마음을 음란하게 만들고 뜻을 어지럽게 하는 사실을 지적하며 경계하고 있다. 이황은 「어부가」가 진성(眞聲)으로 강호의 진락을 얻게 하여 마음을 담담하게 하는 노래임을 강조하였다. 이는 이현보가 천진(天眞)을 통해 지락(至樂)의 상태를 이루고자 희구했던 바와 동일한 경지이다. 이현보가 여러 노래의 실험을 통해 도달하려 했던 담박한 성정의 소활함을 「어부가」의 가창에서 얻었고, 이것은 곧 사대부 시가가 나아가야 할 방향의 제시이기도 하였다. 노래하고자 하는 욕구는 강하지만 선비로서 기존 속악의 내용을 받아들이기 어려웠기 때문에 그 대안으로 바람직한 사대부 시가를 탐색해 가는 노력 속에서 얻은 결과였다고 하겠다. 비록 성정의 소활함과 조화(調和)라는 근본적인 가창의 효용을 인지하고 그 방향으로 선도했지만, 가창의 목적이 빈연(賓筵)의 즐거움을 위한 것이기에 도를 공부하는 사람

---

125) 이황, 「書漁父歌後」, 『退溪集』 권43, 『문집총간』 30, 458면. "世所傳漁父詞, 集古人漁父之詠, 間綴以俗語而爲之長言者, 凡十二章, 而作者名姓無聞焉. 往者, 安東府有老妓, 能唱此詞, 叔父松齋先生時召此妓, 使歌之以助壽席之歡. 滉時尙少, 心竊喜之, 錄得其槪, 而猶恨其未爲全調也. 厥後存沒推遷, 舊聲杳不可追, 而身墮紅塵, 益遠於江湖之樂, 則思欲更聞此詞, 以寓興而忘憂也. 在京師遊蓮亭, 嘗徧問而歷訪之, 雖老伶韻倡, 莫有能解此詞者, 以是知其知好之者鮮矣. 頃歲, 有密陽朴浚者, 名知衆音, 凡係東方之樂, 或雅或俗, 靡不裒集爲一部書, 刊行于世, 而此詞與霜花店諸曲, 混載其中. 然人之聽之, 於彼則手舞足蹈, 於此則倦而思睡者, 何哉. 非其人, 固不知其音, 又焉知其樂乎. 惟我聾岩李先生, 年蹄七十, 卽投紱高廙, 退閑於汾水之曲, 屢召不起, 等富貴於浮雲, 寄雅懷於物外, 常以小舟短棹, 嘯傲於烟波之裏, 徘徊於釣石之上, 狎鷗而忘機, 觀魚而知樂, 則其於江湖之樂, 可謂得其眞矣. 佐郎黃君仲擧, 於先生親且厚, 嘗於朴浚書中取此詞, 又得短歌之爲漁父作者十関, 幷以爲獻, 先生得以玩之, 喜愜其素尙, 而猶病其未免於冗長也. 於是刪改補撰, 約十二爲九, 約十爲五, 而付之侍兒, 習而歌之. 每遇佳賓好景, 憑水檻而弄烟艇, 必使數兒並喉而唱詠, 聯袂而蹦躚, 傍人望之, 縹緲若神仙人焉. 噫, 先生之於此, 旣得其眞樂, 宜好其眞聲. 豈若世俗之人, 悅鄭衛而增淫, 聞玉樹而蕩志者比耶."

들을 흥기하려고 창작된 시가에서 성취한 성정미학의 완정함에 이르지는 않았다. 이현보가 심회를 다스리며 홀로 혹은 후손들과 더불어 노래를 음미하기도 했겠지만, 주로 꽃피고 달뜨는 경치 좋은 날에 뱃전에 술자리를 마련하고 객과 마주하며 여가를 즐기는 가운데에서 시가를 가창했기 때문에 그 흥취를 진작시키는 데 더 몰두했다고 할 수 있다.

　이현보가 개작한 어부가에서 보여준 세계[126]는 흥진(紅塵)이나 부귀공명과 대척되는 강호의 소활함에 역점을 두었고, 두 세계 사이의 갈등을 어느 정도 표출하고 있다. 도체(道體) 구현으로서의 자연 그리고 여기에 완벽한 조화와 일체를 이루는 서정자아의 내면이 성정미학의 완정을 추구한 것이라면, 이현보의 작품은 강호와 현실이 빚어내는 갈등의 과정이 노정되어 개인적 심회를 완곡하게 표현하고 있다. 또한 서정자아가 강호생활로부터 얻는 감흥에 중심을 두어, 만물의 천리(天理)에 조응하는 자아의 순선한 내면을 강조하지 않는다. 인욕을 벗어 던진 공간이 강호이지만, 이 강호가 흥기하는 생활의 여유와 풍류에 더 관심을 집중한다고 할 수 있다. 성정의 순선을 표현하기보다는 그 정감을 다스리는 데서 성정의

---

126) 이현보, 「漁父歌 九章」, 『聾巖集』 권3, 『문집총간』 21, 415면.
　　"萬事無心一釣竿 / 三公不換此江山라 / 돗디여라 돗디여라 / 山雨溪風捲釣絲라 / 至匊恩 至匊恩 於思臥 / 一生蹤迹在滄浪라(4장)
　　一自持竿上釣舟 / 世間名利盡悠悠라 / 비브텨라　비브텨라 / 繫舟猶有去年痕이라 / 至匊恩 至匊恩 於思臥 / 欸乃一聲山水綠라(9장)"
　　이현보, 「漁父短歌五章」, 『聾巖集』 권3, 『문집총간』 21, 416~417면
　　"이듕에 시름업스니 漁父의 生涯이로다 / 一葉扁舟를 滿頃波애 쯰워두고 / 人世를 다니젯거니 날가는주를 알랴
　　구버는 千尋綠水 도라보니 萬疊靑山 / 十丈紅塵이 언매나 ▽렛는고 / 江湖애 月白ᄒ거든 더옥 無心ᄒ애라
　　靑荷애 바볼ᄡ고 綠柳에 고기뻬여 / 蘆荻花叢에 비미야두고 / 一般淸意味를 어늬부니 아르실고
　　山頭에 閑雲이 起ᄒ고 水中에 白鷗이 飛이라 / 無心코 多情ᄒ니 이두거시로다 / 一生애 시르믈 닛고 너를 조차 노로리라
　　長安을 도라보니 北闕이 千里로다 / 漁舟에 누어신둘 니즌스치 이시랴 / 두어라 내 시름 아니라 濟世賢이 업스랴"

호활을 경험하는 것이 바로 이현보가 노래에서 얻고자한 것이다. 그렇지만 이런 의식적인 시가의 방향 모색은 16세기 사림에게 던져진 구습에 대한 반성에서 비롯된 것이라고 할 수 있다. 사대부문화에 대한 자각이 노래를 개선하려는 구체적인 노력으로 발전하는 초기 단계에 이현보가 자리하고 있었다고 할 수 있겠다.

② 권호문―정서 정화로서의 시가론과 작품 창작

권호문(1532~1587)은 이황의 제자로 평생을 처사(處士)로서 살아갔던 인물이다. 그는 「한거십팔곡(閑居十八曲)」과 「독락팔곡(獨樂八曲)」의 국문시가를 지어 은거한 산림지사의 내면을 보여 주었다. 이 작품들은 권호문이 과거를 완전히 포기하고 산림처사로 만족했던 시기에 지어진 것으로 추정된다. 연구자들은 「한거십팔곡」은 모친의 죽음으로 과거에 대한 뜻을 완전히 접은 33세(1564) 즈음에 제작되었고, 「독락팔곡」은 벼슬을 사양했던 50대에 창작되었다고 보았다. 그러나 두 작품에서 그려진 서정자아의 상황을 보거나 노래의 뜻과 비슷한 논리를 펴고 있는 「한거록」이 지어진 연대(1584)로 보아 과거를 포기한 후 10년 뒤인 43세 이후부터 50세 전후로 이 작품이 창작되었다고 보는 입장도 있는데,[127] 정확한 연대고증은 할 수 없더라도 이 논의가 보다 타당한 듯하다.

권호문의 국문시가는 과거공부든, 벼슬이든 경세(經世)에 대한 의지를 완전히 접고 산림처사로서 생활하던 시기에 나온 작품이다. 권호문은 은거기에 학문에 정진하였으며 만년에는 정사를 짓고 후학을 교육하거나 가잠이나 주례(酒禮) 등을 써서 사족을 교육하는 일에 몰두한다. 주례(酒禮)는 향음주례(鄕飮酒禮)의 절도와 차례를 서술한 것으로 술이 취한 후 벌이는 음탕한 음악과 어지러운 춤 등 예의를 벗어나는 연음의 향락을 경계하였다. 이처럼 권호문은 도의(道義)의 탐구에 몰두하며 실천궁행하는 일

---

127) 최선미, 「송암 권호문 시가의 연구」, 이화여대 석사논문, 1995.

생을 살아간 사림이었다. 그렇지만 시에 대한 열정은 남달라서 문사로서의 기질이 많았다고 한다. 이 때문에 시문에 몰두했던 생활과 시의 본지를 흩트리는 작법 때문에 스승인 이황으로부터 자주 지적 받았다고 한다.[128] 문사로서의 기질이 승하다고 하여도 그의 시창작은 도학적 문학관이 통어하는 범위를 벗어나지 않았으며, 그 자신 또한 성정미학이라는 시의 본지를 중심에 두었다.

그는 여느 사대부와 마찬가지로 독서하고 시문을 짓는 여가에 국문시가를 노래하여 그 감흥을 도왔다. 이현보나 이황이 국문시가를 창작하고 그 수준을 고상하게 하였듯이 권호문도 사대부 노래의 정도(正道)를 유념하고 있었다. 향음주례에서 불리는 질탕한 음악과 춤이 절도를 잃게 만드는 일을 비판하였듯이 그는 노래의 속악(俗惡)함을 경계하고 있었다. 국문시가 두 편을 지으면서 자서(自序)를 병기하였는데, 여기에는 시가에 대한 인식이 잘 드러나 있다.

암주는 만사를 도모하는 데 서투르고 육예의 재주도 모자라니 형체는 세간에 의탁했지만 마음은 물외에 있다. 책을 읽고 글쓰는 여가에 아름다운 때의 흥을 만나 읊을 만한 일이 생기면 발하여 노래를 지었으니, 음조를 맞추어 곡을 만들고 제목과 차례를 써서 악부에 비기었다. 비록 소리에 절조가 없으나 듣고 살펴보면 言詞 중에 뜻이 있고 뜻 중에 지시하는 바가 있어 듣는 자로 하여금 감발하여 흥탄하게 할 만하다. 소나무에 비치는 달이 뜰에 가득하고 봄꽃이 사람의 마음을 흔들 때 좋은 벗이 때마춰 이르면 수작하다 술동이를 다 비우고 함께 巖軒에 기대어 노래 몇 章을 소리 높여 부르며 손을 흔들고 발을 구르니 幽人의 즐거움이 충분하다. 은자의 노래와 나무꾼의 민요 중 어느 것이 낫고 어느 것이 열등한지 알지 못하겠다. 마음의 得失을 잊고 그 뜻을 즐기니 原思의 가난을 달게 여기고 子張의 벼슬을 경멸하게 된다. 희황의 북창에 누워 華胥의 高枕을 즐기니 부귀가 어찌 마음을 흩트릴 수 있으며 威武가 어찌 뜻을 빼앗을 수 있겠는가? 무릇 日用의 喜怒哀樂이 발함과 憂憾悲歡의 일이 다 여기에서 풀어져 더러운 찌꺼기와 때가 씻겨지고 사악함과 더러움이 없어졌으니 기약하지 않아도 저절로 그렇게 되는 것이다. 옛 사람이

---

128) 우응순, 「권호문의 시세계」, 고려대 석사논문, 1982.

이르기를 노래는 많이 걱정스런 생각에서 나온다 하였으니, 이는 또한 내마음의 불평에서 발해진 것이다. 그러나 주문공이 말하기를 그 뜻한 바를 노래하여 성정을 기른다 하였으니 지극하도다 이 말씀이여. 마음의 불평에서 이 노래가 나왔고 노래하여 그 뜻을 펼치고 그 성을 기르니 아, 松窓의 몇 마디 노래라도 어찌 바람 부는 아침 달뜨는 저녁 때 정신을 동탕시키는 데 조금의 보탬도 없겠는가? 내가 이로써 장난 삼아 이런 말을 한다.129)

권호문은 위의 서문에서 노래의 기능을 말할 때 유가적 음악관을 벗어나지 않는다. 자신의 노래는 감흥에서 발해진 것으로 사(詞)에 의(意)가 있고 의(意)에 지(指)가 있어 듣는 자로 하여금 감발흥탄하게 한다고 표현하였다. 이 말은 노래를 한 때의 오락이나 심심풀이로 지은 것이 아님을 강조한 것으로, 권호문이 국문시가 가사에 기울인 심혈을 반사해 준다. 이처럼 노래 가사의 수준을 거론하는 태도는 노래를 중요한 사대부문화 행위로 생각했기 때문일 터이다. 국문시가의 악교적(樂敎的) 효용성을 인지한 사람들이 노래가사의 문학적 수준을 시험했듯이, 권호문도 노래의 가사를 한시에서 거론하는 의(意)와 지(指)로 함축하여 그 문학적 성취를 중시하였다.

따라서 이 노래를 들으면 감발흥탄하게 된다고 그 효용성에 대해 자신 있게 발언한다. 이 감발흥탄의 효용성은 서문의 뒤에서 말한 성정의 함양이다. 마음의 득실을 잊고 노래에 담긴 뜻을 즐기게 되면 그 세계에 동화되어 정신이 흐트러지고 일탈되지 않는다고 하여, 인욕이 개입되지 않는

---

129) 권호문, 「獨樂八曲幷序」, 『松巖集』 권6, 『문집총간』 41, 289면. "巖主謀拙萬事, 才短六藝, 寓形世間, 宅心物外. 黃墨之暇, 會有嘉辰之興, 可詠之事, 發以爲歌, 調以爲曲, 揮毫題次, 擬爲樂府. 雖嗚嗚無節, 聽以察之, 則詞中有意, 意中有指, 可使聞者感發而興嘆也. 有時松月滿庭, 春花撩人, 佳朋適至, 則酌罷芳樽, 共憑巖軒, 高歌若干章, 手之舞, 足之蹈, 幽人之樂足矣. 考槃之歌, 負薪之謠, 不知孰優孰劣也. 忘懷得失, 以樂其志, 甘原思之貧, 而唾子張之祿. 臥羲皇之北窓, 酣華胥之高枕, 富貴何能淫, 威武不能奪. 凡日用喜怒哀樂之發, 憂慽悲歡之事, 一於此寬焉, 查滓之滌, 邪穢之蕩, 不期而然. 古人云, 歌多出於憂思, 此亦發於余心之不平. 而朱文公曰, 詠歌其所志, 以養性情, 至哉斯言. 心之不平而有是歌, 歌之暢志而養其性. 噫, 松窓數般之曲, 豈無少補於風朝月夕之動蕩精神乎. 余是以, 戲有是說焉."

성정의 소탕한 경지를 노래의 실제적 체험으로써 기술한다. 이는 노래하는 자나 듣는 자나 모두 "탕척사예(蕩滌邪穢)·소융사재(消融渣滓)"한다는 유가적 음악의 효용을 강조함으로써, 성정(性情)의 정(正)을 회복하게 만드는 노래의 역할을 절대적 가치로 수용하고 있음을 보여준다. 노래가 "풍조월석(風朝月夕)에 정신을 동탕하게 만든다"고 언급한 부분도 본래의 성(性)을 기르는 노래의 기능을 다르게 표현한 말이다. 이와 같이 권호문은 "양성정(養性情)"한다는 유가적 음악관의 효용적 기능에 긴박되어 사대부 시가의 수준을 고양하였다고 할 수 있다.

조선조 사대부들에게 노래가 여가의 취미생활이므로 풍조월석을 대하면서 혹은 좋은 날 친구와 수작(酬酢)하면서 가창(歌唱)하는 것이 일반적인 시가 연행의 방식이었다. 이현보가 고민했던 바도 사대부 연석의 모임에서 가창하는 시가의 내용이었다. 권호문도 시가의 가창이 놀이의 현장에서 흥취를 고조시키는 역할임을 명시하고 있다. 경치 좋은 날의 감흥이 노래를 짓게 만들었고, 또 이 노래가 불리는 현장도 좋은 날 친구와 함께 하는 술자리이다. 사대부들이 시문의 여가에 나오는 한사(閑事)로 노래를 인식했듯이 권호문도 그 연장선에서 노래의 창작과 향유를 생각하였다. 이것은 음악의 교육적 효용성을 강하게 인식했던 사람들에게서도 마찬가지이다. 그러나 그들은 도를 공부하는 선비들이 강학의 여가에 현가(絃歌)하며 도의(道義)의 정신을 가다듬도록 하였기 때문에, 한사(閑事)의 여가생활이라도 놀이의 차원에서 불리는 노래와는 다르게 인식했다. 여가에서 더욱 그 마음이 흐트러지면 안된다고 보아, 제자들과 더불어 즐기는 자리에서 혹은 강학하면서, 혹은 의도적으로 익히게 하는 노래의 엄정성을 일상적 연음의 노래에서 담아낸 서정성과 동일하게 보기는 어렵다. 권호문이 상정한 노래는 그야말로 일상에서 즐기는 놀이의 차원이다. 따라서 그 시가가 발현되는 지점은 이황과 같은 사람이 상정한 것과 다르게 드러난다.

권호문은 노래가 마음의 불평(不平)한 데서 나온다고 하여 노래의 본질을 언급한다. 이는 노래의 기능을 성정함양으로 보는 주자(朱子)의 입장과 동일한 전제에서 나왔다고 할 수 없는 논리이다.[130] 왜냐하면 성정함양을 유도하는 노래는 그 자체가 "성정지정(性情之正)"을 담고 있어야 하기 때문이다. 성정지정을 표현하려면 그것을 발하는 인심이 본래의 평정을 유지한 상태여야 하는 것이다. 이황이 온유돈후를 말하고 이이가 우유충후를 말했던 것은 창자에게 감발되는 효과뿐만 아니라 노래 자체의 성격까지도 포괄한 개념이라고 할 수 있다. 교육적이고 교화적인 효용을 우선의 가치로 두었기에 서정의 내용은 다듬어진 상태에서 나온 성정미학이라고 할 수 있다. 그러나 권호문은 성정을 감발하는 효과는 생각하되, 노래가 만들어지는 원천은 마음의 희노애락(喜怒哀樂)과 우감비환(憂憾悲歡)과 같은 불평이므로 그것이 노래로 표현되면 그 꽉차인 심회가 깨끗하게 소탕된다고 본 것이다. 적어도 감정을 어느 정도 발산하여 그것을 풀어내는 것과 감정을 다스린 상태를 노래로 표현하여 여기에 감화받는 것은 다른 차원이라고 할 수 있다. 권호문은 감정발산과 울회를 풀어내는 기능을 "양성정"에 포괄하고 있지만, 노래의 서정적 본질을 무시하지 못하는 심사를 드러내었다. 정감의 심한 일탈로 이어지지는 않지만 노래의 "정감" 표현이 그 한 축임을 인정하였다고 할 수 있다. 그러나 정감의 농도를 조절하는 "양성정"의 성리학적 담론은 당시 사림을 긴박하는 공론이었기에, 시가작품은 낙이불음(樂而不淫), 애이불상(哀而不傷)을 넘어서지 않는 사림의 세계관 내에서 표현되었던 것이다.

권호문의 성정함양은 두 가지 축을 내포하는 것이라고 할 수 있다. 안으로 쌓인 심회를 표현하여 그 정감을 발산·소탕하는 차원과 노래의 뜻에 감동하여 인욕을 제거하고 본래의 성정을 회복하는 차원을 국문시가의 포괄적 기능으로 생각한 것이다. 정감의 표현론으로 발전하지 못하고 정감순화라는 조절의 단계에서 그친 것은 그를 감싸는 사상의 농도가 강

---

130) 우응순, 「권호문의 시세계」, 고려대 석사논문, 1982, 31면.
　　최선미, 「송암 권호문 시가의 연구」, 이화여대 석사논문, 1995, 26~31면.
　　이종호, 「안동선비의 국문시가 창작 양상」, 『안동의 선비문화』, 1997, 248~250면.

력하게 작용했기 때문이다. 다만 불평(不平)과 희노애락(喜怒哀樂)·우감비환(憂憾悲歡)이라는 감정을 노출한 점은 노래의 서정적인 국면을 그 본질로서 필요로 했던 권호문의 시가향유 인식을 무의식적으로 투사한 것이 아닐까 한다. 철학적 성정의 지극함만을 표현하거나 혹은 조화로운 정서만을 반영한다는 것은 일상의 감흥이나 정서적 정화를 위해 노래를 원하는 사대부들에게 서정적 결핍감을 안겨주는 것일 수 있고, 이것은 유가적 음악관 안에서 어떤 형태로든 표출되었을 것이다. 그들의 세계관에 손상을 입히지 않으면서 노래의 정서적 정화를 "양성정(養性情)"의 외피로 결합하는 모습을 권호문에게서 발견할 수 있다. 이현보도 노래를 정서 정화와 흥취 고조에 두면서, 성정의 소활함을 꾀했는데 그것을 시가론으로 논리화한 것은 바로 권호문이었다고 할 수 있다.

권호문의 작품 「한거십팔곡」과 「독락팔곡」에는 그가 위에서 언급한 창작 동기가 충실하게 반영되어 있다. 시조와 경기체가 형태로 지은 두 작품은, 미세하게 살핀다면 그 장르적 편차를 보여주고 있겠지만 여기서 그 작품 구조를 탐색하지는 않겠다. 다만 권호문은 주세붕과 마찬가지로 16세기 사림들에게 이미 친연성을 상실한 경기체가를 선택했다는 점에서 장르 의식의 보수성을 지적할 수 있다. 사대부 음악으로 경기체가를 수용하기 꺼려했던 이황이나 황준량의 태도에 비추어 볼 때, 그 문하에서 영향받은 사림으로서 의외성을 지녔다고 할 수 있다. 경기체가가 사대부의 음악으로 인정되었던 마지막 지점에 권호문의 작품이 놓여 있다. 이황이 꾸짖었던 바, 권호문의 장시(長詩)에 대한 취향은 국문시가에서도 그대로 드러나 하나는 19장의 시조 형태로, 다른 하나는 장가로서의 유구함을 지녔던 경기체가로 표현된 것이 아닌가 한다. 그가 하고 싶었던 심정 토로의 격정이 장시의 형태로 이어진 것은 아닐까 추측해 본다.

그는 작품 전편에 걸쳐 은거구지(隱居求志)하는 생활의 자부심과 그가 발견한 도의(道義)의 세계를 형상화한다. 그러면서도 경세충군(經世忠君)과 산림은거의 갈림길에서 오는 갈등, 은거(隱居)를 결단하기까지의 불안감

등 심리적 격동을 문면에 노출하여 서정자아의 내밀한 국면을 느끼게 한다.131) 경기체가 「독락팔곡」은 성현의 행위를 빗대어 당위의 세계로 서정자아를 이끌어 가는 힘이 느껴져서, 그 갈등의 양상이 약화된 듯이 보이지만 '경세와 은거'의 두 세계를 대척적으로 보는 것은 감추어지지 않는 서정자아의 내면이라 할 수 있다. 더구나 산림처사로서 살아가면서도 끊임없이 '진세(塵世)'와 '세사(世事)'를 환기함으로써, 은거의 합리화나 자찬(自讚)으로도 완화되지 않는 심리적 갈등과 미련을 드러내고 있다. 노래의 문면에 노출된 불안감은 권호문의 정서적 불안감인데, 작자는 그런 정서를 드러내 자신의 소회를 풀어내고 마음을 정화하는 작용을 노래의 1차적 기능으로 보았다고 할 수 있다.

---

131) 「獨樂八曲」
　　"집은 范萊蕪의 蓬蒿ㅣ오 길은 蔣元卿의 花竹이로다 百年浮生 이러타엇다하리 진실로 隱居求志ㅎ고 長往不返ㅎ면 軒冕이 泥塗ㅣ오 鼎鍾이 塵土ㅣ라 千磨霜刃인돌 이뜨들 긋츠리랴 韓昌黎三上書는 내의뜨데 區區ㅎ고 杜子美三大賦ㅣ 내동내 行道ㅎ랴 두어라 彼以爵我以義, 不願人之文繡ㅎ야 世間萬事, 都付天命 景긔엇다ㅎ니잇고(5장)
　　君門深九重ㅎ고 草澤隔萬里ㅎ니 十載心事를 어이ㅎ야 上達ㅎ료 雖封奇策이 草ㅎ얀디 오래거다 致君澤民은 내의 才分 아니런가 窮經學道를 뜯두고 이리ㅎ랴 츌ㅎ리 藏修丘壑, 遯世無悶ㅎ야 날조츤 번님네 뫼읍고 綠籤山窓의 共把遺經究終始, 景긔엇다ㅎ니잇고(6장)"
　「閒居十八曲」.
　　"計校 이르터니 功名이 느저셰라 / 負笈東南ㅎ야 如恐不及 ㅎ는뜯을 / 歲月이 물흘으듯ㅎ니 못이롤가 ㅎ야라(2장)
　　비록 못일워두 林泉이 됴ㅎ니라 / 無心魚鳥는 自閒閒 ㅎ얏느니 / 早晚애 世事닛고 너롤 조츠려 ㅎ노라(3장)
　　江湖애 노쟈ㅎ니 聖主를 브리례고 / 聖主를 셤기쟈ㅎ니 所樂애 어긔예라 / 호온자 岐路에 셔셔 갈더 몰라 ㅎ노라(4장)
　　어지게 이러그러 이몸이 엇디홀고 / 行道도 어렵고 隱處도 定치 아낫다 / 언제야 이 뜯 決斷ㅎ야 從我所樂ㅎ려뇨(5장)
　　窮達浮雲 ᄀ치보야 世事 이저두고 / 好山佳水의 노는 뜯을 / 내벋이 아니어든 어니 분이 아르실고(10장)
　　날이 져물거놀 느외야 홀닐업셔 / 松關을 닫고 月下애 누어시니 / 世上애 싯글 ᄆ옴이 一毫末도 업다(13장)
　　江干애 누어셔 江水보는 뜨든 / 逝者如斯ㅎ니 百歲ㄴ돌 멷근이료 / 十年前 塵世一念이 어룸 녹듯ᄒ다(19장)"

이에 덧붙여 해이해진 마음을 다지면서 도학자 본연의 성정을 회복하려 했다고 할 수 있다. 어찌 보면 이러한 개인의 서정적 분출과 성정함양을 절충하는 일이 유가적 음악관을 염두에 두었던 사대부들의 예술적 과제였다고 할 수 있다. 주세붕·이황·이이는 서정자아의 평정한 성정을 바탕으로 도의적 세계를 표현하고 있고, 이현보·권호문은 서정자아의 불평한 성정을 드러내어 그것을 완화하는 측면에서 도의적 세계를 향해 갔다고 할 수 있다. 권호문은 정감의 발산과 그 정화를 시가 본질의 한 축으로 보고, 그 정감의 조절을 '양성정'으로 포괄하였다고 할 수 있다. 따라서 그의 시가관은 유교적 음악관의 범위 안에서 시가의 서정을 고민한 흔적을 담았다고 하겠다.

(3) 창작 전범으로서의 시가 장르 인식

위에서 시가론을 언급한 사람들은 대체로 자신들의 이론에 부합하는 작품 창작에 힘썼다. 노래를 창작할 정도의 사대부라면 음악을 이해하는 능력이 뛰어난 사람들이었을 것이다. 그렇지만 이들이 주력한 바는 노래 가사의 본지(本旨)였기 때문에 음악 장르의 개혁과 변화를 주도했다고 하기는 어려울 듯하다. 사대부에게 음악은, 즐기는 정도의 여가문화로 인정받았기에 음악의 절조를 개창(開創)할 정도로 전문적인 식견을 가지고 몰두하기는 힘들었을 듯하다. 따라서 이미 사대부 사회에서 널리 인정받고 있던 형태를 받아들이지 않았을까 한다. 즉 16세기에 사대부문화 내에서 폭넓게 성행하던 장르를 수용하는 단계에서 그 가사의 미감을 개척한 것으로 보인다. 물론 음악 장르를 선택하는 작업 자체가 그 음악관에 준하는 기준이 작용한 것이지만, 사대부 음악의 대세가 이미 그런 방향에서 진행되었기 때문에 가능했다고 할 수 있다.

16세기 성정함양을 거론한 사람들은 대체로 시조 장르로 몰입하고 있었다. 물론 기존의 장가 형태로서 경기체가와 악장가사 「어부가」를 수용하기도 하지만, 시조 형태의 노래도 함께 짓는다는 점에서 시조는 사대부 시가장르로서 일반화되었음을 알 수 있다. 16세기에 이르면 경기체가가 더 이상 사대부들의 미감에 맞는 시가 장르가 아니라 쇠퇴기에 잔존한 형태로서 그 형식적 실험을 이루게 된다고 할 수 있다. 주세붕과 권호문이 사대부 장르로서 경기체가를 수용하지만, 이들이 지은 작품 형태와 이에 대한 사림들의 반응은 사대부 장르로서의 공신력을 이미 상실하고 있음을 말해준다.

주세붕이나 권호문이 자신의 음악을 담는 외형으로 경기체가를 선택하는데, 16세기까지 경기체가는 대세적 장르는 아니지만 사대부 장르로서 잔존하고 향유되었다. 이행(李荇)이 여러 유신들과 한림별곡을 불렀고,132) 주세붕도 한림별곡을 불렀으며, 박상(1473~1530)은 노환(老宦)이 관동별곡을 불렀던 사실을 한시로 남겼다.133) 한림연(翰林宴)의 관행으로서 관리들에게 한림별곡은 빈번히 불렸던 듯하다. 그리고 16세기 초반의 창작적 사실로 볼 때 확실치는 않지만 반석평의 「관산별곡」,134) 김구의 「화전별곡」, 주세붕의 경기체가작품, 권호문의 경기체가작품이 그 장르의 맥을 이어갔다고 할 수 있다. 따라서 이때까지는 경기체가를 향유하고, 그에 맞추어 창작도 되는 등 사대부 시가장르로서의 인식이 잔존하고 있었다고 할 수 있다.

그러나 황준량과 이황 등의 사대부들이 경기체가 장르를 부정하고, 후

---

132) 李荇, 「快心亭」, 『容齋集』, 『문집총간』 20, 480~481면. "正德庚辰, 予奉使, 由嶺南, 歷湖南, 全州府尹鄭公順朋, 侯予於快心亭上. 時適閏八月之望, 而在座者, 皆翰林舊先生, 酒闌月上, 遂更設爲翰林宴. 以予爲最舊, 推爲上官長, 餘各以次分占, 府尹公當奉敎從事官, 崔君重演都事, 李君弘幹待敎, 求禮縣監安君處順檢閱, 薦花行酒, 一遵古風, 用螺盃稱鸚鵡盞, 以爲傳心, 上下無算. 旣醉, 共起爲上官長行酒禮, 齊唱翰林別曲, 列妓相和, 響徹寥廓, 回視白月已中天矣."

133) 朴祥, 「席上贈老宦關東能唱歌」, 『訥齋集』 권1, 『문집총간』 19, 14면. "老宦尊前納姓名, 宣陵往事話分明, 逡巡行酒身强健, 更唱關東第一聲."

134) 반석평의 「關山別曲」은 작품이 전하지 않고 창작 사실만 확인할 수 있기 때문에 그 장르 형태를 단정하기 어렵다. 다만 「관산별곡」은 8장의 장가이고, 장수와 수졸을 위해 만들어진 점에 근거하여 경기체가로 추정한다.

세에 남길 노래가 못된다고 보았으니 사대부 장르로서의 공신력과 일반성은 이미 쇠한 지점에 있었다고 할 수 있다. 황준량은 「죽계별곡」이 희학(戲謔)의 나머지에서 나온 것이니 후세에 전할 만하지 않다고 하여 부정적으로 본다. 이것이 경기체가 장르 자체에 대한 부정이었다고 보기는 어렵지만, 황준량이 여러 가지 시가(詩歌)를 실험하던 이현보에게 악장가사 「어부가」와 시조 형태의 어부 관련 노래를 찾아서 추천하고 있으므로, 시가 장르에 대한 선별의식을 가지고 있었다고 할 수 있다. 또한 이황도 「한림별곡」이 설만희압하다고 비판하고 군자가 즐길 음악이 아니라고 했는데, 이는 노래의 내용뿐만 아니라 노래의 곡조나 이 작품이 연행 현장에서 불렸던 분위기 등이 복합된 불만이었을 것이다. 따라서 경기체가 형태에 대해서도 거부감을 표시한 발언이었다고 할 수 있다. 이를 수용하는 사대부도 있지만 이를 거부하는 사대부가 있고, 또 창작의 방향이 이와 다른 형태를 선호한다면 이미 경기체가는 쇠퇴의 국면에 있는 것이다. 16세기가 바로 한 장르가 소멸하고 다른 한 장르가 일반화되는 장르 교체 지점이었다고 할 수 있다.

경기체가가 사대부 장르로서의 공신력이 희박해지는 증거는 그들이 만든 작품 형태가 이미 원형태를 유지하지 못하고 상당히 이탈되어 있다는 점이다. 16세기 초반 김구가 지은 경기체가 「화전별곡(花田別曲)」은 경기체가 형태를 직접 수용하지 않고, 한림별곡을 변형한 「상대별곡」을 모방하고 있다.

綠波酒 小麴酒 麥酒 濁酒 / 黃金鶴 白文魚 柚子盞 貼匙臺예 / 偉 ᄀ득 브어 觀觴景 긔 엇더ᄒ닝잇고 / 鄭希哲氏 過麥田大醉 (再唱) 偉 어니제 슬플 저기 이실고 (5장)

京洛繁華ㅣ야 너는 불오냐 / 朱門酒肉이야 너는 됴ᄒ냐 / 石田茅屋 時和歲豊 / 鄕村會集이야 나는 됴하ᄒ노라(6장)

—「花田別曲」

脫衣冠 呼先生 섯거안자 / 烹龍炮鳳 黃金醴酒 滿鏤臺盞 / 위 勸上ㅅ景 긔 엇더
ᄒ니잇고 / (葉) 즐거온뎌 先生監察 즐거온뎌 先生監察 위 엇더ᄒ니잇고(4장)
　楚澤醒吟이아 너는 됴ᄒ녀 / 鹿門長往이아 너는 됴ᄒ녀 / 明良相遇 河淸盛大예 /
驄馬會集이야 난 됴ᄒ이다(5장)

—「霜臺別曲」

김구가 「상대별곡」의 시상 전개방식까지 모방한 것은 「한림별곡」의 애
호라기보다는 관리로서 부르며 즐겼던 「상대별곡」에 대한 기호가 작용했
기 때문이라고 할 수 있다. 마지막 장에서만 변형을 시도하고 있기 때문
에 경기체가의 완전한 이탈이라고 볼 수는 없지만 장르 의식은 그만큼
약화되었다고 할 수 있다.

주세붕의 경기체가는 「죽계별곡」을 이어받았으나 그 형태상 많은 변화
를 보여준다. 경기체가인 「도동곡」·「육현가」·「엄연곡」·「태평곡」은 상
당히 축약된 형태로 변화된다. 「한림별곡」·「죽계별곡」과 비교해 보면
각 장의 뒷 부분 즉 「한림별곡」의 이른바 '엽(葉)'에 해당되는 부분만을
가져오고 그 앞 부분은 제거했다.

元淳文 仁老詩 公老四六
李正言 陳翰林 雙韻主筆
忠基對策 光鈞經義 良鏡詩賦
위 試場ㅅ景 긔 엇더ᄒ니잇고
(葉) 琴學士의 玉笋門生 琴學士의 玉笋門生
위 날조차 몃부니잇고(1장)

—「한림별곡」

竹嶺南 永嘉北 小白山前
千載興亡 一樣風流 順政城裡
他代無隱 翠華峰 天子藏胎
爲 釀作中興景幾何如
淸風杜閣 兩國頭御

爲 山水淸高景 幾何如(1장)

　　　　　　　　　　　　　　　　　　　　　—「竹溪別曲」

伏羲神農 黃帝堯舜(재창)
偉 繼天立極 景幾何如(1장)
人心惟危 道心惟微 惟精惟一 允執厥中
偉 주거니받거니 聖人의 心法이 다믄 잇분니이다(2장)

　　　　　　　　　　　　　　　　　　　　　—「道東曲」

規圓矩方 繩直準平(재창)
偉 程伊川의 展也 大成 貴호주롤 뉘알리잇고(1장)

　　　　　　　　　　　　　　　　　　　　　—「六賢歌」

儼然端坐 如對聖賢(재창)
偉 一鮎邪念이어드러셔 나링잇고

　　　　　　　　　　　　　　　　　　　　　—「儼然曲」

몸애란 允恭ᄒ시고 사라매란 克讓ᄒ시니
(재창) 偉 唐堯聖德이 하롤와 ᄀᄐ샷다(1장)

　　　　　　　　　　　　　　　　　　　　　—「太平曲」

　주세붕은 노래를 통해 서원의 제언(諸彦)이 그 성정의 바른 데로 귀결되도록 「죽계별곡」의 호협질탕을 바로잡아[剗栝] 새로운 시가를 창작한 것이다. 그런데 위에 창작된 시가를 보았을 때, 그 산개(刪改)의 범위가 내용만이 아니라 형식에서까지 이루어졌음을 알 수 있다. 서원의 제언들이 외우고 부르기에 적합한 길이를 염두에 두고 경긔체가 엽(葉) 부분만 수용했을 것으로 추측된다.
　경기체가의 정형에서 이탈하여 축약된 모습은 오히려 세종조 예조에서 찬진한 악장 「축성수(祝聖壽)」135)에 가까우며, 성종대 정극인의 「불우헌곡」

---

135) "我朝鮮在海東 殷父師受周封 / 偉 永荷皇恩景 何如."(「祝聖壽」 1장)

7장에[136] 가깝다. 15세기에는 궁중연향에서 연행할 악장을 집중적으로 제작하게 되면서 다양한 형식 실험을 했었는데, 그 과정에서 고려조 속악을 수용하되 형태 변형을 일으키는 경우가 종종 있었다. 「축성수」는 「서경별곡」조를 차용한 「정동방곡」에 가까우면서도 경기체가의 요소를 수용한 경우라고 할 수 있는데, 그 악절을 따지지 않고 형태만 본다면 오히려 경기체가의 엽(葉) 부분과 상당히 근사하게 보인다. 또한 「불우헌곡」도 1~6장까지는 「한림별곡」 형태를 충실히 따르나 마지막 7장에서 엽 부분만 가져와 축약된 형태를 보여준다.

주세붕이 「죽계별곡」의 엽 부분만 수용한 이유는 노래를 간략하게 함으로써 가사가 늘어지고, 내용이 확장되어 질탕하게 가는 것을 막으려는 의도 때문이라고 할 수 있다. 그렇지만 주세붕이 형태상의 변화를 시도할 수 있었던 것은 악장의 형태와 기능이 실험되었던 전례가 있었기에 가능했던 일로 생각된다. 그러나 사대부들이 이 노래를 즐겼다는 기록도 없고, 당시 친근한 영남사림들조차 부정적으로 인식했던 사실로 볼 때, 주세붕 개인의 형식 시도로 그쳤다고 할 수 있다.

권호문의 경기체가는 주세붕과 반대되는 방향에서 형태적 일탈을 보여준다. 「독락팔곡」은 경기체가 정형 형태보다는 가사장르와 같은 긴 호흡을 보여준다.

太平聖代 田野逸民(再唱)
耕雲麓 釣烟江이 이밧긔 일이업다
窮通이 在天ᄒ니 貧賤을 시름ᄒ랴
玉堂金馬ᄂ 내의願이 아니로다
泉石이 壽城이오 草屋이 春臺라
於斯臥 於斯眠 俯仰宇宙 流觀品物ᄒ야
居居然 浩浩然 開襟獨酌

---

136) "樂乎伊隱底 不憂軒伊亦 樂乎伊隱底 不憂軒伊亦 / 偉 作此好歌 消遣世慮景 何叱多."(「不憂軒曲」 7장)

岸幘長嘯 景긔엇다ᄒᆞ니잇고(1장)

위 「독락팔곡」은 한 장에서 중간 부분을 생략하고 "太平聖代 田野逸民 (……) 岸幘長嘯 景긔엇다ᄒᆞ니잇고"처럼 첫 행과 마지막 행만 보면 경기체가의 엽 부분만 수용한 것으로 볼 수 있다. 주세붕처럼 엽 부분을 수용하고 그 사이를 확장하면서 오히려 4음 4보격의 시조나 가사 형태의 호흡을 유지하고 있다. 이미 경기체가를 축약한 엽(葉)만을 수용하면서 자기 나름대로 형태변화를 꾀한 것이다. 경기체가의 엽(葉) 부분에 조선조 사대부들이 이미 시조와 가사를 지으면서 적응한 율조를 절충하였다고 하겠다. 그렇다면 권호문의 경기체가 형태도 이미 그 성격상 자가증식을 하기 어려운 형태적 한계를 내포하고 있다고 할 수 있다. 조선조 사대부들에게 일반적으로 향유되어 가던 시가 장르의 형태를 절충했고 또 시조 형태의 「한거십팔곡」 19장을 지었다는 것은, 권호문이 받아들이고 있는 시가 형태의 미감이 경기체가보다는 시조 형태에 혹은 4음 4보격의 율조로 경사되어 가는 증거라 할 수 있다. 그러므로 경기체가의 변형태가 발전할 가능성은 별로 없어 보이고, 사실상 권호문에게서 경기체가 장르의 수용은 막을 내린다고 보아도 무리는 아닐 것이다.

경기체가를 수용한 16세기 사대부들은 이 장르가 지닌 형태적 미감을 상당히 변형하고 있기 때문에, 더 이상의 발전을 하기 어려운 단계에 이르렀다고 할 수 있다. 이처럼 장르 자체의 형태적 완결성에서 이탈한 노래는 새로운 모습의 장르 개혁이라고 할 수 있지만 이들의 실험으로 끝이 나고 사대부 장르로서의 자가증식은 더 이상 이어지지 않는다. 쇠퇴하는 지점에서 새로운 장르적 변화를 시도하였으나, 그것을 이어받은 작품이 나오지 않고 일회적인 변형으로 그친 것이다. 노래의 의미에 주력하면서 연장체의 호흡에 어울리는 경기체가를 선택했으나, 장르 시도에는 실패한 것이라고 할 수 있다. 「한림별곡」과 같은 경기체가가 이전(以前) 장르로 향유되긴 하되 그 생명을 이어가기는 어려웠다고 할 수 있다. 그리

고 이런 창작 형태의 도태 과정과 함께 16세기 이후에는 향유에 있어서
도 경기체가는 점차 사라진다.

대신 사대부의 시가 장르로서, 그리고 성정함양의 내용을 담는 장르로
서 선택되었던 노래는 시조 장르가 된다. 즉 15세기 경기체가나 고려속악
이 성행된 자리를 잠식했던 장르는 시조였다고 할 수 있다. 그런데 전기
에 나온 시조 형태의 노래를 모두 악곡상 동일한 작품이라고 일괄하기는
어렵다. 즉 가곡창의 동일한 선율로 불렸다고 단언하기는 어렵다. 왜냐하
면 조선 전기 불려진 "오나리"류 시조와 "북전" 시조가 서로 다른 악조를
바탕으로 하고 있기 때문에[137] 모두 일괄 처리하기 어려운 난점이 있다.
그러나 현재로서는 두 악조가 동시적으로 유행한 것인지, 둘 사이의 변별
이 뚜렷한 것인지도 이 예만 가지고 추정하기에는 어려운 측면이 있다.
또 당시 사대부 시조를 두 가지 악조에 의거해 분류할 수 있는 악보가 있
지도 않다는 점이다. 그렇지만 두 가지 형태의 노래를 사대부들이 적극
향유했던 것만은 확실하다.

15세기 사대부에게 성행했던 고려가요 북전의 연행이 16세기에 이르면
발견되지 않는데, 아마도 이것이 현전 「북전」 시조로 변형되어 발전했기
때문이 아닐까 추측해 본다. '만대엽'은 진작 만기에서 파생된 악조로, 「정
과정」이 지속해서 사대부 음악으로 애호되었던 정황, 그리고 비파나 거문
고 연주로 평조 만대엽에 속하는 '오나리' 노래가 성행했던 점으로 미루
어 당시의 사대부들에게 익숙한 악조로서 인정되었다고 할 수 있다. 『금
합자보』에 의거하면 평조에 들어간 송축가요 「유림가」·「감군은」이 만대

---

137) 권두환, 「시조의 발생과 기원」, 『관악어문연구』 18, 서울대 국어국문학과, 1993.
　　　양태순, 「鄭瓜亭의 研究」, 서울대 박사논문, 1990.
　　　＿＿＿, 『고려가요의 음악적 연구』, 이회문화사, 1997.
　　　황준연, 「양금신보 만대엽의 해독」, 『한국음악연구』 12집, 한국음악학회, 1982.
　　　＿＿＿, 「대엽에 관한 연구」, 『예술논문집』 24집, 예술원, 1985.
　　　＿＿＿, 「조선 전기의 음악」, 『한국음악사』, 대한민국예술원, 1985.
　　　＿＿＿, 「북전과 시조」, 『세종학 연구』 창간호, 세종대왕기념사업회, 1986.

엽과 서로 비슷한 악조를 바탕으로 하고 있는데,[138] 「감군은」은 16세기에 와서 사대부들에게 애호된 자취가 발견된다. 「유림가」와 「감군은」은 세종 무렵에 제작된 악장인데, 만대엽이 세조 어림에 형성되었다고 본다면 궁중에서 진작의 어떤 면을 차용한 악장이 한 번 거쳐가서 만대엽 곡조가 형성된 것이 아닐까 추측해 본다.

넉시 / 라도	오느리 / 오느리나	사해바닷 / 기피논
님을 / 흔디	미일에 / 오느리나	닫줄로쟈히리 / 어니와
녀져라 / 아	졈므리도 / 새리도	니믜덕택 / 기피논
으 / 벼기더	오느리 / 새리	어나줄로자히링 / 잇고
─ ─ / 시니	나 / 미일댱상의	향복무강ᄒ샤 / 만세를누리쇼셔
뉘어시니 / 잇가	오느리오 / 쇼셔	향복무강ᄒ / 샤만세를
〈여음〉 / 〈여음〉	〈여음〉 / 〈여음〉	누리쇼셔 / 일간명월이
〈여음〉 / 〈여음〉	〈여음〉 / 〈여음〉	역군은이샷다 / 〈여음〉
(「정과정」 대엽·이부)	(만대엽)	(「감군은」)

오백년이 / 도라
황하므리 / 몰가
성주중흥 / ᄒ시니
만민의함락이 / 샷다
─ ─
오백년이 / 도라
기수물이 / 말가 ⟶ 앞의 4행과 선율이나 박어 동일하게 반복 이 부분 생략하면 진작처럼 8행
성주중흥 / ᄒ시니
백곡이풍등 / ᄒ샷다
─ ─
아궁차락아 / 궁차궁차락아
욕호기 / 풍호무우
영이귀ᄒ리라 / 아궁차락아

---

138) 이형대(1998)는 앞의 논문에서 오나리 시조와 「감군은」이 유사한 악조를 바탕으로 했을 것이라고 밝혔다.

궁차락궁차락아 / 〈여음〉
(「유림가」)

　　형태상 「감군은」·「유림가」가 더 유사하고, 오나리 노래는 「정과정」 대엽·이부에 더욱 가까우나, 「정과정」을 제외한 세 노래가 한 장의 완결성을 바탕으로 선율이 배치되어 악조상 친연성을 지니고 있다. 「북전」의 시조는 이보다는 더 짧은 행의 선율로 배치되어 그 악조상 다르다고 할 수 있는데,139) 당시 사대부들은 이 둘을 모두 수용하고 있었다고 할 수 있다. 상진(尙震)은 만년에 거문고를 배우면서 「감군은」을 연주하며 노래했다고 하고, 또 이 사실을 매우 중시하여 묘비에 남기라고 유언할 정도였다. 「감군은」의 탄주에 의미 부여를 하고 이를 강조한 것은 노래에 대한 남다른 기호를 말해주는 것인데 상진의 문집에는 이런 뜻을 받들어서인지 「감군은」 가사가 금조(琴操)에 수록되었으며, 이와 함께 북전의 시조도 고조(古調)라는 제목으로 실려 있다. 「북전」 시조와 「감군은」이 사대부에게 유행했던 사실을 말해주는 예라고 할 수 있다. 이보다 먼저 「감군은」이 일반 사대부에게 향유된 흔적은 김안국에게서 처음 발견된다.140) 거문고 선율상 만대엽과 많이 흡사한 「감군은」이 개인에게 애호된 것은 사대부 시가 형태의 미감이 평조 만대엽에 경사되고 있음을 말해주는 것이다. 또한 김구가 지어 중종에게 바친 오나리 시조, 이현보의 시조와 노진의 어머니가 단가를 지으면서 오나리의 구절을 차용한 점141) 등에 비추어

---

139) 흐리누거 괴어시든 / 어누거좃니져러
　　　전차로전차로 / 벋니믜 전차로
　　　셜면좃 시론둧 / 범그러노니져(『금합자보』)
140) 김안국, 「琴者彈感君恩曲醉中感而有作」, 『慕齋集』 7권, 『문집총간』 20, 132면. "玄琴一曲感君恩, 白首孤臣舞袖飜, 漢北迢迢空有夢, 年年湖海醉壺尊."
141) "나온댜 今日이야 즐거온댜 오늘이야 / 古今往來예 類업슨 今日이여 / 每日의 오늘 ᄀᆞ툴면 므슴 셩이 가시리"(金絿)
　　　"功名이 그지 이실가 壽夭도 天定이라 / 金犀씌 구분 허리예 八十逢春 긔몃히오 / 年年에 오ᄂᆞ나리 亦君恩이샷다"(이현보)
　　　"國家太平ᄒᆞ고 萱堂에 날이긴제 / 머리흰 判書아기 萬壽盃 드리ᄂᆞ고 / 每日이 오놀

보면 오나리류 시조의 내용을 인식했던 만큼 그 곡조인 만대엽 곡조도 수용했을 것으로 보인다.

이런 흐름 속에서 보면 사림파가 취했던 연장체 시조들은 보통 만대엽 선율로 불렸을 것으로 짐작된다. 16세기에 평조 만대엽이 사대부 사이에 성행했음은 이득윤(李得胤, 1553~1630)이 정두원(鄭斗源)과 주고받은 서신에 잘 드러난다. 김득윤 자신이 평조 만대엽은 성정을 감발하는 음악으로 높이 평가하고, 또한 「도산십이곡」을 사대부 음악의 전범으로 보면서 이를 의방한 「서계육가」·「옥화육가」를 창작하였다고 한다. 이것은 성정함양을 논리화한 사대부들의 시가장르가 만대엽이었을 가능성을 설명하는 데 충분한 증거가 된다고 볼 수 있다.

> 대저 금조에는 네 가지가 있으니 하나는 평조요, 둘은 낙시조요, 셋은 계면조요, 넷은 우조이니 四時에 참여하여 萬化를 찬탄하는 것이다. 그 평조 만대엽이란 것은 제반 곡조의 조종으로서 종용하여 閒遠하고 자연스러우며 평담한데 만약 삼매경에 든 사람으로 하여금 이것을 연주하게 하면 봄구름이 유유히 허공에 떠가는 듯하고 훈풍이 질펀하게 들판을 쓰는 듯하며 천 살 먹은 겉은 용이 뇌하에서 읊조리는 듯하고 반공에 뜬 생학이 소나무 사이에서 우는 듯하다. 그러므로 이른바 그 삿되고 더러운 마음을 씻어내고[蕩滌邪穢], 그 찌꺼기를 녹여내니[消融査滓] 황홀하게도 당우 삼대의 세상에 있는 듯 하였다. 이것은 난세 강국의 소리와 절대로 같지 않으니 오히려 지금 이것을 비교하여 같은지 내가 감히 알 수 있는 바가 아니다. …… 또 가로되 계미(선조 17년, 1583) 이후 만조가 크게 우행하여 이에 세상이 어지러워졌다고 하나 또한 그렇지 않은 것 같다. 근년에 숭상하는 것은 만대엽이 아니고 다른 모양의 곡조다. 느린 듯하나 느리지 않고 느린 가운데 음탕함이 있으며, 조화로운 듯하나 조화롭지 못하고 조화 가운데 애상이 있다. 오르락내리락 서로 빙빙 돌아 변풍의 태깔이 많으니 지금의 북전 빗가락이 이것이다. 식자들은 옥수 후정에 비하나, 알지 못하는 자들은 흔흔연히 즐겁게 말하기를, "지금의 음악이 옛날의 음악과 같지 아니한가?"라고 한다. 이런 자가 비록 "정성의 어지러움을 싫어하고 정음을 좋아한다"고 말한들 이미 그러하니 문득 또한 다른 설명이 있겠는가?[142]

구트면 셩이 무슴 가싀리 / 아마도 一髮秋毫 聖恩잇가 ᄒ노라"(盧禛 母夫人答歌)
142) 이득윤, 「答鄭下叔(斗源)」, 『西溪先生文集』. "夫琴調有四, 一平調, 二樂時, 三曰界

　　이득윤은 거문고로 '만대엽'을 즐겨 연주하였는데, 이에 대해 정두원이
난세의 음악이라는 평을 내리자 1583년 이후에 유행하는 만조와는 다른
곡조임을 설명하면서 만대엽의 성격을 기술한 것이다. 그는 평조 만대엽
이 탕척사예(蕩滌邪穢)하고 소융사재(消融渣滓)하여 성정을 감발하는 곡조
라고 설명한다. 따라서 정위의 음이 아니고 바른 음악임을 명백히 판정하
고 있다. 이득윤은 16세기 말에 만대엽이 변하면서 파생된 만조는 진정
만조가 아님을 말하여, 곡조가 변한 세태를 반영해 준다. 자신은 한원(閒
遠)하고 자연평담한 제곡(諸曲)의 조종(祖宗)인 만대엽을 탄주, 애호한다고
하여 일반과 변별되는 음악 취향을 강조하고 있다. 그는 옥계산(玉溪山)
중에 들어가 악을 배우고 거문고 악보를 만드는 데 힘썼다고 하는데, 이
때 「도산십이곡」의 뜻을 받들어 「서계육가(西溪六歌)」와 「옥화육가(玉華六
歌)」를 지어 한거취미(閑居趣味)를 지극하게 표현했다고 한다.[143] 이득윤은
이별(李鼈)의 후손으로 「육가」의 전승관계를 알고 있었을 것이다. 그가 만
대엽을 애호하며 이 곡조를 성정감발의 음악으로 상정했다면, 그가 모방
했던 「도산십이곡」이나 그 이전의 이별 「육가」를 실은 곡조가 무엇이었
을지 알 수 있다. 16세기 사림들이 성정함양의 음악으로 받아들인 곡조는
평조 만대엽이었고, 이것이 당대 사대부들의 시가 장르의 기호를 주도했
다고 하겠다.

　　16세기 사림들이 사대부 시가를 모색할 때 질탕함을 지닌 경기체가를

面, 四曰羽調, 而參四時贊萬化者也. 其平調慢大葉者, 諸曲之祖, 而從容閒遠, 自然
平淡, 故若使入三昧者彈之, 則油油乎若春雲之浮空, 浩浩乎若薰風之拂野, 又如千歲驪龍
吟於瀨下, 半空笙鶴唳於松間. 則所謂蕩滌其邪穢, 消融其查滓, 而悅在於唐虞三代之天矣.
此與亂世亡國之音, 絶不相似, 而今乃比而同之, 非吾之所敢知也. …… 又曰癸未以後慢調
大行, 仍致世亂者, 亦恐未然也. 近年所尙非慢大葉, 乃是別樣謂似慢而不慢, 慢中有泟, 似
和而不和, 和中有傷. 低仰回互多有變風之態, 今之北殿斜調是也. 識者以玉樹後庭爲比,
而不知者欣欣然, 唯曰不足今之樂, 猶古之樂乎. 若是者雖曰, 惡鄭聲之亂正音可也, 夫旣
然矣, 而抑又有說焉."

143) 李景奭, 「行狀」, 『西溪先生文集』 권4, 29면. "讀書之暇, 逍遙于溪上, 心得之樂, 發於歌
　　咏, 作爲西溪六歌, 又作玉華六歌, 合爲十二曲, 極言閒居趣味, 盖倣陶山十二曲之意也. 又
　　蓄儒琴常撫弄寄興, 淡然若無意於世, 而傷時憂國之誠. 則眷眷不已, 或至於扼腕而流涕矣."

배척하고 그 대안으로 제시한 악곡이 만대엽이고, 이 만대엽은 사림들이 추구하던 성정감발이라는 유교적 악론을 표현하기에 적합한 장르로서 인식되었다고 할 수 있다. 그리고 16세기 사림들이 시가장르의 변화를 주도하지는 않았더라도 적어도 선비가 들어야 할 음악 형태로서 만대엽을 선택했다는 점에서 이후에 작용할 영향력을 상상할 수 있다. 유교적 악론을 유념하는 사대부들이 노래를 짓고 향유할 때 그 장르 선택의 경향이 시조로 주도되었던 것은 바로 16세기 사림들이 던진 유교적 악론의 창작적 실천에 기인하는 것이라고 볼 수 있다. 사대부 장르로서 부상해가던 만대엽 선율을 받아들인 것이지만 보다 확실하게 시조의 내용과 형식으로서 특화되는 사대부 서정의 미적 범주를 만들어낸 것이라고 할 수 있다.

제 **4** 장

조선 전기 시가론의 의미

1. 조선 전기 시가론의 의미

앞에서 고려 말 이후 수용된 유교적(儒敎的) 악론(樂論)이 조선 전기의 음악문화적 현실에 개입되면서 국문시가론(國文詩歌論)으로 진행되기까지의 과정을 살펴보았다. 이 장에서는 국문시가론의 정립 구도를 바탕으로 시가론(詩歌論)이 던진 당대적 의미를 되새겨보고, 아울러 15세기와 16세기 시가문학의 동향을 통해 시가론(詩歌論)의 성과와 한계를 점검하고자 한다.

1) 시가론 정립 과정의 의미

(1) 공적(公的) 담론(談論)의 내면화

조선 전기 사회에서 유교적(儒敎的) 악론(樂論)이 진행되는 과정을 살펴본 결과, 우리가 단정할 수 있는 바는 공자로부터 송대(宋代) 성리학자들이 예술론으로서 내세운 유교적 악론이 조선조 음악의 미학(美學)으로 자리잡았다는 사실이다. 이전부터 향유했던 음악문화의 실체에 즉하여 음악론이나 시가론이 형성·발전된 예는 찾아보기 힘들고, 적어도 조선조 사대부들은 유교적 악론을 음악의 공적(公的) 담론(談論)으로서 인정하였다. 따라서 유교적 악론에 의거하여 음악의 바림직한 모습을 상정하고, 이를 절대적인 예술 미학으로서 공론화(公論化)하였다. 즉 자신들이 평소에 즐기는 음악 취향이나 기호와는 별개의 문제로서 유교적 악론이 범주화하는 담론을 음악적 이상(理想), 혹은 미학(美學)의 기준으로 삼게 되었다는 의미이다. 윤리와 도덕의 선(善)으로 예술의 형식미를 규범하고, 이를 통해 감정을 도야하여 통일된 이성의 궤도로 인도하는 유교적 악론1)은 조선조 음악의 공적 담론을 주도하는 원리가 되었다고 할 수 있다. 이 일은 음악이나 시가의 미학을 이론화하지 않고 음악을 일상적으로 향유하던 전례를 벗어나 비로소 조선조에 와서야 예술의 미적 담론이 설정되었다는 의의를 갖는다. 물론 이는 공자와 송대 성리학자들에게서 발전된 유교적 악론을 수용, 계승한 것이라는 측면에서 한계를 갖지만, 이를 절대적 기준으로 삼아 한 나라의 예술적 담론으로 발전시켜 적용하려고 한 시도는 특기할 만한 사실로 평가할 수 있다.

악론이나 시가론을 표명했던 사대부들은 음악 형식과 내용으로서의 시가(詩歌)에 이전까지는 보편화되지 않았던 위계(位階)를 설정하고 이를 공식화하게 된다. 그 결과 음악(音樂) 혹은 노래의 정도(正道)는 성정지정(性情之正)에서 나와서 탕척사예(蕩滌邪穢)·소융사재(消融渣滓)하여 인심을 선량하게 하고 성정을 다스리며, 나아가 이풍역속(移風易俗)하여 정치적 교화를 이루게 하는 데로 귀결되어야 하는 것이었다. 음악이 궁극적으로 치심(治心)과 치인(治人)에 이르는 길이라고 보았기 때문에 성정(性情)의 선(善)을

---

1) 柳肅 著, 洪熹 譯, 『禮의 정신－禮樂文化와 政治』, 동문선, 1995.

거스르는 음악은 적어도 공적(公的)으로는 인정받지 못하게 되었다. 조선 전기의 사대부들은 음악의 예술성을 도덕적이고 윤리적인 절대 선(善)으로 판정하고, 그것을 음악의 최고 지향점으로 평가하게 되었다. 바람직한 음악이 절대 선을 지향하는 방향에서 이루어지게 되므로, 심지(心志)나 이목(耳目)을 기쁘게 하고 방탕하게 만드는 음악은 보다 낮고, 경계해야 할 위치에 놓이게 된다. 따라서 정위(鄭衛)의 소리나 상간복상과 같은 음란(淫亂)·방탕(放蕩)한 음악은 난세(亂世)의 음(音)이요, 망국(亡國)의 음(音)으로서 성정을 흐리며 풍속을 어지럽힌다는 논리로 부정적 비판을 받게 되는 것이다. 유교적 음악 미학의 공식화에 의해 본연의 성정에 가까운 음악과 정감을 분출하는 음악 사이의 예술적 위계화(位階化)가 분명해지게 된 것이다. 조선 전기의 사대부들이 적어도 이러한 예술적 위계를 공적 담론으로 인지하면서 미학상의 기준을 만들어간 사실은 역사상 획기적인 일이라고 할 수 있다.

주지하였듯이 조선조 사회에서 유교적 악론이 공적 담론으로 자리잡은 데는 정치적 효용이 큰 몫을 담당하였던 것임을 빠뜨릴 수 없다. 조선조에 성리학이 국시(國是)로 작용하면서 예악론은 정치·사회·문화 전반의 방향을 결정하는 하나의 척도가 되었다. 전대에도 왕실 예악은 국가의 정치와 위용을 판가름하고 과시하는 것으로서 중시되었지만, 성리학이 중심사상으로 떠올랐던 조선조에는 예악이 국가나 개인을 다스리는 논리로 부상하게 된다. 따라서 전례에는 없었던 악(樂)에 대한 자각과 그 논리화가 활발히 전개되었던 것이다. 음악은 의식하지 않는 영역에서 생활화되었던 문화였는데, 치세(治世)는 예악으로부터 시작되어야 한다는 유교적 논리가 사회적 공명을 얻으면서 음악에 대한 새로운 자각이 일어났던 것이다. 시가무(詩歌舞)의 총체로서의 악(樂)이든, 시가(詩歌)이든 이들이 도달해야 하는 이상은 유교적 악론에 두게 되었다. 즉 시가의 전범은 유교적 악론이 내포한 세계에서 한 치도 벗어나지 않았다. 노래가 궁극적으로 무엇이며, 그 궁극적 효용성이 무엇인가를 언급할 때, 단 하나의 논리로 종합된다.

지향하는 시가의 이상은 바로 유교적 악론에 있었다고 할 수 있다.

그런데 우리가 상기할 바는 조선 전기에 유교적 악론이 정치적 논리에 의해 공적 담론으로 자리잡으면서 음악 미학의 절대적인 기준이 되었지만, 이것이 예술의 당위적 실천과 직결된 것은 아니었다는 점이다. 미학 이론과 예술적 실천 사이의 간극에 대해 주지하고 있는 것처럼, 유교적 악론은 이념적 차원에서 수용되면서 어느 정도의 당위성은 함의하였지만 이를 음악적 실천으로 전면화하지는 못했다. 즉 유교적 악론이 사회적으로 음악의 예술성을 평가할 때 유념해야 하는 미적 기준이고, 지향해 나아갈 예술적 전범이었지만, 예술적 실천을 강제한 것은 아니었다는 점이다. 왕조의 차원에서 이념적으로 수용한 담론이었기에 상당히 권위적이고 강제적인 원칙처럼 인식되어 이론화와 현실적 실천이 직결된 것으로 보았는데, 공적 담론으로서 인지되었던 사실과 그것의 내면화는 상당히 다른 것임을 알 수 있다. 16세기 사림의 시가론이 형성된 것은 이와 같은 공적 담론의 이상과 현실의 괴리를 극복하기 위해서였다.

앞 장에서 보았듯이 유교적 악론이 공적 담론으로 사회적 합의를 이루었다 하더라도 그 단계별로 강조하는 관점과 적용의 기준이 달랐다. 즉 15세기에서 16세기로 시가론이 전개되면서 유교적 악론은 치세적(治世的)인 논리를 앞세우던 단계로부터 수기적(修己的)인 논리를 강조하는 단계로 진행되었다. 위에서도 검토하였듯이 유교적 악론은 크게 대사회적인 관점에서 정치적 상황을 판가름하는 치국(治國)의 상징으로 음악을 보기도 하고, 개인적 관점에서 성정(性情)을 길러 도덕적·윤리적 선을 고무하게 하는 기능을 갖는 것으로 음악을 보기도 한다. 권근이 『예기』「악기」를 주해(註解)하면서 여기에 담긴 악론의 관점을 치인(治人)과 치기(治己)로 구별하였는데,[2] 악론 자체가 이미 유교적 철학논리를 악(樂)에 빌어 표현한 것이고 악이 유교사상의 근간으로 취급되었기에 수신(修身)으로부터 치국

---

2) 권근, 「樂記」 하, 『예기천견록』(한국정신문화연구원 철학·종교연구실 편), 1995, 399면.

(治國)을 관통하는 유교사상의 통합 논리가 그대로 버어 있는 것은 당연하다고 할 수 있다. 거듭 강조하지만 풍속을 교화하고 인심을 안정시켜 정치의 안정을 이루는 일로부터 개인의 성정을 선한 기질로 인도하는 일에 이르기까지를 모두 포괄하는 것이 유교적 음악 논티이다. 그러나 조선 전기가 예악의 정치화와 사회화를 포부로 삼아 유교적 지치(至治)를 실현하는 일에 목표를 두었더라도, 이를 진행하는 사대부들이 예악에 거는 기대치와 현실적 정황이 악론의 범주와 수용의 정도를 좌우했으므로, 악론의 전영역을 포용하는 실천 논리는 이루어지기 힘든 것이었다.

건국 초기에 예악론을 기치로 세운 것은 정치적 논리에 의해서였다. 새 왕조를 세우면서 다스림의 기초로 내세운 것이 예악이었으니, 악론의 방향은 치세를 반영하는 논리로 부각되었다고 할 수 있다. 치세적 악론에 의하면 한 나라의 음악에는 정치의 성쇠가 반영되고, 정치가 잘 다스려진 나라는 그 음악이 바르다고 하여 정치로 음악을 가늠하는 동시에 음악으로 정치의 정사(正邪)를 가늠하게 되는 것이다. 따라서 건국의 정당성을 대외에 알리고 민심을 안정시켜야 되는 시점에서 사대부들은 치세를 반영하는 악론을 통해 국가의 음악을 바로 세워야 했다. 치세적 악론에 의하면 왕조의 핵인 왕과 왕실의 음악은 그 나타 정치의 현재를 보여주는 것이므로, 건국 직후 국가의 기틀을 확립해 가는 15세기에 중심이 될 수밖에 없는 것이었다.

건국의 정당성을 대외에 알리고 민심을 안정시키는 하나의 상징이자 실체로서 치세적 악론이 국가의 음악을 정비하는 원리로서 작용하였다고 할 수 있다. 따라서 그 음악정비의 방향이 궁중의 의례를 중심으로 이루어졌던 것이다. 그것도 유교적 악론이 제시하는 바의 바른 음악은 왕이 임어(臨御)하는 궁중의 공적(公的)인 의례에만 적용되는 원칙으로 작용하여 그 한정적 기능을 보여주었다. 즉 유교적 악론이 그 당위로써 활용되는 영역은 왕과 왕실에 한정되었다는 것이다. 치세적 악론에 입각하면 성인이 음악을 만드는 것이고, 그런 음악의 교화는 당연히 아래로 내려가므로 위에서 악이 정비되어야 하는 것이다. 따라서 치세의 실체를 시급하게 보여줄 영역은 왕과 왕실의 음악이 되므로, 유교적 악론의 원칙은 대외적으로 위용을 알리고 치세의 주체인 군신이 화합하는 공식적인 의례에서 먼저 실현되었던 것이다. 이런 논리에는 궁중의례의 음악은 곧 나라의 음악이고, 그리고 성인의 음악인데, 그 내용은 성정의 정(正)을 담은 아송적 음악이므로 군신을 화합하게 할 뿐만 아니라 향당으로 퍼져 교화를 이루게 되리라는 믿음이 전제되어 있었다고 할 수 있다.

15세기 사대부들은 위가 바로 되어야 교화가 아래로 내려가는 것이라는 치세적 악론을 실현하기 위해 궁중악의 정비와 개혁에 힘을 쏟았다. 그런데 원칙상 치세적 악론이 겨냥하는 당위는 상하(上下) 교화(敎化)였지만, 실제로 적용되는 과정을 보면 15세기 사대부들은 예악적 이상 실현이 궁중에서 이루어지는 것이라고 생각하는 경향을 강하게 갖고 있었다. 사대부 자신이 유교적 악론을 당위로 받아들인 것이 아니라 제도로서 받아들이거나 이상으로 받아들이는 단계였기 때문에 치세적 악론이 함의하는 실제도 정치를 반영하는 것이 음악이므로, 제도로서의 음악에서 유교적 예악의 이상을 실현하면 된다는 지극히 한정적인 개념이었다고 할 수 있다. 궁중악 정비의 범위가 주로 공식의례에서만 문제되거나, 이것조차 그 실현상 논란의 불씨를 늘 안고 있었다는 점에서 치세적 악론은 대사회적인 당위가 될 수는 없었다. 그런 까닭에 사대부들이 개별적으로 제시한 유교적 악론이 수기적(修己的) 관점에 서는 것이었음에도 불구하고 실제 자신이 향유하는 음악을 반사하는 잣대로서보다는 음악이 지닌 별개의 지향점으로 받아들이고 있었던 것이다. 즉 일상에 속하는 음악과 정치적이거나 이상적 논리로 받아들이는 음악은 서로를 배척했던 것이 아니라 별개 영역이라는 잠재적 인식 속에서 상호 공존하는 단계였던 것이다. 물론 이 과정에서 성리학을 내면화했던 사대부들은 일상으로 즐기는 음악과 이상적 음악을 별개로 여기지 않고 유교적 악론의 잣대로 일상적인 영역의 음악까지 재단하는 경우가 생겨나기도 했다. 그러나 이는 15세기 후반에 등장한 아주 작은 움직임이었다.

중국 유학자들이 개인으로부터 국가를 모두 아우르는 음악의 가치를 말하고 그것을 당위로 받아들였던 것에 비하여 15세기 조선의 사대부들은 치세적 악론을 수용하고 논리화하는 전적인 이유가 궁중악 정비와 국가 기틀 확립에 있었다. 더구나 그 당위적이고 원칙적 적용은 궁중의례에서 확인할 뿐이었다는 점이다. 또한 개별적으로 유교적 악론을 수용하는 사대부들도 그것을 도달해야 할 이상으로 여겼지, 생활의 원칙이나 당위로 여기고 있지 않았다. 그러므로 유교적 악론은 정치적 논리에 의해 당위가 된 것이지 생활에 침윤된 규범은 아니었다. 이 때문에 외적으로 궁중악은 정비된 듯이 보이나 절대적 필요를 요하는 종묘제향악과 악장 제작의 경우를 제외하고는 그 원칙을 재확인하는 작업만 거듭하다가 명실상부한 실현을 보지 못하였다. 결국 이런 음악은 아래로 내려가 풍속을 변화시키는 촉매가 될 수는 없었다. 15세기는 왕이나 사대부 자신이 음악과 관련된 풍속 개선의 의지가 전혀 없었기 때문에 궁중악의 정화에도 실패하고 말았던 것이다.

이렇게 왕과 사대부에게 유교적 악론은 일반화된 인식 체계였으되 그것이 자신을 제어하는 당위로서 작용하지 않았기에 음악문화의 구습(舊習)은 궁중에서 변하기 어려웠고 논란만 낳게 된 것이다. 더구나 사대부 자신이 이원적 음악관의 잣대를 가지고 있었기에 유교적 악론의 저변화나 내면화는 실현 불가능한 일이었다. 이런 한계를 확인시켜 준 역사적 계기가 바로 연산조에 드러난 예악의 문란이었다. 조정에서 악(樂)의 정치적 교화와 악의 정화를 끊임없이 논의했으나 결국 실현되지 못하고 폐단으로 치닫게 된 배경은 왕과 사대부 자신이 성정을 기르는 음악을 익히지 않아서이다. 결국 유교적 악론은 사대부 자신의 음악이 더 나아가서는 일반의 음악이 정화되지 않고는 풍속교화를 이룰 수 없다고 보는 수기적 악론을 강화하는 방향에서 진행된다. 따라서 사대부는 혹은 일반의 사람들은 성정을 흩뜨리는 음악을 향유하면 안되고 마음을 씻어 내리는 성정

(性情)의 정(正)에 입각한 음악을 들어야 한다는 논리를 펼치게 되어 음악
의 수기적 측면을 철저히 자각하게 되었던 것이다. 「악기」에서 인식했던
바의 치심(治心)의 음악이 실현되어야 한다고 보고, 사대부 및 일반민의
구습을 혁거하는 방향에서 윤리·도덕적인 선(善)으로 상하를 교화하는
명실상부한 유교적 악론의 실천 논리가 부상하였다.

> 이런 까닭에 군자는 情을 되돌려 그 뜻을 화평하게 하고 유를 비교함으로써 그
> 행동을 이룬다. 간사한 소리와 어지러운 색은 총명에 머무르지 못하게 하고, 음란
> 한 악과 사특한 예는 心術에 닿지 않게 한다. 나태하고 게으르고 사특하고 편벽된
> 기운이 신체에 베풀지 못하게 하여 耳目口鼻心知百體로 하여금 모두 順正에 말미
> 암아 그 의를 행하도록 한다[是故君子反情以和其志, 比類以成其行, 姦聲亂色, 不留
> 聰明, 淫樂慝禮, 不接心術, 惰慢邪辟之氣, 不設於身體, 使耳目口鼻心知百體, 皆由順
> 正以行其義].3)

위의 「악기」에서 제시한 것처럼 일체의 음란한 음악을 이목이나 심술에
닿지 않게 함으로써 성정의 정(正)을 회복하면 당연히 이풍화속(移風化俗)을
저절로 이루게 된다고 하여, 치세 이전에 수기의 음악이 먼저 이루어져야
함을 일깨우게 된 것이다. 따라서 정(情)을 지향하는 음악을 경계하고 성정
의 본래에서 나온 음악을 가르쳐야 한다는 악교(樂敎)의 필요성이 대두하
게 된다. 이를 제안했던 기묘사림들은 음악의 정화로서 치세와 수기의 관
점을 동시에 진행시키면서 명실상부한 교화의 작용을 기대했으나, 훈구세
력에 의해 현실정치에서 철퇴를 맞으면서, 유교적 악론은 사림의 개인적
인 수기의 실천작업으로 이행되었다.

16세기 사림들은 현실정치에서의 득세(得勢)보다는 선비들이 성리학적
세계를 내면화하는 일이 그 어느 때보다 중요하다고 생각하게 된다. 결국
선비에게 수기를 이루고 도의(道義)를 공부하는 단계로 가기 위한 일상의
다스림이 중시되면서 성정을 기르는 음악의 향유는 하나의 규범이나 당

---

3) 여기현, 『중국고대학론』, 태학사, 1995.

위로 작용하게 된 것이다. 즉 수기적 악론이 논리화되어 풍속의 개선에 직접적 효력을 발휘하게 하는 대상으로 공부하는 선비들을 상정함으로써, 성정함양의 악론은 더욱 부각되게 되었다. 근본적인 풍속 변화의 방법은 공부하는 선비들에게 성정을 기르는 음악을 익혀 기질을 변화시키는 것이었다. 이렇게 근본적으로 기질이 변해야 성정을 흩뜨리는 음악을 멀리하게 되고, 그런 기질이 전체를 유도하여 풍속이 교화될 수 있다고 본 것이다. 15세기 사대부는 수기적 악론의 이상을 인식은 하였지만 생활의 규범이나 실천적 당위로서 생각하지 못했고, 16세기 사림에 이르러 수기적 악론이 강조되고 생활의 원칙으로서 실현되었던 것이다. 악론을 수기적으로 실행하려는 움직임 속에 시가론이 본격적으로 등장하게 된 것이다.

16세기 사림의 시가론이 문학사적으로 그 의미를 갖는 지점은 바로 여기서 출발한다. 곧 유교적 악론의 미학적 담론과 예술적 실천 사이의 간극을 없애고, 공적 담론을 내면화하려는 시도가 바로 시가론의 형성에 있었다는 점이다. 사림의 시가론은 공적 담론의 내면화된 개인적 발화이며, 미학 이론의 예술적 실천을 상징하는 것이었다는 점에서 그 의의를 찾을 수 있다. 16세기라는 한 역사적 시기에 공적 담론을 내면화하여, 이를 적극적이고 당위적으로 실천하려했던 사림파의 움직임은 일상적 문화행위로서의 시가문학을 그 어느 때보다 진지하게 받아들이게 되는 계기가 되었다고 할 수 있다.

(2) 국문시가의 문학적 위상 확립

조선 전기 음악을 거론하는 사대부들은 주로 가무악(歌舞樂)을 종합하는 악(樂)의 작용을 말하였다. 유교사상은 악에서 성정(性情)의 철학적인 면을 이야기하였고, 음악이 그 성정을 양성하는 가장 좋은 효력을 가진 것으로 보았다. 음악이 바로 인심(人心)에서 나오는 것이었기에 심(心)을 화두로 삼아 철학적 논변을 했던 유학자들에게 악(樂)이 일으키는 성정감발의 작용은 중요한 것이었다고 할 수 있다. 따라서 음악은 성인군자로부터 소인에 이르기까지 떼려해도 뗄 수 없는 필연성을 지닌다. 음악에서 얻는 오락 차원의 필연성이라기보다는 심(心)의 작용 때문에 일어나는 음악의 본질에서 오는 필연성이라고 할 수 있다. 그러므로 유학자들은 음악의 필연성에 대한 인식과 함께 그 작용을 말하게 된 것이라고 할 수 있다.

15세기까지는 가무악을 총괄하는 악으로써 유교적 악론의 실현을 진행해갔다. 아악을 복원하고 송축가요를 제작하고 악기를 제작하고 무용의 절차를 따지고 여악을 폐지하고 음사(淫辭)를 혁거하는 일 등은 이런 종합적인 악론의 이상 때문이었다. 악을 말할 때 가무악(歌舞樂)이 일으키는 공효를 함께 거론했던 것이다. 15세기 사대부들이 거문고 음악과 시가를 한 자리에 놓고 중화(中和)의 덕(德)과 양성정(養性情)을 말하거나 범박하게 악론으로 개괄했던 것은 가무악의 종합 작용으로 악(樂)을 인식했기 때문이라고 할 수 있다.

그런데 유교적 악론의 이상은 중국 고악(古樂)이니, 중국의 금악(今樂)이나 우리의 금악(今樂)에서는 이미 무너진 것이다. 궁중악론에서는 그 고악(古樂)의 이상성을 회복하고자 아악이나 시악(詩樂), 시경체 4언시를 재현하려고 무던히 애썼다. 즉 가무악의 모든 부면을 총체적으로 고악의 정신에 맞추려고 힘썼다. 그러나 우리의 음악이 향악이고 우리의 귀에 향악이 익숙하므로 사언시(四言詩)나 한문악장이라 하더라도 향악에 올릴 수밖에 없었다. 그러나 이런 악장은 궁중의 군신연에 한정적으로 사용되었고, 관리들조차 그 뜻을 이해하기 힘들었던 것이다. 즉 고악을 재현한다는 것이 시대에 맞지 않고, 미감에도 맞지 않는 것이었다. 그러니 고악을 회복하려는 의지는 궁중에서도 실현되기 힘든 이상이었다. 유교적 악론의 이상을 가장 충실히 재현하려고 했던 궁중의 가무악에서도 고악(古樂)의 원칙을 복원하기는 힘들었던 것이다. 따라서 가사의 내용이나 고시(古詩) 형태로써 아송(雅頌)을 재현하려고 노력했던 것이다. 음악 정화의 가장 쉬운 방법은 가사(歌辭)를 고시에 가까운 전아(典雅)함으로 다듬는 일이었다고 할 수 있다.

이때에 향악에 올리는 노래의 가사는 꼭 국문(國文)이어야 한다는 당위
는 없었다. 왜냐하면 노래가사를 지어 올리는 신하들이 한문에 익숙한 문
사들이었고, 이들은 국문노래의 필요성을 굳이 염두에 두지 않았기 때문
이다. 물론 세종조에 한글이 창제되고 국문의 「용비어천가」를 제작했던
것은 국문(國文)에 대한 자의식에서 비롯된 것이지만, 왜 노래는 국문이어
야 하는가에 대한 자각에 이른 단계는 아니었다그 할 수 있다. 또한 15세
기 사대부들은 자신들이 즐기는 음악에서 유교적 악론의 이상을 찾을 때,
속악을 개선하거나 고악을 회복하려는 차원으로 나아가기보다는 거문고
음악 연주의 최고 경지에 도달하려고 했기 때둔에 시가로 좁혀서 그 문
제의식을 보여주는 일은 드물었다. 거문고 연주를 하거나 연석(宴席)에서
노래를 부르는 일이 일반적인 것이어서 시가를 통한 정서 정화에 대해
언급하기도 하지만 국문시가가 왜 필요한가로 발전하는 경우는 없었다.
사대부 놀이문화의 하나로 노래를 인식하고는 있었지만, 시(詩)를 짓는 행
위처럼 노래의 가사를 고심하지는 않았다고 할 수 있다. 국문시가를 의식
하는 단계는 수기적인 악론이 강조되던 16세기를 즈음해서였다.

악론에 의거해서도 궁중이 정화되지 않았고, 그 악론의 원칙이 일반에
미치는 효과도 강력하지 않았으므로 결국 양성정(養性情)을 강조하는 수기
적 악론에 귀결되면서 사대부의 일상에 놓인 음악이 중심 부면에 떠오르
게 되었다. 유가적 악론에서 악(樂)은 여가(餘暇) 중에 본심을 보존하는 방
법의 하나였다. 유자들은 귀로 악을 듣고 눈으로 예의를 익숙하게 하여
조존(操存)했던 것이다.4) 풍속이 흐트러지는 이유가 바로 이런 일상의 예

---

4) 朱熹·呂祖謙, 「存養篇」, 『近思錄』 제4권(정영호 편역), 자유문고, 1991, 146~147면.
"이약이 명도에게 묻기를 '언제나 일이 있을 때마다 조존의 뜻을 생각해 내어 마음을
경계하는데, 일이 없을 때에는 어떻게 본심을 잃지 않고 잘 보존하는 것을 익힐 수 있겠
습니까?' 하니 선생이 대답하였다. '옛 사람들은 귀는 음악으로 눈은 예의로 익숙하게
하여 좌우기거에 소홀하지 않았다. 반우궤장에 명계를 새겨 움직이거나 쉴 때도 다 기
름이 있게 하였다'[李籲問, 每常遇事, 卽能知操存之意, 無事時如何存養得熟, 曰, 古

악을 다스리지 않기 때문이라는 점에 대해 16세기 사대부들은 공명했다. 그러므로 선비들이 늘상 접하는 일상으로서의 예악을 시급히 다스려, 이 작용이 풍속교화로 이어지기를 바랐던 것이다. 중종대의 기묘사림으로부터 16세기 중반 사림들의 인식은 바로 송대 성리학자들이 문제시한 일상적 예악의 다스림을 염두에 두었던 것이다.

중국의 고악(古樂), 단적으로 말하면 시악(詩樂)은 일반 사람들이 생활에서 가깝게 접하는 것이므로 가무악이 종합적으로 펼쳐지는 고악(古樂)의 정신은 사람들의 성정을 다스려 기질을 변화, 고무시킬 수 있었다. 그러나 금악(今樂)은 고악(古樂)의 이상과는 너무 멀어져 사람들을 방탕하게 만드는 주범이 되었다. 이것은 중국 성리학자나 16세기 사림들이 자기 당대의 음악을 보았던 공통된 시각이다. 따라서 사림들은 일반민이든 사대부든 모두 금악에 빠져 즐거워하는 현상을 비판하고 이를 고악의 정신성으로 되돌리려는 자각을 하게 된 것이다. 16세기 사림이 수기적 악론의 실천을 중시한 데는 송대 성리학자들이 금악을 보았던 시각에서 영향받은 부분이 많았다고 할 수 있다. 이런 인식의 기저에는 시경시와 같은 고악이 이제 더 이상 연행되지 않으며, 동시에 시경시의 내용을 해득할 수 있는 사람이 드물다는 역사적 정황이 깔려 있다. 중국 성리학자들은 고악과 금악이 다르고, 금악에서 고악의 이상이 재현되기는 어렵다는 시대적 변화를 절감하고 있었다. 따라서 시경이 갖춘 시가무악(詩歌舞樂)이라는 종합적 악의 기능이 지금의 일반 사람들에게는 가곡(歌曲)과 같은 것이라는 생각으로 귀결했던 것이다.

> (이천 선생은) 옛 사람들이 시를 읊어 감흥을 일으키고 예에 따르는 행동을 하고 음악을 들어 성품을 기른 것을 지금 사람들이 어떻게 할 수 있는가. 옛날 사람들에게 있어서 시는 지금 사람들의 歌曲 일반과 같은 것이다. 비록 마을의 어린아이라

之人, 耳之於樂, 目之於禮, 左右起居, 盤盂几杖, 有銘有戒, 動息皆有所養, 今皆廢此, 獨有理義之養心耳, 但存此涵養意, 久則自熟矣, 敬以直內, 是涵養意]."

도 다 듣고 익숙해져 그 말의 뜻을 알고 있으므로 능히 시를 읊으면 흥이 일어날
수 있었던 것이다. 후세에는 늙은 스승이나 선비들도 오히려 그 뜻을 이해할 수 없
으니 어찌 배우는 사람을 책망할 수 있겠는가. 이런 것 때문에 시를 읊어도 감흥을
얻을 수 없는 것이다. …… 옛날 사람들은 노래를 불러 그의 성정을 길렀으며 음악
은 이목을 즐겁게 하여 정서를 기르고 무용으로써 그 혈맥을 기를 수 있었다. 이제
는 그것들이 없어졌으니 음악으로 성품을 기름을 얻을 수 없다. 옛날에는 재주를
이루기가 쉬웠는데 이제는 재주를 이루기가 어렵다.5)

송대 성리학자 정이천은 고악의 이상을 알지 못하고, 『시경(詩經)』의 내
용조차 선비든 일반인이든 이해하지 못하는 실태를 비난하면서, 악으로
성품을 기르지 못하니 선비가 재주를 기르지 못하게 된 것이라고 진단했
다. 정이천은 지금 사람에게는 금악인 가곡(歌曲)이 바로 고악인 시악(詩樂)
과 같은 성격이라고 하여 음악의 변화를 지적해주고 있다. 정이천의 발언
은 금악이 성품을 기르게 하는 고악과는 그 성격상 완전히 달라졌다는 점
에서 선비의 음악을 고심하고 고악의 정신성을 회복해야 한다는 문제 해
결의 귀착지를 보여준 것이라고 할 수 있다.

16세기 사림들이 일반의 음악을 문제삼을 때 바로 이와 같은 관점에 있
었다. 풍속이 교화되지 않는 것은 일상으로 가까이 하는 음악이 정화되지
않아서이니 여항에서 즐기는 음악을 혁거해야 하는 것이다. 고악의 정신
성을 회복하고자 노력했지만 현실적 미감에는 맞지 않는 거리감에 의해
실현되기 어려웠으므로, 이제 일반의 음악을 정화하고, 선비 자신의 음악
취향을 유교적 악론에 부합하는 방향으로 바꾸어야 했던 것이다. 결국 고
악의 정신성을 회복하기 위해서는 현실의 음악인 속악(俗樂)이 문제시되었
던 것이다. 즉 정이천이 말한 가곡은 바로 우리에게는 속악이었다. 속악을

---

5) "且古者興於詩, 立於禮, 成於樂, 如今人怎生會得. 古人於詩, 如今人歌曲一般. 雖
閭巷童稚, 皆習聞其說, 而曉其義, 故能興起於詩. 後世老師宿儒, 尙不能曉其義, 怎
生責得, 學者, 是不得興於詩也. …… 古人有歌詠以養其性情, 聲音以養其耳目, 舞蹈
而養其血脈. 今皆無之, 是不得成於樂也, 古之成材也易, 今之成材也難."
　朱熹·呂祖謙, 정영호 편역, 「敎學類」, 『近思錄』 제11권, 자유문고, 1991, 348~349면.

개혁해야 한다고 본 것이다. 감화 작용의 효력을 구체적으로 생각하게 되고 그 문제로서 시가의 언어와 내용이 거론된 것이다. 일반 음악의 정화를 문제시하면서 속악이 문제가 되고, 그 내용이 문제가 되면서 우리의 음악인 국문시가가 문제가 된 것이다.

고려 말부터 사대부들은 성리학적 문학관을 의식하였고, 그 결과 시의 본지를 『시경』 시에 두게 되었다. 또한 성정함양을 거론할 때 시로서 이야기하면서 『시경』 3백 편의 유지를 시에 담아내야 한다고 인식했다. 15세기까지 사대부들은 시에서의 성정을 중시하면서도 시가에서 그것을 표현해야 한다고는 생각하지 못했다. 중국에서는 이미 시경 이후 시와 가(歌)가 분리되었기 때문에 시경을 잇는 자리는 시였다. 사대부 자신이 한시(漢詩)와 시가(詩歌) 사이에 격차를 두었고, 그 역할이 다르다고 생각했기 때문에 시경시의 의취에 도달해야 하는 예술은 한시였던 것이다. 궁중에서는 고악을 회복하고자하는 의지 때문에 시경시의 정신을 음악에서 성취하려고 했으나, 일반 사대부들은 속악을 향유하는 일이 적어도 유교적 이념의 문제와는 별개의 영역에 속하는 것이라고 생각했기 때문에 속악의 수준을 심각하게 고려하지 않았던 것이다. 대신 한시에서 고시(古詩)의 수준을 이루고, 성정의 정(正)을 표현하려고 했던 것이다.

그러나 일상에서 사람들이 늘 가까이하는 것이 속악이고 그 속악은 대부분 풍속을 문란케 하는 원천이라는 사실을 자각하면서부터 사대부들은 일상에서 불리는 속악을 다스리는 일에 주목하게 되었다. 문제는 그 속악이 바로 우리말로 된 우리의 음악이라는 점이다. 시가는 그 어느 것보다 성정감발의 효과가 직접적이며 뛰어나고, 시와 시가가 사람들에게 주는 감발이 다른 것이라고 느꼈기 때문에 악에서 시가로 문제를 구체화시키게 된 것이다. 고악의 정신성이 현실에서 복원되는 일은 가무악이라는 총체성 속에서 이루어지기 어렵고, 그것의 직접적 효과를 보여주는 방법은 시가의 가사(歌辭) 수준을 고시(古詩)의 차원으로 올리는 것이었다. 그런데 한시는 노래부르기에는 적당치 않고, 일반 사람들은 한문으로 된 고시를 쉽게 해득하지 못하므로 감흥을 쉽게 줄 수 있는 우리의 음악으로 성정 감발이 이루어져야 한다고 그 해결방식을 찾게 된 것이다. 우리의 음악에는 우리말 음절이 올라야 한다는 생각에 도달하면서 노래의 국문가사(國文歌辭)를 주시하게 되었다.

따라서 고려 말부터 15세기까지『시경』3백 편의 유지를 한시의 본지로 생각하여 한시의 성정미학을 고심해오다가 16세기에는 시와 가 양편에서 공히 성정미학의 수준을 요구하게 된 것이다. 15세기에도 노래가 성정함양을 위한 것이라고 하였지만 노래의 창작과 실천에까지 가지 못한 것은 일상의 노래를 심각하게 생각하지 못했기 때문이다. 이제 16세기에는 사습을 문란하게 하는 것이 바로 음악인 점에 주목하고 범박한 악의 차원에서보다는 우리말 시가에서 그것을 이루려고 했다. 노래는 일상성과 오락성의 영역이므로 시와는 차원이 다르다고 느꼈기에 시에서만 성정함양과 시경의 본지를 말한 것이고, 16세기에 오면 도의를 추구하는 선비가 먼저 다스려야 할 일이 일상이고 일상을 흩뜨리는 주범이 바로 시가이며, 그것도 국문시가라는 점을 깨닫게 되면서 악론의 모색이 국문시가론으로 구체화되었던 것이다. 더구나 사대부가 시와 마찬가지로 음악과 노래를 빈번하고 긴밀하게 생활화하고 있다는 점에서 국문시가의 내용을 시의 수준으로 올릴 필요를 느낀 것이다. 음악은 일상적 영역에서 필수불가결한 관계를 맺으므로 성정감발에 직접적 효과를 발휘한다고 깨닫게 되면서, 당대 일반이 즐기는 국문시가를 의식하는 단계로 나아가게 되었다고 할 수 있다.

우리나라 사람이 쉽게 이해하고 감흥할 수 있는 것은 우리말 노래라는 점을 인식하고, 우리말 노래가 변해야 그 성정순화의 효과가 이루어진다고 보았던 것이다. 무(舞)나 선율(旋律)로서의 악도 성정감발에 미치는 효과가 크지만 정신을 바르게 하는 핵심은 노래의 내용이기 때문에 조선조 사대부들이 즐기는 국문시가의 가사를 고문(古文)의 수준으로 높이는 일에 관심을 갖게 되었다. 유교적 악론의 철저한 내면화로 인해 시가에 부여하는 의미가 달라졌기 때문에 국문가사에서 온유돈후(溫柔敦厚)나 우유충후(優柔沖厚)와 같은 시경의 미학이 요구되었던 것이다. 악론에서 문제해결의 원천을 탐색하다가 결국 우리말로 된 우리 노래의 질을 성리학적 예술관에 가깝게 높여야 된다는 단계로 그 문제의식이 구체화되었던 것이다. 정이천은 금악으로서의 가곡을 거론하면서도 가곡을 통한 고악의 회복을 의식하지 않았는데, 16세기 사림들은 이를 수용하여 우리 현실에 맞는 국문시가 개선에 대한 의지로 발전했다고 할 수 있다. 이를 계기로 사대부 시가는 시문학적 위상과 역할을 획득하여, 사대부들에게 시여(詩餘)로서 시와 병칭되는 문학예술 장르로 취급된 것이다.

국문시가 자체의 발전 경로를 통해 그 예술 미학을 탐색하다가 문학적 위상을 획득한 것이 아니라, 유교적 악론을 실행하고 그 음악적 효과를 얻기 위한 방편으로 국문 시가의 문학적 탐색을 비로소 진지하게 시작하였던 것이다. 따라서 방치되었던 국문시가를 재고하게 되는 계기를 만들었다는 측면에서 그 의의를 높이 살 일이지만, 시가론의 미적 담론을 거스르는 시가는 사대부의 예술문학으로서 그 가치가 폄하되는 또 다른 미적 편협성을 낳는 결과를 동시에 가져다주었다는 점도 간과해서는 안된다.

2) 시가론의 문학적 성과와 한계

조선 전기에는 유교적 악론이 수용되어 사대부 시가의 공효로 정립되는 과정에 있었다. 그러나 앞에서도 언급했지만 공효로 인정하는 것과 생활의 당위나 원칙으로 받아들이는 것은 사실 개인에 따라 혹은 시기적 흐름에 따라 별개의 문제였다고 할 수 있다. 즉 유교적 악론을 국가의 이념으로 수립하였으되 한 번에 저변화되거나 내면화되는 것도 아니었고, 모든 사대부들이 생활의 당위로 절감했던 것도 아니었다는 점이다. 따라서 유교적 악론은 조선조 사대부 사회에서 주요한 담론이었으나 모든 일상 영역의 음악을 인도하는 규범으로써 그 역할을 수행한 것은 아니었다. 미학 이론은 미적 기호나 취향과는 별개의 자리에 놓이는 것이기 때문이다.

음악을 향유하는 사대부들은 시가 연행에서 유교적 악론의 이상을 지향하되, 자신이 즐기는 음악은 다른 영역으로 생각하는 경향이 강했기 때문이다. 유교적 악론이 수용되기 이전에 존재했던 음악에 대한 암묵적이고 현실적인 인식이 일거에 배척되거나 사라진 것이 아니라 음악향유의 다른 차원으로서 존속되었다고 할 수 있다. 현실적 음악관은 유교적 악론의 위상에 따라 혹은 내면적 실천에 의해 그 입지가 결정되었지만 드러내지 않는 잠재적 저변에서 존속했었다고 할 수 있다. 15세기는 치세적 악론이 주도하고, 향유의식에서는 이원적 음악관을 드러내고 있었기 때문에 궁중악 의례의 음악이 아니라면 그 실제 연행은 자유로운 상황이었다. 16세기는 수기적 악론을 원칙으로 삼아 일반의 속악을 비판하고, 시가에서 그 이상을 실현하려고 노력했기 때문에 사대부 시가의 파장은 상당했으리라 생각된다. 그렇지만 유교적 악론의 원칙들이 실제 음악 연행을 얽매는 준칙은 아니라, 사족(士族) 음악의 방향과 전범을 제시해주는 데 그 의의를 두었기에 실제 연행상 다른 측면이 나타날 가능성을 지니는 것이었다.

(1) 15세기 이원적(二元的) 음악관과 시가문학의 동향

15세기는 치세적 악론을 실천하는 일을 중시했기 때문에 현실에서 일어나는 음악의 관행을 그대로 인정했고, 사대부 자신이 이상적 음악관과 현실적 음악관에 입각한 이원적 향유의식을 갖고 있었으므로 실제의 시가 연행은 크게 제약받지 않았다고 할 수 있다. 오히려 이때는 유교적 악론이 어느 정도 사대부 시가에 영향을 주었는가로 그 위상을 따질 수 있을 듯하다.

15세기에는 궁중에서도 고려속악이 그대로 이어져 연행되었음을 앞에서 검토했다. 음사나 남녀상열지사로 규정된 부정적 비판은 공연(公宴)에서 불릴 경우를 겨냥한 것이고 일반 연향에서 연행되는 음사적 성격의 고려속악은 허용하는 분위기였다. 조정에서 비판받았던 「후전진작」·「서경별곡」·「만전춘」·「이상곡」·「쌍화점」은 궁중의 정전에서도 불릴 정도로 일반화되었던 레파토리였다고 할 수 있다. 더구나 고려속악의 곡조를 부정적으로 생각하지 않아 다른 가사에 얹을 정도로 자연스럽게 활용하였으므로, 일반에서의 고려속악의 연행 전통은 지속되었다고 볼 수 있다. 또한 위에서 김종직과 같은 사람이 당시에 세속에서는 남녀상열과 같은 음가(淫歌)가 성행했다고 지적하는데, 이를 미루어 보면 일반 사대부들이 연석에서 남녀상열의 노래를 듣던 분위기는 일상적인 것이었음을 알 수 있다. 게다가 유교적 악론의 잣대로 보면 부정적 성격의 음악도 그 향유를 막을 수 없는 것이라 하여 음악의 다양한 측면을 인정하고 있었고, 일반의 음악까지 제약해야 한다고 생각하지 않았다. 따라서 사대부들의 실제적인 음악 향유 현상도 향유의식과 별반 다르지 않은 경향으로 나타난다고 할 수 있다. 고려속악은 15세기까지는 사대부의 연회에서 가장 성행되는 레파토리였고, 그 외의 조선조 노래는 생성 단계의 모습을 보여주게 된다.

고려속악은 여말의 사대부들이 향유하던 음악이었다. 조선이 건국되었다고 하여 그 이전부터 향유하던 사대부문화가 일거에 바뀌는 것은 아니다. 왕조의 전변이 문화의 전변으로 이어질 수 없다고 단정하는 이유는 고려 말에 활동하던 사대부들이 조선조에도 주도적 계층으로 살아남았고, 따라서 이들이 평소 즐기던 문화 취향도 그대로 전수될 수밖에 없다고 보기 때문이다. 왕조가 바뀌면 그에 걸맞은 개혁적 사고가 동반되지만 그것이 하루아침에 모든 문화를 새롭게 할 수는 없을 터, 사대부 음악의 향유관습도 그대로 이어졌다고 봐야 할 것이다. 고려 말 사대부들 사이에서 즐겨 애호하던 우리 음악은 고려속악이고, 이것이 조선조 사대부들에게도 성행되었다.

고려속악은 앞에서도 말했듯이 그 곡조와 가사가 모두 전승되어 사대부들 사이에서 성행했다. 상층의 음악문화에 어떤 두드러진 변화가 보이지 않고 전부터 있어온 상층 사회의 음악적 취향에 긴박되어 있었다고 할 수 있다. 향유의식에서 이원적 음악관이 공존하는 것처럼 고려속악을 선별 수용했다기보다는 다양한 측면 그대로를 받아들이고 향유했다고 할 수 있다. 15세기 사대부들의 문집을 통해 그 향유를 확인할 수 있는 고려속악은 「자하동」·「관동별곡」·「풍입송」·「청산별곡」·「만전춘」·「정과정」·「오관산」·「예성강」·「한림별곡」·「북전」이다.

15세기 음악에 정통했던 성현이 상대적으로 노태 향유의 상황을 전해주는 자료를 많이 남겼는데, 특히 그가 편찬한 『용재총화』에서 당시 사대부들이 향유했던 고려속악의 종류를 확인할 수 있다. 『용재총화』에는 「관동별곡」·「자하동」·「풍입송」·「정과정」·「한림별곡」 등의 향수 상황이 전해진다.[6] 이를 보면 「한림별곡」은 당시 관료들데게 관례적 레파토리의 하나로 성행했었고, 또 그 자신이 거문고 연주로 즐길 정도로 애호했던

---

6) 성현, 『용재총화』, 『국역대동야승』, 민족문화추진위원회.
　　"풍속이 옛날과 같지 않은 것이 많다. 옛적에는 잔치를 베푼 뒤에 음악을 연주하였으며, 먼저 전두를 갖춘 뒤에 기생을 청하였다. 饌品에도 규제가 있었으며 음악은 「진작만기」·「자하동」·「횡살문」 등의 곡을 연주하게 하고, 조그마한 잔을 들려 수작을 하나 술은 조금씩 따르고, 낮은 소리로 노래를 불렀으며, 떠들고 주정하는 데까지 이르지 않았다.
　　여자가 일어나 시렁 위에 조그마한 상자를 가져다 상자를 열어 고기포와 밤을 늘어놓고 드디어 은그릇에 술을 데워 각각 서너 잔씩 마시고 남자가 거문고를 취하여 곡조를 탈 때 여자가 말하기를 「풍입송」을 타십시오 하니 남자가 줄을 잡고 기둥을 굴려 천천히 타니 소리가 아주 오묘했다. 여자도 따라서 낮게 노래부르니 목소리가 구슬을 뚫는 것 같았다.
　　金處는 광산군 김약항의 아들이다. 판관 김처는 그의 아버지가 이국에서 죽은 것을 상심하고 슬퍼한 나머지 광질에 걸렸다. 정신이 혼몽하고 일을 헤아리지 못하니—판관은 낮에 대부분 잠을 자고 이따금 깨는데, 깨면 「관동별곡」을 부르며 소매를 떨쳐 춤도 추는데 춤이 끝나면 큰 소리로 울었다.
　　새벽이 되어 상관장이 주석에서 일어나면 모든 사람은 박수하며 흔들고 춤추며 「한림별곡」을 부르니 맑은 노래와 매미 울음소리 같은 그 틈에 개구리 들끓는 소리를 섞어 시끄럽게 놀다가 날이 새면 헤어진다."

사실도 보여준다.7)

15세기 사대부들이 향유한 고려속악은 성종대 사대부들이 송도를 유람했던 기록 속에서 다양한 종류의 고려속악이 확인된다. 남효온·유호인·채수 등이 성종 연간에 송도를 유람했던 일을 기록했는데, 이것이 어떤 특별한 역사의식에서 비롯되었는지 알 수 없으나, 이들은 송도 승경을 관찰하면서 왕조의 흥망성쇠를 말한다. 그 과정에서 고려속악을 연행하고 고려 왕조의 쇠망을 비추기도 하나, 고려속악의 연행 상황을 보면 특별한 관풍의식이나 역사의식의 소산이라고 보기는 어려운 유람의 흥취가 주목적이었다고 할 수 있다. 남효온과 유호인이 송도 기행문을 쓰면서 그 자리에서 연행했던 속악을 기록하였다. 이들은 악공과 기녀를 유람에 동반하거나 불러 그들의 연주와 노래를 들으면서 유연(遊宴)의 흥취를 돋우었다.8) 남효온과 유호인은 이 자리에서 불렀던 노래가 「한림별곡」·「북전」·「자하동」·「청산별곡」9)·「예성강」·「어부가」10)였음을 기록하였다.

---

7) 성현, 「金良鏡詩集序」, 『虛白堂集』 6, 『문집총간』 14, 460면. "余少時知讀書, 習學子業, 見新凉賦, 愛其詞語俊邁, 與唐虞融咏曉賦相上下, 別騷中一體也, 及旣操琴學樂, 鼓翰林別曲則曲是高宗朝翰林諸儒所作, 當時若翁閎·陳·劉·二李, 其詩文傑篇, 爲一代之宗."

8) 채수, 「遊松都錄」, 『懶齋集』 1, 『문집총간』 15, 376면. "丁亥, 陪留守相公, 觀獵于龍遁坪, 臨流張幕, 午後, 合圍而下, 爭獻所獲, 狼藉於前, 暮還太平舘, 經歷·都事與察訪, 設宴以餞, 適有樂工數人自京而來, 皆一時妙手, 衆樂寥亮鏗訇, 響徹雲宵, 酒酣, 經歷出牋索詩甚苛, 各賦一篇以留."

9) 남효온, 「松京錄」, 『秋江集』 6, 『문집총간』 16, 116~122면. "左視王倫寺而有堂基, 乃前朝侍中蔡公中庵先生所居, 先生諱洪哲, 倜儻爲一代風流宗, 構一室, 所居上, 日迎耆英設會, 自作紫霞之曲, 令女兒肄之, 昏夜, 令入紫霞洞唱其曲, 絲管俱起, 隱然如天上聲, 中庵誑其客, 此後紫霞洞, 舊有神仙, 夜則又有此聲, 諸客信之, 一日, 曲聲漸近, 至於中華堂後, 俄而直至堂前中庭, 中庵下跪, 諸客稽首, 莫不俯伏而聽, 以此世傳此洞有神仙云. …… 伶人會寧奏紫霞洞之曲, 諸客皆喜. …… 余等坐松樹下, 百源奴輩先設酒肉餠果矣, 百源等開酌, 酒半, 會寧奏恭愍王北殿之曲, 傷亡國也, 興酣, 奏毅宗時翰林之曲, 憶全盛也. 又相與慷慨不歇, 余就弔古詩三篇, 時乃重陽之日, 望見東西南諸山, 士女成行, 處處登高, 或歌或舞, 頗有太平氣像. …… 坐百源上列, 余等列坐從人之行, 子容居首, 正中居次, 會寧居次, 石乙山居次, 叔亨居次, 余居末, 衣服甚醜, 其人進行果設小酌, 百源顧呼正中彈琵琶, 或彈琴, 會寧吹笛, 石乙山唱歌, 子容起舞, 琵琶歌笛, 極臻其妙, 子容與主女最少者相對舞, 舞罷作沐猴舞, 枝枝節節,

남효온의 송도 기행 과정에는 사녀(士女)들과 어울려 노래를 연주하고 가면희를 즐기는 장면이 나오는데, 이 유락(遊樂)의 정황은 유교적 악론이 지향하는 세계와는 다른 것이다. 따라서 이 당시의 신진사림들조차 연음(宴飮)의 분위기가 절제되야 한다고 의식하지는 않았다고 할 수 있다. 따라서 노래의 향유도 자유로울 수밖에 없었던 것이다.

위에서 향유된 「자하동」·「예성강」·「정과정」·「북전」은 다른 자료에서도 널리 향유된 사실을 발견할 수 있다. 남효온은 「자하동」에 대한 기록을 다른 시에서도 남겼으며,11) 강희맹도 시에서 「자하동」 향유를 보여주었다.12) 「예성강」은 유호인과 이승소가 쓴 글에서 그 향유가 확인된다.13) 「정과정」은 여말의 신흥사대부들이 애호하던 시가로 15세기 궁중에서나 사대부들에게 공히 향유되었던 노래였다. 이종준은 「정과정」과 「오관산」을 중국 악부에 비견하는 우리 악부로 들었는데,14) 당대에 널리 불린

中於歌管, 主人士女歡喜皆泣下, 主人以次進酌, 其一, 年盛而似兩班形, 自稱曰典籍安紹弟也, 其二其三其四, 年老而似市人形, 自稱曰忠贊衛也, 其五,年少而似儒生形, 年老四人中之一人子也, 主人極陳繾綣之意, 樂極而罷. …… 正中彈靑山別曲第一関, 主僧性浩亦大喜."

10) 유호인, 「遊松都錄」, 『雷谿集』7, 『문집총간』15, 181면. "今日邀諸君往遊西湖, 時軍器判官金成慶, 以公務在此, 亦與焉, 出承濟門, 穿玉蓮坪, 逾南神院, 登永安城, 一面依斷岡, 斗入港口, 史傳白川正朝劉晞爲世祖築也, 世祖薨, 與夢夫人合葬于此, 故?稱昌陵, 昔, 宋商以手談, 賭一婦而歸, 舟纔解纜, 旋回不行, 卜云, 節婦所感, 商愼, 乃還之, 其婦乃歌禮成江一関, 至今猶傳于湖海間. …… 檣烏高擧, 迅於過鳥, 卽令彈琵琶, 吹?笛, 酒酣各賦長短律, 雖西湖赤壁之遊, 何以浮此 …… 己巳, 命僕移舟東浦, 櫂夫鼓枻, 奏漁父之歌"

11) 남효온, 「紫霞洞」, 『秋江集』2, 『문집총간』16, 40면. "古人遺基但空谷, 秋老石門溪水綠, 山風松韻八牙頰, 似聽雲間紫霞曲, 至今敎坊舊譜傳, 當年仙會杳茫然, 安得劉安鴻寶藏, 得與仙侶爭盤旋."

12) 강희맹, 「李敦寧念義白雲洞」, 『私淑齋集』 권4, 『문집총간』12, 54면. "吾聞松山左畔神仙居, 紫霞有曲傳至今, 風流文雅想當年, 頡頑千載爲知音."

13) 유호인, 「舟中雜興三絶」1수, 『雷谿集』 권2, 『문집총간』15, 102면. "禮成歌斷海天涯, 滿目靑山落照斜, 一棹昌陵漁市鬧, 腥風吹過兩三家."

李承召, 「送永川君遊長源亭序」, 『三灘集』 권11, 『문집총간』11, 484면. "仍羽人於紫霞之洞, 招商女於禮成之江, 相與携酒而登于亭, 徘徊睡奧, 引滿擧白, 歌後殿之曲, 唱禮成之謠, 則不獨煙霞之勝, 助發詩思, 江山如昨."

14) 李宗準, 「遺山樂府詩跋」, 『慵齋遺稿』, 『문집총간』16, 641~642면. "吾東方, 旣與中國語音殊異, 於其所謂樂府者, 不知引聲唱曲, 只分字之平側, 句之長短, 而協之以韻,

노래로써 대표적인 악부로 생각했던 증거이다. 양희지와 남효온도 「정과정」 노래에서 연주심(戀主心)을 생각하거나 버림받은 나그네의 외로움을 그려내고 있다.15)

특기할 만한 일은 이 당시 사대부들이 「북전」을 애호했다는 사실이다. 궁중에서 망국지음(亡國之音)의 음사(淫辭)로 판정받고 공적인 의례에서 「북전」을 금했었는데, 일반 사대부들은 상대적으로 이 노래의 향유에서 어떤 윤리적 잣대를 의식하지 않고 즐겼다. 「북전」에 담긴 망국지음(亡國之音)의 요소와 그 애잔함을 인정하면서도 연석의 자리에서 향유하고, 또 당시 가동항부(街童巷婦)도 노래했을 정도로 성행했다고 말하기까지 한다. 이승소·채수·이식 등이 「북전」을 연주하고 노래했던 사실을 전하고 있다.16) 김일손은 성종과 대석(對席)한 주연(酒宴)에서 이총(李摠)이 「북전」을 연주했으며 그가 평소에도 즐겨 연주했던 작품이었음을 증언해준다.17)

皆所謂以詩爲詞者, 捧心而顰其里, 祇見其醜陋耳. 是以文章巨公, 皆不敢强作, 非才之不逮也. 亦如使中國人若作鄭瓜亭小唐鷄之解, 則必且使人撫掌絶纓矣."

15) 남효온, 「送健叔之咸陽六首」 제1수, 『秋江集』 2, 『문집총간』 16, 54면. "豆萊初黃老樹陰, 衡門面水亂蟬吟, 苽亭一曲春風手, 盡是王孫戀主心."

양희지, 「題鄭瓜亭」, 『大峯集』 1, 『문집총간』 15, 20면. "他鄕作客頭渾白, 到處逢人不見靑, 淸夜沈沈滿窓月, 琵琶一曲鄭瓜亭."

16) 李承召, 「送永川君遊長源亭序」, 『三灘集』 권11, 『문집총간』 11, 484면. "仍羽人於紫霞之洞, 招商女於禮成之江, 相與携酒而登于亭, 徘徊睡奧, 引滿擧白, 歌後殿之曲, 唱禮成之謠, 則不獨煙霞之勝, 助發詩思, 江山如昨."

채수, 「太平館夜飮」, 『懶齋集』 권2, 『문집총간』 15, 404면. "滿院春風躑躅開, 夜深星月更徘徊, 畫堂銀燭明如晝, 琴瑟瑤絃響似雷, 却笑主人求短律, 任他遊子倒深杯, 歌殘後殿增悽斷, 試向前朝問劫灰."

李湜, 「送人遊松都」 제2수, 『四雨亭集』 卷上, 『문집총간』 16, 531면. "義軍角入戍樓空, 北殿歌殘王氣終, 雨暗花園頹八角, 雲封政府欠三公, 碧瀾古渡行人少, 白馬寒山落照紅, 探遍溪山歸紫洞, 岩奇石怪有奇蹤."

17) 趙寅永, 「金馹孫諡狀」, 『濯纓集』 권7, 『문집총간』 17, 281면. "有曰, 後殿曲事, 昔在西湖也, 茂豊副正摠, 携琴相訪, 彈後殿曲, 其曲哀, 非治世之音, 故並及之云."

연산 04 / 07 / 12(병오). "김일손이 아뢰기를, 후전곡은 슬프고 촉박한 소리온데 나라 사람들이 좋아하여 가동 항부라도 또한 모두 노래하였습니다. 신은 나라를 근심하고 임금을 사랑하는 마음에서 항상 염려하는 터이온데, 급기야 賜暇를 받아 讀書堂에 있을 적에 성종께서 술과 안주를 내려주셨습니다. 신은 그 餘物을 가지고 배를 띄워 양화도에 이르러 거문고소리를 듣고 싶기에 무풍정 총을 불렀더니 총이 거문고를 안고 이 사실은 「북전」을 연주했던 일 자체를 문제삼은 것이 아니라, 김일손이 나중에 이 일과 김종직의 「조의제문」을 사초(史草)에 기록한 일이 발단이 되어 일어났던 것이다. 「북전」을 연주한 까닭이 망국(亡國)의 쇠잔함을 빗대어 표현하기 위해서라는 오해를 불러 일으켜 실록에까지 그 기록이 남게 되었던 것이다. 기록된 경위야 정치적이지만, 이총이 「북전」을 연주했던 것은 당시 사회에서 거문고 탄주용으로 「북전」이 애호되었기 때문이라는 지극히 개인적인 음악 기호의 문제였다. 「북전」을 기록한 사대부들은 이 노래가 치세(治世)의 음이 아니라는 사실을 의식하면서도, 망국의 회한을 불러일으키는 노래의 분위기 자체를 즐긴 것으로 판단된다. 궁중악을 논했던 유신들이 정전(正殿) 이외의 곳에서 불리는 음사(淫辭)를 제약할 필요를 느끼지 않았듯이, 사대부 음악 연행은 유교적 악론으로 제약할 필요가 없는 논외의 영역에서 전개되었다. 이는 김수온이 가사 개편을 하지 않은 「만전춘」을 수용하여 읊었던 시에서도 확인할 수 있는 바이다. 김수온의 「술악부사(述樂府辭)」18)는 「만전춘」의 1연과 동일하다.19) 사대부들은 세종대에 가사를 개작한 「만전춘」을 받아들인 것이 아니라 개작되기 이전의 「만전춘」을 향수했음을 알 수 있다.

앞에서 이종준이 「유산악부시발(遺山樂府詩跋)」를 쓰면서 우리는 중국과 어음(語音)이 다르므로 그들처럼 쓸 수 없다는 반증으로 「정과정」과 「오관산」을 거론하며 중국인이 이를 이해하는 수준이 우리가 중국 악부를 대할 때의 그것과 다름이 없다고 말했다. 이종준이 「정과정」과 「오관산」을 그 예로 지적한 것은 조선의 대표적인 악부로 생각했기 때문이라고 할

후전곡을 연주하므로 신이 총에게 말하기를 무엇 때문에 이 곡을 좋아하느냐 하고, 그 후 사기를 편찬할 때 실로 임금을 사랑하는 마음에서 썼습니다."

　연산 04/07/15(기유). "신이 李摠에게 묻되 '요즘 사람들이 다 후전곡을 좋아하는데, 너는 이미 樂을 잘 아니, 네 뜻은 어떻다고 여기느냐?' 하니, 摠이 대답하기를 '이 곱이 슬프고 촉급하여 나는 그 종말이 어찌 될지 몰라 항상 염려한다'고 하였습니다."

18) 김수온, 「述樂府辭」, 『한국한시선집－청구풍아 · 국조시산』 I(한국학문헌연구소 편), 아세아문화사, 1980, 240면. "十月層氷上, 寒凝竹葉栖, 與君寧凍死, 遮莫五更鷄."

19) 조윤미, 「고려가용의 수용양상」, 이화여대 석사논문, 1983, 25면.

수 있다. 궁중에서도 「오관산」은 효를 담은 노래로 권장되었는데, 유교적 효를 감발하는 노래로서 사대부들이 의식적으로 향수한 것인지는 모르지만, 이 노래가 널리 불리었던 듯하다. 15세기 사대부들은 송도를 유람하면서 작자인 문충(文忠)을 상기하며 「오관산」을 떠올리기도 하고, 주연(酒宴)에서 비파로 연주되는 「오관산」을 들으며 그 감흥을 적기도 하였다.[20] 「삼강행실도」의 효라는 주제에 「오관산」을 기록하였던 것은,[21] 효를 권장하기에 알맞는 내용과 널리 알려진 노래라는 점에서 가능했던 일이라고 할 수 있다. 이 노래는 유교적 악론이 제시하는 바, 성정을 기르는 노래의 범주에 들면서, 어느 정도 그 효력을 발휘하고 있었다고 할 수 있다. 「오관산」을 거론하는 사대부들 대부분은 이 노래에서 충효의 마음과 풍속을 바르게 한 점을 흥기하기 때문이다. 고려의 옛 유적을 찾아 유람하면서 「오관산」 노래를 상기한 것이라 어느 정도 향유가 이루어졌는지 알

---

20) 李湜, 「送人遊松都」 제3수, 『四雨亭集』 卷上, 『문집총간』 16, 531면. "扶蘇山與白雲齊, 往事微茫鳥自啼, 世遠人亡無古○, 墻頹瓦落竄驚鼮, 古宮寂寞多生草, 廢寺荒凉已失溪, 莫向五冠歌舊曲, 誰能解和木唐鷄."
　　崔恒, 「送金敎官之杻城」, 『太虛亭集』 권1, 『문집총간』 9, 163면. "…… 歸歟故山養吾親, 水 鮮山茹供昏晨, 盖山山下五冠歌, 萊舞一室長春和, 或對圖書上又古, 或撫素琴流襟宇, 養志養性俱自由. ……"
　　남효온, 「紀行二十四首」 제20수, 『秋江集』 2, 『문집총간』 16, 37면. "文忠事高麗, 家在五冠西, 晨昏三十里, 定省行不迷, 田園此舊基, 夕陽長荒蕪, 雲行二百年, 樂府傳唐鷄."
　　崔淑精, 「五冠山」, 『逍遙齋集』 권1, 『문집총간』 13, 37면. "峩峩五冠山, 靈秀人空碧, 高標配日觀, 萬古雄盤礴, 長松蔭層巓, 瑤草被巖壑, 崖深瀉朝霞, 壁絶盤巢鶴, 五峯次低昂, 冠佩列仲伯, 中有古神壇, 祀秩同五岳, 緬懷山下人, 令聞昭千億, 平生忠孝心, 永激頹靡俗, 相思不可見, 空歌木鷄曲."
　　李宜茂, 「聞家兄必大與趙判官・柳・崔二司議・崔司評, 聞人彈琵琶, 感而有作」, 『蓮軒雜稿』 1, 『문집총간』 15, 334면. "簿書叢裏暫偸閑, 午枕昏昏醉夢間, 一曲琵琶無限興, 浩然秋思滿家山. // 領取浮生半日閑, 風流談笑弟兄間, 別有傷心悽斷處, 琵琶一曲五冠山."
　　兪好仁, 「靈通寺憶文忠」, 『雷谿集』 권6, 『문집총간』 15, 158면. "五冠山月五冠歌, 欲訪先生歲月遲, 幾罷萱闈萊服戲, 便參瑤陵曉鐘衙, 一身忠孝雙全義, 百代名聲孰更多, 敎曲唐鷄橫笛裏, 遠遊之子涕滂池."
21) 조윤미, 「고려가요의 수용양상」, 이화여대 석사논문, 1988.

수 없지만, 비파 연주에 얹혀 「오관산」이 불리고 여기에 감흥 받았던 이의무의 기록은 15세기까지 불린 속악의 주요한 종튜였을 가능성을 보여주는 것이다.

이렇듯 15세기까지는 적어도 연행의 현장에서 고려속악이 주요한 레퍼터리로써 성행했음을 보여준다. 물론 위의 자료들이 성종대 사대부들이 송도기행의 풍조 속에서 고려를 회상하며 그 노래를 부르거나 기억했던 흔적들이라서, 고려가요가 확실하게 어느 정도 일반화된 연행장르였는지 단정짓기는 어렵다. 그러나 15세기까지는 궁중연악에서 고려속악이 주요 레퍼터리로 존재했으며, 음악에 관한 자료를 비교적 많이 남긴 성현에 의해서도 고려속악의 연행이 확인되었듯이, 단순히 전조(前朝)를 역사 대상으로 보고 그 시대의 노래를 떠올려 보는 복고(復古) 행위는 아니었다. 사대부들에게 여전히 고려속악이 많이 불리고, 또 당대의 악공들이 즐겨 연행하던 장르로서 그 연행의 생명력을 지녔다고 할 수 있다. 그리고 이를 향유하면서 노래의 공효성을 인지하기도 하고, 또는 그것과는 상관없이 당대에 유행하는 노래를 자연스럽게 선호하는 의식을 드러내기도 한다.

고려속악은 어느 정도 연행문화의 주류로서 그 영역을 확보하고 있었다고 할 수 있다. 그렇다면 조선조 당대에 나왔거나 창작된 시가들은 어떤 형태와 성격을 보여주었는지 살펴보도록 하자. 15세기 사대부들은 송축가요를 창작하는 일에 심혈을 기울여 이 부분이 사대부 창작의 대부분을 차지한다. 그러나 기록으로 남아 전하는 것이 많지 않아서 단정할 수는 없지만, 이 당시 사대부 연회에서 새로 만들어진 노래가 없지는 않았을 것이다. 따라서 창작의 경향을 기록된 자료만으로 파악하면 안되지만 사대부 창작의 어떤 특정 흐름은 짚어 낼 수 있을 것으로 기대한다.

사대부들은 궁중에서 만들어졌던 송축가요를 일정 정도 의식하고 어느 정도의 영향은 받았겠지만, 그 송축가요가 널리 성행해서 하나의 장르로서 발전되지는 않았다. 15세기 사대부 사회에서 연행된 노래는 「상대별곡」과 「봉황음」이다. 상대(霜臺)의 기상을 담은 경기체가 「상대별곡」은 그 노래의 속성상 「한림별곡」과 비슷하게 관료들이 부른 것으로 보인다. 서거정·성현·손순효 등은 「상대별곡」이[22] 연회에서 노래되었던 경우를 확인시켜 준다. 그밖에 궁중에서 불린 송축가요가 15세기 당대의 사대부들의 연석에서 향유되었던 예는 거의 찾을 수 없고 유호인이 촉석루의 주연에서 「처용가」를 개찬한 「봉황음」을 들었던 경우가 있다.[23] 이 연회가 사적인 주연의 자리였는지는 확실치 않지만, 드물게 사대부 모임에서 향유한 예이다. 15세기에 제작된 송축가요가 당대의 사대부들에게 일반적으로 연행되는 경우는 보기 힘들고, 또 음악적 흥취를 주는 문제에서도 고려속악의 자리를 대신하기는 어려웠다고 할 수 있다.

따라서 사대부 향유경향에서는 궁중의 예악정비로 받은 영향이 두드러지게 드러나지 않는다. 오히려 사대부들의 연행 관행 속에서 형성된 음악취향이 계속해서 내려갔던 것으로 보인다. 따라서 새로운 노래들이 연석의 자리에서 속악과 함께 불렸을 것으로 추측되는데, 어떤 내용이 주류를 이루었을 지는 모르나 남아 있는 자료들을 보면 단적으로 준전(樽前)의 애원가(哀怨歌)·이가(離歌) 등이[24] 연회에서 불린 음악의 성격을 어느 정도

---

22) 徐居正, 「題驄馬契軸三首」, 『사가집』, 『문집총간』 11, 85면. "法星昨夜照霜臺, 卄四郎官遴選來, 一曲霜臺誰解聽, 高歌起舞醉扶回."

　　성현, 「有本拜監察戱贈二首」, 『허백당집』, 『문집총간』 14, 359면. "愧我殘生催髮白, 羨君喜色上眉黃, 岸巾唱徹霜臺曲, 坐挾嬌蛾倒玉觴. // 琴高迎刃飛鱗赤, 郭索開筐擘髓黃, 辜貢江頭秋月白, 與誰來與醉壺觴."

　　성종 18 / 02 / 07(정축). "손순효는 기량이 활달하고 거칠어서 충효로써 자부하고 큰소리치기를 좋아하였다. 친구와 어울려 술을 마시다가 크게 취하면 갑자기 「상대별곡」의 '君明臣直' 가사를 노래하고, 또 잔치의 모임에 기생들로 하여금 이 가사를 노래하게 하였으며, 혹은 일어나서 절하고 춤추기도 하였다."

23) 유호인, 「矗石樓夜飮」 권6, 『문집총간』 15, 173면. "十二樓中擁彩雲, 絳紗燈裡倚微曛, 春風攰鬪簾旌捲, 潭罷偏愁鐵笛聞, 鸚鵡調高花浹渶, 鳳凰吟罷酒氤氳, 鳴根遙想凌波襪, 南浦蒼茫曉色分."

24) 이의무, 「到生陽館 聞歌聲 戱賦以發其意」, 『蓮軒雜稿』 권3, 『문집총간』 15, 338면. "吹玉笛擁琵琶, 佳人勸酒唱離歌, 問君此去何當還, 歡娛未足離恨多, 百年三萬六千日, 人生百年能幾何, 莫惜逢場醉無醒, 古來飮者眞留名, 今朝爲君歌此曲, 說盡胸中無限情, 生陽自古離別地, 君何爲乎亦遑遑, 駒嶺崎嶇最無情, 柳楊院邊空斷腸, 空斷腸淚沾裳, 可憐後會何茫茫, 長安千里共明月, 幾回夜夜盈又缺."

는 파악하게 해준다. 또한 시조 형태의 노래들이 등장하여 사대부 연행의
한 축을 이루게 되었다. 최숙정은 향인(鄕人)이 탄로(歎老)와 인생무상을 읊
은 이어(俚語)를 7언절구로 한시화하였는데 원노래가 시조 형태였을 듯하
다.[25] 양희지는 「선죽교」를 읊으면서 정몽주의 죽음을 상기하고, 더불어
정몽주와 관련된 노래 「백사가(百死歌)」가 악부에 유전되고 있음을 기록하
였다.[26] 여기서 언급한 「백사가」는 정몽주가 이방원 시조에 화답한 「단
심가(丹心歌)」일 것이다. 어떤 형태인지 알 수 없지만 시조 형태와 유사한
노래가 아니었을까 한다. 소춘풍이 성종이 대석한 군신연에서 부른 시조,
성종이 유호인에게 준 시조들은[27] 15세기 말에 시조가 상층의 문화로서
자리잡았음을 알려주는 예인데, 이 경우에 의거해 보면 사대부들에게 희
학적이면서도 서정적인 감수성을 던지는 노래로 그 역할을 하고 있었음
을 알 수 있다.

「贈歌者」,『蓮軒雜稿』3,『문집총간』15, 348면. "關西千里倦遊人, 一片家山入夢
頻, 莫唱樽前哀怨曲, 不堪歸思益悲辛."

25) 崔淑精,「用鄕人俚語以解之」,『逍遙齋集』卷一,『문집총간』13, 20면. "花飛葉落漸
飛霜, 如夢人生不酒忙, 百計無如閑事樂, 花時須了醉千場."

26) 楊熙止,「善竹橋」,『大峯集』1,『문집총간』15, 13면. "落花啼鳥鎖前朝, 天下傷心
善竹橋, 百死遺歌傳樂府, 滿城寒雨下蕭蕭(落花啼鳥一作殘烟喬木)."

27) 차천로, 양대연 역,『五山說林草藁』,『국역대동야승』II, 민족문화추진회, 1971, 56~57면.
"成廟每置酒宴群臣, 必張女樂, 一日命笑春風行酒, 笑春風者, 永興名妓也, 因詣尊所
酌金杯, 不敢進至尊前, 乃就領相前, 擧杯歌之, 其意曰, 舜雖在而不敢斥言, 若堯則正
我好述也云, 時有武臣爲兵判者, 意謂旣酌相臣, 當酌將臣, 次必及我, 有大宗伯秉文
衡者在座, 春風酌以前曰, 通今博古, 明哲君子, 豈可遐棄, 乃就無知武夫也, 其主兵者
方含怒, 春風又酌而進曰, 前言戲之耳, 吾言乃誤也, 赳赳武夫, 那可不從也, 按三歌皆
俗謠, 故以意釋之如此, 於是, 成墓大悅, 賞賜錦段絹紬及虎豹皮胡椒甚多, 春風力不
能獨運, 將士入侍者, 皆携持而與之, 笑春風, 由此名傾一國 酌相之歌曰, 순도 계시언
마는 외아 내님인가 ᄒ노라."
차천로, 양대연 역,『五山說林草藁』,『국역대동야승』II, 민족문화추진회, 1971, 57~58면.
"兪公好仁家在南中, 每乞歸省老母, 成廟不許, 一日好仁辭歸, 成廟親錢, 中酣作歌, 이시렴
브듸갈다아니가든못손냐므더니솔터랴남의권을드런는다그려도하애답고나가는뜻을일너
라, 以歌之, 好仁感泣, 左右亦爲之感激, 異日好仁不辭而去, 成廟密遣人跡其行曰, 予念之
未忘于懷, 渠亦念我乎, 受命者追及之, 至一驛亭, 見好仁登樓北望, 夷猶久之, 遂書壁上一
律曰, 北望君臣隔, 南來母子同, 還奏其狀, 上曰然, 渠亦念我"

그런데 위의 자료들은 주로 연석의 자리에서 불렸던 사대부 시가의 성향을 다양하게 보여주었는데, 사대부들이 유교적 악론의 공효성을 인식하고 이를 지향하였듯이 다양한 음악을 향유하는 중에도 사대부 창작의 일정 부분에서는 이념적인 경향을 보여준다. 이들 노래는 16세기 사대부 시가가 보여주는 이념성과 상당히 근사한 모습을 보여준다. 강호를 즐기면서 우군충국(憂君忠國)의 마음을 지니는 사대부의 이념지향이 보인다거나, 『대학』의 내용을 시가로 담아 음영한다든가 하는 방향에서 그렇다. 송축가요에 담긴 임금에 대한 송도성과 유가적 세계관에 가까워 악장에서 지향했던 의식이 사대부 개인의 시가에서 나타난 것이라 할 수 있다. 15세기 시조로 잘 알려진 황희·맹사성·월산대군의 시조는 후대에 가집에 기록된 경우이므로 여기서는 제외한다. 작품의 현존 여부와 상관없이 그 내용과 시기를 확실히 파악할 수 있는 시가를 들어보면 정극인의 「불우헌(不憂軒)」 장가와 단가·「상춘곡」, 이량(李良)의 「영보정가사(永保亭歌詞)」,[28) 손순효의 「물재가(勿齋歌)」[29)이다. 정극인과 이량의 노래는 강호자연의 승경을 즐기며 우군충국하는 모습을 담았고, 손순효는 『대학』의 대의(大義)를

---

28) 李宜茂, 「永保亭記」, 『蓮軒雜稿』 1, 『문집총간』 15, 305면. "歲甲子春, 咸川君李公諱良, 以廉選爲忠淸道水軍節度使以寵之, 重其任也, 旣視事, 政通人和, 無不樂爲公用焉, 營之北隅, 舊有客舘曰涼廳, 爲風雨所壞, 不修者久矣, 公乃謀於僚佐, 撤舊而亭之, 扁曰永保, 又作永保亭歌詞, 以寓夫忠君愛國之意, 人皆樂公之能樂其樂也, 是亭也, 據層崖之上, 斷岸千尺, 俯瞰長江, 洪波萬頃, 峰巒周遭, 翠屛低列, 西望海門, 水天相接, 島嶼微茫, 出沒於烟雲杳靄間, 斯實江山之勝槩也, 一日, 監司許公, 駐節于斯, 以相從容宴飮以樂之, 賓僚之在席者五六背, 亦一時之名勝也, 酒旣半, 席上有執盞而復於公者曰, 江山勝槩, 天地間常有, 而人之樂此勝槩者, 不常也, 公以萬夫之長, 當大平無事之時, 高牙大纛, 能樂此勝槩, 夫豈偶然哉, 況今日之所與共之者, 無非一時名勝, 而江山萬象, 亦若欣欣然感於知己, 擧皆呈露於几席之上, 豈非天慳地秘, 以待其人, 而使公能樂其樂也, 然人知公之能樂其樂, 而不知公之能保其樂也, 知公之能保其樂, 而不知公之永保斯樂於無窮之意也, 苟不知公之心, 則江山勝槩, 亦徒一物而已, 其能使人永保之哉, 他日繼公而來者, 登公之亭, 歌公之歌, 一唱三歎, 聖恩流布, 萬世興之調, 則當知我公之心也, 公以爲何如也, 公曰, 諾, 命洪州牧使德水李宜茂, 爲之記."

29) 손순효, 「신도비명」, 『勿齋集』. "大學一部提挈大義, 作歌四章, 曰勿齋歌, 淨掃一室, 掛欹器圖, 出入勤省."

노래로 만들었다고 한다. 사대부가 창작한 작품이 얼마 남아 있지 않아 사
대부 시가의 흐름을 단정지을 수는 없지만 15세기 말에 이르면 오락의 자
리에서 향유되는 성격의 속악과는 다른 흐름의 노래가 부상하기 시작한다
는 점이다. 전체적인 향유의 대세는 유교적 악론의 범주를 의식하지 않는
영역에서 자유로운 경향을 보여주었고, 사대부 창작의 특정 국면은 사대
부적인 이념의 세계를 표현하게 되었다고 할 수 있다. 이것은 유교적 악론
을 원칙화하거나 일반화하지 않았던 15세기 사대부의 음악 인식에서 나올
수 있었던 현실적 정황이었다고 할 수 있다.

(2) 16세기 수기적(修己的) 악론(樂論)과 시가문학의 동향

16세기에는 사림파의 국문시가론이 당대 문화를 지배하는 사유틀로서
폭넓은 지지를 받았고, 이를 거스르는 담론은 부재한다. 그런 점에서 유
교적 음악사상이 시가론의 전범으로서 공인되는 단계로 16세기를 상정할
수 있다. 그러나 드러나지 않은 당대 시가문화의 음영(陰影)은 억제되어
담론화되지 않았을 뿐, 그 자체가 없거나 무시되어서는 아닐 것이다. 16
세기 사대부 시가의 창작과 향유 경향을 통해 그 실제가 시가론에 의해
어느 정도의 영향을 받았는지 보도록 하자.

16세기에는 사대부들의 시조와 가사작품이 많이 산생되었다. 그야말로 사
대부적인 색채의 노래들이 형성되었던 시기라고 할 수 있다. 강호자연이 사
대부 시가의 세계로 정립되었으며, 사대부적 풍류(風流)가 묘사되거나, 악장
오륜가를 뒤이어 사대부들의 「오륜가」류 노래가 창작되었다. 16세기에 창작
된 사대부의 시가를 장르 구분하지 않고 제시하면 다음과 같다. 조선 후기에
가집(歌集)에만 기록된 작가와 그 작품은 제외하고, 문집이나 당대의 자료에서
발견되는 사대부의 작품을 대상으로 하였다.30) 신영희(申永喜)의 「사산별곡(蛇

---

30) 실제 작품은 남아 있지 않고 작가와 작품 창작 사실만 발견되더라도 16세기 사대부
  의 시가창작 상황을 알려준다면 일단 거론하였다.

山別曲」,³¹⁾ 이별(李鼈, 1475~?)의 「장육당육가(藏六堂六歌)」, 정성근(鄭誠勤)의 시조 2수,³²⁾ 이현보(李賢輔, 1467~1555)의 「귀전가」·「효빈가」·「어부가」 장가·단가, 이현보 모(母)의 시조, 박운(朴雲, 1471~1540)의 시조 3수, 김구(金絿, 1488~1534)의 「화전별곡」과 시조 3수, 허자(許磁, 1496~1551) 시조, 송순(宋純, 1493~1583)의 「면앙정가」·「오륜가」·그 외 시조, 박세구(朴世矩)의 「향촌십일가(鄕村十一歌)」,³³⁾ 심달원(沈達源, 1494~?) 「강월곡(江月曲)」, 주세붕(周世鵬, 1495~1554)의 경기체가·「오륜가」·그 외 시조작품, 이황(李滉, 1501~1570)의 「도산십이곡」, 홍섬(洪暹, 1504~1585)의 「원분가(寃憤歌)」, 황진이(黃眞伊, 1511~1541) 시조, 유희춘(柳希春, 1513~1577) 시조, 임형수(林亨秀, 1514~1547)의 시가 삼결(三闋),³⁴⁾ 홍인우(洪仁祐, 1515~1554)의 시가,³⁵⁾ 송인(宋寅, 1516~1584) 「수월정가」와 단가, 이숙량(李

31) 申光漢, 「題安亭」, 『企齋集』, 『문집총간』 22, 423면.
　「해동잡록」 3, 『대동야승』 21. 신영희는 사화를 예감한 副林君 李湜의 권유로 稷山으로 은거했다고 한다. 이곳에 은거하면서 「사산별곡」을 지었는데, 그 작품이 남아 있지 않아 자세히 알 수는 없지만 강호에의 은거를 그 내용으로 했을 것으로 짐작된다.

32) 金安老, 「龍泉談寂記」, 『希樂堂稿』 권8, 『문집총간』 21, 444면. "鄭承旨誠謹, 平生耿介, 一段忠赤, 圖在編簡, 無容贅也. 燕山朝, 流落不偶, 慷慨作俚曲, 中夜悲歌, 以寓其愛君繾綣之意. 僕嘗採其聲協以詞, 其一曰, 以我思子心, 子無我心似, 子心苟可似, 天下寧有是, 思之縱難能, 無嫉猶可已. 其二曰, 桃李媚恩光, 競此色婉娩, 老菊終亦花, 寂歷誰省晚, 霜風掃卉空, 孤芳記秋花. 其音淒以婉, 其解怨而直, 徘徊戀眷, 柳而復揚, 亦詩人之遺意也, 楚累騷哀, 長沙賦苦, 雖古雅淺俚之有殊, 遙遙此心, 千載同貫, 使人聞之, 不覺腸摧而涕下也."

33) 박세구의 「향촌십일가」는 김정국이 漢譯한 상태의 내용만 남아 있다. 이 작품의 창작 배경과 작품 세계는 최재남(「〈향촌십일가〉의 성격과 김정국의 고양생활」, 『사림의 향촌생활과 시가문학』, 국학자료원, 1997)의 논문에서 자세히 다루었다.

34) 임형수, 「遊七寶山記」, 『錦湖遺稿』, 『문집총간』 32, 240~241면. "大春回, 初聞此山, 意以爲不過稍異於尋常, 那知海隅有此面目, 余見山多矣, 差可伯仲於楓岳, 而智異諸山, 風斯下矣, 況奇詭之狀, 殆楓岳之所不及也, 歌妓按曲, 笛者倚歌, 響徹巖谷, 上戞雲霄, 爽然如羽化而登蓬萊, 揖王喬而與之遊也, 欲留也則俗緣未盡, 世事之相開而不可久, 欲去也則玆山之不可以再覿也, 彷徨不失, 乃磨巖泚筆, 題名而返, 步步回頭, 不能遽去, 柱杖於巖之後峴, 因名其地曰柱杖峰, 還到下馬震, 回視巖巒, 雖半爲金剛峰遮礙, 而自三間窟以北諸巖, 俱歷歷在眼前矣, 若下此嶺, 便隔此山, 躊躇而不忍去, 藉雪開酌, 臨風詠歌, 遂製歌三闋, 令下姑蘇歌之, 以娛山靈, 擧酒而侑之, 相與盡醉而還. …… 嘉靖二十有一年壬寅三月二十有一日, 彭城林亨秀記."

35) 홍인우, 「日錄鈔」, 『耻齋遺稿』 권2, 『문집총간』 36. "十二日, 與應休同舟, 適江月流影, 夜景可樂, 呼僮彈琴酌酒, 以助興味, 遂作歌歌之, 休亦和之(39면). // 六月初九日,

叔樑, 1519~1592) 「분천강호가(汾川江好歌)」, 양사언(楊士彦, 1517~1584) 「미인별곡」·단가(短歌),[36] 노진(盧禛, 1518~1578) 시조, 노진 모(母)의 시조, 양응정(梁應鼎, 1519~1581)의 시조,[37] 이후백(李後白, 1520~1578) 「소상팔경」과 그 외 시조, 백광홍(白光弘, 1522~1556)의 「관서별곡(關西別曲)」, 강익(姜翼, 1523~1567) 시조, 김우굉(金宇宏, 1524~1590) 「개암십이곡(開巖十二曲)」,[38] 김성원(金成遠, 1525~1597) 시조, 고응척(高應陟, 1531~1606) 「대학곡(大學曲)」·「호호가(浩浩歌)」, 허강(許橿, 1520~1592) 「서호별곡」, 성혼(成渾, 1535~1598), 김응정(金應鼎, 1527~1620) 부언일부(敷言一部, 懈菴歌曲集), 정철(鄭澈, 1536~1593) 「성산별곡」·「관동별곡」·「사미인곡」·「속미인곡」·「장진주사」·「훈민가」·그 외 시조, 최경창(崔慶昌, 1539~1583)이 한역한 홍랑의 시조 「번방곡(飜方曲)」,[39] 김득가(金得可, 1547~1591) 시조, 임제(林悌, 1549~1587) 시조, 김덕령(金德齡, 1567~1596) 시조 등이 창작되었다.

앞에서 다루었던 주세붕의 「오륜가」를 비롯하여 경기체가·시조작품, 이황의 「도산십이곡」, 이이의 「고산구곡가」는 성정미학의 전범을 보여주어 유교적 악론의 원칙을 충실히 따르고 있다. 유교적 이념의 세계를 직설하여 삶의 좌표를 제시하거나, 자연에서 이치(理致)를 찾고 유자로서의 생활 자세를 긍정하며, 세계와 완전한 동화를 이루어 서정자아의 심리적 갈등이 전혀 드러나지 않는다는 점에서 그러하다. 세계와 나 사이의 갈등이나 모순을 의도적으로 드러내지 않고, 서정자아의 정감 표현이 극도로

到龍湫, 萬丈飛流, 聲震山岳, 愛其幽寂, 僮奴吹笛, 余作歌以歌之(41면)."
36) 楊士彦, 「送平安都事金彦亨-步俗短歌而作十首之一」, 『蓬萊詩集』 권1, 『문집총간』 36, 419면. "蒼頡謾爲離別字, 秦皇胡乃不焚之, 至今留滯人間垂, 長見陽關去佳時(一作斷盡肝腸折柳時, 一作腸斷陽關解半時)."
37) 李浚, 「松川先生行狀」, 『松川遺集』 권5, 『문집총간』 37, 561면. "嘗行學圃先生粹宴, 先生兄弟八人, 以次獻壽, 學圃先生, 使八子各述所懷, 永言進酌. 於是, 各稱壽觴, 歌舞以進. 先生歌曰, 時節太平, 聖代父母, 千歲萬歲. 和兄弟, 樂妻子, 朋友有信後, 其餘富貴功名, 復求何爲云, 聞者稱善. 時號八文章家, 擬之於高陽才子. 嘉靖甲辰"
38) 조해숙, 「義城 金門의 時調 落穗 11首에 대하여」, 『관악어문연구』 19집, 서울대 국문과, 1994, 143~160면. 이 논문에서 김우굉과 김득가의 시조를 소개하였다.
39) 최경창, 「飜方曲」, 『孤竹遺稿』, 『문집총간』 50, 30면. "折楊柳寄與千里人, 爲我試向庭前種, 須知一夜新生葉, 憔悴愁眉是妾身."

배제되어 있는 상태의 순선한 성정을 지향하고 있는 작품들이다.[40] 송순의 「오륜가」, 정철의 「훈민가」, 이숙량의 「분천강호가」는 백성이나 혹은 종도(宗徒)들에게 유교적 생활 윤리를 고무하기 위한 목적에서 창작되어 도덕적 선(善)을 함양하고 화속(化俗)하는 악론(樂論)의 대의에 부응한다. 그리고 고응척의 「대학곡」은 유교적 사유의 근간이 되는『대학』의 요체(要體)를 내면화하는 내용으로 시가론의 공효성에 가까운 작품이라 할 수 있다.[41]

그러나 강호자연의 이치(理致)[42]를 그려내어 인성(人性)을 고무하거나, 유교적 이념의 순수를 지향하는 작품은 그렇게 많지 않은 듯하다. 즉 도학적 성정의 원칙은 사대부 시가의 전범이 필요함을 절감했던 이이와 이황에게서 가능했던 것이고, 그 밖의 사대부들은 성정함양을 유념하되 노래의 서정적 정감은 포기하지 못했다.

16세기 사림이 지적한 바처럼 온유돈후(溫柔敦厚)하고 우유충후(優柔冲厚)를 완벽하게 표현하고, 이로부터 성정감발을 유도하는 이상적 음악의 경지에까지 이르지는 않더라도, 사대부 시가 중 많은 작품이 유교적 악론의 범주를 이탈하지는 않는다. 정성근의 시조, 김구가 중종에게 불러준 "오나리―"와 같은 시조, 이현보 모(母)나 노진 모(母)의 시조, 양응정이 생

---

40) 김흥규, 「16·17세기 江湖時調의 변모와 田家시조의 형성」,『어문논집』35, 고려대 국어국문학회, 1996, 222면. 김흥규는 이와 같은 성향을 도학적 근본주의라고 표현하면서, 이현보·이황·권호문·고응척·이이가 여기에 가까운데, 고응척이나 이이는 도학적 근본주의를 완벽하게 구현하지는 못한 것으로 본다. 그런데 이황이나 이이가 강호―속세의 대립의식이나 배타성 자체를 작품에서 드러내기 꺼렸다고 본다면, 이이는 이황과 마찬가지로 도학적 근본주의를 전범적으로 보여준 경우가 아닌가 한다.

41) 물론 고응척의 작품 중 「호호가」와 같은 것은 서정적 흥취를 바탕으로 하여, 부분적으로 醉樂을 바탕으로 한 정감의 경향이 드러나기도 한다. 사대부 시가의 정감 지향성을 논의하면서 재론할 것이다.

42) 신연우, 「조선조 사대부 시조의 理致―興趣 구현 양상과 의미 연구」, 한국정신문화연구원 박사논문, 1994. 이 논문은 조선조 사대부 시조작품을 크게 理致와 興趣의 주제로 나누어 그 양상을 살피고 있다. 여기서도 강호자연의 이치를 구현한 16세기 작품으로 이황과 이이의 시조만 들었다.

일잔치에서 부른 노래 등은 모두 충정심과 효를 바탕으로 송축하거나 근심하는 내용이기 때문에 유교적 도덕·윤리를 선양하기에 충분하다. 적어도 성정(性情)의 정(正)을 고무하는 내용들이라고 할 수 있다. "오나리―" 시조가 현세적 향락을 노래했다고 보기도 하나, 김구가 부른 오나리의 세계 인식이나 이현보와 노진의 모가 "오나리"의 일부를 수용한 경우로 보더라도 오히려 오늘과 같은 태평시대, 혹은 좋은 날이 계속되기를 바라는 송축의 마음이 간절하게 담겨있다고 할 수 있다. 취락시조나 창부 타령류 시조처럼 인생무상을 깔고 순간적 향락으로 경사한 작품은 절대 아니다. 모두 충심이나 효심을 바탕으로 만세무궁(萬歲無窮)을 기원하는 쪽에 가깝다.

　사대부 시가 창작의 대세는 강호생활의 흥취(興趣)를 구현하는 쪽으로 흘렀다. 주지하듯이 사대부 시가만을 놓고 볼 때, 여말 어부가에서 그려 낸 강호자연의 세계가 15세기의 사대부 시조에서 발현되기 시작하여 16세기 들어서면 일반적 정서로 완전히 자리잡게 된다. 대부분의 강호시가 들은 유교적 악론이 유도하는 윤리적이며 도덕적인 선(善)을 이탈하지 않는다.43) 그 내용이 주로 사리사욕(私利私欲)과 같은 인욕(人欲)을 벗어나 자연에 살며 탕척(蕩滌)한 정신 상태를 지향하고 있기 때문에 성정감발에 크게 어긋나지는 않는다. 그런데 강호자연의 은둔생활을 그린 시가들은 대부분 강호와 속세라는 대립 구도 속에서 강호를 선택한 자부심을 그리면서도 속세에 대한 미련과 갈등을 노출하여 심리적 완충이나 정감의 정화로서 노래를 표현하는 경향이 강하다. 이현보의 작품이나 권호문의 작품이 정감 정화와 양성정을 절충하여 희로애락의 심리적 진폭을 조절하듯이 많은 강호시가들이 이런 점에 가깝다고 할 수 있다. 심리적 갈등의 해

---

43) 김학성, 「시조의 시학적 기반」, 『한국고시가의 거시적 탐구』, 집문당, 1997. 이 논문에서는 사대부시조가 유가사상의 절제를 넘어서지 않는 범위에서 창작되었음을 밝히면서, 酒歌舞妓의 宴樂 기반 속에서도 시조의 형식적인 규범의 틀을 넘어서지 않는 것을 모범으로 삼는다고 보았다.

소가 강호 자연생활의 흥취를 강조하는 속에서 진행되는 것이 특징이라고 할 수 있다.

이별(李鼈, 1475~?)의 「육가」와 박세구(朴世矩)의 「향촌십일가(鄕村十一歌)」, 송순의 「면앙정가」, 정철의 「성산별곡」, 고응척『대학곡』 중에 「당우곡(唐虞曲)」이나 「호호가(浩浩歌)」는 이런 강호생활의 흥취를 세사(世事)에 대비하는 경향이 강하다. 또 여기에 등장하는 장락대취(長樂大醉)와 같은 취락은 보통 질탕한 풍류로 보는 경향이 많은데, 이런 노래에 등장하는 취락은 자연과 함께 하는 풍류생활의 도구이지, 향락적인 방기(放棄)를 조장하지는 않는다. 정철의 「관동별곡」처럼 유람지의 풍광을 형상화하고 풍취(風趣)의 열락(悅樂)에 몰두하는 경우라도 사대부의 우국(憂國)이 한 축을 이루고 있어 유가적 악론에서 경계하는 "移情蕩心"에 흐르지는 않는다. 탐미적인 승경 묘사로 가는 듯하면서도 자연의 담박함을 버리지 않고, 불평과 시름을 드러내면서도 원망이나 비탄으로 흐르지 않는 절제된 감각을 바탕으로 한다. 그렇지만 호방질탕한 감정의 노출은 삼가더라도 사대부로서 간직한 불평이나 희로애락과 같은 정서를 해소하기 위한 정감 표출의 경향을 완전히 억누르지는 못하는 것이다. 이런 점을 본다면, 적어도 16세기 사대부들이 공무중에 혹은 한거(閑居)중에도 유자로서의 조존(操存)을 생각하고, 성정함양이라는 시가론의 공효를 유념하면서 시가의 작품 수준을 고심했다고 할 수 있다.

그런데 성정함양이라는 시가론의 공효성을 의식하지만, 모든 사대부 시가가 위의 두 방향에서 진행되지는 않았다. 감정 절제에 노력은 하되 시가의 정감 표현을 포기하지 못했듯이, 개인적 서정의 영역은 노래의 존재 이유이다. 더구나 실제 사대부의 연행문화 전반이 유교적 악론의 원칙으로 절제되거나 하지는 못했기에 노래의 정감 지향은 억제되기 어려운 부분이었다. 「관서별곡」이나 「화전별곡」이 기녀를 동반한 술자리의 흥취를 묘사했는데, 이는 유교적 윤리로서 본다면 사대부적 일상으로 별로 권장할 만한 세계상은 아니다. 그러나 사대부의 일상문화라는 점에서 자연스럽게 수용되었던 것이다. 시가론이 공효로 인정되었던 상황이라 하더라도 사대부문화가 개혁되었던 것은 아님이 분명하다. 앞 장에서 거론한 16세기 사림들이 여악과 속악의 문란함을 비판했던 것은 당대 일반 사대부문화가 그렇게 흐르고 있다는 역설로 해석된다. 이들은 그런 속된 문화를 거부하고 유자의 모범을 지키려했던 소수의 사람들이었다고 할 수 있다. 이런 사대부들의 움직임 때문에 사대부적일 수 있는 시가의 보편적 유형이 형성될 수도 있었지만, 사대부 연회가 지닌 관례적 속성은 계속 이어졌다고 보는 편이 타당하다.

모임의 담박함과 성정의 소활을 희구했던 이현보도 기녀를 동반하는 주연을 당연하게 설행했고, 송인이나 정철은 연석(宴席)에 성기(聲妓)를 대동하여 가무(歌舞)를 즐기면서 16세기의 풍류문화를 주도했던 듯하다. 송인(宋寅)은 당시 명창으로 이름난 석개(石介)를 가기(家妓)로 길렀으며, 빈번한 연회와 가무(歌舞)의 설행이 그 예(禮)에 벗어나 왕에게까지 말이 올라갈 정도였다. 여악과 질탕한 연음은 도학에 뜻을 둔 선비가 즐겨서는 안되는 것이지만, 그것은 이를 심각하게 받아들이는 사람들에게 해당되는 원론이고 일반 사대부들은 기녀를 동반하고 벌이는 취락의 현장을 일상적으로 받아들였다고 할 수 있다.44) 퇴계도 경사(京師)에 있는 동안 일상적으로 벌이는 연음에 빠져들어 심지가 방탕해진 경험을 말하여 제자들을 경계시켰는데, 여기서 벌이는 연회문화는 악공이나 기녀를 동반하고 벌어지는 질탕한 풍류였다고 할 수 있다. 보통 사대부들이 기녀에게 주는 증시(贈詩)를 많이 남기고 있고, 사대부가에 악공과 기녀를 초청하여 벌이는 주연이 종종 기록되는 것을45) 보더라도 시가(詩歌)의 정서가 성정함양을 위한 것보다는 쉽게 연석의 흥취나 정감 분출에 기울 수 있음을 말해

---

44) 강명관, 「조선 전기 사대부의 음악향유의 제 양상」, 『조선시대 문학 예술의 생성 공간』, 소명출판, 1999.

45) 鄭士龍(1491~1570), 「暮春下旬有六, 國工許億奉(大笒)李佐(腰鼓)鄭義堅(伽倻琴)等, 不期來謁, 俾就家園, 縱奏其技, 又使家婢, 助以歌舞, 眞一場戲劇, 聊記一律云」, 『湖陰雜稿』 권4, 『문집총간』 25, 129면.

준다. 따라서 절제되지 않은, 그리고 흔히 시가론에서 경계하는 속성이 사대부 시가에서 발견되는 것이다.

이행(1478~1534)이나 주세붕이 「한림별곡」을 향유한 현장은 옛 한림재상이 모인 자리거나 그와 유사한 자리인데,[46] 관료로서의 도도한 기상이 한껏 고조된 분위기 속에서 그 노래가 열창된다. 이현보조차 이하의 「장진주」를 노래하고, 정철이 「장진주사」를 남기고 있듯이 방탕하게 흘러가는 취락의 풍류는 일상문화로서의 사대부 생활의 연장이었다고 할 수 있다. 내일을 잊고 술에 빠져드는 일락은 술자리의 흥취 속에서 가능할 수 있는 정감의 표출이다. 이것은 흔히 질탕하다고 표현되는 세계에 가깝다. 정철은 「장진주사」와 「사미인곡」으로 인해 사(邪)하다는 평가를 받기도 했다.[47] 붕당의식의 소산으로 해석될 수도 있지만, 16세기 당대 사림의 분위기에서 본다면 충분히 그럴 소지를 갖고 있다. 중종대의 기묘사림이 「동동」과 「정읍」을 「신도가」와 「수만년사」로 대치했으니, 남녀상열로 표현된 연주지사(戀主之辭)도 음사(淫辭)로 인식했던 증거다. 「장진주사」는 말할 필요도 없고 16세기 당대 사림이 「사미인곡」에서 연주(戀主)를 은유한 남녀상열을 사(邪)하다고 보는 것은 당연하다. 정철은 「훈민가」를 짓기도 했지만, 시가(詩歌)의 예술적 정감을 포기할 수 없었다고 할 수 있다.[48] 임금을 님으로 표현하여 애정에 빗댄 충정심을 표현한 것이 전통적인 은유

---

46) 李荇, 「快心亭」, 『容齋集』, 『문집총간』 20, 480~481면. "正德庚辰, 予奉使, 由嶺南, 歷湖南, 全州府尹鄭公順朋, 侯予於快心亭上, 時適閏八月之望, 而在座者, 皆翰林舊先生, 酒闌月上, 遂更設爲翰林宴, 以予爲最舊, 推爲上官長, 餘各以次分占, 府尹公當奉教從事官, 崔君重演都事, 李君弘幹待教, 求禮縣監安君處順檢閱, 薦花行酒, 一遵古風, 用螺盃稱鸚鵡盞, 以爲傳心, 上下無筭, 旣醉, 共起爲上官長行酒禮, 齊唱翰林別曲, 列妓相和, 響徹寥廓, 回視白月已中天矣."

47) 허균, 「說部」 4, 『惺所覆瓿藁』 권25. "鄭松江善作俗謳, 其思美人曲及勸酒辭, 俱淸壯可聽, 雖異論者斥之爲邪, 而文采風流, 亦不可掩, 比比有惜之者."

48) 최규수, 「松江 鄭澈 詩歌의 美的 特質 硏究」, 이화여대 박사논문, 1996.
　　이 논문에서는 정철의 가사작품과 시조작품을 대상으로 사람들에게 애창되고 칭송될 수 있었던 정철 시학의 미적 특질을 탐색하였다. 정철 시가들이 유가적 이념을 넘어서는 인간의 서정적 보편성을 획득했기 때문임을 밝히고 있다.

방식이기는 하지만, 담박한 충심의 표현이 주가 된다. 그러나 「사미인곡」
은 상당히 애절한 여인의 마음을 섬세하고 미려하게 묘사하여, 성정(性情)
의 담박함에서 멀어졌다고 할 수 있다.

그러나 많은 사대부들은 그리움이나 이별의 정감에 둔감하지는 않았을
터이므로 보편적 정서로서 이해했을 것이다. 황진이의 시조가 이별의 아
픔과 그리움을 곡진한 정감에 실어 두고두고 회자되었듯이 이를 수용하
는 사대부들의 정서적 지향이 어디에 있는지 읽어낼 수 있는 것이다. 또
한 홍랑이 이별의 노래로 최경창에게 남긴 시조도 남녀간의 정감을 바탕
으로 한다. 양사언(楊士彦)이 전별연에서 김언형(金彦亨)에게 준 시조는 이
별의 정감을 희학적으로 그려내고 있다.[49] 이처럼 남녀상열을 바탕으로
하는 정서는 시가론이 표방한 담론과 다른 방향에서 지속적으로 창작되
고 불리웠던 것이다. 이 작품들이 전체적으로 보아 대단한 일탈을 조장하
는 내용은 아니지만, 정서분출을 절제하거나 조절하는 것과는 거리가 멀
다. 노래의 서정 지향은 시가론이 언명한 성정지정보다는 정감의 표현에
더 적합한 속성을 갖는 것인지도 모른다.

16세기는 사림들에 의해 현실의 음악향유도 어느 정도 제약을 받는 단
계에 들어선다. 사림들은 유교적 악론을 자신들의 생활 원칙이나 당위로
삼아 그렇지 않은 음악적 관습을 부정적으로 파악했다. 적어도 사족의 음
악은 도덕·윤리적 선으로 인도되기를 바랬다. 이에 영향받은 사대부들

---

49) 양사언은 단가 10수 중 1수를 한시로 남겼는데, 그것은 앞의 주에서 인용했다. 후대
가집에서 발견되는 "倉頡이 作字할지 此生怨讐 離別 두 字 / 秦始皇 焚書에 어니 틈
어 드르다가 / 至今에 在人間ᄒᆞ야 남의 익를 긋ᄂᆞ니"라는 시조와 동일한 작품이다.(강
명관, 「조선 전기 고려가요의 전승과 시조사의 문제」, 『조선시대 문학예술의 생성공
간』, 소명출판, 1999) 강명관은 이 작품을 애정시조로 국한시켰는데, 노래의 창작 상황
을 볼 때 이별에 대한 보편적 정서를 바탕으로 한 것이지 남녀간의 애정은 아니다. 후
대에 이 작품이 남녀의 애정으로 전화된다고 해서 이를 근거로 시조에 면면히 흐르는
남녀상열의 민중정서라고 해석하기는 어렵다. 사대부들의 전별연에서 불리는 陽關詩
들처럼 인간의 보편적 정서가 유교적 악론의 원칙에 갇히지는 않았던 반증으로 보아
야 할 것이다.

은 공적 담론이 주도하는 대로 사대부 미감을 조정하고 그런 방향에서 작품이 창작되었다. 시가에서 서정과 성정의 선(善)을 조절·절충하는 단계에 들어섰기 때문에 시가에 대한 지평은 시문학에 대한 기대치로 격상되었다. 이것은 16세기 시가론이 적어도 사대부의 교양으로서 시가를 인식하게 만든 중요한 근인이라고 할 수 있다. 따라서 그 파급력은 상당한 진전을 이룬 것이라고 평가할 수 있다. 그러나 시가론의 공효가 대사회적인 규범으로 강요된 것이 아니라 개인적인 실천이었기 때문에 모든 사람이 준수해야 하는 사항은 아니었다. 예제(禮制)는 개인을 제약할 정도로 상당히 준칙화되는 경향으로 갔으나, 음악에서는 그렇지 못했다. 물론 유교적 악론은 기묘사림의 등장 이후 공적 담론으로 인정받았기 때문에, 노래의 서정성이나 정감지향의 성격을 논리화하는 일은 발견되지 않는다. 하지만 일상의 음악 향유를 이념에 제약받아야 하는 위치에 설 정도로 중요한 것으로 보지 않고 여가생활의 희학과 이완으로 취급하는 경우도 존속했다. 철저한 몇몇 사림들이 그 제자와 주변 사람에게 미친 영향이지, 그 밖의 사대부들은 공론에 눌리어 표명하지 않았을 뿐 이념의 방향과는 별개에 놓이는 자리에 음악의 기능을 상정했다고 할 수 있다.

이념에 배치된다거나 이념에 저항하는 표지로서 일상의 음악을 자유롭게 생각했던 것이 아니라, 음악이 자신들이 준수하는 도학적 이념과 그 탐구의 차원과는 완전히 다른 차원에 놓이는 것이라고 생각했기 때문이다. 즉 일상의 음악이 자신의 이념적 지향을 방해하는 근본적인 자리에 있다고 생각하지 않았고, 그러므로 노래의 존재이유인 서정적 정감의 분출을 포기하지 못했던 것이다. 따라서 절제된 성정미학을 보여준 사림들의 시가는 아주 특별한 위상을 지니고, 전범의 역할을 했다고 할 수 있다. 그 밖의 사대부들은 시가론을 인정하되, 넓은 의미의 정감 지향을 시가의 본연으로 인식했다. 사대부 시가의 대부분은 이현보나 권호문이 보여준 정감 분출과 흥취 고조에 가까웠다. 사물에 부딪히기 이전의 본연의 정(情)은 철학이며 사상이지 서정의 기능은 아니었기에 사대부들은 이 부분을 열어놓고 완화해서 표현하거나 혹은 그것이 넘쳐 질탕하게 가기도 했던 것이다. 결국 15세기부터 16세기에 이르기까지 유교적 악론이 수용되어 시가의 공효로 자리를 잡았지만 이것이 시가(詩歌) 연행의 완전한 관성(慣性)으로 확립되기는 어려웠다고 할 수 있다. 15세기에는 일상의 영역에서 진행되는 놀이로서의 음악 향유를 자연스럽게 인정하고 있었고, 16세기에는 일부 사림들이 유교적 악론의 공효성을 일상의 시가 향유에서 실현하려고 노력했으나 일반 사대부들은 이를 지향할 이상으로 인식했지 시가 향유의 원칙이나 당위로 삼지는 않았기 때문이다.50)

공적 담론을 내면화한 것은 사림파라는 특정 집단의 움직임이었고, 여타의 사대부들은 여전히 공적 담론과 예술적 실천의 간극을 메우려는 의식적 행위 밖에서 시가문학에 대한 향유를 자연스럽게 이어나갔다. 시가의 미적 취향이나 기호는 자유로운 선택의 문제로 열려 있었던 것이다. 사림파의 시가론이 16세기를 대변하는 예술적 담론이었던 사실은 움직일 수 없는 진리이지만, 모든 사대부가 이를 추수해야만 하는 것은 아니었다. 미적 기준으로서 의식하였지만 그들의 미적 취향을 얽어맬 수는 없었던 것이다. 미학 이론과 미적 취향이 부분적으로 사이좋게 병행되기도 했다는 점에서 그 성과를 갖지만, 미적 취향이 전격으로 공적 담론과 일치할 수는 없었다는 것이 문학사의 진실이 될 것이다.

조선 전기 시가론의 전개과정을 살핌으로써 국문시가론 형성의 전사적 의미와 그 위상을 재구하는 발판을 마련할 수 있게 되었다. 기존의 시가론 연구는 성리학적 문학론의 심화에 의해서 국문시가론이 등장했다고 보았

---

50) 김대행, 『시조유형론』, 이화여대 출판부, 1986.
　　김학성, 「시조의 존재양태와 표현특징」, 『한국고시가의 거시적 탐구』, 집문당, 1997.
　　김학성은 노래가 '놀이'이고, 시조가 노래로 향유되는 이상 '놀이'로서 즐기게 됨이 숙명이라고 보았다. 시조를 향유하는 동안 향유자는 삶의 현장에서 놀이의 공간으로 이동하게 된다고 보았다. 따라서 놀이 그 자체의 즐거움의 추구로 빠져들게 되는 경우가 나타난다고 하였다. 이들은 사대부 시가에 나타난 정감 발산의 경향을 노래의 본질로 해석한다.

다. 그러나 조선 전기 시가론 전개과정을 보면 단순히 성리학적 문학론이 개입된 결과, 국문시가론이 표출된 것은 아니다. 15세기의 유교적 악론이 조선조의 음악문화 현실에 적응하면서 생겨난 여러 가지 양상들이 복합되고, 또 음악을 수기(修己)로 인식했던 사림의 원칙론적 실천에 부응하여 국문시가론이 나올 수 있었던 것이다. 앞장에서 서술한 시가론의 의미를 보면, 유교적 악론이 현실에 부침하여 당대의 정치적·문화적 인식에 의해 악론의 강조점이 변화되면서 급기야 국문시가론이 나오게 되었다는 사실을 확인할 수 있었다. 더구나 유교적 악론은 수용 즉시 사회의 당위로서 전면화된 것이 아니라 관행적인 음악 향유 인식과 충돌하면서 그 존재를 정립해갔다고 할 수 있다. 사대부 시가론은 원칙에 충실한 개인의 실천에 의지해서 그 자리를 확보해갔기 때문에 사대부들의 이상적 지향은 될 수 있었지만 생활의 당위는 아니었다는 사실도 시가론의 전개과정을 통해 확인할 수 있었다. 우리는 이 사실로부터 조선 전기 시가론의 유교적 이념 지향을 성리학적 문학론의 저변화로 대입시켜서는 안된다. 유교적 악론이 시가론으로 정립되고 그것이 국문시가론으로 표출되는 양상은 분명 성리학적 이념의 원칙화나 내면화와 맥을 같이 하지만, 이것이 곧 향유 인식 전반을 지배하는 것은 아니었음도 명심해야 한다.

2. 조선 전기 시가론의 문학사적 의미

이 절에서는 시가론의 의미를 비평사적 관점에서 짚어보려고 한다. 조선 전기 시가론에서 획득한 미학적 관점들과 국문시가에 대한 가치 평가가 전체 문학사에서 볼 때 어떤 위상과 의미를 갖는지를 점검하려는 것이다.

비평사적 관점에서 볼 때 국문시가의 가치를 발견하고, 그 문학적 위상을 확인시켜 준 최초의 논의는 '향가(鄕歌)'에 대한 발언에서이다. 최행귀(崔行歸)와 일연(一然)이 보여준바, 향가에 대한 인식은 국문시가에 대한 인식 수준을 가늠하게 해준다. 최행귀는 균여(均如)의 「보현십원가(普賢十願歌)」를 번역(967)하면서 향가를 당시(唐詩)와 비교하였는데, 소리에 있어서는 현격한 차이가 나지만 문리(文理)에 있어서는 향가와 당시(唐詩)가 서로 우열을 비교하기 어려운 대등한 관계임을 강조한다.51) 일연도 향가(鄕歌)를 시송지류(詩頌之類)로 설명하여, 향가를 한시(漢詩)와 동일한 차원에서 인식한다.52) 이와 같은 향가에 대한 인식은 국문시가를 한시와 대등한 시각에서 바라보는 것이며, 동시에 국문시가의 독자성에 의미를 두는 관점이라고 할 수 있다. 한시와 향가의 언어적 차이를 분명하게 인지하고 그 문학성을 논의했다는 점에서 국문시가에 대한 가치평가가 상당히 긍정적인 관점에서 행해졌음을 알 수 있다. 더구나 국문시가를 詩와 동일한 층위에 놓음으로써 국문시가의 문학적 지평을 확보하고 있었다고 할 수 있다.

향가 비평론의 뒤를 이어 국문시가에 대한 인식을 보여주는 경우가 바로 16세기의 시가론이다. 16세기의 시가론은 국문시가의 독자성이나 그 문학성에 주목하면서 그에 관한 인식론을 정리한 것은 아니었다. 유교적 악론을 수용하면서 음악의 효용을 중시하게된 사람들이 한시와 다른 차원에서 국문시가의 존재 의의를 인정하게 된 것이라고 할 수 있다. 따라서 시와 대등한 층위에서 국문시가의 독자성을 주목한 것은 아니었다. 우리나라 사람은 우리말로 된 노래를 불러야 성정감발이 자연스럽게 이루어진다는 인식에 의해서 국문시가의 필수불가결함을 자각하게 되었던 것이다. 국문 노래의 다양한 성향을 그대로 인정하면서 그것의 문학적 독자

---

51) 최행귀, 최철·안대회 역, 『譯注 均如傳』, 새문사, 1986, 59면. "然而詩構唐辭, 磨琢於五言七字, 歌排鄕語, 切磋於三句六名, 論聲則隔若參商, 東西易辨, 據理則敵如矛盾, 强弱難分. 雖云對衒詞鋒, 足認同歸義海, 各得其所, 于何不臧."
52) 일연, 「月明師兜率歌」, 『三國遺事』. "羅人尙鄕歌者尙矣, 盖詩頌之類歟, 故往往能感動天地鬼神者非一."

성과 가치를 옹호하고 이론화시켰던 것이 아니라 성정함양이라는 노래의 효용을 중시하게 되면서 국문시가의 위상을 격상시킨 것이었다. 그런 까닭에 성정미학의 차원에서 국문시가의 수준을 한시론의 그것과 동일하게 격상시키게 되었던 것이다. 희학(戲謔)의 차원에서 주목받지 못했던 국문시가가 이를 계기로 사대부문학의 영역으로 거론되었다는 것은 16세기 시가론이 갖는 비평사적 의의라 할 수 있다. 또한 국문시가가 진지하게 그 창작방향을 모색하며 문학성을 따지기 시작했다는 점에서 대단한 의미를 갖는 비평사적 단계였다고 평가할 수 있다.

그런데 16세기는 시가의 예술성을 가르는 절대적 기준이 유교적 성정 윤리로서의 선(善)으로 정립되었기 때문에 성정미학을 구현하는 정도로 그 문학성이 평가된다. 그러므로 그 밖의 다른 미학적 장치는 적어도 시가를 이론화하는 작업으로는 발현되지 않는다. 따라서 16세기 당대적 의미에서 보면 시가(詩歌)에서 찾을 수 있는 다양한 예술적 면모가 유교적 악론에 의해 하나로 통합되는 편향성을 피하지 못하게 된다. 실제의 음악 관행이 어떤 식이든 이를 옹호하거나 인정하는 논리는 잠재화되어 철학적 성정의 측면이 아닌 "노래의 서정"은 이론화되지 않는다. 즉 시가의 서정이 성정미학으로 구축되어 정감 발현의 서정은 미학적인 발전과 논리화 작업이 이루어지지 못했다.

조선 전기 시가론은 이후 그대로 계승되어 하나의 줄기를 이루기도 하고, 다른 한편으로는 16세기 시가론에 대한 반동으로 국문시가의 문학적 독자성을 강조하거나, 성정미학에 의해 억눌렸던 "情"을 재발견, 옹호하는 측면에서 진행된다. 어떤 경우이든 17세기 이후 국문시가의 시문학적 (詩文學的) 위상은 성정함양에 가장 직결된다는 점에서 뿐만 아니라 국문시가 자체의 가치를 따지는 차원에서 그 독립적 위치를 더욱 분명히 하게 된다.

16세기 국문시가론이 확인한바, 유교적 악론의 공효성과 국문시가의 필요성은 이후의 시가론에서도 계속된다. 수기적(修己的) 악론(樂論)을 수용하고 적극 실천했던 사대부들은 이황과 이이를 추숭한 사람들이었다. 17세기 이황을 추숭하는 문인들은 「도산십이곡」을 본받으며 시가의 공효를 실천하려고 노력한다. 장경세(張經世, 1547~1615)는 「도산십이곡」이 선단(善端)을 흥기하고 사예(邪穢)를 탕척한다고 인정하고, 이를 동치(童稚)로 하여금 가영(歌詠)하게 하여 도움이 되도록 하였다. 또한 「도산십이곡」을 본받아 애군우국(愛君憂國)의 정성과 주자학의 바름을 내용으로 하는 「강호연군가(江湖戀君歌)」를 지어 동몽소자(童蒙小子)로 하여금 가영하게 한다.53) 시가의 공효를 깊이 체득하고 이를 실천했던 것이다. 이득윤(李得胤, 1553~1630)은 그가 즐긴 악조 평조 만대엽이 종용한원(從容閑遠)하고 자연평담(自然平淡)하여, 탕척사예(蕩滌邪穢)와 소융사재(消融渣滓)의 경지에 이르게 한다고 평가한다. 그가 존숭한 바가 유교적 악론에 의거해 있으며, 이를 사대부 음악의 본류로 생각했다고 할 수 있다. 그는 이런 음악관을 시가창작으로도 실천하여 이황의 「도산십이곡」을 모방한 「서계육가」·「옥화육가」를 지어 그 한거미를 지극히 하였다.54) 이황의 문인 장흥효(1564~?)는

---

53) 장경세, 「江湖戀君歌跋」, 『沙村集』 권2, 24면. "余少時, 因友人李平叔, 得見退溪先生陶山六曲歌, 意思眞實, 音調淸絶, 使人聽之, 足以興起其善端, 蕩滌其邪穢, 眞三百篇之遺旨也. 傳寫一本, 藏諸篋笥, 時使童稚, 歌而詠之, 大有所益. 不幸見失於兵火之中, 今已十年, 僅能記得數三曲, 每於靜夜月明, 沈吟之, 永言之, 以寓景仰之懷, 傾者, 適到月波軒, 偶得印本, 乃前所謂陶山六曲也, 一番吟諷, 益覺意味深長, 自不知手舞而足蹈也, 謹效其體, 足成前後六曲, 一以寄愛君憂國之誠, 一以聖賢學問之正, 末乃自言其志, 極知僭踰無所逃罪, 然使童蒙小子, 時時高詠, 以發其歸趣, 則猶勝於吟風詠月, 流蕩忘返者也."
「沙村張公墓誌」, 『沙村集』 권4, 25면. "公於我東諸賢中, 最慕退陶先生, 擬和陶山六曲詩, 作江湖戀君歌, 使子弟及門徒諷而論之, 前六曲 愛君而憂時也, 後六曲則尊朱而斥陸也."

54) 李得胤, 「答鄭下叔(斗源)」, 『西溪先生文集』. "其平調慢大葉者, 諸曲之祖, 而從容閒遠, 自然平淡, 故若使入三昧者彈之, 則油油乎若春雲之浮空, 浩浩乎若薰風之拂野, 又如千歲驪龍吟於瀨下, 半空笙鶴唳於松間, 則所謂蕩滌其邪濊, 消融其查滓, 而怳在於唐虞三代之天矣."
李景奭, 「行狀」, 『西溪先生文集』 권4, 29면. "讀書之暇, 逍遙于溪上, 心得之樂, 發於歌咏, 作爲西溪六歌, 又作玉華六歌, 合爲十二曲, 極言閒居趣味, 盖倣陶山十二曲之意也, 又蓄儒琴常撫弄寄興, 淡然若無意於世, 而傷時憂國之誠, 則眷眷不已, 或至於扼腕而流涕矣."

여악과 속악을 비판하며, 자무자창(自舞自唱)으로서 성정을 기르는 가무의 연행을 가르치면서 예를 잃지 않도록 경계하였다. 그는 제자들에게 「도산십이곡」을 부르게 하고, 자신도 "知行兩進"을 내용으로 한 노래를 짓기도 한다.[55]

이들보다 뒤에 활동한 이황계 문인 신익황(申益滉, 1672~1722)은 「도산십이곡」에 담긴 시가의 공효를 인지하고, 이를 주자의 시와 동등하게 추숭하는 일에 앞장선다. 그는 국문시가가 속(俗)하니 주자의 시와 병렬 수록할 수 없다는 세간의 비난을 물리치면서, 시와 노래는 공히 감발흥기를 귀하게 여기는 것으로 노래에 도(道)가 담겨있다면 시(詩)가 가(歌)를 가릴 필요가 없다고 반박한다.[56] 시에서 남은 감흥의 여지가 노래로 이루어지는 것이니 노래의 내용이 도를 담은 것이라면 시(詩)와 가(歌)를 가르는 어음(語音)의 차이로 아속(雅俗)을 구분할 필요가 있느냐는 논리를 편 것이다. 국문시가의 위상을 시와 동일한 차원에 놓는 일이 후기 문인에 의해서 이루어진 경우인데, 국문시가에 대한 적극적인 의미 부여는 「도산십이곡」을 추숭하는 자세에서 비롯된 것이다.

이이는 시가에 관한 이론화보다는 국문시가를 창작함으로써 수기적(修己的) 악론(樂論)을 실천했는데, 그의 시가 인식이나 실천이 이황처럼 후기

---

55) 장흥효, 「言行錄」, 『敬堂集』 권2, 『문집총간』 69, 188면. "生日 …… 諸生或請作樂, 卽先生曰, 安用歌兒舞女以瀆吾堂, 爾等自唱自舞可也. 令一唱而一舞以次相遞而罷, 雖至極歡, 無敢有喧譁失禮者. 或遇佳辰令節, 卽率弟子, 或登山或臨水, 遇奇絶處, 卽令習禮令誦書令唱歌, 所誦者朱子敬齋箴陳茂卿夙興夜寐箴及朱子詩數首, 所唱卽退溪先生陶山十二曲及自作歌一関(歌以知行兩進爲言)."

56) 신익황, 「次來卿讀陶山徽音有感詩韻 幷序」, 『克齋集』 卷之一. "所以不能自已者也, 或謂陶山十二曲, 佳則佳矣, 然而雜以方言, 俗而不雅, 不必幷取於此. 是不然矣. 蓋詩言志, 歌永言, 詩之而不足則歌之. 然今之詩, 與古之詩異, 可詠而不可歌. 此先生之所以有此曲, 而其跋語旣自以爲. 欲使兒輩, 朝夕習而歌之, 隱机而聽之. 亦使兒輩自歌, 而自舞蹈之. 庶幾可以蕩滌鄙吝, 感發融通, 而歌者聽者, 不能無交有益焉. 趙月川亦稱先生, 囂囂自得之趣, 備見於陶山詩記及四時吟, 而幷擧此曲, 以爲極言閒居味, 道無窮之樂, 則不可少也, 明矣. 夫道之所在, 則詩與歌奚異, 所貴乎詩與歌者, 爲其能感發興起, 則雅與俗奚擇. 此吾所以愛玩此曲, 不減於武夷櫂歌, 而幷錄於篇末者也. 此意跋中所未及言者, 故今仍和韻, 而幷及之."

문인들에 의해 적극적으로 계승되지는 않은 듯하다. 「고산구곡가」가 송시열과 같은 사람에 의해서 한역되거나 화운(和韻)되어 한시로 남은 경우를 제외하면, 이이가 시가향유에서 도달하려 했던 이상을 재논리화하는 일은 없었다. 다만 19세기 말의 성리학자 유중교(柳重教, 1821~1893)가 기묘사림이나 16세기 중반 사림들이 내세웠던 국문시가론의 요지를 명료하게 체계화하였다.57) 그는 우리는 우리말로 노래해야 그 진면(眞面)을 느낄 수 있다고 하여 국문시가의 독자성을 강조하고, 이이의 「고산구곡가(高山九曲歌)」를 동국가요 중에 감인화속(感人化俗)한 모범으로 들면서 이를 의방한 「옥계구곡가(玉溪九曲歌)」를 짓는다.58) 그는 학도들이 현가(絃歌)로써 도를 배움을 말하고, 이 현가(絃歌)가 바로 고악(古樂)인데, 지금은 고악이 사라져 다시 회복되기 어려우나 노래의 가사에서는 고인(古人)의 지(志)를 얻을 수 있다고 본다. 따라서 노래 가사에 고인의 뜻이 담겨있다면, 금악(今樂)이 고악(古樂)과 같아질 수 있는 것이라고 보고 시가의 내용이 시의 수준

---

57) 이동연, 「19세기 시조의 변모양상」, 이화여대 박사논문, 1995, 155면. 이 논문에서는 유중교의 시조와 시가관을 통해 국문시가에 대한 인식 수준을 점검해 주었다.

58) 유중교, 「絃歌軌範序」, 『省齋集』 권40, 692면. “昔吾夫子之武城, 聞絃歌之聲曰, 割溪焉用牛刀, 言游對曰, 君子學道則愛人, 小人學道則易使, 觀此則聖門敎人學道, 其具則絃歌是也. 後世古樂旣亡, 俗樂無法, 學道之士, 雖欲從事於絃歌, 亦無所據以治之用, 是大小學宮講習之場, 寂寥乎, 其無以聲感人之道, 余甚悲之. 以爲凡事有本有末, 樂之本, 則志而已, 詩所以言志, 歌所以永言, 聲所以衣永, 律所以和聲, 八音所以助人聲而成章也, 今世聲律之法, 八音之器, 雖不能傳先王之舊, 而所謂詩歌者, 尙有在焉, 學者卽其詞而求之, 自可以得古人之志, 旣得其志, 則樂之大本立矣, 以此而發之, 歌詠則其聲音節度, 雖因時制宜略存大綱, 亦足以感人而化俗, 所謂今之樂, 猶古之樂也. …… 世之以琴與歌從事者, 大凡有三等, 俗工淫聲, 徒取巧於轉後弄絃之間, 以惑人之耳, 而蕩人之志, 此樂之賊而非所謂樂也, 其識此之爲可鄙, 而稍欲自高者, 又常寄情於物外, 其詞與聲一以夷曠蕭散爲趣, 此亦樂之異端而非正道也. 惟君子之絃歌也, 本之性情中正之德, 合之天地聲氣之元, 辭無大小而必有物焉, 聲無工拙而必以疊, 而和爲主, 法無疎密, 而必以莊而重爲度, 以之自樂則有所養, 以之感人則有所興, 推之以至於化, 成天下而無二道, 是則所謂樂之正道也.”

유중교, 「東謠律格」, 「絃歌軌範」, 『省齋集』. “凡歌者, 人心之感於中, 而宣於聲者也, 中國人言與文一, 故歌出於口, 卽可以書之冊而讀之, 外國人言與文二, 故歌之先形於聲者, 卽土音謳吟耳, 聽之者深繹其旨, 亦可以見天趣至譯之, 以文則反失其眞面矣, 東人土音歌謠流傳者甚多. …… 然忠臣孝子偉人莊士之詞, 亦往往出於其間, 具眼者擇焉而歌之, 其於感人化俗, 亦不無所稱, 今特擧栗谷先生高山九曲歌一篇, 略倣詩律格配律, 以見歌詠之體.”

에 올라야 함을 역설한다. 그러므로 군자 음악의 정도(正道)는 성정중정(性情中正)의 덕(德)에 근본하고 천지성기(天地聲氣)의 원(元)에 합(合)해진 것으로 성정을 길러서 감흥(感興)하게 하고 화속에 이르게 한다고 말한다. 유중교의 시가론은 기묘사림이나 이황·이이가 사대부 시가의 전범을 만들어낸 핵심적 이유를 꿰뚫고 논리화했다고 평가할 수 있는 작업이다. 더구나 「고산구곡가」를 시가의 체격으로 삼은 것은 저와 같은 인식 때문이었다고 할 수 있다. 이처럼 시가론은 19세기 후반의 사대부에게까지 존숭받았던 음악적 지향점이자 실천이었다. 그러나 16세기 시가론을 계승한 이들은 문자적 한계 때문에 어쩔 수 없이 국문시가를 인정하고 있다는 점에서 시가 인식에 관한 진전을 보여주지는 못했다.

그런데 17세기 이후로 넘어오면 16세기 시가론에 대한 반동적인 입장의 시가론이 등장하게 된다. 16세기 시가론에서 표명한 시가의 공효성과 국문시가의 필요성은 국문시가를 적극적으로 옹호하기 위한 방어논리로써 활용될 뿐, 유교적 악론의 핵심과는 전혀 다른 방향에서 논의들이 전개된다. 성리학을 존신하며 고악(古樂)의 이상을 추숭하던 사대부들을 제외하면, 많은 사대부들은 노래의 현실적인 측면에 맞닥뜨리게 된다. 노래에 표현된 정감의 역동적 측면과 노래를 통해 얻는 연락적이며 영탄적(詠歎的)인 감흥이 노래의 현실이다. 16세기 사림들은 노래가 정(情)에서 나온다는 표현의 측면을 인정하면서도 그런 까닭에 더욱 선(善)으로 유도해야 한다고 보아 성정함양이라는 장치로 노래의 정(情)을 조절했던 것이다. 그러나 17세기로부터 노래의 현실적 측면을 정직하게 받아들이고 이를 의미화하는 일이 시작된다. 일반 사대부들이 노래를 향유하던 실제적 정황이 자연스럽게 시가론으로 수용되었던 것이다.

신흠(1566~1628)은 이수광의 「조천록가사(朝天錄歌詞)」가 중정(中正)을 지켜 좋은 노래가 되었음을 높이 평가하고, 국문노래가 중국과는 다르지만 그 정경을 모두 실어내어 영탄음일(詠歎淫佚)하게 하는 점에서는 다름이 없다고 하여 국문시가의 위상을 확인해준다.59) 이는 국문시가를 주목한 발언에 해당하지만 16세기 시가론에서 언급한 문자적 한계를 전제하고 국문시가의 필요성을 말한 것과 다름이 없는 태도이다. 그러나 노래가 정경(情境)을 모두 실어내고 영탄음일하게 하는 측면은 시가의 공효성과는 상관없는 현실적인 노래의 면모를 드러낸 것이라 할 수 있다. 이런 표현은 신흠이 노래의 정서 분출을 자연스럽게 받아들이는 태도에서 비롯된 것이다. 신흠이 국문노래의 위상을 말한 부분은 홍만종의 「순오지(旬五志)」(1678)에서 우리말 장가(長歌)를 소개하는 전제로서 그대로 인용된다.

홍만종(洪萬宗)은 1668년 정두경(鄭斗卿, 1597~1673)·김득신(金得臣)·임유후(任有後)와 함께 수명의 여악(女樂)을 동반하고 주연(酒宴)를 벌였던 일을 기록했는데, 이 자료는 16세기 사람이 고수하던 절제된 연락을 전혀 의식하지 않는다는 사실을 확인시켜 준다.[60] 정두경은, 난정지회(蘭亭之會)는 시를 읊고 싶은 사람은 읊고, 술 마시고 싶은 사람은 마시는 것이니 오늘의 즐거움은 노래하고 싶은 자는 노래할 수 있고 춤추고 싶은 자는 춤출 수 있는 것이라고 한다. 이런 사대부들의 모임은 15세기부터 일반화된 것인데, 그 호방하고 질탕한 연락의 분위기를 내세우는 정두경의 태도는 15세기의 성현(成俔)과 상당히 닮아 있다. 더구나 그는 홍만종에게 "인생 백년에 이 즐거움이 어떠한가? 내가 고인을 못뵈는 것이 한이 아니라 고인이 나를 못보는 것이 한스럽네"라고 말하여, 이황이 「도산십이곡」에서 노래한 "고인도 날 몯보고 나도 고인 몯뵈 / 고인을 몯봐도 녀더길 알픠잇너"를

---

59) 申欽, 「書芝峯朝天錄歌詞後」, 『象村稿』 권36, 『문집총간』 72, 220면. "今歲公自燕回, 示欽朝天詞, 其響瀏瀏, 艶而不失於正, 麗而不褻於雅, 淸而不病於萎, 婉而不落於靡, 雖近世以歌曲名者, 皆莫及也. …… 中國之所謂歌詞, 卽古樂府曁新聲, 被之管絃者俱足也, 我國則發之藩音, 協以文語, 此雖與中國異, 而若其情境咸載, 宮商諧和, 使人詠歎淫佚, 手舞足蹈, 則其歸一也."

60) 洪萬宗, 「鄭東溟短歌二首後記」, 『靑丘永言』 珍本. "余髮未燥已嗜詩, 猥爲鄭東溟斗卿所獎愛, 嘗呼余爲敬亭山, 盖相看不厭之意也. 曾於戊申間, 抱痾杜門, 一日東溟來問, 任休窩有後, 金柏谷得臣, 亦繼至, 皆不期也. 余於是設小酌, 致數三女樂以娛之. …… 東溟曰, 蘭亭之會, 賦者賦, 飮者飮, 今日之樂, 亦可以歌者歌, 舞者舞, 吾請歌之. 仍作短歌, 揮手大唱, 仍破顔微笑, 素髮朱顔, 眞酒中仙也. …… 東溟顧余曰, 人生百年, 此樂如何, 不恨我不見古人, 恨古人之不見我也."

풍자적으로 패러디하고 있다. 고인의 학문에 대한 추숭이 현재의 향락적 즐거움과 등가(等價)를 이루는 정두경의 역설은 노래를 통해 엄숙한 수기(修己)를 지향했던 이황의 태도를 반역적으로 상상한 표현이라 할 수 있다.[61] 15세기에는 현실적 음악 연행을 인정했고, 16세기에 오면 사림에 의해 억눌리다가, 17세기에 이르러 다시 분출하는 양상을 보여주는 예라 할 수 있다. 음악이 진지한 태도로만 향유되는 것이 아니라 오락적으로 활용되는 것임을 인정하는 사대부들의 인식이 그대로 드러나 있다고 할 수 있다.

김만중(1637~1692)에 이르면 획기적으로 한시와 대등한 위치에서 국문시가의 중요성을 거론한다.[62] 절주에 맞추기 위해서 어쩔 수 없이 우리말 노래가 필요하다는 식의 국문시가 인식을 넘어서서 시문부(詩文賦)와 동일한 층위에서 국문시가의 중요성을 언급한다. 그는 한시가 앵무새의 사람 말 흉내내는 것과 다를 바 없다고 보고, 진솔성의 면에서 보자면 초동급부의 가요가 사대부의 한시보다 낫다고 강변한다. 언어적 자각이 우리말 노래의 문학적 우월성을 확인하는 방향으로 진행되어, 이전까지와는 전혀 다른 시가 인식을 도출하게 되었던 것이다.[63] 국문시가가 보편문화와 대등한 지위에 있고 오히려 그 진실성에서 더 우월하다는 점을 강조함으로써, 김만중은 국문시가의 문학적 독자성과 감정적 진솔성을 옹호하는 방향으로 시가론의 미적 담론을 전환하는 계기를 만들었다고 할 수 있다.

바야흐로 이런 태도는 그 동안 억눌려온 노래의 정감표출에 관한 부분을 공식화시키고 국문시가를 우위에 놓는 방향으로 대전환을 이루게 된다.[64] 김천택(金天澤)의 『청구영언(靑丘永言)』 편찬(1728)을 계기로 당대 사

---

61) 임형택, 「17세기 전후 六歌 形式의 발전과 시조문학」, 『민족문학사연구』 6, 민족문학사연구소, 1994, 26면.

62) 김만중, 『西浦漫筆』 下. "今我國詩文, 捨其言而學他國之言. 設令十分相似, 只是鸚鵡之人言, 而閭巷間樵童汲婦, 咿啞而相和者, 雖曰鄙俚, 若論眞贗, 則固不可, 與學士大夫, 所謂詩賦者, 同日而論."

63) 고미숙, 「조선 후기 민족어문학론의 전개양상」, 『18세기에서 20세기 초 한국 시가사의 구도』, 소명출판, 1998, 41~64면. 이 논문에서는 김만중의 시가문학론의 성과를 심도 있게 검토하고 있다.

대부나 가객들은 평소에 품었던 시가관(詩歌觀)을 드러낸다. 정윤경(鄭潤卿, 1681~1757)은 가집 서문[65]에서 시(詩)와 가(歌)가 한가지라는 사실을 통해 시가(詩歌)의 가치를 옹호한다. 노래에 도(道)가 담겨있다면 시(詩)와 가(歌)가 마찬가지라고 보고 노래를 중시했던 16세기 사림들의 생각과는 다른 측면에서 가(歌)의 가치를 긍정한 것이다. 즉 노래 자체가 폄시될 이유가 없다는 점을 강조하기 위해 시가일도(詩歌一道)임을 내세운 것이다. 김천택이 모은 시가작품들을 보니, 화평정대(和平正大)한 것도 있고 애원(哀怨)처고(悽苦)한 것도 있어서 다양하고 절실한 감흥을 준다고 하여 노래의 다양한 감정표현을 전면적으로 긍정한다.[66] 이것은 노래의 정감 분출을 당연한 것으로 보며 이로 인해 다양한 감정 체험을 할 수 있다고 보는 관점으로 시가 향유의 체험적이며 현실적 차원을 인정하는 발언이다. 그러나 이런 긍정을 위해 정윤경은 노래의 관감흥기(觀感興起)라는 교화적 관점을 끌어온다.

　김천택과 이정섭은 시가의 정(情)을 긍정하는 시각이 음사(淫辭)까지 포

---

64) 조선 후기 시가 인식이 情을 긍정하는 관점에서 이루어졌다는 사실은 많은 연구자들에 의해 밝혀졌다.
　김흥규, 『조선 후기의 詩經論과 詩意識』, 고려대 민족문화연구소, 1982.
　장원철, 『조선 후기 문학사상의 전개와 天機論』, 한국정신문화연구원 석사논문, 1982.
　조규익, 『朝鮮朝 詩文集 序·跋의 硏究』, 숭실대 출판부, 1988.
　박미영, 「본문분석에 의한 歷代詩歌論의 時調觀 硏究」, 한국정신문화연구원 박사논문, 1994.
65) 鄭潤卿, 「靑丘永言序」, 『靑丘永言』珍本. "古之歌者必用詩, 歌而文之者爲詩, 詩而被之管絃者爲歌, 歌與詩固一道也. 自三百篇變而爲古詩, 古詩變而爲近體, 歌與詩分而爲二, 漢魏以下, 詩之中律者, 號爲樂府, 然未必用之於鄕人邦國, 陳隋以後, 又有歌詞別體, 而其傳於世, 不若詩歌之盛, 盖歌詞之作, 非有文章, 而精聲律則不能, 故能詩者, 未必有歌, 爲歌者, 未必有詩. …… 余取以覽焉, 其詞固皆艶麗可玩, 而其旨有和平惟愉者, 有哀怨悽苦者, 微婉則含警, 激昂則動人, 有足以懲一代之衰盛, 驗風俗之美惡, 可與詩家表裏竝行, 而不相無矣. 嗚呼, 凡爲是詞者, 非惟述其思, 宜其鬱而止爾, 所以使人觀感而興起者, 亦寓於其中, 則登諸樂府, 用之鄕人, 亦足爲風化之一助矣."
66) 김흥규, 『조선 후기의 詩經論과 詩意識』, 고려대 민족문화연구소, 1982, 159면.

괄하는 것임을 분명하게 말한다.67) 김천택은 시가 중에 음왜(淫哇)하고 이설(俚褻)한 노래인 만횡청류를 수록하면서 그 수록 이유를 유래가 오래되어 일시에 폐기할 수 없기 때문이라고 한다. 이는 15세기 사대부들이 음사(淫辭)를 유속(流俗)이나 토속(土俗)으로 보고 인정했던 전례와 다르지 않다. 김천택은 음왜지담(淫哇之談)이나 이설지사(俚褻之詞)를 시가의 일반적 습속으로서 옹호하여 수록해서 전하고자 한 것이다. 그러나 이에 대한 군자들의 반응이 두려워 이정섭에게 자문을 구한 것인데, 이정섭은 좀더 확실한 논변으로 이를 적극 옹호한다. 공자가 산시(刪詩)하면서도 정위(鄭衛)를 버리지 아니한 것은 권징(勸懲)하려는 의도가 있었기 때문이라고 하여 시정의 노래를 다양하게 수록하는 이유가 이와 다르지 않다고 합리화한다. 16세기 사대부들은 희학(戲謔)의 노래를 전하는 일 자체를 부정적으로 보아 정위(鄭衛)의 음악은 공자가 이미 물리쳐 향유하지 않았다는 논리로써 강변했던 것이었다. 그러나 이정섭은 수록하여 전하는 문제뿐만 아니라 그런 노래의 진솔함까지도 높이 평가하여 시가의 솔직한 정감 표현에 의미 부여를 한다. 시경 이래로 시(詩)는 자구(字句)나 다듬고 경물(景物)만 아름답게 수놓아 성정(性情)의 본바탕을 놓쳤다고 보고 우리말 가요만이

---

67) 金天澤, 「蔓橫淸類序」, 『靑丘永言』 珍本. "我東人, 所作歌曲, 專用方言, 間雜文字, 率以諺書, 傳行於世, 蓋方言之用, 在其國俗不得不然也. 其歌曲, 雖不能與中國樂譜比竝, 亦有可觀而可聽者. 中國之所謂歌, 卽古樂府曁新聲, 被之管絃者俱是也, 我國則發之藩音, 協以文語, 此雖與中國異, 而若其情境咸載, 宮商諧和, 使人詠歎淫佚, 手舞族蹈, 則其歸一也. 遂取其表之盛行於世者, 別爲記之如左, 蔓橫淸類, 辭語淫哇, 意旨寒陋, 不足爲法, 然其流來也已久, 不可以一時廢棄, 故特題于下方."

李廷爕, 「靑丘永言後跋」, 『靑丘永言』 珍本. "金天澤, 一日, 持靑丘永言一篇以來示余曰, 是編也, 固多國朝先輩名公鉅人之作, 而以其廣收也, 委巷市井淫哇之談, 俚褻之說詞, 亦往往而在, 歌固小藝也, 而又以累之, 君子覽之, 得無病諸, 夫子以爲奚如. 余曰, 無傷也. 孔子刪詩, 不遺鄭衛, 所以備善惡而存勸戒也. 詩何必周南關雎, 歌何必虞廷賡載, 惟不離乎性情則幾矣. 詩自風雅以降, 日與古背馳, 而漢魏以後學詩者, 徒馳騁事辭, 以爲博藻績景物以爲工, 甚至於較聲病, 鍊字句之法出, 而情性隱矣. 下逮吾東, 其弊滋甚, 獨有歌謠一路, 差近風人之遺旨, 率情而發. 緣以俚語吟諷之間, 油然感人, 至於里巷謳歈之音, 腔調雖不雅馴, 凡其愉佚怨歎, 猖狂粗莽之情狀態色, 各出於自然之眞機. 使古觀民風者采之, 吾知不于詩而于歌, 歌其可少乎哉."

정(情)으로부터 솟아나는 것을 표현하여 풍아의 유지(遺旨)에 가깝다고 평가한다. 그가 말한 정(情)은 유일(愉佚)·원탄(怨歎)·창광(猖狂)·조망(粗莽)의 정상(情狀)·태색(態色)으로, 곧 자연의 진기(眞機)에서 비롯된 것이다. 자연의 진기가 우리말 가요에만 노정(露呈)되었다고 보았으니, 이는 시정의 시가(詩歌) 향유를 적극 긍정하는 태도라고 할 수 있다. 시경의 풍아를 인용한 것은 이전의 성리학자들이 보여준 시정 속악에 대한 비판을 방어하기 위한 논거로서 사용했다고 볼 수 있다. 이정섭은 현실적으로 향유되는 시가(詩歌)의 여러 가지 성향들을 적극 인정하여 그 자리매김을 해주었고, 암묵적으로 존재해온 체험적 시가관을 공표하여 시가 인식에 일대 전환을 이루었다.

홍대용(洪大容, 1731~1783)은 우리 한시와 우리말 노래를 수집하여 『대동풍요(大東風謠)』를 편찬하면서 「대동풍요서(大東風謠序)」를 쓰고 시가론을 피력한다. 앞서 『청구영언』 편찬을 변호했던 이정섭(李廷燮)의 시가 논리를 이어받아 속악(俗樂)에 대한 사대부들의 부정적 시각에 반론을 제기한다. 노래가 정(情)을 표현한 것임을 명시하면서, 정(情)의 자연스런 상태를 천기(天機)로 보고, 좋은 노래는 천기(天機)로부터 나온 것이라고 하였다. 그는 『시경』의 「국풍(國風)」과 「강구요(康衢謠)」를 진선진미(盡善盡美)에 가까운 작품들로 꼽으면서, 이 노래들이 덕성을 함양하는 교화를 담고 있고 더불어 선비로부터 백성에 이르기까지 감발시켜 善하게 만드는 시교(詩敎)로서 작용했음을 강조한다.[68] 성정감화를 시가의 궁극적 공효로서 인식하고 있었던 것인데, 16세기 시가론이 성정함양만을 말했다면 홍대용은 시가(詩歌)가 정의 발로이며 풍자(諷刺)에 있다는 점도 중시한다. 성정함양을 말하되 노래의 핵심으로서 교졸(巧拙)이나 선악(善惡)을 떠난 천기(天

---

68) 홍대용, 「大東風謠序」, 『湛軒書』, 경인문화사, 260면. "歌者, 言其情也. 情動於言, 言成於文, 謂之歌. 舍巧拙, 忘善惡, 依乎自然, 發乎天機, 歌之善也. 故詩之國風多從里歌巷謠, 或囿涵泳之化, 亦有諷刺之意. 雖有遜於康衢謠之盡善盡美, 固皆出於當世性情之正也. 是以邦國陳之, 太師採之, 被之管絃而用之宴樂, 使庠塾絃誦之士, 田野襁褓之氓, 俱得以歡欣感發, 而日遷善而不自知. 此詩敎之所以自下上達也."

機)를 말하고 풍자를 끌어들인 것은 노래의 본지를 다른 차원에서 설명하려는 복선이다. 홍대용이 보기에 우리의 노래는 이언(俚諺)이므로 군자들은 옛 것만 좋아하여 이를 천속(賤俗)하다 여기고 취하지 않는다는 것이다. 그런데 시경의 풍(風)은 모두 풍속을 노래하는 일상적 말이니 지금 사람이 지금 노래를 듣는 것과 무엇이 다르냐고 하면서 노래를 천하게 여기는 군자들을 비난한다.[69] 결국 교화나 풍자를 말하는 의도는 당대의 우리말 노래를 옹호하기 위한 방어였다고 할 수 있다. 시경 국풍의 효용을 당대 시가의 수집과 편찬을 변호하는 논리로써 끌어왔던 것이다. 홍대용이 시경의 국풍에 의거해 노래를 옹호했던 점은 속악(俗樂)을 부정적으로 보았던 사람들의 태도를 의식한 때문이다. 자연스런 정이 솟구치는 노래를 성정의 정(正)이 아니라고 부정했던 시가론에 대한 반격으로 자연스런 정이 천기(天機)라고 주장하고 그런 천기의 발현이 노래의 진정성임을 역설했던 것이다. 관풍(觀風)은 숨기거나 가공된 정이 아니라 자연스런 정의 발로를 통해서 이루어질 수 있다고 보고 정위(鄭衛)의 음탕한 내용도 바로 민의 자연스런 정을 관찰할 수 있으므로 권징(勸懲)의 잣대로 삼을 수 있다고 해석한다. 홍대용은 16세기 시가론이 정립한 성정미학의 논리를 비껴가기 위한 방법으로 음악의 공효성과 관풍(觀風) 논리를 다른 관점에서 적용했던 것이다.

이처럼 고악(古樂)의 정신을 회복해야 한다고 보는 사대부들은 시가의 공효성을 노래의 절대적 가치로 준신하여 조선 전기로부터 조선 후기까지 변함 없이 지켜 갔다. 그 반면에 잠재적으로 인정되었던 시가의 오락적이며 정감 지향적인 경향은 17세기 이후에 유교적 악론에 대한 반동으로서 표출된다. 사대부들이 표현한 성정은 본래의 인간심성이 아니라 가

---

69) 홍대용, 「大東風謠序」, 『湛軒書』, 경인문화사, 261면. "其所謂歌者, 皆綴以俚諺, 而間雜文字, 士大夫好古者, 往往不屑爲之, 而多成於愚夫愚婦之手, 則乃以其言之淺俗, 而君子盖無取焉. 雖然, 詩之所謂風者, 固是謠俗之恒談, 則當時之聽之者, 安知不如以今人, 而聽今人之歌耶. 惟其信口成腔, 而言出衷曲, 不容安排, 而天眞呈露, 則樵歌農謳, 亦出於自然者, 反復勝於士大夫之點竄敲推, 言則古昔, 而適足以斲, 喪其天機也."

다듬고 조작된 것으로 진솔한 성정은 없어졌다고 17세기 천기론자들은 반성한다. 진솔한 성정인 천기(天機)는 이제 가요에서만 찾아볼 수 있다고 하여 시가의 위상을 높이 평가했던 것이다. 적어도 조선 후기에 들어서면 시가의 공효성과 정감지향성은 시가론으로서 우위를 가르기 힘든 상태에 돌입한다. 조선 전기는 유교적 악론이 표면상으로는 절대적 가치로 존재하여 시가향유의 현실적 측면을 억제해 가는 과정에 있었는데, 조선 후기에 이르면 유교적 악론은 절대적 가치가 아니라 상대적인 가치로 인식되면서 시가 향유의 다른 측면들이 표면화되었다고 정리할 수 있다.

위와 같이 문학사적인 측면에서 조선 전기 시가론의 의미와 위상을 정리해 보았다. 요약하자면 조선 전기 시가론은 의식하지 않은 영역에서 향유되었던 국문시가를 문학논의의 장으로 끌어낸 역사적 의의를 지닌다. 또한 조선 전기 시가론은 시가문학의 다양한 성향들을 미학적 기준에 의해 조절하여 성정의 선(善)을 유도하는 노래들이 시가문학사의 한 줄기를 형성하게 만들었다. 즉 사대부 시가문학의 주요 흐름을 연군·도의(道義)·훈민·강호와 같은 내용으로 만드는 데 일조하였다. 그렇지만 시가 문학사의 전체적 흐름에서 볼 때 고려가요의 다양한 성향으로부터 조선 후기의 정감 지향적인 시가에 이르기까지 성정미학과는 다른 축에 속하는 시가작품이 주요하게 포진해 있다. 이는 조선 전기 시가론이 반영하지 못한 현실적 연행 현상이다. 정감의 분출을 정도(正道)로 취급하지 않았기에 시가문학에서 개인적 정감은 발전해 나아갔으나 그것을 미학적으로 발전시키지 못했던 것이 조선 전기 시가론의 한계라고 할 수 있다.

예술론이 모든 현상을 포괄하고 추수할 수는 없는 것이지만, 조선 전기 시가론은 정감의 발현을 열등한 차원에 놓았기에, 예술론과 예술적 실천 사이의 괴리를 심하게 만드는 결과를 낳았다. 따라서 17세기 이후 미학상으로는 잠복해있고, 문학현상으로는 주류에 놓인 애정이나 희학의 측면을 공식화하기에 이른 것이다. 미학상의 비주류를 주류로 부상시킴으로써 18세기 이후 시가문학에서 정감의 측면들은 다양하게 시도되었다.

참고문헌

1. 자료

강희맹(姜希孟), 『私淑齋集』, 『韓國文集叢刊』 12, 민족문화추진회 영인.

권근(權近), 『陽村集』, 『한국문집총간』 7.

________, 『五經淺見錄』(『禮記淺見錄』), 한국정신문화연구원 철학·종교연구실 영인, 1995.

권호문(權好文), 『松巖集』, 『한국문집총간』 41.

김수온(金守溫), 『拭疣集』, 『한국문집총간』 9.

김안국(金安國), 『慕齋集』, 『한국문집총간』 20.

김안로(金安老), 『希樂堂稿』, 『한국문집총간』 21.

김일손(金馹孫), 『濯纓集』, 『한국문집총간』 17.

김시습(金時習), 『梅月堂集』, 『한국문집총간』 13.

남효온(南孝溫), 『秋江集』, 『한국문집총간』 16.

민사평(閔思平), 『及菴詩集』, 『한국문집총간』 4.

박상(朴祥), 『訥齋集』, 『한국문집총간』 19.

박연(朴堧), 權五聖·金世鍾 역, 『譯註 蘭溪先生遺稿』, 국립국악원, 1993.

서거정(徐居正), 『四佳集』, 『한국문집총간』 11.

성석린(成石璘), 『獨谷集』, 『한국문집총간』 6.

성현(成俔), 권오돈 외역, 『傭齋叢話』, 『국역대동야승』 I, 민족문화추진회, 1971.

________, 『虛白堂集』, 『한국문집총간』 14.

________ 편, 『악학궤범』.

손순효(孫舜孝), 『勿齋集』.

신광한(申光漢), 『企齋集』, 『한국문집총간』 22.

____________, 『해동잡록』, 『대동야승』 21.

신익황(申益愰), 『克齋集』, 정신문화연구원 소장.

신흠(申欽), 『象村稿』, 『한국문집총간』 72.

양사언(楊士彦), 『蓬萊詩集』, 『한국문집총간』 36.

양응정(梁應鼎), 『松川遺集』, 『한국문집총간』 37.

양희지(楊熙止), 『大峯集』, 『한국문집총간』 15.

유중교(柳重敎), 『省齋集』.

유호인(兪好仁), 『雷谿集』, 『한국문집총간』 15.

이곡(李穀), 『稼亭集』, 『한국문집총간』 4.

이규보(李奎報), 『국역동국이상국집』, 민족문화추진회.

이득윤(李得胤), 『西溪先生文集』.

이색(李穡), 『牧隱集』, 『한국문집총간』 4.

이수광(李睟光), 『芝峰類說』.

이숭인(李崇仁), 『陶隱集』, 『한국문집총간』 6.

이승소(李承召), 『三灘集』, 『한국문집총간』 11.

이식(李湜), 『四雨亭集』, 『한국문집총간』 16.

이의무(李宜茂), 『蓮軒雜稿』, 『한국문집총간』 15.

이이(李珥), 『栗谷全書』, 『한국문집총간』 44·45.

________, 成樂薰·曺圭喆 역, 『國譯栗谷全書』, 한국정신문화연구원, 1988.

이제현(李齊賢), 『益齋亂稿』, 『한국문집총간』 2.

____________, 『國譯益齋集』, 민족문화추진회.

이종준(李宗準), 『慵齋遺稿』, 『한국문집총간』 16.

이직(李稷), 홍순석 외 3인 역, 『亨齋先生詩集』, 『國譯亨齋李稷先生詩集』, 星州
        李氏 文景公派宗會.

이집(李集), 『遁村雜詠』, 『한국문집총간』 3.

이행(李荇), 『容齋集』, 『한국문집총간』 20.

이현보(李賢輔), 『聾巖集』, 『한국문집총간』 21.

이황(李滉), 『退溪集』, 『한국문집총간』 28·29·30.

________, 『국역퇴계전서』(퇴계학역주간행위원회), 퇴계학연구원, 1994.

임형수(林亨秀), 『錦湖遺稿』, 『한국문집총간』 32.

장경세(張經世), 『沙村集』.

장흥효(張興孝), 『敬堂集』, 『한국문집총간』 69.

정도전(鄭道傳), 『三峯集』, 『한국문집총간』 5.

정몽주(鄭夢周), 『圃隱集』, 『한국문집총간』 5.

정사룡(鄭士龍), 『湖陰雜稿』, 『한국문집총간』 25.

정추(鄭樞), 『圓齋集』, 『한국문집총간』 5.

정포(鄭誧), 『雪谷集』, 『한국문집총간』 4.

정홍명(鄭弘溟), 『畸庵集』, 『한국문집총간』 87.

조준(趙浚), 『松堂集』, 『한국문집총간』 6.

주세붕(周世鵬), 『武陵雜稿』, 『韓國文集叢刊』 27.

__________,『愼齋全書』, 愼齋周先生遺蹟宣揚會 영인.

차천로(車天輅), 양대연 역,『五山說林草藁』,『국역대동야승』II, 민족문화추진회, 1971.

채수(蔡壽),『懶齋集』,『한국문집총간』15.

최경창(崔慶昌),『孤竹遺稿』,『한국문집총간』50.

최숙정(崔淑精),『逍遙齋集』,『한국문집총간』13.

최항(崔恒),『太虛亭集』,『한국문집총간』9.

한수(韓脩),『柳巷詩集』,『한국문집총간』5.

허균(許筠),『惺所覆瓿藁』.

__________ 편,『國朝詩删』, 한국학문헌연구소 편,『한국한시선집』I, 아세아문화사, 1980.

허봉(許篈),『海東野言』,『국역대동야승』II.

홍인우(洪仁祐),『耻齋遺稿』,『한국문집총간』36.

황준량(黃俊良),『錦溪集』,『韓國文集叢刊』37.

홍대용(洪大容),『湛軒書』,『한국역대문학자료총서』, 경인문화사.

『經國大典』.

『국조보감』.

『國朝五禮儀』, 법제처.

『금합자보』.

『論語』.

『禮記』.

蘇軾,『소동파전집』상권, 중국서점, 1986.

朱熹·呂祖謙, 정영호 편역,『近思錄』, 자유문고, 1991.

『靑丘永言』珍本.

동아대학교 고전연구실 편,『譯註高麗史』, 1971.

權五惇 역,『禮記』, 홍신문화사, 1982.

『고려사』.

『국역동문선』, 민족문화추진회.

『조선왕조실록』태조~중종.

『조선왕조실록』CD ROM.

『東文選』.

『孟子』.

사마천,『史記』.

『毛詩』.

2. 단행본

강명관, 『조선시대 문학예술의 생성 공간』, 소명출판, 1999.

고미숙, 『18세기에서 20세기 초 한국시가사의 구도』, 소명출판, 1998.

고영진, 『조선 중기 예학사상사』, 한길사, 1995.

김기현, 『조선 유학의 학파들』, 예문서원, 1996.

김대행, 『시조유형론』, 이화여대 출판부, 1986.

______, 『詩歌詩學硏究』, 이화여대 출판부, 1991.

김영수, 『조선 초기 시가론 연구』, 일지사, 1989.

김영숙, 『한국영사악부연구』, 경산대 출판부, 1998.

김학성, 『한국고시가의 거시적 탐구』, 집문당, 1997.

김홍경, 『조선 전기 관학파의 유학사상』, 한길사, 1995.

김흥규, 『조선 후기의 詩經論과 詩意識』, 고려대 민족문화연구소, 1982.

성호경, 『조선 전기 시가론』, 새문사, 1988.

송방송, 『한국음악통사』, 일조각, 1984.

양태순, 『고려가요의 음악적 연구』, 이화문화사, 1997.

여기현, 『중국고대악론』, 태학사, 1995.

이민홍, 『사림파 문학의 연구』, 형설출판사, 1987.

______, 『조선 중기 시가의 이념과 미의식』, 성균관대 출판부, 1993.

이범직, 『韓國中世禮思想硏究』, 一潮閣, 1991.

이병휴, 『朝鮮前期 畿湖士林派 硏究』, 일조각, 1984.

장사훈, 『한국음악사』, 정음사, 1976.

______, 『增補 韓國音樂史』, 世光音樂出版社, 1986.

______, 『세종조의 음악연구』, 1982.

전형대 외, 『韓國古典詩學史』, 홍성사, 1979.

______, 『한국고전비평 연구』, 책세상, 1988.

정경주, 『성종조 신진사림 문학 연구』, 법인문화사, 1997.

정대림, 『한국고전 비평의 이해』, 태학사, 1991.

정요일, 『한문학 비평론』, 인하대 출판부, 1990.

조규익, 『조선 초기의 아송문학』, 태학사, 1986.

______, 『朝鮮朝 詩文集 序·跋의 硏究』, 숭실대 출판부, 1988.

______, 『선초악장문학연구』, 숭실대 출판부, 1990.

조동일, 『한국문학사상사시론』, 지식산업사, 1978.

지두환, 『조선 전기 의례연구』, 서울대 출판부, 1994.

최재남, 『士林의 鄕村生活과 詩歌文學』, 국학자료원, 1997.

최정여, 『조선 초기 예악의 연구』, 계명대 출판부, 1981.

최진원, 『국문학과 자연』, 성균관대 출판부, 1977.

유숙 저, 홍희 역, 『禮의 정신-禮樂文化와 政治』, 동문선, 1995.

3. 논문

권두환, 「시조의 발생과 기원」, 『고시조연구』(국어국문학회 편), 태학사, 1997.

권오성, 「甁窩 李衡祥의 樂論 연구」, 『한국학논집』 8, 한양대 한국학연구소, 1985.

길진숙, 「주세붕의 『죽계지』 편찬과 시가관」, 『민족문학사연구』 11, 민족문학사연
　　　구소, 1997.

김대행, 「조선 후기 악부의 시가관」, 『한국문화』 12, 서울대 한국문화연구소, 1991.

김　돈, 「중종대 言官의 성격변화와 士林」, 『한국사론』 10, 서울대 국사학과, 1985.

김병국, 「고산구곡가 연구」, 성균관대 박사논문, 1990.

김사엽, 「道學者의 歌曲觀」, 『논문집』 1, 경북대, 1956.

김수경, 「고려 처용가의 전승과정 연구」, 이화여대 박사논문, 1995.

김영철, 「국문 고전시가의 비평양상」 I, 『한국시가의 재조명』, 형설출판사, 1984.

김종수, 「조선 전기 여악 연구」, 『국악원논문집』 5, 국립국악연구원, 1993.

_____, 「조선조 17, 18세기 여악과 남악」, 『한국음악사학보』 11, 한국음악사학회,
　　　1993.

김창규, 「죽계별곡 평석고」, 『국어교육연구』 12, 경북대 사대 국어교육연구원, 1980.

김충렬, 「高麗 儒敎精神의 脈絡」, 『한국사상사대계』 3, 한국정신문화연구원, 1991.

김풍기, 「율곡 이이의 문학론 연구」, 고려대 석사논문, 1988.

_____, 「조선 전기 문학론 연구」, 고려대 박사논문, 1994.

김학성, 「고려가요의 작자층과 수용자층」, 『한국학보』 31, 일지사, 1983.

_____, 「時調의 詩學的 基盤에 관한 연구」, 『고전문학연구』, 한국고전문학연구
　　　회, 1991.

김혜숙, 「〈고산구곡가〉의 정신의 높이」, 『한국고전시가작품론』 2, 집문당, 1992.

김홍규, 「강호자연과 정치현실」, 『세계의 문학』 19, 민음사, 1981.

_____, 「16·17세기 江湖時調의 변모와 田家시조의 형성」, 『어문논집』 35, 고려
　　　대 국어국문학연구회, 1996.

노동은, 「조선 후기 음·악 연구」, 『한국민족음악 현단계』, 세광음악출판사, 1989.

박미영, 「本文分析에 의한 歷代詩歌論의 時調觀 硏究」, 한국정신문화연구원 박
　　　사논문, 1994.

박연호, 「조선 전기 사대부교양에 관한 연구」, 한국정신문화연구원 박사논문, 1993

＿＿＿, 「16세기 사대부 교양의 이념－爲己之學」 下, 『국사관논총』 57, 국사편찬
　　　위원회, 1994.

박천규, 「조선조 전기의 예악사상」, 『동양학학술회의강연초』, 단국대 동양학연구
　　　소, 1982.

서수생, 「용비어천가에 미친 시경의 영향」, 『경북대논문집』 14, 경북대, 1965.

성기옥, 「『용비어천가』의 문학적 성격」, 『진단학보』 68, 진단학회, 1989.

＿＿＿, 「『樂學軌範』의 詩文學 史料的 價値」, 『震檀學報』 77, 진단학회, 1992.

송방송, 「고려 향악의 삼현 문제」, 『고려음악사연구』, 일지사, 1988.

송혜진, 「고려시대 雅樂의 변천과 지속」, 한국정신문화연구원 석사논문, 1985.

신연우, 「조선조 사대부 시조의 理致－興趣 구현 양상과 의미 연구」, 한국정신문
　　　화연구원 박사논문, 1994.

여기현, 「〈原漁父歌〉의 集句性」, 『고려가요의 현황과 전망』(성균관대 인문과학연
　　　구소 편), 집문당, 1996.

여운필, 「李穡의 詩文學 硏究」, 서울대 박사논문, 1993.

우응순, 「권호문의 시세계」, 고려대 석사논문, 1982.

＿＿＿, 「주세붕의 백운동서원 창설과 국문시가에 대한 방향 모색」, 『어문논집』
　　　35, 고려대 국어국문학과, 1996.

유창덕, 「歌集 序跋의 考察」, 영남대 석사논문, 1985.

윤희면, 「白雲洞書院의 設立과 豊基士林」, 『震檀學報』 49, 진단학회, 1980.

이규호, 「古時調批評과 ‘詩歌一道思想’」, 『한국고전시학론』, 새문사, 1985.

이동연, 「19세기 시조의 변모양상」, 이화여대 박사논문, 1995.

이동영, 「고전시조의 음영성정론」, 『고전시가의 이념과 표상』, 임하 최진원박사 기
　　　념논총위원회, 1991.

이성무, 「주자학이 14·15세기 한국교육·과거제도에 미친 영향」, 『한국사학』 4,
　　　한국정신문화연구원, 1983.

이종태, 「전기사림파·도학적 실천 정신의 착근」, 『조선 유학의 학파들』, 예문서
　　　원, 1996.

이종호, 「안동선비의 국문시가 창작 양상」, 『안동의 선비문화』, 아세아문화사, 1997.

이형대, 「漁父形象의 詩歌史的 展開와 世界認識」, 고려대 박사논문, 1998.

이혜순, 「고려후기 사대부문학과 元代文學의 관련양상」, 『한국한문학연구』 8집, 한국한문학회, 1985.

임주탁, 「수용과 전승 양상을 통해 본 고려가요의 전반적 성격」, 『진단학보』 83, 진단학회, 1997.

임형택, 「국문시의 전통과 도산십이곡」, 『퇴계학보』 19, 단국대 퇴계학연구소, 1978.

______, 「17세기 전후 六歌形式의 발전과 시조문학」, 『민족문학사연구』 6호, 민족문학사연구소, 1994.

장사훈, 「이조 女樂 연구」, 『아세아여성연구』 9, 숙명여대 아세아여성연구소, 1970.

장원철, 『조선 후기 문학사상의 전개와 天機論』, 한극정신문화연구원 석사논문, 1982.

전일환, 「관산별곡에 관한 연구」, 『조선가사문학론』, 계명문화사, 1990.

전형대, 「고산시조에 나타난 성정」, 『관악어문연구』 2, 서울대 국어국문학과, 1977.

정경주, 「〈정과정〉 한시의 서정적 적층성에 대하여」, 『瓜亭文學의 再照明』, 新知書院, 1997.

정만조, 「조선서원의 성립과정」, 『한국사론』 8, 국사편찬위원회, 1980.

정재호, 「歌集序跋에 관한 小考－靑丘永言·海東歌謠를 中心으로」, 『語文論集』 12, 고려대 국어국문학과, 1970.

정출헌, 「고려가요의 층위와 그 전승양상」, 『민족문학사연구』 13, 민족문학사연구소, 1998.

정형기, 「時調 詩歌論 연구」, 전북대 박사논문, 1995.

조규익, 「退溪의 詩歌觀 小攷」, 『退溪學研究』 2, 단국대 퇴계학연구소, 1988.

조윤미, 「고려가요 수용의 양상」, 이화여대 석사논문, 1988.

조해숙, 「義城 金門의 時調 落穗 11首에 대하여」, 『관악어문연구』 19집, 서울대 국문과, 1994.

최규수, 「〈해동가요〉의 張福紹 跋에 대한 고찰」, 『백영정병욱선생 환갑기념논총』, 신구문화사, 1656.

______, 「松江 鄭澈 詩歌의 美的 特質 研究」, 이화여대 박사논문, 1996.

최미정, 「고려속요의 수용사적 연구」, 서울대 박사논문, 1990.

최미향, 「조선 초기 세종조의 여악 연구」, 영남대 석사논문, 1989.

최선미, 「송암 권호문 시가의 연구」, 이화여대 석사논문, 1995.

최신호, 「〈陶山十二曲〉에 있어서의 '言志'의 性格」, 『한국 고전시가 작품론』 2,

집문당, 1992.

최종민, 「조선 전기의 음악과 음악사상」, 『한국사상사대계』, 한국정신문화연구원, 1986.

최진원, 「은구와 온유돈후－독락팔곡과 한거십팔곡을 중심으로」, 『人文科學』 1, 성균관대, 1971.

______, 「고산구곡가와 담박」, 『한국고전시가의 형상성』, 성균관대 출판부, 1988

황준연, 「양금신보 만대엽의 해독」, 『한국음악연구』 12집, 한국음악학회, 1982.

______, 「대엽에 관한 연구」, 『예술논문집』 24집, 대한민국예술원, 1985.

______, 「조선 전기의 음악」, 『한국음악사』, 대한민국예술원, 1985.

______, 「북전과 시조」, 『세종학 연구』 창간호, 세종대왕기념사업회, 1986.